흙의 전쟁

남선희 지음

사랑, 인간본질에 충실한 약자들의 치열한 생존기

곰단지

차 례

작 가 의 말

하고 싶은 일을 하면서 사는 사람이 얼마나 있을까? 수많은 꽃들이 피고 지는 것처럼 청춘의 시절 품었던 꿈들은 한 여름이 가기도 전에 분분이 떨어지고... 오직 생존을 위해 살고 있는 자신을 발견 했을 때의 느낌은 어떠한가? 무엇을 위해 살았으며 또 어떻게 이어질 삶일지 가늠해 볼 때 그 뻔한 종착역이 보이면 누구든 충격을 받지 않을 수 없다.

애써 살아온 삶이고 또한 생존하기 위해 몸부림친 세월이라고 자위해 보지만 분명한 것은 애초부터 품고 있던 꿈들, 그 설레고 가슴 벅찼던 계획들과는 전혀 다른 길 위에서 허둥대는 자신의 모습과 마주 했을 때 그 낯섦은 실로 당혹스럽다. 문득, 그 시절에 품었던 화살촉 하나가, 가슴을 콕, 콕 찔러댔다.

결국은 참지 못하고 그걸 꺼내고 말았다. 하지만 쏘아 맞추어야 할 과녁은 아주 멀리 있었다. 두렵고 혼란스럽고 자신 없었지만 끝내 활시위를 당기고 말았다.

이 소설은 실핏줄이 온 몸의 조직에 그물 모양으로 퍼져 혈액과 각종 물질을 교환해주는 역할을 하듯이 거대산업의 가장 밑바닥에서 그 거대 산업이 굴러가기 위해 가장 원초적인 공급과 보급을 맡은 영세 소기업들에 관한 이야기다.

척박하고 힘든 환경에서 수없이 무너지고 좌초되면서 끝끝내 제 역할을 해내는 사람들의 기록이다. 또한 주인공 한목이가 그의 아버지가 자립하기 위해 온 가족을 희생하며 원둑을 막고 간척지를 만들기 위해 분투했던 것처럼 아무것도 없는 맨몸으로 독자적인 제조품을 만들기 위해 고군분투하는 이야기이며 그런 것을 가능하게 한 두 여인에 대한 맹목적인 사랑과 헌신을 그린 이야기다.

 이 책은 그렇게 비장하거나 거대담론을 담고 있지는 않다. 소설의 인물들은 계층의 가장 밑바닥에서 악착스럽게 살아갈 뿐 그다지 도덕적이거나 특별히 뛰어난 재능을 가진 존재들이 아니다. 오히려 작은 이익을 위해선 얄팍한 술수를 쓰고 배신을 일삼고 제법 뻔뻔하게 살아가는 존재들이다. 반복적이며 그래서 능통해진 일을 묵묵히 해내면서 치열하게 살아가는 사람들의 이야기다. 그렇다고 그들의 구질구질한 삶을 욕보이거나 천박하게 그릴 생각은 전혀 없다. 그들은 꼭 있어야 할 곳에 적절하게 핀 야생화며 잔뿌리들이다.
 이 소설이 지금도 현장에서 작은 영세공장, 가게 등을 일구며 하루하루를 어렵게 살아가는 분들에게 조그마한 위안거리가 되었으면 한다. 당신들은 결코 나약하거나 외롭거나 사라질 존재가 아니라 주변의 수많은 존재들과 연대하며 세상을 끌고 가는 진짜 에너지라고 말해주고 싶다. 또한 거기서 핀 사랑 또한 어느 별과도 차별 없이 빛나는 위대함이라고 말하고 싶다. 그러니 우리는 살아가고 사랑해야 한다.

2019년 12월
창원에서 남선희

1. 오래된 기억

　허덕구, 개 이름이다. 작지만 날렵하고 눈치 빠른 놈이다. 이곳 고철 장에 3년 전에 어디선가 흘러 들어온 개라고 했다. 동팔이 엉겁결에 고철 장을 인수받고, 얼마 지나지 않아 그 고철 장 터를 조만간 비워줘야 한다는 것을 알고 참담해 있을 때, 비로소 그 놈도 인수되어 왔다는 것을 알았다. 아주 밉고 재수 없는 놈이었다. 그 전 주인 사기꾼 이상돌과 함께.

　땅 주인을 설득하면 몇 년은 버티겠지, 백수 생활을 벗어났다는 것도 어딘가, 애써 자위하며 일찍 출근 하곤 했는데 그 놈이 주위를 뱅뱅 돌면서 눈치를 살피는 게 아닌가. 꼬리를 치며, 뭔가 변명이라도 꼭 해야 되겠다는 듯, 그러니까 제 딴에는 옛 주인과 아무런 관계가 없고, 당신과는 악의도 없으니 잘 지내보고 싶다, 대충, 그런 이야기를 하고 싶었을 것이다.

　동팔이 있는 돈 없는 돈 팔천만 원을 들여, 15년 된 고물 집게차와 5톤 지게차, 6미터 구식 계량 대 등등, 마당 한쪽에 수북이 쌓인 그 부피만으로는 대단해보이는 '잡철'을 이상돌이 어림짐작해 계산한 톤수를 그대로 인정하고, 소위, 권리금까지 주고 얻은 고철 장이었다. '저만 믿고 하면 됩니더, 하루에 삼사십은 숩게 법니데이.' 그 구역질나는 꼬드김에 넘어갔다고 생각하면 부아가 치밀어 올랐고, 어느새 허덕구는 분풀이 대상이 되었다. 발로 걸어차이고, 엥기는 대로 주먹만한 돌이 허덕구의 대가리를 향해 날아갔다.

"저 씨부럴 놈이 또 오네......"

놈은 잊을 만하면 약을 올리듯 나타났다. 자신은 당신이 인수한 고철 장에 손톱만큼도 피해를 줄 생각이 없다. 자신은 그렇게 막돼먹고 염치없는 개가 아니다. 전주인 이상돌(씨)하고는 같은 저울에 올려 비교도 말라. 작자와 어쩔 수 없이 동거했지만 도움이라고 받았다면 그저 고철 장에 굴러온 찌그러진 스텐 양판떼기에 먹다 남은 밥찌꺼기를 얻어먹은 정도였다.

그것도 폐를 끼치는 것 같아서 고철 장 주위를 얼쩡거리는 놈이 눈에 띄면 있는 힘을 다해, 죽도록 짖어댔고, 내 밥값은 다했다. 또한 고철 장 쉬는 날은 이씨 몰래 식당에 숨겨둔 부식거리에 얼마든지 주둥이를 갖다 댈 수 있었으나, 인사가 아니라는 걸 알기 때문에, 박정한 반촌을 돌며 스스로 주린 배를 채웠고, 어떨 때는, 목줄에 매여 있긴 하지만 존재 자체로 흉악스러운 어마어마하게 덩치 큰 놈들의 밥그릇을 털어야 했고, 굴러다니는 빵 쪼가리를 얻기 위해, 잘 정비되지 않은 면소재지 도로를 목숨을 걸고 가로지르며 연명했다. 그리고도 이슥해지면 그 작자가 쓰고 있는 컨테이너 사무실 바닥으로 기어들어와 밤새 순망했다. 이게 나, 허덕구다. 놈은 그렇게 말하고 있었다.

"아따, 우리 덕구한티 그라지 마시오, 저 놈이 얼마나 똑똑한 놈인디."

동팔이 역정을 낼 때 마다 자칭 단골 '일톤바리' 종달이 허덕구를 편들고 든다. 도대체 우리라는 개념이 어디서부터 어디까지 인지 모호해지게 하는 놈이다. 고철 장을 인수하게 된 결정적인 힘을 보탠 것도 이놈이다. '우리가 하면 된당 말이요,' 놈은 놈대로 계산이 있었으리라. 사투리를 던적스럽게 강조하며 동향이란 껍데기로 간지럽혔다.

"저 개새끼, 재수 없는 게......!"

역정을 내는 순간 이상돌, 윤종달, 허덕구에 대한 악감정이 잔뜩 묻어 있다는 걸 숨길 수 없지만, 종달이는 천연덕스럽게 받아친다.

"아따, 우리 덕구 구박허지 마시랑게요. 지 밥값은 한단 말입니다요 잉."

그리고는 덕구의 이력을 훑어댔다. 어디선가 나타난 떠돌이 개가 하도 허덕거려서, 그러니까 지 처먹을 것과, 암캐들에게 색정이 과하게 노골적이어서 허덕구라고 했다나, 물론 원래의 주인도, 원래의 이름도 모르지만 그 뒤로 허덕구란 이름을 가지게 되었고, 두 번이나 차에 치여 죽을 뻔했고, 몇 번이나 동네 아이들의 돌팔매질에 맞아 병신 될 뻔했지만 여전히 건재했다.

늘상 아이들의 돌팔매질도 스스로 자처했고, 차에 치인 것도, 품이 그것 밖에 안 돼 일어난 일이었지만, 지금도 제 버릇을 못 버리고 지나가는 행인들에게 퍼부어대고, 차량을 향해 거품을 물고 달려들었다.

한번은 면민 행사장에 나가 지갑을 물고 와서 무려 십칠 만 원이나 되는 거금을 안겨 주었다고도 했다. 그날 종달이 구렁이알 같은 지 돈으로 쏘세지를 사주고 커피까지 대접했다는 말을 몇 번이나 되풀이 했다. 하지만 허덕구는 출신성분이 명확하지 않고, 종복하는 주인이 없어, 밥그릇과 거처를 스스로 해결해야 하는 신세였다.

허덕구는 컨테이너 박스 밑의 좁은 틈으로 기어들어가 감히 아무도 침범할 수 없는 은신처를 만들었고, 식사는 음식찌꺼기를 청소하는 헌신으로 대신했다. 또한 배가 든든하고 햇볕이 따사로우면, 계량대로 슬금슬금 기어 올라가 배를 깔고 앉아 손님과 행인을 정확히 구별해 짖어대며, 자기 딴에는 집지킴이 역할을 확실히 하려고 애썼다.

허덕구는 사람에게 호되게 당한 기억이 있어서인지 아니면 원래부터 자유를 추구하는 강한 성격 탓이었는지는 모르지만 절대로 사람에겐 자기 몸의 일 미터 정도의 반경에 드는 것을 허락하지 않았다. 퍽이나 얄미운 존재였다.

'그려, 니 신세나 내 신세나 피장파장 아닌가?' 동팔이 애써 자위하며 고깃덩어리라도 던져주며 친밀감을 표시하면 놈은 알랑거리던 평소의 태도는 온 데 간 데 없이 고기 덩어리만 물고 도망쳐버렸다. 어쩔 땐 대가리라도 한 번 만져보고 싶은 충동을 일으키게 하는 곰살스러운 데가 있지만, 손을 디밀면 까칠한 아이처럼 눈을 힐끔거리며 내빼는 꼴 사나운 놈이었다.

그런저런 이유로 동팔은 허덕구가 금덩어리를 물고 올지언정, 전 주인에 대한 악감정에다가 손님 없는 날이면 저울 바닥에 드러누워 있는 꼴이 그렇게 미울 수가 없었다. 하지만 돌멩이를 집어 던져도, 발길질을 해도 허덕구는 고철 장을 떠나지 않았다.

그러던 것이 이제 제법 친해져 커피를 나눠먹고 집에 있는 상순이-집에서 키우는 개-의 값비싼 통조림을 갖다 주는 처지가 되었다. 상순이가 알면 놈을 물어뜯을 판이었지만. 그 허덕구가 오늘 아침에도 여전히 멀리서 오는 동팔의 차를 기가 막히게 알아보고는 꼬리치며 달려와 바짓가랑이를 문다. 손을 내밀면 혀로 살짝 핥아댄다. 하지만 목을 만지는 것은 허락하지 않는다.

"개새끼......!"

언젠가는 대가리를 만지고 말거야. 잡아 묶어서든, 꼬드기고, 아부해서든...... 어쨌든, 빌어먹을 개새끼였다.

"아이고, 구사장, 요, 개 땜에 큰일 날 뻔 했다 아이가,"
사무실에 난로를 피우기도 전에 간판 집 사장 박정우가,
"저리 안가나, 이 놈의 개새끼!"
들이닥치며 개를 나무랐다. 중간치의 키에 다리를 약간 절고 머리가
벗겨진 제법 성깔이 있는 인상이나 세월에 무뎌져 단호함만이 남아있
는 오십 대 후반의 사내였고, 장애인 협회의 전직 회장이었다는 것을
꽤나 강조하는 지역 유지였다.

그의 다리가 언제, 어떻게, 무슨 연유로 그렇게 되었는지, 그의 한이
비오는 날 파전향이 퍼지듯 그의 입이 열리면 동팔과 한층 가까워질
것이다. 아니면 영영 그의 이야기를 들을 수 없을 것이고, 이렇게 이웃
으로 한 방씩 날리거나 간섭하거나 혹은 텃세를 부리며 자신의 울타리
로 들어오는 것을 허락하지 않을 지도 모른다.

"와요......?"
"지이 놈의 개가 지나가는 아를 쫓아가 아가 넘어져 여러 수 십 바늘
꼬밋다 아이가, 어제......"
"우리 개라 캤어예?"
"어허흥, 내가 지 엄마한티 잘 말혀서 보냈제. 그란했으면 덤탱이 쓸
뻔 했제."
짧은 고개를 빼고 생색을 낸다.
"저 개 새끼를......"
탁자에 놓인 사과조각을 들고 아무렇게나 던져보지만 개는 저만큼서
꼬리를 흔들고 있다.
"우리 개라 카지 마이소."
간판 박정우의 사투리를 흉내내며 다짐을 받고, 보란 듯이 개 밥그릇
을 고철 장에 던져버린다. 박정우는 민망한지 손가락을 콧구멍에 쑤셔

댄다.

고철 장의 하루는 은행인출기를 찾는 데서 시작된다.

면 사거리는 혼잡스럽다. 차도 차려니와 경운기며 트랙터를 몰고 나온 늙은 농부들이 고집스럽게 길을 막아서기 일쑤였다. 오랫동안 살아온 지역민으로서의 지위를 잃지 않겠다는 듯 경적이나 웬만한 삿대질에도 콧방귀를 낄 뿐이다.

어제까지 찌적찌적 비가 내리더니 밤새 기온이 내려가 눈으로 바뀌어 있다. 새벽엔 제법 내렸는지 길이 미끄러웠다. 이런 날에 손님이 오겠냐, 지레 짐작하면서도 하는 일이라 은행 인출기에서 백만 원을 찾아 슈퍼에서 막걸리 몇 병 사고 천 원 권 잔돈으로 5만원을 바꾼다. 기다리는 돼지차를 생각해 급하게 차를 몰아오고 싶지만 경운기가 앞을 가로막고 있다. 담배를 피우는 운전석에서 연기가 몽실몽실 피어올랐다. 속이 탄다.

그래, 참아야지. 어차피 면민이 되었는데......

돼지 차는 팔팔 고물상, 그러니까 동팔이 고물상 단골이다.

팔팔자원, 간판 한 쪽이 집게 차에 받쳐 찌그러져 팔팔하지 못하다. 동팔은 자신의 이름을 따서 그렇게 상호를 내고 나서 곧 후회했다. 처음은 대단한 작명이나 한 듯이 주변 사람들 의견을 깡그리 무시하고 일사천리로 사업자를 내고, 명함을 파고, 간판을 세웠는데, 아차, 돌아가신 아버지도 아들 이름을 호적에 먹을 올리고 돌아선 순간 그 만큼 절통했을까? 아들이 평생 이름 때문에 놀림 받고 그 이름의 무게에 짓눌려 살줄은 몰랐으리라. 하지만 누구나 한 번 들으면 기억하기엔 얼마나 좋은가, 똥팔이든, 팔팔이든.

멀리서 돼지차가 들어오면 벌써 똥냄새가 진동한다. 차에는 30에서

40수 정도의 돼지가 실려 있다. 계근대에 올라서면 한동안 요란하게 놈들이 소란을 떠는 바람에 계기판의 숫자가 제멋대로 움직인다. 돼지차 주인은 예민해진다. 돼지가 움직일 때마다 실량이 십 여 킬로 정도가 움직거려 계량 순간에 삼사만 원의 차이가 나기 때문이었다. 한 번 계근에 우리는 5천원을 받지만 그는 잘못하면 일당이 날라 갈 수 있다고, 우는 소리를 빼놓지 않는다.

그가 잔돈 5천원을 주고 똥냄새와 함께 사라지자 영훈이 나타난다. 샤시점 하는, 아니 가게는 없으니 샤시 작업하는 영훈이다. 평면 얼굴에 피부가 얇고 이마가 좁은, 덧칠 없는 만화에서 막 나온 듯한 인상이다. 그의 아내는 무당이고, 그는 샤시 일보다는 노름을 붙이는데 관심이 더 많다. 이어 이 십 여년을 일한 자기 매형에게 잘려 최근에 무점포 고물상 사업자를 낸 송인호, 또 노총각 조무성이 나타날 것이다.

이들이 전부터 이 고물상에서 빌붙어 먹고 사는 족속들이다. 그리고 새참 때가 되면 먹보 종달이 허겁지겁 나타나 늘 허기진 배를 움켜쥐고,

'형님, 막걸리 한 잔 하입시다.' 하며 지 집 인양 냉장고를 열면, 숨어들었던 허덕구가 살짝이 컨테이너 박스 밑에서 겸연쩍게 얼굴을 내밀 것이다.

못난 사람들이면 어떤가, 못난 사람들끼리 못난 술에 못난 농담을 주고 받으며 앉아 있는데, 오늘의 두 번째 손님이 들어왔다.

"원숭이네,"

종달이 막걸리 한 병에 라면을 벌써 두 봉지나 먹고도 고구마 껍질을 까면서 고개를 내밀고 인사했다.

"아제 왔습니꺼?"

하여간 넉살은 좋다. 그의 정신세계에선 한 번 이상 본 사람은 죄다

아제고 형님이고 누나고 동생이고 결국은 우리다. 그 우리 속에서 그는 특별한 인간관계를 유지해간다. 우리는 다소 손해보고, 도와주고, 잘못을 덮어주고, 아량을 베풀어야했다. 우리는 니 돈 내 돈도 경계가 없기도 하는 것이고, 니 년 내 년도 모호해지는 것이다. 허덕구의 가장 친한 친구답다.

"쬐께 가져왔다. 코피나 한 잔 주라"

원숭이는 리어카를 집어던지고, 사무실 문설주에 섰다.

"들어오이소."

들어오지 못할 만큼 단단히 맨 안전화를 신고 있다는 걸, 또한 그럴 시간이 작자에겐 너무 아깝다는 걸 알면서 인사치레로 하는 말이다. 조무성, 무성이도, 반똥가리 송사장도, 노름쟁이 영훈이도 공손해지고, 종달이와 허덕구는 계속해서 꼬리를 친다.

"인자 건물 다 올라 갔데예,"

아까 인출기로 가는 길에 보니 그 인간 원숭이가 아침부터 거푸집 위에 매달려 있었다. 뒷주머니에 연장을 차고 낡아빠진 모지를 쓰고 이리저리 건물 외벽을 넘나드는 게 영락없는 원숭이였다. 그 원숭이와의 첫 대면은 이랬다.

사무실에 앉아있는데 리어카를 끈 중늙은이가 어슬렁어슬렁 걸어 들어오기에 대수롭지 않게,

"계근대에 올리세요."

했더니, 그가 손을 휘휘 저었다.

"계량대에, 못 믿습니더."

고집스럽게 순화되지 않은 경상도 사투리였다. 기분이 상했다.

"저울을 못 믿으면 뭘 믿는단 말입니까?"

동팔은 성급함에,

'다른 데 가서 파시죠.' 하고, 쫓아버리고 싶은 마음이 굴뚝같았지만 에서 참으며 하는 행동을 지켜봤다. 장사꾼은 일원의 이익이라도 있다면 천리를 간다 했잖은가.

놈은 스스로 리어카를 끌고 안쪽으로 들어가 소형 저울 앞으로 다가갔다. 계량대에 60킬로그램이 찍혔지만 아무 말 없이 하는 대로 놔두자 이번에는 지가 물건을 저울에 달았다. 작은 저울도 60킬로그램.

'고작 니 몸무게만큼이나 가져와서 유세를 떠냐?' 하고 비아냥거리고 싶었지만 꾹 참았다.

작자도 예민하게 흐르는 기분 나쁜 기운을 감지했는지 리어카를 획 밀어 마당에 물건을 폈다. 작자는 60톤 계량대가 10킬로 정도의 오차가 나는 것을 빠삭하게 알고 있는 듯했다. 그러거나 말거나, 아, 그런데 요주의 물건이 눈에 띄었다. 바로 맨홀 뚜껑이었다.

"어르신, 이건 안돼요,"

잘 걸렸다 싶어 재빨리 태클을 걸었다.

"와이랍니까, 우리집에서 가져온 거라예."

원숭이가 눈을 치켜떴다. 원숭이가 눈을 치켜떠봄사 동팔은, 속으로 비웃었다. 애초에 비뚜름히 쓴 차양에 가린 모자속의 작고 주름진 얼굴이 드러났다.

"요즘 단속이 심해요. 이런 거 받았다간 고물상 문 닫습니다."

"아이고, 내가 이 동네 순사요. 젊은 사람이 고물상을 얼미나 해봤다꼬,"

속에 확 불을 질렀다.

그때 종달이 트럭을 몰고 마당으로 들어왔다.

"아이고 회장님 오셨네에, 날씨가 싸락하지에,"

경상도 놈이다. 알고 보니 그는 사거리에 마주보고 있는 사 층짜리 두

동의 건물주였고, 나이도 할배 소리를 듣기엔 생각보다 작았다.

"몰라봤네요, 말을 하시지. 저 건물 주인이시라고,"

동팔은 종달의 아부 섞인 부연 설명을 자르며, 어르신이라고 불렀던 오판을 슬쩍 거두었다. 자신의 경험으로 봐선 한 번 엎어진 인간관계가 쉽사리 회복되리라고는 믿지 않기 때문에 거기에 자존심까지 끼워 팔 필요는 없었다.

"말한다고 단가 더 주나?"

고철 판 돈 1만 8천원을 들고 커피를 홀짝거리며 리어카를 어기적거리며 끌고 떠나는 그에게 측은함마저 느껴졌다. 이윽고 종달에게서 쏟아지는 그 집안의 내력, 이를테면 그의 아버지는 양판떼기 하나라도 줍기 위해 온 동네를 쏘다니며, 그의 어머니 또한 아들이 하는 슈퍼에서 나오는 썩은 과일로 연명한다는 이야길 듣고 그 수전노 가족의 피가 그에게 그대로 이어지고 있다는 생각에 오히려 모멸을 주고 싶은 심술보가 부풀어 올랐다.

"저 건물을 혼자서 지었어롸. 무려 십년 걸렸답니다. 돈 생기면 짓고, 돈 없으면 노가다해서 벌고, 은행에 십 원짜리 하나도 빚이 없답니다. 그 앞에 짓고 있는 건물도 그 사람 것인데 5년째 저러고 있지롸."

"그래, 원숭이처럼 맨날 건물에 매달려 있는 게 그 사람이었냐?"

"혼자서 다 한당께. 남 줄 거 하나도 없당께롸."

종달이가 눈가에 커다란 주름을 잡고 웃었다. 그래, 너도 바로 원숭이였구나. 재롱 떨고 아양 떠는.

할머니 손님이 폐지 몇 묶음을 내려놓는다. 그 노인의 주름만큼이나 구겨진 종이 묶음. 지전 몇 푼에 노파의 얼굴에 슬픈 미소가 번진다. 그 미소에 전염된 자신의 얼굴이 상상이 되자 서글픔이 물밀듯이 밀려왔다.

어차피 시작한 일이니 해내야겠지, 어느덧 오십대 초반, 다시 일을 얻었다는 게 어딘가. 3년 정도의 공백이 얼마나 많은 무력감으로 삶을 황폐하게 했던가, 불명예퇴직의 쓴잔, 승승장구했던 삶이 문드러지고 비루해지기는 잠깐이었다. 코웃음치고 나왔던 회사에 대한 미련 따윈 없을 성 싶었다.

널브러진 시간은 그를 비굴하고 예민하게 만들었다. 아내를 설득해이것저것 성급하게 손대는 사업마다 실패했고, 이젠 스스로 납작해져있었다.

핸드폰이 울렸다.

"예, 예, 한 움큼이라도 치워드리지요. 감사합니다."

달리는 화물차 차창 너머로, 산기슭에 매화 몇 송이가 붉게 피어 있는게 스쳐들어 온다. 하얀 눈 속에 붉은 홍매화, 거기 새 한 마리가 앉아있다가 차 소리에 푸드득 날아오르자 눈송이와 함께 꽃송이가 흔들렸다. 겨울과 봄의 경계가 새의 깃털에서 무너진다. 그래 다시 하는 거야. 모든 걸 털고 일어나서 부딪치는 거야.

한목이, 이젠 그의 얼굴조차 잘 떠오르지 않는다. 아주 오래된 기억이존재하지만 그다지 유쾌한 기억은 아니다. 그저 과거의 바다에서 무거운 돌덩이를 들어 올리는 느낌이랄까, 어떻든 그를 다시 만난다는 것은 상당한 결심이 필요했다. 그에게 부러진 자존심을 보여야만 하나, 저절로 머리를 저었다. 하지만 오늘 그에게 손을 내밀어야 한다. 다들 그렇게 살아가니까.

"하이 똥팔이! 안 본 사이에 마이 늙었네,"

안건배는 구동팔을 보자마자 걸게 별명을 불러대며 반갑게 악수를 건넨다. 눈가에 웃음기와 함께 주름이 흐른다. 지가 더 늙었다. 동팔은 손을 들어 건배, 하고 제스처로 답례하지만 입술을 달싹거릴 만한 기백도 없다. 건배, 똥팔이로 불리며 청춘의 한 시절을 보냈던 기억이 아련하다. 이제는 다들 사회적 직분과 위치가 있는 데도 청춘의 시절에 만난 인연들의 사고는 어떤 면에서는 한 발짝도 앞으로 나아가질 않는다.

"뒤진 줄 알았다,"

안건배는 뒤 끝에 욕설을 덧붙였다.

"그래, 다 죽어간다. 좋네."

구동팔은 공장을 휘둘러보며 주눅이 들지 않으려고 했다.

"올라가보자."

담배를 비벼 끄고 안건배가 사무실 입구에 있는 벨을 눌렀다. 약속이 되었는지 별다른 반응도 없이 문이 열렸다.

이놈을 왜, 동팔은 건배를 앞세우고 들어서는 자신이 한없이 짠하게 느껴졌다. 건배보다야 자신이 이 공장의 주인과는 더 가까운 사이일 수도 있었다. 하지만 이 염치없는 발걸음을 혼자 떼기에는 자신이 없었다. 건물 4층에 있는 한목이의 사무실까지 올라가는 동안 불쑥불쑥 뒤돌아서고 싶은 충동이 몰려왔다.

'겨우 쇠부스러기나 주으러 다니냐?'

그가 묻는다면 뭐라고 답해야 할지 표정은 잔뜩 일그러졌다.

'건방진 놈, 친구가 왔다는데도 건물 속 지굴에서 버티고 있다니.' 불쑥 오기가 돋기도 했다.

"암만혀도 이상혀,"

"뭐가?"

"아니, 그렇잖아. 같은 창원에 살면서 그렇게나 모른 척 살고 있다는 기. 원수 지은 일 있냐?"

안건배는 고개를 갸웃거린다.

"내 주제가 그렇잖아."

구동팔은 묻는 의도를 피해버린다.

"친구 좋다는 기 머고, 그냥 엥기붙어. 똥팔이 니가 아무래도 한사장한티는 깨댕이 친구 아이가. 그라고 기계공고 동문이고."

동팔은 건배가 친구인 목이는 직함을 써서 부르고 자신에겐 '똥팔이'라고 거침없이 부르며 친밀도를 과시했지만 호칭의 무게가 친밀도와는 아무 상관이 없다는 걸 안다. 그저 한사람은 만만하고 한사람은 이미 쉽게 부를 수 있는 계급이 아니라는 사실이었다.

건배는 동팔의 손을 끈다. 유리창 너머로 공장의 마당이 한눈에 들어온다.

"저 봐라. 돈이 쌓여있네 뭐."

공장 건물 끝에 빈터에 설치된 고철 수거함이 열리고 작업자가 수거해온 칩을 버리고 있었다.

"우리 고철 장에 쌓아둔 것보다 많네."

묘한 무력감에 다리가 풀렸다, 한 달 내내 여기저기서 조금씩 수거해놓은 동팔의 고철 장을 주눅 들게 하는 양이었다. 동팔은 자신감이 뚝 떨어졌다.

표어들의 벽을 지나 4층에 다다르자 관리사무동은 복도에서 안을 적당히 들여다 볼 수 있게끔 설계되어 있었다. 가구들과 컴퓨터, 서류들과 필기구, 파티션 사이사이로 직원들의 머리통들이 보였다. 온순한 양들이 제 먹이통에서 여물을 먹는 모습 같다. 굴욕적이지만 편안해 보이고 안정되어 보인다.

대표이사실은 종합전시실을 통과해야만 나타났다. 전시실에는 이 회사에서 생산하는 제조품들이 유리관 속에 가득 진열되어 있었다. 그것들은 회사의 이력과 능력을 최대한 뽐내겠다는 듯 쇠 속살 특유의 은빛으로 빛났다. 동팔은 고향 강진의 은빛바다가 떠올랐다.

(주)칸-피스, 제조품에는 회사의 상호와 상징 로고가 박혀 있다. 왕의 평화라, 상호를 음미해본다. 동팔의 눈은 천천히 움직여 어느 한 지점에 머문다. 오래된 기계 한 대가 따로 전시돼 있었다. 기계는 붉은 카펫 위에 올려 있었는데 거기 이렇게 쓰여 있었다.

–여기서 나는 시작된다. 어머니는 왼손잡이셨다. 어머니는 쓸모없는 왼짝배기 낫을 나에게 남겼지만 나는 그것을 끝까지 버리지 않았다. 이 선반은 나중에는 아무 쓸모없는 고철이 될 수도 있겠지만 나에겐 그 무엇과도 바꿀 수 없는 것이다. 이 선반은 어머니의 왼낫과도 같은 존재다.–

놈과는 전시실 끝 지점에서 엉거주춤 마주쳤다.

다시 만나다니, 손을 내밀자 한목이는 목을 길게 뺐다. 작지만 다부진 몸매는 거북등을 연상시켰다. 굽은 허리는 오래전에 지게와 고된 노동으로 휘어졌을 것이다. 비뚤어진 주먹코는 선천적인 원인 때문이 아니라 누군가에게 언어맞은 흔적이리라. 어쨌든 그는 하얀 와이셔츠에 단색의 솔리드 타이가 단정하게 메어져 있었다. 난방이 잘 된 사무실에서 굳이 두꺼운 점퍼는 품위를 손상시킬 뿐 도움을 주지는 않는다.

"오랜만이야. 사무실이 좁지?"

두꺼운 구스 점퍼를 입고 들어서는 두 사람을 보고 씨익 미소 짓는 그가 인사말이 아니라는 듯 덧붙였다.

"곧 새 공장으로 옮겨가면 자주 오셔."

"새 공장이 벌써 다 됐나?"

안건배가 알은 체를 했다.

"벌써 우리 팀이 가 있지."

폼을 잡거나 허세부리는 태도는 아니었다. 잠시 담소를 나누는 중 멋진 숙녀 한 사람이 차를 내왔다. 평범한 바지를 입고 패딩을 걸쳤지만 웨이브 진 긴 머리카락이 분위기를 차분하게 했다.

"혜지야, 인사드려. 여긴 엄마하고도 잘 아신다."

"따님이신가?"

"딸은 딸인데, 내 딸이 아니네. 자네 오수연 알지?"

"오수연?"

"아, 그 오동녀, 자네 동네 살았던."

구동팔은 뒤로 주춤 물러났다. 한동안 말이 막혀 입을 뗄 수 없었다.

"뭘 놀래, 그 동녀가 낳은 딸이야. 현재 우리 회사 주주고."

"아, 그 동녀. 참, 잘 커줬구만. 어머니는?"

구동팔은 의례적으로 묻고 있다는 걸 알고 있었지만 뭐라고 인사를 나눌지 난감했다. 왜, 그녀가, 그녀의 딸이 여기에 아직 있는 걸까. 그녀는 바로 오동녀 그녀의 분신인 것만 같았다.

"그야, 잘 계시지요."

무중력 상태에서 무엇인가를 잡으려고 애쓰는 듯한 대화가 잠시 오갔다. 뜻밖의 만남도 잠시, 한목이는 그들을 전시실로 안내했다.

자랑하고 싶었을 것이다. 똥지게나 지고 다니던 놈이 직선과 곡선으로 다듬어진 초정밀 부품을 생산하고 있다는 것을. 대형 유리관 속에 진열된 제품들은 처음엔 거무튀튀한 주물이거나 단조거나 쇳덩어리였을 것이다. 강진만의 펄 바닥보다 시커멓게 웅크리고 있던 것들이 날카롭고 단단한 공구들을 만나 길이 만들어져 여기에 다다랐을 것이다. 그리고 그 제품들은 바로 그 자신이란 듯이 잔잔하게 제품들을 설명해 나갔다.

긴 시간이 흘러가는 느낌이었고 아무런 소리도 귀에 들어오지 않았다.

사무실로 들어와 차를 마시며 이런 저런 담소를 나누지만 쉽게 대화의 간극은 농담과 진지함속에서 겉돌고, 의례적일 필요도 없는 친구들 만남치고는 대화의 실마리는 쉽게 풀리지 않는다. 그나마 건배가 있어서 대화의 각진 부분들을 깎고 나가 조금씩 굴러간다.

이제 보니 한목이의 덩치가 너무 작다는 느낌이 든다. 단단함은 여전하지만 성장은 아주 오래전에 멈춰버렸는지도 모른다. 한동안 덩치가 크게 느껴졌던 것은 어릴 적 그에 대한 기억 때문이었을 것이다.

어린 시절 한목이는 덩치가 크고 징하고 독하고 강했다. 일꾼 놈, 아주 어릴 적부터 우린 그를 머슴이란 호칭으로, 일꾼 목이라고 불러왔다. 그 일꾼이란 호칭에는 천대와 비아냥, 조롱과 멸시가 묻어 있었다.

외주부서에 근무할 때 친구라고 찾아온 그를 냉정하게 거절했던 것도 어쩌면 그에 대한 근본적인 멸시의 감정이 깔려있었을 것이다. 지금 한목이가 그런 모든 기억들을 잊어버렸다면 다행이었지만 어쩐지 앙갚음을 받을 차례라고 느껴지자 썰물에 쓸린 고기처럼 그의 그물에 갇혀 입을 껌벅거리는 듯했다.

"고철을 한다면서 진즉 한 번 찾아오지."

본격적인 용건은 그가 꺼냈다.

"기존 거래처가 있을 텐데. 그래서......"

"친구가 한다는 데 그 까짓 거 왜 못 주겠어. 남들과 같은 조건이라면."

한목이가 빤히 쳐다보며 말했다. 그 얼굴 위로 강진만의 노을이 인다. 묘한 고집이 이마에 서리는 게 보였다. 동팔은 순간 심장이 떨어질 듯 가슴이 먹먹해졌다. 너는 뭐냐, 구매담당부서에 근무했을 때 그가 살기 위해 뻔질나게 드나들며 거래를 트려고 했을 때 외면하고 무시했던 너는. 한목이는 분명 야유와 조롱을 퍼붓고 싶을 것이다.

그는 배웅하며 이 오래된 건물에 들어온 사연을 이야기했다.

처음, 입사를 거절당한 곳이 이곳이라고 했다.

구동팔은 허혜지가 있는 곳을 가늠해보고 소리 지르면 오동녀가 거기서 뛰어나올 것만 같았다. 그는 몸을 오그리고 마당에 주저앉았다.

이맘때쯤의 하교 길엔 늘 구렁이 같은 그 놈이 다리께를 점령하고 있었다. 밤꽃이 흐드러지게 피고, 보리 베기가 시작되는 시점, 놈은 달궈진 자갈 위에 똥거름이 묻은 바작을 옆에 세워놓고 아이들을 기다리고 있었다. 그놈의 나이는 열네 살, 하지만 그의 근육은 이미 단단히 여물어 있고 팔의 완력은 농기구를 다루는데 지장이 없었다.

"배고픈 놈인께 상종하지 말고, 먹다 남은 건빵이나 던져줘부러라."

동네 어른들과 형들에게 오지게 맞고도 버릇이 고쳐지지 않아서, 동네 사람들이 슬그머니 포기한 결론이었다. 확실히 놈은 자기한테 반항하지 않고 순수하게 책가방만 벌리면 다리께를 통과시켰고, 시냇물에 멱 감는 것도 허락했다.

원래 놈이 그랬을까?

누가 그의 이마빡에 섣부르게 '상종 못할 놈'이라고 칭호를 붙였을까, 어린 그가 재빨리 그 옷을 입을 수도 있었는데.

놈의 이력은 이렇다.

사당리는 백사, 당전, 미산 마을의 행정 단위고, 그는 비교적 바닷가 쪽에 자리한 백사에 산다. 이름은 한목이, 학교에선 국민학교 4학년 이후나 아니면 그 전에 볼 수 없었던 것 같다. 그의 누나는 꽤 유명해, 정자라면 모르는 사람이 없을 정도로 미인이었다. 촌놈들 여럿 애간장 태우게 만들었고, 급기야 넘쳐흘렀는지 동네 건달 오광팽한테 겁탈을 당했는데 그 소문은 묘하게 퍼져나갔다.

때마침 간척 사업으로 쪼들리던 놈의 아버지가 딸을 겁탈한 오광팽이를 협박해 사업자금을 우려먹는다는 소문이었다. 어쨌든, 정자는 여러 소문들을 뒤로 한 채 뜻밖에도 스무 살도 안 돼 삼십 넘은 홀아비한테 시집을 가버렸다. 그런 저런 이유로 그의 어머니가 화병을 얻어 죽고, 어떤 연유였는지 그 노망난 할아버지와 수족이 불편한 할머니, 동생 둘과 함께 문둥이가 살았다는 갯가 쪽 외딴집으로 옮겨가며 놈은 들개처럼 떠돌았다.

그의 아버지, 지동은 술만 취하면

"인간 한지동이를 뭘로 아냐! 방죽만 막아봐라. 느그들 다 죽는다."고 온 장터를 시끄럽게 굴던 위인으로 설로는 강진 만에 김발을 처음 막은 선각자이기도 했다.

지동은 가족들을 데리고 완도, 진도, 고금도 개구락지 보지 털 나도록 돌아다니다가 고향으로 돌아와 맨 먼저는 해태 사업을 벌였고, 태풍과 수온 이상으로 고생도 했지만 단 번에 목돈을 쥐었다.

그의 작은 성공은 그 때까지 뭍의 끄트머리에 붙어살며, 갯것 해먹는 사람들을 천대하던 촌부들에게 바다 돈의 위력을 실감시켜주었고, 너도나도 김발로 뛰어들게 만들었다. 하지만 그는 거기서 멈추지 않는다. 느닷없이 간척사업을 벌여 방죽공사를 벌이기 시작한 것이다. 아마 그때 목이의 형, 열한 살 심해가 돌에 깔려 죽으며 불행이 시작되었다고들 했다. 어떻든 동팔이 그때까지 주워들은 그에 대한 이력의 전부다.

그가 얼마나 나락에 빠져 있고, 얼마나 많은 무게의 짐을 지고 사는지 모르지만, 다리께에서 다시 만난 그는 이미 자신과는 다른 세계의 다른 사람이었다. 이곳저곳 불려 다니며 닥치는 대로 일하고 닥치는 대로 물고 뜯는 냄새나는 하이에나 같은 존재, 바로 그것이었다.

그와 부딪치게 된 것은 같은 동네에 사는 오광팽의 이복동생 동녀 때문이었다. 동팔이, 동녀, 같은 동네니 형제가 아니냐고 친구들이 놀려댈 때면 왜 그 애가 하필이면 학교 종지기로 취직이 됐는지 원망스러웠다. 한때는 타작마당의 보리 가스러기 속에서, 방죽 길에 피어나는 하얀 삐미 속에서, 풋감으로 엮은 물레방아 속에서, 청자 파편의 바방놀이 속에서 즐거웠지만 동녀는 어느 순간 변해 있었다.

더럽고 냄새나는 도둑년으로 누가 그렇게 말했고, 누가 그 애 짓이라고 했고, 누가 꼬랑내가 난다고 했고, 이가 떨어지고, 누런 코와 튼 손이 그 애 것이라고 했다. 그리곤 그 애는 어느 순간 동팔에게도 천대의 대상으로, 학대의 표적이 되었다.

따라붙으면 가차 없이, 저리 가 씨발년. 염병할년. 개잡년...... 욕설은 예사였다. 하지만 동팔은 졸랑졸랑 따라붙는 그녀를 때리진 않았다. 누가 뭐라든지 옛 동무가 아닌가. 발길질은 할 수 없었다. 여기저기서 매타작 당하는 그 애를 볼 때면 가슴이 미어질 때가 있었다.

말리고 싶었다. 하지만, 입에선, 병신 같은 년, 오히려 심한 구박을 하고 쫓아버릴 뿐이었다. 하지만 중학생이 되고도 아는 채 하는 걸 용납할 수 없었다. 동팔에겐 여자 친구가 생겼다. 그에게 이 성가신 존재를 확실히 떼어놓을 필요가 있었다. 가혹하게 대할 수밖에 없었다.

그러던 어느 날 다리께에서, 놈이 초등학생 서너 명을 세워놓고 가방을 뒤지고 있었다. 땀띠가 난 얼굴이 짓물러터진 게 보였다. 덥지도 않은지 땀을 삐질삐질 흘리며 먹을 것을 찾아내려고 애쓴다. 동팔 일행과 눈이 마주쳤다. 부러 먼 산을 본다. 동팔은 무시하고 다리 밑으로 친구들과 함께 우 몰려갔다. 신나게 멱을 감고 있는데, 누군가 "오빠!"한다.

친구들이 일제히 웃는다. 다리 위에 동녀가 손을 흔들고 있었다.

"워메, 니 거시기 보고 웃는갑여,"

"동녀가 니를 좋아하기는 하는가 보네이."

귀가 먹먹하다.

"뒤지고 싶냐?"

한 놈을 잡아 채 물에 처넣고 동팔은 씩씩거리며 옷을 주워 입었다. 그리고 작심한 듯 다리로 올라갔다. 다리 난간에 걸터앉은 목이가 늙은 소처럼 우걱우걱 뭔가를 씹으며 힐끔거렸다.

"너, 모른 체 하라고 그랬제,"

흥분한 동팔을 보고 동녀의 얼굴이 하얗게 변했다.

"했냐, 안했냐?"

"그냥 디다 보다가 오빠가 있어서."

"내가 왜 니 오빠냐? 뒤져야 맛을 알것냐?"

동팔은 팔을 뻗어 뺨을 갈겼다. 정통으로 맞았는지 퍽, 소리가 났다. 잘못된 폭력에 스스로 화가 났지만 오히려 한 대가 더 날라가자 시멘트 바닥에 꺼꾸러졌다. 그리고 무차별적으로 구타를 시작했다.

"왜, 왜, 왜? 니미랄 년, 앞으로 한 번만 알은 체 해봐라."

머리를 한 번 더 찬다. 숱이 많은 머리에 흙이 끼얹어졌다. 그때였다. 주먹이 날라 온 것은. 얼마나 맞았는지, 솥뚜껑만한 손이 코뼈에 정통으로 날아와 손쓸 틈이 없이 피범벅이 되었다. 누가 왜 때렸는지는 동녀가 괴성을 지르며 그 물체를 향해 덤벼든 것은 그 직후였다.

정신을 차려보니 그 곰 같은 놈이 동녀에게 뜯기고 있었다. 하지만 그는 아무런 저항도 하지 않은 체였다.

"니가 뭔 데 끼어들어 이 씨발 잡녀리 쌔기야, 니는 남의 집 종놀이나 잘하라고."

동녀가 어른들이나 쓸법한 욕을 퍼부었다.

동팔은 친구들이 다리 밑에서 우루루 몰려왔다고 생각한 순간 어디서 그런 용기가 생겼는지 목이에게 한 대 날렸다. 곰새끼가 맥없이 무너진다. 아찔한 전율이 느껴졌다. 신기하고 스스로 대견했다. 다른 아이들이 벌떼같이 덤벼들어 놈에게 올라탄다. 놈이 피를 흘리며 매를 피하기 위해 납작 엎드렸다. 아이들이 소리를 지른다. 마치 우상을 무너뜨리고 혁명을 이룬 전사들 같다.

쓰러진 목이에게 동녀가 외쳤다.

"왜 나냐고, 나 같은 것이 뒤지든 살든 상관 말란 말이어."

동녀는 절규했다. 문득 동팔은 묘한 절망 같은 게 느껴지며 다리가 후들거렸다. 동녀의 눈빛은 초점을 잃고 미친 듯이 욕을 해댔다. 전라도 욕의 총본산 강진 욕지거리가 육자배기처럼 쏟아졌다.

그리고 꺼이꺼이 울고 있었다.

2. 마치코바

딸애는 저 사람 짜장면같이 생겼다고 하거나 감자죽 같이 생겼다거나 국수처럼 생겼다고 한다. 사람이 호박처럼 생기거나 감자처럼은 생길 수도 있겠는데, 감자죽이라니. 도대체 딸은. 윤종달은 안전화의 끈을 조여 매면서 힐끗 딸을 쳐다본다. 아무리 봐도 예쁜 보름달이다. 감히 파전 같다거나, 김치찌개 같다고 누가 말할까? 딸애의 머릿속에는 뭐가 있기에 그런 소리가 새순처럼 피어날까? 종달은 그런 딸이 마냥 신기하기만 하다. 꿈이 작가라는데, 이미 딸애는 세 살 때부터 작가였다. 멀쩡하게 뜬 달을 보고 '달걀 후랑이'라고 우겨댈 때부터 머리 주머니에서는 명주실 같은 글의 알갱이들로 가득 차 있었다.

"아빠, 화이팅!"

종달의 검고 두꺼운 얼굴 피부가 크게 꿈틀거린다. 이목구비가 크고 주름살도 깊다. 단단한 이마를 가졌고, 굵은 수족을 물려받았고, 큰 키에 잘빠진 몸매는 노가다 십장 같은 인상보다는 늠름한 경주마처럼 느껴진다. 목소리는 보통이지만 노래는 곧잘 했고, 추임새를 잘도 엮어내 흥을 돋우었다.

많이 배우지는 못했지만 들은 귀는 있어서 어떤 자리든 뒷줄에 서지 않고 주위들은 이야기를 앞세우며 엉덩이를 비비고 끼어들었다. 그런 자신을 지금 딸애는 어떻게 그릴까, 좋은 기억과 나쁜 기억 중에서 무엇을 쓸까. 딸의 볼을 만지며 '간다!' 부엌 쪽으로 인사를 건네지만 아내는 쳐다보지도 않는다.

지하 주차장에 낡고 찌그러진 트럭이 기다리고 있다. 삽과 쇠스랑, 긴 빗자루가 짐칸에 단단히 묶여있고, 1톤 마대자루가 그 위에 실려 있다. 차안은 더럽고 어지럽다. 면장갑과 반 코팅 장갑, 음료수병과 바, 자키 등이 작업복 등과 섞여 있고, 낚시 도구도 실려 있다. 일이 없는 날은 지렁이 3천 원어치면 근처 냇가에서 시간을 때울 수 있다.

시동을 걸자, 덜덜거리는 배기통에서 검은 매연이 쏟아졌다. 종달은 방귀 뀐 놈 꼬리 감추듯 잽싸게 주차장을 빠져나갔다.

어디로 갈까? 일은 점점 줄어들고 있다. 고철 값이 비싸지면서 공탁금 명목으로 제조업주들이 선수금을 요구해왔고, 자연스럽게 없는 놈은 밀려나가 떨어졌다. 도매상들에 4부, 5부 이자로 돈을 빌려 몇 군데 공탁을 걸었지만 이자 떼고 나면 말짱 도루묵이다.

생활고를 못 이겨 몇 차씩 빼먹기라도 하면 금방 업주에게 들통 나 일을 빼앗기고 만다. 그나마 기계 한 두 대 정도 가지고 일하는 마치코바 사장들 물건을 빼내어 목숨은 연명하고 있지만 아니꼽고 더러운 게 그 놈들이기도 했다. 한 움큼 주먹도 안 되는 '기루빠쉬' 가지고 온갖 생색이다. 그래도, 그는 차를 몰아 일터로 들어간다.

잘 갖추어지고 정비된 대규모 공단에선 거래처를 얻기는 어렵다. 그런 곳에 시커먼 1톤 차를 끌고 영업한답시고 엉덩이를 들이밀 수는 없잖은가. 이미 그런 곳의 고철 영업은 대상들 사업영역이다. 더 힘세고 있는 놈들 차지란 뜻이다. 염치를 알고 덤벼야하는 것이다. 세상은 이미 거대한 벽이 존재하고 있다는 걸 잘 안다. 그렇다고 굶어 죽냐, 사는 방법이 다들 따로 있고, 웃는 방법도 따로 있고, 방사하는 방법도 따로 있는 것이다.

차를 댄 곳은 늘 비슷비슷하다. 농사짓기에는 척박해 팔아먹지도 못한 채 대대로 내려온 땅들이 도시로 편입되면서 시절을 잘 만나 농업용 창고용으로 허가내서 대충 벌금 몇 푼 얻어맞고 공장용지로 슬그머니 탈바꿈시켜 세놓은 공장들이다.

한 쪽은 논이고, 다른 쪽은 주택이고, 심지어는 아직도 소들이 소마구청에서 똥에 짓눌려 있는 곳이다. 길은 제멋대로 구겨져있고, 건물은 염치없이 이어 붙여져 있고, 하천은 더럽다. 그 사이사이에 어지러운 전선들을 이고 비좁은 공장들이 어깨를 맞대고 널려 있다.

종달은 그 중에 한 곳을 찾아들어간다. 건물 안에는 세 명의 업주가 각자 기계를 사 넣고 건물을 쪼개 쓰고 있다. 그 세 명의 업주들은 각자의 가공칩을 관리하며 아무리 작은 양이라도 누구에게 일방적으로 몰아주는 법이 없다. 종달이도 일감을 몰아주라고 몇 번이고 사정해보았지만 다들 밥그릇의 임자가 존재했다. 친구가 고철을 해서, 동생이, 고향 형님이 부탁해서, 이런 식이다.

건물은 낡고 오래됐지만 안에 있는 공작기계들은 어울리지 않게 최신식이다. 리스로 들여놓은 기계들이다. 늘 실적에 굶주린 기계상들과 리스 직원들이 비싼 기계를 이처럼 허름한 공장들에 겁 없이 들이밀고 있었다.

외상 기계에 대한 면역을 잃은 사람들이다. 못 갚으면 뺏기고 신용불량자가 되고, 신용불량자가 되면 위장 이혼해서 나라의 이혼율 통계에 반영시키고, 이혼한 아내 이름을 빌려 기계를 다시 사들인다. 또 안 되면 아이들 이름으로, 친척 이름으로 사업자를 내고, 줄기차게 덤벼든다. 그리고는 어느새 진짜 이혼되어 가정은 산산이 깨진다.

　죽을 둥 살 둥 일해도 외상 기계 값에, 최악의 임률에, 장시간의 강도 높은 노동에, 하도급의 맨 끝에 있는 그들이 올바르게 생존 한다는 것은 가히 기적이다. 한번 실패하면 이 나라에서는 재기의 기회는 없다. 곳곳에서 칸을 치고 재진입을 막아버린다.

　그러거나 말거나 그들은 덤비고 물고 늘어진다. 무자료로 뭉개기도 하고 다른 이의 상호로 바꿔달고 절름거리면서 생존한다. 하지만 터질 듯 말듯 여리고 가느다란 수많은 실핏줄 같고 실뿌리 같은 소기업들은 자기들만의 백일몽 속에서 허겁지겁 산업구조의 맨 밑바닥을 기어가며 무거운 국가란 괴물의 몸체를 지탱해주는 버팀목임에는 그 누구도 부정하기 힘들 것이다.

　얼마나 버틸지, 종달은 가늠해본다. 자신도 임가공 공장을 매형과 함께 했던 기억이 있기 때문이다. 빌어먹을 망하거나말거나, 전봇대로 이빨을 쑤시든, 좆대가리로 쇠구멍을 파든, 망할 때까지만 비비면서 고철이나 퍼먹으면 된다. 어디 남 걱정인가?

"성님, 커피 한 잔 주이소."

　넉살좋게 공장으로 들어선다.

"뭐 하러 왔어, 안즉 차지도 않았는디,"

　까칠하다. 이 작자한테도 돈을 빌렸었나, 기억이 없다. 하도 여기저기서, 성님, 동생, 형수, 누야 하면서 푼돈을 빌려 쓰는 바람에 요주의 인물이 된 것을 알고 있다. 하지만 어쩔거나, 저녁에 일당이라고 마누라한테 내놓아야만 밤새 들볶이지 않을 텐데. 여기서 빌려서 저기로, 저기서 빌려서 여기로, 그러다가 지금처럼 신용 잃으면 들고양이 만난 여염집 아낙의 사시눈깔 세례 같은 천대를 받아야 되는 것이다.

　카드 돌려막기? 그 정도면 엄청난 신용이다. 그러니 떠들지 말자.

"청소해 줄라고 왔지롸,"

'씨발눔아, 내 상대는 니 마누라여, 지 마누라한티는 기도 못 펴는 것이 어디서 행세여,' 속으로 비웃어본다.

"그라고 점심 때 와야제, 하필 일 바쁠 때여."

"왔다메. 성님 쉬엄쉬엄하라고 빨리 왔지롸. 점심 때 쉬고, 또 지금 담배 한 대 꼬실리고. 헤헤헤."

문딩이 자슥 바쁘도 않쿠마는, 속으로 씹어본다.

"단가 쪼매 더쳐주라, 너무 약하다."

"왔다메, 차 기름 값도 안 나오구마는,"

"기루꾸 주라고 하루에도 열댓 명도 더 찾아온다,"

생색을 내며 압력을 가해오자, 종달은 바지주머니를 주섬주섬 뒤져 준비한 돈을 꺼내 작자의 작업복에 푹 집어넣는다. 그리고는 고개를 백팔십도 숙여 인사한 후 큰 소리로 외친다.

"성님, 열심히 하겠습니다!"

"지랄한다."

'그려, 술 많이 쳐묵고 빨리 뒤져라,' 속으로 대거리를 한다.

"형수님은 어디 갔어예?"

갑자기 경상도 버전으로 바뀐다. 작자가 허둥지둥 돈 넣은 주머니를 확인하고 턱짓을 한다. 그리고 애먼 외국인 직원들에게 소리를 질러댄다. 니나 내나, 씁쓸해진다.

"형수님, 차 한 잔 주이소,"

부러 큰 소리로 외치며 컨테이너 쪽으로 으쓱거리며 걸어간다.

문을 열고 안에 있는 그 형수를 보고 종달은 큰 소리로 인사한다. 이 공장은 그 형수님을 먼저 알고 파고 들어왔다. 동네 배구클럽에서 만난 여자다. 여자는 고개를 돌리고,

"일부러 왔는데, 지금 푸라카소."

창문을 열고 신랑에게 퉁명스럽게 말하고 문을 탁 닫는다. 남편은 그러거나 말거나 주머니를 움켜쥐고 재빠르게 공장문을 빠져나간다.

종달은 후루루, 커피를 얻어 마시고, 한 잔 더 마신다.

"우리 형수밖에 없당게,"

덩치에 맞지 않은 애교를 부린다. 커피를 타기 위해 엎드린 그의 엉덩이가 종마처럼 단단해 보인다. 쭉 뻗은 다리는 검게 타있고 윤기가 흐른다. 짐승 같다는 생각이 들자 여자는 가슴이 울렁거린다. 얼굴 한 쪽에 돋아난 검은 반점이 씰룩거리며 코 평수가 걷잡을 수 없이 넓어진다.

"형님, 몸은 좀 괘안답니까?"

"모르제, 영감쟁이 지 죽을지도 모르고 술 퍼묵은께,"

"몸이 최곤디, 오십도 안 된 양반이 으째 저라까,"

"또 돈줬제? 돈만 생기면 달아내삔다."

여자는 컨테이너 문꼭지를 살며시 누르고 종달의 몸을 부딪쳐간다.

"내가 커피 타주께."

종달은 엎드린 여자의 치마 속으로 손을 넣어 팬티를 잡아당긴다. 여자가 들고 있는 일회용 커피가루가 탁자에 쏟아졌다. 익숙한 교접인 듯 아주 짧고 강하게 두 사람은 밀회를 즐긴다. 밖에서는 기계 돌아가는 소리가 요란하다. 교성은 그 소리에 묻히지만 차고 오르는 욕정은 억제하기엔 너무 강렬하다. 여자는 뒤돌아서서 종달을 소파에 앉히고 무릎에 올라타지만 종달은 해야 할 일이 있다는 것을 안다.

"일해야 된다."

"나중에, 응, 나중에."

"힘 다 빼고 으짜라고, 돈이나 좀 빌려주등가."

"그래, 그래, 알았어. 왜 이래?"

"아이고 형수 나도 모리것다."

종달은 달리고 만다.

"맨날 돈이다. 얼매나 필요하노?"

여자는 종달의 엉덩이를 손바닥으로 툭 치며 장지갑을 연다. 만족스런 피로가 목소리에 가득 젖어있다.

종달은 커피 한 잔 마실 시간만큼을 더 보내고 컨테이너 밖으로 나간다.

재빠르게 차를 밀어 넣고, 작업도구를 내린다. 마대를 풀고 고정한 뒤 범용선반 뒤로 간다. 삽질이 시작된다. 원래는 기계 가공 하는 사람들이 한쪽으로 칩을 모아두지만 언제부턴가 고철 시세가 좋아지면서 이런 영세한 업체들은 기계 뒤에 그대로 놓아두고 고철쟁이들이 퍼내가는 걸 당연시했다. 보통은 두 사람이 한 조를 이루어 일을 하지만 종달은 죽든 살든 혼자서 했다. 힘도 좋은 데다 나눠가질 형편이 못되기도 했다.

먼저 말려 올라간 파마한 머리처럼 긴 칩을 쇠스랑으로 걷고, 이어 잘잘려 참하게 쌓인 칩은 소쿠리에 담아 화물차에 올려 싣는 작업이다. 큰 마대를 이용해 퍼 모아서 크레인으로 옮기면 수월하지만 이런 곳은 작업 환경이 워낙 열악해서 그렇게 몸으로 나르는 수밖에 없다.

30분 정도 작업하면 온몸의 소금기가 빠지며 땀이 비 오듯 쏟아진다. 하지만 여름보다는 낫다. 여름엔 소금을 입에 물고 있어야할 정도로 힘든 일이다. 하지만 단시간에 일을 끝내고 시간이 많다는 장점도 있었고, 어쨌든 외상공화국에서 현금거래를 원칙으로 하기 때문에 좋다. 그리고 눈 깜짝할 새에 근수를 속일 때는 꼬소름하다.

"이거 좀 드이소,"

여자가 음료수를 가져온다.

"아이고, 형수님, 감사히 마시겠습니다." 단 번에 음료수를 비우고,

"형수님 남은 잔반 없어요?" 묻는다.

"아침밥도 못 얻어 묵었나?"

"밥값도 못하는디 밥 얻어 묵것소?"

아침부터 양판데기에 밥 두 그릇을 뚝딱 비우고 온 사실을 잊어버렸다.

"나 같으면 보약도 해 믹이것다."

"그랑께요, 나가 형수님을 진작 만나야 하는디"

장갑 낀 손으로 여자의 엉덩이를 툭 친다.

"미쳤나, 누가 본다."

"저녁에 한 잔?"

음흉하게 미소 짓자, 여자가 손으로 귀를 댄다. 전화하라는 시늉이다. 곧 막걸리와 김치, 라면이 나왔다. 종달은 허천덕스럽게 말아버린다. 그녀와의 섹스보다 훨씬 달콤한 오찬이다.

삼칠면, 칠원, 칠북, 칠서 접해있는 삼면을 일컫는 말이다. 그 삼칠면 줄다리기 행사의 전야제가 시작되자 읍면사무소 앞으로 사람들이 꾸역꾸역 모여들었다. 도대체 어디서 저런 많은 사람들이 모여 든 걸까. 아마도 면민들 대다수가 모여든 모양이다. 일 년에 한 번 열리는 축제를 보기 위해, 그 축제를 보지 않으면 소외되는 것처럼 서둘고 있다.

"정말 읍내 사람들처럼 생겼어,"

종달이 무심코 내뱉자

"어뜩케 생긴 것이 읍내 사람이다냐?"

얼척없는지 무성이 묻는다. 무성의 별명은 기생이다. 멋지고 잘생긴

기생의 이미지가 아닌 기생충 같은 기생이다. 그 기생이나 이 기생이나 남 밑에 빌붙어 빨아먹는 것은 같은 의미지만. 하여튼 고철업을 오랫동안 해왔지만 자기 고철 장은 없다. 여기저기 자기가 출근해 있는 곳이 그의 고철 장이다. 그러면서도 어디서나 주인처럼 행세한다.

그는 최근에 들어와 머리가 조금이라도 길어나면 견딜 수 없어했다. 그 답답함과 거북함은 머리카락이 자라나는 걸 용납할 수 없었다. 이제 그는 빡빡이로 불린다. 기생보다 한층 강한 이미지의 별명을 얻은 그는 툭하면 시비가 붙어 경찰서에 불려 다니곤 했다.

"글쎄, 하여튼 읍내 사람 같이 생겼어라."

말을 해놓고 딸을 생각한다. 정말 잘 고른 말 같다. 똑똑한 딸이 아무래도 자신을 닮은 것 같다. 기분이 좋아진다. 그러자 사람들이 진짜 읍내 사람같이 보였다. 구부정하게 어정거리며 조그만 기회만 있으면 허언하고 우쭐대고 간섭하고 그러다가도 기세 좋은 상대 만나면 쉽게 무너져 아부하고 비굴해진다. 갑자기 잘 붙은 반죽처럼 우루루 몰려들다가도 볕 만난 콩알처럼 따로 튄다.

대도시에서는 밀려나있고, 농촌 사람임을 인정하지 않으려고 버티는, 피부는 햇볕에 그을렸으면서도 옷은 제대로 입으려고 애쓰지만 부자연스러운, 목소리는 크고 실속 없이 과장되었고, 다방 레지라도 지나가면 틀림없이 눈길을 돌려 꽁무니를 뒤쫓는 류, 어이, 최의원, 누군지 알지도 못하면서 아는 척, 과시를 한다. 국회의원을 아무렇게나 부르는 대단한 읍내사람들이다.

가수 몇 명이 목청을 돋우고, 국회의원이 예산을 잘 따오겠다고 큰소리 치고, 추진위원장이 폼 좀 잡고, 폭죽이 펑펑, 돈 가루가 하늘로 쏟아지자 눈은 제법 즐겁다. 그리고 남들이 즐거우니까 또 웃음이 봄 버짐처럼 번진다.

종달은 엉덩이를 흔들고, 들고 있는 맥주를 마신다.

"형님, 한 번 나가 보실라?"

"좋제,"

두 사람은 얼굴이 벌겋게 달아있다. 둘이서 술기운을 빌어 기세 좋게 무대 앞으로 나가려는 순간 누군가 어깨를 끈다.

"뭐 하노? 쪽팔리게."

반똥가리 인호다. 고개를 빠히 들고 작지만 형 노릇 해보겠다는 듯,

"가자, 삼합이 기똥차게 좋드라,"

행사장 공터, 아귀처럼 들어선 먹거리 장터에는 손님들과 상인들의 호객행위로 와자하다. 세 사람은 돼지 통구이가 장작불에 익어가고 있는 가게로 끌리듯 들어간다. 정작 시킨 안주는 홍어였다. 막걸리 사발이 돌자 곧 취기가 돈다.

종달은 음식 앞에만 서면 허덕거린다. 고철 장의 개, 허덕구는 바로 자신인지도 모른다. 몸 안에는 거지가 들었는지, 항상 허전하고 배고프다. 아침 먹고, 샛것 먹고, 틈나는 대로 눈치 보며 냉장고를 뒤져도, 점심때가 그립다. 점심은 잔반까지 다 먹어치우고, 누구를 꼬드겨서라도 막걸리 몇 병을 마셔도 배는 금방 출출해져 다리에 힘이 풀린다.

허우대는 멀쩡한데 쓸모가 없다.

"엔간히 처먹어라, 처먹는다고 하루 다 보내것다."

누군가 비아냥대고 욕을 해도 걸신들린 사람처럼 먹을 것을 찾는다. 속은 끝없이 허전하다. 허천병에 걸린 걸까. 헤프고 없는 이 여자 저 여자 가랑이 속을 종마처럼 백날 달린들 주머니가 채워질리 없었다.

"형님, 한 사발 더 합시다,"

"니가 살래?"

"나가 돈이 어딨다요, 성님 돈이 팽야 우리 돈 아니요이."

술자리를 파할 기세가 보이자 종달은 비장의 카드를 꺼낸다.

"아는 아지매들 있는디. 저그 저쪽"

갑자기 턱짓이 가리키는 방향을 탐색한 두 남자가 의자를 바싹 끌어당긴다. 종달은 으쓱하며, 큰 소리로,

"삼합 큰 접시로 한 판 주시요!"

기고만장 낚싯줄에 걸린 콧구멍들을 잡아감아 당기며 음식주문이 들어간 순간 종달은 누군가와 시선과 마주쳤다. 처음엔 긴가민가해 행색을 살폈는데 그 자였다. 알은 체를 해야 하나, 말아야 하나, 저 작자가 자기 때문에 교도소에 갔다 온 사실을 알기나 할까? 놈이 힐끗 쳐다보자, 종달은 일어섰다. 그래, 씨발놈 고철 한 바가지라도 얻어 묵자.

가까이 다가가도 그들은 뭔가 옥신각신 하고 있었다.

"그 사람과 만나는 걸 왜 그렇게 못마땅하게 생각해?"

"지훈이는 여기 있을 사람이 아니야. 결국은 혜지만 상처 입게 될 거야."

"그건 나중 문제지. 이미 시작된 일인 걸."

"그 애마저 내 곁에서 가버리면. 나는……"

"그 앨 사랑이라도 한 거야?"

"그걸 굳이 그렇게 표현해야 되겠어?"

"오빠는 위험한 생각을 하고 있어."

"위험한 사람은 혜지야."

"그냥 보내."

"너처럼?"

종달이 헛기침을 하고 다가섰다.

"한 사장님 맞지요?"

작고 다부지게 생긴 남자가 그 체격에 담겨있을 법한 눈매로 응시해 온다. "아니, 이게 누구야, 윤대표!"

'대표는 무슨 얼어 죽을 대표?' 스스로에게 쏘아붙이고 싶다.

"오랜만이네요,"

"아, 그렇구만, 문사장은 잘 있고?"

"앗다, 그 때 전부 깨져부럿지롸. 인자 알고 싶지도 않고."

"그렇지. 자네는 지금 뭐하나?"

"죽지 못해서 살고 있지롸. 뭐,"

"자네. 그 축구, 참 잘 했는데."

종달은 놈이 쓸데없는 것을 기억하고 있다고 생각했다. 당황스러웠을까, 아니면 오래된 일이라 나빴던 기억은 걸러져 잊어버렸을까,

"그 때가 언제라고……"

"야, 어쨌든 반갑네. 막걸리 한 잔 하게."

놈은 항상 이랬다. 사람을 제압하는 강한 힘이 느껴진다. 그 힘이 여전하게 느껴져 왔다. 동석자는 중년의 여자였다. 와이프는 아닌 듯 했지만 두 사람은 다툰 사람처럼 돌아앉아 있었다. 여자의 키는 적당히 컸고 몸매는 관리하는지 아직 몸통이 아니었다. 세련된 머리칼을 가졌지만 특별히 미인은 아니었다. 하지만 검고 커다란 눈은 깊은 에너지로 가득 차 있다.

"왓따메, 회장님이 이런 촌구석에 형수님하고 나타나실 줄 누가 알거소잉, 안녕하신게롸, 저 윤군이니더."

지르고 나간다.

술이 돈다. 씨발놈 너 때문에 모든 게 엉망이 됐는데, 그래, 다시 엉겨 붙어보자, 형수든 갈치든 싸고도는 품이 약점을 잡는 데는 지장이 없

을 듯 했다.

"형수님 나이가 되야 딱이지롸. 저그 머시냐, 꼭 지기 직전에 흐드러지게 피어나는 장미 같당게요. 한 잔 받으실라요?"

여자가 살짝 미소를 지었다. 얼척없이 달려드는 경주마 같은 놈의 걸진 사투리에 퍽이나 당황한 표정이다.

"고향이?"

"해남이어롸. 형님 옆 동네랑께요."

여자의 얼굴에 빛과 그림자가 한꺼번에 스쳐지나갔다.

"그래, 지금은 머하시나?"

한목이가 인사치레로 물었다.

"머하긴요, 여그서 고철 장사하지요. 팔팔자원이라고 요 너머에 있지롸."

"팔팔자원?"

한목이의 눈이 동그레진다.

"거긴......?"

의아한 눈초리로 쳐다본다.

"아니지롸. 지가 무슨 능력이 있어서, 그냥 붙어있어롸. 근디 잘 아요?"

"그, 그래. 거기 담달부터 우리 거 수거할거야."

"워메메 세상에 동팔이 형님 암 말도 안 하더니만 인자 살판 나부렀구만. 근디 워뜨케 아는 사이요?"

"옆동네 살았지. 친구야, 친구. 허허."

"깨댕이 친구롸?"

그때 여자는 불편한 듯 자리에서 일어났다.

"그만 가요. 사람도 많은 곳에 머 할러 와서는......"

한목이는 따라 일어서면서 손짓으로 인사를 하고 따라나섰다. 종달도 그들을 따라 붙었지만 그들은 그를 의식 못했다.

"그만 헤어져. 그놈은 순 잡놈이야."
"오빠 말 함부로 하지 말랬지, 그 사람은 나한테 잘해."
"하여튼 그 작자가 보기 싫어. 기억이 안나? 가게에서 너에게 해코지 한 거 잊어버렸어?"
"숫놈들이 다 그렇지. 하지만 알고 보니 좋은 사람이야. 어제도 그 사람이 나에게 카톡으로 편지를 보냈어. 편지가 아니지. 시였어."
"여자 홀리는 데는 도가 튼 놈이군."
"함부로 말하지 말랬지. 그는 작가야. 시인이구."
"그런 놈들은 널려있어."
"오빠, 더 이상 그 사람 이야기 하지 마."
"너가 항상 꺼내잖아."

한목이는 쳐다보는 동녀의 시선을 피한다. 오동녀가 어떤 남자를 만나든 무슨 상관이란 말인가. 그렇게 생각해보려 해도 그녀가 만나는 남자는 최악이란 생각이 든다. 그녀가 그 놈팽이와 섹스를 한다고 생각하면 치가 떨린다. 어쩌자고 새삼스럽게 성애에 빠져있는지, 그리고 그걸 기어코 자랑하는 오동녀를 어떻게 해야 할지 난감하다.

'오빠, 그 남자가 내 젖을 깨물었어. 남자들은 다 그래? 부끄러워 죽는 줄 알았어. 오빠 알잖아. 내 가슴에 난 모반, 그 남자는 상관없다고 했어. 자신은 더 큰 상처가 가슴 속에 숨겨져 있다고, 다들 상처가 있지만 나만 밖으로 나있을 뿐이라고'

'그래, 다 내 잘못이지.'

애써 마음을 가라앉힌다.

두 사람의 대화가 심각해 보여 종달은 인사도 못 건네고 돌아섰다.

저쪽이 시끄럽다. 여자들 속에서 점박이 아줌마가 손짓을 한다. 그녀도 이 만남을 엿보고 있었던 모양이다.

"어디서 많이 본 사람인디 누구여?"

"참말로 성님은, 한목이 아니요이."

이미 반쯤 취한 무성이 참견을 해온다.

"느그 매형하고 동업했던 한사장님?"

"사장님은, 씨벌. 저 놈 땀새 다 망했는디"

종달의 머리는 복잡해진다. 동팔 사장과 동향이라, 참, 인연도 더럽다. 온갖 자질구레한 이야기는 죄다 나불대면서도 저 작자 이야기를 동팔형에게 안 꺼냈다는 게 신기했다. 때로는 낙엽처럼 가벼운 사람도 줄기에서 떨어져 세찬 바람에 날리고 도로에 떨어져 짓밟히면 과거를 스스로 걸러내 버리는 자정이 작동하는 것일까. 스스로의 어리석음에 상처받은 과거는 그 앙금의 깊이만큼 잠깐 만에 모든 것을 앗아가 버릴 수 있어서 함부로 터놓을 수 없는 이력으로 남는 것일까.

종달은 그들 사이에 반드시 발을 담가 이득을 얻어야겠다는 속셈을 해본다.

"느그 매형 망하게 한 그 사람이 여그까지 먼일이다냐?"

무성이 물고 늘어졌다.

"오다가다 들렸것지롸."

종달은 입을 다물어버린다. 머릿속을 정리하기에는 시간이 필요했다. 여자들과 합석하자마자 술 때문인지 무릎 사이는 가까워지고 무성은 호기롭게 술과 안주를 시킨다. 우연히 한목이가 그 자리를 스쳐지나갔지만 속된 이야기꺼리는 늘 궁핍한 터, 자연스럽게 '(주)칸-피스' 한목이가 안주거리가 된다. 물고 씹고 돌리고 각색하고 짓밟지만 궁극적으로는 그 잘난 놈하고 조금씩 인연을 가지고 있고 그래서 본인들도 그와 동급으로 쳐주기를 짖어대는 것이다.

"나가 아까 그 인간만 안 만났어도 여그 안있제."

푸념처럼 내뱉으며 종달은 점박이 아줌마의 손을 슬몃 잡으며 끌어온다. 여자가 술기운인지 체면도 없이 머리를 기대며 아양을 떤다. 들키지 않게 고개를 돌린다. 지독한 머릿내와, 썩은 금이빨 사이에서 나는 악취를 참을 수 없다. 악조건을 참으며 그녀의 성적 취향에 도달해주기 위해 얼마나 애썼던가. 갑자기 자리를 박차고 가고 싶다. 하지만 현실은 점박이 아줌마, 금순이다. 여기라도 피할 곳이 있어서 얼마나 다행인가.

"종달씨, 우리 노래방 가요."

꽉 껴입은 청바지가 터질듯 하다. 살덩어리들을 마대에 꾸겨 넣으면 저런 형태가 나오리라. 반점을 숨기며 묘하게 눈을 치켜뜨는 게 빌어먹을, 성적 자극을 일으킨다. 곧 후회할 자극이고, 다시 고개 드는 욕망이다. 술이 목줄을 타고 쿨렁거리며 내려갔다.

쓸데없는 농을 더 이상 지껄이기엔 너무나 눈이 많은 면민 행사장이었다. 무성은 가래침을 연신 뱉어내며, 그 빈 공간으로 담배를 빨아들인다. 손끝의 촉수는 알콜이 배일수록 빨라져, 부러 튕기는 뚱뚱하고 붉은 피부를 가진 여자의 허벅지를 더듬는다.

인호는 스텐고철 가격이 어떻고, 알루미늄은 어디서 가격을 잘 쳐주고, 최근 가파르게 오르는 구리값 이야기가 나오자 또 다시 거품을 문다. 돈이 떨어져 농가의 전선을 끊어먹다가 감전되어 죽을 뻔한 자신의 전설 같은 이야기가 나온다. 하지만 아무도 그의 이야기에 귀 기울이는 사람은 없다. 벌써 수 백 번도 들은 이야기였다.

종달은 스물다섯 살 되던 4월 1일, 그의 매형이 그를 잡으러 왔다. 노름방에서 꽁지나 뜯던 시절이었다. 다짜고짜 그를 끌고 와 사업자등록증 상의 대표로 앉혔다. 사업자등록증의 등록일이 바로 4월 1일이어서 생일처럼 기억이 또렷하다. 만우절이기도 했던 날짜였다. 관례처럼 거짓말로 속이고 즐겼다면. 하지만 얼마나 많은 거짓과 위선, 협잡과 교활함이, 욕망과 배신의 등록일 이었던가?

명함은 형식상 대표, 실제로는 과장대리로 납품업무를 맡은 게 공단에 처음 와서 한 일이다. 매형은 처음 시작한 사업이 자금난에 빠지자 많은 세금과 국가기금을 떼먹고 회사를 자신 명의로 돌렸다. 그의 사적인 신용은 그럭저럭 유지한 채여서, 그 자리에서 임대계약서와 사업자만 바꾸고 재빠르게 회사를 돌렸다. 은행이고 보증기금이고, 세무서고 이미 날아가 버린 회사에 채권추심 할 물건은 어디에도 없었다. 개인들에게 진 빚은 공장을 이어가고 있다는 이유로 유예됐다.

윤종달이 고등학교를 졸업하고 축구프로팀에 입단할 때만 해도 그의 미래는 창창해보였다. 하지만 곧 시련이 닥쳤다. 경기 도중에 난 사고로 축구를 그만 두었더라면 덜 억울했을 텐데, 그의 축구 인생은 무참하게도 그의 시골집 경운기를 끌고 가다가 끝났다.

보릿단을 실은 경운기가 전복되는 순간 그는

'보리밥 묵은 놈은 보릿단에 깔려 죽는구나.' 하고 자신의 인생을 저주해야 했다. 허리와 다리를 심하게 다쳐 1년 이상의 재활 치료를 해야 했고, 다시 돌아온 팀에서 그는 이미 예전의 기량을 발휘할 수 없었다.

종달이 한목이를 처음 만난 때는 매형 회사에서 일한지 3년 째 되는 해였다. 매형은 새로운 동업자를 끌어들였다. 그가 한목이였다. 작달막한 키에 다부진 체격을 한 그는 머슴처럼 성실하게 느껴졌다.

매형은 동업자인 그를 수도 없이 부려먹었다. 매형 문형렬은 몇 가지 특허를 가지고 있었는데 그 중 두 개가 상용화되어 생산시설을 늘리고 기술개발 인력이 필요한 중차대한 시기에 자본과 기능을 겸비한 그를 끌어들인 것이다. 그때까지 배고픈 두 사람이었다.

대단한 기술력을 보유한 문형렬과 뚝심과 집념의 화신 같은 한목이의 기능이 만난 환상적인 궁합이었다. 빠르고 신속하게 양산체제로 들어 갔다. 회사의 매출은 급속히 늘었고 이익금은 늘어났다.

매출이 늘어나고 회사 규모가 커지면서 문형렬은 조바심을 내기 시작 했다. 동업자를 업신여겼고 종달 또한 이유 없이 괴롭히기 시작했다. 만만하고 고분고분한 그였기에 그의 매형은 마음대로 대출을 내고 도 장을 쿡쿡 찍어댔다. 그러면서도 바지사장의 일처리가 더디거나 자기 성에 차지 않으면 당장 모든 판을 깨버릴 것처럼 화를 냈다. 그 사이 종업원 수는 50여명에 이르렀고, 우여곡절 끝에 그때까지 임대로 쓰 던 공장을 인수했다.

"처남, 인자 이 삼 년만 더 열심히 하면 문형렬이 명예회복 된다. 빚 다 갚고 사업자 나온다. 남의 이름으로 사업하는 게 쉬운 게 아니다."

무슨 뜻일까. 모른다. 남이라니, 나를 내치겠다는 것인가. 종달은 처 음으로 의심을 해본다.

"그 새끼, 내가 기술 개발해서 먹여 살려줬더니 은혜도 모르고 까불 어. 그래서 대표이사를 못 시키고 처남 시키는 거야. 너는 가족, 엉, 가 족이니까 믿는 거야."

한목이를 물고 늘어지는 빈도수가 많아졌다. 죽을 둥 살 둥 일하자면 서, 의형제, 그러니까, 그 유비의 도원결의를 맺은 듯이 일사불란함을 강조했던 매형이다. 그러면서도 자기는 영업한답시고 골프하고 룸살

롱을 전전하고 동업자는 밤새 공장을 지키게 하고 바지 사장은 수시로 검문하고 몰아세워 가두려들었다.

돈을 벌면 사람이 변할까, 종달은 불안했다. 사업이 커지자 조직이 만들어진다. 자리가 생기고 그 자리를 지키기 위해, 사람들은 갖은 권모술수를 쓴다. 작은 권력이건 큰 권력이건 다 똑같다.

사단이 터진 것은 고철업자 무성이 나타난 후였다. 그때까지 회사 고철, 분철등과 폐기물 처리는 종달이 맡아했지만 문형렬의 지시에 의해 관리하는 수준이었다. 그런 그에게 무성이 제안한 것은 뜻밖이었다.

"3천만 원 공탁 걸게!"

공탁(供託)이라, 미래에 나올 쇠부스러기를 대가로 돈을 걸겠다는 뜻인데, 고철 대금으로 선수금 이야기를 들은 것은 처음이었다.

종달은 무심했다. 그러거나 말거나.

"성사되면, 너한테 따로 오백을 줄게."

종달은 가슴이 쿵, 내려앉았다. 그 사이에 결혼도 했고 아이도 낳았다. 물론 매형은 그 결혼마저도 자신이 시켜준 것처럼 떠들고 다닌다. 그는 알 수 없는 압박감에 시달렸다. 은근슬쩍 병이 도지기 시작했다. 인간 안 될 놈 잡아와 사람 만들어냈다는 매형의 말처럼 노름병이 재발한 것이다. 그리고 아내 몰래 빚져있었다.

"나한테, 뭐할라고라?"

가슴이 쿵쾅쿵쾅 뛰었다. 공돈 오백이라니 물가와 임금이 기하급수적으로 치솟는 시절이었지만 오백이면 자신에겐 거금이었다. 월급의 5배다.

"성사만 시켜라,"

그날 종달은 처음으로 화려한 조명과 잘빠진 계집, 특별한 몇 년 산 술 속에 있었다. 잡아놓은 장닭처럼 앉아있던 그는 양주 몇 병에 군불이라도 쐰 듯 깃털이 피어올랐다.

"성님, 걱정 마시오, 내가 다 알아서 하요!"

기름 묻은 시커먼 성난 손이 사정없이 젖통을 파고들었다.

다음날부터 거래해오던 고철업자의 시련이 기다렸고, 매형에게 그 작자에 대한 불평불만을 쏟아대기 시작했다. 그리고 은밀하게 동조자들을 만들기 위해 술자리를 만들었다. 하지만 매형은 콧방귀도 뀌지 않는다. 거래를 그렇게 쉽게 끊으면 안 된다나, 그 사람이 돈 건 거 있어요? 묻지만, 은혜를 입었다고 한다.

예전에 어려울 때 보증을 서줬단 이야기까지 한다.

'옛날이야기 아니요, 할 만큼 했지요 뭐. 그렇게 두둔하니까 작업하고 청소도 안 해주고, 고철값도 다른 데보다 싼 거 아니요.'

'알았다. 내가 한 번 잘 말해보마.' 그리고 또 시간이 흐른다.

무성은 밤마다 불러내 술을 먹인다. 술통은 커지고, 푼돈을 들고 노름방을 찾는 횟수는 더 많아진다. 빚은 늘어나고 매형에 대한 원망이 커가고, 아내와는 다툼이 일어나고, 일에 대한 의욕이 떨어진다.

"니는 매형 회사라면서 힘도 없냐? 막말로 니가 사장 아니냐? 비철이라도 차에 좀 실어온나,"

"처남이라고 생각이나 한다요, 씨발."

처음으로 욕을 해본다. 욕을 하고 나니 속이 시원하다. 넘보지 못할 선을 넘은 듯 기분이 짜릿하다. 항상 극존칭에, 진실로 한 점 의혹 없이 섬겨왔다. 갑자기 매형이 별거 아니게 보인다.

"비철 쬐까 빼묵었다고 눈치 볼 거 없이야. 너도 밑에 애들 밥은 사믹여야 안되것냐?"

"그라지롸? 그까이거 얼매나 된다고."

"술값은 빼라,"

"아침에 일찍 출근한께 신주 한차댕이 씩이라도 갖다 드릴게."

다음날부터 종달의 출근 카드는 30분 이상 더 빨리 찍힌다. 원래 빨리 출근하고 마지막 정리하고 가장 늦게 퇴근하는 그였지만 지금의 속셈은 다르다. 하지만 그는 합리화한다. 사업자 빌려 준 처남이 좀 빼먹는 것인데, 그것도 남이 가져가는 것을, 뼈 빠지게 일해도 알아주지 않는데 대한 보상 아닌가?

맨날 '니 회사니 잘해라, 일찍 출근해라, 마무리 하고 퇴근해라, 돈 아껴 쓰고, 관리 잘 해라, 다른 종업원들보다 더 희생해라, 티 내지마라.'

개뿔, 곧 매형 앞으로 새 사업자 나오면 자신은 쓸모없는 존재가 된다. 멍텅구리 은행직원과 세무 공무원들에게 제법 사장님 소릴 들었는데. 마치 부풀어 오른 고무풍선에 바람이 빠지는 느낌이다. 그는 마대 포대에 알루미늄 가루를 꾹꾹 눌러 담았다.

"너, 임마."

비철 빼내 제법 술 먹는 재미에 빠져있던 그에게 문형렬이 사무실로 불러 격앙된 감정을 드러냈다. 처남 종달은 쩔쩔매지도 미안한 표정도 없다. 이게, 컸구나. 형렬은 느껴진다.

"술이 처먹고 싶으면 달라 해라. 니 회사다 니 회사."

단호하고 묵직한 한방을 날려 왔다.

"……" 종달은 버려졌다고 느낀다. 시간문제다. 내 회사는 무슨 내 회사. 문형렬은 침을 삼킨다. 이놈을 버릴 때가 왔다. 기고만장하지 않은가. 좀도둑질 해먹은 놈이, 이런 놈이 내 처남인가. 사업자등록 때문에 얼마나 많은 눈치를 보고 있었는가?

그 젊은 처남댁은 또 뭐라더라,

'신랑 이름으로 너무 많이 벌려 놓은 게 아니냐.'고?

그래, 이제 일이 년만 기다려라. 빚 다 갚고 사업자 내 이름으로 낸다. 죽 써서 개는 못주겠고, 다시, 꼭, 다시 내 이름으로 사업한다. 그렇게 싸움은 시작됐다.

고철관리를 빼앗긴 종달은 힘이 없다. 큰 키의 만만찮은 덩치가 가엾을 만큼 주눅이 들어있다. 매형은 더 악착스러워지고 냉정해지고 있다. 때마침 동업자인 친구 한목이와 자주 마찰을 일으키더니 급기야 두 사람의 관계는 악화일로를 걷고 있었다.

"전라도 새끼들, 그러니까 욕 들어먹는 거야,"

매형은 친구 한목이에게 언젠가 벼르고 있었던 칼로 그의 아킬레스건을 건드렸다. 어쩌면 의지나 능력 면에서 밀리는 것을, 감당하지 못해 뱉어낸 콤플렉스였을까. 종달은 왠지 그 자리를 피하고 싶고 숨어버리고 싶었다. 그래도 매형 편이었는데, 그 매형이 낯설게 느껴졌다. 싸잡아 매도하는 그에게 함께 베인 느낌이었다.

"안되면 그 소리냐?"

맷돌처럼 단단한 목이의 얼굴에 핏기가 사라진다. 너는 굴복시키고 말겠다. 그렇게 말하는 듯 작은 눈은 싸늘하게 그런 상황에도 웃고 있었다.

며칠 후 종달은 그날 한목이의 저녁 식사에 기꺼이 응하고 있었다.

고철을 잔뜩 실은 11톤 하이카가 힘겹게 언덕을 오르고 있었다. 도로는 한산하고 햇볕은 따사롭다. 벚나무는 화려한 꽃잎들을 아스팔트 바닥에 뿌린 채 그 자리에 초록의 생명으로 움튼다. 졸리고 지루한 길이다. 운전대를 잡은 무성의 팔은 어디서 묻었는지 검은 기름떡이 배어 있다. 그것이 햇볕에 번질거린다. 장갑으로 쓱쓱 닦지만 범위만 넓혀 놓았다. 무성은 아랑곳하지 않는다.

"느그 매형은 연락 되냐?"

뜬금없이 묻는다.

"왔다 그 새끼, 인연 끊은 지가 언젠디, 호로 새끼 우리집까지 쫄딱 망하게 안했소,"

"그랑께 니가 덤비기는 왜 넘벼,"

"지가 건든께 그랬지라."

"그란다고 니가 노조를 만들어야 쓰것냐? 미친놈아,"

"왔다 성님은, 내 사업자 아니요. 지 맘대로 할라고 한께 그랬지라, 그라고 그 당시 한목이가 부채질했고라. 씨발놈이 이용해 묵고 땡게불줄 누가 알았것소. 개새끼들……"

종달은 싸잡아서 욕설로 핏대를 세운다. 순한 놈이면서도 집요한 놈이다. 징그럽게 돈을 빌려가고, 욕먹고, 능글스럽게 다시 다가선다. 무성은 일 톤 바리 고철쟁이가 된 종달의 눈길을 돌려버린다.

1998년의 슬픈 봄이다. 멀리서 낚시하는 사람이 보인다. 저수지는 깊고 푸르다. 근처의 논들은 물을 잔뜩 머금고 있다.

"야, 저 낚시하는 놈 백수까?"

무성이 장난스럽게 묻는다. 담배를 물고 흐, 하고 웃는다.

"대낮부터 괴기 잡는 놈이 뭐것소?"

"그라제, 그러면 백순지 한 번 물어봐라."

"그라까라?"

종달이 창문으로 고개를 쭉 내밀고 외친다.

"야, 이 백수 새끼야!"

저쪽에선 처음엔 못 듣는다. 종달이 더 큰 목소리로 외친다. 그제야 낚시하는 놈이 돌아선다. 그리고 고함 소리의 진원지와 그 목소리가 자신을 향하고 있다는 것을 알고 어이없다는 듯이 쳐다본다.

"너, 백수 새끼제!?"

고철 잔뜩 실은 차는 힘에 겨워 언덕을 천천히 오르고 있다. 놈이 상황을 파악한 듯 맞고함을 치더니 왼손을 벌리고 오른손을 쥐어박으며 모욕적으로 쑥덕질로 야유를 보낸다. 하지만 분이 안 풀리는지 들고 있던 낚싯대마저 집어던지고 양손을 크게 깎지 끼우고 제 발을 끼우며 설쳐댄다. 놈은 박아라, 먹어라 야유를 보내지만 그저 우스꽝스러운 몸짓일 뿐이었다. 무성과 종달은 창자가 나오도록 웃어본다.

3. 공장이란 올가미

숨이 차오른다. 며칠째 날씨는 변덕을 부리고 있다. 비바람이 태풍처럼 강하게 불고, 하루 종일 비가 내리기도 했다. 어제부터 날씨가 풀리는가 싶더니 오늘은 거의 한 여름 수준이다. 선풍기를 틀어봐도 시원한줄 모르겠다. 반팔 안에 입은 런닝을 벗어 보지만 속은 숨 가쁘게 더욱 차오른다. 밤에는 아내와 등을 돌리고 잤다.

사소한 문제로 언성이 높아졌지만 결국은 돈 때문이다. 새벽에 아내는 일어나지 않는다. 새벽기도를 빼먹을 모양이다. 기도 가자고 말할 엄두가 나지 않아 혼자서 차를 몰고 교회 입구까지 가지만 담배를 한대 물자 마음이 바뀐다. 곧장 공장으로 출근한다. 밥은 굶어야 하나, 가끔씩 아침을 거르지만 이런 날은 진짜 굶주림을 느낀다. 배고프면 라면이라도 한 개 끓여먹지, 하지만 그 순간 아내에 대한 원망이 앞선다.

'그깟 밥 한 끼씩 해주면서 생색은.'

골을 내보지만 정작은 아내에 대한 원망은 따로 있다. 그 많은 교회 언니들한테 돈 좀 융통해 오면 얼마나 좋은가? 남편은 새로 지은 공장을 지켜내기 위해 하루하루를 숨 가쁘게 버텨나가고 있는데, 알기나

하는 걸까?

그래, 내가 누군가 '고래심줄'로 불리는 이종옥이 아닌가? 종옥은 공고를 졸업하고 공작기계를 만드는 회사에 취직해서, 군 영장이 나오기까지 2년여를 아무런 보직도 없이 공장의 허드렛일을 했고, 고심 끝에 그곳에서 5년간의 길고도 긴 군 특례를 선택했다.

중간에 회사를 그만두면 특례적용이 그대로 상실되는 악법 속에서 끽소리 한 번 못해보고 불현듯 이십대가 지나가버렸다. 그러다가 스물아홉 되던 해에 먼저 퇴사한 회사 선배의 권유로 그 지긋지긋하게 느껴졌던 회사를 박차고 나올 수 있었다.

그것은 그물에 걸린 물고기가 바다로 나가는 기분이었고, 쇠사슬에 묶인 코끼리가 쇠줄을 끊고 정글로 돌아가는 해방감 같은 것이었다. 하지만 그때부터 진짜 고생이 아가리를 벌리고 기다리고 있다는 것을 어떻게 알 수가 있었으랴? 종옥의 고래심줄 같은 인생의 시작이었다.

공장 벽, 때가 잔뜩 낀 채 걸려있는 거울 속에 우두커니 그가 나타난다. 나이에 비해 퍽이나 늙어 보이는, 지치고 처진 얼굴을 한, 중년의 늙은이가 엉거주춤 서있다. 며칠째 빨지 않은 작업복과, 잘 감지 않은 머리, 기름때 묻은 토시가 팔목에 끼어있고 때 묻은 장갑이 한 손에서 덜렁거리고 다른 손에는 버어니어켈리퍼스가 들려있다.

종옥은 눈살을 찡그리며 버어니어켈리퍼스의 날카로운 측정부위로 머리를 긁는다. 현장에선 노기스라 불리는 측정기를 가지고 등도 긁고 심지어는 사마귀도 떼어내고 콧구멍도 후볐다. 손에 들고 있지 않으면 불안한 물건이다. '기름쟁이는 끊임없이 재고 측정해야 한다.' 그래야 현장에서 살아남는다.

누굴까? 아무 생각 없이 거울을 들여다보던 종옥은 머리를 흔든다. 인정하고 싶지 않은 자신의 모습이다. 멋지고 우아할 것 같은 자신의 중년은 거기 누에고치처럼 쪼그라져 있다. 두려움과 의심으로 가득 찬 교활하기 짝이 없는 눈빛, 그는 들고 있는 버어니어켈리퍼스를 거울 속의 사내에게 집어던지고 싶다.

종옥은 안절부절 못한 채 의자에 앉지도 않고 줄담배를 피워댄다. 더러운 연기가 비좁은 지하 사무실을 메운다. 안개 속 같은 사무실이 차라리 편하게 느껴진다. 희끄무레하고 불투명한 현상 속으로 숨어버리고 싶다.

입에서 썩은 냄새를 풍기며 누군가의 접근을 어떻게든 막고 싶다. 주예수님이 강림해도 담배만큼 위로와 구원을 주지는 못하리라. 작은 키에 헐렁해진 머리숱, 열여섯, 기계공고에 입학한 후 삼십 년째 벗지 못하는 작업복, 깎지 않는 염소수염이 한층 비루해 보인다.

이제 그도 지쳐 보인다. 누가 욕하든, 손가락질 하든 말든 남의 돈 떼먹어가면서, 결제금 미뤄가면서 고래심줄처럼 살아온 인생이다. 그렇게 이 공장을 지어오기까지 얼마나 많은 우여곡절을 겪었는가. 단돈 삼만 원 들고 창원에 왔을 때는 열아홉 살 무렵이었는데 이젠 오십을 넘어서고 있다. 남은 것은 공장, 그리고 빚, 그것 뿐이다.

공장 바닥에 키우는 개가 뒹굴고 있다. 원래는 백구였는데 먼지와 기름을 쓸고 다니더니 흑구가 되어있다. 마치 자신의 인생 같다. 내 공장만 짓는다면 모든 게 해결 될 줄 알았다.

"반갑수다,"

'왕소금'이 출근한다. 소답동에 갑부라고 우기는 공장장 김희재다. 그 소답동 갑부는 오늘도 점심 값을 아끼기 위해 도시락을 싸든 채다. 돈이 전부 땅에 묶여 있다는 멘트로 엄살을 떨며 은근슬쩍 자신의 부유함을 과시하지만 진짜 그가 땅부자인지는 알 길이 없다. 그것이 허풍이거나 사람을 현혹시키기 위한 과장된 태도라는 게 뻔히 보이면서도 은근히 놈의 의태에 옭아매는 자신을 본다.

고래심줄과 왕소금, 아침부터 실갱이다.

"공장장, 어제 일 좀 마무리하고 가라니까, 그냥 갔데, 오늘 납품해야 되는데."

짤라야 되는데, 하면서도 해고를 못하는 자신이 옹색해 보인다. 놈이 거드름을 피울 때는 꽤나 여유 있는 돈쟁이로 보이기도 한다. 궁해지면 남의 손에 든 모든 것이 커 보이던가. 어쩌면 도움을 받거나 최소한 빚보증이라도 세울 수 있는 놈을 함부로 했다간 손해를 볼 것만 같다. 지금껏 참고 공들여 왔는데, 애써 절제를 하면서 뱉은 말이지만 상대에겐 이미 불쾌감을 불러일으키고 있다는 것을 안다.

"그 부동산업자 놈이 급하게 보자 케서."

빌어먹을, 놈의 시나리오는 익히 알고 있다. 얼마 전부터 종옥이 노골적으로 적대감을 드러내기 시작했을 때, 이 세상에 단 한 사람에게만 알려주는 비밀인 것처럼 왕소금이 속삭였다.

"땅이 일부 팔릴 것 같수. 부동산에서 전화 왔는데, 비싼 값을 제시해서 내버릴까 해요. 근디, 제가 마땅히 투자할 데도 없고 해서 꼭 팔아야 되나 하는 생각도 들고."

개자식, 한두 번 듣는 이야기도 아니고, 하지만 묘한 게 인간이다. 돈에 아쉬운 놈이 귀가 솔깃해지지 않을 수 없다. 그를 채용할 당시에 그놈이 써먹은 수법이었지만 까마득히 잊고 있었다. 하지만 조급해진다. 그러면 그가 쳐놓은 빤한 올가미 속으로 빨려들어 갈 줄 알면서도 안달이 난다. 인간이란 누구나 작건 크건 올가미 하나씩을 숨기고 다니며 그 올가미 속으로 타인을 유인한다. 자기편으로 삼든, 이용하든 말이다.

"알다시피, 우리가 만들어놓은 터닝롤라가 얼마나 되냐? 경기가 안 좋아서 그렇지, 제대로만 굴러가봐라. 우린 하루아침에 부자가 되는 거다."

그의 올가미를, 투망을 획 던져본다. 하지만 맥없어 보인다. 여기저기 헤어지고 터진 어수룩한 올가미 같다. 녀석은 상대의 속셈을 훤히 읽고 한 수 앞서 가고 있을지 모른다.

그러니까, 이놈아 그 많다는 땅 좀 팔아서 투자 좀 하라는 것이다.

공장 바닥엔 터닝로라가 어지럽게 깔려있다. 도장중인 것, 고장 나 반품되어 온 것, 아직 조립이 안 된 것 등등. 공장바닥은 정리정돈하고는 거리가 멀다. 주인의 남루한 행색, 허황한 정신세계와 닮아 있다. 터닝로라는 탱크로리 등을 용접하기 위한 보조 기구이다. 그는 몇 년 전부터 단순하면서도 쉽게 아이템화 할 수 있는 이 종목에 뛰어들었다.

종옥은 머리를 흔든다. 알다시피, 전매특허처럼 사용한다. 알다시피 어려워서, 알다시피 수금이 안돼서, 알다시피 집에 일이 생겨서, 알다시피 투자해서 남는 게 없어서……

알다시피, 종옥은 오늘 왕소금 김희재를 잘라버리기로 마음먹었지만 막상 얼굴을 대하고 나니 선뜻 용기가 나지 않는다. 여기저기 이곳저곳, 수없이 돈을 빌리고 일을 시키고 나선 호주머니를 닫아버렸다. 그리고 이 공장을 지었다. 하지만 그 수많은 전투 후에 얻은 전리품은 빚더미 공장이었다. 이제 그 반격이 시작되고 있었다. 수십 군데에서 결제를 독촉하는 화살이 쏟아졌다.

"나도 가정이 있어요, 맥없이 일해주요. 아무리 작은 회사지만 룰은 있어야 되는 거 아니요."

기묘한 덫을 던지고 나서 왕소금은 제 잇속을 차리려고 덤빈다. 시간외 수당을 주라는 이야기다. 개째끼, 그런 회사로 가든가.

"에이, 씨발, 영옥이는 왜 또 안 기나온다냐, 어제 또 빨았제? 즈그 형은 살아 볼라고 요로코롬 애를 쓰는디 그 새끼가 사람이여 짐승이여,"

아직 출근하지 않은 동생에게 화살이 돌아간다. 목소리에 쇳소리가 나자, 조립하는 직공들이 피식피식 웃는다.

매일 반복되는 사장의 히스테리가 이젠 가소로운 모양이다. 어떨 때는 공장 안에서 형과 동생이 욕지거릴 퍼부으며 싸우기도 한다. 동생은 형을 잡사라고 부른다. 교회 집사를 빗댄 말이다. 형은 동생을 파격적인 조건으로 거두어주고 있다고 말하고, 동생은 평생을 월급 짤라먹는 형이라고 욕을 퍼붓는다.

매번 철천지원수가 되어 안 볼 사람처럼 굴어도 두 사람은 불편하고 불합리한 조건 속에서도 수 년 째 관계를 지속하고 있다. 한 쪽은 마음대로 회사를 제끼는 동생에게 제맘대로 월급을 조정했고, 동생은 제맘대로 출퇴근을 해댔다. 그게 그들의 이해타산인 셈이다. 제대로 된 작업자를 구하려면 형 입장에선 돈이 궁했고, 마음대로 개길 수 있는 직장으로선 동생에게 형의 회사가 제격이었다.

영옥은 공장 한 쪽에 있는 대형 프레나밀러의 오퍼레이터이기도 했다. 고물기계를 일본에서 수입해와 짜깁기해 만든 기계여서 기계 정도가 형편없지만 숙련공인 영옥은 그나마 욕지거릴 퍼부어 대가며 감각으로 물건을 만들어냈다. 종옥은 몇 번 동생을 쫓아내고 사람을 구해보기도 했지만 월급 문제 이전에 말썽 많은 기계 때문에 도망 가버리곤 했다.

"씨발 놈들, 즈그들 없으면 공장 문 닫을 줄 아나!"

누구에게랄 것도 없이 욕을 퍼부어 본다, 왕소금 이놈도 동생같이 되지 말란 법 없다. 결국 줄 것은 다 주면서 체면 구기고 일도 제대로 못 시키는 것이다. 쪼다같이, 푸하고 한숨을 쉬고 밖으로 나온다.

"정리 좀 해주소이. 곧 땅 팔리면 좋은 경우가 생길 것인데."

왕소금이 나불댄다. 마침 출근하는 세입자가 지나가는 것을 발견한다. 놈은 두 달째 세를 밀리고 있다. 하지만 잠깐 한눈을 파는 사이 세입자는 어디론가 사라지고 없다.

기계는 몇 억 짜리 들여놓고 세를 밀릴 만큼 수익성이 없어도 고급차는 몰고 다닌다. 니 놈 내 놈 없이 허겁지겁, 차를 이고 집을 이고 산다. 그러고 잘 사는 척, 센 척, 행복한 척 사는 것이다. 놈은 자신보다 애가 타고 있을 지도 모른다. 그래도 자신은 공장이라도 있지 않은가, 애써 자위한다.

공장은 잘 지어져 있다. 크레인이 웅웅거리며 공장 위를 지나간다. 잠시 위안이 된다. 처음 공장을 신축해 올 때만 해도 계획대로라면 혼자 쓰기에도 비좁은 공장이었다. 여긴 이런 라인을 깔고, 저긴 조립 공장으로 쓰고, 본동은 제작 공장으로 하고, 하지만 이사하기도 전에 자금이 딸려, 취득세를 피해가며 음성적으로 세를 내주었고, 지금은 칸칸이 벽을 쳐서 소형 공장을 세 개나 만들어 세를 내주고 있었다. 어쩌면 세를 준 게 아니라 공장을 뺏겨가고 있는 형국이라고 말 할 수 있었다. 700평 공장을 야금야금 잘라 세를 주고 나자 자신은 본동 한 쪽에 몰려, 점점 초라해져가고 있었다. 주객전도, 그가 이 공장의 주인이라고 내세울 수 있는 것은 대문 옆에 서있는 커다란 간판 뿐이었다.

"왕소금, 아, 좋은 데 있으면 가드라고이!"

화가 나서 뒤돌아와 김희재에게 소리친다. 급하면 여전히 사투리가 터져 나온다. 눌린 똥이 나오듯 속이 시원하다. 하지만 뒤가 개운치 않다. 저놈도 느닷없는 똥물을 뒤집어썼으니 어떻게든 반격할 것이고 현실적으로 놈이 가버리면 그나마 일손이 딸린다. 퇴직금도 당장 내놓으라고 할 것이고, 안 주면 바로 고발할 놈이다.

공장을 운영하면서 알게 모르게 일어나는 각종 불법 행태를 놈이 묵과하지도 않을 것이다. 몇 년간 타인에게 건물을 세주지 않는 조건으로 자금을 받아 공장을 지어놓고도 버젓이 세를 놓은 것은 들키면 치명적이다. 놈은 그런 내막을 속속들이 꿰뚫어 보고 있을 것이다.

'씨발, 왕소금, 지가 어딜 갈 것이여.'

전화가 연이어 걸려온다. 걸려올 때마다 인상을 찡그리지만 끊어버리진 않는다. 고래심줄이 전화로 하는 빚 독촉 따위를 피할 이유가 없다.

"아예, 곧 해드려야지요, 예예, 약속 안 지키는 거 알고 있습니다."

천연덕스럽게 웃으며, 고래고래 고함을 지르거나 애원하는 상대방에게 염장이라도 지르겠다는 듯 끝까지 대꾸한다.

"예, 예, 그러지요. 곧 해드려야 되는데, 알다시피, 어음이 안 바뀌어서요, 차라리 사장님이 좀 융통해 주시면 좋은데."

오히려 다리를 잡고 늘어진다. 몇 번이고 약속을 어기면 놈들이 지쳐 떨어져 나가고, 찾아와 고함을 지르면, 딴청을 피우거나, 개기면 된다. 놈들이, 죽일 것도 아니며, 백주 대낮에 린치를 가하지도 못한다. 설령 한 대 패려고 들면 기꺼이 맞아주고 나면 그 순간 깨끗이 그 자와의 채무 관계는 끝이 난다. 그렇게 더럽고 치사하게 살면 된다.

양심 때문에, 남의 사정을 고려해서 한 발이라도 허투로 걸어 벼랑에 떨어지면 공장은 남의 손에 있다. 남의 돈은 재빠르게 받고, 남 줄 돈은 질기게 잡고 늘어져야 살아남을 수 있다.

종옥은 공단을 벗어나 공원 앞에 차를 세우고 심호흡을 한다. 숨이 계속 차오르고 가슴은 답답하다. 이제 더 이상 그 신뢰라는 것을 바탕으로 손을 벌릴 수 없는 상황이다. 숨을 못 쉬고 죽을 것만 같다.

억울하고 이유 없이 슬프다. 잘 못살고 있다는 것을 안다. 하지만 생존은 잘못 살고 있는 것 하고는 별개의 문제다. 밀려드는 은행 이자에 잡혀먹은 기계의 캐피탈 대금에, 부앙 떨어 빌린 고철 대금에, 여기저기,

푼돈 빌린 것까지, 사람이 할 짓이 아니다. 도망가고도 싶지만, 물러서고 싶지만 그럴 수 없다. 손을 놓는 순간 지옥이 기다린다. 수 십 년 동안 피터지게 고생하고 욕먹고 살아 온 세월이 너무 억울할 것이다

동생에게 전화를 걸어본다. 받을 리 없다. 집에 쫓아가서 잡아오고 싶지만 제수와 마주치기가 껄끄럽다. 몇 달 째 월급도 안주고 부려 먹는다고 앙알거릴 것이다.

기계가 고장 났다고 전화가 온다. 부를 수리공도 없다. 불러도 아무도 오지 않는다. 결제가 제대로 안 되는 업체로 소문이 나있기 때문이다.

'씨발놈이 공장을 망해 묵을라고 작정을 했구마!'

동생에게 다시 전화를 건다. 어쩐 일인지 동생이 전화를 받는다.

"뭐 할라고 전화 했소?"

"뭐 할라고야?"

"……"

"또 술 처묵었냐?"

"형님 돈으로 안 묵었응게 신경 끄시오."

"기계 고장 났다."

"고장이 한 두 번 나요? 그라고 시방 기계 퍼진 게 문제요? 엄니가 쓰러졌는디,"

"머시여? 맥없이 엄니가 으째서야?"

"나가 알것소, 여그 노인 병원인게 오등가 말등가."

"병원?"

"안 올 것이여?"

동생은 소리를 꽥 지르고 전화를 꺼버린다.

기어코 놈이 엄니를 병원으로 내다버렸구나, 신종옥은 마음이 착잡했다. 시골에 혼자 살던 노인이 발병해 3개월 동안 아파트로 모셔왔다.

똥기저귀를 갈다가 도시 경계의 농가에서 살고 있는 동생에게 맡긴 지
벌써 이 년째였다. 동생을 짜르지 못하고 데리고 있는 이유 중 하나였
고, 병원보다는 편한 자식과 함께 사는 게 좋다며 구슬려서 동생에게
떠맡겼지만 실은 병원비라도 아껴보기 위한 꼼수였다. 하지만 동생의
월급 중에는 그가 인정하든 안하든 노인의 부양비가 포함돼 있었다.
그런 동생이 아무런 상의 없이 불효막심하게도 병원에 노인을 넣어버
렸다는 이야기다.

'지가 그렇게 술을 처먹고서야 노인네 수발은 무슨 개수발이여. 피 같
은 회사 돈이나 울궈먹을 셈이지.'

노인 병원으로 들어선 순간 지린내가 진동했다. 종옥은 어머니가 아
파트에 있던 동안 지린내 때문에 살 수가 없다고 짜증을 내던 아내가
떠올랐다.

'무슨 냄새가 난다고 그래, 나가 당신 보고 엄닐 씻거주라고 혀, 입혀
주라고 혀, 나가 다 한당께.'

종옥은 버럭버럭 고함을 질렀었다. 다른 것은 죄다 양보하고 이해해
도 불쌍한 엄니한테 함부로 하는 것은 참을 수 없었다. 하지만 그것도
삼 개월을 채 넘기지도 못했다. 만만한 어머니에게 소릴 지르고, 가르
치려들고, 심지어는 욕지거릴 퍼부은 것은 아내가 아니라 본인이었다.

동생에게서 술 냄새가 확 풍겨왔다. 당뇨를 앓고 있는 동생이었지만
알콜에 대한 의존도는 시간이 갈수록 더 심해졌다.

노인은 아직 응급실에서 막 치료를 끝내고 병실에 들어와 있었다. 얼
굴을 땅바닥에 갈아버린 노인은 물끄러미 큰 아들을 쳐다본다. 찌적찌
적 눈물이 눈가의 깊게 패인 주름살로 흘러내리다 어느 지점에 굳어져
허옇게 굳어있다.

"으째, 넘어졌냐?"

종옥은 감정을 억누르며 동생에게 묻는다.

"모르제라, 나가지 마라고 그리고 씨부려도 당최 말을 듣습디여,"

"아야, 노망난 노인네가 말 듣기를 바라냐? 너도 참."

"아, 그러면 잘하는 형님이 모셔가든가."

영옥은 버럭 언성을 높이고 자리를 박차고 나가버린다. 종옥은 소리를 질러보려고 하지만 주위의 시선 때문에 참는다. 염치없고 체면 없는 놈이지만, 소리라도 지른다면 어머닐 욕보일 것만 같다. 불덩어리 같은 것이 꽉 차올라 침을 몇 번이고 삼키며 동생이 나간 출입문 쪽을 향해 상을 찡그린다. 푸, 하고 숨을 내쉬었을 때는 몸에서 식은땀이 주루룩 쏟아진다.

종옥은 노인보다도 더 늙은 상을 하며 침대를 붙잡고 쭈그리고 앉았다.

"괜찮아요?"

간호사가 걱정스럽게 묻는다.

"아, 예."

이렇게 사람이 죽을 수도 있겠구나, 갑자기 극도의 피로가 몰려온다. 이제까지 휴식이란 개념은 자신의 인생에 대해 배은망덕한 행위로 느끼며 살아왔다. 새벽 눈을 뜬 순간부터 밤늦게까지 기계 앞에서 보내왔다. 아직은 쉴 때가 아니다. 쉴 용기도 없었다. 아직은 남한테 고약한 소리를 들어도 된다. 그래, 조금만 더 달리자, 성공하면 모든 게 옛일이 되고 용서가 되는 게 세상이 아닌가. 그렇게 확신하며 살아온 인생이다.

옆에 누워 있는 노인이 잠에서 깨어났는지 묶인 끈을 풀어달라고 떼를 쓴다. 그러다가 종옥과 눈이 마주쳤다. 가뭄에 갈라진 논바닥 같은 주름살이 얼굴과 목에 가득하다. 종옥은 움찔 놀라며 황당한 헛웃음을 지었다.

"워메, 아제, 아제 맞지롸? 목이 아부지 아니요?"

종옥은 살갑게 노인의 손을 잡고 매만진다. 어쨌거나 오랜 신앙생활을 하며 가식적이지만 훈련된 습관이다.

"씨부렁거리지 말고 빨리 풀어라, 이 잡녀리 새끼야, 빨랑......"

노인은 만만한 사람을 만난 듯 기세 좋게 소리를 지른다.

"아는 분이세요?"

요양사가 참견한다.

"예에. 우리 마을 사람을 여그서 보내. 참말로 세상 좁구마이."

"느그들 한통속이 돼갖고 내 원둑 잡아 묵을라고 여그 묶어놓은 거 다 안다. 존말 할 때 풀어라잉!"

후덕하게 생긴 간병인이 노인의 악다구니에는 모른 척, 기저귀를 갈면서 묻는다. 노인이 욕지거릴 퍼붓든가 말든가 관심이 없다. 노인의 축 쳐진 남근이 기저귀 속에서 나타났다가 재빨리 감춰진다.

"아이구메, 목이 아부지. 나 몰것소?"

"그려, 이놈아, 너 치환이 아들 맞지야? 나가 모를 줄 아냐?"

"워메, 멀쩡하시구마. 우리 아부지까정 알아보고, 펜찮다는 소릴 듣긴 들었는디, 여그와 계신 줄은 몰랐소야."

"아이구, 우리 어르신 고향 사람 보고 정신이 돌아오셨는가벼,"

간병인이 너스레를 떨며 노인의 쭈글쭈글한 얼굴을 만진다.

"목이는 잘 오지요?"

"누구? 갱물 다 들어왔어 요놈아, 그래갖고 원둑 다 터져나가."

원둑, 바다를 떠돌던 노인이 땅을 얻기 위해 피멍이 들도록 돌을 지고 날라 막은 간척지가 옹이처럼 그의 골수에 박혀 있을까. 노인네의 눈동자는 그곳으로 향하고 있을 것이고, 거기 포말이 일렁이는 갯가와 그 거친 바람과 물살이 그의 쪼그라든 뇌 속으로 굽이쳐 흘러들고 있을 것이다. 하지만 흔들어 보고 싶다.

살구나무와, 장독과 팥죽, 마당에 뛰놀던 어린것들의 배고픔을 알고는 부러 망치 같은 발로 살구나무를 한 번 턱 차면, 우수수, 참새 떼처럼 살구가 마당으로 굴렀던 기억을 노인은 알고 있을까. 참 인심 좋은 아제였다.

"아제, 아제집 그 살구나무 안즉도 있지롸?"

물어본다. 묻고 나니 왠지 슬프다. 왜 슬픈지도 모르겠다.

"워메, 수문을 열어놔야 갱물이 빳제,"

"목이가 모셔왔다든마는 어뜩케 여가 다 있소이, 목이도 참."

목이의 아내가 겹쳐 떠올랐다. 그녀는 또 어느 정신병원에 있을지. 그의 처지가 곤혹스러울 거라는 생각에 잠시 자신의 짐이 가벼워 보인다.

"긍께 빨랑 풀어야 썩을 놈아, 풀어놔야 말을 허등가 말등가 하제, 깝깝해서 죽겟네이, 그랑께 배면장 그 놈이 도둑놈이라고 안 하더냐, 나를 이렇코롬 묶어놓고 쌔가 빠지게 갱물 막아논게 지가 가로챌라고 하는 것이 조선천지 사람 다 아는디, 공유수면허가권? 고걸 들이대고 수작을 부려, 지랄하고 자빠졌네. 나는 목이 그 놈이 더 밉단마다. 그 놈 속아지는 참말로 알다가도 모르것어야. 긍께, 그 놈이 원수 같은 면장 딸 꽁무니를 쫓아다니고 염벵을 안했냐, 그 놈이 즈그 동상 발가락 짤라 묶어 보상받은 것도 다 가로채서 그 면장놈 딸년 갔다 줬당께."

한지동, 그가 간척지를 빼앗겼을 때의 심정이 지금의 자신의 상황과 같았을까. 수 년 동안 애써 막은 간척지를 이리저리 뺏기고 빚마저 잔뜩 진 채 그 고단한 생을 이어가려고 버텼을 때가 이랬을까. 종옥은 줄에 묶인 노인의 노끈을 풀어본다. 때 낀 끈은 핏자국마저 군데군데 선명하다. 노인은 풀려나기 위해 끝없이 몸부림쳤을 것이다.

"안 되는데, 이 할아버지는 조심해야 되는데요. 좀 폭력적이라."

간병인은 지나친 말이었다고 생각했는지 씩 웃으며 노끈 푸는 것을 도와준다.

"고향 분 만났어요. 제가 잘 모시고 산책 좀 하고 올게요."

"아드님 오실 시간인데, 멀리 가시면 안돼요."

'한목이가 아들 노릇은 하는 모양이구만.' 참, 그놈도 대단타. 그 와중에 끄떡없이 사업을 해나가는 걸 보면 보통 인사가 아니다.

어머니는 여전히 얌전히 주무시고 있다. 늘 말이 없고, 조용한 분이다. 풀려나서 기분이 좋아진 노인의 고성 때문에 어머니가 실눈을 뜨고 말한다.

"옥천양반 밥해줘야 된디, 내가 이라고 있네."

울컥 가슴이 맺혀온다. 과거와 현재의 기억 속에서 자신을 잃어가고 있는 엄니.

"엄니, 여기 아제 알것소?"

기력이 없는지, 주의력 결핍인지 어머닌 곧 눈을 감아버린다. 초점에 잡힌 노인은 전혀 낯선 사람일까.

"그라고 잠만 자서 언제 원둑 다 막을 거여,"

노인이 어머니에게 핀잔을 준다. 활력이 넘쳐 보인다. 두 사람은 전혀 모르는 사람 같다. 품앗이 하고, 때론 제삿밥을 나눠 먹었을 것이고, 웃고 울고 떠들었을 텐데.

"가자, 가잔 말이여, 나가 누구여, 인간 한지동이여,"

노인네는 곧 소리라도 지를 기세다. 목이는 일치감치 노망든 아버지, 늙은 조부모, 조혼한 누나, 동생들을 잘도 건사하며 그 모진 세월을 견려온 것 같다. 자신과는 독하고 모진 것은 같은 데 분명한 건 목이는 자기와는 상대가 안 될 만큼 다른 뭔가가 있다. 그는 어둠과 깊은 수면 속의 돌처럼 음침했고, 자신은 물위에 뜬 부표처럼 가볍고, 교활한 소금쟁이처럼 이리저리 수면을 달렸다.

한목이가 면회를 하기 위해 병실에 들어선 것은 그 때였다. 문을 밀고 들어오는 그가 손을 내밀었을 때 아득히 먼 옛날의 추억이 되살아났다.

여름 바닷가, 썰물로 바닷물이 빠져나간 개펄바닥 곳곳엔 사막의 오아시스처럼 작은 웅덩이들이 꽃잎처럼 피어난다. 그 웅덩이들은 풍성한 처녀들의 붓꽃처럼 잘피를 잔뜩 머금고 있어서 온갖 해양생물의 은신처가 되기도 하지만 미처 빠져나가지 못한 물고기들과 함께 오히려 스스로의 함정이 되기도 했다.

물이 빠지기를 기다리던 소년들이 갯고랑을 따라와 개펄의 능선에서 나타나면 태양은 한층 강렬해지고 소년들은 서로 질세라 웅덩이 속으로 뛰어든다. 눈을 돌리면 두 발자국 건너편에 잘피 웅덩이를 뒤지는 소녀들의 싱그러운 웃음소리와 허벅지에 감기는 잘피의 매끄러움에 맥을 못 춘 어린 남근은 이유 없이 단단해져 부끄럽다. 그런 와중에 미처 바다로 빠져나가지 못한 장어 한마리가 후다닥 팬티 속으로 숨어들면 그놈인지 이놈인지 불룩해져 당황스러운 것이 한여름의 물 빠진 강진만 갯가다.

"쩌것 좀 보랑께!"

"뭣을?"

"동녀 또 얻어 쳐맞았는가벼, 저 년 다리 좀 보란께,"

동녀는 늘 그렇듯이 소무리를 따라나선 염소 새끼처럼 다른 아이들에게 내돌린 채다. 그녀의 뾰족한 엉덩이가 개펄 너머로 솟아있다. 날랜 두루미처럼 연신 그 엉덩이를 꿈찔거리며 바지런히 뭔가를 잡아 올리고 있다. 말아 올라간 치마 밑으로 드러난 허벅지에 갱물과 개펄이 잔뜩 묻어있고, 매타작 당한 상처가 뻘밭에 난 갯골처럼 여기저기 벌겋게 그어져있다.

참 오지게도 맞고 사는 여자다. 오작꾸 이복오빠에게, 동네 아이들에게, 점잖은 어른들에게조차 이유 없이 손찌검을 당했다. 목이가 은근슬쩍 제 편이라도 되어 끼어들면 동녀는 눈을 뒤집고 그에게 심술을 부렸다. 동팔이 두들겨 팼을 때도, 또래들이 돌리고 괴롭힐 때도, 동네 아저씨들이 젖꼭지를 틀었을 때도, 그가 나서면 원망을 했다.

동녀가 허리를 펴고 일어나 쓰라린 허벅지를 닦는다. 종옥과 눈이 마주치자 웅덩이에 몸을 숨긴다. 치마가 꽃잎처럼 물위로 부풀어 오른다. 종옥의 여물어 가는 열네 살이 후두둑, 뻘판을 파고든다.

"근디……"

종옥이 동녀를 힐끔거리며 발로 목이를 건드린다.

"너 그거 모르제?"

"멋을?"

"동녀가 쫓겨난기 그 등사지 때문만은 아니란거."

"나가 학교도 안댕기는디 멀 알간,"

"아따메 서무실에서 시험지 등사하다가 잘못 버린 시험지를 동녀가 동팔이 한티 줘서 난리가 났어야. 동팔이가 지가 찢어불든가 아니면 몰래 보고 숨겨부렀으면 됐는디 나발 불고 댕기다가 학생주임한티 딱 안 걸렸냐."

"아따 동녀는 으째서 그 새끼를 끼고 돈다냐. 전번에도 무단히 얻어터지길래 도와줬다가 어뜨캐나 잡치는지 저넌 속은 알다가도 몰것다. 그

놈들이 깔고 뭉갠 것보다 저년 욕설이 더 무서웠어야. 으째서 학교 안 댕기고 자빠져 논가 싶었는디 고런 일이 있었구먼. 나는 일도 멋도 암 굿도 몰라서 쫓겨난 줄 알았네."

"아따메 그 일로 맥없이 동녀만 학생부선생, 그 뱀대가리한티 잽히가 서 집에도 안보내주고 혼쭐이 났다는겨,"

"왜 자 한티만."

"아따 만만한 게 동녀 아니것능가? 동팔이 가는 시험지 안 빼줘도 전 교 일 등하는 놈인디."

"그런 놈이 뭐가 아쉽다고 참. 지가 도둑질을 했은게 당했것제."

한목이는 한숨을 푹 쉰다.

"맨날 도둑질만 하는 년이 연애는 알아갔고 동팔이도 환장할 것이 여."

"니가 봤냐?"

목이가 천천히 일어섰다.

"뭣을?"

"도둑질 하는 거,"

"보기만 했것냐? 우리 동네 사람들 저거 뜨면 문단속이여."

"아따, 배고파봐라, 눈구녁에 뵈는 게 있능가?"

목이는 푸, 하고 한숨을 내쉬고 맥없이 하늘을 쳐다본다. 종옥도 객쩍 어져 그 눈길을 쫓는다. 서쪽으로부터 모아지는 검은 구름이 제법 깊 어지고 있다. 소나기라도 뿌릴 것인가, 그것은 어쩐지 목이의 깊고 작 은 눈에서 먼저 시작될 것만 같다.

목이는 갑자기 물구덩이를 뒤지며 고기들을 몰아간다.

"씨발년이 이 동네 저 동네 가랑이 다 벌리고 다닌담서 뭣 할라고 여 그서 저라고 자빠졌는가 몰것어. 지야 지 한 목숨인디 도망가버리제,

도둑년에 갈보지 소리 들어감서 염뱅한다고 여그서 처박혀있는가 모르것다.”

목이는 물고기를 잡아 뻘밭으로 던진다.

“지재 선배들이 돌림빵 낫다는디 참말이여?”

장단을 맞추며 종옥이 헐떡거리며 묻는다.

“으째 너도 고것을 한 번 허고 싶냐?”

“앗따, 건들 것이 없어서 저런 더런년하고 하것냐?”

늘 자위의 대상이기도 한 동녀를 극구 부인한다.

“더런년? 그러제, 저런 더런년은 조선 천지에 없을 것이구마. 그래도 다 묵는 년 너도 한 번 붙어묵제 그라냐.”

자학하듯 내뱉는 목이의 얼굴이 펄로 뒤덮인다.

“허, 씨발 개잡년을 어뜨케.”

목이의 얼굴이 괴물처럼 일그러지며 물었다. 종옥은 갑자기 화제를 바꾼다. 그래야 될 것 같았다.

“그라것제. 묵을 것이 없으면 먼들 못하것냐잉.”

비위를 맞춘다.

“지 오라비 광팽이가 저렇게 만들었어. 그 오작꾸가 문제여. 죽여야 해.”

“니가 왜, 뭔수로?.”

“나쁜 놈인께. 불에 태워 죽여불제. 관솔을 모으고 있은께, 뒷마당에 불을 놓을 겨.”

“그래도 지 동상 지가 패는디."

“짐승인께 짐승은 죽여도 쓰는 겨. 키우는 개도 끄슬려 묵는디 그 짐승 정도야 멋이 문제다냐,”

순간 종옥의 가슴은 섬뜩했다. 학교도 못가는 비슷한 처지라 이리저리 겉돌다 친해져 있지만 어쩔 땐 너무 낯설고, 무섭다. 열네 살 같은 또래라고는 연결시키기가 당혹스럽다. 그래도 그와 처지는 다르다. 자신은 일 년을 꿇고 있을 뿐이다.

"미친년이 그것도 오빠라고 밥해 처먹이고 있으니."

"그란게 말이여. 저렇게 얻어터져 감스로,"

"저것 봐, 저것 좀 보랑게"

동녀가 다시 잘피 웅덩이에 허리를 굽히고 손을 집어넣고 있다. 뭔가 잡은 모양이다. 재빠르게 움직인다. 손에 커다란 장어가 잡혀 올라온다. 두 사람은 후다닥 동녀의 웅덩이로 뛰어 들어갔다. 미끄러운 장어는 동녀의 손에서 빠져나가 다시 잘피 속으로 숨어버렸다. 밀물이 웅덩이로 서서히 다가오고 있었다.

"엉청 크듬마는."

"여긋다! 여그 진질속이여."

세 사람은 일제히 장어를 향해 덤벼든다. 목이와 종옥이 몰고 동녀가 치마를 갔다대기를 여러 번, 드디어 동녀의 치마에 장어가 들었다.

"던져!"

동녀가 치마를, 펄럭, 장어가 개펄 위로 떨어졌다. 종옥이 재빠르게 장어의 대가리를 붙잡고 다라에 담는다.

"잡았다!"

세 사람은 환호했다. 엉겁결에 목이와 동녀는 너무 좋은지 손을 잡고 펄쩍펄쩍 뛰고 있었다. 질시하고 경계하는 사이가 아니라 오랫동안 자연스럽게 친해진 사람 같다.

종옥은 잠시 소외감이 느껴진다. 두 사람은 으르렁거리고, 간섭하고 욕을 퍼붓는 사이가 아닌가, 종옥은 처음으로 두 사람의 관계가 의심스럽다. 목이가 동녀 일에 사사건건 끼어들어 참견하는 것, 동녀가 그

런 그에게 도리어 화를 내고 덤벼드는 것이 가만히 생각해보니 냄새가
난다. 어쩌면 두 사람은 그런 식으로 관심과 애정을 표하고 있을 지도
모른다는 막연한 느낌 같은 것이었다.

들쥐처럼 더러운 것들이다. 두 사람은 양쪽 마을의 끄트머리격인 선
창가 외딴집에 살고 있다. 둘은 다른 동네에 살고 있었지만 가장 가까
이서 서로를 보고 살아왔다. 둘은 밤마다 저 원둑을 타고 다니며 밤바
람을 맞고 다녔을지도 모른다. 가족에게 사랑을 받지 못한 두 사람은
아주 어릴 적부터 검은 바다로 뛰어들어 시비 거리를 만들며 밤바다를
지치도록 헤엄쳐 다녔는지도 모른다.

둘은 장어를 어떻게 할까 머리를 맞대고 궁리하고 있다. 강진만에 고
요히 밀물이 차오르고 있었다. 그들 사이에 누가 끼어들어 갈 수 있을
까. 종옥은 슬슬 다리를 빼고 물러난다. 같이 있어서는 안 될 자리 같
다.

"어디 가냐? 같이 가,"

뒤늦게 목이가 뒤따라온다.

"장어는?"

"우리 것이 아니잖여,"

"그래봐야 즈그 오빠 존 일 할것인디."

"그라먼 니가 뺏어온나."

목이는 퉁명스럽게 대꾸하고 앞서 걸어간다. 씨발놈, 진짜로 붙어묵
었다냐? 뒤를 힐끗 쳐다 보니 동녀가 멀그머니 서서 눈길을 받는다. 저
것은 동팔이를 좋아한다. 아니여 씨발, 아무나 붙어묵는 년이여. 나도
한 번 해부러.

그날 밤 종옥은 당최 잠을 이룰 수 없어 집을 나와 무엇에 홀리든 선

창 쪽으로 나갔다. 지금 쯤 오작꾼 오광팽이는 장터에서 노름을 하거나 술을 처먹고 있을 것이다. 광팽이 기거하는 기와지붕이 어둠과 함께 무겁게 내려 앉아 있다.

동녀가 기거하는 초가에는 가느다란 초롱 불빛이 한줄기 생명처럼 따뜻하고 고요하게 흘러 나왔다. 달빛을 머금은 은빛 바닷물이 이따금씩 동녀의 초가를 하릴없이 염탐하며 찰방거린다. 왜 동녀는 안채에 살지 못하고 거기서 짐승처럼 사는지 이유를 알 필요가 없었다.

뭐하는 짓인가? 종옥은 두근거리는 가슴을 진정시키려고 몇 번이고 원둑을 오가며 마음을 다잡는다. 대체 뭣을 하자는 건가, 초가에 들어서자 어처구니없는 가슴의 방망이질이 시작됐다. 짐승처럼 이빨이 시려왔다.

용기를 내어 초가로 들어섰지만 '동녀야' 부를 용기가 없다.

그런데, 안에서 인기척이 났다.

"안즉도 작심이 안서냐?"

귀가 의심스럽다. 목이다. 그가 왜, 종옥은 들킬까봐 한걸음 물러난다. 아니다. 못 들었다 도망가자. 하지만 호기심은 그의 멱살을 붙잡는다.

"안티푸라민이여, 발르면 금방 낫는당게,"

동녀가 쓰라린지 신음소리를 낸다.

"오늘밤에 무조건 불질러불 것이여, 이놈의 집구석을 태워부러야 니가 그 짐승한티 벗어나는 길이닌게."

"나는 못간당게."

그 때 저 멀리서 사람 소리가 난다. 오작꾼다. 술이 취해 괴상한 노래를 부르고 있다.

하나라면, 한 여자를 옆에 끼고 산보나 가잖다.

둘이라면, 두 몸이 한 몸 되어 뒹굴어 보잖다.

셋이라면, 세상에서 제일 좋은 그녀의 입술.

넷이라면, 내일 내일하지 말고 빤스나 벗어라.

다섯이라면, 다했다고 빼지 말고 가만 있거라.

여섯이라면, 엿보다가 꼴린 놈이 먼저 쌌구나.

일곱이라면, 일곱 번을 싸고 나니 코피가 났구나

여덟이라면, 여자라고 전부 다가 알을 배더냐

아홉이라면, 구석구석 쑤셔대다 날이 샜구나.

열이라면, 열 달 만에 난 새끼가 불알이 없구나.

놈은 반복해서 그 노래를 부르고 또 음탕한 가사로 바꿔 부르기도 한다. 종옥은 맥없이 가슴이 두근거린다. 무슨 일이 터질 것만 같은 이상한 예감에 머리카락이 쭈뼛거린다.

그 일꾼 놈이 큰 사고를 치르려고 하고 있다. 차라리 그들이 오작꾼에게 들켜 흠씬 두들겨 맞고 엉성한 계획이 수포로 돌아갔으면 좋을 성싶다. 하지만 종옥은 오작꾼이 사립으로 들어서기 전 엥기는 대로 돌을 집어 들어 그들이 있는 창문을 향해 집어 던지고 후다닥 도망갔다.

오작꾼이 검은 물체를 보고 멍하니 서서 딸국질을 해댄다. 그 사이 초가의 불이 꺼졌다. 그리고 얼마 후 오광팽의 집이 불길에 타오르기 시작했다.

"아무래도 무리하게 투자한 거 같아."

종옥은 자존심이 상했지만 고백하지 않을 수 없었다. 병원 뒷마당에는 면회 온 가족의 손을 잡고 천천히 산책하는 환자들이 꽤 있었다. 쾌청한 날씨였다.

"그래도 자네는 제조품을 생산하잖은가."

"그게 문제였네. 판매망이나 자본도 생각하지 않고 덜컥 내 제품을 생산해서 판매하고 나섰으니 경쟁사들이 가만히 보고 있겠는가. 거기다가 수입대체품이라고 큰소리치면서 덤벼들었는데 왜놈들이 갑자기 가격을 다운시켜 시장진입을 방해해버리더군. 그나마 알음알음으로 제작해 팔고 있지만 수금이 되나." "그래 어쩔 셈인가?"
한목이는 관심 있게 물어본다.
"누구에겐가 이 아이템을 팔든가. 아니면 모든 걸 포기하고 다시 임가공이나 해야지 별수 있나."
"그걸 나한테 넘기면 안 되나?"
"자네한테?"
"생산은 자네가 하고 판매는 내가 해보지. 나는 어차피 유통망을 가지고 있고 한 개라도 제조품을 더 가지면 이로울 테니. 그리고 새로 지은 공장은 아직 많이 비어있네. 우리 아버지가 막은 원둑만큼 큰 공장이지."
"자넨 자네아버지가 막은 원둑에 미련이 많군?"
"우리 아버지는 벼 한포기도 심어보지 못하고 뺏겼지. 그 놈의 소작농에서 벗어나고자 몸부림친 결과는 너무 처참했고. 내가 펌프제조나 밸브 쪽에 고유아이템을 만들려고 노력한 이유는 단 한가지야. 임가공이라는 소작농에서 벗어나고 싶은거야."
"당장에라도 검토해보겠네. 나는 임가공 했던 때가 좋았네. 소작농이면 어떤가, 배부르면 장땡이지. 뭐든지 자작한다고 좋은 건 아니야."
두 사람은 의기투합해 오랫동안 이야기를 나누었다.

4. 고향이라는 곳

비바람에 모든 것이 쓸려가도
폭설에 모든 것이 덮여도
굳건한 돌의 무게여,
그것이 우리 둘의 우정이리.

　횡단보도의 신호등은 아직 푸른색이다. 그렇지만 염치 있는 자들은 밀려있는 차들을 보내기 위해 걸음을 재촉한다. 붕붕거리며 아우성치는 차들에 비해 길을 걷는 사람은 서너 명 정도로, 융통성을 발휘하면 그깟 잘못된 교통체계 쯤은 얼마든지 원활하게 흘러가게 할 수 있는 것이다. 그러거나 말거나, 최구는 부러 신호 시간에 맞춰 다리를 늘어뜨린다. 신호등은 푸른색, 니들이 뭔데, 감히 내 권리를. 눈알을 부라리며 고개를 갸웃갸웃 튕겨 나오는 차들을 째려보며 걷고 있다.
　전화벨이 울린다. 예, 하고 소리 높여, 어디라고요? 아주 중요한 전화를 받은 걸까, 일부러 한 번 도로의 중앙에 떡 서본다. 집중이 필요한 모양이다. 앞서 건넌 사람들은 이미 반대편에 다다라있다. 하지만 여전히 신호등은 파란색이다. 깜박깜박, 그를 지키고 있다.

운전자들이 노려보거나 말거나, 슬슬 걷는다. 또 전화가 온다.

'대출요? 그거 얼마나 되는 대요? 최대 오천만 원요? 당연히 필요하지요. 돈 안 아쉬운 사람이 어딨습니까? 이율은 얼마나 되죠? 신용을 알아봐야 된다고요? 금방 저신용자도 된다면서 딴소리여', 그리고 몇 마디.

'고려인삼이 거져라고요? 농협에서 직접 하는 거, 그래요. 그거 믿어도 되겠네. 아, 그런데 내가 인삼이 몸에 안 맞아요. 열이 많다니까. 아줌마 전화번호를 남겨줘, 내가 전화할 테니까. 목소리가 참 좋네. 몇 분이나 근무해요? 다들 아줌마들인가.'

몇 걸음. 마침내 신호등이 바뀌자 내빼기 시작했다. 차량들이 일제히 크락션을 울리고 지나간다. 크락션 소리는 온갖 욕설과 분노가 절여 있을 게 분명해 보인다. 길고도 악착스런 굉음들이었다.

"씨부럴 놈들, 지랄빙 허고들 있네!"

최구, 그가 어떻게 생겨먹은 인간인가, 갑자기 궁금해질지도 모르겠다. 그를 한 번 그려보자. 잘 그려줄 것도 없다. 분필로 쓱쓱 그리면 짧은 스포츠머리를 한 백발이 나타난다. 그것을 전에는 새치, 지금은 중년의 품격이라고 주장하는 그가 얼굴을 내밀기 시작한다.

좁은 이마에 굵은 주름이 이마에 서너 줄, 밭고랑을 이루었고, 눈썹은 툭 튀어나와 그마저 허옇다. 콧대는 제법 실해 보이나 코 평수가 광활해서 파도에 밀려나는 해안선이 떠오른다. 나쁘게 말하면 문둥이 코, 치아는 굵고 길다. 그것은 곧 불규칙한 치열로 진행되어간다.

그의 화룡점정은 바로 눈, 웬만한 사람이라면 감히 쳐다보기조차 힘든 깊고도 강인한 매의 눈이다. 그 눈이 바로 조금 전 수 십 대의 차들을 도로에 잡아 둔 것일까. 어쨌든 그가 지금껏 죽지 않고 살아가는 힘,

그의 카리스마는 분명 눈이다. 하지만 그 눈은 위압감을 느끼게는 했으나 교활하거나 어둡지는 않아서, 자칫 냉정을 잃어버리고 실속 없이 웃음이라도 지으면 갑자기 너무 허한 인상으로 뒤바뀌는 형태여서 때론 위태하기도 했다.

덩치는 큰 편이었고, 키는 작지 않았으며 그 키에 대해, 우리 때는 엄청난 키였다고 말했으나 그 우리 때가 언제인지 아무도 알 수 없다. 그리고 마지막으로 불룩한 배는, 그 배에 대해선 곧 힘과 건강의 원천이다.

'보소, 남자는 뱃심이라요. 그거 없으면 작발도 못써. 남자가 모텔을 대실하면 벨소리 울릴 때까지 견디게 하는 게 뱃살이여. 이상.'

그의 고향은 없다. 부산 영도다리 밑. 그곳을 고향이라고 말하기는 싫다. 그저 너저분하고 냄새나는 둥지쯤. 그의 귓불 없는 오른쪽 귀가 바람에 드러난다.

6월 중순의 날씨치고는 덥다. 가뭄으로 습도는 높지 않지만 저녁 무렵까지 더위가 가실 줄을 모른다. 이런 무더위 속에서도 보도 한곳에서는 맨홀 뚜껑을 열고 지하와 지상을 오르락내리락하는 인부들이 있다.

최구는 간섭하고 싶다. 안전망이 허술해서 인도를 지나는 사람들이 불편해 보이는 것이다. 나무 구멍을 들락날락하는 날다람쥐 같은 놈들에게 한 판 해주고 싶다. 그는 들고 있는 백화점 쇼핑백을 옆구리로 옮기며 기회를 엿본다.

"시마이 하자."

누군가 소리치자 대여섯 명의 인부들이 구멍 속에서 빠져나와 아무렇게나 엉덩이를 틀고 앉아 담배를 꺼내 문다. 하얀 연기가 묵직하고 힘들게 공기 중에 퍼지고 있는 게 그들의 후줄근한 작업복에서 저린 땀이 새어나가는 것만 같다. 갑자기 짠하고 가슴이 쓰리다. 마음이 바뀐다.

"개쎄끼들, 펜대 잡고 앉아있는 놈들 십 분만 맨홀 구녕에 처박아놓으면 첨부터 잘 만들 것인디, 참말로 고생허십니더요."

최구는 잡다하게 섞인 사투리로 분위기를 살핀다. 니들편이다. 제스처를 쓴다. 불편 사항이 있으면 이 최구가 다 해결해준다. 시장 할애비라도 찾아가서 해결하라고 하면 허겠다. 하지만 너무 지쳤는지 아무도 반응이 없다. 못들은 건가, 한 발 더 다가간다.

그 때 한 무리의 유치원 아이들이 인솔 교사를 따라 나타났다. 공사 장비들로 인해 길이 좁아지고 끊어지자 아이들의 대열은 순식간에 흩어지고 우왕좌왕 한다. 인솔 교사는 아이들을 모으는데 한참이나 애를 쓴다. 호루라기 소리가 엔간히도 짜증스럽다.

약이 잔뜩 오른 그녀가 아이들에게 허리를 굽히고 기어코 한마디 내지르고 만다.

"자, 공부 안하고 질서 안 지키면 저런 아저씨들처럼 됩니다."

심술이 잔뜩 배인 목소리는 적절한 지적질에 스스로 카랑카랑하다.

아이들은

"예!"하고 합창할 뿐 여전히 해찰을 부리고 있다. 그 말의 화살이 정확히 꽂힌 곳은 인부들 가슴이다.

"뭐요, 어찌된다꼬? 이런 씨발, 찢어진 입이라고 어디다 주뎅일 나불대노?"

젊은 인부가 참지 못하고 삿대질을 한다. 금방이라도 달려가 칠 기세를 보이지만 그렇게 하지 못할 것을 본인이 잘 알고 있을 것이다. 몸이 지치면 행동은 더딘 반면 주둥아리는 거칠어지고 눈은 찌그러지며 주름은 모아진다.

"뭐라 했는데요, 제가?"

냉정하고 차분하게 대꾸한다.

"치매가? 금방 한 말도 모리나?"

"좁쌀만 먹었나, 어따 대고 반말인데,"

여선생이 훈계하듯 따진다.

"반말? 문틈에 좆낀 소리하고 있네. 낯짝을 콱 니년 달고 댕긴 것맹키로 찢어 놓을까."

"이것 봐요. 이제 보니 내가 틀린 말 한 것도 아니네. 아주 막 되먹은 사람이네. 그러니 이런데서 굴러먹지."

"머, 머, 굴러 묵어 이 가시나, 뵈는 기 없나! 산소통 땡기와 바라. 아조 마 몸땡이에 붙어있는 검불을 싹 끄슬러 부릴라."

최구의 몸은 슬슬 근질거린다. 이빨을 드러내며 은근히 웃는다. 불이 세차게 붙길 바란다. 하지만 기대만큼의 거친 몸싸움은 벌어지지 않는다. 모욕당한 젊은 인부가 집채만한 무게의 말 폭탄을 터뜨리지만 여선생은 꿈쩍도 않고 조근 조근 덤벼든다. 이제는 다른 인부들까지 가세하지만 어림없다.

그들의 완벽한 판정패다. 그들은 이 황당한 패배에 어떤 식으로든 대가를 치러야 할 것이고 늦은 밤까지 이 꺼리로 선술집으로 차고 들어, 지지고 볶고, 분노하고 통탄할 것이다. 왜 그때 카운터펀치 같은 말을 뭉쳐 내던지지 못했을까. 왜 악다구니만 썼을까. 억울해하고 후회할 것이다.

결국은 서로를 위로하고 북돋으며 대단한 무용담으로 만들어지는 것으로 술판은 끝나겠지만. 최구가 불쑥 나선다. 눈을 부릅 뜬다. 형형한 안광이 번뜩인다.

"허이, 젊은 사람이 사고 치것네. 고마하게."

그리고는 선생을 돌아보고 점잖게 타이른다.

"선생님이 말을 가려서 해야지. 이런 분들이 아니면 누가 상수도 물을 끌어오고 전기 통신을 만들어 줍니까. 어서 가세요."

굵고 점잖은 톤이다.

"......"

"허 이 사람들이, 다들 서(署)로 가야 정신을 차리것어?"

최구는 뒷주머니에서 커다란 무전기 같은 것을 꺼내든다. 그것은 맨 처음 나온 모토로라 휴대폰이다. 세월은 급격히 변해 이들은 용도를 잘 모를 것이다. 모르면 두려움을 느끼고 경외하게 되는 게 인간이다. 인부들은 그 검은 물체에 벌써 불안을 느끼며 뒷걸음친다.

쉽게 이를 드러내고 으르렁거리지만 복잡하게 얽혀 들어가는 낌새라도 조금만 보이만 줄행랑치는 게 졸들이다. 그들이 사라지자 최구는 모토로라를 만지작거리며 그가 맨 처음 그것을 구매했던 당시를 떠올린다. 입가에 흐뭇한 미소가 번진다. 공작기계영업을 시작하면서 과감하게 거금을 주고 산 무기 같은 휴대폰이었다.

그는 그것을 이용해 공작기계 판매보다 여자 낚는데 더 많이 썼다는 것이 생각난다. 아, 이 휴대폰 속에서 얼마나 많은 여자들의 밀어가 밀려왔는가. 그는 잠시 그 기계에 키스를 한다. 그리고 소중하게 양복 주머니에 넣는다.

최구는 백화점을 좋아한다. 눈요기 거리가 많고 시원하고, 중요한 것은 상냥한 여종업원들과 남아넘치는 시간을 때울 수 있어서 좋다. 또한 여름에도 정장을 고집하는 그가 평화를 느끼는 곳이기도 하다. 물건을 하나 사고 바꾸고 환불하고 또 여차하면 호통을 쳐서 온 백화점

매장을 발칵 뒤집어 놓을 수도 있다.

속옷 매장의 아가씨는 그를 외면한다. 저 아저씨가 왜 또 나타났지 하는 표정이다. 기분이 나쁘다, 분명 딴전을 피우고 있다. 그렇다고 자신이 얼굴이 알려질 만큼 예민한 고객은 아닐 텐데, 멸시를 하려들다니 울컥 화가 치민다.

"아가씨!"

"예, 고객님!"

진작 그래야지. 마음이 좀 풀린다. 엉덩이가 큰 여자다. 어떤 종류의 팬티를 입었을까, 그 색깔은 무엇일까, 그리고 그것이 감싸고 있는 깊은 숲은 어디로 흘러 어디서 분출을 꿈꿀까. 가슴이 따끔거린다. 아직 살아 있다는 증거다. 음탕함이란 때론 생명이고 강한 용기이기도 하다. 한밤중의 공동묘지에서도 음탕함을 꿈꾸면 그 강한 욕망이 헛된 두려움을 말끔히 없애준다.

"이거......,"

최구는 들고 있는 종이 가방을 들이민다.

"문제가 있어요?"

"너무 끼어서 못 입겠어, 똥구녁에."

뻔뻔하게 말한다. 종업원의 얼굴이 확 붉어진다. 원색적인 말은 한없이 천박하지만 가끔씩 논리와 프레임에 갇혀있는 자들을 꼼짝 못하게 하는 효과가 있다. 누구나 똥구녁은 있지만 비밀스럽게 숨겨놓은 거라서 그런 단어가 표면에 떠오르면 당혹스러워한다.

"사각 팬티로 바꿔주소."

종업원은 조심스럽게 종이 상자를 푼다. 더럽고 냄새나는 물건이 상자에서 튀어 나오기라도 한 듯 팬티를 꺼내는 표정이 원초적으로 찡그러진다.

최구는 그 모습이 못마땅하다. 저런 모습을 어떻게 가만 보고 있겠는가. 간섭하지 않고는 못 배긴다. 백화점 고객에 대한 기본적인 교육이 잘못 되어 있다. 세상에 자기가 파는 물건에 대해 혐오감을 가지고 있다니, 점장을 만나거나 최소한 담당자를 만나서 심도 있고 강하게 어필을 해야 할 사항이다. 두고 볼 수만은 없다. 우리나라의 유통 서비스 산업의 발전을 위해서라도 적극 개입해야 한다.

"저번엔 헐렁거린다고 바꿔 가신 손님 맞지요?"

뻔히 알고 묻는 질문이다. 그래서 불만인가, 그래, 너는 너의 불만에 충실해라. 나는 나의 권리에 충실할 테니.

"그래서 반품이 안 된다는 건가요?"

"아니, 자꾸 이런 식으로 하시면 저희도 곤란하다는 것이죠."

"자꾸? 이 양반아 손님이 물건을 구매해 가서 맘에 안 들어 다른 물건으로 바꾸러 왔을 뿐이야. 그게 안 되면 말이 돼?"

"이게 바꾸러 온 물건이 맞습니까? 팬티 좀 보세요. 누렇게 된 걸 누가 바꿔줍니까?"

열이 받은 모양이다. 화장으로 덧칠한 표정에 빗금이 생겼다. 깨진 거울처럼 감추어진 신경줄이 날카롭게 드러난다. 화가 머리끝까지 오른 종업원은 팬티를 잣대 끝에 꽂아 뱅뱅 돌리며 옆 부스에 있는 언더우드 가게 종업원에게 입을 맞춰 줄 것을, 같이 동조해 줄 것을 기대하며 통탄한다.

"이봐라, 이기 바꿔줄 물건이가. 망사 팬티 사가서 딸딸이 치다가 좆물 새나간다고 팬티 바꾸러 온 놈 이후로 처음이네."

갑자기 바뀐 경상도 사투리의 억척 아줌마 목소리로 변한다. 우루루 종업원들이 몰려들어 키득거린다. 누군가 비꼬듯 거든다.

"뭐, 똥 째깨 묻었구마. 바꿔줘라. 다음엔 뭘 무쳐올랑가 보구로."

와, 하고 웃음이 터진다. 노골적인 힐난이다. 이런, 썩을 것들을. 최구는 참지 못하고 팬티를 잡아채 땅바닥에 내동댕이친다. 소란이 벌어진다.

담당자가 재빨리 달려와 두 사람을 갈라놓는다.

"디럽어서 해묵겄나, 쥐꼬리만한 봉급주면서 온갖 거 시중 다 들라고 한 게 저런 놈들이 생기는 거 아이가. 내사 더 이상 몬해묵겄다."

금방이라도 짐을 쌀 기세로 덤벼들지만, 최구는 안다. 곧 후회할 행동이고 자신의 처지를 잠시 망각하는 것뿐이란 걸. 이미 그녀의 생활 패턴은 백화점을 따로 두고서는 살 수도 없고, 배운 것은 그것뿐이다. 허리통을 보고 싸이즈를 체크하는 것.

백화점을 의기양양하게 나온 최구의 두 손에 들린 종이 가방에 사각 팬티가 들려있다. 팀장에게 정중히 사과 받은 뒤 커피까지 대접 받고 나왔지만 왠지 찜찜하다. 갈 때까지 가보겠다는 듯 덤비던 종업원은 어느 순간 현실을 직시하고 머리를 숙여 사죄했다.

이긴 것이다. 하지만 뭔가 허전하다. 가서 팬티를 원래 것으로 되가져와야 되나, 종업원은 징계를 당할 건데, 걱정된다. 하지만 모두들 그러고 살지 않나, 멀쩡한 핸드폰을 들고 가 품질에 시비를 걸고 바꿔오는 자들과, 음식물에 오물을 넣고 돈을 울궈내는 족속들, 컴퓨터 자료가 날라갔다고 그 똥 같은 자료 값으로 돈을 갈취하는 파렴치한들, 냉장고의 온도가 높아 음식물이 썩었다고 멀쩡한 냉장고를 새 냉장고로 교환받은 뒤 가족들에게 그걸 자랑이라고 늘어놓는 팔푼이들.

이루 말할 수 없지만, 어쨌든 오늘 일은 좀 불명예스러운 전쟁이었다. 하지만 그 모든 종업원들에게 돌아가야 할 몫을 은밀하게 수탈해가는 보이지 않는 손에 비하면 아무것도 아니지.

어디를 갈까, 마땅히 갈 곳이 없다. 사무실? 그런 것은 없다. 출근 시간, 그게 왜 필요한가. 자동차, 천지가 차다. 집, 사방팔방 갈 곳이 널려 있다. 휴대폰 하나면 모든 게 다 된다. 전화가 걸려온다. 부동산이란다. 또 온다. 콘도 회원권을 싸게 살 수 있단다. 이어 골프장 회원권, 무슨무슨 클럽, 보험사, 건강식품, 여행사, 왜 이럴까? 왜 사람들은 이토록 자신을 필요로 하는가? 친절하게 전화 받고 끝까지 응대해주지 않을 수 없다.

슬슬 아지트로 가볼까? 택시가 눈앞을 쓱쓱 지나간다. 주머니를 뒤진다. 텅 비어있다. 대신 티켓 한 장이 구깃구깃 기어 나온다.

'이 티켓을 들고 와서 5만 원 이상 물품을 구입 하시면 2천원 할인해줍니다.'

야무지게 쓰여 있다. 2천원을 공짜로 준다. 호주머니에 다시 집어넣는다. 미끼가 들어간 주머니는 왠지 걸기적거린다. 버릴까? 하지만 깊이 구겨넣는다. 언젠가 오십만 원도 소비할 수 있는 날이 올 것이다.

버스를 타자니 체면이 안 선다. 낚시를 던져본다. 수법은 같지만 집요함은 더해진다.

"어이, 김사장. 오랜만이네. 퇴근 안 해? 진짜 끝내주는 물건이 있는디 가볼랑가?"

저쪽에선 시큰둥하다. 다른 곳에 촉수를 뻗힌다.

"그래, 그래, 바쁘면 할 수 없지."

다들 그를 기피한다. 그러거나 말거나 핸드폰에 저장된 모든 사람들에게 전화를 걸겠다는 듯 화단에 쭈그리고 앉는다. 불쾌한 표정도 없다. 가끔씩 입술을 깨물고 습관처럼 고개를 갸웃거릴 뿐이다. 프로야구가 몇 시에 있는가, 엉뚱한 생각의 갈래로 들어가기도 한다. 그리고는 생각난 듯 전화를 해댄다.

"그래, 그래, 바로 오라니까. 이천 만원 하는 것 딱 천오백에 가져 갈수 있다니까."

그렇게 걸려든 지인의 차를 얻어 타고 기계 상이 밀집해 있는 사무실 609호로 출근한다. 시간은 오후 여섯시다. 좋은 기계를 소개 받겠다고 화물차를 타고 온 지인은 상판이 굳어 간다. 한두 번 당한 일이 아니다. 작자는 낚여 왔다는 걸 뒤늦게 깨닫고 있다. 자신이 문절이 같다고 생각할 지도 모른다. 그러거나 말거나 시간이 너무 늦었다. 벌써 업체 사장이 퇴근하고 없다. 뻔한 핑계를 댄다. 내일 일찍 같이 가서 기계를 보자. 마무리 한다. 그렇게 둘러대고는 돌아서는 지인에게 일격을 가한다.

"김사장 돈 없제, 야아, 급하게 오다보니 집에 지갑을 놔두고 왔네. 한, 돈 십만 원 없나?"

"돈이 어딨습니꺼?"

불쾌하게 대들면,

"오만 원만 주라. 내일 기계 보러 갈 때 줄꾸마."

상대방은 지갑을 까 보이며,

"이거 뿐이라예."

"야아 천하에 김사장이 지갑이 말랐네. 백두산 천지에 물 말라도 김사장 지갑에 물 마를 줄 누가 알았겠노. 우짜끼고 그거라도 주라. 형님 차비가 없다."

호들갑을 떤다. 녀석은 집어던지듯 돈을 주고 사라진다.

최구는 자신의 별명이 삼만 원이라는 걸 확인한다. 삼만 원짜리 인생. 그는 이미 나락으로 떨어졌지만 스스로는 절대로 인정할 수 없다.

609호는 담배 연기로 뿌옇다. 벌써 시작된 모양이다. 일곱 명이다. 선수들 다섯에 물주 겸 딜러가 한 명, 나머지 한 명은 무료해서 놀러온 중고 기계 상이다. 아마도 그는 몇 달 안에 저 판에 끼어들어 동료들의 살점을 뜯어 먹거나 뜯어 먹힐 것이다.

다들 억지로라도, 고개를 까닥이며 알은 채 한다. 그는 조용히 소파에 몸을 누인다. 판이 커지고 누군가 주저앉기 시작하면 딜러 교체를 요구할 것이다. 물주라고 밤새 딜러 자리를 고수할 순 없다. 그때까지 얌전하게 텔레비전이나 보고 있으면 된다. 그때부터 일이 시작된다.

돈 버는 일 중에서 제일 쉬운 것은 여자는 몸 팔고 남자는 노름판에서 딜러 보는 일일 것이다. 정의하자면 둘 다 똥구멍 긁어주는 일. 더럽고 비참한 일이지만 극히 수고할 필요는 없고, 즐길 수 있다면 즐길 수 있다는 장점이 있다.

609호의 방장 역시 기계 상이다. 그의 사무실이고 그의 놀이터다. 선수들 역시 근교의 기계 상이 대부분이고, 가끔씩 제조업 하는 사장들이 말려들어와 맷돌에 갈린 콩처럼 가루가 되어 떨어져 나가곤 한다.

중고기계 매매업이라는 것이 시간과 수입이 일정하지 않은 직업이나 보니 늘 불안하고 초조해서 딱히 좋아하는 취미가 없다보면 쉽게 도박에 빠져들 수밖에 없는데, 그들에게 현금 유동성이라는 기름이 부어져 있어서 판대기는 걷잡을 수 없이 커진다. 해서, 처음엔 작은 놀이에서 시작되어, 훌라에서 포카로 불이 붙고, 나중에는 기계 따먹기나 집따먹기가 되버리곤 했다.

경마장이 멈춰도 609호는 돌아간다. 누군가 우스갯소리로 그렇게 말했고, 실제로 그렇게 작든 크든 판이 여기 사무실 609에서 돌아갔다. 육공구, 해운대에도 그런 이름을 가진 집창촌이 있었지. 최구는 상가 호실을 표시해 놓은 이 가게가 하필이면 왜 그 번호일까? 늘 생각해본다. 가장 에로틱한 체위 자세가 609가 아닌가. 눈을 감으면, 아련하게 그곳이 몽롱했던 거리의 불빛만큼이나 아주 멀리 아주 가깝게 떠오르곤 한다.

개천을 타고 창녀촌의 붉은 불빛이 켜질 때, 한목이, 오동녀가 모아온 빨랫감을 그 개천에 뿌리고 손발이 다 갈라지도록 빨래하던 모습이, 목이가 어느 날 포주에게 동녀를 빼앗기고 미친놈처럼 울부짖던 고함이 해운대의 파도소리처럼 들려온다. 그리고 그 등 넓은 포주를 향한 칼부림. 목이의 살기 가득한 눈빛. 그리고 도망.

그러고 보니 자신도 늘 도망자였다. 병든 할머니를 버리고 도망쳤을 때가 아홉 살 때였다. 그 나이, 사리분별 못하고 아무런 판단 능력이 없을 거라고? 아니다. 할머니가 부엌 바닥에 쓰러져 거의 치명적인 상황이 오고 있다는 것이 강하게 감지되었을 때, 남은 쌀을 보자기에 넣고 집을 빠져나와 도망쳤다.

불과 수 킬로미터 밖에 떨어지지 않은 다리 건너였다. 할머니는 며칠 안에 아사했을 것이다. 어쨌든 그날 영도다리를 건넜다. 그 후로 항상 도망자였다. 생존하기 위한 도망자. 껌을 팔아 할머니를 봉양하는 기특한 아이가 극한 상황이 되자 생존을 위해 선택한 도망자, 겁쟁이였다

최구는 그날 저녁 쌀을 들고 패거리들이 모인 빈민굴로 통하는 하수도로 기어들어갔다. 그가 늘 두려워하여 빙빙 둘러가던 곳이었다. 우주의 끝만큼이나 먼 그 길, 그는 그 길로 당당히 들어섰다. 대신 그들을 위해 껌을 팔고 잠자리와 안전을 제공받았다. 물론 끊임없는 폭력과 협잡은 일상이 되었지만 유약함과 나태함은 곧 사라졌다. 그것은 패싸움을 통해서 더욱 단단해지고 교활해졌다.

동네는 두 개의 패거리들, 지금 생각하면 집 없는 하찮은 꼬마나부랭

이들이 몇 명 모여 성인 폭력배들 흉내내는 정도였지만, 그 패거리 집단들이 수시로 싸움을 벌이고 으르렁거렸다. 골목패와 해안패들이었는데 최구가 속한 골목패가 약간은 밀리는 편이었다. 그렇다고 골목패가 굴복하거나 일부러 전쟁을 피하지는 않았고, 참을 때 까지 참다가 오히려 더욱 강하게 폭발해서 존재감을 돋우곤 했다.

마침내 그에게 내려진 오더는 해안패들이 사용하는 미군용 천막아지트에 진드기처럼 우글우글 붙어있는 패거리들을 향해 돌을 던지고 싸움을 유도하라는 것. 때마침 무슨 이유인지는 정확히 모르지만 골목패 중 한 놈이 해안패 주변을 어슬렁거리다가 죽도록 맞고 와서 원성이 자자했는데, 이젠 노골적으로 구걸 구역까지 넘보는 상황에 이르자 전쟁을 하기로 결정한 모양이었다.

최구는 두려움 없이 짱돌을 모아 주머니 가득 넣고 비좁은 해안선을 기어가 가차 없이 돌을 집어 던졌다. 하지만 그는 곧 짱돌을 손에 쥔 채 얼어붙고 말았다. 그 작은 천막 속에서 어떻게 그 많은 녀석들이 들어있었는지 땅벌 떼처럼 웅웅거리며 튀어나왔던 것이다. 그 성난 표정과 험악한 분위기로 봐선 골목패들에게 아무리 견고한 계획이 있더라도 당해낼 재간은 없을 성 싶었다.

"뭐꼬, 꼬맹이 니가 던짓나?"

"꼬맹이는, 씨발……"

반사적으로 툭 튀어 나온 말이지만 상대편이 듣지 않길 바랐다.

"호로새끼 봐라!"

키가 큰 그는 꼬맹이란 말에 격분했다. 패거리들에겐 두 살이나 올려 말했는데, 놈들에게까지 인정받지 못하고 있다는 게 불쾌했다.

"야, 튀어라, 도망 와!"

망보던 자가 소리쳤지만 그는 짱돌을 쥐고 노려보고 있었다. 꼬맹이라, 한번 밟아봐라. 우루루 전차처럼 그들이 휩쓸고 왔다. 갑자기 무서웠다. 결코 꼬마가 아니라는 걸 맞서서 보여주고 싶었지만 곧 무너졌다. 그는 잡힐 듯 말듯 한 거리에서 등을 돌렸다.

"잘했어. 뛰어라 꼬맹이!"

이번엔 골목패였다. 그는 골목을 향해 뛰어들어 왔고, 유인 당해온 그들과 함께 막다른 골목에 그물에 잡힌 고기처럼 갇혀버렸다. 곧 돌들이 머리 위로 쏟아졌다. 대기하고 있던 골목패들은 입구를 가로막고 진창 나게 해안패들을 두들겨 패기 시작했다. 몽둥이와 쇠사슬의 난무, 잔인한 아귀들의 싸움이었다.

완전히 절단이 나자, 해안패거리들 두목이었던 마옴마는 옴마옴마하고 울부짖고 용서를 빌고 패전을 시인했다. 그날 저녁 마지막까지 약을 올려 유인해온 최구는 영웅이었다. 그는 도망쳤을 뿐인데도 말이다.

그렇게 굴러굴러 15살, 그는 609 집창촌의 삐끼였다. 최구는 눈치가 빠르고 수완이 좋아 손님들을 잘도 물어왔다. 언니들은 그를 서로서로 총각딱지 떼줄 거라고 했지만 그는 동정만은 그녀들에게 헌납하고 싶지 않았다. 하지만 툭툭 건드리기만 해도 솟아오르는 욕망을 가로막기는 역부족이었다. 한번 터진 수돗물은 시체들처럼 널브러진 누이들의 가느다란 허벅지로 흘렀다.

어느 날, 그 누런 동네에 그들이 나타났다. 집을 나온 지 한 달 가량, 불타오르는 선창집을 뒤로 하고 무작정 부산으로 향했고, 공단을 찾았지만 써주는 사람이 없어 시내로 들어갔다가 거의 거지나 다름없이 되어버린 동녀와 목이었다. 여기까지 온 걸, 그 유명하다는 해운대 백사장 구경이라도 하고 죽자고 부산역에서 기차에 기어들어 해운대역에 떨어진 것이다. 그리고 불나방처럼 불빛 따라 여기까지 왔다.

"여기가 어디라고 기웃거려, 꺼져? 어린 놈들이."

최구는 입구에서 기웃거리는 그들을 향해 어른이라도 된 듯 훈계했다. 하긴 그의 키는 훤칠하게 컸고, 긴 장발머리는 머리통을 크게 보이게 해서 적어도 스무 살은 되어보였다. 이목구비가 또렷해서 그가 서너 살 올려 말해도 다들 의심 없이 믿어주곤 했다. 실제로 그는 어느한 쪽으론 이미 잡스러워지고 영악해서 바래질대로 바래져 있었다. 그들은 그에게 작은 꼬마 거지들에 불과했다.

"꺼지란 말이야! 요즘은 거지가 더 많아."

안 들렸나, 순간 까만 네 개의 눈이 그를 응시하고 있다.

"이 거지새끼들이 귓구멍이 멕혔나?"

최구는 가차 없이 발을 뻗어 걷어찼다. 맥없이 한 놈이 고꾸라졌다. 비명도 없다.

"이것들이 근데."

"으째 그라요. 우리 오빠 뗄지 말랑께요."

으크, 한 녀석은 여자라, 흥미가 생긴다.

"느그 둘이 먼 사이고?"

말이 없다.

"붙어 묵은 사이제?"

"이 씨발놈아, 그래, 붙어 묵은 사이등가 말등가, 니가 붙어 묵은디 보태줬냐?"

뜻하지 않게 서늘한 칼이 들어왔다.

"왔다 이 망할년 보소. 니 머라캤노?"

최구는 어처구니가 없다는 듯 서 있다가 가차 없이 뺨을 갈긴다. 거지들 다루는 데는 이골이 나있었다.

"니 조개 맹글어질라며 안즉 멀었은께 존 말 할 때 가그라이. 여그는 아아들 오는 데가 아이구마."

다시 손이 올라갔을 때 최구는 순간 귀가 따끔거린 것을 느꼈고 그 맥 없는 놈이 물고 늘어진 것을 알았을 때는 이미 바닥에 꺼꾸러졌다.

"아악!"

비명이 절로 나오면서 최구는 땅바닥에 손을 쳤다. 거기서 격투기 규칙이 하나 만들어졌을까. 사람이 너무 아프면 손바닥을 치며 항복을 선언한다. 하지만 이건 싸움이다. 싸움엔 일가견이 있는 그여서 곧 주먹을 쥐고 수없이 날려본다. 하지만 놈은 훈련받은 핏불테리어처럼 물고 늘어졌다.

순식간에 최구의 얼굴이 벌겋게 부어오른다. 그러거나 말거나 놈은 이빨을 풀지 않는다.

"잘못했다. 살려주라. 씨발놈아, 고마해라!"

울면서 애원해도 소용없다. 귀가 떨어진 건가. 주변에서 우루루 일하는 여자들이 몰려와 떼어내 보려고 해도 소용이 없다 마침내 삼촌이란 자가 와서 큰 주먹으로 목을 비틀어도 더욱 물고 늘어질 뿐이다.

"오빠, 그만하란께!"

동녀가 울부짖자 놈은 물었던 귀를 풀었다. 귀는 너덜거렸고 피가 흘렀다. 최구는 철퍼덕 엎어져 울었다. 바지는 똥과 오줌으로 절여버렸다.

"이거 순 독종이네."

삼촌이 기가 막힌 지 목이의 머리를 사정없이 내리치자 귓불 덩어리가 입에서 빠져나왔다. 최구는 그 모습이 아득해 보인다.

"삼촌 그마 하이소. 아아들이 싸움한 거 같고. 야는 안돼것네. 빨리 병원에 보내기나 하소."

말리던 중년 여자는 수건으로 최구의 귀를 싸매고 삼촌을 재촉했다.

"느그 어디서 왔냐?"

"전라도서 왔어라."

"오메오메, 그 먼디서 멋하로 왔당가이"

늙은 창녀의 눈에 잠깐 이슬이 맺힌다.

목이와 동녀는, 그 날 바로 보성이 고향이라는 영실이라는 늙은 창녀의 주선으로 허드렛일, 주로 빨래하는 일을 맡아서 해운대 홍등가 609에 기거하게 된다.

밥을 얻어먹고 잠자리가 만들어지자 금방 목이는 힘이 올랐고, 동녀는 때깔이 좋아졌다. 얼마동안 최구는 그들을 못 잡아먹어서 온갖 훼방을 놓았지만 물푸레처럼 물오르는 좋은 나이라서 그런지 곧 친해졌다. 셋은 시간만 나면 해운대 백사장으로 나가거나 동백섬을 쏘다니며 어울려 놀거나 아직은 어촌인 운촌에서 남의 고깃배를 훔쳐 타고 바다 깊숙이 들어가 수영을 즐기거나, 가끔씩은 조개를 잡아 빨래터에서 양판데기에 끓여 먹으며 소주를 배우기 시작했다.

목이는 요령은 없지만 끈질긴 데가 있어서 손님을 곧장 땡겨오기도 했고, 팁도 받았지만 그 돈을 허투루 쓰는 일이 없었다. 최구는 그러거나 말거나 있으면 있는 대로 없으면 없는 대로 쓰고 살았고, 간혹, 학생들에게 삥을 뜯어 배고픔을 해결하곤 했다.

처음 그들은 내실 깊숙한 골방에 기거했다. 이미 환각제와 술 담배로 어리숙한 창녀들의 방 더 내밀한 안쪽이 그들이 눈 붙이는 곳으로 쥐와 곰팡이가 함께했다. 최구는 그런 방의 환경에 전혀 신경 쓰지 않았지만 목이는 달랐다.

똑같은 가난뱅이 출신이지만 목이는 그것만큼은 못견뎌했다. 도시 빈민 출신과는 달리 농촌 가난뱅이 목이는 쾌적함, 엉성하지만 자신만의 둥지가 필요했다. 그가 새와 풀을, 하늘과 맑은 공기, 바다를 보고 성장한 탓인지도 모른다.

목이는 시간 나는 대로 슬쩍슬쩍 폐목을 끌어들여 옥상에 평상을 만들더니 그 위에 포장용 대형 나무 박스를 얹어 그것을 뼈대로 해서 점점 살을 붙여, 거처를 만들어갔다. 판자와 스티로폼을 덧대고 붙여 골격을 견고하게 했고, 지붕 위로는 양철판을 올리고 그 위로는 주워온 판자로 덮고 다시 그 위로 온갖 잡동사니가 필요에 의해서라기보다는 처치 곤란한 물건들로 두꺼워지면서 동굴은 서늘하고 쾌적한 공간으로 변신했다.

마침내 아래층에서 몰래 빼내온 전기선을 연결하자 안락한 보금자리는 별빛을 받은 듯 생명을 얻었다. 이 난삽한 불법 건물은 목이가 주변 정리를 워낙 잘했기 때문에 주인은 모른 척 했고 가끔씩 창녀들이 낮잠을 자러 올라오기도 해서 쉽게 헐릴 이유가 없었다.

"이 집의 이름이 필요해."

동녀가 뜬금없이 제안했다.

"이름?"

"그려, 먼 훗날에도 아픈 추억과 함께 이 집이 떠오르면 쉽게 부를 수 있는 이름."

"이런 곳이 떠오르긴 허것냐?"

두 사람은 빈정거린다.

"여기, 난 떠오를 것 같아. 처음으로 나만을 위한 돈을 벌었던 곳. 이곳이 기억 될거여."

세 사람은 이런저런 이름을 지어봤지만 곧 흐지부지해지던 차에 부지불식 간에 '바우집'이라 불려졌다.

동녀가 우연히 '바우집으로 와.' 하고 말한 바람에 곧 그곳은 그냥 바

우집으로 명명되었다. 왜 바우집이라고 했을까? 돌이라곤 하나도 쓰지
않은 공간인데.

'이상해. 결코 돌아가고 싶지 않은 고향이지만 오빠집 헛청방이 꿈결
에 보여. 반쯤은 커다란 바위가 들어찬 작은 방, 그곳만이 나의 유일한
고향이고 피난처였지. 짐승처럼 스며들어 그 차가운 바위에 기대어 참
많이도 울었는데.'

동녀의 눈에 이슬이 맺혔을 때 세 사람은 서로의 우정을 맹세했다.

'돌처럼 단단한 우정을!'

목이는 무에서 유, 자기만의 세계를 만들어 내는 데는 탁월한 기질을
타고난 것 같았다. 최구는 아래층으로 내려가 동네로 나가는 것을 귀
찮아했는데 목이가 어디서 구해왔는지 모르지만 조잡한 쇠붙이를 이
용해 옥상에서 높다란 철둑으로 바로 내려가는 사다리를 댔다. 그쪽으
로 가면 동네와 훨씬 빠른 접근성을 유지할 수 있는 개구멍이 되었다.

그 후 사고를 치고 돌아오는 최구를 사다리 끝에서 몇 번이고 마주쳤
는데 어느 날, 목이가 경고했다.

"고마 해라. 내가 고향 다리께에서 아이들 가방 뒤진 것은 배고파서였
는데, 너는 아니잖나?"

"좆까고 있네. 있는 아새끼들 등쳐먹는데 뭐가 죄 되나?"

"그 돈 다 어딨냐?"

"느그하고 소주 묵고 또....."

"또?"

"누나들 한티 뿌렸제."

"와 주는데?"

"씨발탱아 너는 동녀가 있지만 내 좆은 으짜라고?"

"나는 그 짓 안 해. 동녀한테는 절대로. 영원히! 그라고 하고 싶으면

니가 동녀해라. 그 돈 나 주고."

"미친 새끼네. 동녀가 물건이가."

"아니, 누군가는, 누군가는 동녀 옆에 있어야 된께."

"니는"

"나는 돈 벌어야 돼."

"멋할래? 그 간 돈 벌어서 누나들 사서 맘껏 해볼래?"

"소를 한 마리 살끼다."

"소?"

"그것을 키워서 새끼를 낳게 하고 그 새끼가 또 새끼를 낳으면 우리도 부자가 될 거야. 그러면 우리 할머니 돌보고, 동생들 공부시키고, 그라고 동녀."

"동녀 머?"

"동녀도 존 데 시집보내고."

"소가 웃것다. 동녀를 누가 델꼬 가냐. 저 꼬질꼬질한 거를"

"니가."

"웃기고 자빠졌네. 조아, 동녀는 됐고 니가 내 돈 관리하는 거 찬성이다. 나는 돈이 필요 없다."

"그래라. 잘못하면 우린 버러지 같은 인생으로 마감할 끼다."

"버러지?"

버러지 같은 삶, 최구는 불현듯 일어나 앉는다. 잠시 잠이 들었을까, 그는 머리를 흔든다. 담배 연기가 뿌옇게 노름쟁이들 머리 위를 피어오른다.

'아직도 그러고 사냐?' 언젠가 목이는 그렇게 말했다.

버러지처럼 사냐고 묻고 싶었을까. 그는 오글오글 앉아서 신경을 긁고 있는 작자들이 똥통에 머리를 처박고 있는 구더기 떼들 같다는 생각이 든다. 여기서 뭘 하고 있나. 무서운 삶을 피해 도망 왔고, 결국 도망가서 여긴가. 갈증이 난다. 냉장고를 열어보지만 물 한 통도 없다. 시큼한 냄새로 빈 냉장고는 아가리를 벌리고 있다.

"씨발, 이 가이나들은 물도 안 갖다놓나."

전화기를 든다. 동방다방에 전화를 건다.

"현주야, 내다, 왔다메 내 목소리도 잊었당가, 전라도 강진 오빠랑께. 고래, 고래. 여그 609에 물하고 커피……"

최구는 어색한 전라도 사투리에 덧붙여 강진, 고향을 강조한다. 목이의 고향 강진, 목이 머릿속엔 끈적거리고 던적스럽게만 새겨졌던 곳, 그 곳이 최구에게는 단 한 번의 마주침으로 온통 그를 매료시켰다.

보석처럼 빛나는 윤슬 속 한낮의 강진만으로 녹아 흘러오던 사공의 거룻배, 저녁나절의 황홀한 노을 속을 무리지어 날던 청둥오리 떼들의 명멸, 달의 힘에 못 이겨 물이 빠진 잔둥에 드러난 하얀 굴쩍지꽃들의 향연, 자연이 준 시간에 맞추어 검고 푹신한 뻘등을 타고 오르는 아낙네들의 바지런한 손짓, 수없이 많은 구멍에서 나온 게들마저 정처 없이 자유로운 곳, 그걸 고향이라 이름 짓고 싶었다.

최구는 기고만장하게 커피를 시켰지만 이내 선수들 눈치를 한 번 살핀다. 딜러가 오케 사인을 보낸다. 돈을 판에서 지불하겠다는 신호다. 최구는 기회를 놓칠 수 없다.

"커피 이만 원어치하고, 맥주 두 병만 가온나."

"올 때 담배 몇 개 가오라카소."

누군가 담배를 시킨다. 폐가 타들어가는 모양이다. 몇 분도 안돼서 현주가 오자 벌써 체크카드를 내민다. 국호다. 욕지거릴 퍼붓는다.

"씨발, 박사장 옆에 앉았드마 받을 게 없다. 자리 좀 바꿔주라, 그라고,

최사장 딜러 좀 봐라."

국호는 현주에게 카드와 비밀번호를 알려주고 돈을 찾아오라고 심부름을 시킨다. 최구는 슬쩍 진행하는 딜러의 눈치를 본다.

"형님, 그냥 좀 더 가자. 인자 불 붙었는디."

선수 중 한 명이 딴지를 건다.

최구는 판에 들어설 타임이 아니라고 판단한다. 맥주를 까고 그대로 두 병을 들이 마신다. 배가 불룩해지자 방광이 간질거린다. 당뇨가 있나. 밖으로 나가 본다. 화장실로 가자니 너무 멀고 매장으로 들어가 갈기자니 눈치가 보인다. 그는 입구 쪽으로 슬슬 나가 본다. 거리는 한산하다.

공구상들은 이미 철시했고, 앞집 세차장은 오래전에 마당의 물기가 말라있다. 세차장으로 가서 갈기는 게 좋겠지만 가로등이 너무 환하다. 그의 자지는 당당하지 못하다. 쪼그라지고 비틀려 있다. 참, 오줌 눌 때가 이렇게 없나, 그는 은근히 취기가 오르는 것을 느낀다. 으슥한 곳에 검은 세단이 세워져 있다.

"씨발, 차 좋네. 니 잘 걸렸다. 오줌 세례 한 번 맞보그라."

최구는 바지를 내리고 기세 좋게 대형 승용차에 오줌을 갈긴다. 하지만 그 오줌이 끝나기도 전에 검은 물체가 다가왔다. 조용하고 낮은 음성으로 사내가 으르렁거렸다.

"뭐하는 거야, 당신!"

"나가, 지금?"

최구는 순간 움찔하며 오줌을 참아보려고 하지만 멈추지 않는다. 손가락 사이로 오줌이 튕긴다. 손을 털지만 오줌 줄기가 손등을 타고 흘러내렸다.

"이 사람이 멀쩡하게 생겨 가지고."

깍두기다. 오리지널. 최구는 갑자기 입고 있는 양복 상의를 벗는다. 한판 붙을 태세다. 공황장해를 겪고 있어도 예전엔 왈왈한 그가 아닌가. 그런데 최구는 벗은 외투를 둘둘 말아 차의 휠을 닦고 있다.

"죄송합니다. 허허 참, 도롱테 빤질빤질하게 해놓겠습니다."

그 모습을 지나가다가 지켜보는 이가 있었다. 그는 웃어야할지 울어야할지, 한참 동안 최구의 몰골을 지켜보고 있을 뿐이다.

자존심. 인간은 자존심 때문에 살고 죽는다. 대부분이. 그것이 아무리 하찮고 명분 없는 것이라도 자존심에 깊게 상처를 입으면 배를 따는 것이다. 하지만 한 벌 밖에 없을 양복을 벗어 자신의 오줌이 붙은 자동차 휠과 바퀴를 닦고 있는 자가, 그 자가 바로 자신의 친구 최구인가. 살길을 열어주라. 저리도 비굴해져버린 인간을 살려 달라.

"잘한다."

최구는 인기척에 흠칫하며 놀랜다. 잔뜩 겁먹은 얼굴로 획 돌아보더니 천천히 일어난다. 구깃구깃해진 옷을 들고 있는 두 손이 덜덜 떨고 있다. 두려움과 알콜의 합작품이다.

"아이고마, 씨발." 최구는 옷을 집어 던진다.

"한회장 여긴 먼 일이고?"

고개를 돌려 그 형형한 눈빛을 살려

"세차해주면 될 거 아니오?" 돌변한다.

든든한 조력자의 등장에 기고만장한 모습이 물가에서 엄마를 만난 아이 같다. 그는 곧 아무리 깊고 무서운 물속이라도 뛰어들 기세다.

"죄송합니다. 친구가 술이 좀 취해서, 죄송해요."

"먼 놈의 죄송, 컥 한 주먹도 안 되는 것이."

최구가 설쳐대자, 운전자는 실소하며 한목이를 쳐다본다. 목이는 거

듯 사죄한다.

"이 양반이, 저리 비키소."

같잖다는 듯 사내는 최구을 밀어버리고 차의 시동을 걸고 사라진다.

"아 그 새끼."

"……"

"타라, 어디 가서 이야기 좀 하자."

"야, 왕모기, 어쩐 일이여. 저 자식 우리 회장님 아니었음 골로 갔다."

최구는 허세를 부리며 목이를 '왕모기'라 부르며 친근감을 과시한다. 그렇게 부를 수 있는 사람은 이 세상에 유일하게 자신 한 사람뿐이란 걸 생각하면 똥구멍까지 바람이 차다.

"우리 공장은 잘 돌아가제? 한 번 가봐야 되는데. 나가 러시아에서 가져온 대형 장비 땜새 통 시간을 낼 수 없다. 경기가 엉망진창이라서 어렵제, 하긴 언제는 경기가 좋았냐. 우리 아름이 하고 우섭이는 공부 잘 하고? 야, 우섭이 그 놈은 대성 할 거야. 아부지 탁해서 좀 야무지냐, 암 왕모기보다는 낫지야."

묻지도 염려해주지 않아도 될 것들. 혼자서 묻고 대답한다. 많이 상하고 다친 흔적들을 감추기 위해 더듬더듬 말의 허세를 드러낸다. 도대체 이 친구를 위해 무얼 해주나? 몇 번을 도와줬어도 원점인 녀석. 오히려 그런 도움 때문에 상처받고 멀리 가려는 친구.

"타라."

"어디 가냐?"

"우리가 갈 데가."

"바우집!"

"술이 그리 내몬다. 옛날 애기나 해보자."

목이는 늘 궁금하다. 새벽까지 일을 하고 헛청으로 오면 저 멀리 산등성이에서 밝게 반짝거리는 건물들, 이따금씩 들려오는 망치소리, 쇳소리들의 진원지에 대해서다.

"저건 뭐냐?"

"학교."

"학교에서 왜 망치소리, 기계소리가 들리냐?"

"빙신아 그게 공고 아이가."

"공고가 뭐냐?"

"기술 배우는 학교다."

"무슨 기술?"

"오만 거 다 배운다더라. 와 니도 한 번 가볼래?"

"돈이 있나?"

"저 학교는 공짜라 카드라. 안 봤나? '조국근대화의 기수'라고 붙은 작업복 입은 촌놈들."

"공짜로 댕기는 학교도 있냐?"

"꿈 깨라, 전국 촌놈 중 수재들 집합소다. 순진한 것들 나한티 삥 많이 뜯기제."

"진짜 공짜가?"

그날 밤 목이는 잠을 이룰 수 없었다.

다음 날 한목이는 용기를 내어 학교를 기어 올라가본다. 탁 트인 공간에 해운대의 백사장이 보이는 학교. 건물 내부에는 작업복과 작업모를 쓴 자기 또래 소년들이 기계 앞에서 분주히 움직인다.

여기다.

어떻게 여길 들어 올 수 있을까?

세상에는 이런 곳도 있구나. 기술을 배울 수만 있다면 소를 사는 거보다 나을 듯했다. 하지만 어떻게, 어디서부터 이곳으로 들어오는 정보를 얻을 수 있단 말인가. 막연하게 소를 한 마리 사서 고향으로 돌아가겠다는 소망은 일거에 무너졌다. 때마침 몸에는 미묘한 변화가 생겼고, 생각은 깊어지고 색다르고 이해하기 힘든 고민들로 머릿속에 가득 차기 시작할 때였다. 미래는 불투명해 보이고 무작정 돈만 모으면 된다고 생각했던 자신에 대해 회의와 자책이 생겼다.

내가 이 나이에 동녀에게 모든 것을 속박당해 있어야 하나. 내 나이의 저들은 저렇게들 공부하는 데. 동녀와 함께 돌아 갈 고향, 거기 무엇이 있던가. 문득문득 동녀가 부담스러워졌다. 동녀를 향한 알 수 없는 갈구가 무서웠고 그런 갈구의 끝이 두려웠다. 몸에 배인 묘한 의무감과 집착에서 벗어나고 새로운 세계로 도망가고 싶었다. 그러면서도 몽정을 할 때면 그 애가 있었다.

그즈음 동녀는 포주로부터 몸을 팔라는 회유와 압박을 은근히 받기 시작했다. 교활한 포주는 그 일 때문에 영실이모와 대판 싸우기도 했는데 동녀는 진저리쳤다. 그녀는 빨리 돈을 벌어 목이와 함께 고향으로 가는 게 꿈이었다. 그게 무슨 고향이라고. 하지만 이내 사단이 났다. 포주 뒤를 봐주는 삼촌, 이름도 없는 그 삼촌이란 작자가 술이 취해 옥상으로 올라 온 것이다.

늦은 밤, 어쩌면 새벽녘이었다. 일이 다 끝났을 즈음이니까.

"느그들 나가 있그라. 옥상 밖으로 가있으라 말다. 야와 단 둘이 할 얘기가 있다."

한목이와 최구는 헛청 밖으로 쫓겨났다. 이상한 예감이 든 것은 목이뿐이 아니었다.

"저, 씨발놈...."

최구는 안절부절 어쩔 줄 몰라 했다.

"이야기 한다잖아."

목이는 예민함을 꾹꾹 눌렀다. 두려웠다. 가끔씩 동녀를 여기에 영영 가둬버리고 혼자서 탈출을 꿈꾸기도 했는데 죄책감이 밀려왔다. 두 소년은 헛청 앞에 놓여있는 대나무 평상에 무기력해진 채 주저앉는다. 하얀 칼라의 교복을 입은 여학생들이 그들의 갈래머리만한 긴 웃음을 늘어뜨리고 힘차게 걸어간다. 하얀 종아리와, 하얀 얼굴, 불룩한 책가방이 흔들거린다.

알게 뭐람, 뒤지든가 말든가. 고향보다는 낫겠지. 목이는 무릎 사이로 머리를 쳐박는다. 내가 왜, 동녀를. 무식하고 고집스럽고 아무렇게나 말하는 저 일자무식의 여자애. 차라리 동녀에겐 이런 곳이 딱이지. 고향서부터 도둑년 소리 듣고 살았는디. 이놈저놈들한테 얻어맞고, 추행 당하고 무시당하고 살았는디. 팔자지. 그렇게 사느니 지 달린 것 팔아 밥 벌어 먹고 사는 게 낫을랑가도 모르지.

"야, 저 새끼! 먼 소리 안 들려?"

안절부절못하며 서성이던 최구가 소리쳤다.

"사고치는 거 아이가?"

"삼촌이 설마."

"니 저 새끼가 사람인 줄 아나?"

"우리한테 잠자리 주고 일자리 줬잖냐."

"공짜로 있나 우리가. 사실 나 여글 곧 떠날 끼다. 징글징글하다. 조개 냄새."

"어데?"

"아는 놈이 호텔 보이로 있다. 만나보니 멋지게 살드라."

"니가 가면 동녀는?"

"동녀가 와?"

"나는 동녀하고는 고향 동생 사이다. 그것뿐이다."

목이는 왠지 목소리가 커진다. 그 소리는 동녀가 있는 헛청 속까지 들릴 것만 같다.

"그래서? 냅둘끼가? 저 놈이 왜 올라왔는지 아나? 나한테 묻드라. 느그 둘이 별사이 아니냐고?"

"그려서?"

"아니라고 했다. 그러니까 나보고 모른 체하라고 하드라. 동녀 여자 만들어 준다고."

"상관없다. 동녀 저것은 저것은 말이여. 벌써 여러 놈허고 붙어 묵었어. 여러 놈들이 거쳐 갔어. 나가 그래서 안즉 저것을 안 잡아 묵고 있는 것이여. 더러워서."

목이는 자신이 무슨 말을 하는지 몰랐다. 그의 뺨에 독하게 내리찍는 손길이 느껴졌다.

"씨발놈. 니 사람도 아이네. 나는 살다가 살다가 그런 천사 첨 봤다. 씨발놈아 지가 준 적 봤냐? 다 두들겨맞대끼 당했것지. 와, 얻어맞은 년이 욕 묵어야 되노, 와?

최구의 눈에 눈물이 그렁그렁 맺힌다. '보지 않은 것을, 알지 못한 것을 아는 척하지 말아.' 말하고 있는 듯하다.

"니가 뭣을 알어?"

목이는 고함을 지른다. 그때 동녀가 비명을 지르며 몸을 피해 헛청을 뛰어 나온다. 삼촌의 검은 그림자가 뛰쳐나왔고 이어 우악스런 손아귀에 이끌려 발버둥 치며 동녀는 다시 끌려들어갔다. 목이와 최구가 동시에 헛청으로 뛰어올라간 것은 순간적이었다.

"와이라는교 삼촌!"

"이것들이 당장 나가!"

발정으로 흥분한 사내의 아랫도리는 시소의 그것처럼 덜렁거렸다. 더럽고 추한 남근, 그는 이미 염치와 부끄러움도 잊어버렸고, 충혈 된 검붉은 눈은 짐승의 눈빛이었다. 동녀의 두 손은 그에게 붙잡혀 뒤로 젖혀진 채였다. 너무도 나약하고 비루한 새 한 마리가 살기 위해 퍼덕거렸다.

"삼촌, 내가 동녀 좋아한단 말이오. 나가!"

최구가 울부짖었다.

"이 새끼가 정신이 돌았나. 저리 가지 못해! 개새끼들이 후장질 당하고 싶나."

사내는 손에 잡히는 물건을 아무렇게나 집어던지고 곧 최구의 머리채를 잡아채 구타를 시작했다.

"이 새끼가 믹여주고 재워주니게 눈에 뵈는 게 없나, 목이도 가만히 있는데 니가 왜 생지랄이여 생지랄이. 우리가 빨래나 시킬라고 야들 거둬준 줄 아나, 눈칫밥 묵을 만치 묵은 놈이 와 그라노."

"삼촌, 동녀는 안됩니더. 동녀 가를 그라면 안돼지라. 가는 더 이상 그라머 안되예. 어른들이 와 그랍니까. 어른들이."

"이기요."

"동녀야, 빨리 도망가라. 어서."

최구는 사내의 무릎 사이로 파고들었다. 하지만 무시무시한 힘이 그를 내동댕이쳤다. 최구가 다시 다리를 잡고 늘어졌다. 목이는 멍하니 서있다. 동녀는 벗겨진 옷을 본능처럼 주워 입고 목이의 뒤에 숨어 부들부들 떨고 있었다. 동녀의 심장 소리가 요동치는 게 느껴진다. 최구의 얼굴은 이미 피범벅이다.

"빨리 가라. 씨발놈들아."

그 와중에도 최구가 손짓을 해댔다.

목이는 동녀의 손을 잡고 한 발 두 발 물러섰다. 하지만 그냥 갈 수 없었다. 모아놓은 돈이 의자 깊숙이 숨겨져 있었다. 목이는 미친 듯이 안으로 쳐들어가 식칼을 들고 의자를 북북 찢었다. 그리고는 보따리를 꺼냈고, 곧 충혈 된 짐승의 눈과 마주쳤고, 곧 그도 짐승이 되었다. 무조건 앞을 가로막는 물체에 식칼을 갔다댔다. 짐승이 푹 고꾸라지자, 덜컥 겁이 나서 다시 가서 등을 가격했다. 얼굴에 뜨거운 것이 튀어올랐다고 생각하는 순간 피비린내가 확 끼얹어왔다.

벌써, 두 번째인가? 인간을 향해 살의를 느낀 게. 도대체 무슨 고약한 운명을 타고 났단 말인가.

'바우빌딩' 건물은 6층으로 이루어져 있다. 1층, 2층은 이 건물을 상징하는 고깃집 '바우집'이었고 3층은 사무실과 카페가 있었다. 4층에는 당구장과 노래방이 있고, 나머지 층은 모텔이었다.

1층부터는 세를 놓고 있었지만 모두 다 상호 앞부분은 똑 같았다. 바우모텔, 바우당구장, 바우노래방. 먹고 마시고 배설하고 싶은 사람들에겐 완벽하게 필요충족 조건을 채우고 있는 건물이었다. 그렇지만 이 건물의 용도와는 어쩐지 어긋나 보이고 존재 가치에 대해 의심 가는 곳이 이 건물의 3층 한 귀퉁이에 있었다. 카페 "바우집"이다.

고기냄새가 풍기는 아래층에서 이미 취해버린 사람들이 노래방으로 들어가 위층의 모텔로 향하는 게 코스인데 어떤 이들은 샛강을 따라 올라갔다가 한 쪽으로 빠진 길 잃은 물고기처럼 뒤틀린 다리를 잘못 디뎌 적막과도 같은 압력의 밀도에 빨려 여기로 들어온다.

주변의 왁자하고 견딜 수 없이 충만한 분위기에 젖어 있다가 이곳에 들어선 순간 먼 고도에 들어온 느낌이랄까, 아늑한 쉼터 같은, 산길을 걷다가 호젓하게 자리한 정자를 만난 느낌이 드는 곳이었다. 이곳에는 두 명의 여종업원과 빠텐더, 그리고 마담이 있었고, 정작 이 집의 주인은 고기집이 문을 닫을 즈음 나타나는 이 건물의 주인인 오동녀, 지금은 연희라 불리는 여자였다. 그 여주인은 아직 나타나지 않았다.

"그래, 먼 일로 술을 다 마시자고 했냐?"

최구가 묻는다.

"......"

"너도 참. 이야글 해봐라."

"내 전쟁도 끝난 것 같다."

"뜬금없이 먼말이여?"

최구는 여급이 권해주는 술병을 뺏어들고 얼음물에 죽 붓는다.

"아야 근디 우리 동녀가 욕심이 많긴 많아야. 머시 아쉬워서 아직 이런 술집까지 허것노?" 말머리를 돌리지만 술이 좀 더 취하기를 기다려야 될 것 같은 생각이 든다.

"우리 동녀?

두 사람은 눈이 마주치자 허망하게 웃는다.

"동녀, 불러볼까? 서방님들 오셨는디."

"그만해. 책임지지도 못한 것들이야. 우리는."

최구가 고개를 빙빙 돌리며 무안함을 감추려는 듯 무단이 여급에게 수작을 건다.

"이런 집은 남한테 세를 주든지. 다른 용도로 바꾸든가 하제. 구닥다리 냄새가 나."

"구야, 너 우리 공장 박물관 알제?"

"그래, 니 골동품 모셔 놓은 거. 거기 범용선반 한 대 있잖아."

"내가 판 거?"

"그래 너한테서 납품 받은 거. 그것처럼 이 골방 같은 이 술집도 동녀에겐 그런 곳일지도 몰라. 그러니까 놔둬. 그러드라. 그런데 동녀가 뜬 금없이 이 술집을 연 건 가엾은 자신과 대화를 나누기 위해서라고."

"그나 저나 동녀는 그 남자 계속 만나?"

"그 빌어먹을 김유철인가 뭔가 하는 놈?"

"그게 문제가 아냐."

"그러면?"

"그게...... 이런 말해야 될지,"

최구는 뻔히 쳐다보며 그의 망설임을 재촉하는 시선을 보낸다.

"내가 아무래도 또 다른 오동녀를 사랑하는 것 같다."

"또 다른 오동녀?"

한목이는 최구의 팔을 붙잡는다. 벌겋게 충혈 된 눈은 강진만의 노을이 물들어 있다. 그 때 오수연, 동녀가 들어왔다. 그녀가 약간 비틀거리며 목이 옆에 앉아 몸을 기댔다.

"아이구 오늘은 쌍으로 오셨네. 내 남자들."

"나는 빼불드라구. 결혼까지도 했지만 손도 안됐은게."

"다들 똑같습니다요." 오수연은 최구의 볼을 꼬집었다.

"왜 다들 나를 내돌렸을까? 나도 이렇게 사랑받고 있는데, 응?"

이번에는 한목이의 어깨를 붙잡는다.

"영원한 것은 없는 거야. 알다시피 나한테도 남자가 생겼잖아."

"워메, 그래서 이 친구가 또 다른 오동녀를."

"그만해!"

한목이는 최구의 정강이를 걸어 차버렸다. 어쩌자고 이런 자에게 속을 털어놓을 뻔 했던가. 하지만 이 빌어먹을 감정을 누군가와 나누지 않고는 못 배길 것만 같았다. 그리고 그 감정이 진짜로 확실하게 존재하는지도 감이 잡히지 않았지만 멀리서 다가오는 폭풍처럼 지금은 고요하지만 예감은 심상치 않았다.

"새끼는 왜 발길질이여. 알아 임마, 이미 다 늦었다는 거. 동녀가 평생 기다릴 줄 알았냐? 느그 촌집 바우처럼 끄떡없을 줄 알았냐고? 그냥 이제 놔줘라. 서로를."

최구는 횡설수설하더니 종업원들 쪽으로 가버린다. 그가 껄껄거리는 소리가 들린다.

"오빠는 내가 김유철씨와 벌이는 사랑이 거짓이라 느껴져?"

"나는."

"또 뻔한 소리 할 거라면 하지 마. 세상 사람들이 다 그를 걸고 넘어져도 나에겐 지금 진실한 소통을 하고 있는 유일한 사람이야."

'오르가슴 맛이라도 제대로 갈켜준 모양이지?' 하고 깔보고 싶었으나 참았다.

"너는 그 사람에게 상처 입을 거야."

"상관없어, 내가 지금 이 나이에 그걸 두려워해서 뭐해? 나는 이제 다 던질 수 있어. 누군가 다가오면 웅크리고 숨어버린 내가 아니라고."

"이러다가 니가 영영 떠날 것만 같아. 우린 잘 지내 왔잖아. 성관계 빼고는."

"그게. 아주 중요했어."

그녀의 혀가 약간 꼬여있었다.

"그건 잠깐일 거야."

"아니, 그 잠깐이 영원하게도 느껴져. 나는 이 감정을 잃고 싶지 않아. 한 번도 느껴보지 못한 느낌이야. 그렇다고 오빠를 떠나진 않아. 오빠는 그냥 늘 그랬듯이 여기 있어줘. 그리고 내 연애 얘길 들어줘. 내가 미쳤다고 생각 하지 마. 오빠는 내 얘길 꼭 들어줘야 돼. 그래야 내 오빠야. 어제는 그 사람이 특별한 체위를 요구했어. 부끄럽지 않았어. 내 몸을 다 드러내고 수치심이란 없었어. 그는 탁월한 감정의 지배자야."
 그녀는 털어놓고 후회하고 또 다시 이야기 하지 않고는 못 배겨냈다. 다음날이면 어제 했던 이야기가 너무 수치스러워서 얼굴을 볼 수 없다고 했다. 하지만 그녀는 다시 그 남자와 있었던 일을 세세하게 설명했다. 술이 취한 오동녀의 그 말 한 마디 한 마디가 한목이의 신경을 찌르는 걸 즐기는 듯 했다. 하지만 한목이는 그녀의 이야기가 더 이상 들리지 않았다.

5. 어떤 죽음들

　아침은 그 놈의 트림소리와 함께 시작된다.
　'트림 - 먹은 음식이 잘 삭지 않고 괴어서 생긴 가스가 입으로 복받쳐 오르는 것.'
　그러니까 밑으로 내려가야 할 것들이 내려가서 순응하지 못하고 게기고 올라와 꼬장을 부리는 것이 트림이다. 그것은 방귀보다 불확실하고, 똥보다 우멍한 것이 타인에게 극히 도발적이고 불쾌한 기분을 유발시킨다.
　도시의 한쪽 구석 다가구 주택지는 이미 새들은 사라진지 오래고 집나온 늙은 고양이들의 교활한 울음소리가 엉큼스럽게 답답한 골목 안쪽 귓청을 후벼댄다. 낮은 전신주를 희생의 십자가로 삼은 수많은 전선들이 난삽하고 어지럽게 널려 있는 것이 마치 뭉친 정맥류 같기도 하고, 늙은 나무뿌리 같기도 해서 이미 시작점과 끝점을 구별해내기가 힘들지만 고양이도, 텔레비전도 낡은 에어컨도 꺽꺽 잘도 돌아간다.
　"아, 씨발 새끼!"
　심재곤은 열어놨던 창문을 획 닫는다. 아직 눈꼽이 떨어지지 않는 새벽녘이다. 꾸웨액...... 앞집에 사는 놈의 트림소리다. 곧 방귀 소리가 터질 것이다. 놈은 트림과 방귀를 시작으로 하루의 시작과 존재감을 확인한다.

그것들은 곧 끈끈한 여름 공기 속을 파고들어 고양이와 함께 골목을 헤집고 다닐 것이다. 밤새 놈은 뭘 처먹었을까. 귀를 막고 잠을 청해 보지만 눈은 말똥말똥해진다.

열대야의 불면은 옆집 문간방에서 년놈들이 내는 신음소리에서 일어나 선행 학습보다 빨리 시작되는 쓰레기 수거 차량의 한밤중의 철벅거림으로 겨우 마감된다. 그리고 겨우 에어컨을 끄고, 물 빠진 웅덩이 속에서 빠끔거리는 붕어처럼 깊어진 여름 속을 더듬어 희미해진 새벽 찬 공기를 한 모금 들이킬 찰나, 놈의 트림이 먼저 쳐들어와 모든 것을 공황상태로 만들어버리는 것이다.

"일보야, 일어나라. 맨날 깨워야 일어나냐?"

아들 일보는 몸을 뒤집고는 침대를 억척스럽게 늘어 잡고 버텨본다. 아버지의 궁시렁거리는 소리가 알람처럼 울려댄다. 조금만, 조금만, 부족한 수면의 끝을 부여잡아보려고 애쓰지만 어느새 아버지가 몸에 둘둘 말린 이불을 획 걷어채 간다. 몸은 축 늘어졌지만 새벽부터 먼저 일어난 발기는 부끄럽도록 팽팽해 몸을 어색하게 오그리게 한다.

"어디서 저런 미친놈들이 기들어와서. 빙신이면 빙신답게 살아야 봐주지."

아버지의 역정에 일보는 모른 척 딴전을 피운다. 대꾸해봐야 소용이 없고, 맞춰줘 봐야 사설만 길어질 뿐이다. 최근에 일자리를 잃은 아버지가 누구든 물고 늘어지고 싶어 하는 것을 알지만 앞집 아저씨의 트림소리는 인내의 한계를 실험하는 듯하다.

앞집에는 두 달 전에 이사를 왔다. 생전 처음 장만했는지 집을 오그리고 부수고 붙이고 달면서 요란을 떨더니 그 거창한 집주인들이 나타났다. 다리를 질질 끄는 아줌마와 휠체어에 탄 자신과 비슷한 또래의 아이와 뚱뚱한 계집, 그리고 그 트림의 대왕 땅딸보 아저씨였다.

이사 오는 날 떡을 돌리고 큰 소리로 골목을 휘저으며 인사를 건넸을 때만 해도 일보는 휠체어에 탄 또래 녀석에게 악수라도 내밀고 싶었다. 교회 학생회장으로서 체면과 안면에 걸맞은 정도의 봉사와 선행을 나누고 싶은 허영심이 발동했던 것이다.

항상, '일보, 앞서서!' 자신의 이름처럼 행동하고 싶었다. 하지만 지금 일보는 그 고개가 꺾인 녀석과, 시끄러운 아줌마와 인사를 나누지 않은 게 얼마나 다행스러운지 그저 감사할 뿐이다.

이 골목의 세간 구조는 비슷비슷해, 그 집 역시 문간방엔 노총각이라기엔 이미 그 단어와 상관없어 보이는 사람이 소주병과 함께 이사 왔고, 이층은 원래 사는 노부부가 그대로 세를 이어 받았다. 노부부는 원래의 집주인이 말도 없이 집을 넘긴 것을 몹시 원망하고 안타까워했지만, 일정한 수입이 없이 파지 따위를 주워 모으며 월세로 살고 있는 그들의 처지로 봐서는, 집주인이 고지를 했던들 덜렁 집을 사지는 못했을 것이다.

그저 떨쳐버린 고기거니, 스스로 허영심을 부추겨 위로를 받고 싶었을 거고 그렇게라도 이웃에 노추한 체면을 세워야만 자기들 딴에는 한 등급 떨어진 것들에게 꿀리고 산다는 것이 부끄럽지 않았을 것이다. 그런 아쉬움은 새로운 집주인의 안하무인격의 행동이 나타나면서, 지금은 능력을 떠나서 마치 그 집을 매입하지 못한 것을 천추의 한으로 여기는 듯 했다.

새집 안주인은 아침 저녁으로 아래층과 이층을 오르내리며 궁시렁거렸고, 틈만 나면 옆집 주인들과 정보를 교환하며 세라든가 세든 사람의 품성에 대해 의견을 나누곤 했다.

다리를 끄는 아줌마, 선천적인 유전인자로 인해 다리가 불편한 그 여자는 불과 한 달도 안 되서 골목의 제왕으로 군림했다. 골목 바깥쪽의 석이 슈퍼, 그 슈퍼는 대형 슈퍼로부터 밀리고 밀려 슈퍼로서의 기능보다는 동네 사람들의 사랑방 기능으로 변해 한 쪽에서는 바둑, 한 쪽에서는 장기, 가끔씩 고스톱 판을 벌이는 지친 엉덩이들로 늘 비좁고 소란스럽다.

이선실 여사는 누가 물어보지도 않았지만 자기 입으로 내가, 이 이선실이가 어쩌고 시작하는 말투 때문에 다 알게 된 그 이름의 이선실이 석이 슈퍼를 먼저 공략했다.

"도대체 이게 될 일이에요? 이 이선실이가 이 동네 저 동네 별의별 동네 다 살아봤지만 애들 다니는 골목 앞이 이렇게 난장판인 동네는 살다 살다 처음이네."

다리를 끄는 장애 아줌마의 넋두리쯤이라고 생각했는지 개중 몇 명 정도만 고개만 슬쩍 쳐다볼 뿐 대꾸할 시늉도 안한다.

"이봐요. 사람들이 귓구멍이 막혔나, 다리 끄는 빙신이 말한 게 말 같지 않나!"

"이것 보슈. 아줌마, 아줌마 목소리가 더 시끄럽네."

농 섞인 핀잔에 사람들이 와하고 웃는다. 이선실은 모멸감 때문이라기보다는 대꾸의 끈을 잡았다는 듯 물고 늘어진다.

"벌건 대낮에 화투판이 다 머요? 애들 다니는 골목 앞에서. 그래, 같잖다는 모양인데, 이게 될 일인가 아닌가 법으로 따져보면 될 거 아니요."

씩씩거리더니 곧장 핸드폰을 들고 속사포처럼 쏟아대는, 부러 모자라는 말투의 고발이 이어진다. 경찰관의 급 출동, 당당해진 그녀, 사회적 약자가 당하고 있다는데 우리 민주 경찰이 설렁대겠는가. 결국은 두 사람은 무단이 말 한마디 잘못하여 이 대단한 장애인을 모욕했다는 이유로 연행되고 석이 슈퍼는 그날 초저녁에 문을 내렸다.

그날 이후로 이어지는 온갖 간섭과 시비, 이선실은 장애를 부끄러움과 수치, 불편함 따위로 생각지 않았을 뿐더러 오히려 대단한 안장인 양, 자부와 긍지로 여겼다. 누가 감히 이 장애인 가족에게 대들 수 있겠는가. 이층에 세든 노부부가 시도 때도 없이 바가지를 들고 쌀을 얻으러오는 이선실에게 진절머리를 친다.

"내가 니 에미가? 와 그러는데?"

"아이고, 우리 같은 장애인들 좀 도와주면 어디가 덧나요?"

삐딱한 동정을 구한다.

"월세 놓아먹는 니가 낫냐 니 집에 세든 노인네들이 낫냐? 길 가는 사람 붙잡고 물어봐라."

"쌀이 꼭 없어서 빌리러 오나요."

"그라면?"

"누가 쌀 사러 갈 사람이 있어야지요."

"느그 신랑은 다리가 부러졌냐 팔이 부러졌냐?"

"아줌마는 우리 애 아빠까지 빙신 만들라 하네 참"

방귀 뀐 놈이 언성을 높인다.

"느그 신랑 하루도 안 걸리고 툭하면 물건 집어던지고 집안 쑥대밭 만드는데 언제까지 멀쩡하것냐?"

노인도 인내심에 한계가 온 모양이다.

"이 아줌마 봐라, 세를 싸게 준 줄도 모르고, 집 나가고 싶어요?"

거침이 없다. 모자란 건지, 최소한의 예의나 후과에 대해 계산이 없다.

"그래, 시끄럽고 도통 불안해서 못 살겠다. 하루라도 조용한 날이 있어야지."

옥신각신, 그 다음날이면 어제의 일은 까맣게 잊고 또 무언인가 빌리러 온다. 집을 이런 사람에게 판 전 주인에 대한 원망이 거의 저주에 가까워진다. 그러면서도 세든 처지를 잊어버리고 집주인과 맞대거리를 할 수 있다는데 차츰 자존감이 높아지는 것을 느끼며 느긋하고 편안한 텃새를 넓혀간다.

심재곤이 이선실과 처음 부딪힌 것은 차량의 주차 때문이었다. 그가 골목에 당연하게 차를 대놓고 집으로 들어선 순간, 그녀가 불렀다.

"아저씨, 우리 집에 장애아가 있어요. 골목에 차대지 마세요. 그리고 소방도로에 주차하는 게 아니죠."

아주 단호하고 정색한 표정이었다. 재곤은 잘못 들었나 싶었다. 어리둥절했다. 장애아가 있다, 자기도 짜가 장애 6급으로 엘피차량운행, 핸드폰, 인터넷, 도로카드 등의 할인 혜택을 받고 있지만 이건 진짜 장애인? 순간 여러 가지 생각이 겹쳐온다. 하지만 절대로 남에게 손해 보면서 살아온 적이 없는 그다. 하지만 '진짜 장애녀'의 당찬 요구에 뭔가 뒤가 구린다.

"골목엔 빨리 오는 차 순서대로 착착 대면 되잖아요."

니가 뭘 아냐, 메뚜기 이마빡만한 틈만 있어도 차를 넣는다. 소방도로? 그런 게 있었냐. 주차하기 위해 회사도 결근하는 사람도 있다드라. 재곤은 쏘아주고 싶지만 근질거리는 것을 참는다.

"휠체어가 못가요. 휠체어가! 다리 빙신인 나보고 기어 다니는 아이를 업고 나다니란 말이예요?"

"아. 예, 그, 그러지요."

재곤은 바로 꼬리를 내리고 동네를 빙빙 돌아 차를 세웠다. 하지만 골목에는 그 장애용 차량이 없다. 쳇, 휠체어는 얼마든지 빠지겠네. 그 다음 날 한쪽 벽으로 바싹 차를 댔지만 곧 전화가 걸려온다. 아이가 나가야 되는 데 그렇게 무식하게 차를 가로 막느냐는 항의였다. 이번에 골목까지 봉고차가 들어와 아이를 데려간다는 것이다.

좋다. 거동이 불편한 아이 때문이라는데, 유일한 지적 창고라 여겨지는 공영방송에서 귀가 닳도록 장애아를 도우라고 그렇게 쏘아대는데 동참하자. 도서관 자리를 미리 확보하기 위해 가방을 던져놓는 놈들 욕하면서 이러면 안 되지. 불편한 아이를 위해 조금만 수고를 감수하자. 그렇게 생각하자 상했던 기분이 풀리고 좋아진다.

좋은 일을 하는 것이다. 하지만 3일도 안 돼 그렇게 여자가 짖고 댕기는 것이 그저 영역 확보 명목이라는 것이 느껴진다. 애초부터 봉고가 골목 안으로 진입하려는 골목과 맞닿은 도로, 즉, T자를 이루는 진입 도로에 세워둔 차량들도 없어야 될 뿐 아니라 설상 그것들을 무시하고 능숙한 운전 실력으로 골목에 진입하려면 애로와 시간이 필요했다.

그러거나 말거나 이선실 정도면 기꺼이 장애용 수송차량 기사의 불편 따윈 고려하지 않겠지만 지가 갑갑해서 아이를 휠체어에 태워 골목을 빠져나오거나, 건장한 운전기사가 똥 씹은 얼굴로 아이를 업고나오곤 했다. 이러니, 왜 이선실이 족히 세 대를 세울 수 있는 주차 공간에 차를 못 세우게 했는지 뻔한 속셈이 드러난 것이다.

6급 장애 재곤은 분통이 터진다. 그렇다고 질질 다리 끄는 여자와 머리끄덩이를 잡고 싸울 수도 없고, 속만 탔다. 난장판 같은 부부 싸움, 이웃들과의 끊임없는 불협화음, 난한 딸아이가 친구들을 불러 모아 질러대는 고함, 이선실이 누군가에게 짖어대는 잔소리, 이런 것들은 이 새벽녘의 트림 소리에 비하면 그저 웃어넘길 일이다.

오늘은 기어코 놈의 쌍판데기를 한 번 보고 항의를 해볼까. 도대체 어떻게 생긴 놈일까. 아들은 놈과 몇 번 마주쳤다는데, 작고 뚱뚱한 게 난장이처럼 작다고 한다. 그런 작자가 밤새 마누라를 두들겨패고 살림을 깨부수는 괴력은 어디서 나올까.

괜히 잘못 건드려 칼침이나 맞는 건 아닐까. 좆만한 게 힘이 세봐야 얼마나 힘이 세겠나. 그래도, 원래 작은 놈들이 독하고 잔인하다는데, 그랬지. 지금껏 살아 온 세월 동안 작은 놈들이 확실히 깡이 있고 몽니가 있었어. 그런 놈들 잘못 건드려 물고 늘어지면 떼기도 힘들 텐데, 잘못했다간 그 놈의 여편네까지 합세해 덤벼들면, 아이구, 감당하기 힘들지.

덜컥 겁이 난다. 에이 다들 참고 사는 데 그냥 놔둘까. 차라리 담을 더 높게 싸주라고 주인에게 말하는 게 나을까. 하지만 그랬다간 주인 놈이 집세라도 더 올려주라고 하는 날이면 여우 피할라다가 호랑이 만나는 꼴일 텐데. 어쩐다, 그렇잖아도 월세로 바꿔주라고 하는 판인데. 그냥 합판을 하나 사서 대충 막아봐, 아니야, 여름 넘기면 다들 문을 닫고 살게 될 테니 그 놈의 소음들도 사라지겠지. 재곤은 잡념을 뒤로 하고 아들을 깨워 밥을 먹이고 가방을 지워 대문 앞에서 기다린다.

이선실의 큰 목소리가 쩌렁쩌렁하게 울린다. 여보세요? 시청 맞지요. 우리집 골목길 때문에 전화했어요. 아스팔트가 패여 엉망인데 우리 애가 휠체어를 타고 다녀요. 저도 다리를 못 쓰고요. 몇 번 말해야 알아들어요? 저희들이 다치면 시에 손해배상 청구 할 겁니다. 제가 잘 아는 국회의원 찾아가기 전에 해결해주세요. 구외식 국회의원 전화번호도 제가 가지고 있어요.

재곤은 기가 확 죽었다. 잘못 건드렸다간 조상이 시끄러울 것 같았다. 그나마 훈장처럼 쥐고 있는 6급 장애딱지도 뺏길 판이다.

그는 아들을 내보내고 대문을 획 닫는 그 순간 누군가 대문에 다리를 디밀었다.

"이봐요. 문 좀 열어 보세요."

재곤이 빼꼼히 문을 열자 이선실이 쫑알거리며 들어섰다.

"사람들이 왜 이렇게 물렀어요? 골목이 엉망인데 데모라도 해야지요? 아저씨 안 그래요?"

재곤은 어안이 벙벙해서 가만히 서있었다. 그러니까 지하고 한패를 하자는 건데. 재곤은 그저 뻔하니 쳐다본다.

"아이고, 아빠하고 둘이 사는 게 맞네. 집에는 여자가 있어야 되는데 참 안 됐네. 우리 영철이 하고 비슷한 나이 같구마는 밥은 먹고 가니?"

"아 예, 예. 학교 가는 길이라."

언제 호구 조사가 끝났는지, 언제 봤다고 그렇게 잘 아는 사람처럼 구는지, 일보는 어깨에 멘 가방을 앞으로 땅겨 안고 왠지 끝까지 휘감겨 올 것 같은 말의 줄기를 애써 자르며 골목을 빠져 나갔다.

"아줌마, 잠깐 좀 봅시다."

재곤은 덜컥 내질러버린다. 일보는 획 돌아보더니 걸음을 재촉하며 사라진다.

"저요?"

그렇게 자존심이 강하더니, 저요? 그래, 이 골목에 너 밖에 더 있냐.

"하실 말씀이라도 있으세요?"

"그 트림. 속이 안 좋으면 병원에 가셔야."

"예? 예. 우리 신랑 트림이 여기까지 들리는 갑네. 아이구머니나, 헤헤 헷."

이선실은 대문으로 쑥 들어와 자기 집 쪽 안방에 나있는 창문을 바라본다.

"들리것네. 내가 그 놈의 트림 소리 땜에 못산다니까요. 그 더러운 인간이 밤새 뭘 처먹고 들어오는지 온 방바닥 기다님서 토해놓고 눈뜨면 그 더러운 트림질부터 시작이라요. 아저씨가 뭐라 좀 해요."

　재곤은 갑자기 할 말을 잃는다. 이제 보니 젊다. 아무렇게나 축 처진 옷을

입고 있어서 그렇지 얼굴 피부는 얇고 목은 잘록하지만 주름이 없다. 이마에 난 주름과 입가의 팔자주름이 거슬리지만 이목구비는 비틀어진 데가 없다. 터진 옷자락 사이로 여문 살갗이 제법 실해 보였다.

"근데, 왜 혼자 사세요? 키도 크고 인물도 좋은데,"

　뜬금없는 소리지만 입바른 칭찬에 재곤의 입술이 금세 벙그러진다. 갑자기 염색 기간을 넘긴 머리칼에 신경이 쓰인다.

"아이구, 남자 둘이 살아도 참 깨끗도 하네. 우리집은 아무리 닦아도 돼지막이라요."

　씨부리고 다니느라고 닦을 시간이나 있겠나. 핀잔을 놓고 싶지만 적개심은 이미 호기심으로 변질되어 있다. 이선실은 마치 오래전부터 뒤져보고 싶은 동굴을 발견한 듯 목을 빼고 안을 살핀다. 재곤도 그녀의 실팍한 엉덩이를 기점으로 성적 포착지점을 찾는다.

"식탁도 이쁘네. 우리도 식탁 하나 놓고 싶은데 그 놈의 인사가 언제 부러뜨릴지도 모르고, 또 비좁은 집에 등비비고 있는 인간들 뿐인께요."

　재곤은 집안으로 가는 길목이 막혀 멍하니 서 있다. 그러다가 그 트림쟁이가 생각난다. 오해받을 수 있는 광경에 은근히 남사스럽다. 그는 비켜서며 안으로 들어간다. 그때 이선실이 몸을 돌리려다가 부딪쳐온다. 젖가슴이 철렁, 밀려온다. 빌어먹을! 샤워할 때마다 굵어 있는 뻣뻣한 물건에 수건을 한 장 두 장 얹으며 시험한 것이 요동친다.

　오래된 소나무에 이끼가 끼듯 그 건물 한 귀퉁이에 늘어붙은 포장마

차 위로 비가 내린다. 낙숫물이 귀퉁이에 앉은 손님의 어깨를 두들기면 사람들은 술잔에 채워진 술의 온기만큼 가까워지고, 언젠가 만나고 헤어진 사람들이 잔굽에 떠오를 때쯤이면, 긴 넋두리가 파전과 함께 퍼진다.

재곤은 술을 잘 못한다. 장을 한 뼘 이상 잘라낸 그는 화장실을 하루에 네 번 이상 가야하고 맥주는 더더욱 통풍 때문에 못 마신다. 모두다 전 부인 최미순과 삼 년 여에 걸친 이혼 전쟁의 후유증이라고 믿고 있다.

"그년과 한 달만 더 살았으면 창시를 다 잘라냈을 것이여."

입버릇처럼 말하곤 했다.

비 오기 전에 어깨 통증이 먼저 온다. 오래된 용접공 시절에 생긴 고질병이 일기예보를 하는 것이다. 그리고 통증이 끝날 즈음이면 이렇게 비가 내리고 몸에는 잠시 평화가 찾아온다.

아주 아늑하고 포근하게 느껴지는 평화다. 그 평화의 언저리에 까치발을 딛고 술래 잡는 아이처럼 그리운 이들이 떠오른다. 아주 어릴 적친구부터 객지 친구, 그리고 스쳐지나간 여자들이다. 만취하면 여기저기 전화를 해보지만 넋두리를 들어줄 사람은 흔치 않다.

딱히 만나줄 여자도 없고, 기댈 친구, 선후배도 없다. 새롭게 누굴 만나려고 생각하면 돈 계산부터 먼저 된다. 결국은 만만한 게 당구장 하는 친구다. 이창문은 총각 때 영광 원자력 발전소에서 용접공으로 일하던 시절 만난 친구다. 지상 수십 미터 위 빔에서 수평과 수직으로 용접피드를 박다 지치면 큰맘 먹고 사논 망원경에 눈알을 박고 가마미 해수욕장에 초점을 맞추고 키득거리던 사이였다.

객지 친구지만 제일 만만했다. 먹는 것, 노는 것 철저하게 나눠 내는 그가 너무 편하다. 그와 이해타산을 두고 머리를 굴리는 것은 그의 당구장에 대해서 이야기 할 때뿐이다. 그 외엔 백 원 하나도 상대방을 대신해 내주는 법이 없기 때문에 손실에 대한 두려움이 없다.

오늘 같은 날도 먹는 오뎅 하나도 제 접시에 놓인 것만 계산하면 된다. 물론 오뎅꽂이를 슬쩍 발밑에 던져버리고 수량을 속이지만 친구에게 손실을 주는 것은 아니다. 하는 짓이 스스로 가련하지만 그깟 오뎅값 때문에 그런 눈속임을 벌이진 않는다. 친구의 주머니를 위해 알게 모르게 저지르는 호혜다. 또한 옛날 아버지의 가난이 생각나서 장난처럼 해보는 것이다.

배고프던 시절 그의 아버지는 시장에서 살구를 사먹고 씨까지 몽땅 삼켜버려서 과일장수를 당황케 했다는 전설이 있었다. 오뎅꽂이야 뱃속으로 들어가는 것이 아니니까 아버지의 창자로 들어가 내장을 갉아먹고 항문으로 빠져나올 때까지의 긴 고통의 시간을 생각하면 그저 작은 에피소드에 불과했다. 그래도 남들에겐 친구라고 하고, 그렇게 불리고 있다.

늘 대단한 사업상 거래가 있는 듯 바쁘게 움직이며, 은밀한 모의를 하고, 붙어서 시시덕거린다. 주로 포장마차나, 닭집, 가끔씩은 삼겹살집, 어쩌다가 장어집에 들르는 날이면 그 뒤끝에 붙어났을 것 같은 힘을 자랑하기 위해서 음침한 노래방을 찾아 발기부전제를 털어넣곤 했지만 얼굴만 벌게진 채 돈셈으로 피곤했다.

화제는 여자 이야기, 아니면 정치인, 연예인 이야기, 또는 종교를 놓고 티격태격 싸우기도 하지만 귀를 기울이면 구십 프로는 음담패설이 섞인 여자 이야기다. 음담패설은 그 둘만의 탈출구고 해방구여서 했던 이야기를 수 십 번 해도 지겹지 않다. 그러다가 문득, 아주 심각한 척 당구장 이야기가 나온다.

일여 년 전에 창문의 아내가 엽기적인 바람을 피우면서 거의 당구장은 재곤이 봐주고 있었다. 이창문은 바람난 마누라 뒤꽁무니 쫓아다니느라 일터는 안중에도 없었고, 얼마 후 재곤은 직장을 잃었다. 알고 보면 그놈의 당구장에서 노느라고, 넋 나간 친구 몰래 챙긴 푼돈에 눈이 멀어, 직장에서 쫓겨났다고 봐야 할 것이다.

재곤은 이창문의 당구장을 기웃거리며 세상에서 제일 편한 놈이 그라고 생각했다. 문만 열어놓고 있으면 자기들끼리 와서 돈 갖다놓고 놀고 가는, 특별히 뒷돈 들어가는 것 없이 현금이 들어오는 직업이 아닌가. 물론 요즘 들어와 놀거리들이 다양해지면서 손님이 줄었지만 다행이 군부대가 가까운 여기선 군대에 비상이 안 걸린 이상 걱정거리도 아니었다.

두 사람은 벌써 일 년 째 당구장을 두고 신경전을 벌이고 있다. 팔 사람도 살 사람도 계약 성사 직전에 무슨 핑계를 대든 깨버리곤 했는데 두 사람 다 내놓을 마음도 당구장을 인수할 마음도 없다는 뜻일 거다.

창문은 바람난 아내에게 당구장을 매각하고 집안을 쑥대밭 내겠다는 듯 시위를 하면서 은근히 재곤을 노임 없이 부리며 근간을 유지하여서 좋았고, 재곤은 고용주에게 얽매일 필요 없이 몰래 푼돈을 빼먹을 수 있어서 이해타산이 맞아 떨어지고 있었다. 하여튼 그 거래의 줄다리기 사이에서 사소한 전쟁을 벌이며 두 사람은 꽤나 유용하게 시간을 활용하며 관계를 유지하고 있었다.

두 사람의 대화는 열을 올리거나, 담담히 듣거나, 팽팽하거나 긴장되거나 그들이 최종 지불할 계산처럼 형평성을 잃는 법이 없었다. 그래서 이야기의 시작도 끝도 없고, 종잡을 수 없는 사건 속으로 들어가기도 하고, 의도한 내용과는 전혀 다른 뜻으로 받아들이기도 하지만 결과적으론 의견차가 없었다. 말하자면 진지함이란 애초부터 없었다.

"너는 조컷다. 영계 묵어서 아주 아주 오래 살 것이여!"

술이 거나해지면 창문의 협잡이 시작된다. 아내 정금해가 그녀보다 반이나 작은 나이의 고등학생과 함께 자신의 침대에서 나뒹굴었다는 생각에 질투와 미움과 원망이 솟구치면, 치사하고 야비하고 끈질기게 아내를 괴롭히게 된다.

몇 번씩 바람의 방향을 잡은 양 원시인처럼 달려들어 강한 남성성을 발휘하여 아내의 무릎을 꿇리고 소유권을 되돌려오고 싶지만, 이 시대에 그 자극이 통할 리도 만무했고, 오히려 그것은 어설픈 추태로 변질되고 말았다. 정금해는 처음에는 자신을 용서할 수 없어서, 이제는 남편의 야비함과 집요함에 질려서 부부 사이는 돌이킬 수 없는 상황에 이르렀다.

전화기 너머에서는 침묵만이 흐른다. 그냥 끊으면 수백 번이고 더 해댈 것이라고 알고 있는 듯 짖어대라, 얼마든지 받아주마. 그렇게 말하고 있는 듯했다.

"왜 할 말이 없냐? 허기사 그 주댕이로 멋을 나불댈 것이냐?"

온갖 욕설과 비아냥, 굴욕과 모욕이 채워진다. 소총을 쏘아대고 기관총을 동원하고 수류탄을 터뜨려 초토화해버릴 듯한 기세다. 마치 기포와 함께 빠져나간 주탕기에 보조구멍을 내어 미움과 질투를 꾸역꾸역 채워넣어야만 원상회복될 것 같은 기분일까.

"뭐한다고 살어. 이혼해. 나도 이혼했지만 내가 그 때 이혼 안했으면 내 뱃때지 다 갈랐을 거여."

재곤이 그 뱃때지를 들먹이며 전화기를 빼앗아든다. 확인시키려는 듯 옷을 걷어 올리자 수술자국으로 세로로 갈라진 아랫배가 흉물스럽다.

"내가 미쳤능가? 누구 좋으라고 이혼이여. 말라 비틀어서 죽일 거여."

"그러다 니가 죽어. 독한 년 만나봐. 자네 처는 양반이여,"

재곤은 전처가 떠오른다. 악귀처럼 할퀴며 덤벼드는 모습이다.

"세상에 잡어 묵을 것을 잡어 묵어야지. 과외 받으러온 딸년 친구를 잡아 묵냐. 텔레비전에 나올 일이여. 내가 확, 방송국에 전화를 해버리고 싶어도 딸년 땜시 참는 거여."

"허기사 전국뉴스감이지. 자네 마누라 대단혀." 불을 지르지만 돌아온 답은 어기차다."

"이 사람이 자네 마누라하고는 틀리단 말이여. 이 여잔 그냥 멍청해서 저러는 거여."

"머한다고 거그다 우리 마누라를 부쳐, 부치긴!"

옥신각신 목소리가 커진다. 다른 손님들이 들을 수 있는 목소리다. 이윽고 두 사람은 합심하여 떠난 여자와 떠나려고 하는 여자에 대해 집중공격하고 피식피식 웃더니 무슨 이야기 끝엔 박장대소 한다.

"재곤이 들어보소. 내가 며칠 전부터 우리 마누라 차 킬로수를 기록하고 있네. 집에서 움직이는 거리는 빤한데 그놈 만나는 날은 분명히 킬로수가 많아지거든. 기발하지?"

"그래갖고 으짤라고,"

"현장을 덮쳐서 모가지를 밟아버리야지."

"그놈이 양아치라며. 젊은 놈 잘못 건드렸다간 자네가 먼저 가."

"애린 놈이 힘이 있으면 얼마나 있당가."

"그런 놈들은 에비 에미도 없어. 모르긴 해도 허리춤에 커터칼 정도는 넣고 다닐 놈이지."

창문은 약간 겁먹은 표정으로 그를 쳐다본다.

"내가 그란다고 겁먹을 것 같은가. 나도 젊었을 때는 한 가닥 했다고. 내가 돌려차기 실력을 보여줘야 믿것능가 시방."

창문은 일어서서 시연할 태세다. 재곤이 은근히 자리에 앉힌다.

"그놈이 달디 단 사탕을 문 거여. 자네라도 안 떨어질겨. 생각해봐. 우리 마누라가 밥 사주지 용돈 주지. 그 놈은 아조 대박을 맞은 거여."

창문은 말끝마다 우리 마누라다. 이미 모두의 마누라가 됐다는 이야기긴지 뭔지 모를 일이다.

"자네가 만만한 게 그라제."

"어떻게 해. 십 수 년 살아서 간을 다 보고 있는데."

"내가 비법을 하나 갈켜줄까. 마누라 겁주는 비법."

재곤은 조근 조근 계획을 설명한다. 그리고는 어느 정도 수긍이 된 것을 알고 재빨리 아까부터 하고 싶어 죽을 것 같았던 이야길 꺼낸다. 하지만 다른 때와 달리 매우 조심스럽다.

"어이, 요즘 내가 참 미치것네."

재곤은 고개를 작게 까딱거리고 눈을 크게 뜨고 입을 오므린다. 뭔가 중요하고 황당한 이야기를 할 때 나타나는 표정이다. 하지만 창문은 쳐다보지도 않고 고개를 까닥이며 안주를 씹고 있다. 그의 머릿속은 온통 오늘밤 부릴 수작에 몰두해 있다.

"우리 앞집 이사 온 여자 안 있는가."

재곤은 주의를 끌기 위해 창문의 허벅지를 툭툭 친다.

"그 절룩발이?"

"그래, 그 짝궁둥이. 고것이 나한티 홀딱 빠졌다마시."

재곤은 절룩발이라를 짝궁둥이로 바로잡는다. 자신의 성적취향을 공격받고 싶지 않았다.

"짝궁둥이가 엉덩이를 씰룩씰룩 색골 앞을 얼쩡거렸군."

"나가 요즘 굶고 사는 거 지대로 알았나보지."

"벌써 덮쳤는가?"

"미쳤어. 하여튼 우리 아들 핑계로 수시로 들락거린당께. 김치도 해오고."

"사고쳤제? 조심해, 덤터기로 떠맡을 수 있은께."

"그라제이. 내 한 몸도 건사하기 힘든 세상인디."

재곤은 금방 겁먹은 표정이 된다. 그제 밤에 신랑에게 쫓겨나 문을 두드린 것을 모른 체 했어야 했다. 말을 할까. 어정쩡하게 됐다고. 한 것도 아니고 안 한 것도 아닌, 요새 말로 유사 성행위를 했다고 할까.

그냥 말자. 작자에게 말을 뱉은 순간 온 동네 가쉽거리가 될 것이다. 그런데도 그녀와의 특별한 경험을 입으로 배출하지 못해서 안달이 난다. 삐딱한 엉덩이 공장이 돌아가며 특이한 괴성이 그를 발작시켰다.

"근디, 자네 당구장은 어쩔 것이여?"

화제를 돌렸다. 그래야만 몹쓸 집착과 호기심을 떨쳐낼 것 같았다.

"아, 그러니까 돈 좀 쓰라고. 자네가 돈 좀 더 쓰면 오늘이라도 넘겨버리고 싶어, 남헌티 주기는 아깝고."

재곤은 불안하다. 가만 생각해보니 당구장이 문제가 아닌 것 같다. 어쩌자고 그 여자를. 그 여자 손을 끌고가 거시기를 분명히 만지게 했고 기다렸다는 듯 그놈이 열기를 뿜고 고갤 들었다. 그리고 삐딱한 엉덩이가 묘하게 일그러져 거시기를 낚아채갔다.

"나 여그 떠날라고, 아까부터 이야기 하고 싶었구만."

재곤은 오래 전부터 결심한 것처럼 불쑥 말을 던진다. 창문은 말문이 막혀 눈만 껌벅거린다.

"갈 데나 있는가?"

몇 잔 더 부어지자 그렇게 묻는다.

"창원에 내 불알친구가 공장혀. 제법 크게 한다는디."

갑자기 사투리가 짙어지는 게 퍽이나 자연스럽다. 그 사투리와 부풀려지는 친구의 근황이 자부심으로 차오른다.

"그 나이에 공장 취직 할라고?"

"거기가 공단이라 당구장해도 괜찮다는구만. 여그 군바리들 보고 하는 것 보단 낫것지. 아니면 친구가 수위라도 안 시켜주까이."

그깟 당구장 하나 가지고 일 년을 우라먹는 놈이라 여기자 은근슬쩍 부아가 치밀어 오른다.

"친구가 밥 먹여주는 거 아니여."

"나는 갈 거여."

친구가 밀치고 들어오자 은근히 오기가 생겨 확신처럼 말을 받는다. 두 사람은 옥신각신 한다. 마음 한구석에 도사리고 있는 불안을 커다란 목소리로 억누르며 상대방을 공격해 들어간다. 늘 위로하고 살아왔지만 왠지 서먹하다. 복권에 당첨되는 묘법이라기에 손님 끊긴 당구장에서, 미친놈들처럼 활딱 벗고 복권을 탁자위에 올려두고 절을 했던 게 엊그제다. 결과는 꽝이었지만 두어 번 더 그 짓을 또 했다.

재곤에게 아내를 소개시켜 준 사람이 창문이었다. 그리고 그 여자와 이혼을 하고 광주에서 올라와 빈둥거리고 있을 때 도시가스 회사에 취직 시켜준 사람도 창문이었다.

아내와는 참 많이도 싸웠다. 광양으로 굴러가 용접공으로 일할 때 그의 소개로 선을 보고 몸을 합했을 때는 다들 그렇지만 벙글어진 무화과처럼 마음껏 열려있었다. 아내는 광주에서 남성복 전문점을 하고 있었다. 가게는 깔끔하고 깨끗해서 작업복에 길들어진 자신이 너무나 어색했다.

손톱의 때를 벗겨내기 위해 작업복 손빨래를 두 시간이나 하고 내민 손톱에는 아직도 기름때가 숨어있었지만 다행히도 아내는 그 손을 아주 사랑스럽게 잡아주었다. 그 뒤로 줄기차게 쫓아다녀서 결혼에 성공했다. 주말부부로서의 시작은 아주 좋았다. 토요일 오후면 얼굴에 쓴 보호용 바가지와 용접봉을 집어던지고 광주로 올라가, 한 벌이라도 더 팔려고 밤이 늦도록 일하는 아내를 꼬시고 협박하여 틈만 나면 올라타는 시절도 있었다. 하지만 진지한 이야기를 나누고, 상대방을 알아가는 시간을 가진다는 것은 어려웠다.

광주로 옮기면서 사단이 나기 시작했다. 슬슬 서로가 전혀 이질적인 존재라는 것이 느껴졌다. 중학교를 졸업하고 타향에서 직장 생활을 시작하며 공사 현장을 따라 여기저기 떠돌아다닌 그다. 반대로 아내는 광주에서 태어나 광주에서 대학을 졸업한 인텔리다. 살아온 환경도 성격도 지적 능력도 차이가 났다. 서로에 대한 이해심과 배려는 삽시간에 무지막지한 억지와 뼛속 깊은 무시로 바뀌기 시작했다.

생각해보면 아내가 그를 선택한 이유는 소득이 일정치 않은 직업의 불안전성을 메꾸려 했거나, 작은 키를 만회하기 위하거나, 무엇보다도 무식하고 힘센 남자를 제멋대로 다스릴 수 있다는 오만 때문이었을 것이다. 하지만 재곤이 그리 만만했던가. 어머니 때부터 유명한 말빨과 자신만의 오기로 똘똘 뭉쳐있는 그였다.

부부의 불화가 으레 그렇듯 처음엔 무시하고 우기고 억지를 부린 데서 싹을 틔워 막말로 이어지고 끝내는 입에 담도 못할 욕을 서로에게 내지르고 결국은 완력을 휘두르는 순서로 나아갔다. 돌아 올 수 없는 강을 건넜다고 생각하는 순간 대부분 남자는 생떼나 쓰기에 급급하지만 여자는 현실적인 접근을 하게 된다. 마침내 이혼을 해주지 않는 그에게 아내는 선전포고를 하고 집을 나갔고, 이미 가게와 통장은 빈 깡통에 불과했다.

재곤은 마지막 자존심인양 이미 부양할 능력이 없으면서도 아들을 놓지 않았다. 영악한 아내는 곧 제풀에 지쳐 아들을 되돌려 보낼 것이라고 확신했기 때문인지, 아니면 제 2의 인생을 위해서였는지 소송 직전에 포기해버렸다. 재곤은 아들을 맡은 것을 곧 후회했지만, 억지로 몇 달을 버티자 부담스러웠던 아들이 차츰 의지가 되고 행동을 제약하고 삶의 의미가 되기 시작했다.

이창문은 울고 있다. 순서다.
"내가 빙신이제. 내가 빙신이여."
그는 자기가 먹은 술값을 계산하고 재곤에게 잔돈까지 챙겨들고 일어섰다. 근처 흙구덩이에 몸을 부벼 뒹굴고 누구와 대판 싸워 큰일을 벌인 것처럼 술 냄새를 풍기고 들어가 아내를 겁박하자는 어설픈 모의를 해둔 상태였다. 어쩐지 휘청거리는 몸뚱이가 먼저 놀라 흙구덩이에 처박혀 아침까지 못 일어날 것 같은 예감이 들지만 이럴 때의 용의주도함은 졸들의 장점이다.

절대로 가슴 깊이 비탄에 빠지거나 뼈저리게 절망하는 법이 없다. 작은 것에 끊임없이 타협하고 조정하며 자신을 지켜내는 것이 졸이다. 하물며 자신의 몸뚱아리를 내팽개치고 무엇인가에 올인 할 수는 없다. 그런 류라면 그의 아내도 애초에 그런 어처구니없는 애정행각을 벌이지 않았을 것이다. 벌써 비틀거리는 것은 그저 허튼 수작일 뿐이다.

혼자 남은 재곤이 전화를 건다. 고향 친구 한목이다. 유일하게 자신의 처지를 이야기 할 수 있고 들어 줄 수 있는 친구다. 어쩌다 명절 때면 만나곤 했지만 최근 수 년 동안 얼굴 한 번 보지 못했다. 하지만 스스럼이 없다. 어쩌면 멀리 떨어져 있고 오래 만나지 못했거나 진지하게 교우한 적이 없어서 견마지로의 유아적인 정신상태로 머물러 있기 때문일 것이다.

그가 무슨 일을 하건, 어떤 위치에 있든 중요하지 않다. 그는 늘 한결같이 반갑게 전화를 받는다.

"…… 우리 아들만 없었으면, 나도 끝장났어."

그렇게 시작한다.

"인자 갈 때도 없다. 느그 회사 수위라도 시켜주라."

"내려와라. 여그나 거기나, 친구 있는 곳이 안 낫것나."

한목이는 그의 아버지가 막고 있는 원둑길을 따라 나타난다. 그의 아버지가 앞장서고 할아버지, 할머니 두 노친네가 허리를 구부정하게 오그리고 기다시피 뒤따르고, 그의 어머니가, 누나, 형, 그리고 아직은 노동력이 전무할 듯싶은 동생 둘을 채근하며 따라온다.

어쩐지 부실해 보이고 무모해 보이는 이 가족들은 최근 몇 년 사이에 마을과 마을을 가로막고 있는 갯골을 가로질러 기다란 원둑을 막아 두 마을을 연결시켰다. 대단한 집념으로 뭉친 가족이었다. 아직 마지막 물막이 공사가 남아 있지만 간척지는 뚜렷한 형태로 형상을 나타냈고 그 안쪽에는 부들과 갈대가 들어차기 시작했다. 언젠가는 그 원둑 안에는 노란 황금벼로 채워질 것이다.

막아 놓은 원둑 안쪽에서는 파릇파릇 갈대가 싹트고, 원둑길은 지난번 보름에 태운 재를 받아먹은 살찐 삐미꽃 무리들이 하얗게 피어 수를 놓고 있다. 아직 열 살인 목이도 그 원둑 공사에 동원되어 돌을 나르고 있다. 이미 원둑은 갯골을 따라 이웃하던 마을을 이어주는 통로로 자리 잡고 있었다. 재곤은 그 통로를 따라 마을 아이들과 무리를 지어 바닷가 쪽으로 몰려간다.

재곤 일당이 일을 하다가 해찰부리는 목이가 앉아있는 바다에 돌을 던져본다. 목이는 재곤이 던진 돌 때문에 물방울 세례를 받자 묵은 뼈다귀를 놓고 대치한 강아지처럼 공격 자세를 취한다. 얼마 전부터 방죽이 미산 쪽까지 이어지면서 학교 가는 지름길이 되면서 자연스럽게 목이는 파리떼같은 재곤의 무리들과 부딪치게 되었다.

몇 번은 여러 놈이 몸에 올라타는 것을 허용한 적도 있고, 두목격인 재곤과 일대 일로 싸우기도 했지만 그의 배다른 형, 선호가 번번이 나서서 싸움을 반전시켜 놓곤 했다. 하지만 자신은 결코 형의 도움을 받을 생각이 없다. 또한 형이 나선다고 선호를 이길 보장도 없다.

선호는 국민학교 전체 대장이다. 재곤은 본인의 기량보다는 그 형의 힘에 기대어 설치는 존재에 불과했지만 놈은 어쨌든 세 마을의 또래 골목대장이다. 목이는 그가 하는 짓거리가 아니꼽고 치사하다. 뭐든지 제 맘대로 놀이를 결정하고 놀이판을 좌지우지 하며, 그 놀이판에서 그의 성에 차지 않거나 생각이 다르거나 기분을 상하게 하면 가차 없이 쫓겨나거나 박해를 받아야했다.

요새말로 왕따를 시켜버렸다. 그에게 복종하지 않거나 딴전을 피우면 어떻게 된다는 것을 너무나 잘 알기 때문에 또래들의 그에 대한 충성심은 대단했다. 만약에 그의 심기를 잘못 건드려 집단에서 쫓겨나 외톨이가 된다는 것이 얼마나 커다란 상처가 되고 아픔인지 잘 알기 때문이다.

목이도 그들과 같이 어울려 놀이판에 끼고 싶었다. 하지만 놈에게 머리를 숙이고 싶지는 않다. 최소한 동등하게 대우 받거나 놈을 눌러 그 자리를 차지하고 싶다. 재곤에게 잘못 보이면 또래들은 전전긍긍한다. 최소한의 자기편을 찾아보려고 하지만 이미 자기편은 없고 설령 그런 친구를 찾았다고 생각하는 순간 그 친구마저 따돌림을 받기 일 수였다.

놈들은 이미 오래전부터 습관이 되어선지 선처를 기다리거나 배급받은 건빵을 송두리째 내놓거나 달걀을 훔쳐다주거나, 제상에 놓인 과일

정도는 가져다 줘야 다시 놀이판에 끼어들 수 있었다. 목이는 그런 재곤이 밉고 던적스럽다. 복종하지 않은 그를 재곤의 무리들이 끊임없이 시비를 걸어오고 괴롭히지만 조금도 무섭거나 두렵지 않다.

눈만 뜨면 원둑 일을 도와야 하는 자신이 설령 놀이판에 낄 수 있다 해도 같이 어울릴 수 없다는 것을 잘 알고 있어서, 가끔은 타협하고 싶어도 타협하지 않고 오기를 부리는지도 모른다. 이미 자신은 한가하게 놀이판에 어울려 또래들과 웃고 떠들 수 없는 존재가 아니란 걸 알고 있다. 그래서 그런 것을 포기해야만 하는 자신의 처지에 분노하고 안타까워 이빨을 드러내고 못난 집강아지처럼 으르렁거리는 지도 모른다.

이제는 오기가 붙었는지 틈만 나면 놈들은 방죽으로 몰려왔다. 목이는 놈들이 방죽을 아무 대가 없이 건너는 것조차 아니꼬왔다. 오늘 목이는 그들과 다투는 것조차 싫어 식구들 속으로 가버린다.

"아부지, 배가 아파서 집에 좀 갔다 와야 쓰것소."

"이 새끼는, 또 꾀병이시."

그의 형 심해가 인상을 찌푸린다. 동생이 없으면 일 량이 줄어드는 것도 아니지만 왠지 손해 보는 느낌이다.

"앗따 성은 아적에 회충약 묵었는디 똥으로 나올 모양이요야."

"글면 아무데나 궁뎅이 대고 싸불면 되제."

"배가 아프당께요. 참말로."

"어제는 생감 처묵고 똥구녁 맥혔다고 일 안하고 그저께는 대가리 부스럼 생겼다고 내빼고, 아조, 미꾸라지 새끼가 따로 없네이."

그러거나 말거나 목이는 배를 움켜쥐고 이젠 주저앉는다.

"가서 쉬고, 느그 누님보고 빨랑 참 가져오라고 혀."

보다 못한 아버지 한마디에 목이는 일에서 빠져 나온다. 패거리들이 따라붙는다. 모른 척 걷다가 원둑으로 이어진 동산을 넘어서자 진짜로 배가 아프기 시작한다. 가끔씩 마을 사이에 있는 동산 위 묘지에서 두 마을의 아이들은 힘을 겨루곤 했다.

계획을 가지고 싸움을 한다기보다는 와자하게 놀다보면 목소리가 높아지고 한 쪽에선 사내아이들이 코피가 터질 때까지 주먹질을 해대고 다른 쪽 구석에서는 계집애들이 머리끄덩이를 잡아끌고 그렇게 어린 염소처럼 씩씩거리곤 했다. 그렇게 서로들 죽일 듯이 헝클어져 싸우지만 치명적인 상처를 입히지 않는 것은 신기한 일이었다.

며칠 전 똥덩어리를 떠다가 받은 배변 검사로 회충약을 받아먹은 게 이제야 효과가 나는 모양이다. 횟충이 많이 나오는 순서대로 건빵을 준다고 꼭 횟충 갯수를 세어오라고 담임선생님은 지시했다. 그런데 하필이면 이때 그 놈들이 빌빌거리고 기어나올려고 하는 건 뭔가. 저녁에 마당에다 싸놓으면 할머니가 부지깽이로 잘 가려서 정리해주면 숫자가 확실할 텐데.

'그래도 배가 터지게 회충이 차 휘발유 처먹고 녹아뿔면 누구한테 증명해서 건빵을 탈것이고.'

회충이 목으로 기어 나온 삼식이는 건빵을 얼마나 많이 타갔는가. 제발 열 마리 이상만 나오면 큰 소리치고 건빵을 타올 수 있을 텐데. 똥을 눠서 어디에 감춰야 하나, 목이는 바위등 사이로 몸을 숨기고 망을 본다. 놈들이 몰려오는 소리가 들린다. 그때 와그르르하며 뱃속이 끓는다. 에라, 모르것다.

터져 나온 똥무더기 속에서 굵은 회충이 아직 살아서 꿈틀거렸다. 재래식 측간에서 고개를 들고 똥이 떨어지기를 기다리는 수많은 구더기 떼들과는 비교가 되지 않을 만큼 흉물스럽다.

"저 새끼, 똥 싼다!"

웃음소리가 진동했다. 우루루 아이들이 몰려왔다. 순간 목이는 자기가 싸놓은 똥무더기 위로 엉덩방아를 찧고 넘어졌다. 물컹하다. 아이들이 일제히 깔깔댄다. 목이는 얼굴이 벌게지며 벌떡 일어나 손에 잡히는 대로 아이들을 향해 돌을 집어던졌다. 수치스럽고 겁김에 나온 행동에 아이들이 질겁하고 도망간다. 정신을 차려보니 싸놓은 똥까지 집어던지고 있었다. 그렇게 건빵은 날아가버렸다.

재곤은 기분이 나쁘다. 윗동네 당전의 또래 아이들과 백사 애들까지 모두 자기 발아래 들어왔는데 산적처럼 불쑥 나타나 자신의 권위에 도전하는 목이란 놈 때문에 체면이 말이 아니다. 또한 지름길로 학교를 갈려면 꼭 새벽부터 돌을 나르는 그놈, 누구와 어울리지도, 놀지도 않고 일만 하는 아니꼬운 일꾼놈과 마주쳐야만 했는데 여간 스트레스가 아니다.
그놈과의 일대일 싸움에서 하마터면 코피가 나고 이 왕국을 고스란히 뺏길 수도 있었지만 자신에겐 형이 있었다. 비록 이복형이고 집에서는 패대기질을 당하기도 하지만 그 위풍당당함은 그의 모든 것인지도 모른다. '선호 동생' 이라면 아무도 못 건드는 존재였다. 그에게 겁 많은 동팔이와 종옥이, 항국이같은 쫄따구들만 있었다면, 벌써 왕국은 놈에게 유린당하고 말았을 것이다.
목이는 도무지 종잡을 수 없는 놈이다. 힘으로나 덩치로는 이길 수 있지만 놈은 무지막지한 방법으로 덤벼들기 때문에 겁이 나서 쉽게 제압할 수 없다. 그냥 주먹질하고 발길질하는 게 싸움의 원칙이고 급소를 공격하지 않는 게 아이들의 한계지만 놈은 힘에 부치면 물어뜯고, 불알을 쥐고 놓지를 않고, 급하면 주저 없이 짱돌을 집어 들었다.
막가는 놈이어서 상급생들도 성가셔 하는 존재다. 한 번은 두 해나 위인 형에게 덤벼들어 미처 자신의 장끼를 쓸 틈도 없이 뒤지도록 맞았지만 몇날 며칠을 끊임없이 물고 늘어지고 맞아가면서 상대를 울리고만 독종이다.

그러거나 말거나 목이는 외톨이다. 만년 결석, 지각생에 선생님의 매타작 대상이었고, 아무도 그와 놀아주지 않는다. 표정은 벌써 어른처럼 무표정하고 손발은 돌처럼 딱딱하고, 겨울이 오면 그것들은 흉물스럽게 트고 갈라졌다.

그를 놀이판에서 돌려버리고 빼버리면 되지만 문제는 학교를 오고가는 길에 그 중요한 놀이터인 동산 길에서 놈과 부딪쳐야 한다는 것이다. 눈엣가시 같은 이 존재와 타협을 시도하고, 형에게 부탁해서 힘으로 굴복시키려고도 했지만 먹히지 않는다. 대장 재곤의 체면은 말이 아니었다.

문제는 수하들이 한 놈 두 놈 놈에게 붙잡혀 얻어맞고 있는데도 불구하고 그와 정면 대결할 자신이 없다는 것이다. 우루루 몰려들어 협박을 하면 놈은 돌을 움켜쥐고 좀처럼 접근을 못하게 했고, 철저하게 무시하고 동산에서 끼리끼리 놀면 은근히 비집고 들어와 시비를 걸었다.

수하들은 자신이 나서서 본때를 보여주길 원하지만 재곤은 배짱이 없다. 사실 재곤은 골격과 허우대만 좋지 용기나 배짱, 리더십은 순전히 형의 것이나 다름없었다. 재곤은 차츰 무력감을 느끼며 풀이 죽어가고 있었다.

그러던 어느 날.

"너 심부름 좀 혀라,"

"어디요?"

"저그 섬당 사는 느그 친구 집."

"그 새끼집이롸? 방죽에 나와 있을 것인디요?"

"먼 일인가 아적에 나가 본께 아무도 없드라. 그 아제한티 가서 급히 좀 아부지가 보잔다고 혀라."

"성 좀 보내제는, 나 그 새끼집 가기 싫당게요."

"흐......"

아버지가 혓소리를 내며 나무란다.

재곤은 억지로 가는 심부름에 골이 단단히 나서 원둑을 투덜투덜 걷다가 저만치 원둑에서 서성거리는 선창가 사는 동녀를 발견했다.

"야, 어디 가냐?"

"저그......"

"저그 어디?"

"목이집 가볼라고."

"가면 되제 으째 그러고 있냐?"

"겁이 나서......"

"왜 그 새끼가 또 땔디야?"

"심해 오빠가 물에 빠졌당게."

"어디서야?"

"새벽에 배에서 돌 내리다가 돌망태에 쏠려 갔당게."

동녀는 울상이 된다. 재곤은 가슴이 쿵쾅거린다.

"건졌냐?"

"건졌는디, 축 늘어져서 목이 아부지가 보듬고 어디론가 달려 갔당게."

동녀는 마침내 울음을 터뜨린다. 재곤은 뒤돌아서서 달려 집으로 뛰어 들어간다. 누렁이 해피가 뛰어오는 그를 반갑게 맞으며 올라탄다.

"아부지, 거그 사고났다 하요! 심해 성이 물에 빠져 죽었다 하드랑게요."

"가만, 가만!"
아버지는 재곤의 어깨를 붙잡고 무릎을 꿇고 아들을 쳐다본다.
"진짜랑께!"

며칠 후 열세 살 한심해는 동산에 묻혔다. 그의 아버지는 제법 큰 장
독에 그를 넣어 동산 한 귀퉁이에 부리고 돌무덤을 만들었다. 아이들
은 그의 아버지가 아들을 묻고 술을 마시고 조개를 씹어뱉으며 피를
토하는 것을 멀리서 지켜보았다. 그의 어머니는 한 동안 정신을 잃어
동네 사람들이 머리에 또아리를 얹고 동네를 돌게 했다. 정신 나간 사
람에게 효험이 있다고 해서다.
심해의 무덤이 생기면서 어느 순간 그 작은 동산에서 아이들의 웃음
소리가 사라졌다. 잠깐 사이에 반질반질하던 펄 안은 띠풀로 가득 들
어찼고 으슥한 날엔 아이 우는 소리가 들려온다는 기괴한 소문이 돌았
다. 거의 완성되어가던 원둑공사는 손을 놓자마자 밀물과 썰물의 거센
공격으로 허망하게 조금씩 유실되어가고 있었다.
'개나 잡아주고 술도가에 빠져 죽등가 말등가 하지, 좆 빠지게 물 막
아서 누구 존일 시킬라고, 그 집도 망조가 낫제. 딸년이 천하에 붙어
묵을 놈이 없어서 그 오작꾸 광팽이한티 붙어 묵도록 놔두냐,'
무슨 의미인지는 모르지만 재곤 아버지는 투덜거렸다. 다만 개를 잡
는다는 말에 섬뜩한 예감을 느끼고 몇 번 아버지에게 누구 개 이야기
냐고 채근해 보았지만 아버진 쓴 웃음만 지었다.
그러던 어느 날, 재곤이 학교에서 오면 동네 어귀까지 달려오던 해피
가 사립에 들어설 때까지 기척도 없었다. 그날 폐병이 있는 재곤 아버
지는 목이 아버지를 기다리지 못하고 결국 키우던 해피를 도살했다.
마을의 개나 돼지를 잡을 때는 늘 목이 아버지 차지였으나, 그가 제정

신로 돌아올 때까지 기다릴 수 없었다.

'새끼 하나 죽었다고 그 지랄 떠는 놈도 처음이시.' 불만을 터뜨리며 아버지가 녹슨 철사줄로 해피의 목을 감았을 때 숨이 막혀왔다.

"하지 말란 말이요. 아부지!"

소리쳤지만 아버진 콧방귀도 뀌지 않고 발버둥치는 해피를 감나무 가지에 매달았다.

개 잡는 것이 아무리 일상이고 이 가난한 이들의 영양공급원이라지만 어제까지 마룻바닥에서 온기를 나눴던 집개를 조금의 죄의식도 없이 가마니에 씌우고 몽둥이로 내리쳐 죽이고 불을 질러 잔털을 태운다.

재곤은 달구똥 같은 눈물을 뚝뚝 떨어뜨리지만 아버지는 태연히 웃고 있다. 목이 형 심해가 죽었다는 말에도 눈물 한 방울 흘리지 않았는데 왜 이리 눈물이 나는지, 아니면 이제야 그 죽음과 지금 현실적으로 목도되는 죽음의 진행이 겹쳐서 한꺼번에 두 죽음에 대한 히스테리가 폭발했는지, 나중에는 너무 울어 다리가 풀려버린다.

그 동안의 많은 죽음들이 떠오른다. 개천을 헤치며 잡아온 붕어의 죽음과, 슬픈 울음을 터뜨린 어미의 둥지를 털어 빼앗아 온 새들의 죽음, 아무렇게나 목이 잘려나간 닭과 오리들의 죽음, 이제까지 느끼지 못한 죽음에 대한 이해가 통렬하게 가슴에 사무치는 것이다. 그리고 그것이 진저리치게 무섭고 공포스러운 것이란 것이 어렴풋이 느껴진다.

저녁나절 솥이 걸리고 마당에 평상이 펼쳐지면 누추하고 허기진 사람들이 똥 든 창자라도 얻어먹으려고 몰려들자, 재곤은 집을 나선다. 밤은 낯설고 두렵다. 하지만 이상하게도 오늘밤은 그렇지 않다. 원둑길을 따라 걸으며, 크게 한 번 해피를 불러본다. 검게 일렁이는 파도가 허연 포말을 일으키며 방죽을 향해 혀를 내밀면, 성긴 나팔꽃 무리들이 발을 감는다. 달은 호박만큼 크고 무겁고 낮게 떠있다.

재곤은 어느새 동산에 다다랐다. 진짜 그 죽은 심해가 나타나 밤마다 우는 것인지 보고 싶다. 그가 울고 있다면 한 편으론 저 세상이 있고 그 저 세상에서 그가 살아 있다는 것이 아닌가.

목이 집의 살구나무가 손에 잡힐 듯 흔들거린다. 그러고 보니 요즘의 목이는 학교 이외에서는 본적이 없었다. 원래 말수가 없는 녀석이지만 마치 유령 인간처럼 뒷줄에 앉아 멍한 눈을 깜박거리다가 어쩌다가 눈을 마주치며 창밖으로 고개를 돌려버렸다. 그에게 시비를 걸 수도, 받아 줄 것 같지도 않았다. 이제 대장놀이도 소사스럽고 치사하게 느껴진다.

재곤은 원둑에서 동산으로 들어선 순간 귀를 의심했다. 어디선가 소곤거리는 소리가 들려오는 것이다. 정신이 번쩍 든다. 귀신소리? 도망가고 싶었지만 발이 떨어지지 않는다. 가만히 들어보니 어디선가 들어본 목소리다. 분명 심해의 묘지 쪽이다. 재곤은 살금살금 소리 나는 쪽으로 기어 가본다.

달빛 속에서 두 아이가 꿈결처럼 묘지 옆에 앉아 있다. 잘못 본 것일까. 거기 동녀와 목이가 무던하게 앉아 있다. 마치 소꿉놀이 하듯 둘은 바닷가 절벽 쪽으로 다리를 걸쳐놓고 두런두런 이야기를 나누는 것이다. 스산한 꿈같은 관경이었다.

재곤은 믿기지 않는 현실을 받아들일 수 없었다. 왜 그들이 거기에 있는지. 무섭지도 않은지, 언제부터 그렇게 스스럼없는 사이였는지, 무엇보다도 얼마 전에 죽은 을씨년스러운 분위기가 감도는 심해의 묘지에서 두려움을 모른 채 앉아있는지 의아스러웠다. 그들의 대화는 멀리서 들리는 파도소리 같다.

"인자 가그라,"

"그 짐승이 잠 들었으까?"

"무섭냐?"

"그 짐승이 정자 언니하고 거시기 한다는디, 무서워"

"우리 아부지가 나쁘단 말다. 갑자기 머헌다고 느그 오빠하고 장터를 떠도는지 몰것다. 장터 도가집 술이 동날 지경이라더라."

"긍게,"

"칼로 배창시를 찔러불고 싶은디, 나는."

"징하당게."

"지금도 패냐? 광팽이가?"

"엥기는 대로 때려 부러. 심해오빠 무덤이 더 따뜻혀."

"나도 집보다는 여가 좋다."

"나는. 광팽이 오빠만 없으면 다 좋당게."

"여그는 우리 성 귀신이 지키고 있제. 나는 우리 성 귀신이라도 한번 봤음 조컷시야. 우리 아부지가 으째 저러는지 물어 보고 싶고."

"나도."

"광팽이를 죽여부자."

"불에 싸질러 불고 싶어."

재곤은 턱이 덜덜 떨리는 것을 느끼며 비탈을 내려와 도망치기 시작했다.

"해피! 해피!"

그들이 들었을 지도 모르지만 미친 듯이 죽어 고기가 된 해피를 부르며 원둑을 달렸다.

태풍이 지나간 거리는 어수선했다. 벌써 보름 전에 이어온 두 번째 대형 태풍은 남해안을 초토화시켜버리고 말았다. 시름 가득한 어민들이 바다로 떠밀려간 어구 한 무더기를 붙잡고 뭍으로 올리는 장면은 무력하기보다는 서글픔을 주는, 이미 인간의 힘으로는 손 쓸 수 없는 강력한 자연의 습격이었다.

대자연은 그 변화무쌍함을 뽐내기라도 하듯 높은 구름에 붉은 햇살을 뿌리며 바다 건너 저편부터 천연덕스럽게도 높고 푸른 얼굴을 내밀고 있지만 텔레비전의 재난방송은 계속되었다. 재곤은 자신이 태풍에 쓸려 어디론가 정처 없이 떠내려가는 부표처럼 느껴졌다.

느닷없이 이창문이 다른 사람에게 당구장을 넘기고 푼돈 벌 곳도 없어진지 두 달째다. 놈이 선수를 친 것이다. 그렇게 미적거리며 내놓지 않은 당구장을 재곤이 창원으로 떠난다고 호언하자 이에 질세라 당구장을 넘겨버렸다. 그 일로 이창문과 대판 싸우고 그 놈 꼬라지가 보기 싫어 대전을 확실히 뜨기로 결심했다지만 정작은 이선실과의 몇 번 엎어지면서 집안이 온통 그 여자 흔적으로 점령당하면서부터였다.

불안감에 더 이상 그곳에 머무른다는 것이 너무 무모하게 느껴졌다. 광양이나 거제도로 가서 용접바가지를 쓸까도 생각해봤지만 자신도 없었고 버틸 체력도 의지도 없었다. 아들놈도 고등학교 졸업하면 지 엄마가 있는 광주로 가겠다고 속을 뒤집어 놓았지만 차라리 잘 되었다 싶었다.

이제 자기 한 몸만 건사하면 아무 문제가 없었다. 그 사이 목포도 내려가 보고 광주도 들러보며 당구장 자리를 알아보고 다녔지만 정작 창원까지 왔어도 결정을 못했다. 왜 꼭 당구장인가. 그 빌어먹을 이창문이 아무런 통보도 없이 당구장을 말 한마디 없이 넘긴데 대해 오기가 생겨서 였고, 그동안 편안한 일에 길들어져 있었다. 그렇지만 막상 전 재산을 털어 일을 벌이려고 하자 와락 겁이 나고 계산이 빡빡해지면서 수없이 부동산 업자를 괴롭히고 매물주인들을 농락하는 시간으로 긴장을 풀고 있었다.

그런 와중에 한목이와 만나고 회사도 가보면서 생각이 갈팡질팡해졌다.

'내 돈 내고 왜 돈을 벌어.'

그렇게 결론을 내리자 마치 자선업자처럼 친구에게 대가리를 박았다.

'내 돈을 누가 굴려 주것는가. 자네가 사업자금으로 좀 써주고 내 일자리라도 하나 만들어주소.'

그런데 또 시간이 지나자 마음이 바뀌었다. 만약에 친구의 회사가 망하면 어디서 보상받을 수 있다는 말인가. 친구와는 원수가 되고 결국은 알거지가 되겠지. 그래, 내 일을 해야지. 당구장은 나이 들어서도 알바 하나 데리고 하면 아무 문제가 없지.

"우리 회사 운전을 해보소. 곧 시외로 신규공장이 들어서니 통근버스를 하나 사서 운행하면 될 듯하네."

재곤은 망설임 없이 친구의 고뇌 섞인 조언을 기다렸다는 잘랐다.

"나가 생각해 봤는디. 아무래도 내 길을 가는 게 좋을 듯한다."

한목이는 쓴웃음을 짓는다. 경멸이 노골적으로 드러나 있다. 허긴 벌써 몇 번째 번복인가. 그러거나 말거나, 고향 친군디, 속사정을 다 드러내고 타협혀도 멋이 숭이간.

"마시게."

한목이는 아예 술잔으로 입술을 막아버린다. 녀석은 가까이 앉아있지만 아득히 멀게 느껴진다. 삼십여 년의 세월의 강 너머에서 팔짱을 끼고 내려다보는 느낌이다. 허긴, 잠깐 어릴 적 죽마지우에 불과한 인연으로 그 무엇을 도모할까. 생각은 그물을 치지만 입술은 낯선 간극을 타고 넘기 위해 쉴 새 없이 나불댄다.

"저그 밤하늘에 은하수를 보소. 우뚝 빛나는 별은 하나도 없잖은가. 다 같이 빛나제. 나 말은 나도 그냥 잡초처럼 살지만 그 잡초로 사는 것이 더 의미가 있지 않을까 싶어서 허는 말이네. 자네도 나도 그냥 던져진 대로 뿌랑구를 내리고 살면 똑 같이 한 개의 별이것제.”

“느그 엄니 탁해서 말은 잘한다.”

“아따 우리 엄니 해남댁은 말도 못하지잉.”

“그래, 하고자 하는 말을 해보게 나는 단순무식해서 어려워”

“거 멋이냐. 나는 거시기, 당구장이나 채려서 묵고 살라네.”

“친구야. 그냥 나한테 온나.”

의외의 부탁이 마음을 심란하게 한다. 이 친구의 재력이 콧구멍만한 자신의 돈을 의지하는 수준이란 말인가. 그러면 더더욱 아니지.

“내 돈이 몇 푼이나 된다고.”

“나는 지금 과부 빤스도 벳겨 팔아야 될 판이네.”

한목이가 의자를 끌어당겼다. 재곤은 덜컥 겁이 났다. 갑자기 어렸을 적 소 먹이면서 했던 물방울 따먹기 놀이가 생각났다. 삐미의 줄기에서 수분을 짜내 물방울을 흡수해버리는 놀이다. 대부분 수분이 큰 물방울이 작은 것을 앗아가 버리곤 해서 최대한 물방울을 크게 만들어야 했다. 하지만 크게 만들어진 모든 물방울은 땅으로 떨어져 게임은 끝난다.

“나는. 그냥 내 일을 하고 싶네. 공단이라 당구장하면 밥은 묵고 살 것 같고.”

“내가 그 수익을 보장해줄게.”

“내가 여기 온 것은 한사장한테 의탁하러 온 것은 아니고, 내 일거리를 찾아 왔당게. 그리고 그 돈은 내 전 재산이여.”

재곤은 와락 덤벼드는 친구의 제의에 재빨리 몸을 뺀다. 그러고 보니 수없이 받아둔 그의 전세금을 빌려주라고 몇 번이고 제안했던 그였다. 그냥 던져본 말이거니 했는데 덜컥 겁이 난다.

"동녀가 엄청 잘 산다며. 니하고는."

딴소리가 픽 나온다. 힘없는 방귀처럼 뀐 것이 고약한 냄새를 풍겼는지 그의 인상이 구겨진다.

"없던 일로 하자. 다시는."

잠깐 침묵이 흘렀다.

"괜히 미안하네. 큰 공장하다보면 돈이 얼마나 멕히것어. 허긴, 내가 신간은 젤 편하네. 그려, 흐흐. 대장놀이란 게 젤 힘든겨. 어렸을 적 자네한테 대장자리를 뺏기고 나서는 이놈저놈 모다 내대가리에 올라타 들고 외톨이가 됐을 때 묘한 안도와 행복이 찾아왔지. 그 이후로는 누구와도 관계를 맺지 않고 살아왔네. 서열이 있는 곳을 피하고 피해서 흐흐. 나는 자네 말고 친구 한 명 없네. 자네가 나를 친구라 인정 안 할지도 모르지만."

"어렸을 때라, 나는…… 그때가 언젠지 모르겠네. 곧장 어른이 되었으니."

한목이는 체념한 듯 피식 웃으며 냄비에서 국물을 퍼담는다.

"그때가 가장 좋았지."

"나는 악몽이었네. 심해형이 죽고 선호형이 떠나자 내가 자넬 아주 곤죽을 만들었지. 지금도 미안하네. 하지만 나는 그때 이미 괴물이 되었지."

"내가 힘이 있었나. 우리 선호형이 뒷배가 돼서 기고만장 나대다가 하루 아침에 권좌에서 쫓겨난 거제."

재곤은 껄껄 웃는다. 그 웃음으로 모든 불편함을 뭉개버릴 듯 웃음을 주체 못한다.

"심해형 죽고 선호형이 떠나자 엄청 불안했지. 자넨 그때 들개처럼 으르렁댔거든."

"그때 분노를 알았지. 이빨만 여물어지면 다 물어뜯고 싶었지."

"그래서 광팽이 죽일라고. 아, 나는, 소문이 그렇게 났어. 자네가 그 집에 불 지르고 동녀와 내뺐다고."

재곤은 아차 싶어 입을 다물었다. 지금도 광팽의 집에 원인 모를 화재에 대해선 말이 많았다.

"그런 쓰레기는. 진즉에 치워버렸어야 했어. 그놈이 인생을 지금도 올라타고 놓아주질 않아."

"너, 우리 개 알지? 해피라고? 그놈을 우리 아부지가 가마니에 씌워서 몽둥이로 때려잡았어. 그리고 가마니에 불을 질러 털을 태웠지. 해피는 숯검뎅이처럼 땅바닥에 툭, 떨어졌지. 나는 갑자기 무심하게 서 있었어. 아무 생각도 없이. 아버지는 자네 아부지를 위로한다고 불러서 목소리를 높여가며 무용담 하듯 개잡는 일을 들려줬지.

'아따 개잡는 거 자네만 할 줄 알았는디 암굿도 아니데.'

그러자 느그 아부지가 그랬어.

'나가 멋을 할 줄 알간디요. 원둑 막는 것을 개잡듯이 했는디.'

"우리 아부지가 그때부터 빗나가셨지."

"근데 어뜨케 광팽이를 꼬았으까?"

"꼬으긴 그 새끼가 우리 삶 속으로 들어왔제."

"나도 대충은 알어야. 글구 느그 누나하고도."

"그만 하자. 왜 그딴 얘길 꺼내?"

"미안, 정말 미안하다. 어떻든 원둑이 만들어졌고 더 이상한 것은 그 원둑의 주인이 배면장 인선 아부지가 차지할지는 몰랐제."

'남들이 더 잘 알고 있구나.'

세상일이 그랬다. 더 깊은 이야기도 붙여져서 나돌아 다녔을 것이다. 그래서 옛 친구들을 만나는 것은 부담스럽다. 뭔가 못을 박아두고 싶었다.

"재곤아, 우스운 것이 내가 평생을 그 쓰레기를 극복하지 못하고 산다는 것이야. 그러니 더 이상 이야기 마라."

"니가 왜야......"

"내가 고향에 다시 돌아갔을 때 광팽이 무덤이 우리 심해형 옆에 있더라고. 어처구니가 없어서 돌을 들어내 그놈이 묻힌 독을 돌로 두드려 깨버렸지. 아주 박살을 냈어. 하지만 하나도 시원하지 않았어. 그런데도 이야기들은 떠돌아."

한목이의 눈빛이 벌겋게 충혈되었다. 그것은 검붉은 불이었다. 두 사람은 밥집에서 제법 마신 것 같다. 창원역 앞에 있는 통김치 찌개를 하는 곳이었다. 소박하고 허름해 보이는 그 집의 음식은 케미가 있었다. 두 사람은 두서없는 이야기를 쏟아 붓고 어깨를 맞대고 전봇대에 오줌을 갈기는 의식을 끝으로 헤어졌다. 그들이 박하를 찧어 형제애를 확인하고 뱀띠알을 먹고 눈썹 한 개를 빼고 또래집단의 용감무쌍한 회합의식을 했듯이. 하지만 두 사람은 이미 서로에 대한 신뢰는 밑바닥부터 무너지고 있었다.

모텔로 돌아와 자리에 눕지만 뭔가 모르게 허전하다. 자신의 결정에 아직 미련이 남았다. 이선실에게 전화를 건다. 이선실은 어디냐며 당장 달려오겠다고 애교를 떤다.

설마 창원에 있다는 걸 모르겠지. 인천 쪽에 새로운 일자리를 찾고 있다고 따돌렸었다. 그러거나 말거나 여자의 비음 소리가 침대 끝으로 비틀비틀 다가오며 덮쳐온다. 그냥 버리자니 아까운 여자. 게다가 공짜가 아닌가. 하지만 오래 끌고 가기에는 찝찝하고 불안하고 체면 구겨진다. 그리고 세상에는 공짜가 없다.

머리가 복잡해졌다. 명료했던 결심이 잠깐 동안에 사라졌다. 갑자기 봐두었던 당구장을 막상 계약하자니 자신이 없다. 덜컥 계약을 하고 만약에 장사가 안 되면 고스란히 시설비와 월세로 그동안 모아두었던 돈을 한꺼번에 날릴 수도 있다.

잘못하다간 빵빵하게 틀어야 하는 에어컨 때문에 전기세도 감당 못할 지경에 이를 수도 있다. 게다가 알바를 써야 하고 음료수를 준비해야 되고 천갈이도 주기적으로 해줘야 되고, 그러면 남는 게 뭘까. 설령 장사가 잘 되더라도 계약기간이 지나 주인이 나가라고 하면 권리금은커녕 시설철거비까지 덤터기를 쓰게 된다.

또 몇몇의 여자들에게 전화를 한다. 한 두 번 씩 섹스를 했던 여자들이거나 작업 중인 여자들이다. 재곤은 인터넷을 켜고 채팅을 시작한다. 낚싯줄을 담그고 기다리고 기다린 끝에 하나 걸려든다. 화상 채팅을 하자는 제안이 온다. 캠코더가 없다고 하자 음성으로 시작하잖다. 재곤은 바지를 내리고 두 다리를 벌린다. 페니스가 돛대처럼 움직인다. 아내 때문에 수술한 귀두에서 다마가 구른다. 아내의 불평이 작은 페니스 때문일지도 모른다고 오판하고 리모델링을 했는데 아내와의 사이를 완전히 벌려놓은 사건이었다.

'니 머리빡 속은 그렇게 엉큼한 생각과 더러운 욕정으로 뒤덮여 있는 거야.' 그렇다고 다시 원상복구 하기에는 아내는 이미 멀리 가버렸다.

재곤이 흥분이 고조되었을 때 여자가 갑자기 나가버린다. 다시 이선실. 가져온 술을 마신다. 비틀거리며 침대를 기어오는 그녀가 묘한 흥분을 일으키며 떠오른다. 입을 틀어막고 죽이고 싶을 정도로 요동을 치며 괴성을 내뱉을 때는 때와 장소를 잊어버린다. 내일이 없고 대책이 없다. 남편이 칼을 들고 와도 일을 끝낼 여자였다. 정사 후면 무서워지고, 시간이 지나면 강렬하게 찾고 싶은 욕망을 일으키게 하는 여자.

재곤은 그녀의 엉덩이처럼 비틀리고 있는 자신을 발견한다. 재곤은 갑자기 컴퓨터를 끈다. 그리고 바지춤을 추스르고 핸드폰을 집어 든다.

"나여, 당구장은 아무래도 안 되것지?"

재곤은 입에 거품을 물고 한참동안 안 되는 이유를 설명한다. 한목이는 침묵한다.

"아무래도 자네한테 투자하는 게 나을 것 같네야."

재곤은 이선실에게 전화한다. 상대는 대답이 없다.

"그냥 노가다나 할까?"

6. 새로운 삶

<작은 땅콩 속의 나, 입구가 어딘지도 모르고
몸을 꿈틀댄다.
내 딴에는 제법 살아 있는 시늉을 하며 엉거주춤,
오직 한 넝쿨에 걸린 이웃들과 희미한 소통을 하며,
그것이 세계의 전부인양 으스댄다.
정작은 껍질을 깨고 나올 힘도 의지도 없으면서,
웅크린 자맥질을 반복한다.
힘을 길러 부풀어 오르기를 포기한 채
오그라지고 오그라져 새알만한 공간에 갇혀간다.
조그만 성취를 성공이라 믿고, 조그만 실패에 좌절하며,
나는 그저 생존해 있다.
가끔씩 손을 뻗어 내 심연의 넝쿨을
저 넓은 땅콩 밖 세상으로 뻗어보고 싶지만
이미 몸은 굳어져,
그저, 덤벼볼 생각도 없이 스스로를 고갈시킬 뿐이다.>

그날 하늘은 회색 구름과 검은 구름, 그리고 푸른색이 섞여 있었다. 산맥은 축 처져 있고, 대지의 습도는 가득했다. 빗방울이 돋는가 싶으면 햇볕이 나고, 습한 바람이 지열 속을 뚫고 갔다.

아래층에 사는 집주인이 뜬금없이 올라왔다. 그리고는 말했다.

"집을 팔기로 했습니다."

"아니 왜?"

집세가 밀려서 독촉하러 왔거니 싶었는데 올 것이 덜컥 오고 만 것이다. 하업동이 알았다고 기어 들어가는 소리로 되묻자, 주인은 미안하다는 표정을 지으며 최대한 빨리 집을 비워줬으면 고맙겠다고 당부했다.

집주인 송평석은 참 좋은 사람이었고 성실하고 부지런했다. 하지만 운이 따라주지 않아선지 하는 일마다 결과는 좋지 않았다. 최근에는 PC방을 차렸지만 역시 실패를 했고 아래층의 창고 방에는 버리지 못한 관련 물품들이 어지럽게 들어차 있었다.

그의 축 처진 어깨를 보면 항상 위로해주고 싶었고, 대포 잔을 나누며 동병상련의 심정을 나누고 싶었다. 하지만 이제 그에게 느꼈던 감정이 얼마나 사치였는지 업동은, 멍하니 그를 바라볼 뿐이다.

"너무 갑작스러워 놀랐지예?"

평석은 뻐드렁니를 숨기며 겸연쩍게 웃고 있다.

업동이 이 집으로 이사 온 것은 국가가 구제 금융을 받아들인 시기였다. 하고 있던 사업을 접기까지는 이후 삼사 년의 부질없는 몸부림이 있었다. 국가 재난의 큰 파도에 묻혀 휩쓸려 가버렸으면 조금은 희석되었을 개인의 책임이 입 앙다물고 버틴 시간들 때문에 오히려 오롯이 자신의 몫으로 굳어졌다.

그는 실패했고 그 실패의 책임은 잔혹했다. 그는 끌어다 쓸 수 있는 마지막 총알까지 쏟아 붓고서야 손을 놓았다. 무너진 진지에서 상처투성이가 된 채 야반도주를 해야 했다.

스무 살 후반에 시작한 제조업이 제법 자리를 잡을 쯤 모든 것이 한 방에 날아가 버렸다. 그 때가 서른 중반, 아직 창창한 나이였다. 돌이켜보면 열심히 했다고는 하나 워낙 없는 돈과 주먹구구식 경영, 씀씀이가 헤픈 그에게 어쩌면 필연적인 결과였는지도 모른다. 하지만 모든 것이 나라 관리 잘못한 놈들 탓으로 은근 슬쩍 책임을 떠넘기며 의기양양 수없이 제기를 꿈꾸며 버텨왔다. 하지만 늘 살림은 제자리였고, 늘어나는 것은 빚이었다.

이젠 그는 호칭으로만 '하사장'이었다. 없는 놈이 처지도 모르고 남 밑에 드는 것을 못 견뎌했지만 정작은 '썩어도 준치'라며 그 사장 소리 때문에 직장 생활도 못하고 세월을 좀 먹으며 처자식을 고생시키고 있었다.

자신이야 여기저기 거간 아닌 거간으로 알선, 소개 등을 하며 잔술이나 얻어먹거나, 어찌 운이 좋아 서푼이나 쥐면 노래방으로 기어들어가 계집들 살갗을 더듬으며 허풍떨며 사는 재미도 있었지만 전세에서 월세로 떨어진 십 수 년의 세월은 가족에게는 고통이었다. 또한 여기저기 돈을 끌어 모아 수없이 도전하고 넘어지면서 진 빚은 서서히 칼끝을 들이대며 목을 죄어오고 있었다. 그래도 빚에다 빚을 보태, 부딪쳐보고 덤벼보았지만 번번이 깨져서 이젠 차츰차츰 고립되고 기력을 잃고 눈치나 보는 존재로 전락되고 있었다.

'뭐가 잘못 됐을까?'

십 수 년 전에 그 당시 계약의 당사자는 이미 고인이 된 평석의 아버지였다. 그 분은 몇 년 전에 갑자기 의료사고로 세상을 버렸지만 마음씨 착하고 시끄러운 것을 싫어하는 평석이 문제를 제기하지 않고 약간의 위로금만을 받고 장례를 치렀다.

지금 그의 아들이, 사업을 수없이 실패해 집을 팔아야만 하는 그 집 아들이 집을 비우라고 한다. 와락 자존심이 벼락처럼 온몸을 때리고, 그 찰나의 순간 자신이 왜 이토록 못난 삶을 살고 있었는지 절망스러웠다. 그제야 아내가 술만 취하면 한숨처럼 내뱉는 말이 송곳처럼 폐부를 찌른다.

"내가 도대체 어디가 못나서 오십이 다 되도록 집 한 칸 장만 못하고 사는지 모리것소. 너무 처량하고 한심스럽고 정말 정말 힘들어. 징글징글해. 아이들에게도 너무 미안하구."

평석이 보자고 했을 때, 그는 그저 실패한 사람들끼리 소주병이나 까면서, 애꿎은 정치인들을 씹으며 울화나 달랠 양으로 알았다. 하지만 말투가 예사롭지 않아 왠지 알 수 없는 불안한 예감이 함께 들었었다. 집세 때문인 건 아닌 것 같았고, '그깟 거 올려주면 되지.' 이젠 전세는 고사하고 월세도 밀리고 있는 지경이었지만. 하지만 늘 그렇듯이 집주인 아들 평석 앞에서는 기죽고 싶지 않아 마치 곧 큰돈을 벌 것처럼 떠벌이곤 했다.

"이깟 집 내일이라도 살 수 있지만 벌려놓은 일들이 우선 아니겠나? 그라고 요새 같으면 자네한텐 월세가 유리하제."

구차한 변명까지 늘어놓곤 했다. 불길한 생각 때문이었는지 저녁 먹은 것이 체한 느낌이 들어 약국에 들렀다.

칠이 벗겨진 구형 그랜저 승용차를 타고 약국에 들러 까스활명수를 한 병 달라고 했다. 약국 주인은 보험적용을 받지 않는 염소똥 같은 검은 알약이 얹힌 데는 최고라며 약을 권했다. 순순히 그러라고 하자 이번에는 봄에 회충약은 먹었냐고 물었다. 고개를 젓자 가족들에게 구충

재는 일 년에 한 번 꼭 먹이라고 했다. 얼마냐고 묻자 천 원이란다. 가족을 위해 사천 원이라,

"네 알 주세요."

그 염소똥이 까스활명수와 얽힌 속을 뚫어놓기는커녕 속을 뒤집기 시작했다. 당장 어디로 가야하나, 막막했다. 아내가 돌아오면 무슨 말을 해야 하나, 집을 비워줘야 한단다.

아내는 당장에 갈 데나 있느냐고 기어들어 가는 소리로 자신의 죄인 양 되물을 것이다. 그리고 술을 마시거나 울거나 하겠지. 어떤 상황에서도 긍정적이고 바보스러울 정도로 자신을 믿고 따르던 아내는 최근에 들어와 지쳐버린 것 같았다. 아마도 집 장만하는 조그마한 꿈도 그저 꿈일 뿐이라는 자포자기가 아내를 절망의 구렁텅이로 몰아놓고 있는 듯 했다.

또각또각 아내의 하이힐 소리가 골목을 때리자 업동은 반사적으로 일어났다. 화장을 짙게 한 아내는 오자마자 거울 앞에 앉아 무거운 껍질을 벗겨내듯 화장을 지웠다. 이윽고 지치고 지친 피부 속에서 기미와 주근깨로 범벅인 원래의 얼굴이 나타났다. 아내는 힘을 내고 억지 같은 엷은 미소를 지으며 물었다.

"밥해줄까?"

"아니, 밥 먹었어? 피곤할 텐데 씻어. 에어컨 틀어줘?"

"아니, 전기세가 얼만데,"

아내는 선풍기를 끌어안는다. 바람에 아내의 삭은 땀 냄새가 스쳐온다. 왠지 가슴이 찡했다. 공장이 넘어가고 두말없이 직장을 구했던 아내다.

'당신은 평생 할 일을 잠깐 하는 건데, 마음 아파할 필요 없어요. 남들다 하는 직장 생활이야. 당신 덕에 집에서 편히 놀고 묵었잖아.'

아내는 그렇게 말했었다. 하지만 그 전에도 아내는 공장에 틈나는 대로 나와 직원들이 기피하는 허드렛일을 도맡아 해왔었다. 그리고 그 잠깐 한다던 직장 생활이 십 수 년이다. 업동은 아내의 그 땀과 피를 빨아먹고 살아왔다는 느낌이 든다.

"애들은 아직 안 왔어?"

"아직 멀었잖아."

뻔한 질문이고 답이다. 큰 애는 기능대학이라도 가서 제 살길을 찾으면 좋으련만 공무원시험 준비 중이고 딸애는 직업학교를 다니고 있지만 그림학원에 적을 두고 있었다. 생활에 여유가 없어서 그런 바람을 가지고 있지만 기실은 자식들이 일찌감치 좌절을 맛볼까봐 노심초사였다.

평소에는 아무 말 없다가도 술이 취하면 툭툭, 한소리씩 한숨처럼 토해내자 어느 날 아내가 손톱을 드러냈다.

'당신 애들한테 그러지마. 그놈의 잘난 사업 실패가 뭔 본보기라고 애들 앞길까지 이래라 저래라야. 도대체 뭘 해줬다고. 날이면 날마다 고주망태가 되어 새벽에 들어와서 잘 모르겠지만 한참 돌봐줄 나이에 우리 형우, 진아 방바닥에 아무렇게나 뒹굴고 자는 모습 한 번이라도 봤다면 애들한테 아무 말 못할 거야. 그 때가 애들이 다섯 살, 일곱 살이었어. 학원도 못 보냈다고. 아이들이 하루 종일 엄마 기다리다 지쳐서 잠들었다고.'

그래, 무슨 염치로 아이들의 진로를 결정한단 말인가.

아내는 욕실로 가버린다. 그래. 제대로 갈켰다면. 자괴감으로 온몸이 후회가 밀려온다. 아내가 어흐 어흐, 하며 찬물로 대강 씻고 나오자 업동은 슬며시 집 문제를 꺼내려다가 그만두고 만다. 도대체 가장이라는 자가 아무런 대책도 없이 무얼 의논한단 말인가.

"할 말 있어, 나한테?"

"아니, 아, 여기 구충제 사왔어. 매 년 한 번 씩은 꼭 먹어줘야 한데. 물 가져올게."

두 사람은 보약처럼 구충제를 먹는다.

"두 알은 아이들 것."

아내는 구충제를 받아 서랍에 넣으며 갑자기 슬픈 표정이 된다.

"왜? 약이 메스꺼워?"

"아니, 잠깐 이상한 생각이 들었어. 만약에 우리 네 식구가 살다가 한 사람이 죽거나 하면, 세월이 흘러 그 죽은 것도 모르고 한 알을 더 사 오는 날, 그 한 사람이 없다는 걸 알고 너무 슬플 것 같다는 생각이 나 서. 요즘은 참 방정맞은 생각들이 나. 그렇지?"

순간 업동은 눈물이 핑 도는 걸 느낀다. 이런 소녀 같은 아내에게 집 에서 쫓겨 나가야 한다고 말을 해야 하다니, 업동은 돌아눕고 만다. 눈 물이 주루룩 흐른다. 왜 하는 일마다 안 되는 걸까. 정말 잘돼서 보란 듯이 이사 가자고 말하고 싶었는데.

주머니에 돈은 얼마 있나, 단돈 삼백 원. 동행하는 출근길에 아내가 차에서 내리면서 몇 만원을 주머니에 넣어준다. 어렵사리 삥땅을 해서 만든 돈일 것이고, 그 돈은 아내의 양심을 할퀴어서 생채기를 냈을 것 이다.

업동은 아내가 또각거리며 들어가는 백화점의 화려한 출입문을 한참 동안 바라본다. 아내는 저 화려함과 풍요 속에서 얼마나 외로웠을까. 그는 한참 동안 서 있다가 차를 돌린다. 얼마 가지도 않아 기름이 바닥 인 것을 안다. 왜 돈 들어가는 것들은 잠시도 못 참고 안달을 내고 대 가리를 내밀까.

"오래된 차라서 기름 많이 묵지예?"

주유원이 한소리 한다. 자존심을 긁는 건지, 차를 오래 타서 칭찬하는 건지. 하긴 이 나라에서 3세대 이상 넘어간 중형차를 타고 다닌 놈을 제대로 봐주는 자가 있겠는가. 늘 입는 상처지만 오늘따라 더욱 자존심이 구겨지고 못난 차만큼 못나 보인다.

신용카드를 내민다. 아내의 카드다. 곧 아내의 핸드폰으로 결제가 되었다는 신호가 떨어질 것이다. 차미경 여사는 그 문자 메시지를 보고 무슨 생각을 할까. 아직도 남편 하업동을 믿고 그가 일거리를 찾아 어딘가로 열심히 찾아가는 걸로 믿을까. 업동은 한 번도 생각해보지 못한 질문을 스스로에게 던지며 친구 사무실로 간다.

중장비 부품 대리점을 하는 승구는 고향 친구다. 그도 아이엠에프라는 혹독한 시기를 겪었지만 용케 이겨내고 지금은 그때 망해 무당이 된 옆 가게의 다른 브랜드 대리점까지 인수해 운영하고 있다. 그렇다고 승구의 사업이 돈벌이가 표 나게 잘되는 것도 아니었다. 한 사람으로 일하기에는 벅찼지만 정식으로 사람을 고용해 쓰기에는 어려웠다.

업동은 그런 친구의 잔심부름을 해주며 약간의 용돈을 받으며 살아가고 있지만 결코 친구에게 고용되었다고는 생각하지 않는다. 그들은 서로의 가려운 것을 긁어주며 시비하며 상생하고 있었다. 어떤 곳에 희미하게나마 적을 둔다는 것, 출근할 곳이 있다는 것은 엄청난 위로이기도 했다.

"붙자."

도착하자마자 승구가 바둑판을 내밀었다.

"뭐내기?"

싱숭생숭한지라, 먼산바라기를 하며 묻는다.

"돈 타라."

두 사람이 만원씩을 탁자에 올려놓는 것으로 줄바둑이 시작된다. 놈팽이가 되면서 어깨 너머로 배운 바둑은 좀처럼 늘 기미가 없다. 그도 그럴 것이 노상 실력이 비슷한 상대와 접전하는데다가 수를 배우려는 노력도 없었고 돌 놓기에 바쁘고 돌 빼앗아 오기에 급급했다. 집보다는 검은 돌이든 흰 돌이든 상대편 돌을 따오면 뿌듯해지고 으스대는 못난 바둑이다.

업동은 내리 세 판을 지고나자 부아가 치밀어 오른다. 따온 알은 많았는데 정작 집수로 번번이 깨졌다. 그게 괜히 더 억울하게 느껴진다. 방광에 가득 찬 오줌 때문에 다리를 꼬며, 과열된 낯빛으로,

"한 판 더하자. 엎어치자."

업동은 아내가 쥐어준 돈을 죄다 꺼내 놓는다.

"안해, 씨발놈아. 납품가야 된다마다."

승구는 실실 웃으며 업동의 붉으락푸르락하는 표정을 즐긴다. 짜증이 나고 자신이 밉다. 왜 이렇게 멍청한지. 바둑은 집 싸움이란 걸 왜 모르나. 처음부터 포석을 잘하여 작은 것들은 상대에게 양보하고 집, 그 집을 늘려가는 싸움을 해야 하는데 아직도 그 요령을 모르고 있다. 집도 없는 싸움. 그의 인생이다.

"한 판만 더하고 가라. 오줌 누고 올 텐게."

일방적으로 통보하고 이를 드러내는 승구를 외면하고 밖으로 나오자 얼굴이 확 달아오른다. 신경을 너무 써서 다리가 뒤틀리는 것 같다. 그놈의 집. 집이 문제야. 왜 그렇게 은근히 져주는 척 하며 실리를 챙기지 못하고 알 주워 먹기에 바쁜지. 자신이 밉다.

업동은 뒤척뒤척, 철둑을 이고 있는 둑 아래의 잡풀 무성한 무너진 건물 사이로 들어간다. 여기저기 건물 잔해들이 제멋대로 널려있다. 그가 드나드는 사람들의 눈길을 피해 좀 더 으슥한 곳으로 들어선 순간

지퍼도 내려 보지도 못하고 발을 헛디뎌 구덩이 속으로 떨어졌다. 엄청나게 빠른 속도의 생존본능이 작용하지 않았다면 그는 구덩이 속으로 들어가 버렸을 것이다. 간신이 팔을 뻗어 구덩이에서 기어 나와 보니 그것은 똥통, 철거되지 않은 정화조였다. 다리를 부들부들 떨며 사무실로 들어오자, 승구가 눈을 크게 뜨고 장난스럽게 말한다.

"얼굴이 왜 그냐? 똥통에 빠진 놈 멩크로."

하마터면 똥통에 처박혀 죽을 뻔한 놈에게, 헛웃음이 나온다. 그래, 집 잃고 똥통에 빠져 죽을 뻔했다, 소리 지르고 싶다.

승구가 세 들어 있는 이 건물과 땅은 진작부터 부동산 매물로 내놓았지만 무려 열여섯 명의 지분이 얽혀있어서, 매매설이 돌때마다 지주들의 합의가 이루어지지 않아 번번이 매매가 무산되었고, 언제부턴가 세입자들은 영원히 매매되지 않을 건물로 믿고, 건물을 덧대거나 의심 없이 내부를 손질해왔다. 하지만 그 말 많고 탈 많은 16인의 지주들이 어떻게 소리 소문 없이 합의를 이루었는지, 최근 갑작스럽게 땅주인이 바뀌고 나서 세입자들은 느닷없는 퇴거를 강요받고 있었다.

세입자들은 이사비와 영업 손실비 등을 내세우며, 삼삼오오 모여 새 주인과 제법 실랑이를 벌이고 있었지만 영악한 새 주인의 모략과 협박에 일부 성질 급한 이들이 이사를 가기 시작하면서, 비운 건물들이 허물어지며 위험하게 방치되어 있었다.

업동은 어처구니가 없다. 뭘 하는 건가. 그깟 바둑에 열을 내고, 신경질부리고 정신없이 갈겨대러 나왔다가 똥통에 빠져 객사할 뻔 하지 않았는가.

"너 혹시 금마 아나?"

"누구?"

겨우 정신을 차리고 물을 한 모금 마신 뒤였다.

"고향 후밴데 너도 알던데. 거, 한목이라고 알랑가 모르것다. 백사가 즈그 집이고."

"목이? 한목이 말이여?"

"그래, 금마가 너하고는 초등학교가 틀려서, 너는 모를 거라고 생각했는데, 너를 잘 알던디, 어뜨케 아냐?"

"목이, 그놈 말도 말아. 내가 공부시킨 놈이여."

그렇게 말했지만 곧 얼굴이 붉어졌다. 그래도 속내를 들키지 않으려고 태연하게 승구의 눈을 쳐다본다.

"니가 무슨."

"어렸을 적에 부산 사상서 같이 공장 생활 했잖냐."

"야, 그놈 많이 커부렀드라."

승구는 일회용 커피를 타고, 앉았다.

"대충 이야기는 들었어. 나보다 공장 늦게 시작한 놈인데 많이 컸다제?"

괜한 시기심이 발동했지만 궁금해서 못 견딜 지경이었다.

"그래, 어제 금마가 뜬금없이 여글 왔어. 공장에 지게차가 몇 대 필요한 모양이야, 오늘 들어가 보기로 했는데 가볼래? 니 이야기 하니까 엄청 궁금해 하던데."

"너나 가라. 내가 가서 뭐하냐?"

"너도 참 답답하네. 니 기술 있것다. 일감 좀 주라 해라."

"쪽팔리게."

1979년. 낡은 기와집엔 아직 주인이 산다. 거실을 세든 사람들에게 사무실로 내준 것을 잊었는지, 가끔씩 그 집만큼 삐걱거리는 비명이 내실에서 들리는 것은, 늙고 병들었지만 아직 마누라를 팰 힘이 주인 영감에게 남아 있다는 증거처럼 들린다. 누추한 곤조를 부리고도 성이 차지 않으면, 고환에 힘을 주고 마당 끝에 있는 재래식 측간에 쭈그리고 앉아, 아주 오래도록 문을 활짝 열어놓은 채 똥을 싼다.

건물은 기와집을 기점으로 디근자로 이루어진 스레트 건물이다. 원래는 방앗간 건물이었던 것을 걷어치우고 세 동으로 나눠 알뜰하게 공장 세를 놓고 있다. 가끔씩 화장실을 핑계로 담배를 꼬실리려는 공원들에게 영감은 겸양을 떨기는커녕 무슨 하인 대하듯 시덥잖은 시비를 일삼는다. 그러고도 힘이 남으면 작은댁이 사는 아파트로 갔다.

대문 옆에는 샘이 있고 그 샘에는 가끔씩 쥐들이 빠져 죽는다. 죽은 쥐를 누군가 집어내고 나면, 쥐들이 빠져죽은 물을 떠서 입구에 있는 삼성식당 아줌마는 바지런히 식기를 씻고 쌀을 불려 공원들에게 줄 밥을 한다. 쥐들은 공장의 검은 대들보를 지나 똥통에서 쿵쿵거리다가 하수구를 통해 식당의 슬겅에 모여 먹이를 엿본다.

이윽고 점심때가 되면 근처의 연탄공장의 검은 손들과 이곳의 기름손들, 길 건너편의 제재소에서 온 톱밥손, 그리고 페인트손, 분진손, 고철장의 잡손들이 한데 모인다. 찌개는 네 사람당 하나다. 그 손들이 잡은 숟가락이 한꺼번에 찌개냄비로 들어가 각자의 입으로, 그리고 침을 잔뜩 묻힌 채 다시 냄비로 돌진한다. 뭉친 위들이 꿈틀거리는 소리가 들린다.

"니 전라도 어데서 왔노?"

"강진."

얼버무린다.

"빠구리 해봤나?"

급하게 밥을 구겨 넣고, 습관인 듯 묻는 놈은 찌개 냄비를 끌어당겨 소주를 베물고 있다. 동석한 놈들은 담배를 꺼내 물고 키득거리며 농을 건 놈을 살피고 있다.

목이는 머리를 긁적인다. 난처한 표정이다. 빠구리 공장에서 도망쳐 온 놈이다. 그래도 속아주고 싶다. 동녀하고 수없이 그 짓을 했다.

"자슥 해봤구마."

머리를 툭 친다.

"불알 털 났제? 불알 털 나머 다 하는기다. 어디서 해봤노? 머라 안하게 말해봐라. 이 형아들 궁굼하다 아이가."

옆에 앉은 자가 코를 킁킁거리며 거든다.

"학교 가다가 가기 싫어서."

"어데서?"

"보리밭에 숨어서 했지라."

"워메, 이 자슥 봐라, 고래, 누구캉?"

"친구들하고 했지라."

"친구들? 그라머 돌림빵했다 말이가?"

"예?"

"학교 가다가 보리밭에서 친구들하고 했다며?"

"형님!"

업동은 바로 옆 탁자에 앉아서 웃음을 참다못해 참견하고 나섰다. 오늘 처음, 조공으로 출근한 놈이 전라도 사투리를 쓰기에 눈여겨보고 있었다.

"그 빠구리가 그 빠구리가 아니란 말입니다."

"아 맞어, 업동이 너도 깽깽이제?"

"땡땡이쳤단 말입니다. 학교 가다가 중간에 안가고 보리밭에서 땡땡이. 형님들하고 똑같은 줄 압니까?"

"그래, 새끼가 뒤지게 빨리 까졌다 싶더니마, 뭐, 땡땡이? 에라 자슥

아."

사람들은 와자하게 웃는다. 녀석이 빤히 쳐다본다. 고향 까마귀 만나서 반가운지 모르지만 외면하고 싶다. 이 동네에서 전라도 태생 티내서 좋을 거 없다.

업동은 토박이보다 더 심한 경상도 사투리로 무장된 지 오래다. 몇 번쫓겨나고 이유 없이 얻어맞고, 이유 없이 취직이 안 돼 스스로 깨우친 것이다. 철저히 토착화 되어 막판에는 똥싸놓고 복수하고 떠날 때 까지는 굽신거리고 동화되는 수밖에 없다.

전라도 새끼들 처음에는 간 빼놓을 것처럼 잘하다가 막판에는 꼭 뒤통수 치고 떠난다는 소리 들어도 상관없다. 가버리면 그만이다. 어차피 떠날 곳이다. 당한 것을 생각하면 뒤통수가 아니라 앞면이라도 갈겨버리고 고향으로 돌아가고 싶다.

목이는 업동이 방에 넣어졌다. 방안에는 모두 여섯 명이 들어 있었지만 사장은 아직도 두어 사람을 더 넣을 계산 같았다. 방안은 어지럽고 지저분하다. 기름 냄새가 잔뜩 배여 있고, 조명은 어둡고 탁하다.

낡은 텔레비전을 중심으로 공원들은 널브러져 있다. 누군가 방귀를 끼거나 트림을 해도 눈 한 번 흘기는 이도 없다. 귀찮고 지쳐있었고 습관화되어 있었다. 텔레비전속의 주인공들을 따라 웃고 울고, 그리고 잠이 든다.

"누구 소개로 왔노?"

업동이 어디에 자리를 펼칠지 고민하고 있는 목이를 불러내 묻는다. 업동은 불편하지만 혼자 쓸 수 있는 복도를 쓰고 있었다.

"그거, 광고 보고 왔어롸?"

"그 전에 이런 일 해봤냐?"

"처음이어롸."

"몇 살이냐?"

"열……"

"거짓말하지 말고."

"열다섯이요."

"사장한테도 그렇게 이야기 했나?"

"아니롸, 나도 눈치가 있는디, 스무 살 쪼금 안 된다고 했지라."

"여긴 부산이데이. 말투부터 고쳐야 여그서 산다. 세상은 변하겠지마는 변하기 전까지 지 쪼대로 살기는 피곤하데이. 옛날에 돈벌라꼬 일본 들어간 우리 선조들이 일본 놈들한테 얼마나 천대와 멸시를 받고 살았것나, 지역에 공장이 없으며 그리 되는기라. 니하고 나하고 머할라꼬 이 머나먼 부산까지 왔것나. 여가 그나마 묵고 살 것이 있어 온 거 아이가. 말했지만 여그 사람들 전라도 놈들 좋아하는 사람들 하나도 없다. 깽깽이 놈들은 뒤끝이 안 좋단다. 보리문딩이 새끼들이!"

"뒤끝이 좋게 하면 안되것소?"

"너라면 뒤끝 좋게 하게 생겼냐? 나라도 지금 여그서 나갈 때면 그 동안 수모 당한 거 죄다 갚아주고 빠이빠이다. 조선 사람이 일본 가서도 그랬을 거다. 묵고 살라고 굽신대다가 한방 날리고 와야 속이 안 풀렸것냐, 근데 너 이름이 머라캤제?"

"나롸? 나 목이구만요. 한목이요."

"그래, 여그서 그 이름처럼 한목 잡아 튀어라. 기술 배우려면 한 곳에 머물러 있으면 아무것도 못 배운다. 좆같은 기술 하나 가지고 얼마나 생색내는지 아나? 누가 욕하든 말든 틈만 나면 기술 더 배울 수 있는 곳으로 옮겨야 혀. 오래 한 곳에 머물러 있어봐야 부속처럼 되거나 대가리만 썩는다."

그날 저녁 업동은 쓰지 않기로 했던 전라도 사투리로 서서히 옮겨가고 있었다.

"워메메, 참말로 쇠가 쇠를 깎아부요이."

한목이는 신기했다. 공장에는 선반과 밀링, 보루방이라 불리는 직립 드릴 등이 있었고, 한쪽에는 로구로라 불리는 자동선반의 모태가 되는 기계가 있었다. 그것은 긴 환봉을 롤라에 올려놓고 집게 모양의 손잡이로 쇠를 밀고 혹은 잘라내는 단순한 기계였다.

숙련된 로구로공의 손은 보통 엄지가 보통 사람의 두 배 크기 정도로 굳은살이 배여 있기 마련이었다. 발판 밑으로 엉성한 모타가 돌아가면 허연 절삭유를 뿌려 가며 쇠를 가공했는데 거기서 쇠가 깎여나가는 게 마냥 신기했다.

최구를 따라 호텔보이로 취직하지 않은 게 천만 다행이었다. 하긴 지배인은 키가 크고 얼굴이 잘생기고 요령 있는 최구를 군말 없이 일하라고 하면서도 그에겐 나중에 일자리를 알아봐준다고 얼버무렸다. 오동녀도 최구와 함께 써주어서 천만다행이었지만 동녀는 틈만 나면 그곳에서 튀어나올 태세였다.

"절삭유 좀 가져와라!"

"저 허연 뜨물 말이요? 비누 타요?"

"저런, 씨발 촌놈 새끼가. 고것이 수용성 기름이여. 촌에서 농약 타댓끼 물에 타면 뿌옇게 섞여서 쇠를 깎을 때 나오는 열을 식혀주고 절삭성을 좋게 해주는 것이여."

업동은 욕을 퍼부으면서도 목이를 챙겼다. 그는 목이를 볼 때마다 자신과 비슷한 처지라고 느껴지는 것이다.

자신이 이름 그대로 남한테 업혀온 업동이라는 것을 알고 무작정 집을 나온 게 2년 전이었다. 모범생이었고, 친구들과 하늘, 바다, 별, 풀

벌레, 그리고 꿈을, 사랑을 이야기할 때였고 닥치는 대로 소설을 읽으며 다른 세상을 꿈꾸던 시기였다. 그때 벌써 자신은 이미 어른이 되어버린 느낌이었는데 왜 그랬는지는 모른다.

촌부들은 시시하고 무지해서 계도시키고 계몽시켜야할 사람들로 보였고, 그를 거둬준 부모님도 예외는 아니었다. 몽매한 부모가 못마땅하고 답답하던 시기였다.

"아부지, 그렇게 술을 자시고 어떻게 잘 살기를 바라시요?"

어느 날 술이 취해 밥상을 엎고 난동을 부리는 아버지에게 정면으로 대들었다. 그는 벌써 큰 키와 체력을 갖추었을 뿐 아니라 스스로 총명하고 현명하다고 생각했다.

늘 파리와 모기떼, 노래기와 구더기 속에서 사는 이 지저분한 곳을 하루라도 빨리 탈출하고 싶을 때였다. 뼈가 아프다고 구더기 바글거리는 똥통에 솔잎으로 막은 병에 똥을 게워먹고, 어린 쥐를 몸에 좋다고 통째로 삼키는 무리들이 도무지 이해되지 않았다.

무엇보다 집안 곳곳에 가축들을 함께 넣어, 오리와 달구새끼들이 싸대는 토방이 싫고, 오물에 코를 박고 있는 돼지가 싫고, 진드기가 잔뜩 붙은 소가 싫고, 젖을 아무데다 드러내놓고 서캐가 가득한 내복 실밥 사이를 이빨로 물어뜯는 여인들이 싫었다.

"뭐여, 이놈의 새끼가 믹여주고 재워줘서 걜켜논께 고것이 아부지한티 할 소리여? 어디서 고갤 뻣뻣이 들고, 아조 호로새끼네."

"부모가 자식을 거두는 것은 도리지요. 의무구요."

업동은 야무지게 대꾸했다.

"뭐시여? 이놈아 정신 차려, 니가 누군지나 알고 덤벼. 니 이름이 으째서 업동인 줄이나 알고 그려?"

"고만허시요! 고만! 술 자셨소. 순천양반!"

어머니가 절규했다. 얌전하던 어머니는 남편의 입을 찢어버릴 듯이 손으로 할퀴었다. 하지만 새어나온 말은 벌써 공기 중에 퍼졌고 그것은 커다란 구름처럼 팽창해갔다. 그리고는 업동의 어깨 위로 쏟아졌다.

업동은 멍하니 서 있다가 천천히, 한발 두발 골목을 걸어 나오다가 미친 듯이 신작로로 달려갔다. 그리고는 차마 다시는 그 따뜻한 곳으로 돌아갈 수 없었다.

"형님 먼 공부를 그라고 열심히 한다요? 참말로 코피를 흘려감시로?"

어느 날 목이가 묻는다.

"와? 니도 형 따라서 공부 좀 해볼래?"

업동은 농담처럼 말했다. 그런데 목이가 눈빛을 반짝이며 다가와 앉는다.

"나가 사실은 초등학교 졸업장도 없는디 공부가 되것소?"

"우짜다가."

"좀 갈켜주시오."

"주말마다 쳐돌아 다님스로 니가 무슨 공부냐?"

"고거는 친구가 여 근방에 살아서 만나니라고 그라지라."

"친구?"

"여그서 만난 친구하고 사실은 집 나올 때 같이 온 여동생이 호텔에서 일해서요."

"너도 참 깝깝한 놈이구마. 니 한 몸도 거천 몬한 놈이 가시나가 뭐꼬?"

업동은 인상을 찡그렸다. 그는 책을 덮고 푸, 하고 한숨을 내쉰다.

"목아 공장 생활하문서 공부하기가 쉽지 않다. 잔업만 해도 힘든데 툭

하면 철야고 일요일 한 번 제대로 쉬냐? 어렵다."

"아니라, 성이 갤켜주고 방향만 잡아주면 한 번 해볼께라. 나가 갈 때가 있단 말이요."

"어딜?"

"여그 오기 전에 희한하게도 해운대까지 안 가부렀소, 쪽팔린 이야긴디 거그 창녀촌에서 좀 살았지라. 근디 그 우게, 국가가 공짜로 기술 갤켜주는 학교가 있었단 말이요. 나 거그 가고 싶어라."

"기계공고? 에라 새끼야. 거그가 아무나 가는 덴 줄 아냐?"

업동은 머리를 쥐어박는다. 그래도 용하긴 했다. 무식하게 일만 하고 눈앞의 돈만 아는 놈으로 알았는데 그런 꿈이 있었다니 대단했을 뿐더러 사실은 그곳은 자신이 꿈꾸었던 학교였다. 입학원서를 준비하던 그 시기에 하필이면 집을 떠나왔던 것이다.

"그래, 해봐라. 너는 할 수 있을끼다. 너하고 둘이서 본격적으로 한 번 해보자."

업동은 그 후 주물 공장으로 직장을 옮겼다. 물론 목이도 함께였다. 공장의 환경은 기계공장보다 훨씬 열악했고 노동 강도도 셌지만 그런 만큼 일을 빨리 마치는 이유 하나 때문에 옮긴 것이다.

공장 근처에 방을 얻었지만 살림살이라곤 곤로 하나와 냄비 몇 개에 젓가락 숟가락뿐인 자취생활이었다. 보증금도 겨우 마련한 자신에 비해 목이는 자기 몫의 보증금으로 꾸깃꾸깃 모아둔 돈을 내놓았고 그러고도 얼마간의 돈이 남는 듯 했다. 어쨌든 둘만의 보금자리고 꿈의 터전을 마련한 셈이었다.

업동은 그보다 두 살 위였지만 한참 어른처럼 보였고 실제로 그렇게 행동했다. 얼마 후 목이의 친구 최구와 동녀가 찾아왔다. 두 사람은 연인처럼 다정히 팔짱을 끼고 있었다. 그런 모습에 잠깐이지만 목이의 표정은 어두워졌다. 때깔이 벗겨진 동녀는 한층 성숙해 보였고 촌티를 벗어나 있었다. 단박에 달려와 목이의 목을 붙잡고 안으려 했지만 목이는 수줍은 듯 가볍게 뿌리쳤다.

업동은 곧 자신의 방심에 뼈저린 후회를 했다. 뜻밖에도 동녀는 목이가 설명했던 그런 애가 아니었다. 꾀죄죄한 시골뜨기 촌년으로만 상상했던 동녀는 전혀 뜻밖의 모습이었다. 단아한 자태에 깨끗한 피부, 잘 균형 잡힌 이목구비를 가진, 나이보다는 훨씬 성숙해보여 목이와 한 살 터울이라는 게 잘 매치되지 않았다. 오랫동안 업동이 꿈꾸어왔던 이상형의 그런 여자였다.

업동은 시덥잖은 손님들로 생각해 방치해버린 그녀와의 첫 만남이 후회스러웠다. 정리되지 않은 장발이 원망스럽고, 후줄근하게 걸쳐 입은 추리닝이 부끄러웠다. 그는 재빠르게 눈에 보이는 물건들을 정리하며 손님을 맞았다. 그는 좋아하는 여자를 만나면 어쩔 줄 몰라 하는 그저 십대 소년에 불과했다.

"왔다메, 온다간다 말잔하고 오제는."

고향 사투리를 쏟아내고는 더욱 부끄러워져 얼굴이 붉어졌다. 그들이 사온 딸기를 먹으며 거울에 비치는 그 딸기보다도 붉은 입술을 가진 동녀를 훔쳐보는 게 왠지 불안하고 왠지 설렜다. 감정을 추스르지 못하고 형 노릇을 이미 포기한 채 자신도 모르게 과도하게 흥분되어 다변이 되고 있었다. 어두워져서 그들이 떠날 때는 비가 내렸다.

"버스 정류소까지 데려다 줄게."

눈에 띄는 친절을 베풀며, 한 개의 우산 속에 동녀가 들어오길 기다렸다. 마침내 의도했던지, 우연이든지, 최구와 목이가 한 우산을 쓰고 동녀는 자신의 우산 속으로 들어왔다.

동녀는 색동옷 같은 줄무늬 티를 입고 있었고 그 유명한 리바이스 청바지를 입고 있었다. 걸음을 뗄 때마다 그 까칠하고 도드라진 옷깃이 부딪쳐오면 온몸이 오그라드는 것 같은 느낌 때문에 정류장까지 갈 때까지 침을 삼켰다. 그리고 그녀가 버스를 타기 전 뒤돌아섰을 때, 그녀의 티셔츠에 그려진 아름다운 가슴라인은 그의 심장을 난도질시켜버렸다.

그 후로 그들은 주말의 단골손님이 되었다. 업동은 동녀의 환심을 사보려고 티 나지 않게 노력해 보았지만 차차 그것은 자신만의 짝사랑일 뿐이란 것을 느꼈다.

동녀에게는 최구도 그도 보이지 않는 듯했다. 그녀는 그 짜리몽땅한 주먹코 녀석에게만 관심이 있었다. 겉으로는 영락없는 최구의 애인이었지만, 오직 그 까만 눈길은 목이를 향하고 있을 뿐이었다. 하물며 어른 노릇하고 있는 업동은 그림자에 불과했다.

그 작고 못생긴 녀석이 어디에 여자를 홀릴 매력이 있었던가. 업동에겐 늘 의문스럽고 이해되지 않은 수수께끼였다. 기생오라비같은 호텔 보이 최구는 제멋대로 사는 듯해도 마음만은 한없이 따뜻하고 여렸다. 동녀는 그런 그를 친오빠처럼 막 대하곤 하지만 최구는 한 번도 화내는 일 없이 너털웃음을 지을 뿐이었다.

목이는 2년 만에 중, 고입검정고시에 합격했다. 죽도록 노력할 수 있었던 것은 시험이 막바지에 이르러 직장을 그만두고 공부에만 전념할 수 있도록 해준 동녀와 최구의 도움이 컸다. 낭비벽이 심한 최구는 지 맘대로 살아가는 것 같아도 목이에 대한 의리만은 각별했다. 친구가 필요한 것은 손님들 주머니를 털어서라도 만들어주곤 했다.

업동은 내리 대입에 실패했다. 문제는 집중력이었고, 목표의 분산이었다. 중도에 포기했던 학업은 쉽게 제자리를 찾지 못했다. 또한 술을 알기 시작했고 외로움 탓인지는 모르지만 여자관계가 복잡해졌다. 어쩌면 동녀 같은 헌신적인 여인상을 그렸지만 번번이 실패했고 좌절해야 했다.

업동은 작가가 되고 싶었다. 재미로 한 번 써준 소설이 여자 친구의 필명으로 모 대학의 문예지에 실렸는데 그게 사단이었다. 지루하고 반복적인 지구력을 소모하는 입시에서 한 쪽 머리가 전혀 엉뚱한 방향을 향하고 있었던 것이다. 소설을 쓰자. 소설가가 될 수 있다. 그깟 대학은 가서 뭘 하나. 그러면서도 대학입시를 놓지는 못하고 우왕좌왕 시간을 보내고 있었다.

그 다음 해 사단이 났다. 업동은 동녀에 대한 마음을 차츰 접고 있었고, 최구 역시 동녀가 자기 차지가 아니란 걸 깨닫는 듯했다. 목이가 호적이 두 살이나 어리게 기재되어 운 좋게 기계공고에 특차 합격하고 돌아온 겨울, 네 사람은 의기투합하여 다락방이 있는 방을 얻었다.

다락방으로 올라가는 동녀의 매끄러운 다리를 보는 것은 야릇한 즐거움이자 살아가는 힘이었다. 하지만 네 사람에겐 드러내지 못하는 묘한 감정의 기류가 흐르고 있었다 하지만 아무도 그것을 끄집어내려고 하지 않았다. 가끔씩 못난 술판을 벌려 널브러지며 알 수 없는 감정들을 거기에 태울 뿐이었다.

아무것도 없다. 그것은 절망 자체였다. 고물자동차도 아침에 번호판을 영치해 가버렸다. 자동차세를 못내 다른 동에다 대고 다니며 피했지만 정신이 없어 집 근처에 댄 게 화근이었다.

어제는 멀리서 친구가 왔다. 사전에 연락도 없이 오랜만에 만난 친구였다. 밥을 사주려고 근사한 식당까지 가는 것은 좋았다. 하지만 밥 먹는 중에도 내심 고민이었다. 아내의 카드가 한도를 넘어서지 않았을까, 하는 불안감에 고기가 넘어가지 않았다.

승구에게 돈을 좀 부탁했지만 먼저 우는 소리부터 시작했다. 불쾌감을 표시하자 되래 화를 냈다. 그 동안 가져간 돈이 얼마냐고, 역정을 냈다. 급기야는 꼼꼼하게 적은 메모를 꺼내며 가져간 돈의 내역을 내놓았다.

보기보다 치밀하고 추잡한 놈이었다. 그건 품삯으로 나간 돈이 아니었느냐고 핏대를 올렸지만, 승구는, 자신을 고용한 적이 없다는 것이다. 자진해서 도와주었고, 업체에 동행해 일하러 갔을 때도 할 일 없어 붙어 다녔을 뿐이라는 것이다. 급기야는 점심값까지 이야기가 나왔다. 맥이 풀려 그 길로 나왔지만 황망했다.

다행히 카드는 짜르르르 소리를 내며 끊긴다. 오랜만에 만난 친구에게 승구를 들먹이며 갈궈 보지만 입만 더러워질 뿐, 친구는 진정성 없는 동조로 고개를 끄덕일 뿐이다.

문득 그도 전혀 다른 고민에 젖어 있다는 느낌이 든다. 무엇인가 할 얘기가 있지만 억지로 참고 있는 느낌이고, 그 느낌이 전해져오자 갑자기 낯설고 서먹했다.

친구는 부산 가는 길에 잠깐 얼굴 좀 보러 왔다고 했지만, 그렇게 여유 있고 한가해보이지도 않아 보였다. 역시 그의 따발총 같은 다단계 판매사업에 대한 설명이 이어졌다. 그리고 거덜 난 두 사람의 온전한 대화를 기대하긴 어려웠다. 줄 것도 받을 것도 없는 시간들이 지나고 그가 속절없이 작별인사를 하고 떠났다.

습관처럼 휴대폰을 들여다본 순간 전화가 울린다.

"와, 전화 빨리 받네, 보고 싶었냐?"

"끊어 새끼야!"

승구의 전화다. 속없고 경망스러운 놈이지만 오전에 일은 벌써 잊어먹은 모양이다. 화를 벌컥 나지만 쉽게 끊진 못한다.

"안 바쁘면 빨리 와봐라. 목이 공장 같이 가보자."

"니 혼자 가그라."

"와 성질났냐? 목이한테 전화했듬마는 너하고 같이 오란다. 견적서 가지고 가는데 계약되면 돈 좀 띠 줄게"

"염병할."

화물차를 올라타자 승구가 능글스럽게 웃는다. 웃음을 참으려고 했지만 업동도 싱긋이 웃고 만다.

"야, 가기 전에 한군데 들를 데가 있는디, 전화가 안 되네 요놈이."

"어디?"

"저 북면 골짜기에 있는 공장인디 사장놈이 아무래도 수상해."

그의 예감은 적중했다. 공장주는 이미 일주일 전에 기계기구를 몰래 빼내 도망간 뒤였고, 공장문은 굳게 닫혀 있다. 승구는 펄펄 뛰며 공장 여기저기를 기웃거리고 정보를 얻기 위해 여기저기 전화를 걸어보지만 뾰족한 수가 없어 보인다.

"얼마나 뜯겼냐?"

"저번에 보낸 1톤 지게차,"

"그 썩은 거? 잘 팔아부렀다고 하던 거? 돈 받았다며?"

"멋을 받아야. 계약금만 받았구마."

"문 열어볼까?"

속으로 쌤통이다 싶다.

"보안장치가 됐을 텐데?"

"열어보지. 빚 받으러 왔다고 하면 되지 뭐."

업동은 자기가 책임질 일이 아닐 것 같아서 무모하게 유리창을 흔들어 문을 딴다. 안으로 벽을 넘어가 문을 따도 보안시스템은 작동하지 않는다.

안으로 들어가자 못 쓰는 비품 몇 개와 쓰레기만 잔뜩 들어 있다.

두 사람은 죽은 짐승을 찾아다니는 하이에나처럼 공장 구석구석을 뒤졌지만 돈 될 거는 없었다.

"저거, 걷어갈까?"

벽면에 동력선이 몇 가닥 걸쳐 있는 것을 보고 업동이 유혹했다.

"저거 전기가 살아 있는 거 아니여?"

"죽었것지. 살살 걷어 보자고 동 값이 얼만데 충분히 일당은 빼것다."

두 사람은 의기투합하여 전선들을 걷어내기 시작했다. 스위치를 확인하고 조심조심 걷어나가다가 일이 더뎌지자 차에 있는 공구함에서 절단기를 들고 와 잘라내기 시작했다. 하지만 일이 터지고 말았다. 전기가 끊긴 줄 알고 메인선에 절단기를 갔다 댄 순간 강한 불꽃이 튀며 업동을 덮쳤다.

끔찍한 순간이었다. 하지만 업동이 취한 행동은 뜻밖이었다. 절단기를 어떻게든 던져버려야 할 상황임에도 불구하고 오히려 반쯤 끊긴 전선을 죽을힘을 다해 끊고 있는 어처구니없는 행동을 한 것이었다.

두 사람은 몇 초 동안 아무 말 없이 서있었다. 업동은 끊긴 전선을 잡고 멍하니 서 있었다. 뭔가 모르는 절박함이 업동의 뇌를 마비시켜버리고 관성만 작용시킨 것 같았다. 승구가 달려와 업동의 뺨을 세게 후려치자 그의 손에 들린 전선이 바닥에 떨어졌다. 벗겨진 장갑에서 모락모락 연기가 피어올랐다.

두 사람은 말없이 전선을 차에 싣고 산비탈을 내려왔다. 그리고 차를 세울 만한 곳에 차를 세우고 주저앉았다.

"너 미쳤냐?"

업동은 그제야 등줄기에서 식은땀이 솟아나는 걸 느꼈다. 놀란 것은 전기를 맞은 업동이 아니라 승구인 것 같았다.

"송장 치울 뻔 했구마. 송장!"

　그날 이십여 년 만에 목이를 만났을 때 업동은 이미, 만취한 사람처럼 흐느적거렸다. 자신감 넘치는 두툼한 두 손이 반갑게 겹쳐왔을 때, 문득, 불쾌한 기억 속으로 빠져드는 자신을 억지로 건져내며 근황을 주고받았다.

"동녀는 요즘 어떻게 지내지?"

　밑도 끝도 없이 꺼내 놓고, 얼굴이 확 달아오르는 느낌, 380볼트 고압선에 데인 바로 그 느낌에 업동은 그만 자지러질 지경이었다. 왜 이럴 때 동녀란 말인가. 수 십 년 전에 그 여자에게 저지른 추태, 이제는 목이의 기억 속에서 조차 가물거릴 지도 모르는 그 여자를 묻고 있는 걸까.

"잘, 있지요."

"그, 그래. 아직 만나는가?"

　역시나 목이의 안색이 변해 있었다. 잊어버렸던, 잊고 싶었던 기억이 갑자기 떠오른 걸까. 업동은 승구를 힐끗 바라본다. 목이와 수없이 만날 기회가 있었음에도 오늘도 역시 오고 싶지 않은 곳이었다.

"그 당시, 내가 미쳤......"

"형님! 그 여자 잘 살고 있어요. 지금."

　목이의 목소리는 가늘게 떨고 있다. 그녀에 대한 감정이 아직도 남아 있다는 증거일까.

　그놈의 술 때문은 아니니라. 또한 욕정 때문만도 아니었다. 최구가 그녀를 좋아했듯 자신도 미친 듯이 동녀를 좋아했다. 고된 노동에 지친 어느 날 한 방에 뒹굴다보니, 잠결에, 그 꿈결 같은 비몽사몽 속에서 이루어진 사건이었다.

목이는 야간작업을 하러 갔었고, 최구는 호텔을 그만두고 룸살롱의 웨이터로, 밤일을 나간 뒤였다. 그 새벽 눈을 뜨니 동녀가 거기 허연 허벅지를 드러내놓고 자고 있었다.

업동은 머리를 흔들며 기억을 지우려고 했다.

"그래, 어렵다는 이야기는 승구형을 통해서 들었고, 도울 일이라도 있을까요?"

"내가 무슨......"

"한사장, 진짜 이 친구 어렵네. 당장 길거리로 나가야 할 판이네."

승구가 끼어들었다. 목이는 아무 말 없이, 가볍게 한숨을 내쉬었다.

"오늘은 오랜만에 만났으니 소주나 한 잔 합시다. 최구도 오라고 하지요."

업동이 무슨 말을 하려고 했지만 목이는 손짓으로 제지했다.

그날 밤 최구는 끝내 오지 않았다. 아마도 그런 개새끼 하고는 술좌석을 같이 못한다고 했을 것이다. 집으로 비틀거리며 돌아오자, 동네 공원 한 쪽에서 한 무리의 학생들이 웅성거리고 있었다. 술에 취해 주체를 못하고 비틀거리는 여학생을 여럿이서 낄낄거리고 노닥거리고 있었다. 누구 집 딸인지 원, 순간 업동은 소리를 지른다. 진아야!

그 날 축 처진 딸을 등에 업고 오며, 이십여 년 전의 동녀가 떠오르는 것을 끝내 막지 못했다. 누구에게는 전부였던 여자를 하룻밤 욕정의 대상으로 삼으려 했다는 가소로움이 온몸에 소름을 돋게 만들었다.

'이러지 마요. 오빠! 오빠까지 이러면 어쩐란 말이예요.'

업동은 애원하는 동녀의 바지를 끌어내렸다.

그때 최구가 나타났다.

'씹새끼! 온갖 좋은 소리는 다해대며 똥을 깔겨!'

아마 동녀가 말리지 않았으면 사단이 났을 것이다. 업동은 그 길로 그 집을 나와 서울로 갔다. 그리고 다시는 작가가 되겠다는 생각을 하지 않았다.

업동은 그에게 손을 내밀지 두렵고 난감하다. 얼마나 비굴해야 할 지, 얼마나 부끄러워해야 할지 차라리 모든 것을 놓고 싶다. 그러나 살아야 한다.

은행 이은기지점장은 냉장고에서 탄산음료 한 병을 탁자에 내려놓는다. 그는 숱이 많지만 앞이마가 벗겨진 제법 잘생긴 미남형의 남자다. 좀 불량스럽게 생긴 눈매를 자졌지만 넥타이를 맨 직업 때문인지 총기 있게 느껴졌다. 그는 자기방의 주인행세라도 하듯 소파에 앉아 팔걸이에 어깨를 얹고 팔을 얼굴 한 쪽에 괸 상태로 성의 없는 질문을 던진다.

"작년 매출이 얼마지요?"

뻔히 알고 하는 요식적인 질문이었다. 하지만 업동은 성실하게 답변할 수밖에 없었다. 사정을 들은 한목이가 소개해준 지점이다. 솔직한 게 좋을 거라고 생각했다.

"실제 매출이라고 해봐야 거의 없고, 친구가 제 사업자를 써서 잡은 매출 밖에는 없습니다. 하지만 한사장이 거래를 터준다고 해서."

"친구가 당신 사업자를 쓰던 말든 나는 모르겠고, 작년에 얼마 했죠?"

"한 삼천만 원?"

"아이고, 그래 갖고 무슨 오천만 원을 대출할 거라고 온 겁니까?"

"한사장이."

"쓸데없는 소리마시고, 회계사무소 가서 작년 매출 떼 오세요. 이익은 되어야 합니다."

"떼 줄까요?"

"그야, 모르죠. 떼 오면 한 사장 믿고 바로 대출해드릴게."

업동은 '대출'이라는 말에 한줄기 서광이 비치는 느낌이었다. 오백도 아니고 오천, 그러면 모든 게 해결된다. 무슨 수든 떼 와야지.

'감사합니다.'를 몇 번이고 내뱉고는 은행을 나오자마자 곧장 회계 사무소로 향했다. 하지만 두말이 필요 없는 거절이었다. 사정해보지만 있을 수 없는 일이라고 했다. 전화로 한목이에게 매출이 없어서 대출이 어렵겠다고 하자 목이는 대뜸

"안 급했네요." 하고 비웃는다.

터벅터벅 건물을 내려와 돌아보니 '김만우회계사무소' 간판이 눈에 확 들어왔다. 그래, 김만우면 어떻고 김만오면 어떠냐? 집을 쫓겨나 거리로 나앉을 판인데. 업동은 당장 도장집으로 차를 몰았다. 하지만 도장집에 들어가 저, 저 하는 소리만 하다가는 얼굴이 벌게져서 나왔다. 덜컥 겁이 나서 일을 맡길 수가 없었다.

업동은 거리를 배회하다가 생각난 듯 진영으로 차를 몰았다. 아는 동생 중에 도장을 기가 막히게 파는 동생이 있다는 것이 생각난 것이다. 하지만 동생의 공장은 문이 닫혀 있었다.

물어물어 한달음에 찾아 간 곳은 진동의 깊숙한 바닷가였다. 굿당이라는 입간판이 보이면서 멀리서 징소리가 들려왔다. 각도가 깊은 경사지를 내려가 움푹하게 들어간 바닷가에 굿당이 자리 잡고 있었다. 옛날에는 틀림없이 음침하고 후미졌을 그 지형은, 거의 투명하게 바닥이 보이는 바닷물이 앞마당까지 찰랑거리며 차오르면 굵은 노송으로 뒤덮인 뒷산의 풍광이 은밀하게 그림자를 드리우는 기가 막힌 장소로 변해 있다.

사설 굿당이 자리 잡고 소란을 피우기에는 아깝게 느껴졌지만 누군가

의 위로와 아픔을 치료해주기 위해 존재한다면 이 세상에 해로울 것은 한 가지도 없을 것이다.

"여그를 어뜨케 알고......"

배만식은 전혀 딴사람으로 변해 있었다. 붉고 밝은 낯빛은 검고 초췌해져 주름이 자글거렸다. 흐릿한 눈동자로 갑작스런 방문자를 맞는 그의 눈빛은 공포에 젖어 흘러내리는 백발에 묻혀 있었다. 하지만 농담을 주고받을 수 있는 여유는 있었는지,

"혀, 형님도 굿 한 번 하시오."한다.

하지만 그가 공장까지 문 닫고 무당을 불러 굿을 하고 있는 절박함은 업동

에게 아무런 간절함을 불러일으키지 못했다. 당장 길바닥에 나안게 될 자신의 처지가 더욱 다급해 한숨을 토하듯 내려놓는 귀신이야기에 그저 머리만 주억거릴 뿐이었다.

"도장 하나 파주라."

만식의 우이독경 속에서 기회를 놓치지 않고 칼집에서 칼을 꺼낸 무사처럼 혀를 놀렸다.

"도장. 도장집 널리고 깔린 게 도장집인디."

두 사람은 갑자기 웃었다. 이유도 없었다. 미친놈이 다된 그를 굿판에서 끌어내어 '김만오회계사무소인'이라는 도장을 파고 컴퓨터를 이용해 정교하게 매출 서류를 만들고 도장을 꾹 눌러 찍고 다음날 은행으로 향했다. 그리고 다음 날 거짓말처럼 통장에 돈이 꽂혔.

그래, 사문서 위조면 어떠랴. 죽을 등 살 등 빚만 제 때 갚으면 되지. 스스로를 위로하며 집주인을 만나 업동은 또 일격을 가했다.

"내가 집을 인수할 테니 삼천만 원을 빌려주게. 내가 사는 이층 세가 나가면 갚아 주면 안되겠나. 대신 집값은 자네가 정하게."

"그, 그렇게 하죠. 십 년 가까이 살아왔는데 그런 양보도 못하겠습니까? 근데 어디서 돈을 마련했는지, 대단하네요."

평석은 아무런 반격도 못하고 무너졌다. 월세도 못낸 놈이 뜻밖의 제안에 어지간히 당황한 표정이었다. 업동은 오랫동안 숨어있던 자신감이 가슴 밑바닥에서 솟아나는 것 같았다. 집 시세야 부동산 몇 군데만 들러보면 되고 마지막엔 또 한 번 울고 휘저으면 그야말로 주머니에 돈 한 푼 없이 집을 차지하는 것이다.

그날 밤 업동은 지쳐 돌아온 아내를 앉혀놓고 시치미를 떼고 집을 비워줘야 된다고 말했다. 아내는 숨마저 멈춰버린 듯 한참동안 멍하니 있다가 한마디, 툭 던졌다.

"우리가 언제 집이 있었어요. 이 하늘 아래 누울 자리 하나 없겠어요. 당신만 건강하면 되요. 그러면 되요."

업동은 아내를 와락 끌고 울어버렸다. 그래, 당신의 기원을 밑천삼아 다시 하자. 무서워 말고, 두려워 말고, 비겁하게 물러서지 말고 덤벼보자. 살기 위해 무엇을 못하리.

7. 말더듬이

여자는 침대 끝에 있었다.

삐걱거리는 이층 계단에서 천천히 그 여자가 올라오는 것이 잠깐 보였다. 이사 온 아파트 계단 같기도 하고, 졸업한 시골 중학교의 오래된 나무 계단 같기도 했다. 하지만 그 여자가 자신과 특별한 관계를 가지고 있다고는 생각되지 않았다. 너무 피곤하고 힘든 날의 연속이었다.

일요일 저녁에 야간작업에 들어가 한 주를 거의 공장에서 보냈다. 야간조 두 놈이 한꺼번에 아무런 연락도 없이 출근하지 않았다. 엿 먹으라는 뜻인 줄 알았지만. 혹시나 하는 마음에 수없이 전화를 해보았다. 연락두절이었다. 결국은 몸으로 때워야 했다. 낮에는 납품하고 저녁에는 납기를 맞추기 위해 기계와 기계 사이를 뛰어 다니며 납품량을 맞춰야 했다.

그러고 보니 공장에서 새벽녘에 잠깐씩 골판지를 깔고 눈을 붙였을 때 그 여자가 머리맡을 스쳐간 것 같기도 했다. 얼마 전부터 비몽사몽 간에 보았던 그 여자가 마침내 침대 끝에 모습을 드러낸 것이다.

"누, 누구야?"

목구멍에서 그 소리는 제대로 기어 나오지 못한 채 굴절됐다. 몸에 붙어있는 터럭이란 터럭이 순식간에 대꼬챙이처럼 곤두섰다. 푸르딩딩한 얼굴, 소복, 긴 머리. 꿈일까, 아니면 망상? 가상현실 속으로 들어온 것일까. 머리를 몇 번 흔들어보고 눈을 개폐해보지만 이건 현실이다. 지독한 악취가 증명했다. 고약한 악취, 썩은 시체에서나 날 법한 그런 냄새였다.

배만식은 벌떡 일어난다. 그리고 두 번, 세 번 허벅지를 두드렸다. 말더듬이인 그가 말이 안 터지면 하는 행동이었다.

"가, 가!"

손을 휘저었지만 여자는 말없이 서있다. 아무런 반응 없이 우두커니 쳐다본다. 발등에 힘을 주고 침대 끝으로 질질 뒷걸음치며 피하려하지만 차가운 벽이 막고 있다. 소리치고 싶지만 목구멍은 좀처럼 열리지 않는다. 벌린 입속으로 그 여자가 내뿜는 썩은 냄새가 짙은 안개처럼 형체를 띤 채 스며들어온다. 깊고도 차가운 밀도를 유지 한 채 조금씩 입속으로 빨려 들어온다. 구역질이 나고 숨이 막혀오지만 소리칠 수 없다.

배만식은 닥치는 대로 손에 잡히는 물건들을 집어 들어 여자에게 집어 던진다.

"뒤, 뒤져라!"

만식의 마침내 터져 나온 고함 소리에 놀란 아내가 달려온다. 그는 자리에 털썩 주저앉는다. 등에서 식은땀이 주루루 흘러내렸다.

"당신 가위 눌렸나, 와이라노?"

놀라 일어난 아내가 혀를 차며 궁시렁거린다.

"니, 안 보이냐, 저그, 저그, 저 여자!"

"어데, 무신 여자, 그라니끼네 좀 쉬감서 일하라 안하더나. 먼 떼돈을 벌거라고."

아내는 버럭 짜증을 부린다.

"저그 좀 보란 말이여. 귀신이 안 보인가, 저 냄새나고 말 안하는 귀신이!"

"머시 보인다꼬 그라노, 허연 벽이구마."

"워메, 사람 죽것네. 내가 헛것을 보고 있단 말이여?"

그제야 사태가 심각한 상황인지를 파악한 아내가 냉수를 떠왔지만 물은 목구멍으로 흘러들어가지 않는다. 여자는 여전히 침대에 버티고 있었다.

"봐라, 여기 아무것도 없네. 머시 있다고,"

아내는 그의 침대에 벌렁 눕는다. 아내가 침대 끝에 앉자 그 순간 여자는 자리를 물려주려는 듯 연기처럼 사라졌다. 만식은 엉금엉금 기어가 천천히 여자가 서있던 침대 끝으로 가본다. '그 여자가 그 여자일까?'

두어 달 전 침대 끝에 그 사팔뜨기 여자가 있었다. 뼈마디가 앙상하고 얼굴에 기미가 잔뜩 긴 여자였다. 나중에 치렁치렁한 머리를 걷어내자 그나마 하얀 이마가 반듯하게 드러나며 인물이 좀 살아난 그런 여자였다.

친구인 듯한 여자들이 모여 수다를 떨고 있었고 거기 그 여자가 있었다. 그가 매달 가지는 계모임 2차 장소였다. 그녀는 술집의 소란 속에서 마른 꽃잎처럼 구색을 맞추기 위한 장식물처럼 한쪽 벽에 기대 앉아 있었다. 그가 비틀거리며 다가가 수작을 부리자 빤히 쳐다보는 듯했지만 시선은 고정되어 있지 않았다. 잔을 권하고 그녀가 합석했는지, 합석해서 잔을 나눴는지는 모르지만 술자리가 깊어 갈 무렵 그녀가 지독한 사팔뜨기란 걸 알았다.

 생기발랄한 친구들과는 달리 자신 없는 희미한 미소를 간간히 나풀거리던 여자가 미적미적 엉켜오는 순간에도 여자는 전혀 다른 곳을 응시하고 있었다.

 '이건 아니잖아. 하필이면 사팔뜨기를......'

 그러면서도 은근히 집착해가는 자신의 이해할 수 없는 감정을 숨기기 위해 연신 술을 들이켰다.

 '보고 싶은 곳을 보지 못하는 너나 말하고 싶은 것을 제대로 못하고 더듬는 나나 피장파장 아닌가.'

 몇 시간 후 두 사람은 말도 더듬지 않았고 시선도 고정이었지만 몸은 술에 취해 비틀거렸다. 왜 그 많은 숙박시설을 놔두고 집이었을까. 때마침 아내는 친정일로 며칠 째 집을 비운 상태였고, 외동딸은 학교 기숙사에서 생활하는 상황이었다.

 집에 가서 담가둔 양귀비 술이나 한 잔 하자고 했던가, 차를 한 잔 하자고 했던가. 하지만 두 사람은 들어오자마자 서로에게 으깨어져 할퀴어댔다. 한 차례 폭풍이 지나가고, 여자는 침대 끝으로 내려가 술에 취해 무거워진 그의 몸을 훑기 시작했다. 작은 강아지의 혓바닥처럼 힘은 실리지 않았지만 정성스럽고 세심한 애무였다. 때론 암소가 잘근잘근 풀을 씹듯이, 씨암탉이 콕,콕 모이를 쪼아대듯이 자극을 했다.

 행복하고 따뜻한 애무 사이로, 그녀의 탄탄한 장딴지가 드러났다. 만식의 찌들고 쳐진 혈관 속으로 뜨거운 피가 모이는 순간이었다. 그녀의 시선이 방향을 못 잡고 흔들리면 만식은 경사면을 구르는 돌처럼 흥분되어 날뛰었고 그의 말더듬이는 그녀의 종착 없는 시선을 쫓아 몸부림쳤다.

 그 후 여자와 몇 번 쇠를 잔뜩 실은 트럭 속에서 갈증 나는 정사를 나누었다. 몸을 움직일 때마다 짐칸에 실린 쇠들이 덩덩거리며 바쁘게 심장을 펌프질하게 했다. 짧고, 허기지고 절망 같은 섹스였다. 그녀가 누추한 트럭에서 내려 희미한 미소를 던지고 골목으로 사라지면, 알 수 없는 죄의식과 모멸감이 몰려오곤 했다. 다신 안 봐야지. 하지만 다음날이면 더욱 집요해지는 그였다. 그래, 헛것이었어. 모든 것이. 만식은 꺼질듯이 한숨을 쉬며, 아내 쪽을 향해 눈을 감는다. 헛것처럼 나타났다 사라진 두 여자가 파도처럼 어른거린다.

만식이 처음 이 아파트를 보러왔을 때부터 이상한 분위기가 감지됐었다. 이사를 간 사람들이 자신들이 쓰던 가구들을 그대로 놔두고 황급히 사라진 상황부터가 찜찜했었다. 피치 못할 사정 때문에 밤 봇짐 싼 그런 분위기가 아닌, 무엇인가 강한 압박을 받고 튕겨져 도망 나간 느낌이랄까, 뭐 그런 것이었다. 그리고 빈 농짝을 열었을 때 그 속에서 오싹하게 몸을 파고들었던 냉기, 만식은 그 냉기를 지금도 잊을 수 없다.

다음 날 만식은 얼굴이 퉁퉁 부어 일어났다. 아내는 걱정스러운 얼굴로 식탁에 서서 흐리멍덩하게 있는 그를 끌어다 앉히고 꿀물을 권했다. 비로소 갈증이 느껴진다. 단숨에 한 그릇의 꿀물을 비우고 나자 정신이 좀 돌아오는 듯했다.

아내가 정말 모를까, 그 두 여자를, 비릿한 냄새와 썩은 냄새를 침대에 남긴 두 여자를. 아내는 다 알고 있을 지도 모른다. 터져 오르는 잡념에 머리를 털고 숟가락을 집는다.

"그러니까 나이를 생각해서 일도 좀 줄이고, 술도 좀 줄여."

아내는 쫑알거린다. 작고 아담해서 그의 큰 덩치가 헐렁해 보인다. 그만큼 아내는 단단하고 여문 몸매를 가지고 있다. 향긋한 아내의 냄새, 피로와 함께 구원과도 같은 야릇한 욕망이 솟아오른다. 어젯밤의 섬뜩한 공포와 두려움으로부터, 그 역겨운 갈구와 냄새로부터 벗어나고 싶었다.

"애들은?"

"벌써 학교에 갔지. 시간이 몇 신데?"

만식은 아내를 덥석 끌어안고 침대에 눕혔다.

"왜 이래, 식구끼리는 이런 거 하는 거 아니라메?"

아내의 가벼운 농담에 아무런 응수 없이 만식은 급하게 서둘렀다. 아내의 암팡진 엉덩이 속으로 손을 뻗고 따뜻한 둔덕 너머에 손길이 닿자 뭔가 모르는 안도감이 들었다. 그는 코를 벌름거리며 아내의 향기를 정신없이 빨아 들었다. 이마에서 입술로, 젖무덤 속으로, 뼈와 뼈 사이의 굴곡으로, 잃어버릴 것 같은 특유의 냄새를 찾아 모낭 속까지 파고들었다.

엄청난 갈구는 열기가 더해져 흐르는 용암처럼 낮은 곳으로 흘러내려 엉덩이를 달구고, 허벅지 속으로 들어가 모가지를 감추었다. 머릿속엔 여자들의 잔영이 성가시게 따라붙었지만, 아내는 그 절박한 공포를 아는지 모르는지 처녀처럼 할딱거렸다. 두려워하지 말자. 아무것도 아니다. 잠깐 헛것이 보였을 뿐이다.

사무실은 '육삼짜리' 라 불리는 가장 전형적인 컨테이너 박스다. 앞쪽에 창문이 두 개고 뒤쪽이 하나이다. 내부는 집기들로 인해 조금 답답해 보였다.

컴퓨터가 놓인 책상 하나와, 언제든 드러눕기 편한 6인용 가정용 소파가 놓여있고, 그 사이에 애써 구색을 맞추듯 나무 탁자가 자리를 잡고 있다. 그 탁자 위에 놓인 유리 밑으로 수 십 개의 명함이 가장자리를 타고 꽂혀 있고, 그 사이사이에 중국요리집, 식당, 다방의 전단지등이 자기들 색깔을 자랑하며 얼굴을 내밀고 있다.

반대편 벽 쪽으로 냉장고와 정수기, 에어컨이 설치돼 있고, 그 중간에 뒤통수가 있는 14인치 텔레비전이 철제 탁자에 놓여 있다. 그 틈을 비집고 컵라면과 종이박스, 일회용 커피믹스가 엉덩이를 들이민다.

귀신이 다 뭔가? 만식은 컵라면을 끓였지만 먹지도 못하고 밖으로 나왔다. 며칠째 냄새나는 그 여자 귀신에게 시달리면서 머리는 멍해지고 눈은 벌겋게 핏발이 섰다.

점심 식사를 마친 직원들이 개천에 몰려 있다. 개천은 어제 내린 비로 수초가 깊숙이 잠길 만큼 물이 불어 있었다. 큰물 지면 온갖 오물들이 흙탕물과 함께 쏟아지는 개울이지만 평상시엔 작은 웅덩이를 이루고 금방 고인 물이 되어버린다. 오늘은 적당하게 찰방거려 근처의 농가에서 버린 비닐포대 등이 임자 잃은 목선처럼 수초 사이로 떠다녔다.

하노이 출신, 그 근처 다른 도시겠지만 그 티키가 대나무로 만든 낚싯대를 담그고, 동료외국인들이 담배를 꺼내 물고 시시덕거리고 있다. 티키는 작지만 다부진 몸과 손재주를 가진 하노이 출신의 불법 노동자였다. 그는 몇 번의 입질에도 실패를 했지만 바쁘게 미끼를 끼웠다. 천 주변에서 캐낸 살찐 지렁이가 몸을 꼬며 물속으로 파고들었다.

사장을 보자 티키는 "여기 고기 많아!" 하고 외친다. 그의 확신이 증명되는 대는 십분도 걸리지 않았다. 커다란 가물치가 수초에서 펄떡거리며 치솟아 올라왔다. 탄성이 울렸다.

"눈이나 붙어 있것나?"

멍하니 서있던 만식은 잡힌 고기가 등이 굽거나 꼬리가 휘어졌으리라 예상했다. 하지만 가물치는 시멘트 바닥에서 통통 튀며 던져진 다른 세상에 강력히 저항하는 정상적인 물고기였다. 자신이 사업에 실패를 거듭하며 촌구석 농공단지까지 밀려와서 버둥거리는 형국보다 더더욱 처절한 몸부림이다.

 만식은 가물치를 붙잡는다. 통통하게 살이 오른 가물치가 눈을 껌벅인다. 눈도 입도 정상이다. 푸드득, 마지막 발악이라도 하듯 가물치가 몸을 턴다. '이 오물 속에서도 정상인데 왜 그 여자는 사팔뜨기고, 자신은 말더듬이가 됐을까?'

 잠깐 멍한 상태에서 가물치가 손바닥에서 빠져나가 개천가에서 버둥거린다. 티키가 재빠르게 달려간다. 어떻게 저렇게 멀쩡할까, 이렇게 오염된 곳에서, 개천의 밑바닥에서 올라온 염기가 오히려 오염을 줄여 줬을까. 아니면 저 한 마리만 유독 환경에 적응하는 힘을 키웠을까.

 티키가 가물치를 낚아채는 게 보인다.

 "놔둬! 살려줘!"

 만식은 자기도 모르게 소리를 지른다. 돌아선 그의 머릿속에서 수백 년 전에 이 개울을 타고 올라온 해수가 떠오른다.

 공장에 처음 이사 와서 낭패를 당했는데 이유 없이 제품에 녹이 슬었다. 처음에는 관리부재거나 날씨 탓이라 생각했는데 아니었다. 여긴 지하에 염기가 가득했다. 나중에야 알았지만 이 지역은 깊이 파내려가면 모래와 펄이 나오고 물에 염기가 가득해 지하수를 식수로 쓸 수 없었다. 현재 이 천은 창원과 진영의 경계선이기도 했다.

 쇠를 가공하는 공장이 자리하기에는 최악의 입지조건이었다. 스멀스멀 안개도 잘 끼어 올라와 순식간에 물방울로 변해 애써 깎아 놓은 제품을 못 쓰게 만들었다.

 이사 첫날부터 지친 아내가 농수로에 발을 헛디뎌 순식간에 복숭아뼈가 부어오르며 병원으로 달려야 했다. 사고는 이곳에 대해 결코 유쾌한 첫 기억이 될 수 없었다. 돈 벌어서 반드시 창원 공단으로 들어가자, 귀향 온 자 같은 처절한 소외감과 두려움은 제법 오래갔고, 도로 사정으로 인해 시간을 빼앗기거나 할 때는 복잡한 계산이 머릿속에 뒤엉켜 들었다. 하지만 구정물 속에서도 고기가 살듯이 마구간 같은 공장에서도 사람들은 일을 한다. 주야장천, 저임금과 장시간 노동과 열악한 환경 속에서도 기계는 돌아간다.

티키가 식당 앞 난간에 나타나 미끼를 던지는 게 보였다. 만식은 웅크리고 있던 컨테이너를 나와 그에게 다가갔다. 만식은 이제 눈조차 잘 보이지 않는다.

"티키, 자, 잘 잡혀?"

"어제, 두 마리. 큰 거"

티키는 바늘에 침을 바르고 지렁이를 꽂아 정확하게 웅덩이에 집어 던졌다.

"사람 어, 없어? 워, 월급 마, 많이 준다."

무심한 척 더듬거리며 미끼를 던져본다.

"사장님 공장, 일 너무 마니 해. 지금은 일요일 야간 아무도 안 해."

티키는 쳐다보지도 않고 서투른 한국말로 더듬거리지만 제 할 말을 다하고 있다. 적어도 이 동네에선 어떤 공장도 그 속사정을, 그러니까 고용조건이나 환경을, 사장의 소양까지 익히 알고 있다는 태도였다.

"도, 돈 더 주머 안 되나?"

말더듬고 영호남의 사투리가 뒤범벅인 배만식 사장과 말 잘못하는 베트남 산업 연수생 출신, '불법노동자'의 대화는 길어졌다. 두 사람은 담배를 물고 있었고, 낚싯줄은 물위에, 신경선은 두 사람 사이에 팽팽히 놓여 있다.

만식은 덩치가 크고 살집이 좋은 사십대였고, 티키는 뼈만 앙상하게 남은 이십 대였다. 두 사람은 편하게 이야기 하고 있는 듯했지만, 외교

적 담판, 그러니까 실랑이를 벌이는 중이었다. 만식은 어떻게든 저임금으로 사람을 쓰고 싶었고, 티키는 가능한 많은 임금을 중재하고 친구들을 취직시키고, 제법 유창한 한국어 실력을 통해 지기들로부터 우월감을 인정받고 싶었다.

"부, 불법 요즘 쓰기 히, 힘들어."

"합법들 제대로 일 못해. 경력 없어. 힘들면 도망. 불법 돈 많이 주면 안 도망가."

"이, 일을. 해, 해보고, 월급을 줘야지."

"안 돼. 거짓말. 먼저 정해야 돼."

만식의 얼굴이 붉어졌다. 일도 안 해보고 월급만 많이 책정하려는 놈이 얄밉고 고깝다. 외국인 주제에 권리란 권리를 죄다 주장하려고 든다. 전화 한 통화면 굴비처럼 잡혀갈 놈들이 흥정을 하려 드는 것이 참을 수 없는 모욕으로 느껴진다.

"느, 느그들 한국사람 보다 이, 임금 더 세다."

"사장님, 월급 작은 사람 찾아봐."

티키가 낚싯대를 잡아당겼다. 붕어가 춤을 추며 올라왔다.

"사장님, 진짜 크다."

부러 화제를 돌리려 한다.

"댓고 올래 아, 안 올래?"

"말은 해보께요. 와, 매운탕 해먹겠네. 오늘."

티키는 고기를 검은 봉지에 담고 총총히 사라진다.

"우, 우리 공장. 일요일 바, 밤. 야, 야근, 이, 인자 아, 안한다!"

만식은 처절하게 더듬는다.

'그래, 일요일 밤엔 내가 일하면 되지,' 만식은 일요일 밤까지 일 시킨 게 야간조들이 도망간 이유라는 걸 알고 있다. 자신이 직장 생활을 할 때만 해도 야근 철야를 밥 먹듯이 했는데, 요즘 것들은 국내 것들이나 외국 것들이나 쉬는 날은 죽어라고 쉬려고만 한다. 하긴 근처에 사업 장을 벌이고 있는 사장들에게 물어보면 한결같이 말한다.

'쉬는 날은 사장이 일 하는 날이다.'

그렇게 하지. 종업원들도 쉬는 날이 있어야 낙이 있지. 하지만 '나는, 언제 쉬나', 만식은 자문해본다. 죽어서나 쉴까. 그렇다고 무턱대고 업을 그만 둘 수도 없다. 계획 없이 시작한 사업이었지만 그만 둘 때는 아무 때나 그만 둘 수 있는 환경이 아니었다. 그만 두게 되면 모든 걸 버린다는 각오 없이는 불가능한 일이었고, 그만 둘 수도 없었다.

언덕에서 구르는 눈덩이처럼 질척거리는 수많은 관계들이 꼼짝 못하 게 늘어 붙어버려 멈춘다는 것은 곧 깨져 죽는 다는 것이었다. 어떻게 든 무겁고 힘든 다리를 끌고 끝까지 나아가는 수밖에 없었다. 그게 제 조업, 저 하청의 밑바닥에 있는 재하청업체들의 현실이었다.

애초부터 얄팍한 가공기술 하나만 믿고 사업하겠다고 덤빈 게 잘못이 었다. 최소한 영업력이나 그렇지 못하면 자본이라도 있었다면 이렇게 감옥 같은 삶을 살지는 않을 것이다. 죽도록 일만 하면 저절로 되는 게 사업인줄로 알았다. 결과는 남이 못하는 일, 급한 일, 그리고 잠깐 개발 만 시켜먹는 일만 걸려 들어올 수밖에 없었다.

말더듬이.

'너는 말더듬이에 불과해. 언제나, 어디서나 너는 거기서 한발 짝도 물러설 수 없어. 아무리 니가 기술이 좋고, 아무리 니가 어려운 제품을 개발해도 너는 그, 그것을 니, 니것이라 말 할 수 없어. 말하고 싶어도 너는 말더듬이니까. 니 한계는 거기까지야.'

전화벨이 울렸다.

"배사장, 큰일 났다."

발주업체의 장부장이었다.

"와, 와요?"

만식은 소파에서 잠시 쉬고 있었다. 믹스 커피와 담배가 그와 함께 누추하게 탁자에 널브러져 있었다.

"느그 지난주에 일한 거 죄다 불량이다. 내경 테파 부위 다음 단이 전부 마이너스야."

"아, 아니. 우리는 그, 그럴 리가요. 지금 혀, 현장 가서 확인해볼게요."

만식은 전화를 끊고 현장으로 달려가 아직 납품하지 않은 물건들을 측정해 본다. 이상이 없다. 실린더게이지를 다시 세팅하고 나서 재차 확인하지만 공차 안에 들어와 있다.

안심이 된다. 하지만 불안해서 견딜 수 없다. 장부장이 근거 없이 이야기 할 리가 없다. 냉장고에서 소주 한 병을 꺼내 주루룩 들이킨다. 그리고는 전화를 건다.

"이상 없는데요. 거기서 잘못 측정한 거 아입니까, 우리는 천날 만날 하는 일이라."

술이 몸 곳곳으로 퍼지자 발음이 또렷해진다. 무슨 개소리냐고 짖어댔다.

"도면 있나?"

만식은 황급히 도면첩을 꺼냈다.

"봐라, 몇 파이고, 테파 부위 다음 단?"

"십칠 파이 아입니까."

"그기 십팔 파이로 설변됐다 말이요."

"예, 십팔로요?" 만식이 도면을 다시 펼치는 순간 도면 속에 어젯밤 그 여자가 푸리딩딩하게 썩은 모습으로 나타났다. 만식은 자기도 모르게 도면첩을 떨어뜨리고 멍하니 서있었다. 조심스럽게 도면첩을 집어들고 떨리는 손으로 페이지를 넘겼지만 여자는 없다. 만식은 머리를 흔들고 정신을 집중한다.

"도면 변경됐다고 했는데 못 들었나?"

"어, 언제요?"

"지난주에 우리 큐시 이과장이 팩스 안 보냈다나? 일단 회사로 들어와 보소."

만식은 냉장고에서 소주를 한 병 더 들이키고 화물차를 끌고 업체로 향했다. 일주일 내내 일 한 게 죄다 불량이라니. 앞이 캄캄했다. 변상도 변상이지만 거래라도 끊기는 날이면 모든 게 끝장이다.

몇 번의 신호를 무시하고 규정 속도를 넘기며, 이십 여 분을 달려갔을 때쯤 하필이면 로타리쪽 검문소에서 음주 단속이 있었다. 빼도 박도 못하는 상황이었다. 뒤쪽으로 차들이 쫙 밀려 있었다.

'젠장 안 되는 놈은. 저번처럼 측정 전에 최대한 공기를 마시고 힘껏 불어버리자.'

저번에는 그렇게 빠져 나왔다. 하지만 이번에는 그냥 봐도 술 취한 모습이다.

'빌어먹을 새끼들, 대낮부터 그렇게 할 일이 없나. 없는 놈들 죽일라고 작정하는구만.'

그의 차례가 오기 전에 기발한 생각이 떠올랐다. 초소로 가는 길이 트여있는 게 보였다. 그는 문을 열고 차에서 내려 성큼성큼 의경에게 다가갔다.

"오늘 김경정 근무한가?"

"누구요?"

"아, 그 김머시냐."

"예, 김형식경정님이요?"

"그래, 그래요. 있어요? 지금."

"어제 야근이었습니다."

그 때 차 뒤에서 빵빵거리고 난리가 났다.

"일단 가시죠. 지금 음주단속 중이라서요."

그는 차에 올랐고 교통체증으로 몇 대가 그대로 빠져나갔다. 공단으로 들어서자 다리에 힘이 다 풀렸다. 발주업체에 들어왔을 때 장용섭 부장은 태연하게 접대용 간이의자에 앉아 외주업체 사장과 농담을 주고받고 있다. 늘 저런 식인 놈이지만 대량불량이 터진 상황에서 너무나도 태연한 태도였다. 불량나면 가차 없이 외주업체에 떠넘기는 놈이다. 술이라도 받아주고 돈이라도 찔러주면 책임을 조금은 경감시켜주곤 했지만 외주업체 사장들을 자기 종 부리듯 다루었다.

"어떻게 된 일입니까?"

"앉아라. 숨 넘어 가것다."

"지금 숨 안 넘어 가게 생겼습니까?"

"어느 정도 급한 불은 꺼 놨다. 앉으소."

참, 경상도 사투리란, 반말도 아니고 높인 것도 아니고, 깔보는 것도 아니고 친한 것도 아니고. 큰 키에 긴 목에서 올라온 목소리에서는 쇳소리가 났다. 이 엉큼하고 우멍한 잡것이 또 무얼 하자는 수작인지. 정말 이 작자는 자신과 친하다고 생각하는 걸까. 만식은 갑자기 말문이 막힌 채 가만히 응시한다.

"이과장이 놓쳤는갑데. 품질 관리하는 애들 모아 난리 좀 치고, 자동차 쪽에는 이미 설변되기 전에 생산해 놓은 재고라고 일부는 억지로 우겨대 납품했는데, 어제 그제 생산한 것은 아무래도 수정해야 되겠다. 다행히 마이너스니까 수정하면 되것지?"

"우리 보고, 하라고요?"

"그라머?"

"우리는 도면대로."

"이 사람아 일을 하다보면 조금씩 실수할 수가 있는 거고, 그걸 내부에서 하고 있어봐라. 내 당장 모가지 잘려나간다."

태연하고 당당하다. 갑자기 몸에 힘이 빠지고 피로가 몰려온다. 그리고는 온 몸에 분노가 차오른다.

"이 사람아, 내가 안 나섰으면 죄다 불량이야. 죄다."

때까치 같은 목소리에 귀가 따갑다. 녀석은 왜 저리 기고만장, 성성한가?

울화통에 가슴이 부글부글 끓는다. 아이구, 감사합니다. 부장님 덕분에 삽니다. 이렇게 말해야 하지만 입술이 떨어지질 않는다.

"고생하셨네요."

굴복하듯 말한다.

"근데 배사장 얼굴이 영 안 좋다."

"아니, 안 놀라게 생겼습니까. 당장 폐기라도 할 것 같더니만, 그리고 올 때 음주운전 단속에 걸릴 뻔 했다 아입니까?"

배만식은 안해야 될 말을 뱉고 말았다.

"이 사람아, 대낮부터 무슨 술이고, 그러니 불량이나 내지. 하여튼 우리 사장이나 자동차회사에서 알아봐라. 심각한 문제다. 우습게 생각하면 안 돼. 다 내가 자네 고생 덜어줄려고 밀어붙인 거지."

왜 저렇게 더듬거리지도 않고 말을 잘할까. 거짓말을 하면 더듬기라도 할 것을. 그런데 자신은 왜 거짓말 하지 않아도 더듬는 걸까.

"수고 하셨네요."

"아니, 아니 인사를 받겠다는 게 아니라, 자, 차라도 한 잔 해야지. 내가 마 업체들 신경 쓴다고 대가리가 깨질 지경이다."

너털웃음을 지으며 앉아있는 외주업체 사장에게 동의를 구하는 눈짓을 한다. 니도 뒤를 봐주고 있으니 똥구멍 긁어주고 충성하라는 뜻일 게다.

휴게실로 자리를 옮겨 장부장은 갑자기 신세타령을 해댄다. 애들 학비가 어떻고, 마누라 씀씀이가 어떻고. 그래서 어쩌라고, 지금껏 할 만큼 다하지 않았는가? 술에, 돈에, 복종까지. 강아지처럼 네 놈 똥구멍을 핥아 주었잖은가? 이놈한테 얼마나 당했는가. 또 얼마나 당해야 할까.

"수금하면 한 잔 합시다."

말은 무겁고 약속은 가볍다.

"한 잔 좋지요. 우리 사장 아침마다 잔소리다. 외주업체 단가 조정하라고."

"여기서 더 어떻게 내리란 말이요. 노가다 일당도 안 나오는데."

"노가다 일당보다야 낫겠지. 하하핫."

은근히 제지를 하고 든다.

"배사장은 일만 해라. 내가 다 알아서 해줄게." 늘 듣는 소리다. 하지만 오늘따라 불쾌하다. 자기가 모든 결정권자 같다. 좋은 게 좋은 거라고, 갑과 을의 관계를 생각해서 집행자인 그에게 끝없이 희생하고 대접해왔다. 언젠가는 돈을 벌고 회사 규모가 커지면 반드시 놈의 그 뻣뻣한 목줄기를 한 번은 누를 날이 올 것이라 믿었다. 하지만 거래관계를 끊는 날이 오지 않는 이상 놈의 손아귀를 벗어 날수 없을 것만 같다.

밤에 다시 그 여자가 왔다. 결국은 장부장과 2차까지 가서 만취해 집으로 돌아왔을 때, 현관 앞에 그 여자가 서 있었다. 문 끝에 비스듬히 서서 계단을 올라오는 그를 내려다보고 있었다. 술집에서 장부장이 탐욕스럽게 주무르고 만지던 그 여자와도 같았다.

술 탓일까? 여자 귀신이 조금도 두렵거나 무섭지 않았다. 옆에 앉혀 왜 끈질기게 나타나는지 사연이나 듣고 싶었다. 장부장은 집요하게 여급에게 집적됐다. 피곤하고 게걸스런 집착이었다. 아니면 그의 두려움, 그의 외로움, 업체들 갈취하면서 쌓인 죄책감, 숨을 곳을 찾는 쥐새끼 같은 갈구였다.

너는 누구냐? 무엇이 두려워 그 냄새나는 얼굴을 들고 나타나 죽음보다도 깊은 침묵으로 압박해 오느냐? 가면 같은 미소를 지었던 장부장의 그 여자, 냄새나는 썩은 강바닥 같은 고립의 너울을 지고 있는 이 여자 귀신이 오버랩된다.

"와 거기 있노? 으째서 거그 있냐고?"

똑같이 추궁해본다. 둘 다 무표정하다. 시선은 먼 허공 속으로 떨어져 있다. 술 취한 장부장이 여자의 가랑이 사이로 고개를 처박고 손전등으로 그곳을 살펴보기 시작했다. 괴이한 취향을 가진 숫놈이었다. 고속도로 휴게소의 노점상에서 산 전등이었다.

여자는 수치를 참아내기 위해 이를 악물고 버티다가 시선을 놓아버린다. 만식은 빤히 그녀를 쳐다보지만 그녀의 망막에는 잡히지 않는다. 그저 시선을 어디에 둘지 모르다가 끝내는 머물 곳이 없어 만식의 꺼무죽죽한 얼굴 한 곳에 돌출된 눈이란 장기에 내려놓고 있을 뿐이었다.

"왜 왔냐? 왜 하필이면 나한테 왔냐고?"

만식은 한참 후에 물었다. 가을 밤, 날씨는 싸늘했고, 바람은 스산하게 불어댔다. 여자는 말이 없다.

"답답하다. 시원하게 말 좀 했으면 좋겠다. 니가 무슨 할 말이 있어 여길 온 게 아니냐. 한이라도 있더냐? 맺힌 거라도 있더냐? 사연이 있거든, 감추고 숨기고 묻어두었던 이야기가 있거든 터놓고 말 좀 해봐라."

"말 좀 해봐라!"

만식은 천천히 귀신이 서 있는 현관문 쪽으로 올라갔다. 거리가 가까워지자 여자의 썩은 냄새가 진동하기 시작했다. 어쩌면 그 굳게 닫힌 푸리딩딩한 입속 냄새의 근원일지도 모른다. 말이 나오지 못하고 뱅뱅 입속을 맴돌다가 탈출구를 찾지 못하고 밖으로 나올 것이 안으로 들어가 고이고 고여 썩어버린 상태인지도 모른다.

"말해라. 내가 먼저 말 할까."

낮게 조용히 묵직하게 던져본다. 혼잣말하는 만식을 지나가는 부부가 이상하게 쳐다본다. 갑자기 입술이 떨어지지 않는 말의 줄기는 마른 혀가 있는 안으로 삭혀 들어가 버린다. 보이지 않는 자에게 말할 수는 없겠지. 보이는 나에게 입을 뗄 순 없겠지. 그래, 결국은 아무도 말할 수 없는 것이다.

현관문을 밀치자 여자는 멀찌감치 비켜선다. 그제야 만식은 엘리베이터를 놔두고 계단을 뛰어올라 단숨에 4층의 집 현관문을 두드린다.

"빨리 좀 댕겨라."

"문, 문단속해라. 누구 안 왔제?"

만식은 한참동안 현관문에 귀를 대고 있다가 현관 소파에 옷을 집어던졌다. 참았던 요의가 한꺼번에 느껴진다. 화장실 문을 열려는 순간 이상한 느낌이 감지된다. 주저하다가 문을 여는 순간 그는 그 자리에 주저앉고 말았다. 거기 아이들 귀신 둘이 변기에 걸터앉아 들어오는 그를 올려다보고 있었다. 말없고 냄새나는 푸르딩딩한 얼굴들이었다.
이제 막 말을 배우기 시작하는 나이쯤이다.

"누구냐?"

"우, 우, 우리는……"

'더럽게 더듬는군.' 아주 어렸을 적에 누군가에게서 들은 소리였다.

 귀신의 공습, 아파트에는 온통 귀신들의 집합소였다. 밤마다 귀신들
이 모여 지하 어딘가로 집결하는 게 들렸고, 방안에는 여자 귀신 한 명
과 딸 귀신 둘이서 상주해 살았다.

 만식은 밤마다 몽둥이를 들고 귀신을 쫓아내려고 했지만 점점 무기력
해졌다. 불을 끄면 여자 귀신은 침대 끝으로 왔다. 환하게 불을 켜고 잠
이 든 순간 여자 귀신은 그 꿈과 현실의 언저리에서 지켜보고 있었다.
도저히 잠을 이룰 수 없었다. 나중에는 대낮에 회사 입구까지 먼저 와
서 기다리고 있었다.

 용하다는 점쟁이들을 찾아 가고 정신 병원 치료도 받았지만 여자 귀
신은 떨어지지 않았다. 나중에는 잠을 못잔 나머지 눈이 멀기 직전까
지 되었다.

"그래 갖고 일 되것나? 니 쉬는 게 우선이다. 건강이 최우선 아이가?"

 장부장은 귀신들린 미친놈을 그렇게 위로해 주는 척 하며, 차츰 일을
빼앗아갔다. 그래, 죄다 내려놓자.

 열 살 무렵, 어머니가 친어머니가 아니라는 사실을 어렴풋이 알았을
때 동네 개들 이름은 희한하게도 해피, 메리, 워리, 쫑 등이었다. 그도
그 개들처럼 만식이라는 이름을 달고 아주 먼 곳에서 이 집에 들어왔
단 생각이 들었다. 그 순간 숨이 턱 막히며 말이 잘 터지지 않았다.

 '우리집 개, 도꾸'. 만식은 그 도꾸를 떠올리고 있었다. 귀가 유달리

작은 잡종이었다. 그가 말을 더듬으면서 시작된 대인 기피증이 점점 심해지면서 도꾸는 그의 말을 들어주고 받아주는 유일한 친구였다. 그 도꾸마저 얼마 후에는 팔려가면서 그의 말더듬은 심해졌다.

그때 나무와 만났다. 나무는 말을 더듬어도 말을 하지 않아도 친구가 되었다. 처음에는 벼락 맞은 대추나무를 베어와 도장을 파기 시작했고 목판화를 하고 의자를 만들고 책상을 만들고 나중에는 목각인형도 제작했다.

나중에 어느 절에 갔다가 서각을 알게 된 순간 자신의 꿈을 확실히 했다. 하지만 세상살이란 게, 하고 싶은 일을 하면서 살 수 있는 사람이 얼마나 있으랴? 생존 때문에 잡은 기계들은 처음엔 차갑고 생명력 없는 단순한 쇳덩이의 집합체였다. 하지만 그것들은 닦고 조이고 기름 치고, 땀과 영혼을 담으면서 하나의 생명체처럼 느껴졌다. 언제부턴가는 기계마다 이름을 지어주고 불러주고 인사를 나누면서 그의 친구들은 공작 기계들이었다.

그것들은 한 치의 실수도 없이 시키는 대로 움직였고, 조작하는 대로 이동하고 회전하고 왕복했다. 그리곤 가축들이 알을 까고 새끼를 낳듯이 시커먼 쇠들을 꼭꼭 품고 힘차게 달려 물건들을 만들어냈다.

이제 그런 기계들을 처분해야 했다. 도꾸가 개장사에게 끌려갔듯이 그도 기계들을 중고상에 넘겨야 했다. 몇 개월 만에 수없이 많은 치료를 받았다. 빙의를 치료해준다는 자도 만났고, 천도제도 지내봤고, 목사의 안수도 받아봤고, 용하다는 점쟁이들은 다 찾아보고, 현대적인 의술에 도움을 청하기도 하며, 여자 벙어리 귀신을 떼어내려고 별의별 짓을 다했다. 하지만 차도는 없었다.

빨리, 빨리, 도꾸야 떠나라.

십여 년을 함께한 못난 설비들을 정리하며, 만식은 반 봉사가 되어 멍하니 서 있었다. 겉으론 멀쩡하고 술 때문에 오히려 혈색은 좋아보였다. 도꾸도 떠났고, 나무도 버렸고, 기계도 없어지는구나.

중고상은 전부터 잘 알고 지내는 사람이었지만 신뢰하거나 친한 사이는 아니었다. 그의 입에서 뜻밖에도 고향이야기가 나왔고, 그가 대뜸 물었다.

"자네, 글면 한목이라고 아는가?"

"그 형님을 어떻게 아요?"

되물은 순간 그의 입이 벙그래졌다.

"이 사람아, 나하고는 둘도 없는 사이여."

"고향이 부산이람서요?"

"내 말투를 보소. 그 친구하고 같이 지내다가 나가 전라도 사람 다된 사람이시."

중고상은 최구였다. 그는 밑천이 없어 다른 중고상을 대동하고 왔고, 그자는 매매될 기계에 흠을 잡고 문제를 삼느라고 정신이 없었다. 최구가 갑자기 만식의 손을 잡고 공장 밖으로 나왔다.

"기계 뭐 할라고 팔아?"

뜻밖의 질문이었다.

"모, 몸도 안 좋고. 이, 일감이. 어, 없잖아요."

"이 사람아, 한 사장 공장 찾아가봐. 일 넘쳐흘러."

"저, 저가 어, 어뜩케 간다요. 우리 누나 땀새 그 성이 얼마나 고생 했다고."

"누나? 혹시 누나 이름이 인선이 아닌가? 배인선."

"어, 어뜨케 아요,"

"자네가 배씨라서 물어본 것이제."

"진짜 일 좀 연결해줄랍니까?"

"자네는 신경 쓸 거 없고. 이 사람아 이런 설비 다시 살리려면 수억이 들어. 팔면 똥값이지만."

"고, 공장 다, 다신 하기 싫어롸. 무, 무서워롸."

만식은 머리를 젓자, 귀신이 나타났다. 가라, 가라. 귀신은 푸르딩딩하게 말없이 서 있다.

"그러면 취직이라도 해라. 한사장 새 공장 지을 건데 거기 들어갈래?"

"참말로 말도 안 같은 소릴 허요."

인선 누나가 떠오른다. 그저 부끄럽다.

"최사장, 이거 기계 못쓴다. 볼스쿠루도 엉망이고 스핀들 소음도 그렇고....."

같이 온 기계상이 금을 메기기기 전에 포석을 깐다.

만식은 갑자기 울화통이 터진다. 하지만 오늘은 자기들 원하는 대로 값을 쳐서 정리해버리고 싶었다. 맨붕 상태였다. 장사꾼은 그 놈이 그 놈이다. 중고상이 울어댄다. 도꾸가 생각난다. 묘한 반발이 일어난다.

그래, 그 형을 왜 생각 못했을까. 그 형이라면 도움을 받을 수 있을지 모른다. 옅은 기대감이 확신으로 바뀐다. 그리고 묘하게 귀신이 이지러지며 사라진다. 눈이 맑아져 왔다.

"다시, 다시 생각해 봅시다."

만식의 머릿속에 목각 인형 하나가 떠올랐다.

한목이는 다시는 가고 싶지 않았던 고향을 가고 있다. 부산 사상에서 버스를 타고 순천까지, 거기서 삼십분을 쉬었다가 벌교, 예당, 보성, 장흥, 강진, 일곱 시간이 넘는 여정이었다.

강진의 버스터미널은 도망 온 날 그대로였다. 사람들도 여전히 구질

구질하고, 무작스러웠다. 악쓰고 욕지거릴 해대며 존재를 부각시키려고 했다. 목이는 어지럽고 너저분한 주차장에 앉아 청자골로 가는 완행버스를 기다렸다. 직행이 서지 않는 마을 입구까지 가려면 사십 분을 기다려야 했다. 또한 제 시간에 들어올 지도 의문스러웠다.

어쨌든 감개무량했다. 다시는 오고 싶지 않은 고향으로 다시 왔다는 게 믿어지지 않았다. 부산으로 도망 갈 때는 지독한 멀미로 수 없이 토해댔는데, 이젠 그가 토하는 사람들에게 인상을 찌푸리며 멀쩡하게 매달려 왔다. 오직, 종이쪽지 하나 얻어 보려고, 그 입학추천서인가 뭔가를 얻어 보려고 무턱대고 온 것이다.

터미널로 느리게 들어오는 완행버스는 이미 비좁을 대로 비좁았다. 오랜만에 작업복을 벗어던지고 깨끗하게 차려입은 옷매무새가 제멋대로 구겨졌다. 발을 밟고 밀치고, 새치기를 해대면서도 미안하다는 말도 내색도 없다. 순진무구함 속에 가득한 무지가 버스의 느린 속도에서 드러나고 있었다.

비포장도로를, 버스는 흙먼지를 날리며 사람들을 토해내고, 먹고, 또 이동했다. 이미 강진만의 노을이 차창으로 밀려오는 시간이었다. '아, 좋다!' 목이는 자신도 모르게 속으로 감탄했다. 이렇게도 아름다운 곳이었던가. 그가 그리워했던 것, 향수의 근원이 무엇이었는지 조금씩 느껴지기 시작했다.

그는 저두에서 내렸다. 마을 앞산이 바라다 보이는 산구뎀이 근처에서 내려달라고 하고 싶었지만 어울리지 않는 썬글라스를 낀 기사와 껌을 씹어대는 차장이 정차장 외에 차를 세워줄 것 같지 않았다.

차에서 내리자 기분은 한껏 좋아졌다. 공기는 청량하고, 기온은 적당하고, 냄새는 향그럽고 아늑했다. 노을 지는 바다에서 해풍이 밀려와 비탈을 타고 갈 땐 다랑이 논에 잘 익은 벼들이 금빛으로 쓰러졌다.

가까이서 가우도가 보였다. 잔잔하게 밀려드는 파도가 초록 섬에 닿으면 다홍치마처럼 펼쳐졌다. 그 가우도에도 아이들이 있어서 밀물과 썰물의 운동에 관해 관찰하여 전국과학경시 대회에서 입상했다는 소식이 뉴스에 나왔을 때 목이는 가슴이 싸했었다.

얼마쯤 걷자 곧 고바우라는 지명을 가진 낭떠러지에 와 있었다. 제법 걸을 결심이었는데 불과 몇 십분도 안돼 도착했다. 멀리서 마을의 해안선이 드러나 보였다. '소 띠끼러' 온 아이들이 무리를 지어 모래톱에서 노는 게 보였다. 어떤 놈은 노느라고 소가 꼴을 먹는지 해작을 부리는지 모르다가 종작에는 억지로 소에게 바닷물을 먹일 것이다. 그렇게 되면 갈증이 난 소는 틀림없이 끝없이 민물을 들이킬 거고 억지로 배가 차오른 소는 어른들을 만족시킬 것이다. 어른들은 아이들의 잔꾀를 알고 소는 물배와 꼴배가 따로 있다고 엄포를 놓곤 하지만 차마 자기 아이가 소에게 바닷물을 먹였을 거라고는 상상하지 못했다.

목이는 해안선을 따라 마을로 가면서 불안해지기 시작했다. 그가 마을로 진입하는 장터에 내리지 않고 해안선으로 들어온 이유는 그 집, 오광팽의 집이 어떻게 됐는지 무엇보다도 궁금했기 때문이었다. 그의 집에 불을 놓고 동녀와 함께 정신없이 해안선을 달렸던 기억이 생생했다.

오광팽이는 불에 타죽었을까.

동녀와 같이 지내면서도 어떤 상황에서도 서로 묻지도 않고 꺼내지도 않았던 이야기였다. 말을 뱉는 순간 너무나 무서울 것 같았고 그것이 너무 두려웠다. 하지만 그는 그 방화의 현장으로 발을 내딛고 있었다.

노을에 밀리고 밀물에 쫓겨 집을 찾는 게들처럼 '갯것'을 이고 진 아낙들이 갯고랑을 타고 건너오는 게 보인다. 개펄 묻은 바짓가랑이를 시나브로 갯고랑에 흐르는 물에 씻어 내리며 철벅거리며 뭍을 향해 올라온다. 멀리서 때가 된 밀물이 소리 없이 쫓아오며 아낙들이 남겨놓은 상처 난 개펄의 잔등을 곱게 곱게 쓰다듬었다. 내일이면 또 그 개펄은 야무지게 살쪄있을 것이다. 아름답고도 숭고한 자연의 후덕이었다.

멀리 후박나무 숲이 드러나기 시작했다. 심장이 요동쳤다. 오광팽이의 집은 짙푸르게 뻗은 후박나무 가지 때문인지 아니면 진짜 불타 없어져 버렸는지 쉽게 드러나지 않았다.

궁금했다. 불에 전소되면서 놈이 죽었다는 소문은 없었지만 분명 타격을 줬을 것이다. 그날 밤 그의 장난감이 영원히 사라져버렸으니까. 개새끼, 욕지거리가 올라왔다. 대놓고 소식을 물을 순 없었지만 동생들에게 돈을 부쳐주면서 고향 소식은 간접적으로나마 들을 수 있었다. 경찰이 그를 쫓거나 수배를 한 일도 없었다.

후박나무 숲으로 가려진 동녀의 그 집은 이미 없었다. 밭으로 변한 집터에는 마늘잎이 파랗게 돋아나있었고, 샘터는 흔적만 남은 채 매워져 있었다.

그는 후박나무 숲에 올라가 앉아본다. 사립을 열고 들어오는 동녀가 온 마당에 한낮의 강진만의 윤슬을 몰고 들어오는 게 환영처럼 보인다. 후박나무 잎이 우수수 그녀의 머리카락에 떨어지고 머리를 한번 젖히면 그녀의 얼굴이 햇살에 곱다. 아, 나는 왜 그녀에게 못가는 걸까. 목이는 푸, 하고 한숨 쉰다.

개펄에는 아낙네들이 밀물을 핑계 삼아 고된 노동을 접고 갯고랑에 흐르는 물에 꼬막이며 바지락, 돌게 들을 씻고 있다. 저기 할머니라도 있다면, 하고 생각했을 때 놀랍게도,

"거그, 목이 아니야?"

염력을 받은 듯 떨리는 목소리가 터져 나왔다. 할머니였다. 재차 확인

한 그녀는 꾸부정한 허리를 억지로 펴며 씻고 있던 호미마저 던진 채 두 손을 마구 휘저으며 달려 나왔다.

"어뜨케 아셨소?"

"내 자석을 나가 모르면 누가 알 것이여. 워메메, 참말로 요것이 꿈이여 생시여이?"

할머니의 헝클어진 허연 머리칼에 개펄이 범벅이다. 할머니는 여전히 식구들을 혼자서 건사하는 걸까, 가죽 같은 두 손은 아직도 뜨거웠다.

"워메, 워메 이 징한 것아, 살아 와줘서 참말로 고맙다. 참말로 고마워……"

목이는 목이 메여 말이 나오지 않았다. 말없이 웅덩이로 내려가 동네 아낙들의 쏟아지는 지청구와 격려를 들으며 할머니의 다라를 받아들고 앞장서서 걸어갔다.

"광팽이는…… 어디로 갔다요? 집이 없어져부럿듬마."

고향 사투리를 마음껏 내지를 수 있다는 게 너무 편했다. 주눅 들고, 감추고 싶었던 고향 사투리가 터진 자루에서 쏟아지는 모래알처럼 자유롭게 빠져나오는 게 신기했다.

"광팽이 죽은 지가 언제라고."

"죽었다고라?"

"술 처먹고 지 집에 불 질르고 염병하더만 얼마 안있어서 죽어뿔드라. 썩을 놈 우리 정자를 고로코롬 괴롭히더니 잘 뒤졌지야. 허기사 다 느 그 아부지 탓이제.

할머니는 아무렇게나 말한다.

"즈그집에 불을 질렀다고라?"

"아, 니는 몰것구나. 그 놈이 즈그 동생 쥑인다고 안그랬냐. 집에 불질러놓고 밤새 즈그 동생 잡으로 안댕겠냐. 그 질로 불쌍헌 즈그 동생도 행방불명이여. 나중에 알고 본께 그놈이 즈그 이복 동생헌티 아조 몹쓸 짓은 다 했다등마, 워메, 그놈이 사람이간 짐승이제. 말은 안허지만 그 놈이 동상까지 죽였을 거라고 혀들."

목이는 가슴이 철렁 내려앉는다.

"근디, 어뜩케 죽었다요? 화상이라도 입었다요?"

"불은 먼 불이다냐, 술 많이 쳐묵고 디졌제. 그놈도 불쌍한 놈이여야. 대대로 내려온 전답 다 팔아 묵고 갈 때는 암끗도 없드란다. 사람들은 느그 누님 엮어서 느그 아부지가 원둑 공사에 돈 갖다 대다가 파탄 났다고도 하드라마는 천만의 말씀이여야. 아, 그려서 느그 아부지가 고라고 고생한 원둑 땅 남의 것 됐것냐?"

"남의 것이 되다니라?"

"워메, 저그 좀 봐라. 나락 익은 거 안 보이냐. 저거 보고 있으면 천불이 난다."

할머니는 콧물을 홀짝거리더니 이내 엄지와 검지로 코를 잡고 풀어버린다.

긴 방죽이 간척지를 감싸고 있고 그 안에는 누렇게 벼들이 익어가고 있었다. 결국 완성했구나, 목이는 감회에 젖어 한참동안 걸음을 멈추었다.

"얼릉 가, 보면 머한다냐. 그랗게 뭔 일이등가 뒷돈 없이 해대다간 남 존일 시킨다마다."

"글면 아부지는, 땅뙈기 하나도 못 건졌단 말이요?"

"멋을 건진다냐. 막판에 돈댄 배면장이 통째로 묵어부렀는디."

"배면장님이요?"

목이는 가슴이 철렁 내려앉는다. 그가 유일하게 알고 있는 유력자인 면장에게 추천서를 받아낼 수 있다는 확신을 하며 달려온 고향이었다.

그의 딸 배인선의 야무진 눈매가 잠깐 스쳐가며 맥이 빠진다.

"그냥 뺏어 갔것소? 면장님이."

"그냥이야 뺏어 갓것냐 마는, 독새드라. 독새여. 돈 놓을 때는 천하 없는 인정 다 베풀어 주는 것 같듬마는 난중에는 형식상 받아논 인감과 계약서를 들이밀고 다 뺏어가드란다. 다 느그 아부지가 숱해서 그려."

"면장님은 한 번씩 집에 오요?"

"그 사람이 뭐 할라고 온다냐. 인자 간 쓸개 다 빼가부렀는디."

목이는 푸, 하고 한숨을 내쉬었다.

목이의 가슴은 먹먹해졌다. 아버지가 만들어 놓은 원둑길을 걸으며 그것이 마치 아버지의 등짝처럼 느껴졌다. 단단하고 질긴 가죽 같은 느낌이었고, 질척거리는 늪과도 같았다.

배면장이 그의 딸 인선을 방죽에 데리고 나온 것은 뜻밖이었다. 허옇게 핀 삐미꽃 무리들이 춘풍에 자지러지며 서로의 부드러운 살결을 파고드는 날, 그날따라 석양은 너무도 곱고 눈부셨다.

목이는 그날도 식구들이 총동원된 가운데 누더기 옷을 걸친 채 돌을 져날르고 있었다. 초등학교 5학년의 봄날, 그날은 잊지도 못하는 날이었다. 분수에 맞지 않은 간척사업을 저질러 놓은 아버지는 심해형을 물에 처박아 죽였지만 굴하지 않겠다는 듯 가용인력을 총동원했고 가족들은 단연 일순위의 노동력이었다.

여기저기 온갖 돈을 끌어다 썼고, 급기야는 아버지의 체통 같은 것은 집어던져버리고 여식을 겁탈한 자와 야합하여 돈을 대 쓰고 있었다. 누나를 성폭행한 마을의 오작꾼 오광팽이에게 동네 사람들의 온갖 구설수를 귓등으로 날리며 혼사를 빌미로 자금을 대 쓰고 있었던 것이다. 하지만, 어느 순간 누나를 겁탈한 오작꾼에게 훈장을 달아 줄 것처럼 서두르던 혼사는 어느 날 갑자기 아버지의 돌변에 의해 미뤄졌다.

공사가 중단 될 거라고 주변의 예측이 나돌았지만 아버지는 귀신처럼 이웃 마을에 사는 면장을 끌어들였다. 배신당했다고 생각한 광팽이의 빚 채근과 누나에 대한 집착이 도를 넘기 시작했지만 아버지는 우직한 소처럼 참아냈다. 방죽이 형태를 갖추어지면서 공사가 난항을 겪었고 비용은 산더미처럼 늘어나는 시점이었다. 그야말로 모든 자금력과 인력을 총동원해 자연이 허락하는 시간과의 싸움에서 이겨야 할 시기였다.

아버지는 조급해했다. 이제 조금만 더 가면 그가 원하는 금싸라기 땅, 가난에서 해방될 땅이 만들어지는 것이다. 그것을 알기라도 하듯이 파도는 더 심하게 저항했고, 물길은 제자리를 빼앗기지 않으려고 안간힘을 쓰고 헐거운 원둑으로 밀려들었다. 아버지는 애가 탔으나 면장은 능수능란한 어부처럼 물때를 기다리는 듯 시간을 끌었다.

면장은 아버지의 성화와 끈질긴 설득에 현장에 몇 번이고 반복해서 찾았지만 아무리 봐도 구미가 당기지 않는 표정으로 돌아가곤 했다. 아버지는 그러면 그럴수록 애걸복걸하며 구세주처럼 그에게 매달렸고 어느 때부턴가 면장은 아버지가 뒷생각 없이 구겨 넣어주는 조건들을 못 이기는 척 받아 챙겼다.

면장은 그날 큰 결심을 한 듯 아버지와 잠깐 밀담을 나누고, 인부들과 함께 호탕하게 웃으며 자기 딸을 인사시키고 평소에 입만 댔던 막걸리 사발을 제법 들이켰다. 뭔가 결단을 내린 듯 했다. 아버지도 상기된 듯 약간 구부정한 자세로 그가 하는 말을 경청하며 연신 고개를 끄덕였다. 겉으로 봐선 아버지가 훨씬 나이가 많아 보였으나 면장이 하대를 하는 것으로 봐선 아버지의 나이가 그보다 서넛은 어린 듯 했다.

"니가 목이냐?"

"예."

목이는 면의 제일 어른이 자신의 이름을 기억하는 게 너무나 감개무량했다.

"우리 인선이하고 같은 또래람서?"

"예"

"어려운 일 있으면 언제든 아저씰 찾아오너라. 인자 너하고 동생들이 여그 와서 일할 것은 없을 것이다. 인자 저그 저 땅이 만들어지면 니가 반 우리 인선이가 반을 가질 것이여. 그렇게 느그 아부지하고 약조하고 시작하는 것이여."

목이는 배면장을 빤히 바라보았다. 자신을 철부지 아이라고 생각하는 걸까. 어쨌든 목이는 뭉클했다. '인선이와 목이 것' 그의 눈빛은 술에 젖었는지 모르지만 애잔함과 인자함이 가득 묻어있었다.

목이는 그제야 바다에 수제비를 뜨고 있는 인선을 바라보았다. 안타깝게도 힘을 받지 못한 돌은 반동을 얻지 못해 그대로 물속으로 퉁, 가라앉곤 했다. 그래도 애써 힘을 주면 하얀 목덜미에서 푸른 정맥이 돋아났다.

학교에서 가끔씩 훔쳐보곤 했지만 이렇게 예쁠 줄은 몰랐다. 감히 자신 같은 이는 접근하기 힘들고 쳐다보기조차 못하는 아이였다. 학예회 때면 맡아 놓고 춘향이나 심청이 역을 하는 아이였고, 옷맵시며 단정한 머리, 깨끗한 피부는 여느 촌아이들 하고는 사뭇 다른 모습이었다.

목이는 인선의 반대쪽으로 걸어가 반반하고 얇은 돌을 골라 보란 듯이 힘껏 저녁노을을 향해 던졌다. 물결이 수없이 꼬리를 물고 일어났다.

"친구끼리 서로 친하게 지내야지. 인선아."

인선이 손을 내밀었다. 목이는 머뭇머뭇 하다가 바짓가랑이 사이로 손을 비볐다. 얼굴이 석양빛보다 붉어졌다. 목이는 도망가고 있었다.

그는 어깨만 으쓱해 보이고 하던 일을 하려고 돌아섰다.

바보 같은 놈, 돌아서서 근사한 인사를 건네고 싶었지만 차마 검게 타고 때 낀 손을 내밀 수는 없었다. 그것은 그 애에 대한 모독이었다. 그는 소금에 절인 얼굴을 감추기 위해 고개를 처박고 이 긴 시간이 소멸되어버리기를 바랄 뿐이었다.

그때 굵고 부드러운 손이 그의 때 묻은 손을 잡아끌었다.

"요놈 보기보다 수줍음이 많네. 자, 서로 악수해봐. 아버지들끼리 큰일을 하는데, 느그들도 사이좋게 지내야지."

목이는 그 애의 작은 손이 닿은 순간 전해져오는 전율은 그야말로 아득하고 먹먹했다.

'아, 내 인생에 영원히 기억될 순간이여,' 목이는 그 순간 멍청하게도 구십 도로 허리를 굽혀 인선을 향해 인사했다. 사람들이 '와' 하고 웃었다.

"오빠, 바짓가랑이 찢어져부렀네이."

동녀였다. 왜 하필 그 애가 여기에 있단 말인가. 밉고, 성가셨다. 목이는 바다 속으로 뛰어 들어가 버렸다. 자신이 검은 짱뚱어 같다고 생각되었다. 뻘 바닥을 기는 짱뚱어, 그의 눈알은 바다 속에서 커졌다. 물은 차갑고 또 뜨거웠다.

다음 날 학교에 갔을 때 인선은 눈인사를 건네며 아는 척을 했지만 목이는 고개를 돌려버렸다. 너무 비교가 되었다. 그 애가 던진 미소가 다른 아이들한테 들키기라도 한다면 그 애에게 평생 죄를 짓고 말 것 같았다.

인선은 스스럼없이 말을 붙여왔지만 그는 차마 대꾸할 어떤 단어도 생각나지 않았다. 하지만 참 행복한 시간이었다. 몰래서 지켜보고, 냄새 맡고, 상상하는 시간들은 꿈결처럼 흘렀다. 하지만 그 애는 여름 방학 이후에는 학교에 나오지 않았다. 나중에 안 일이지만 대도시로 전학을 갔다고 했다.

목이는 아버지가 싫었다. 아버지는 면장과 광팽이 사이에서 줄다리기를 했다. 그들 사이에 무슨 일인지 모르지만 어머니는 아버지에게 전에 보지 못한 쌍욕을 해대며 덤벼들곤 했다. 무슨 사단이 난 것이다. 어머니는 아버지와 광팽이를 '미친개들'이라고 불렀다.

아버지 지동은

"그 새끼는 사람 새끼가 아니여, 짐승도 그런 짐승이 없을 것이구마."

하면서도 광팽이와의 관계를 끊지는 못했다. 하지만 우호적인 두 사람의 관계는 이미 끝나버렸고 누나는 광주로 올라가 시내버스 차장으로 취직해버렸다.

광팽이 주소를 내놓으라고 협박을 일삼았어도 아버지는 꿈쩍도 하지 않았다.

"자네가 고지랄하면서 먼 낯바닥으로 내 딸년을 만나. 나가 안 준다 소리는 안혀. 지도 시간이 필요해. 기달리랑게."

마을에는 이상한 소문이 돌았다. 그 소문이란 게 목이로서는 이해할 수 없는 어른들의 추문이었다.

'광팽이 그 오작꾸가, 즈그 장인 거 건드럿디야.'

추한 소문이 목이 어머니의 귀에 들어 간 순간 그녀는 정신을 놓아버렸다.

목이는 아버지의 소문에 엮여있는 장터의 죽은 이발사 부인을 유심히 본적이 있지만 아무리 생각해도 아버지가, 광팽이가 연적관계까지 되면서 그녀와 배를 맞췄다고는 믿어지지 않았다.

그녀는 늙고 보잘 것 없는 뚱뚱한 여자였다. 어머니가 그런 여자 때문에 자리에 누웠다고 생각하자 한없이 분하고 억울했다. 겨울이 오기 전에 어머니는 당산나무에 목을 맸다.

어른들은, 더럽고 혐오스러운 존재였다. 그 어른들의 문제는 결코 어른들의 문제로 끝나지 않았다. 목이는 그때부터 집안을 책임져야 했다. 노망난 할아버지와 바람난 아버지를 대신해서 늙은 할머니와 함께 어린 식솔들을 책임졌다.

죽은 사람이라도 돌아온 양 동생들은 그를 반겼지만 아버지는 거의 폐인처럼 마을을 떠돌았다. 정자 누나는 이미 늙은 남편과 헤어지고 행방이 묘연하다고 했다. 동생 석이는 중학생이 되었고 항상 골골거리던 막내 국이는 키만 멀대 같이 커 있었다.

목이는 그들이 학교에 다니고 있다는 것 자체가 너무 신기했다. 도시물을 먹어 몰라보게 낯설어진 그의 곁을 빙빙 돌던 동생들은 이튿날이 지나자 서먹서먹한 감정을 죄다 잊어버린 듯 귀찮을 정도의 호기심 보이며 그에게 매달렸다.

목이는 동생들에게 그가 부딪친 현실의 도시에 대해선 이야기 할 수 없었다. 그들의 초롱초롱하고 순진무구한 눈과 마주칠 때 그 험한 노동의 시간과 열악한 환경, 공해, 매춘 등을 꺼낼 수는 없었다.

해운대의 큰 백사장, 시내버스, 백화점, 타워가 있는 공원, 거대한 운동장, 상수도, 자갈치 시장...... 도시가 가지고 있는 최상의 것들만 골라 이야기를 해주면 동생들의 눈은 반짝거렸다.

그러다가 더 재촉하면 호텔, 그랬다. 최구가 '보이'로 일하는 고급 호텔의 어마어마한 라운지, 식당, 침대 그리고 그 호텔을 이용하는 번쩍거리는 고급승용차와 그들의 멋진 양복, 악세사리 등이 최구에게 하도 많이 들어 자기가 겪고 이용한 현실처럼 이야기했다. 그리고 마지막에는 다짐처럼 말했다.

'공부해라, 공부만이 살길이다.'

그것은 마치 자신에게 다짐하는 말이었다. 나이 차이가 나지 않았지만 그와 동생들 사이에는 엄청난 질량을 가진 시간들이 존재하는 느낌이었고 그런 동생들과 함께 할수록 어깨도 무거워졌다.

할아버지는 치매에 중풍까지 들어 동물처럼 윗방에 갇혀 알 수 없는 심음을 끊임없이 뱉어냈고, 할머니는 노구를 이끌고 밤이나 낮이나 갯바닥을 기어 식구들을 먹여 살리고 있었다. 아버지는 술이 끊긴 날은 풀이 죽어 있었으나, 그의 근육은 아직 강했고, 욕망은 걷잡을 수 없어, 기회가 되면 언제든 일을 저지를 기세였다.

만식은 마당 한 쪽에 수북이 쌓인 나무 옆에 마련한 작은 평상에 앉아 바지런히 칼질을 하고 있었다. 틈틈이 베어다 한 데다 놓아두고 햇볕과 비바람에 말린 나무들을 톱으로 베고 사포로 문질러 놓은 나무틀에 글씨를 새기고 그림을 그려 넣는 중이었다.

"면장님 계시나?"

정신없이 작업에 몰두해 있을 때면 만식은 누가 오는지 가는지도 몰랐지만 어깨까지 흔들어대며 부른 사람을 안 쳐다볼 수가 없었다. 늙은이처럼 이마에 주름이 잡히고 눈이 째진 게 영 기분 나쁜 얼굴이었다.

"아부지 계시냐고?"

만식은 말없이 고개를 젓고 습관처럼 다시 조각칼을 든다.

"멀리 가셨나?"

"모, 몰라뢰."

"왔다, 너 칼질 한 번 근사하게 허네. 막 그림도 그려뿌네, 근디 이 여자는 누구여?"

목이는 허락 없이 목판을 만지다가 만식은 불쾌한 듯 손을 밀어낸다.

"우, 우리. 누, 누나여봐."

목이는 가슴이 벌렁거렸다. 손을 갖다 댄 목각 속에 드러난 소녀의 얼굴이 인선이란다. 목이는 가슴이 철렁 내려앉는 기분이었고, 그녀의 피부라도 닿은 양 따뜻한 온기가 손끝에서 느껴졌다. 가을 햇살은 담벼락을 타고 뻗어있는 땡감나무에 맹렬히 내리쬐며 감송이들을 꽃잎처럼 물들이고 있었다.

"누나? 인선이?"

목이는 애써 확인해본다. 왠지 알은 채 한 게 죄스럽게 느껴진다.

"예, 예. 우, 우리 누나요."

"안즉 광주서 학교 댕기냐?"

목이는 그녀에 대해 묻는 것만으로도 턱이 떨려왔다.

"야, 그, 그란디 겨울 방학 때 오, 온다고."

"겨울 방학."

그런 것도 있었지. 방학.

"근디, 어떻게 요런 걸 할라고 맘 묵었냐? 참 대단하다."

"그, 그냥."

만식이 나무와 친해진 것은 초등학교 때부터였다. 통신표에 도장을 받아오지 못한 친구들에게 장난삼아 지우개에 작은 도장을 파주면서 담임이 감쪽같이 속아 넘어가는 것을 보고, 친구들의 주문이 쇄도했고 차츰 대추나무나 회양목 등을 잘라 와서 도장을 파기 시작했다. 그리고는 차츰 서각을 하고 그림을 새겨 넣는 데까지 이르렀다.

그것은 단순히 취미를 넘어서 지독한 말더듬으로 위축되어 있는 그에게 축복 같은 탈출로였다. 비록 가짜 도장 때문에 결국엔 선생에게 혼쭐이 난 적도 있지만 친구들로부터 처음으로 인정을 받았을 수 있었다. 말더듬이 배만식은 나무를 만지면서 답답한 언어의 구속으로부터 해방되어 다른 세계로 빠져나가는 통로를 발견한 것이다.

목이는 마치 이곳에 온 목적을 잊어버렸다는 듯이 이것저것 물었다.

"아부지가 자랑스러워 하시것네."

"고, 공부 안하고 쓰, 쓰잘데기 없는 짓 한다고 난리여라."

만식은 처음으로 웃었다.

"좋아하는 걸 혀야제."

목이는 왜 그런 말이 나왔는지 모른다. 살만한 집이니까 좋아하는 일을 해야 된다고 생각해서였는지, 아니면 그 목각작품에 매료되어서였는지 모르지만 어린 그의 몰두와 집념이 너무나 좋아 보였다. 어쩌면 자신은 평생 자기가 좋아하는 일을 하지 못하고 생존에 허덕이며 살 운명이라는 것을 어렴풋이 예감하고 있었는지도 모른다.

목이가 관심을 보이자 만식은 자신을 인정해주고 있다고 느꼈는지 급격하게 호감을 보이기 시작했다.

"이거 주까라?"

"워메 이 귀한 인형을 준다고야?"

목이는 마치 보물을 받듯 그 목각 인형을 받아들었다. 거기 인선이 빙긋이 웃고 있었고 틀림없이 인선의 하얀 얼굴이 보였다.

"느그 아부지한티는 이걸 내가 써줬다고는 말 허지 마라."

입학 추천서를 써준 얼굴이 크고 붉은 면장은 다짐을 주었다. 목이는 예, 하고 작게 대답했지만 묘한 죄책감이 이는 것을 느꼈다.

'아버지 미안해요. 하지만 꼭 땅을 찾아 드릴게요.'

그는 인사하고 돌아서며 맹세했다. 그리고 얼마 후 그는 합격통지서를 받을 수 있었다. 그것은 목이가 태어나서 처음으로 인정받은 공식적인 문서였다. 목이는 그 해 겨울 동안 집에 머물렀다.

방학이 되자 고등학생이 된 친구들이 돌아왔다. 그가 기계공고에 합격했다는 것에 놀라워했다. 뜻밖에도 동팔이 그가 진학하려는 기계공고에 다니는 사실을 알았다. 둘 사이는 급격하게 가까워졌다. 동팔은 그동안 섭섭하거나 소원했던 친구들 자리에 끼워주었고 검정고시생을 무슨 대단한 시험에 합격한 것처럼 자랑했다. 또한 목이가 이곳에서 초, 중학교를 정상적으로 졸업한 것처럼 동화시켜주었다.

목이는 난생처음 고삐 풀린 망아지처럼 친구들과 몰려다니기 시작했다. 오늘은 이 동네, 내일은 저 동네, 이집 저집을 기웃거리며 날밤을 세웠다. 무엇이 그렇게 좋은지 무엇이 그들을 밤마실로 이끄는지 모르지만 어울리는 무리의 수는 더해졌다.

6년, 또는 9년 동안 같은 학교에 다니면서도 서먹서먹하고 어려워하던 동급생 소년소녀들은 이때를 기다리고 있었다는 듯 허물없는 사이로 변했다. 마치 닫혀있던 꽃망울들이 일순간 터진 느낌이었다. 그들은 부모의 눈을 피해 바닷가에 모이거나 냇가에 숨어들어 밤마다 모닥불을 피워놓곤 밑도 끝도 없는 수없는 말의 잔치를 벌이거나 카세트테잎을 틀어놓고는 보릿대춤을 추곤 했다.

그리고 그녀, 인선이 그들 곁에 다시 왔다. 그녀가 얼마나 예쁜지, 얼마나 총명하고 귀여운지, 얼마나 세련됐는지, 자태가 얼마나 고운지 말할 필요가 없었다. 그녀는 옛 친구들 속으로 늘 그래왔던 것처럼 놀던 물로 스며드는 고기처럼 파고들어와 어울렸다.

전혀 뜻밖의 모습이었다. 촌 애들과는 격이 달라 보이는 그녀였지만 누구에게든 친절했고, 다정했고, 그러면서도 다구졌다. 그런 그녀이기에 목이는 애초부터 먼발치서 그 애를 훔쳐보는 것으로 만족했고, 어쩌다 눈이라도 마주치면 먼 산을 바라보곤 했고, 말이라도 부쳐오면 언제나 단답형 대답으로 끝내고 말았다.

 헤어지고 나면 후회가 되고 아쉽게 느껴지고 바보스럽고 우스꽝스러운 대화를 몇 번이고 되새김질하지만 다음에 만날 때면 더욱 서툴렀다. 그녀 앞에만 서면 그 모든 언어들은 봄바람의 꽃가루처럼 흩어져버렸다.

 참으로 운이 좋은 어느 날이 왔다. 목이는 인선을 집에다 바래다 줄 기회를 얻은 것이다. 어떻게 해서 그런 기회가 왔는지, 억지로 만들었는지는 모르지만, 그는 들떠서 자기 집 가는 것처럼 앞장서서 걷고 있었다.

 달이 뜬, 왠지 그 달이 무척이나 추워 보이는 날이었다. 친구들과 어울러 놀다가 그녀가 마지못해 일어선 것은 그녀 아버지의 득달 때문이었다. 동생 만식이 데리러 왔는데도 변명거리를 만들어 동생을 돌려보내고 한참동안 가지 않은 그녀였다.

"넌 참 특이해."

코트에 손을 꼭 넣고 따라오는 인선이 지나가는 말처럼 툭 던진다.

"너는 어른 같아."

 목이는 그 말에 대꾸할 대답을 찾지 못했다. 그래서 싫겠지. 니가 왜 길동무로 나섰냐고 따질 것 같다. 바래다줄 사람이 줄을 서서 있는데. 모욕이라도 준 걸까. 차마 돌아 볼 자신이 없다. 그 때다. 따뜻한 호주머니에 쑥 들어 온 것은.

"이게 뭐야?"

"아, 그거?"

 동팔은 만식에게 얻은 목각인형을 주머니에 넣고 다녔다. 그녀 손이 갑자기 주머니에 들어와서 들켜버린 셈이었다.

"꺼내봐."

인선은 힘을 썼지만 목이는 안간힘을 쓰고 그것을 움켜쥐었다. 그걸 보이는 순간 속마음을 죄다 들킬 것만 같았다.

"소중한 것인가 보지?"

목이는 고개를 끄덕였다.

"그래, 소중한 것은 남에게 보여주는 게 아니지. 근데 난 니가 좋아. 신기해. 그리고 대단해. 동팔이와 같은 학교라니. 내가 부산에 꼭 놀러 갈 거야."

시간들이 멈춰버린 것 같았다.

이것이 사랑일까.

한 마디 말도 못하고 인선의 끝없이 이어지는 재잘거림에 고개만 주억거리며 어떻게 왔는지 모르지만 그녀의 집 앞이었다.

"누나!"

만식이었다. 그리고 배면장이 두 사람을 대문께에서 노려보고 있었다. 당황한 목이는 얼른 인선과 떨어지며 허리를 굽혀 인사했다. 면장은 외면하지도 않고 한참동안 노려보더니, 잠깐 아랫입술을 깨물었다.

"이런 놈 하고 어울려 댕기니라고 밤마다 마실이여?"

낮고 차가운 음성이었다.

"그냥, 친구여라."

"부끄러운 줄 알아라."

"뭐가요?"

"몰라서 묻냐? 어떻게 어울릴 놈이 없어서 천하의 망종 한지동이 아들이여?"

"아버지!"

"그만 들어와."

"아버지가 야한테 학교 추천서까지 써줬다면서요."

"시끄러. 동냥치가 와서 동냥 준 거여."

"아부지! 먼말을 그렇게 하요."

인선이 바락바락 대꾸했다. 화를 참지 못한 배면장의 손이 올라가는 걸을 만식이 붙잡았다.

"누, 누나 긍게 빨리 오라고 한께는."

"시끄러, 어디서 굴러온 놈이 이래라 저래라여?"

"뭐, 굴러온 놈, 이 가시나가 어디서 입 주둥일 나불대."

머리끄덩이가 와락 붙잡혔다.

"내일 당장 광주로 올라가라. 만식아, 대문 닫아라."

겁먹은 만식이 대문을 재빨리 닫았다.

목이는 한참동안 멍하니 서 있었다. 현실이 아니길 비랐다. 인선이 저런 취급을 받는다는 게 너무 부당했다. 그리고 '동냥치라......' 목이는 픽하고 웃었다. 그리고 터벅터벅 길을 내려왔다.

"성, 있어봐."

"......"

"성질났는가?"

"......"

목이는 숨을 몇 번 크게 쉬고 돌아섰다.

"성, 우리 누나는 아부지가 그냥 미운께 누나 이해혀봐. 다 나 땀새, 우, 우리 아부지가 나를 안 데꼬 왔어도 누나가 저러지는 않았을건디."

그것은 느그 부자간의 문젠게, 목이는 대꾸 없이 비탈을 내려왔다. 그리고 멀리서 다시 한 번 인선의 집을 돌아본다.

'너를 그 곳에서 빼내줄게.'

목이는 그 뒷날 곧바로 부산으로 향했다.

"이거 기억나나?"

한목이는 최구와 함께 찾아온 배만식을 향해 물었다. 한목이가 책상 깊숙이에서 뭔가를 꺼내 탁자에 내려놓은 후였다.

"아 아,"

배만식은 얼굴이 벌게지며 웃었다.

"이걸, 지, 지금까지."

"내 생을 포기할 때까지 가지고 있겠지. 자네집 골목을 빠져나올 때 이걸 버릴까도 생각했는데 마음을 바꿨지. 내가 원둑땅을 되찾아 오는 날까지만 가지고 있자. 또 느그 누나를 배필로 삼을 때까지만 보관하자, 마음먹었지. 그래야만 살아갈 것 같아서."

그는 재빠르게 목각인형을 집어 들어 서랍 속에 넣었다.

"죄, 죄송해요."

"뭐가?"

"다, 다요."

"이제 지난 이야기야. 그냥 추억이 생각나서. 자넬 보니 감개무량해서."

"누나 때문에 고초를 많이 겪었지요? 여러 가지로."

"다 내가 좋아서 한 일이야. 그건 그렇고, 많이 어렵다고?"

"여, 염치불구하고 와봤습니다. 이 형님이 하도 가보자해서."

"잘 왔네. 내가 마침 새 공장을 짓고 있고 협력사들을 찾고 있는 중이니 내가 오히려 도움을 받을 듯하네. 그런데 자네는 누나를 만나나?"

"가끔씩 연락은 하지만 얼마나 좋겠어요. 누나가 보기엔 우리 집안의 분란원인이 나였는데, 어머니 돌아가시고는 소식이 끊겼지요. 누나도 평범한 인생을 살지 못해서 그렇고. 형님은 연락하세요?"

"……"

"만나고 싶지 않겠지요."

"만나고 싶지 않다고 안 만날 수 없는 운명도 있지."

그리고 잠시 침묵하는 사이에 최구가 끼어들어 앞서 나갔다.

"그냥 형님한테 납작 엎드리고 들어가라. 일은 원하는 데로 줄 것인게."

제 앞가림도 못하는 최구가 교통정리를 한다.

언뜻 배만식의 얼굴에서 그의 아버지 보습이 보인다.

'면장님, 내가 당신 아들에게 소작을 주려하오.'

한목이는 담당 직원을 부른다.

8. 쇳가루 맛

 오랜만에 만난 여자는 마른오징어처럼 변해 있다. 몸뚱이는 제멋대로 커졌으나 두 다리는 가늘고 윤기가 없다. 앞으로 얼마동안 그 큰 몸무게를 견뎌낼 수 있을 지 두려웠다. 홍정은 잠시 주책없이 발기된 자신의 물건에 저주를 내렸다.

 멈춰버릴까, 여자의 꽉 낀 바지를 벗겨냈을 때만해도 주책없는 욕정은 예상외로 강했다. 하긴 그녀와 몸을 섞은 세월이 몇 년인가. 아랫도리는 그 기억을 잊지 못한 듯 제멋대로 꿈틀댔다. 거기까지만 갔어야 했다.

 무엇이 아쉬워 스웨터를 걷어내고 브라자를 밀어 올렸는지, 그녀의 숨소리가 고무풍선에서 바람 빠지는 소리처럼 들렸다. 배는 크고 헐렁했고, 유방은 늘어져 비어있고, 유두는 그 헐렁한 보자기에 처박혀 있다. 맥이 쭉 빠진다.

 에프터서비스를 받을 시점. 기계도 오랫동안 사용하거나 반대로 너무 사용하지 않으면 트라블이 생기고 본래 가지고 있던 동작을 못한다. 그래서 자신과 같은 수리공이 필요하다.

홍정은 이 여자의 경우, 너무 많이 사용해서 서비스가 필요한지 너무 방치해서 그런 건지 잠시 가늠해본다. 그동안 남자가 생겼다면 전자일 가능성이 있고 몇 년 동안 아무도 돌봐주지 않은 자신의 죄라면, 여자에게 왠지 미안할 것 같다. 쇠로 만든 기계들, 그 무생물도 만지고 보듬고 동작시키면 윤기가 나고 반짝거리다가도 잠시만 소홀히 관리하면 벌겋게 녹이 슬고 오작동을 일으키는데, 하물며, 떠난다는 말 한마디 없이, 어느 날 매몰차게 떠났는데 어떤 이유로든 녹슬고 부스러지고 상처 났을 것이다.

설마 이 여자는 이미 에이에스 시점이 넘어서버린 것은 아닐까. 너무 방치했거나 너무 무리해서 원래의 용도로 사용할 수 없어 폐기처분해야 할 그야말로 고철덩어리 같은 존재일까. 홍정은 그녀를 물끄러미 바라보다 흐리멍덩한 시선과 마주치자 손을 뻗어 가볍게 옆구리를 밀었다.

희숙은 그의 터치를 기억해냈는지, 아니면 자신도 민망한 뱃살이 불편했는지 순순히 무릎을 꿇고 돌아눕는다. 그도 무릎을 세우고 그녀의 엉덩이에 두 손을 얹고 다시 시도해본다.

오랫동안 세워놓은 기계나 피진 기계는 일단 윤활배관부터 살피고, 그 배관을 통과한 기름이 왕복하는 축의 베드에 적절하게 분사되는지부터 살펴야한다. 원래부터 흐르지 않는지, 잠시 막혔는지, 일시적으로 유막이 형성이 안됐는지, 살피고 움직여야 기계에 무리를 주지 않는다.

"되겠냐?"

엄두가 나지 않는다. 다시 작동시키는 것이

여자의 건조한 밤송이 같은 생식기에 기가 질린다. 부스러진 욕망은 혓바닥을 둥글게 말고 숨어들어가고 엉겁결에 떨어지는 침을 손가락에 담아본다. 어쨌든 시작된 일이다. 다시 왔고, 다시 고쳐서 시작하는 거다.

"할까?"

그녀는 자포자기한 듯 이불에 박힌 얼굴을 끄덕거린다. 축 처진 볼이 드러났다.

살집이 아래로 처지자 그나마 엉덩이가 둥글게 모아지고 여성 특유의 곡선이 살아났다. 홍정은 수축되기 시작하는 남근의 끝을 손으로 붙잡고 그녀의 엉덩이에 갖다 붙였다. 꺼질 것 같은 욕정의 불꽃이, 발버둥치는 자존을 애써 모으며 간신히 고개를 넘어갔다. 그리곤 불씨를 만드는 원시인들처럼 격렬한 반복운동을 시작했다.

두 사람의 방사는 싱겁게 끝났다. 더 이상 변형된 체위도, 애무도 없었다. 쉽게 절정에 오르는 방법을 알고 있었고, 불편한 시간들을 낭비할 정신적인 여유도 없었다. 이미 망가진 기계들이었다.

홍정은 벌러덩 나자빠져 미처 벗지 않은 외투에서 담배를 꺼내 문다. 희숙이 머리 맡, 방바닥에 놓아둔 라이터를 고개도 돌리지 않고 습관처럼 집어와 불을 붙여주고 손가락을 내민다. 그녀의 젖꼭지에서 담배 냄새가 배어있었던 게, 섣부른 애무가 없었다는 것을 다행이라고 생각하며 한 개피를 더 꺼내지만, 망설여진다. 희숙이 재빨리 나꿔챈다.

"요즘은 몇 놈이나 만나냐?"

"그거 따지러 왔나?"

"아니, 요즘은 어떤 얼빠진 놈 꼬드겨서 먹고 사나 하고."

"그기 삼 년 만에 나타나서 할 말이가? 문 두둘기고 자는 사람 깨워 한 마디도 없이, 니가 키우는 짐승처럼 가랑이를 벌려 배설했잖아. 그런 내가 어떤 놈 배설물을 처리하든 상관 할 바가 아니지."

제법 야물어졌다. 아니면 허물어져버렸거나 나태해졌을까.

"그 몸에?"

홍정은 모욕적으로 희숙의 몸매를 흘겨봤다.

희숙이 벌떡 일어나 손을 들지만 먼저 손목이 잡힌다. 억울하여 몸부림치지만 이길 수가 없다. 검은 유두가 이리저리 흔들린다.

어쩌자고 여기로 다시 도망 왔을까? 공작기계 수리를 다시 시작한지 불과 일주일만이다. 오늘도 휴대폰에서 연속으로 울려대는 전화벨 소리 때문에 억지로 일어났다. 주섬주섬 일어나 공구 가방을 챙기는 그를 보고 아내가 눈을 흘긴다.

'니 그래갖고 묵고 사는가 보자.'

심통이 잔뜩 들어 있는 인상이다. 그러거나 말거나 애써 외면하며 의뢰인의 회사로 나갔다. 하지만 수리를 시작도 하기 전에 220볼트 기계에 태만하게 꽂은 380볼트 전기를 넣어 순식간에 기계에 내장된 전기 기판이 터져 버렸다.

잘잘못을 놓고 업주와 옥신각신하다가 여전히 물렁한 성격 탓에 덤터기만 쓰고 떨어졌다. 그리곤 뿔이 나서 하던 일을 걷어치우고 나와 무작정 시내를 배회하다가 희숙의 가게 앞에 서 있는 자신을 발견했다. 왜 여기지. 망설이고 서성거렸다.

홍정은 마음을 달래려고 근처 슈퍼에서 집어든 소주발이 결국은 그녀의 가게 문을 걷어차게 하는데 일조했다.

"왜 왔는데?"

"그냥, 사는 꼬라지가 어떤가 싶어서."

"느그 마누라한테 돌아가니 좋드나,"

희숙은 옷을 주섬주섬 주워 입는다. 떠날 때,

'집으로 돌아가니 그냥 놔주라'고 했던 말을 똑똑히 기억하고 있는 듯 했다. 헝클어진 머리와 축 처진 볼 살, 눈꼽 긴 모습이 신경을 거슬리게 한다. 홍정은 바닥에 놓인 손거울을 집어 든다. 자신의 모습도 저토록 처참하게 무너졌는가. 홍정은 손거울을 집어던졌다.

"한 잔 할까?"

"니한테 술 팔 생각 없다."

"니? 자꾸 말투가 거슬린다. 니라니,"

"왜 그러면 안 되냐? 우리가 붙어 묵은 게 자그마치 수년이야. 하룻밤만 자도 니너 하는 게 남녀관계야. 생각도 없이 대준 게 그 탓이겠지. 다신 요구 하지 마."

홍정은 멋쩍어져 주섬주섬 바지를 껴입는다.

"놈이 생긴 모양이네."

"그라머, 혼자 살까봐,"

희숙은 쨰려보더니 수건을 들고 수돗가로 가서 물을 적셔온다.

"씻고 입어."

희숙은 돌아누워 다시 담배를 꺼내 문다. 편한 여자였고 충성심이 강한 여자, 쉽게 말하자면 마음대로 가지고 논 여자였다. 무섭고 철두철미한 마누라를 피해 위로받고 지배했던 여자였다.

호프집에 딸린 이 방은 작고 비좁지만 살림에 필요한 기초적인 물품은 다 있었다. 원래는 낮에 잠깐 눈을 붙이기 위한 용도에서, 얼마 후에는 은밀하고 특별한 손님들 방으로 변질되었다가 언제부턴가는 홍정의 욕망을 해소시켜주는 밀실이 되었었다.

그들이 헤어질 무렵엔 그녀의 원룸보다는 이 방에서 지내는 날이 많았다. 함께 뒹굴던 침대는 없어졌고, 그 자리에 라텍스 매트리스가 놓여 있었다. 그 동안 저가의 동남아 여행상품에 현혹되어 비행기에 올랐다가 덤터기써서 사온 물건임에 틀림없었다.

"여기서 아예 살림 하냐?"

"집에 가봐야 반겨주는 놈이 있나, 돈도 없고,"

"남자 있다며?"

"니가 댈고 온 것들 밖에 더 있었을까? 습관 더럽게 들여놔서 세 놈이 한꺼번에 붙어먹자고 하는 놈들도 있드라마는, 자신 없어서 참았다."

노골적인 야유를 보낸다.

"니가 좋아서 끝까지 가 본 거야. 그 얘긴 말자."

이 여자와 참 별의별 짓을 다했다는 생각이 든다. 아니 그 별의별 세상으로 여자를 끌어들이고 학대하고 괴롭혔다. 쏟아지는 포로노물은 얼마나 많은 기괴한 성적 상상력과 호기심을 자극했던가. 쾌락과 변태의 끝에 도사리는 공허함과 추악함의 본 모습에 얼마나 절망하고 좌절하며 물고 늘어져 서로를 학대하며 피폐해졌는가. 피부병에 걸린 사람처럼 긁고, 피나고, 또 긁어대며 상처를 키웠었다. 하지만 아내 앞에만 가면 오그라지는 남근이 이 여자 목소리만 들어도 힘차게 솟아오르는 갈망이 잠시나마 자존을 일으키게 했었다.

희숙은 실내등을 점등하고 스테레오를 켜고 날렵하게 맥주와 야채 몇 개를 깎아 내온다. 들어올 때 어두침침해서 가게의 인테리어가 그대로 인줄 알았는데 제법 그럴싸하게 변해 있었다. 방도 그때 넓힌 듯 했다. 돈 좀 벌었는 성 싶어 묻고 싶었는데 맥주를 따자마자 희숙이 친절하게 궁금증을 풀어준다.

"돈 들이면 조금 나을 줄 알았는데 손님은 더 없어. 하기사 이런 곳에 시설보고 오는 놈이 있겠어, 흐트러진 주인아줌마 치맛자락 보고 오지. 애초에 시작한 게 죄지."

그렇게 말하고 희숙은 말꼬리를 흐렸다. 어쨌든 남자라는 것들 중에서 가게를 차리는데 금전적 도움을 준 유일한 사람이었다. 탐욕에 대한 대가를 충분히 지불했다고 생각했지만 어쨌든 마음을 준 남자였다.

"혼자 하냐?"

"혼자는 못하는 거 모리나, 고용할 처지도 못되고. 다행히 집구석에 앉아 있으면 좀 쑤시는 친구들이 많아."

"니 수법 아니냐? 친구들 끌어들이고, 미끼삼아 남자들 홀려대 술 팔 아먹는 거."

"그 친구들하고 놀아먹은 놈은 누구고,"

다시 언성이 높아졌지만, 애써 무시하고 당근을 베어 먹는다.

두어 잔 들어간 술기운인지, 어쨌든 세수하고 화장한 여자는 아까의 여자는 아니었다. 허리통의 굵고 기름진 살집은 또 다른 소유욕을 불러 일으켰다. 홍정은 잠시 가게를 둘러본다. 탁자 위에서, 소파 위에서, 좁은 부엌에서, 술이 취해 한층 대담해진 날은 뒷마당까지 붙어 나와 물고 뜯던 기억이 스쳐간다.

"다시 드라이버 잡았다."

"놀고먹어도 되잖아. 돈 버는 언니 있는데."

"나를 인간 취급이나 하냐."

"죽고 못 살았잖아."

"사육당하는 거다. 하긴 요즘은 사육장에서도 쫓겨날 지경이다."

"엔간히 애를 먹였겠지."

"숨이 막히는 걸 어떡하냐? 숨이 막혀 죽겠는 걸."

홍정은 조금 과장스럽게 자신의 목을 손으로 쥐어본다.

"드디어. 방목인가?"

"그게 이상하다니까. 만날 마누라 눈치보고 살다가 그게 없어지니까 다리가 풀리는 것 같단 말야. 허전하고 중심을 잃어버린 팽이 같아. 맨날 맞아야 뱅뱅 잘 돌아 갔는데."

홍정은 키득거린다. 그러다가 뚝 웃음을 그치고 고개를 갸웃거리며 눈을 돌린다. 흰자위가 비굴하게 나타났다 사라진다.

"좀이 쑤시것네."

"문제는 돈이야. 씨바, 돈을 안줘. 할 수 없이 다시 도라이버 잡았는데 만만찮아. 놈이 생긴 것도 같고."

"바람났어? 그 나이에?"

"댁보단 났네요."

"그 상황에서 마누라 편들긴, 그래서 왔어? 마누라는 안 대주고 만만 한 년한테 몸 풀러?"

"니 몸을 보고 이야기해라. 그게 사람 몸매냐, 몸통이지."

"그래서 허겁지겁 했냐?"

"실수야, 만나니 습관처럼 그런 거야. 다신 그런 일 없을 것이야."

"누가 대주나,"

턱을 까닥이며 눈을 잔뜩 흘긴다. 홍정은 그러거나 말거나 잔을 비운다. 아무래도 어려운 말을 꺼내려니 힘이 든다.

"너, 빌려간 돈 좀 줘야겠어."

부러 무심한 듯 툭 던진다.

"빌려간 돈?"

"그래, 가게 얻을 때 준 돈."

"그걸 내놓으라고, 이미 니가 다 묵고 갔고 화대로도 다 치렀것다."

희숙은 받아치지만 한 대 얻어맞은 것 같다. 화가 머리끝까지 차올랐지만 오히려 차분해진다. 아련하게 가슴 밑바닥에 머물러 있던 애틋한 감정이 한 순간에 날아가 버린다. 가슴이 까맣게 타오른다.

"나는 그냥, 자리 잡을 때까지 좀 있으면 도와주라는 거지. 독한 마누라가 사무실 얻을 돈도 안 주고, 알아서 벌어 묵고 알아서 맘껏 살란다."

홍정은 비굴해진다. 비굴해도 할 수 없다. 현실이니까.

"그러니까 어쩌라고?"

"다시 일 하려고 해도 영 일이 손에 안 잡혀. 그리고 수리부품이나 테스터기도 좀 사야 되는데 돈이 있어야 돈을 벌지."

"이 가게 써라. 니가 돈 보탰다고 생각한다면."

"그러지 말고 돈 좀 융통해주라. 마누라와 이혼하면 다시 줄게."

"이혼?"

"그래, 여편네한테 위자료 받아낼 때까지만 융통해주라."

"니 몫이 있냐? 평생 놀고 묵고 산 주제에."

"무슨 소리야!"

버럭 소리를 지른다,

"아무도 모른다. 내가 그냥 집구석에서 놀고 묵은 줄 아냐?"

희숙이 빤히 쳐다본다. 이제 이 남자가 진정으로 자기 것이 된다는 뜻인가?

"이혼할거야?"

"그래,"

"이혼하면?"

한 때는 내 것이라고 생각했던 남자다. 누가 뭐라 하든 뺏어오고 싶었다.

"돈 좀 해줄 거야?"

희숙은 머리를 흔든다. 이런 개자식하고 살려고 하다니. 그때 누군가 가게 문을 두드렸다. 두 사람은 잠시 죄지은 사람들처럼 숨을 죽이고 가만히 있었다. 궁시렁거리는 소리가 나더니 다시 한 번 문을 흔든다. 홍정이 일어서려고 하자 희숙이 어깨를 붙잡는다. 두 사람의 눈이 마주친다.

희숙이 문을 열자 어떤 사내가 야채를 잔뜩 사들고 문을 열자마자 바닥에 놓았다.

"시장에 갔다가 물건이 좋아 그냥 샀다."

그러고서야 안에 있는 홍정을 보고는 놀란 듯 고개를 들었다.

"어, 고마워요."

"우리 사촌 옵빠."

차라리 애인이라고 하지. 그래야 농담 속으로 진실을 감춰버릴 수도 있을 텐데. 생각지도 않은 방문자가 잊어버렸던 질투심을 불러일으키게 했다. 그는 잠시 후 스스로 그런 감정에 비웃음을, 같잖은 감정덩어리라고 스스로 코웃음 쳤지만 아무래도 지워 버릴 수 없는 감정의 씨앗 같았다.

돈을 받아내야겠다는 생각이 불쑥 솟아오른다. 돈 애기로 다시 한 번 옥신각신 말다툼을 벌이지만 뾰족한 대책 없이 추해진 짐승처럼 으르렁거린다. 치정의 끝이란 게 이런 것인가.

"다시 시작했지. 송충이가 솔잎 먹고 살아야 했는데......"

"잘했다. 너 같은 기술자를 썩혀야 되것나?"

어려운 전화를 끊고 나자 갑자기 자신의 인생이 송충이보다 못해보였다. 지극히 혐오스럽고 불결한 생이었다. 그렇다고 처음부터 그런 놈은 아니었다. 세 살 많은 여자 만나 결혼한 것 빼고는 특이 사항이 없었다. 아내의 젖무덤에 머리를 부비고 살았고 아이도 둘이 생겼다.

그럭저럭 회사도 잘 다녔다. 하지만 회사에서 부서가 옮겨지면서 모든 게 변했다. 가만히 앉아 전자 수리하는 파트에서 A/S 부서로 옮기면서 사단이 나기 시작했다.

전국 각지로 출장이 잦아지면서 숨어있던 바람기가 발동했다. 공작기계수리 의뢰는 쉴 새 없이 쏟아져 들어왔다. 막 CNC기술이 퍼져나가는 시기였다. 기계는 만드는 족족 팔려나갔다. 수리기사의 가치도 한꺼번에 올라갔다.

집에 들어오는 날이 더 적어진다고 누구나 일탈을 꿈꾸지 않는다. 소속된 직장인에게 가장 위험한 것은 공돈이 생겼을 때다. 직위가 있든 없든 공돈이 생기면 남자는 탈출을 꿈꾼다. 누군가를 불러대고 싶고, 누군가에게 과시하고 싶고 또한 누군가를 소유하고 싶다.

수리를 의뢰하는 쪽은 늘 바쁘고 초조하다. 처음에는 일의 경중을 떠나 바쁘고 간절한 곳에 먼저 가서 일을 해준다. 회사 입장은 좀 더 수익이 나는 곳으로 사람을 보내려지만, 수리기사 입장에서는 결국은 부수입이 생기는 곳이 우선이 된다.

"사장님 이건 손햅니다. 회사에서 맡기시지 말고 살짜기 전화주시면 제가 반값에 해드리지요."

마침내 용돈 좀 얻어먹는데서 만족 못하고 사적 이익을 취하려고 덤벼들지만 누구 한 사람 그것을 부정하게 생각하지 않는다.

"우리야 좋지요."

주고받는 게 분명해지면 그 이익에 따르는 비밀은 철저하게 지켜진다.

"대신 바로 현금으로 주세요. 제 돈으로 부품 사야 되니까요."

"제대로만 고쳐주면야 뭐가 문제되나요."

업무방해 내지는 횡령이지만 도덕적으로 부끄럽지 않다. 그런 건 생각해보지도 않는다. 없는 놈이 부수입이 생기자 마치 공돈처럼 펑펑 써진다. 잘만 하면 술 얻어 마시고 공짜 돈에 오입까지 그야말로 살판나는 세상이 펼쳐진다.

하지만 뭔가 허전하다. 술집에서 여자하고 실컷 놀고 매춘을 합의하고 의기양양 모텔로 들어갈 때까지는 좋다. 하지만 방사 후 꺼죽 같은 옷을 걸치고 되돌아 나올 때의 모습은 스스로 보아도 처량하다.

그럴 때 여자가 생긴다. 잘나고 못나고를 떠나서 아내에게서 느끼지 못하는 감정을 느끼게 해주는 여자. 대부분은 탐욕이고 소유욕이지만 그런 위험한 연애의 길에서 희열을 느낀다.

남편은 아직 오지 않는다. 그녀는 시간이 전혀 맞지 않은 한 개의 시계를 조정한다. 습관처럼 일어나는 분노의 시계였다. 결혼 초부터 전쟁은 시작되었다. 다만 그 전쟁의 맹목성은 변했다. 질투와 의심에서 시작된 전쟁은 미움과 분노로 변해 있었다.

상처투성이였던 그녀 나이 서른 둘에 만난 세 살 연하의 남편, 장금채는 다시 다가온 사랑을 놓치고 싶지 않았었다. 그래서 집착했고 그래서 가두고 옭아 메고, 극진하게 보살폈다. 하지만 남편은 그럴수록 밖으로 돌았다.

직업적인 이유이기도 했지만 남편은 늘 도망을 꿈꿨다. 잡힌 물고기처럼 꿈틀거리고 갑갑해했다. 공작기계 서비스 업무가 전국을 무대로 이루어져 출장이 잦았고 퇴근 시간이 일정하지 않은 것은 분명했지만, 그것은 늘 핑계거리에 불과했다.

"미친 지랄한다고 출장 가것나, 묵고 살라고 가는 기지. 나도 센타 하나 차리고 오는 손님이나 받고 살고 싶다."

다그치는 그녀에게 남편이 쏘아붙이곤 했다.

그녀는 동네 아주머니들을 상대로 벌여놓았던 사채 돈을 회수했다. 회사 일을 빌미삼아 미친개처럼 돌아다니던 그를 더 이상 두고 볼 수 없었다. 그에겐 단단한 목줄이 필요했다.

마침 그의 부정행위가 밝혀져 회사에서 징계를 받은 것을 핑계 삼아 그의 작은 기술 하나만을 믿고 공작기계 수리센터를 차려줬다. 그리고 지침을 내렸다. 무슨 일이 있어도 오후 6시 안에 퇴근 할 것, 출장은 노, 도둑질을 해와도 수입금의 얼마를 채워올 것. 세 가지였다.

끼가 많은 남편에게 잠시도 한눈 팔 시간을 주지 않기 위한 최소한의 조치였다. 하지만 남편은 끊임없이 여자의 흔적을 남겨왔다. 처음에는 어설프고 착한 남자라서 뒤처리조차 서툴러 그것이 어리숙함과 순진함의 표시라고도 믿었다.

근본적으로 가볍고 경솔한, 줏대 없고, 경박하고 자발없는 남자였지만 그의 착한 천성을 믿고 싶었다. 또한 이제 와서 버릴 수도, 내팽개칠 수도 없었다. 자존심이 상하는 일이었다. 다시는 남자에게 상처받고 싶지 않았다.

남편은 머리도 좋고 손재주도 좋아 일감이 차고 넘쳤다. 점차 사장이랍시고 거드름까지 피워가며 있는 척 유세를 떨고 다녔다. 골빈 여자들의 명함들이 주머니 깊숙한 곳에서 꾸깃꾸깃 기어 나와 속을 뒤집어 놓았다.

"차라리 내가 돈을 벌게. 니는 집구석에서 애나 키워라."

막말을 해버린다. 남의 집 허드렛일에 시장에서 푸성귀 팔고 옷 팔던 일부터 안 해본 게 없는 그녀였다. 남편만 자신에게 붙잡아 둔다면 문제 될 게 없을 것 같았다.

장금채는 미용학원에 등록하고 자격증을 따고 일 년 정도 남의 집에서 경력을 쌓고 미장원을 차렸다. 남편의 가게는 그 순간 다른 사람에게 넘겨버렸다. 사실은 남편도 남편이지만 육아에 지쳐갈 무렵이었다.

"빙신 새끼!"

홍정은 자괴한다.

"밥 줘! 밥."

아들 녀석은 미친 듯이 외친다. 그는 한숨을 폭 쉬고 냉장고와 벽 사이에 끼어있는 작은 소반을 꺼낸다. 비싼 식탁보다는 훨씬 편하다. 이 집의 살림살이는 사용하는 것보다는 보여주는 용도에 맞는 것이 주종을 이룬다. 실제로 일상생활에 사용하는 것은 시장에서 구입한 싸구려 물품들이다. 아들은 김치와 김, 소세지와 햄을 우걱우걱 잘도 먹는다. 걱정 하나 없는 녀석. 행복할까?

홍정은 소주를 한 병 꺼내 주루룩 마신다.

"더 줄까?"

자폐성장애를 앓고 있는 아들은 겁나게 살이 찌고 있다.

'니 맘대로 해라. 니 새끼도.'

다시 일을 시작하겠다고 선언하고 그 일로 대판 싸웠을 때 아내가 던진 말이었다. 아내는 자폐아들과 함께 자신을 단단히 묶어두었던 것이다.

아내를 잘 달리는 말 삼아 유유자적 살아왔다고 생각했었다. 그 안에 기생충처럼 자리 잡고 그 피와 그 땀을 베어 먹고 살면서 아무런 양심의 가책도 죄의식도 없이 살아와서 미안했다고 생각했다. 하지만 자신을 괴롭히고 가치 없게 만든 그 비루함의 정체와 맞닥뜨리자 분노가 폭발했다.

아내 몰래 부비고 놀다가 인내 풍기는 모텔에 들어가 욕정을 불태우고 접붙인 나무처럼 한동안 붙어 희희낙락 하며 살아왔던 자신의 삶에 무력감과 불쾌감을 느꼈다.

일을 하자.

연이은 한파 때문에 연말이지만 거리는 한산하다. 홍정은 횟집의 이층 창가에 앉아있다. 마주 앉은 사람은 계속해서 술주정이지만 그의 신경은 온통 개울 건너편에 있는 아내의 가게에 있다. 지나가는 차량들이 시야를 방해하지만 장금채가 종업원들을 퇴근시키고 마지막 손님의 머리손질로 바쁘게 움직이는 게 느껴진다. 한 번 씩 초조한 시선으로 밖을 살피지만 그의 눈길 밖이다.

"해줄 끼가 말 끼가?"

사정사정하던 놈이 이제 협박조다. 홍정은 애써 무시하고 성애가 올라오는 유리창을 물수건으로 닦아낸다. 늦은 저녁 횟집은 한산했고, 수족관의 고기들마저 잔뜩 얼어붙어 움직임이 둔해져 있었다.

"가게가 와 이리 썰렁하노, 이러이 손님이 없지. 니는 와 이런데서 술먹노? 좋은 횟집 천지빼까린디."

태성이 불평을 터뜨린다. 생활고와는 상관없이 몸은 다부지고 강해보이지만 인고의 세월을 증명하는 듯 머리가 하얗게 세어있다. 참 오지게도 안 풀리는 사람이었다.

"동상, 한번만 봐주라. 나가 누구한티 부탁할 끼고."

참으로 끈질기고 악착스럽다.

"형님. 일손 놓은 지가 수년째다. 그라고 기계를 보고 살릴 수 있을 것인가 말 것인가 결정해야지 이야기만 듣고 되요? 사람 살리는 것보다 어려운 게 고장 난 기계 살리는 거요."

"그러이 가보자 안하나, 그라고 니 기술이면 충분하다."

들이대고 일시키고 돈 못 줄 놈, 그래도 참 아직도 기가 살아 목소리는 팔팔하다. 미장원의 간판 불이 꺼진다.

"내가 그거 할 정신이 아니요 시방. 장비도 없고."

"장비는 머, 도라이버 하나면 되지."

"참말로……"

김태성이 얼마 전부터 장비수리를 부탁해왔지만 애써 거절했었다.
하지만 오늘은 그가 일부러 불렀다. 김태성은 그 이유를 전혀 모르고
있다.

"일감도 겨우 따냈는데 장비가 퍼져있으니 환장하것다."

"저 새끼!"

홍정이 창가로 바싹 다가가 성애를 닦는다.

"뭔데?"

그제야 태성은 홍정의 시선을 따라간다. 작자는 지금까지 자신의 이
야기는 단 한마디도 안 듣고 있었다. 아무리 간절하고 절박하게 이야
기를 해도 관심 없는 타인에겐 모든 게 그저 넋두리쯤일까.

일어설까. 이런 놈한테 뭘 부탁한단 말인가. 허긴 놈은 예전의 밀린 수
리비도 잊지 않고 있을 것이고, 또 새로운 수리비도 못 받을 확률이 높
다는 것을 예측하고 있을 것이다.

"저 자식이야."

미장원의 주등이 꺼진다.

"그래, 잘들 붙어 묵어라."

"미장원 여편네가 바람이 났냐?"

태성은 푼수처럼 달라붙는다. 불구경하고 남의 집 여편네 바람난 이
야기만큼 기막힌 구경거리가 있을까.

"우리 마누라요."

"느그 마누라 잡아야지."

태성은 창가에 바싹 달라붙는다.

"저것들을 어떻게 하지?"

"니도 참, 쓸개가 빠짓나, 가자 당장 때려 직엣뿌라."

"죽여서요?"

"일단 분풀이를 해야지."

"내가 짐승이요. 물어뜯게. 그 담에는요?"

태성은 할 말을 잃고 멀뚱멀뚱 쳐다본다. 홍정의 얼굴에는 교활한 미소가 흐르고 있다.

"싸그리 뺏어와야 되는디, 형님이 좀 도와줘야 쓰것소."

갑자기 홍정이 바싹 다가온다.

"나가 말이여, 나야 자네 일이라면 뭐든지 도와주지이."

태성은 자신도 누굴 도와줄 수 있다고 생각하자 가슴이 뛴다.

"좀 기다려 봐요. 불이 켜질 테니. 그리고 그 안에 있는 사람이 누군가도 좀 봐주시고. 형님이 잘 아는 놈일거요."

"나가 안다고? 여그서 보이것나?"

"잘 보일 겁니다."

태성은 고개를 갸웃거린다. 다시 걱정이 스멀스멀 밀려온다. 남의 집부부 싸움에 끼어들 형편이 아니다. 설령 홍정이 마누라가 바람 피운다 한들 자기 행실에 비할 바 아니었다.

"우짜끼고, 내일부터 맡아서 수리 해줄끼제?"

"그래요. 해주지요. 형님이 저 년놈들 확실한 증거만 잡아주면."

"증거는 무슨. 이 저녁에 불 끄고 둘이서 가게에 들어앉았으면 끝장난 기지."

"그거 말고, 할 일이 아주 많아요."

홍정은 자신의 곱슬머리를 쓰다듬는다. 얼굴은 검고 입술은 두껍다. 머릿속은 여러 가지 계산으로 복잡해진다.

"해드릴게. 형님도 제게 해줄게 많을 테니."

"이야, 우리가 다시 뭉치네. 자, 건배!"

다시 해보자. 뭘? 술 퍼마시고 오입질하고 노름하고 음담패설로 시간

때우자고.

김태성은 생소주만 넙죽넙죽 들이킨다. 잔 굽까지 핥듯 마셔대는 술이 참 좋은 남자다. 술은 빈 위장을 통과해 창자를 건너 곧장 아랫도리에서 꿈틀댈 것이다. 성가시고 도움이라곤 안 되는 사람, 그것을 핑계 삼아 두서너 살의 나이 차이에도 불구하고 함부로 대하고 심술을 부리고 골려주고 맞대거리를 해왔다.

그가 수리업을 접으면서 전화번호도 죄다 삭제해버렸었는데 기가 막히게 연락처를 알고 변함없이 전화해온 작자가 김태성이다. 애초부터 수리비를 떼먹을 심산으로 덤비지만 그렇게 수 십 번도 더 떼먹혔지만 부탁을 거절할 수 없다. 그렇게 공짜로 일해 준 대신 큰소리치고 사소한 분풀이 대상으로 삼기도 했다.

김태성은 참 무모하고 어리석은 사내였다. 이런 작자를 믿고 살아가는 그의 아내가 머릿속을 스친다. 소처럼 우직하고 착한 여자, 화장실 가는 시간, 점심시간도 아끼며 기계를 돌리는 그의 아내, 그렇게 번 돈을 전혀 엉뚱한 곳에 한입에 톡 털어넣는 작자, 홍정은 고개를 흔든다. 그래, 니나 나나 비슷한 종족으로 태어난 게 분명하다. 니는 순딩이를, 나는 독종을 만났다 뿐이다.

건너편의 가게 불빛이 환해졌다.

"누군지 아시것제?"

사내는 가게를 나오고 있다. 주머니를 뒤져 담뱃불을 당긴다.

"내 친구, 칸피스. 한목이가 왜."

"그래서 당신을 만난거야. 저 작자 돈 좀 있제?"

"돈은, 다 빚덩이제. 근데 뭔가 오해하는 거 아니야?"

김태성은 시치미를 떼며 물었다.

"내가 저 년놈들이 붙어있는 걸 한두 번 본 줄 아나."

"손님이겠지. 솔직히 한목이가 뭐가 아쉬워서."

"손님이 이 밤중에 가게에 같이 붙어 있소?"

"그래, 그래, 나를 부른 이유가 뭐꼬?"

박홍정은 술을 한 잔 비우고 제 잔을 건넨다.

"저놈 집에서 일하게 해주소. 솔직히 내 마누라 장금채. 바람 피우등 가 말등가 관심도 없소."

"그라며, 나한테는 뭘 줄 거야?"

"형님 기계는 바로 오바홀 해줍니다요."

두 사람은 곧 의기투합했다.

전국 각지에서 몰려든 그들은 불과 하루 이틀 전에 버스나 기차를 타고 해운대역에서 내렸다. 해운대 백사장이 어느 쪽인지도 모른 채 물어물어 학교, 아니 기숙사로 몰려 들어왔었다. 이불보따리를 싸들고 길게 이어진 교정을 지나 운동장이 내려다보이는 기숙사동에 도착했을 때, 압도하는 기숙사 건물에 들고 온 괴나리봇짐들은 누추하고 초라했다.

방들이 배정되고, 곧이어 작업모와 작업복, 실내복과 목이 긴 안전화가 지급되었다. 청색 작업복의 오른쪽 어깨 위에는 휘날리는 태극기가 그려진 '조국근대화의 기수'란 견장이 붙어 있었다. 다들 그 휘장을 본 순간 가슴이 뛴다. 특혜 받은 느낌. 선택 받았다는 자긍심이 중학교를 막 졸업한 촌 소년들에겐 더더욱 특별했다. 다소 무겁고 칙칙한 느낌의 작업복은 왠지 어른대접을 해주는 것 같았다.

서먹서먹하던 시간도 잠시 태극기 견장이 붙은 실내복으로 갈아입은 그들은 곧 동질성을 느끼며 차츰 통성명을 시작했고 곧 소란스러워졌다. 사방에서 팔도의 사투리가 억세게 터져 나왔다. 벌써 조국의 근대화의 기수가 된 기분이었을까, 옷의 품이 다소 크든 작든 그들은 배정된 기숙사 방에서 그것들을 몇 번이고 꺼내 입고 각자의 사물을 정리하느라 분주했다. 창문을 열자 해운대의 밤바다가 멀리서 하얗게 너울거렸다.

태성은 배정된 1층 침대의 매트리스에 눕자 감개가 무량했다. 모든 게 꿈만 같았다. 앞에도 산, 뒤에도 산인 산청 골짜기 그 끝에 있는 벽촌 작은 중학교를 졸업하고 아스팔트까지 놓인 이런 큰 학교에 입학했다. 기숙사란 곳에 들어오고 난생 처음 침대라는 것을 사용하고 있다는 게 믿어지지 않았다. 침대 2층에 자리를 잡은 제주도 놈이 번잡스럽게 위아래를 오르락내리락 거려 산만했지만 마음은 너무나 편안했다.

아, 이게 독립이구나. 이젠 부모 도움 없이 스스로 알아서 살아야 한다. 갑자기 어젯밤 늦게야 도착해 얻어 잔 해운대의 여인숙이 떠오르며 볼이 붉어졌다. 대변이 마려워 아무리 측간을 찾으려고 해도 못 찾자 그래도 경험 많은 어머니가 화장실이란 곳을 알려주어 용변까지는 해결했으나 그것을 어떻게 처리할 줄 몰라 쩔쩔맸다.

구더기가 바글거리는 시골의 측간과는 달리 깨끗하고 멀쩡한 변기라는 그릇에 똥을 한 대접 쌌다는 것부터가 수치스러웠지만 그것을 어디로 치워야 할 지 난감했다. 한참을 고민하다가 보니 머리 위에 물통이 보이고 꽈리를 튼 끈이 보였다. 그래, 이것이다. 하고 줄을 당기자 쏴하고 뒤쪽 어디에선가 물구멍이 있었는지 물이 쏟아져 나왔다. 그리곤 지리산 경호강물보다 빠른 속도로 내용물을 쓸고 내려가 버렸다. 그런데 그 다음이 문제였다.

물이 쏟아지는 바람에 너무 놀라 황급히 문을 닫고 도망 왔으나 쏟아지는 물로 밤새 여인숙이 온통 물에 잠길 것 같은 걱정 때문에 잠을 이룰 수 없었다. 하지만 불과 그 하루가 지난 지금 그런 수세식 변기가 기숙사에 수십 개도 더 있다는 걸 알고 저녁 무렵 힘차게 똥을 갈겼다. 그리고 시원하게 물을 내렸다.

밤 열 시에 소등이 되고서도 설레고 꿈 많은 그들은 잠을 이룰 수 없었다. 아직은 아무런 통제가 없는 자유로운 밤이었다.

다음날 그들은 ABB(독일식 기초 실습장)에서 바이스가 고정돼 있는 작업대 앞에 서 있었다. 각자에게 줄 세트가 배급되었다. 둥근줄과 세모줄, 평줄과 반달줄 등이었다. 쇠를 맨 처음 받아든 느낌은 묘했다. 그것은 차고 정밀한 밀도감을 느끼게 했다. 힘이 느껴졌고, 또한 강한 거부감을 일으키게도 했다.

작업대 앞에는 격자무늬 이를 가진 바이스가 책상 대신 기다리고 있었다. 그리고 책 대신 잔넬이 하나씩 배당되었다. 빨간 모자를 쓴 실습 교사의 휘슬이 울렸다. 한 번에 밀고 두 번에 당긴다. 줄은 밀면서 쇠가 깎인다. 설명대로 쇳가루가 깎여 나왔다. 작고 까칠한 쇠부스러기가 작업대 위로 흘러내렸다.

태성은 손가락에 침을 묻혀 쇳가루를 찍어보았다. 어떤 맛일까. 혀를 대보고 싶은 충동이 들었다. 그것은 시골길을 엉금엉금 달리며 내뿜던 버스의 매연에 대한 호기심에 자극받아 코를 박았던 기억을 불러 일으켰다. 코를 대어 냄새를 맡아보았다. 냄새가 있었다. 비릿하고도 쏴한, 이것이 쇠 냄새일까. 이제껏 맡아왔던 냄새와는 전혀 다른 이질적인 냄새였다.

이제 이 냄새와 이 감촉하고 친해져야 한다. 풀냄새, 물냄새, 꽃냄새, 그리고 달과 별의 냄새가 분명 있었던 그 산골의 감정들과 이별하고, 화학적이며 자극적인 이런 냄새와 친해져야, 그래야 버틸 것 같았다. 그냥 조국 근대화의 기수가 되는 것은 아니잖은가.

돌아보니, 똑같이 생긴 수백 명의 실습생이 똑같은 폼으로 줄을 잡고 있었다. 휘슬이 울리면 그들은 기계처럼 움직였다. 갑자기 가슴이 울렁거렸다. 침을 꿀꺽 삼키며 억지로 참았다. 조류에 쏠리는 거대한 물고기 떼들이 대양을 건너기 직전 좁은 수로를 빠져나가는 모습이 연상되었다.

하루, 기초실습장, 하루는 기초제도. 교련, 그리고 그 틈 어딘가에 이론 수업이 있었다. 차츰 한 개의 별이었던 시절들이 지나가고 우주의 한 조각, 조직의 한 부분, 작은 기계 부품으로 전락되어가는 기분은 단단해지고 여물어지는 청춘의 시절 뒤쪽에 자리잡기 시작했다.

기숙사는 해운대가 바라다 보이는 조망 좋은 숙소였지만, 그것이 편안하고 자유로운 공간을 의미하지는 않았다. 그곳은 훈련병들을 통제하고 감시하는 작은 감옥 같은 곳이었다. 80년대식의 규율과 통제가 여과 없이 받아들여져 폭력이 제멋대로 설쳐댔다.

기숙사는 동관과 서관 두 개의 건물로 나눠졌고 그 건물들은 긴 복도로 연결되어 있었다. 기숙사의 모든 운영은 학생들의 자율로 운영되었다. 이질적인 존재는 사감과 돈을 환전해주는 직원과, 양호선생님과 매점 주인, 이발소 직원뿐이었다.

미성년자들만의 병영은 군대를 본 따 만든 규칙, 규율과 직제, 막연한 폭력과 통제가 아무런 제지 없이 버젓하게 이루어졌다. 두 동에 각 한 명씩 두 명의 대대장과 각 층별로 중대장, 부중대장이 있었다. 그들은 거의 초월적인 위치에 있었고 그렇게 행동했다.

보통 아침 6시에 기상나팔이 울리면 5분 이내에 숙사생들은 운동장에 집합해 집단체조와 구보로 하루를 시작하였다. 아침 점호 전에 밀대로 청소를 끝내야 했고 밀대는 하얗게 닦아서 지정된 장소에 놓아야 하고 수건 이불은 각을 지게 하여 개어놓아야 했다.

세면장은 늘 얼어있어서 기숙사 앞 풀장의 얼음을 깨고 고양이 세수를 해야 했다. 이윽고 저 아래층에서 '대대차렷!' 하는 구호와 함께 점호, 그러니까 각 방의 위생상태, 인원점검 등에 대한 점호가 시작되었다.

조금이라도 호실이 흐트러져있거나, 점호를 받는 숙사생들의 품행이 방정하지 못하면 가차 없는 몽둥이질이 들어왔다. 뺨을 때리거나 걷어 차이는 것은 예사였다. 왜 맞았는지. 맞는 게 부당한지 그렇지 않은지 몰랐다.

그렇게 긴장 속의 점호가 끝나면 식사 시간이 시작되었다. 이미 배가 고플 대로 고픈 숙사생들이 기다리는 시간이었다. 3학년생들이 먼저 시작해서 2학년, 그리고 1학년생들이 층별로 줄을 서서 기다리는데 긴 줄은 오층까지 이어져서 조금이라도 새치기를 하거나 잡담을 하거나 책을 들고 나오지 않으면 밥 대신 매였다. 이미 형식적으로 들고 있는 영어 단어집을 멍청하게 들고 앉아 고개를 길게 빼고 침을 삼켰다.

식당에서 닭고기라도 나오는 날이면 거의가 닭이 헤엄쳐간 국물이지만 운수가 좋으면 그릇이 가득 차도록 고기가 들어찼다. 그들은 그것을 '왕거니'라고 불렀다.

아가씨들이 퍼준 밥이 적으면 선배들의 눈치를 보며 줄의 *끄트머리*에 다시 서서 그녀들의 튼실한 엉덩이에 식판을 툭툭 치면 밥을 더 떠주곤 했다. 분명코 엉덩이 대신 고기에만 관심이 있었을 뿐이었다. 그리고 저녁 점호, 저녁 점호는 소위 군기를 잡는다며 어떻게든 트집을 잡아 중대를 돌아가며 옥상으로 끌고 가 집단 매타작을 자행했다.

중대장, 부중대장이 죄다 모여들어 줄을 맞춰 엎드려 뻗쳐있는 숙사생들을 차례로 두들겨 패고 갔다. 복도에서 뛰었다고 얻어터지고, 떠든다고 쥐어 박히고 잠 안자고 불 켜놓았다고 얻어맞고, 맞는 날이 안 맞는 날보다 많은 나날이었다.

한두 달 흐르자 적응하지 못해 기숙사를 떠나는 학생들이 생겼다. 이유 없는 폭력과, 가혹한 실습, 군대 같은 기숙사 생활을 견디지 못하고 기숙사를 떠나거나 아예 학교를 자퇴하기도 했다. 그들은 어떤 이유로든 낙오자일 뿐이었다. 누구 하나 그들이 떠난 이유에 대해 의문을 품거나 이의를 제기하지 않았다.

기숙사 생활에 대한 환멸, 그 부자유스러움에 대한 반감과 학교에 대한 의구심, 미래에 대한 불확실성이 일어나던 바로 그 시기 문득, 그가 있었다. 한목이였다. 어디서 가져왔는지 모르지만 차범근 선수의 사진을 수십 장씩 들고 와서 팔아먹거나, 좀 더 친한 아이들에겐 포르노물을 보여주고 돈을 울궈가는 놈이었다.

"요새 기숙사밥 잘 나오제?"

점심때 기숙사로 가는 태성에게 같은 반 한목이가 침을 꿀컥 삼킨다. 둘이서 걷지만 군대식으로 발을 맞춰 교정을 걷고 있다. 이따금씩 선배들을 만나면 잔뜩 긴장한 채 거수경례를 한다. '반갑습니다!'

"돼지밥이지."

"그래도 배부르면 됐지 뭐."

"한번 묵어보등가."

"들킬 것같은디 상습범이 돼놔서."

"밥 한 그릇 묵었다고 죽이것냐?"

그런데 그 밥 한 그릇 때문에 목이는 그 날 죽도록 얻어맞고 말았다. 한 그릇 만으로 족했으면 될 것을 식판을 들고 가 식당 누나의 엉덩이에 갖다 댄 게 죄였다. 감시하던 사감선생한테 딱 걸린 것이다.

"너 숙사생 아니제?"

"자, 잘못했습니다."

목이는 미처 밥알을 다 삼키기도 전에 귓방망이를 얻어맞았다. 밥알이 볼에서 툭 튀어나와 손에 묻은 것을 무의식적으로 혓바닥을 댔다가 다시 뺨을 맞고 밥알을 바닥에 토해냈다.

"니, 도둑놈 새끼 아이가, 어데 공짜로 밥 얻어 처묵을라카노? 묵고 싶으면 야길 해야지, 이야길."

목이는 귀를 잡힌 채 사감실로 끌려갔다. 얼마 후 태성은 절룩거리며 다가오는 그에게 미안해 어쩔 줄 몰랐다. 매타작을 당한 엉덩이는 퍼렇게 물들어 있었다.

"괘안타. 한 두 번이가, 걸릴 줄 알았다. 인자 얼굴이 찍혀서 더는 몬 오것네."

목이는 아무렇지 않게 씨익 웃는다.

"기숙사로 들어온나. 머 때문에 개고생이고?"

"니가 뭘 알것냐. 딸린 식구가 다섯이다."

마치 큰 형처럼 볼을 꼬집는다.

나중에 태성은 그가 점심을 거의 굶고 다닌다는 사실을 알고 고심 끝에 커다란 필기구 통을 샀다. 창피하지만 기숙사 식당에서 밥을 타내 거기에 담아와 그가 있는 교실로 달릴 때면 늘 마음이 급했다.

"내가 니 강아지다. 월월."

그는 늘 굶주려 있는 산청 고향집 강아지처럼 벌컥벌컥 음식을 삼켰다. 한번은 멀뚱히 바라보는 그와 우연찮게 눈이 마주치자 잠시 마치 더 이상 삼키지 못할 것처럼 하늘을 바라보며 이렇게 말했었다.

"언젠가는 한번 원대로 밥 먹고 살날이 안 있것나, 학교만 졸업하면 되것제."

태성은 점점 학교가, 기숙사가 싫어졌다. 목이는 그런 자신을 나무라곤 했지만 자신이 졸업하고 사회에 나가면 '조국근대화의 기수'로 인정을 해주고 또한 긍지를 가질 수 있는 일을 할지 의심스러웠다. 특수목적 고등학교인 학교, 그는 여기 있고, 그보다 성적이 못해 이 학교에 오지 못한 친구들은 대학을 가기 위해 공부한다.

조금씩 귀동냥하면서 얻은 정보로는 이 길이 다른 길을 걷는 친구들보다 밝지 못할 수 있다는 현실이었다. '공돌이'라는 비하하는 말이 밖에서도 안에서도 들려왔기 때문이었다.

"여그 나와서 사회에서 제대로 인정이나 받것나?

"인정, 인정은 자기가 받는 것이제이."

목이는 그렇게 단호하고 비장했다. 그에게 있어서 이 학교는 은혜였고 축복이었다.

"오늘은 식당에 뭐 나왔더노?"

식당 사감 눈치 보느라 빈손일 때는 그가 대수롭지 않게 묻곤 했다.

"긍게, 기숙사에 쳐들어오라고......"

핀잔을 놓지만 미안했다. 빌어먹을 사감, 주변 눈치나 보는 자신이 싫었다. 그깟 밥 한 그릇도 못주는 학교라니. 알 수 없는 회의로 진로를 바꾸고 싶은 마음이 몇 번이나 들지만 용기는 없었다. 그래, 이왕 왔으니 버티자.

드디어 한 학기가 끝나가면서 기초실습장에서 배운 것을 토대로 실습 작품 과제가 나왔다. 잔넬을 이용해 간단한 조립품을 만드는 시험이었고, 이 시험을 토대로 자기가 원하는 학과에 지원 할 수 있었다. 설계, 금속, 전기과 등이 이유 없이 인기가 있었고, 기계과의 선반, 밀링은 반이 많아서 대충 지원하면 갈 수 있었고, 배관과는 개성 있는 학생들이 갔다. 하지만 누가 왜 어떤 학과에 가면 좋은지, 그것이 미래의 직업과 수입에 어떤 영향이 있는지 알고 지원하는 학생들은 없었다.

어쨌든 첫 시험에 실습 성적 '수'를 맞아야만 원하는 학과에 갈 수 있었다. 실습에서 '우'를 받으면 일단 백분율 50% 이하로 밀려나기 때문에 그들에게는 자존심이 걸린 중요한 과제시험이었다. 과제를 수행하는 데는 며칠이 걸렸다.

작업 소재는 단 한 벌이었다. 작업 중에 오작을 내면 그대로 끝이었다. 도면을 잘못 보거나 너무 많이 깎아 내거나 하면 이미 포기해야 했다. 태성은 손재주가 있었으나 목이는 보기와는 달리 손이 무뎠다. 도대체 예리함이나 섬세함이 없는 둔한 손이었다. 머리가 나쁜 것인지, 둔한 것인지 죽을 둥 살 둥 노력해도 그의 줄질은 나아지지 않았다.

훈련생들은 육 개월 간의 줄질로 손바닥은 옹이 박혔고, 어깨엔 근육들이 만들어졌지만 목이의 노력은 더 특별했다. 하지만 그는 재주가 없어보였다. 그러거나 말거나 그의 목표는 분명했다. 그는 특활생 즉, 특별활동생으로 뽑혀 기능올림픽에 나가는 게 목표였다.

학교는 이미 전국 대회를 휩쓸고 세계 기능대회를 제패하고 있었다.

"나는 특활생이 되고 싶은디 될랑가 몰것다."

"아서라 니는 안 된다. 니는 맹그는 거이 아니라 부순다. 봐라."

그가 줄질 해놓은 제품은 둥글게 말아 올라가 있곤 했다. 평면을 내는 게 훈련인데 그가 밀어놓은 쇠는 평면이 안 나오고 끝과 끝이 휘어져 곡면이 되어있었다.

"그래도 나는 한다. 열 살 때부터 지게도 진 놈인디,"

"촌놈이 지게 안 져 본 놈이 있나?"

태성이 지지않고 덤비지만 그가 어떤 유년을 보냈는지 알지 못한다. 다음날 한목이가 실습실에서 풀이 죽어 다가와 가만히 속삭였다.

"조졌다."

"오작이가?"

"오작꾸."

한목이는 왜 갑자기 오작꾸 오광팽이가 생각났을까. 광팽이의 망가진 인생처럼 자신이 애써 만든 제품도 오작이 되어버렸다. 너무 잘하려고 덤비다가 내경 치수를 더 키워버렸다. 조립된 두 개의 제품은 오래된 달구지의 바퀴처럼 헐렁거렸다. 이제 특활반은커녕 원하는 학과도 지원할 수 없을 것이다. 온 몸에서 식은땀이 흘렀다.

"어뜨케 한당가 이 일을......"

당황한 목이의 입에서 원초적인 사투리가 쏟아진다.

"특활생은 포기해라. 그게 학생이냐. 지금 하는 것도 지겨운데 하루 종일 실습실에 처박혀 삼 년을 보낼 거냐? 잘 된 거다."

목이는 가만히 입술을 깨문다.

"배관과 가자. 용접공이 돼서 조선소 취직하면 되지 뭐."

태성이 그렇게 말했지만 듣는지 마는지 죽은 강아지 만지듯이 미련을 버리지 못하고 오작품을 챙긴다.

"나는 여그에 기냥 온 것이 아니구마. 아무나 오는 곳이 아니라고들 허대. 그래도 나가 여그까지 왔어야. 나보고 어디 학교 졸업했냐고 물었지야, 나가 졸업장이나 이깐디. 동문도 없이야. 너 검정고시란 거 아냐, 나 거그 출신이여. 사실 호적이 잘못돼서 여그올 수 있었제. 너보다 나이도 두 살 많고. 다들 못 올라갈 낭구는 쳐다보지도 말라고 하드란마는 나는 아니여야. 나는야 나가 가고 싶고 꼭 가야하고 그러면 수단과 방법을 가리지 않고 가야한단 말다. 느그들하고 틀려야."

두 살이나? 하고 묻고 싶었지만 참는다. 그게 무슨 의미가 있겠는가.

"실습선생님 찾아가서 사정해 보등가."

"못 찾아갈 것 같냐? 근디 그건 아니여. 그라면 나는 찍혀, 실습 못하는 놈이라고. 그라면 너 같아도 특활반 너 주것냐?"

"내가 본 게 너는 재주가 없어. 포기해. 그라고 내꺼 주게. 나는 아무 학과도 상관없다."

그를 긁어댄다. 안될 것은 빨리 포기하고 쉬운 길을 가야하는 게 아닌가. 한참을 오작동 난 제품을 보던 그가 고개를 까닥까닥한다. 그러더니 느닷없이 힘없는 표정을 지으며 말했다.

"나는 배가 아파서 조퇴하고 나가야겠다."

"갑자기 배는?"

그러더니 갑자기 실습실 바닥에 뒹굴었다. 손가락을 목에 집어넣고 눈이 벌게지도록 구역질을 해댄다. 놀란 실습선생이 달려와 나뒹구는 그를 바로 세우고 물을 먹이고 등을 두드려본다.

"아무래도 병원에 가봐야겠다."

"혼자 가겠나?"

"아예, 야하고."

목이는 태성을 가리켰다.

"지금 시험 중인데."

"임마 시험이 문제가, 친구가 다 죽어 가는데, 느그 둘이는 따로 시간 줄 텐게 빨리 나가보라. 단단히 체한 모양이다."

독사 같던 실습선생이 뜻밖에도 차비까지 집어준다.

태성에게 질질 엎혀 가던 목이가 교문을 벗어나자마자 멀쩡해져 있다.

"뭐꼬?"

"가볼 데가 있당게. 따라 오드라고."

"미칫나, 들키면 죽는다."

수위실에서 수위가 힐끔거리는게 보인다. 그러거나 말거나 목이는 재빨리 태성을 앞세우며 버스에 오른다.

그들이 내린 곳은 사상공단이었다. 목이는 공단에 있는 한 소재상에서 소재를 샀다. 뜻밖에도 실습제품과 비슷한 자재였다. 거기엔 세상에 하나뿐이라고만 생각한 실습자재가 몇 톤이 재여 있었다. 그리고는 밀링과 선반이 있는 공장으로 쑥 들어가 뭔가 흥정을 하고 나왔다.

"여기가 사상공단이야. 여기서 몇 년을 굴렀다. 참 사람은 멍청한 거야. 왜 여기를 생각 못했는지. 그놈의 잔넬과 몇날 며칠을 붙들고 싸울 필요가 없었는데. 여기 공원들한테 맡기면 두 시간이면 완벽하게 만들어낼 작품이여. 하하핫."

목이의 큰소리는 두 시간도 안 되어 현실이 되었다. 손에는 완벽한 잔넬 조립 작품이 만들어져 쥐어져 있었다. 기름까지 칠해져 번들거리는 것이 너무 완벽해서 문제라면 문제였다. 실습과제를 백 프로 만족시킨 제품이었다.

"누가 알면."

"너만 모르면 돼."

"그러면 안 돼지. 반칙이잖아."

"입 다물어."

그날 동녀, 그녀를 만나지 않았다면 그와 함께 공범이 된 부정적 행각에 대해 많은 상처를 받았거나 그와 결별했거나 부정한 소문을 퍼뜨려 무거운 마음을 내려놓았을지도 모른다. 하지만, 동녀, 그녀를 만나는 순간 목이가 벌인 일은 까마득히 잊어버렸다.

그녀는 그렇게 높은 곳에, 그렇게 구불구불한 골목을 따라, 성냥갑 같은 집들이 다닥다닥 붙어 있는 곳에 있었다. 얼기설기 엮은 까치집 같은 그들의 거처, 업동이형과 최구, 그리고 그녀가 들국화처럼 피어 있었다. 고향 산청의 깡촌과 비슷한 가난이 배어있으나 분위기는 다른 어딘지 삭막하고 스산한 그곳이 그녀가 있음으로 따뜻해진 곳이었다.

"동생이야."

태성은 그 순간 그가 벌인 일과 그 다음 일을 다 잊어버렸다. 그애가 왜 얼굴을 붉혔는지는 나중에야 알았지만 짝사랑의 시작이었다.

절개지엔 아직 흰 반창고 같은 눈이 쌓여 있다. 폭설이 내린지 한 달도 넘었지만 연일 차가운 날씨 탓에 눈은 햇볕에 타들어간 가장자리 외에는 만년설처럼 단단하게 자리를 잡아버린 듯했다.

신축공장의 공사는 지지부진했지만 그렇다고 중단하기엔 시간이 촉박했다. 공사장 입구에는 (칸-피스 신축공장)이란 간판이 붙어있었다. 산비탈에 있었던 무연고 묘지 문제로 많은 시간을 끌어 공사는 한겨울에야 시작되었다. 시작하자마자 소나무재선충 때문에 야산의 소나무 처리에 애를 먹었지만 조경업자를 소개받아 오히려 돈을 받고 조경수로 팔리거나 벌목처리가 마무리됐고 곧 중장비가 투입되어 산을 깎아댔다. 물론 산을 깎기 전에 산신을 위해 용하다는 무당을 불러와 위로한 것도 잊지 않았다.

한목이는 거의 매일 신축공사장을 찾았다. 다소 무리를 해서 시작한 일이라 조급해졌고 불안하기도 했다. 시장은 커져갔고 소비자는 더 좋은 품질을 요구했고 경쟁업체들은 나날이 늘어났다.

'여긴 아버지의 원둑이야. 나만의 왕국이지.'
늘 그렇게 읊조렸다.

산이 깎인 가장자리에 소나무 세 그루만 무사히 살아남아 있다. 얼마 전까지만 해도 빽빽하게 붙어 부대끼던 동료 소나무들은 밑동이 베이고 포크레인에 찍혀 영원히 사라져버렸다.

이 산에서 오십 년 혹은 칠십 년을 살아온 그들은 실려 나가고 그 잔

뿌리들은 시멘트 바닥으로 완전히 매장되어 버렸다. 소나무는 허허하게 바람에 흔들리고 있다. 살아남았다는 것이 기적이라도 된다는 듯 자신의 발바닥에서 얼쩡거리는 한 인간을 내려다본다.

목이는 고개를 들어 소나무를 바라보았다. 구부러지고 뒤틀린 세 놈이 살아남아 자신을 내려다보고 있다. 이놈들만 한때는 절벽의 가장자리에 위치하며 겨우 몇 줌의 땅을 움켜쥐고 살아남았던 최악의 조건들을 견디고 의연하게 자리 잡고 있었다.

'운이야. 모든 것이 운이지!'

비탈을 따라 올라오는 한 남자가 보인다. 벌써 손짓으로 알은 체를 하지만 누군지 알 수 없다.

"아이구 회장님, 여기 계셨네."

김태성이다. 하얀 머리칼이 바람에 날린다.

"여그까지 먼 일이고?"

"그 머시냐, 느그 집 기계 에이에스 누구한테 하는지."

그가 다짜고짜 본론을 꺼낸다. 엔간히 급한 모양이다.

"드가자. 춥다."

현장사무실로 쓰는 컨테이너 박스 안에는 작업소장이 앉아 있다가 슬그머니 자리를 피한다.

"거, 말이다. 여기저기 에이에스하지 말고 한사람에게만 맡기면 안 조컷나. 기계도 많고 한대. 내가 아주 좋아하는 동생이고."

"아이고 니 일이나 좀 잘해라. 남 일에 끼들지 말고."

한목이는 핀잔을 준다.

"근디, 경기도 안 좋은데 이렇게 무리해서 공장 지어서 되것나?"

슬쩍 다른 길로 빠진다.

"언제는 경기가 좋았냐?"

"허기는……"

김태성은 담배를 찾지만 없다. 두리번거리더니 현장소장 책상에 놓인 담배를 한 개피 슬쩍한다.

"동녀가 마이 도와주나 지금도."

"쓸데없는 소리."

"너도 참 복 많은 사람이야. 세상에 그런 여자가 어딨어."

"그 사람은 사업파트너야."

"오동녀씨한티 그대로 전달해줄까? 니가 사업 빼고 하는 것이 여자들 잡아먹는 일이라고 하하핫!"

"이 새끼가 또 멋을 보고."

"내 말이 맞잖아."

"그래. 니 말이 다 맞다 치고 그 수리공하고는 또 뭔 빚을 져서 나한티 떠맡기냐?"

"빚은, 좀 딱해서지. 마누라만 믿고 집에서 덩치 큰 자폐아를 떠맡아 키웠는데 글쎄, 마누라가 바람을 피우는 걸 알아버렸어."

"그래서?"

"그래서라니, 얹혀살았는데 이혼 당하기 전에 먹고 살 준비해야지."

"실력은 있냐?"

"기가 막히제. 잡놈 기질이 있지만 전기전자는 따라올 사람이 없어. 못 고치는 기계가 없다고."

"그것 뿐이냐?"

목이가 물어오자 태성은 찔끔했지만 오히려 역공을 펼친다.

"너 요즘 또 다른 여자 생겼제?"

"임마, 남자는 깃발 꼽을 수 있으면 허벌나게 꼽아야 돼."

"세 끝을 조심하라고 했을 텐데 내가. 손끝. 발끝. 그리고 좆끝."

"그거 안 쓰고 살 수 있더냐?" 그리고는 뭔가 예감이 이상한지 물었다. "진짜 용건이 뭐냐?"

태성이 바싹 다가와 앉는다.

"그 놈이 그 여자 남편이여. 미장원 여자."

한목이는 잠시 얼어붙어버렸다.

"혼자 사는 여자라고 생각은 안했지만. 그런데 왜 그놈을 우리 회사에……"

"우려먹을 생각은 없어. 애초에 그럴 위인도 못되고. 지 하는 꼬라지는 더하거든."

"나는 그 짓 못한다."

"일을 키울 텐데."

태성은 그동안 어떻게든 홍정을 구슬려서 기계를 수리했다. 하지만 반쯤 정신이 나간 그가 제대로 기계에 붙어 오버홀 할 처지가 못되었다. 툭하면 일보다는 그 뚱보가 운영하는 호프집으로 끌고 가서 술을 먹이고 주정을 부리기 일쑤였다. 그리고 마누라 욕하느라, 감시하느라 더 바빴다.

태성은 칸 피스에 기계보전부서에 넣어주겠다고 큰소리쳤고 그 대신에 자신의 기계들은 공짜로 손봐줄 것을 요구했다. 놈을 안정적인 곳에 넣어주면 자신의 구닥다리 기계가 애를 먹일 때면 용이하게 써먹을 수 있을 것만 같았다.

"나를 봐서 좀 써주라. 이번에 소련산 엔시 터닝기를 고칠 사람이 없다."

"내가 다른 사람을 보내줄 테니 그놈하고 관계를 끊어라."

"이봐라 한사장. 조용히 넘어갈 수 있는 일이다. 그놈이 가만히 있을 놈이 아니라카이."

"지 계집은 지가 지키는 것이야."

씨발, 태성은 터벅터벅 산비탈을 내려온다.

누구에게 붙어야 사나, 전쟁의 시작이다.

9. 정처없는 삶

    윤한규는 잠에서 깨어났다. 새벽 두 시였다. 팔베개하고 누워 있는 성미에게서 조심스럽게 빠져나와 거실로 나온다. 등을 지고 자던 그녀가 간밤에는 집요하게 팔을 당겨댔다. 거실에는 딸아이 둘이서 늦게까지 레고집을 짓더니 결국은 그 자리에서 감고 있던 이불채로 잠이 든 모양이다.

    아이들도 어제는 쉽게 잠이 들지 못한 밤이었을까, 아이들의 머리를 만지며 저절로 나오는 한숨을 푸, 하고 내쉰다.

    "호적에 들어 있는 아이들이 누구야?"

    아내의 목소리는 차가웠지만 그 끝은 분노로 떨려있었다. 잠시 전화선 너머에서 숨을 고르는 게 들렸다. 특별히 아무런 변명도 대안도 없었다.

    "그기."

    "변명하지 말고 짐 싸들고 온나,"

    그 한마디를 던지고 아내는 전화를 끊었다.

    "당신 무슨 일 있지?"

또 다른 아내, 성미가 물었다. 밥술을 뜨지 못하고 한숨만 푹푹 쉬는 그를 보고 직감적으로 눈치를 챈 모양이었다. 언젠가 맞닥뜨려야할 문제였다. 잘 숨기고, 잘 속이고, 살아왔다.

몇 년 전 연쇄부도의 쓰나미에 휩쓸려 하던 공구상을 접고 진주로 날랐다. 진주는 성미의 고향이었다. 처음부터 그쪽으로 갈 생각은 없었다. 그녀는 경리로 몇 년 전부터 그의 공구상에서 일했고, 그 어느 해부터 내연녀였던 그녀가 공구상이 어려워지자 민첩하게 움직였다. 줄 것과 받을 것, 버릴 것과 가져가야 할 것, 법적으로 문제의 소지가 있는 것과 없는 것을 신속하게 가려냈다.

이 사람은 그냥 모른 척 할 순 없어, 이 분이 얼마나 잘 해줬는데 어떻게 피해를 줘, 그가 안타까워하거나 양심에 가책을 받거나, 도저히 모른 척 할 수 없는 인연을 강조할 때 성미의 기준은 명확했다.

최단 시일에 받을 수 있는 것과 받을 수 없는 것, 주지 않고 버틸 수 있는 시간들을 계산하고 어느 날 저녁 마지막 물품을 화물차에 가득 실고 진주로 날랐다. 그녀는 그 버릴 것의 목록 중 가장 앞자리에 한규의 아내를 넣었을지도 모른다. 그와의 정이 깊어지면서 조금씩 부부의 자리를 비집고 들어와 시기하고 미워하고 질투했던 것들의 결산을 이참에 끝내고 싶었을 것이다.

"결혼할 사람입니다."

그날 처음 만난 성미의 홀어머니는 갑작스럽게 들이닥친 검은 피부에 째진 눈을 가진 음험해 보이는 사내의 인사에 헐거운 엉덩이를 뒤로 밀며 한동안 망연자실했다. 딸의 불러온 배와 자식의 간절한 소유욕을 막을 수 없다고 판단했을까? 원망스러운 눈으로 딸을 몇 번 살피더니 끓는 가래에 뱉고 싶지 않아 더욱 토하고 싶은 언어를 턱, 놓아버렸다.

"나가 아나? 잘 살머 되제. 하며."

그렇게 얼렁뚱땅 성미의 집에 피신했었고, 그렇게 새로운 둥지를 텄다. 본처에겐 잔꾀를 부려 최대한 심각함을 과장하며, 비장한 시선을 담아, 한동안 절대로 먼저 찾지 말라고 당부했었다. 아비로서 아이들에게 어미 말 잘 듣고 있으라는 훈계도 잊지 않았다. 그렇게 겁쟁이처럼 모든 것을 뒤로 한 채 도망갔었다.

　무섭고 두려웠다. 일말의 양심의 표식이라곤 밤 봇짐을 싸면서도 그나마 얼마간의 재고를 빚쟁이들을 위해 남겨둔 것이었다. 도저히 그냥 갔다가는 불편한 마음을 달랠 수 없을 것 같았다. 그래야만 조금이라도 마음이 편할 것 같았고 용서받을 것 같았다. 하나라도 더 차에 실으려는 성미에게 언성까지 높여가며 불필요한 물건과 굳이 있어도 좋고 없어도 좋은 물건, 정말로 내것이 아닌 물건들을 남겨두고 셔터를 내렸다.

　몰려올 빚쟁이들이 다문 얼마라도 챙겨가 그들의 쓰라리고, 분노에 찬 가슴들을 조금이라도 녹여줄 수만 있다면 하는 얄팍하지만 간절한 마음이었다. 처음에는 가게 물건을 하나도 손대지 않고 몸만 뜨고 싶었다.

　헝클어지고 복잡한 곳으로부터 도피만 할 수 있다면 더 이상 바랄 게 없었다. 이것은 내 것이 아니다. 처음엔 단호했지만, 하나하나 챙기다 보니 애초에 생각들은 욕심에 밀려버렸다. 한숨을 폭폭 쉬고 이맛살을 찡그리면서도 주변의 눈치를 살피며 바쁜 손은 두려움 없는 갈퀴처럼 움직였다.

"자, 그마 실차."

"이걸 인정이라고 생각해?"

"마음이 무거워, 무거워서.

칭얼댔다.

그날 새벽녘에 한규는 벌떡 일어나 성미를 깨웠다. 실고 온 물건을 도둑질 해온 장물처럼 허겁지겁 집안 곳곳에 숨기고 이제 막 잠이 든 순간이었다.

"가자,"

"어딜?"

"억울해서 몬살것다. 가게 있는 거 몽땅 실고 와야것다. 내가 무신 죄 졌나? 쓰레기 하나라도 남한테 몬주것다."

성미는 어처구니없다는 표정이었다. 그 인정이라는 무거움은 어디에 버렸나요, 비웃었다.

"당신은."

그래서 안 돼. 당신은, '그 우유부단함 때문에.'라고 튀어나올 것 같은 비난을 억지로 삼켰다. 그녀 자신도 그 우유부단함을 긁어먹고 살아왔었다. 전문대를 졸업하고 마땅한 일자리를 찾지 못하고 방황하던 어느 날 그 사람 아내의 친구 소개로 들어온 첫 직장에서 그에게 밟혔었다.

경리일은 아무에게나 못 맡긴다는 부부의 신념하에 믿을 수 있는 지인의 소개, 안타깝게도 그의 아내 친구의 추천으로 들어왔다. 남자란 참 어리석어서 여자의 몸을 얻은 다음이면 포획물 다루듯 하지만 거기에 비위 맞추고, 아양 떨고, 단지 아내처럼 굴지만 않으면 오히려 피 포획물이 되는 너무도 쉬운 존재다.

소유했으니 자신의 세계로 들어온 것이고, 의탁했으니 믿을 수 있는 것이고, 그 순간 너무나 손쉽게 모든 경계를 풀어버리고 맡겨버린다. 어쨌든 그와 몸을 섞은 덕에 동생들을 가르쳤고 알게 모르게 호주머니를 불릴 수 있었다.

"남자들이란 기껏 채워 놓고도 얼마나 많은 욕망을 꿈꿔, 조금만 여유가 생기면 콧구멍을 쿵쿵대며 여자 꽁무니를 쫓아다니며 어설픈 사내

행세를 하잖아. 그 많은 홍등가가 왜 생겼겠어, 그도 저도 못한 것들 욕망 채워주려고, 모두다 남자들 호주머니 노리고 들어선 것들이야. 당신도 내가 없으면 그런 데 가서 쓸데없이 돈 허비하고 상처받을 텐데 내가 있어서 얼마나 좋아? 그러니 나 만나서 돈 좀 들어간다고 마음 아파 말라고."

그녀의 논리였다. 자신을 만나서 술집 출입을 줄였고, 쓸데없는 이성과의 접촉으로 인한 건강을 지킬 수 있어 좋았고, 또한 젊고 생생한 기를 받아서 만족하라는 논리였다.

참 많이도 우려냈다. 경리 장부 속이고 부품 몰래 팔아먹고. 그에게서 떠날 날만을 꿈꾸며, 몰래 남자도 만났지만 이미 익숙해지고 경제적으로 풍요로워지면서 그 또한 자산으로 계산되기 시작했다. 그 사이 모래시계처럼 그의 재산은 그녀의 치마폭으로 흘러와 있었다.

이제 빈껍데기만 남은 남자, 이 남자를 어째야 하나, 갑자기 그의 모습은 퍽이나 늙어 보였다. 내쳐야 하나, 갈등이 생겼다. 하지만 이제 겨우 자신의 완전한 남자가 됐는데, 나눠가지지 않아도 되는데, 그래, 그의 퇴로를 확실히 막는 거야. 뱃속의 아이와 새로 시작하는 거야.

그는 허겁지겁 차를 몰아 고속도로를 달리는 동안 아무 말이 없다. 이따금씩 웅얼거리는 게

"내가 왜, 죽도록 일한 죄밖에 더 있나?"

"내 것 내가 가져 온다는 데 누가 말려."

그는 스스로 신이 되어 자신의 죄를 사하고 있었다.

가게가 좀 되자 숨겨진 그의 욕망이 발산됐다. 그의 갈망은 왜곡되며 탐욕으로 들끓었다. 그녀의 좁은 원룸에서 아주 조심스럽게 이루어지는 정사를 차 안으로, 가게 안으로, 심지어는 엘리베이터 안으로, 학교 운동장, 낡은 술집의 지저분한 화장실로 그녀를 밀어 넣었다. 그리고

는 마침내 그의 아내가 쓰는 침실로 그녀를 끌어들였다. 그날 성미는 붉은 노을 같이 퍼지는 황홀한 절망 앞에 뚝 떨어지며 그의 목을 물어 댔다.

그는 이미 자기 가정으로 정부를 끌어들이고 지키고자 할 경계를 포기해버린 사람이었다. 그와 살을 부비고 탐욕을 나누던 순간에도 여전히 존재했던 거대한 담들이 와르르 무너졌다.

그날 가게에는 못 하나 남아 있지 않았다. 돌아오는 길은 그가 너무 차를 천천히 모는 바람에 운전 면허시험의 최저속도 표지판이 머릿속에 잠깐 그려지기도 했다.

이 세상에서 가장 무거운 것을 매단 채 달리는 것처럼, 가지 말아야 할 곳을 억지로 가는 듯, 화물차는 덜덜거렸다. 그렇게 얼마 가지도 못하고 휴게소로 들어선 그가 대형 화물차 뒤로 차를 바싹 세우고 다그치듯 물었다.

"괘안컷나?"

"뭐가?"

"내가 느그 집 사는 거."

그는 반쯤 넋이 빠져 있었다.

"가기 싫나?"

"인자, 이 세상에 니밖에 더 있나"

그는 체념 같은 한숨을 쉬며 머리를 운전대에 박고 울었다. 그리고는 조수석으로 황급히 넘어와 확인받고 도장 받으려는 아이처럼 가슴으로 파고들었다.

"이러지마."

"내가 싫나,"

그는 보채고 칭얼거렸지만 그에 대한 흥미가 사라진 날이었다.

그 언젠가 맞닥뜨릴 문제는 거의 7년을 끌고 왔다. 그 동안 성미에게 아이들이 둘이 생겼다. 한규는 부도가 난 후 일 년이 지난날부터는 한 달에 두 번은 창원의 본가로 갔다. 본처와의 성관계는 몇 년째 없었다. 하지만 편하고 안락한 곳은 그 곳뿐이었다.

성미와 사는 것은 부초처럼 어딘가 떠다니는 느낌이었다. 돌아가고 싶었다. 하지만 새로운 아이들은. 그는 추리닝으로 갈아입고 밖으로 나왔다. 성미의 어머니가 가꾸던 빌라 앞 텃밭은 잡초가 무성했다. 노인은 재작년에 췌장암으로 세상을 떴다. 암세포가 온몸에 전이되어 병원에 억지로 실려 갈 때까지 텃밭의 푸성귀를 돌보던 노인이었다.

'자네, 이거이 신토불이 우리 것이여. 얼마나 몸에 좋은 긴데.'

갓 따온 상치며 고추를 밥상에 올리며 어디서 주워들었는지, 신토불이를 들먹였다. 소 닭 보듯 한집에 머물다가 제법 정이들만 하니 떠난 노인이었다.

노인의 장례식에 그는 초대받지 못한 상주로 엉거주춤 참석했다. 장례식에서까지 은근한 멸시와 무시로 새로운 처남들과 처제, 그들의 식솔들로부터 따돌림을 받자, 항상 객처럼 덤덤하게 그녀 집 행사에 참석했던 지난날이 그렇게나 못나 보이고 처량할 수가 없었다.

"누구 돈으로 대학을 다녔는데 그것들이 매형, 형부대접을 그렇게 해."

성미가 지 양심에 칼을 대면서까지 불만을 털어놓곤 할 때마다 그는 그녀의 분노를 달랬다. 조강지처를 버리고, 아니, 정리하지도 못하고 영위하는 어정쩡한 결혼생활은 자존감을 크게 떨어뜨려놓았다.

모르는 사람들이야 새롭게 탈을 쓰고 만나 떳떳하게 살면 되지만 이미 전철을 알고 있는 가족들에겐 끊임없이 굴욕, 비웃음, 수모를 당하고 감수해야했다.

'니가 도둑질해서 그것들한테 빼돌리지만 않았어도 부도는 안 났어.'

성질이 뻗치면 고약하게 성미를 몰아세웠지만 아직 한 번도 그것으로 시혜를 받은 당사자들에겐 보상을 바라거나 이해를 구하진 않았다. 그런데 이건 아니었다. 알고 보니 그들의 이해타산이 전혀 엉뚱한 곳에서 튀어나왔기 때문이었다.

성미가 사준 그녀의 어머니 집을 장례를 끝마치자마자 그들이 물고 늘어진 것이다. 그녀는 펄펄 뛰었고 처음으로 진짜 부부인양 단결하여 식구들과 설전을 벌였다. 결국은 법정 소송으로 갈 뻔한 것을 성미가 양보하여 얼마간의 합의금으로 나눠주고 집을 그녀 앞으로 등기했다.

그녀 앞으로 등기한 집은 누구 것일까? 그녀가 내 것이면 그녀 것도 내 것이겠지. 자위했지만 확신은 흐렸다.

'저 집은 누구 집인가?'

한규는 비탈길로 들어서며 뒤돌아보았다. 그리고 그의 빌라, 그가 살고 있는 집을 가늠해 본다. 고개를 흔든다. 어쩌자고 저기에 둥지를 틀었단 말인가, 처자식을 버리고 무슨 쾌락과 영광을 얻기 위해서. 저기에 있는 또 한 사람의 아내와 자식은 무엇이란 말인가.

그는 무거워지는 발걸음을 억지로 옮겨보려 했지만 계단에 풀썩 주저앉았다. 몸 안의 모든 에너지가 방전되어 더 이상 움직일 수 없을 것 같았다. 망연히 주저앉아 있는 그를 가로지르며 새벽 공기를 활력 있게 마시며 지나가는 사람들의 체취마저 무거운 공기와 함께 그를 주눅들게 했다.

남편은 침 맞은 지네처럼 풀이 죽어 고민정의 가게로 들어섰다. 오전 11시경이었다. 부도날 때 공구가게에서 떼 온 시계였다. 지금은 한낱 채권자인, 빚쟁이의 업체 로고가 새겨져 있는 벽시계였다. 그때는 제법 값어치 있는 물건이었고, 그 값어치만큼 돈독한 거래관계 내지는 이해타산을 생각하고 보낸 개업 선물이었을 것이다.

그녀는 남편이 집을 나갔던 시간들을 가늠해보았다. 왜 그런 생각을 하는지 몰랐다. 가슴은 먹먹했고, 울분이라기보다는 허망함 같은 것이 멍울져서 벽시계의 괘종마냥 흔들렸다. 안타깝고, 힘들고, 투명했던 그래서 더디게만 흘렀던 시간들이었는데, 지금은 그 시간이라는 것이 암흑물질처럼 끈적거리며 몸에 끼얹는 느낌이었다.

이 남자는 도대체 누구란 말인가. 믿고 의지하고 기다리고 그리워했던 것들의 정체가 이것이란 말인가.

"느 새끼 맞나?"

민정은 엉거주춤한 자세로 한참동안 노려보다가 던진 말이었다. 무엇을 또, 확인하자고. 무심코 던져버린 말조차 그 행위에 묻혀 추악해질 것 같아 온몸이 바르르 떨렸다.

"……"

"그 당시 하나도 아니고 둘이나 깠나,"

"내가, 잘못했다. 정리하려고 했는데, 알다시피 도망 댕기다보이."

"도망, 도망 좋아하네. 니는 그년하고 도피한 거야. 그라고 정리? 어뜨케 정리할건데? 까논 아아들을 때리죽일 기가, 너는 평생 정리가 안 되는 인간이야. 신혼 초부터 그 짓이더니, 양심도 없나? 니 객지 떠돈다고 마음 다칠까봐 니 사는 곳도 안 가봤다. 한사코 꼬질꼬질하다고 오지 말래서, 곧 돌아온다 케서, 느그 딸들 내가 머해서 갈킨지 아나, 마트에서, 청소 용역회사에서, 보험쟁이, 심지어는 노가다 못 빼로도 가봤다. 인자 눈물도 없다."

"사, 살려주라, 가가 우선 몸이라도 피하자고 해서, 그 당시에 어디 갈 때가 있었나,"

"뚫린 입이라고 아무케나 씨부리지 마라. 이혼해줄 테니 그년한테 가라. 왜 진즉 가지 이자껏 마음 조리고 살았노, 빙신 같은 년 속이고, 기만하고 놀리고 사니까 그리 꼬시드나,"

그 때 밥 손님이 들어왔다. 몇 년 전에 어렵게 개업한 국밥집이었다. 다행히 음식 솜씨가 좋았는지 목이 좋았는지 손님이 꽤 있었다. 그때 얼마나 기뻐했던가.

'고마 들어오소. 내 당신 건사 할 수 있으이, 객지서 고생하지 말고 들어오소.'

그때 그렇게 남편에게 말했을 때 얼마나 비웃었을까? 딴 살림 차려 깨가 쏟아지는 놈에게 고춧가루 묻은 돈 몇 푼 벌었다고 행사를 하다니, 민정은 고개를 돌려버렸다.

"정리해줄 테니, 서류 만들어오소."

"그게, 그게 아니라니까."

민정은 당장이라도 덤벼들어 그의 목을 짓누르고도 싶었지만 스스로 참는 것도 대단했다. 그러고 보니 벌써 몇 년 전부터 혼자였다. 가게를 낼 때 그가 내준 얼마간의 목돈에 목젖을 꿈틀거리며 참았던 눈물하고는 질이 달랐다. 어떤 고마운 분이 돈을 꿔줬다고 해서 인사나 드리자고 했는데, 그것이 정분난 여자의 속곳에서 나왔다고 생각하자 천불이 났다. 식탁에 놓인 빈 맥주병을 들고 주방으로 향하던 민정은 그를 쏘아보았다.

그가 비굴한 표정으로 들어온 손님과 아는 체를 하고 있었다. 웃고 있었다. 얼마나 저 두꺼운 가면을 쓰고 비웃으며 살았을까. 그녀는 쟁반에 얹어들고 가던 맥주병을 그에게 쏟아버렸다. 그리고는 그가 앉아 있는 탁자를 뒤집어버렸다. 순식간의 일이었다.

"설마, 설마 했다. 이 더러운 놈아. 너무 어처구니가 없어서 내가 다

안 믿긴다. 니가, 또 거짓말 하면. 그카면 또 믿을 뻔했다 아이가. 왠줄 아나, 내 대갈박으론 도저히 이해가 안되이까."

밤 열두 시가 되어서야 한규는 진주로 돌아왔다. 그는 문밖에서 잠시 머뭇거렸다. 하루 종일 연락이 두절되어 부글부글 끓고 있던 성미가 문을 열자 거대한 빗줄기가 그의 등 뒤에서 쏟아져 내린다. 장맛비였다.

"여태 그년하고 있었어? 왜! 그 여자하고 있으니까 발이 안 떨어지데? 헤어진다고 한지가 벌써 몇 년인 줄 아나, 바리 도장 찍고 나온다문서!"

뇌성벽력이 함께 떨어졌다.

"내가 왜 우리 애들을 니 호적에 올린지 아나, 니를 못 믿어서, 언제 떠나갈지 몰라서 대못을 박아 논 기다. 이런 사단이 뻔히 날줄 알면서 그랬다 말이다."

한규는 할 말을 잃었다. 아이들이 학교에 가면 아버지, 어머니가 있는 정상적인 아이로 남들이 받아지게 하고 싶다며 눈물까지 흘리며 호적에 올려놓자고 애걸했던 여자였다.

배운 게 도둑질이라고 공구상을 열어 조금씩 자리를 잡아가는 시기였다. 썩은 고목나무에 엉덩이를 깔고 새순을 피우는 형국이었다. 실패한 경험은 반면교사로서 역할을 충분히 했다. 썩었지만 고목의 영양분은 새순을 뻗어가게 하는 토양으로 작동됐다.

공구상만큼은 무슨 일이 있어도 하지 않으려고 했으나 이것저것 손대보고, 몸으로 때우는 일도 해보았으나 스무 살 후반부터 시작한 공구상보다 쉬운 일은 없었다. 실패에 대한 깊은 트라우마가 그의 잠재의식 속에 번져있어서 처음부터 실패했던 일로 바로 돌아가기는 쉽지 않았다.

 마지막으로 학교에 급식을 납품하는 일을 했으나 남는 것은 위장병과 낡은 급식차 한 대 뿐이었다. 성미는 당시에 급식업체에 근무했고, 중고등학교 영양사들과 잘 지내면서 자리를 하나 만들었다. 하지만 밤 열두시부터 아침까지 작업하는 일은 결코 만만한 일이 아니었다. 아무도 없는 새벽길을 달리다보면 문득 너무 서글프기까지 했다.

 못하겠다고 손을 들었을 때 성미는

 "그럼, 뭐할 건데, 도대체 할 수 있는 게 뭐가 있어?"

 하고 다그쳤고 열이 받쳐

 "그래, 공구상이나 다시 할란다."하고, 항복해버렸다.

 성미는 처음부터 공구상을 하자고 했었다. 하지만 고통 받고 있을 빚쟁이들을 두고 쉽게 다시 그 길로 돌아가긴 쉽지 않았다. 그것 때문에 한동안 다투었지만 어쩌면 마지막 돌아갈 고향 같은 곳이었다.

 "뭘로 공구상을 할 건데,"

 막상 마음을 먹자 성미는 떠보듯 심술스럽게 물었다.

 "공구 좀 없나?"

 "공구? 자기가 다신 안한다면서 노가다 다님서 이놈 저놈한테 죄다 안 내삐렸나?"

 그랬다. 왜 그랬는지는 모르지만 집안에 그 패배의 연장들이 들어차 있다는 게 마음을 불편하게 했다. 그의 마음을 아는지 모르는지 성미는 언젠가는 가게를 할 거라고 믿고 있었다.

 "당신은 타고난 장사꾼이야, 그것도 큰 장사 말고 작은 장사, 이리 기웃 저리 기웃 하는 성격에는 딱 맞는 일이야."

 "이리저리 기웃거리다니?"

 버럭 역정을 내자, 성미는 눈도 하나 깜박거리지 않고 퍼부었다.

"여자 문제만 해도 그래, 당신 그 잘난 마누라가 처음에 가게에 입사했을 때 머라고 당부한 줄 아나, 당신은 틈만 나면 여자 치마 속 기웃거리는 인간이니 어떤 년 만나는가 수시로 잘 감시하라고도 했지. 당신 나한테 수작부리기 전에 만나는 여자가 있었다는 걸 모를 줄 알아? 기억도 안날거야."

"그기, 공구상하고 무슨 상관이야,"

"하여튼 당신은 공구상이 딱이야. 당신 부모님도 문구사 했다며?"

"그게 무슨 상관이라고?"

"잘 생각해봐. 다들 부모 따라가는 거야."

"나는……."

"부모를 넘기가 쉬운 줄 알아? 순응하면서 살아. 부모님도 연필하고 노트 팔아서 당신과 당신 형제들 먹여 살렸어. 당신이 더 낫다고 생각하지 마."

윤한규는 입을 닫아버렸다. 처지가 부모 세대보다 못한 게 분명했다. 기분이 더러웠지만 그녀가 하는 대로 내버려두자 슬슬 생존에 탁월한 본능을 발휘했다. 하나 둘 자기가 다 없애버렸다고 생각한 공구를 집 안 깊숙이에서 꺼냈고, 또 그렇게나 사업을 하겠다고 돈을 좀 내놓으라고 닦달해도 외면했던 그녀가 선뜻 가게를 얻어주기까지 했다.

그리고 그때부터 집요하게 이혼하고 오라고 채근했었다. 하지만 그는 본처와 아이들을 포기할 수 없었다. 달래고 비위를 맞추고, 가게가 자리 잡을 때까지만 기다려달라고 애걸하면서 그녀 몰래 다른 주머니를 차기 시작했다. 어떨 때는 그런 자신의 모습에 어처구니가 없어 실없이 웃으며 성미가 지난날 자신의 가게에서 무슨 짓을 했는지 되돌아봐지는 것이다.

어떻든 공구상은 금세 자리를 잡았다. 부러 농공단지가 들어선 곳에 세를 얻어 도매보다는 소매에 주력했다. 전에는 찾아가 납품하는 형태로 영업했으나 이젠 찾아와 사가게 하는 쪽으로 영업전략을 세웠다. 외상 매출을 가급적 줄이기 위함이었다.

기존 공작기계에 사용하는 각종 툴과 바이트, 측정장비보다는 잡자재 위주로 소형 용접기부터, 장갑, 예초기, 전기히터, 대형 선풍기, 리어카에서 보루까지 그야말로 모든 것을 파는 만물상이었다.

환영받지 못하는 사람, 한규는 두 개의 세계에 완전히 끼어버렸다. 그 두 개의 세계는 하루가 멀다 하고 부딪치고 깨졌다. 어차피 만들어진 세계를 서로 인정하고 평화를 찾는 길을 모색했으면 싶었지만 시간이 갈수록 분노와 복수심을 불태워갔다. 전쟁은 불붙어갔다.

그렇게 한 해가 지나갔다.

'부처님, 용서할까요?' 묻지만 이미 민정은 용서할 수도 인정할 수도 없었다. 그렇다고 인정하고 포기하고 싶지도 않았다. 억울하고 분하고 수치스러워 누구 한사람에게도 터놓을 수 없었다. 막막하고 어둡고 습한 곳에 혼자 갇혀버린 느낌이었다. 가장 친하다고 생각했던 사람들 중, 그 누구도 그녀 편에 서 줄 것 같지 않았다.

그렇게 수다를 떨고 친했던 언니, 동생들, 형제, 심지어는 성장한 아이들에게도 터놓고 말 할 수 없었다. *잘못 살았구나! 아픔, 진정한 슬픔을 같이 나눌 심장에 어려 있는 상처를 드러낼 수 있는 단 한사람도 없구나!*

참으로 잔인한 시간이었다. 그렇지, 그런 일은 그런 억울하고 말도 안 되는 분한 일을 남편하고 밖에 더 하겠나? 그런데 그 남편이 바로 그 상처를 낸 대상이라니, 참담했다.

'부처님, 아무한테도, 누구에게도 말할 수 없습니다. 너무 부끄럽고, 너무 더럽고, 너무 억울하고 분해서 부처님에게조차 진실을 다 말 할 수 없습니다.'

부처님은 묵묵부답, 잎을 드리워 그늘이 되어줄지언정 그녀와 동행할 수 없다는 듯 빙그레 미소 짓고 있을 뿐이다.

민정은 어느 날 초저녁 성미의 빌라에 들이닥쳤다. 그 년놈들이 뒹구는 현장을 포착해 감방에 집어넣고 싶었다. 하지만 마침 년놈들은 없었다. 아이들 둘이서 오락기 하나를 두고 옥신각신 싸우고 있었다.

"이름이 뭐니?"

흥분하지 말고. 표준어로, 천천히 물었다. 아이들은 누군가를 닮아 있었다. 퍽 친근한 얼굴, 민정은 머리를 흔들었다.

"다솜입니다."

작은 아이가 먼저 말했다.

"다희입니다."

다솜, 다희, 민정은 낯설지 않은 이름에 깜짝 놀랐다. 아이들의 이름은 바로 자신의 아이들 돌림자를 따고 있었고 아이들 낳기 전에 작명해 선택받지 못한 채 서랍에 넣어둔 바로 그 이름이었던 것이다. 어처구니가 없었다. 이렇게 뻔뻔하고 간교한 사람이었나, 그런 작자를 뭐가 아쉬워 되찾으려는가.

하나님, 용서하소서. 과부와 고아들을 지극히 사랑했던 예수님, 죄를 사하여 주소서. 그를 포기해야 될까요. 이제 와서 그를 포기하면 저 어린 아이들은 천대받고 멸시당하며 살 텐데, 아직도 제 아버지를 철석같이 믿고 따르고 의지하며 사는데 저 아이들을 위해서라도 포기할 순 없잖아요.

설마 남편이 저럴지 몰랐어요. 시간이 되면 정리하고 돌아온다고 믿고 지금껏 살아왔어요. 본처에게 정이 어디 있겠어요. 그 둔하고 매력 없는 여자를 선택한 남편이 재수가 없었던 거지요. 아시겠지만 남편은 처음부터 그 여자에게 맘이 없었잖아요.

그 여자는 원래 남편이 바람기가 자글자글 하다고 하지만 누가 그 통나무 같은 여자하고 살겠어요. 그건 고문이지요. 남편이 신혼 초부터 이리저리 눈을 돌린 것은 다 이유가 있었단 말입니다. 아시겠지만 남편이 나를 만나고 나서 바람을 피웠어요? 그 흔한 술집 가서 오입을 한 번 했어요, 아니잖아요.

이런 이야기를 도대체 누구한테 하겠어요. 누군가 붙잡고 이야길 나누고 싶어 죽을 지경이지요. 등산클럽 언니들에게 이야길 할까요. 아니면 옆집 훈이 엄마에게 할까요. 이야길 꺼낸 순간 온 동네로 이야기가 풍선처럼 떠다니겠죠.

모두들 나를 비웃고 손가락질 할 거 아닙니까? 그래도, 하나님은 아시잖아요. 그이가 날 얼마나 사랑했는지를요. 그런데 이게 뭡니까. 다시 돌아간다고요? 그럼 나는 어떡하지요. 아이들은요. 그이가 변했을까요? 아니죠? 내가 수없이 거부하고 싫다고 했지만 그이가 너무나 나를 사랑해서 지금껏 같이 잘 해왔잖아요.

이해가 안돼요. 싫다는 사람하고 끝까지 살려고 하는 그 여자가 이해가 안돼요. 그이는 또 뭡니까? 왜 저럴까요. 막무가내로 주말이면 창원으로 가버리는데 협박을 당한 거겠죠? 그 여자와 그 여자의 덩치 큰 아이들이, 그이를 혼란에 빠지게 한 거죠? 내 인생을 완전히 망가뜨리고 다시 가겠다고요? 하나님 저는 못해요. 그가 죽든 내가 죽든 그 여자가 죽든 갈 때까지 가야죠.

"좋은 사업이 있어,"

한규는 성미를 가만히 떠본다. 격렬한 애무의 끝에 표시나지 않게 가볍게 던졌다. 그녀가 애가 닳아 몸을 바싹 붙여온다. 요즘의 성관계는 냉담하고 또 격렬하기도 했다. 먹을거리를 놓고 싸우는 짐승처럼 미워했다가 용암처럼 뜨겁게 흘러내려 살 속으로 파고들기도 했다. 영원히 헤어질 사람들처럼 싸늘하게 식어 등을 지고 자다가도 잃어버린 물건을 찾을 듯이 달려들어 밑바닥까지 다가갔다.

무엇인가 말하고 싶었다. 오랜 전쟁 같은 싸움으로 인해 피폐해질 대로 피폐해진 몸과 마음을 달래고 위로 받고 싶었다. 말로 못한 이야기, 느끼게 하고 전달하고, 기어이 소유하고 싶었다. 버리지도 못하고, 버릴 수도 없고, 버리기에는 손해 볼 것 같은, 오랫동안 가졌던 그 권리를 포기하고 싶지 않았다.

두 사람은 섹스는 시작하면 죽을 듯이 했다. 마치 모든 것이 거기서 생성되고 존재하고 소멸되는 것처럼. 성미는 한동안 그에게 흥미를 잃고 있었지만 본처에게 탄로 난 순간 다시 격정이 되살아났다. 가끔씩 암사마귀처럼 성교 중에 그를 물어죽이고 싶을 정도로 탐욕이 끓어오르곤 했다. 그것은 분노이기도 했고 질투이기도 했고, 시기심과 미움과 두려움이기도 했다.

아이 둘을 버리고 어느 날 말없이 떠나버린다면 그렇게 되면 어디서부터 다시 시작해야 될지 모르는 공황상태를 받아들일 순 없었다.

"무슨 사업, 그냥, 밥 먹고 살면 되지."

"우리 집 사람이, 아 미안, 그 다정이 엄마가 가만둘 것 같아,"

"가만 안두면 어떡할 건데, 지가?"

"가게 와서 행패부리고 지랄 떨어봐라."

"교도소에 집어 넣어버리지."

"그 동생, 처남이 알면."

"그 난봉꾼?"

"그래, 그 자식 귀에라도 들어가면?"

"들어가라지. 여긴 법치국가야."

"그놈이. 그 쓰레기 같은 놈이 법이 있어? 날마다 이 근처에서 죽치고 살아봐라."

오기가 뻗치지만 성미는 덜컥 겁이 난다.

"그것들이 닥치기 전에 재빨리 정리하자는 거야. 그놈들이 닥치면 장사를 어떻게 해."

"좋은 계획 있어?"

"그럼, 내가 창원 집에 가는 것도 모두다 시간을 벌자고 하는 일이야."

한규는 성미의 엉덩이를 바싹 끌어당기고 속삭인다.

"인자, 아주 멀리 떠버리자."

"진짜?"

암여우처럼 물고 늘어진다. 하지만 그녀의 머리는 복잡해진다. 몸을 맡기지만 좀처럼 다다를 수 없다. 아니, 어디까지가 진실인지 믿을 수 없다.

"집을 팔자."

"집을?"

"그래, 여기 속 시끄러워서 살것나?"

"와, 그년이 또 머라더나?"

"안그러더나, 애들 가져다 키우라고."

"미친년 지 새끼를 지가 키워야지. 까놓기는 왜 까놓고,"

"막가파야. 언제 들이닥칠지 모른다고. 멀리 가서 새로 시작하자."

민정은 마음이 약해진다. 가끔씩은 이 못된 인간이 불쌍하고 처량하게 느껴지기도 한다. 들통 나기 전에 얼마나 마음 졸이고 살았을까, 그리고 최근엔, 또 얼마나 부대끼고 사는가. 그 못된 년은 얼마나 뜨더구질 해댈까. 오죽하면 집을 팔고 도망가자는 말을 할까. 하지만 이미 몸과 마음이 멀어져버린 이 남자를 어떻게 믿고 따라간단 말인가.

"진주 가게는?"

"그 가게? 돈 안 된다. 월세로 있다 아이가. 나는 다 싫다. 몸만 어떻게든 빠져나오고 싶지만 비싼 공구라도 챙겨 나와야지. 내가 거기 왜 있는 줄 아나, 다른 얼마라도 그 여자 몰래 챙겨 나오려고 그러는 거다."

"와, 그 동안 몸 주고 돈 줬으면 당당하게 빼와야지."

"내가, 왜 이때 것 몬 빠져나왔것노? 독해도 보통 독한 거한테 걸린 게 아니다. 그나마 일주일에 한 번씩 오게 된 것도 지가 우리 처남 판식이를 대충 알기 때문에 놔준 기다."

억지로 살아왔다고 한다. 겁이 나서 도망갔고, 도망가서 없혀 살다보니 정들었고, 정들어서 아이 생겼고, 독한 여자가 아일 낳았고, 언젠가 빠져나오려고 발버둥 치며 살았단다.

"내가 한 번 죽제 두 번 죽것나, 집 정리하자."

그야말로 죽을 둥 살 둥 모아서 마련한 아파트였다. 그가 마음 약해질까 봐 늘 월세 산다고 했는데 집을 드나들면서 사정을 알게 됐고 은근히 권리 행사를 하려 들었다.

그의 마음속에는 틀림없이 집을 산 배경에는, 그가 일조했다고 믿는 것 같았다. 공구가게 할 때 흘러들어간 돈이 밑천이 됐을 거라고 믿는 분위기였다. 어이가 없어서 윽박지른 적도 있는데 그런 것이 오히려 확신을 주는 모양이었다. 그 계집년이나 자기나 똑같이 본다는 게 억울하고 비위 상했지만 부정만 하다간 얼간이 취급 받을 것 같아 모른 척 해버렸다.

"지가 가게를 지 돈으로 내준 걸로 행세한다니까. 전부 내 돈 빼돌려서 맹근 돈을, 가당치도 않체?"

머저리 같은 놈, 속으로 욕지거리가 간질거리지만 꾹, 참고 속을 파헤쳐본다.

"그 집은 우짤라고, 반은 니끼 아이가?"

"반은 무신? 죄다 내 것이제. 셋방살이 한 것들. 내가 나중에 다 알았다. 먼 자랑이라고 그 여자가 죄다 뱉어놓드라. 나한테 놔두면 날라가 버렸을 돈 가지고 집 샀다고,"

"그럼, 뺏어와,"

화가 나면서 얼굴이 달아오른다. 심장이 또 심하게 두근거렸다. 부정맥이 심하다는 의사의 소견의 떠올랐다. 흥분하지 말자.

"말이 그렇지. 지돈도 쪼매는 있었것제. 그라고 그걸 남자가 어떻게 내노라카노."

"거기 가게는 정리하면 돈은 건질 수 있나,"

"얼마간은 되것제, 가가 아무리 속이려들어도 어림없지. 내가 장돌뱅이만 수십 년이다."

허풍을 떤다. 음흉스럽게 눈꼬리에 주름이 잡힌다. 무슨 생각을 할까. 이십여 년을 살아온 여자를 헌신짝 버리듯 하는 것을 자랑스럽게 생각하고 있다. 그래, 한번 니 원하는 대로 해주마.

"집을 팔기 전에 깔끔하게 하고 싶은 게 있어. 대출금 먼저 갚아줘."

"나한테 그만한 돈이 있나,"

"그럼. 관두시든가."

"그래, 그래, 어디서 만들어오든 만들어 오꾸마."

한규는 민정의 손을 꼭 붙잡는다. 이미 어색해진 부부간의 접촉이 무척 낯설다. 그는 다소 무리를 해서라도 매듭을 짓고 싶다.

"우리, 맨날 이렇게 살 거야,"

"뭘?

민정도 간절하다. 아직 젊다. 허리가 좀 안 좋고, 심장이 나쁜 것 외에는 언제든 남자를 받아들일 준비가 되어있다.

"그 여자와 헤어지고 와!"

하지만 민정은 단호하게 말하고 그의 손을 뿌리친다.

한규는 스스로 생각해도 이상한 짓을 하고 있었다. 자신이 저지르고 있는 행동이 한심스럽고 어처구니가 없다는 것도 안다. 그러나 어제는 텔레비전을 사고 오늘은 냉장고를 사고 또 내일은 침대를 살 것이다. 부서진 문을 고치고 지붕의 이엉을 갈고 사립을 손본다.

이 저녁 깃들 곳이 없는 새처럼 부지런히 집안을 고치고 채운다. 산등성이에 있는 이 집은 창원 시내가 한 눈에 내려다보일 만큼 고지대에 웅크리고 있다. 밤이 되면 창원대로를 달리는 차량들의 헤드라이트 불빛과 가로등이 수없이 교차하며 아름답게 빛나고, 공업도시의 쉬지 않는 심장들이 밤늦도록 웅웅거리는 소리가 이빨을 드러낸 투견의 숨소리 같다.

그린벨트지역에 자리 잡고 있어서 증축이나 개축이 안 되는 이 집은 스레트 지붕과 얼기설기 엮은 벽면의 구조물이 다소 흉하지만 기거하는 데는 아무런 문제가 없었다.

이곳은 한동안 절집으로 쓰여서 마당의 작은 분수대 끝에는 아직도 촛농이 흘러내린 자국이 있었고 어설픈 탱화의 흔적이 곳곳에 남아있어서 깊게 숨을 들이쉬면 향냄새가 배어나올 것 같은 곳이었다.

오래전부터 부초처럼 떠돌던 고향 친구가 머문 곳이다. 고향 친구 박운성은 중학교를 중퇴한 후 지금껏 아무데도 정착하지 못하고 발이 닿는 대로 머물다가 니가 나면 홀연히 어디론가 떠나버리곤 했다.

다행히 어느 무당집에서 머물다가 법사가 됐고 그것으로 생계를 유지하며 불러주는 보살이 있으면 언제든 떠날 수 있었다. 한규는 그가 오랫동안 멀리 떠나는 바람에 이 집을 운 좋게 얻어 쓰게 됐다.

"다 버려라. 말라비틀어지지 말고."

"뒤지것제? 이러다가."

"다 즈그들 알아서 산다. 냅둬부러라."

법사인지 똥사인지 다 지 신세타령이었지만 한숨 쉴 때마다 놈의 말이 가슴에 새겨졌다. 놈이 기도를 가거나 여신도와 오입질을 가거나 굿을 하러가기 위해 이 집을 비우면 한규는 깃들 곳이 없는 새처럼 이곳으로 들어왔고 그것이 인연이 됐다.

"그놈의 점집 때리치우고 등산객들한테 파전이나 팔고 살면 딱 조컷다."

빈둥거리는 법사에게 야유했던 말이 씨앗이 되었는지 그가 이 집을 차지한지 얼마 되지 않아 그 여자가 나타났다. 처마 밑에 스며든 비처럼 그 여자는 참 순하게도 그와 맺어졌다.

여자가 샘물을 떠서 몸에 끼얹는지 어흐, 어흐, 몸을 턴다. 숨어있던 몸 안의 수맥이 팽팽하게 반응한다. 짓밟히고 움츠린 것이 잡초처럼 돌 틈을 비집고 올라온다. 잘 말린 수건을 여자의 몸에 감싸고 힘껏 솟아나는 발기를 느낀다. 샘물에 은빛의 실루엣이 찰랑이면 그녀의 신경을 자극할지도 모른다.

그녀를 만나면서 전쟁의 국면은 전혀 다른 양상으로 변하고 있었다. 진주의 성미에게는 창원에 간다고 하고 이곳으로 왔고, 창원의 민정에게는 진주에 들른다고 하고 이곳으로 내빼곤 했다. 한규은 한동안 잃어버렸던 전쟁의 주도권을 주도면밀하게 뺏어오는 중이었고 그의 머리는 세차게 돌아가고 있었다.

두 여인을 정복하고 유린했다고 생각했던 땅에서 오히려 볼모로 잡혀 원망과 질투의 포로가 되어버렸던 세월이었다.

"내가 뭔 죄여?"

스스로 죄의식에서 벗어나기 위해 탄식하면 질세라 법사가 목탁을 쳤다.

"죄다 내뿌리라, 전부다. 다 알아서 사는 기여."

법사는 보상심리에 빠져있는 이혼한 과부처럼 부추기며 자기나라로 편입되길 원했다. 그래, 내 자리는 어디에도 없다. 어디로 가든 비난과 원망만 있을 뿐이다. 평생 화풀이의 대상, 부도덕한 파렴치한으로 살게 될 것이다. 왜 그곳에 남고 돌아가야 한단 말인가. 누구하나 진정한 자기편이 없는 세상으로 왜 돌아가야 한단 말인가.

술도 고프고 배도 덜 찬 어느 날, 거기 뜻밖에도 그녀가 있었다.

"이 아줌씨가 귀가 먹었나, 말귀를 못 알아 듣노,"

답답함에 역정을 냈는데 카운터에 서있던 주인이 쪼르르 달려와 해명했다.

"귀가 잘 안 들리는 사람입니다. 제가 좀 도와 드릴까요?"

주인은 고개를 한 번 깊게 숙였다.

"귀도 안 들리는 사람을 써빙시키야 되것어요?"

"죄송합니다. 오늘 직원 배치가 잘못됐습니다."

어디선가 들어본 목소리였다. 친절하고 예의바른 말투로 바뀌었지만 잊을 수 없는 목소리였다. 한규는 '어.' 하고 감탄사를 뱉었다.

"도, 동녀 아이가? 맞지요."

그랬다. 거기 동녀가 있었다. 오동녀. 동녀는 자신의 원래 이름을 알고 있는 손님을 유심히 살핀다.

"그, 기장. "

"맞아, 기장 살던 윤한규."

고기를 뒤집던 그녀가 두 손을 놓았다. 그녀가 손으로 등을 힘껏 쳤다.

"와 이리 변했어?"

쪼그라졌다는 이야기겠지. 폭풍처럼 근황을 주고받는다. 좋은 기억과 나쁜 기억 사이를 잘 피해가면서 한때의 시간을 함께 했던 곳으로 돌아가 본다. 그리고 지금 어떻게 이 자리에서 뭉개고 살아왔는지 가늠해본다.

"이기 니 집이가?" 대답이 없자

"출세했네. 완전 부자가 되버렸구마. 그런데 아직도 써빙이야?"

"내가 있어야 할 곳은 손님들 속이야."

"대단해!"

"목이 오빠는 안 만나지?"

"한목이?"

"우리집에 맨날 오지. 요즘은 심통이 나서 잘 안 오지만."

"아직도?"

아직도 그를 만나는지 묻고 싶었다.

동녀의 얼굴은 전혀 변함이 없다. 보통의 여자들이 나이가 들면서 얼굴이 커지고 골격이 커지는 반면 그녀는 오히려 반대였다. 얼굴은 작아지고 아담한 코는 오히려 높아 보였다. 얼굴의 피부는 아직 탱글탱글했고, 머릿결은 아직 새치 하나 없는 단발머리였다. 두들겨 패서 단단해지고 야물어지는 단조품처럼 모질고 거친 세월에 싸워 이긴 여자의 표상 같았다.

동녀는 손님들에게 불려가면서도 틈틈이 와서 어울린다. 같이 한 지인과 밍밍한 화제로 술을 쪼개면서도 머릿속은 세월을 거슬러 올라간다. 영광스럽지도 자랑스럽지도 못한 학창시절이 주마등처럼 스친다. 그때의 그녀와 지금의 그녀 사이를 가늠하는 사이에 떠오르는 부끄럽고 수치스러운 것들을 술로 메운다.

가끔씩 귀머거리 여자가 술병을 나른다. 억지로 술을 권하고 뭔가 수없이 주절거리고 있다. 아무것도 알아들을 수 없는 여자다. 그게 아주 좋다. 뭐라고 하든 못 알아듣는 여자에게 무슨 말을 한들 흠이 되고 족쇄가 되겠는가. 헤어질 때 여자에게 메모를 남긴다.

'못 들어줘서 고마웠어요.'

그녀가 베고니아 꽃잎처럼 작게 입을 벌리고 웃는다. 그 뒤로 몇 번 동녀의 가게를 들르면서 그 여자 이름이 최순여라는 걸 알았다. 카톡창에 그녀의 이름이 떴을 때 어둠 속에서 반딧불이 한 마리가 가슴 속으로 꽂히며 아주 작은 따스함이, 그 미미함에서 오는 소중함이 더해졌다.

한규는 두 아내의 거칠고 험한 소리에 귀를 막기 시작했다. 그는 있는 힘을 다해 최순여를 향해 투망을 던졌다.

경남 기장, 푸른 바다 밑에 억센 미역과 먹장어가 꿈틀거려 더욱 짓푸르러지는 곳이었다. 거친 바다바람을 맞고 자란 소년들은 몸에서 붓꽃이 필 때쯤이면 아직 여물지도 않은 거시기를 세우고 볍씨 털듯 뜨물 같은 비릿한 것들을 몸에서 털어내 그 바다에 태웠다. 그래도 힘이 남아돌면 수컷들은 싸움질해대며 서열을 정리하거나 아버지 몰래 배를 몰고 바다로 나갔다.

술과 담배를 훔치고 여학생을 꼬드겨 태우고 윤간을 꿈꾸기도 했지만 탱탱해진 페니스를 식히기엔 시원한 바닷물이 최상이었다. 항구를 떠날 때 모의했던 엉큼한 계획들은 까맣게 잊어버리고 깔깔거리는 소녀들에게 잘 보이기 위해 누가 더 빨리 누가 더 깊게 헤엄치는지 뽐내기에 바쁜 것이다.

그렇게 떼로 몰려다니는 시간들 속에서 크고 작은 사고들이 났다. 하지만 그런 해프닝들은 하루만 지나면 다른 사건으로 묻혀버렸다. 기장 앞바다의 파도는 크고 묵직해서 성장통을 앓고 있는 사소한 하루의 기억속에 내일은 없었다.

한규는 중학교에 입학했다. 그는 네 개의 학교에서 온 학생을 대표해서 입학선서를 했다. 체격은 왜소했지만 제법 카랑카랑한 목소리는 교정에 울렸다. 입학시험 일 등, 아무도 왜소한 자신을 업신여기지는 못할 것이다. 하지만 그는 곧 서열의 맨 밑바닥으로 내려앉아버렸다.

초등학교 때까지는 공부만 잘하면 급장을 하고 그 위세로 덩치 큰 급우들을 얼마든지 통제하고 지시할 수 있었다. 그동안은 서열이란 항상 학업 성적에 의해 결정된다고 믿었었다.

서열 다툼은 신학기 초에 박운성이라는 급우에게 기울었다. 그는 못하는 운동이 없었다. 기초적인 육상부터 배구, 핸드볼까지 주전을 꿰찼다. 체육선생님의 눈에 띄어 학생들의 노력동원으로 만들어진 클레이코스 테니스장에서 유일하게 공을 쳤다. 그렇게 큰 덩치를 가지고 있지도 않았지만 힘센 아이들을 회유할 줄도 굴복시킬 줄도 알았다.

그는 단번에 반장자리까지 꿰찼다. 당연히 한규가 가지고 누려야할 모든 것들을 놈이 앗아가 버렸다. 문제는 거기서 그치지 않았다. 공부 일 등하는 자기 말이면 원님 말처럼 고분고분 잘 듣던 급우들의 태도가 변해있었다. 덤벼들고 무시하기까지 했다.

정말로 받아들이기 힘든 환경이었다. 처음으로 작은 키와 평범한 외모에 대해 콤플렉스를 느꼈고, 스스로의 힘으로는 아무도 통제할 수 없다는 것을 알았다. 이놈저놈들이 '샌님'이라고 자신을 놀려댔고 심지어는 초등학교 내내 가방 들어준 놈까지 덤벼들었다. 그는 전혀 다른 세계에 내다버려졌다. 살아갈 방법이 필요했다.

운성은 넓이뛰기를 할 때면 이단으로 발을 차며 날아오른다. 단거리 달리기를 할 때는 그의 스파이크에 패인 흙먼지가 포연처럼 날리고, 계주에선 마지막 주자로 선 그가 앞선 상대 주자들을 순식간에 앞서며 결승선을 통과한다. 와, 하는 함성이 일어나고 그런 운성의 모습을 보면 소름이 끼치도록 전율이 일어난다. 그래, 저 자의 등에 타자.

한규는 좀처럼 어울릴 기회가 없었는데 중간고사 시험이 다가왔다.

"야, '한짐' 니 공부 잘하는 비결이 뭐꼬?"

작달막한 그가 가방 속에 잔뜩 책을 넣고 뒤뚱거리고 다니면서 생긴 별명을 운성도 예외 없이 불렀다.

"공부 잘하는 비결이 따로 있나, 열심히 하면 되는 기지."

튕겨본다.

"잘난 척 하기는, 임마 우리가 언제 공부라고 해봤나? 학교 갔다 오면 책가방 던지고 바닷가로 놀러가거나 들로 일하러가는 것 밖에 모리는데."

"방법이 있기는 있지."

"진짜?"

의외로 운성은 공부에 대한 욕심이 많았다. 단번에 방과 후에 둘이서만 하는 공부방을 만들었다. 학교 근처에서 문구사를 하는 한규 집에서였다. 운성은 순한 양처럼 한규가 시키는 대로 했다.

그 시절에는 거의 교과서 밖에 없는 시절이었다. 쉽게 참고서를 사볼 생각도 그런 돈도 없었다. 그나마 한규는 문구사하는 부모님 직업 때문에 일찌감치 표준전과 등을 알고 그것을 교재삼아 공부했었다. 그는 운성에게 교과서에 딸린 참고서를 추천하고 문제집을 권했다.

운성은 채식만 하다가 고기 맛을 알게 된 스님처럼 참고서며 문제집을 통째로 삼켜 먹으려들었다. 대단한 열정이었다. 등하교 길에 문제집을 손에 들고 다니는 그의 모습은 신선하기까지 했다.

운성은 가게 하는 부모님을 둔 한규를 부러워했지만 한규는 코 묻은 돈을 받아 살림하는 부모님의 모습이 탐탁지 않았다.

'나는 적어도 저런 인생은 안 산다.'고 다짐하기도 했다. 그렇게 중간고사가 끝나고 운성이 감탄사를 연발했다. 표정에는 약간의 자만심까지 넘쳐났다.

"거그 다 나와 있드라."

운성은 공부의 비결이 노력 이전에 사소한 정보, 길라잡이가 성적을 결정한다는 것을 알게 되었다. 그는 참고서 한 권 살 수 없는 현실에서 한규를 만났다는 것에 대해 감개무량해했다. 어떻든 그 일로 두 소년의 우정은 단단해졌고 한규를 깔보던 급우들은 조심하고 함부로 하지 못했다.

운성의 천하는 아주 오래 지속될 듯 했다. 하지만 중 2의 거센 폭풍이 불어왔다. 큰 놈이 작아지고 작은 놈이 커졌다. 덩치가 산만한 놈이 생겨났고 배짱이 좋은 놈과 깡이 있는 놈이 돋아났다. 또한 집안 배경을 조금씩 저울질 할 줄도 알게 되는 나이였다.

패거리를 만들고 어른들 흉내 내는 놈이 생기고 시내 언저리에서 양아치들과 어울리는 얼치기들도 생겼다. 천성적인 유전인자가 폭발적으로 튀어나오고 자신의 처지를 객관적으로 살피면서 서열은 다시 정리될 조짐이 보였다. 지금까지는 자연스럽게 줄 세워진 헐거웠던 서열이었지만 이젠 폭력적이고 강압적이고 또 집단적인 형태의 줄서기가 시작되었다.

마침내 지서장의 아들 이재관이 갑자기 솟아난 왕죽순 마냥 도드라지더니 동료들을 제압해나갔다. 마침내 절대지존 운성의 말에도 어깃장을 놓기 시작했다. 재관은 통뼈를 가진 힘이 센 녀석으로 초등학교 때부터 운성의 바로 밑 졸이었다.

초등학교 때부터 워낙 기가 눌려서 지냈기 때문이었는지 재관은 쉽게 도발을 못했지만 마침내 시내 폭력 써클에서 논다는 종구를 작살내면서 급격히 힘이 실리면서 그를 멈추지 못하게 했다.

싸움은 아주 정정당당하게 학교 앞산에서 이루어졌다. 방과 후 2학년 모든 학생들이 다 모인 듯 했다. 교사들도 억센 수놈들의 자리다툼쯤으로 애써 방관했지만 혹시나 있을 수 있는 사고를 걱정하며 창문 밖으로 고개를 내밀곤 했다.

한규는 아직도 그 싸움의 명장면을 못 잊는다. 아주 싱거운 싸움이었다. 단 한방에 그것도 태권도의 기본 돌려차기 한방으로 그 기세 좋던 이재관이 나무둥치처럼 나자빠졌다.

와, 하고 함성이 일었지만 정작 본인만은 실감을 못한 듯 운성이 약간은 두려운 표정으로 서있었다. 그런데 쓰러져있던 재관이 입가에 피를 잔뜩 흘리고 멧돼지처럼 운성을 향해 달려들었다. 운성이 겁을 먹고 뒷걸음친 찰나 소년들이 우루루 몰려들어 재관을 막아섰다. 재관은 피범벅이 되어 울부짖었다.

다음날 재관은 학교에 오지 않았다. 대신 경찰들이 학교로 들이닥쳤다. 재관의 이가 두 개나 나갔다. 증인으로 몇몇 친구들과 한규도 교무실로 불려갔다.

지서장은 멋진 제복을 입고 근엄하게 다그쳤다

"느그들 이빨 부러질 때까지 와 안 말리고 서 있었노? 느그도 한통속이야?"

"죄송합니다. 순식간에 일어난 일이라서."

"순식간은 무슨, 재관이가 반격할 때 느그들이 자 편들어서 붙잡고 늘어졌다며?"

취조였다. 겁에 질려 아무도 말이 없었다. 화풀이인지 지청구인지 말이 거칠었다. 몇몇이 지서장의 취조에 고개를 끄덕였다.

"운성이, 니가 애릴 때부터 우리 아 괴롭히고 하는 거 다 알고 있어. 그래도 한동네 아라고 눈감아주고 봐준 긴데, 임마, 독한 놈 아니고는 면상을 못 때린다. 도대체 학생지도를 어떻게 하길래 집단폭행이야, 어, 내 장학사한테 전화 넣고 올라다 참았어."

교장과 담임에게도 훈계를 서슴지 않는다. 운성은 무릎을 꿇린 채였고 고개를 쳐 박고 연신 '잘못했습니다.'를 반복하며 빌고 있었다.

교장과 담임도 쩔쩔 매고 뭐라고 변명하지만 전혀 먹혀들지 않는다. 덩달아 불려간 한규와 친구들도 지청구에 주눅이 들었다. 그때 운성이 아버지가 허겁지겁 나타났다. 그는 작은 키에 얼굴주름이 잔뜩 패여 있고 오랫동안 면도도 하지 않은 상태였으나 거친 인상은 아니었다.

청색 작업복점퍼가 몸에 맞지 않아 축 쳐져 있었고 면바지주머니에는 기름 묻은 장갑이 구겨진 채였다. 목이 긴 안전화는 헤져서 허옇게 변색됐고 풀어헤쳐진 신발 끈은 그의 머리칼처럼 제멋대로 흘러내렸다. 술 냄새를 풍기는 것이 고약했지만 다짜고짜 때 긴 손을 내밀고 머릴 조아리고 용서를 구하는 그는 순박해보였다.

"니 아 이리 키울래?"

지서장이 벌떡 일어서더니 갑자기 손을 내리뻗어 운성 아버지의 뺨을 갈겨버렸다. 그는 잠깐 동안 얼굴이 쌔 하게 굳어졌지만 곧 헤헤, 웃으면서 연신 용서를 빈다.

"새캬, 니가 술 쳐묵고 어영부영 사니까 니 새끼도 저 모냥이여. 봐라. 니 아가 힘으로 우리 아를 두둘겨팰 수 있었것나? 깡패새끼들 멩크로 이놈들 우루루 끌고 다님서 두둘겨팬기지."

"그. 그기 아니고 한방에."

참, 억울했다. 한규는 얻어터진 장면을 설명했더니 바로 귀싸대기가 올라온다. 다른 애들도 한차례씩 얻어맞는다.

"임마, 느가 편들지 않았어봐라. 임마는 물려죽었어. 이빨 다 뿌러졌어도 이놈이 씹어 돌렸을 거여. 나가 뭐라고 갈킨 줄 아나, 지느니 차라리 뒤지라고 해."

생각 같아서는 자기가 직접 이 싸움에 나설 분위기다. 누구 한 사람 대꾸도 없다. 분에 못이긴 듯 운성의 머리빡을 툭툭 치지만 운성은 끅끅 울기만 할뿐이다. 지서장은 마지막 비수를 던진다.

"임마, 이러다 상습범 돼. 깡패 종자가 따로 있는 줄 아나. 한 번 두 번 사람 패다보면 그리 되는 기다. 니는 이참에 아예 느 아부지 따라서 부두에서 일이나 해라. 갈매기 떼 마냥 이놈저놈 것 얻어 묵음서."

"죄송합니다. 지가 잘못 갈켜서. 치료비 변상할게요."

운성의 아버지의 눈물이 주름고랑으로 흘러내린다.

"지랄하네. 니가 뭔 수로 보상해?"

그만, 한규는 소리 지르고 싶었다. 고개를 번쩍 든 운성이 뭐라고 한마디 하려다가 자기 아버지의 눈과 마주치자 입술을 깨문다. 한규는 알 수 없는 무력감에 온몸에 힘이 풀린다. 과연 이 진취적이고 생기발랄한 친구와 다시 마주할 수 있을지 절망스러웠다.

운성은 퇴학은 면했으나 정학 당했다. 하지만 그 일로 그는 끝내 학교에 나오지 않았다. 아버지를 따라서 부두에서 일한다는 소식도 들렸고 부산으로 갔다는 이야기도 들렸지만 친구들의 기억은 새순이 오르기도 전에 꽃이 피고 진 사실도 잊어버렸다.

이미 이재관의 세상이 되어버렸다. 한규도 그 세계로 재빨리 편입되어 들어가 안전을 구가해야 했다. 운성이 따까리로 분류된 그에게 필사의 뒤집기가 필요했다. 그는 아무도 꺼내려들지 않는 그 위험천만한 싸움이야기로 치고 들어갔다.

"끝까지 붙었으면 힘으로는 운성이가 못 당하지. 그라고 싸움 휘슬이 울리기도 전에 선빵을 날린 금마가 비겁한 놈이제."

한규의 아부에 모두들 호응하여 맞장구를 친다. 그렇게 고요해지고 편안해졌다.

모든 게 조용하고 모든 게 질서정연해 보이던 세계가 다시 깨진 것은 고교입시와 맞닥뜨리면서 찾아왔다.

"아버지가 기계공고에 가라는데. 니가 좀 도와주라."

"니가 왜? 인문계 가지."

"우리 아부지 공무원 하는 거 질렸다 카이. 기술 배워서 사업하라는데 내가 지금 성적으로는 힘들다 캤다."

"공부하면 되지."

"공부가 니처럼만 되면야, 우리 아부지 알제? 자기가 성적 다 만들어 준다고 해서 내가 눈 부라리고 처음으로 덤벼들었다."

"싸대기 올라 갔것네."

"아니, 뭐란 줄 아나? 이놈, 오기는 있어갔고. 맘대로 하는데 못 가면 다리몽댕이 부러뜨릴 거라드라."

"내가 뭘 도와주지?"

"성적을 당장 끌어올리기는 힘들고."

"그러면?"

침을 꿀꺽 삼켰다. 한규는 자기도 기계공고에 지원할 수밖에 없는 집안 사정을 말하고 싶었으나 참았다. 약점이 잡히고 싶지 않았다.

"중간고사 시험지를 넘겨라."

컨닝을 하자고, 대놓고? 그는 답안지를 안 넘기면 기장 앞바다에 던져버릴 태세다.

"임마, 니만 잘살래?"

지금도 그 말의 의미, 왜 그가 그런 말을 했는지 모른다. 나중에야 그가 자랑처럼 말했었다.

"울 아부지가 안 그랬나, 약한 놈들 후려 묵을 때, 니만 잘살래? 하고 윽박질렀었제."

한규는 '니만' 잘 살아야 했다. 그가 경쟁자가 되어 가고 싶은 학교를 못 간다면 그건 너무나 처참해질 것 같았다.

그가 당근을 내밀었다.

"너 혜영이 알제?"

"혜영이는 왜?"

이름만 들어도 가슴이 뛰었다.

"니가 좋아하는 거 알아. 내가 엮어 주께. 옆집 사는데 그것도 못할까봐"

한규는 그렇게 녀석에게 매수되어 시험지를 넘겼다. 다행히 녀석은 적절하게 등수를 치고 올라와주어 아무도 의심하지 않았다. 그 사이 한규는 틈만 나면 혜영이 옆집에 사는 재관의 집으로 가서 놀았다.

커피라는 것도 마셔보고 우유도 처음 마셔봤지만 혜영이와 함께 바닷가를 데이트 하는 재미에 비할 수는 없었다. 이따금씩 운성이 이야기가 나오면 애써 피해버리기도 했는데 그것은 자신의 비굴함을 들키는 것처럼 느껴졌다.

맹세코 기말고사는 그의 도움 없이 재관이 상위 일 프로 오르는 기염을 토했다. 신앙촌에 사는 덕우를 윽박지른 것은 아닌지 의심스러웠지만 재관이 마치 다른 사람처럼 근성을 가지고 공부에 매달린 결과였다.

종자가 다른 걸까, 지금도 가끔씩 한규는 재관을 생각할 때마다 타고난 유전자를 생각해보곤 한다. 자신은 거기까지가 최고였고 그 이후로는 그저 그런 인간의 운명을 타고났다고 자괴하는 것이다.

그와의 악연도 막연한 그에 대한 두려움도 같이 원하던 기계공고에 입학해 같은 기숙사에 살면서 두루뭉술한 우정으로 변해갔다. 재관은 지난날의 악행에 대해 때론 부끄럽게 생각하고 철없던 시절에 자리매김 된 지나친 우월감을 난처해하곤 했다.

그가 학기말 시험을 잘 치를 수 있었던 이유도 뒤늦게 듣게 되었는데 그 낯 뜨거운 서무과 여직원과의 소문도 반은 그의 허풍이라고 쳐도 어느 정도는 사실이었고, 어떻게 그런 짓을 감행해냈는지 대단하기까지 했다. 그러나 그는 그런 자신의 행위에 대해 부끄러워하거나 후회하지 않았다.

그는 서무실에서 일하던 누나뻘 되는 여자를 꼬드겨, 인쇄되기 전 시험지를 빼돌렸다고 자랑스럽게 이야기 했다. 대담하고 어떻게 그런 일이 가능한지 믿을 수도 없었지만 먹지로 시험지를 밀어내던 시절이었다. 그는 적어도 보통 아이들보다 삼사년은 앞서 사는 것 같았다.

적응의 천재 재관은 고등학교에 가서도 여러 친구들과 잘 어울렸다. 한규가 기계공고에 적응 못하고 힘들어 하는 와중에도 제일 먼저 그만 둘 것 같았던 그는 잘 적응하고 설렁설렁 학교생활을 잘해나갔다. 오동녀를 만난 것은 그 시기였다.

 기초실습기간을 마친 후, 재관은 장차 큰 배를 만들겠다고 배관과에 갔고, 한규는 별 생각 없이 기계과에 갔다. 한규는 실습이 하기 싫으면 배관과에 놀러가곤 했다. 거기 한목이가 있었다.

 용접실에서 뿜어 나오는 용접가스에 담배를 날려 보내는 한목이와 재관은 꽤 친해보였다. 한규가 그를 처음 본 느낌은, 어, 여기도 운성이 같은 놈이었다. 하필 왜 박운성이 왜 떠올랐을까.

 "오리지날 일꾼 출신으로는 나가 이 학교에 처음일거여"

 목이가 그렇게 자신을 소개하던 순간 어쩌면 부두에서 온갖 허드렛일을 하던 운성이도 이 학교에 왔어야 했다고 생각했다.

 목이는 학생들을 상대로 해서 이상한 물건들을 팔고 다녔다. 유명 축구선수의 사진이나 특별하게 생긴 학용품을 몰래몰래 팔곤 했는데 기숙사에 있는 매점보다 싸고 좋다는 것을 강조했다.

 그는 성인물 등도 가져다 팔 수 있다고 했지만 실력이 거기까지였는지 아니면 위치를 자각하고 있었는지 적당히 호기심을 불러일으킬 정도까지만 부앙을 떨다가 다른 것을 불쑥 내밀고 호주머니를 털어갔다. 커다란 가방 속에는 술과 담배도 가득 들어 있었고 그걸 가지고 기숙사생들에게 비싸게 팔곤 했다. 운성이 '한짐'이라고 놀려댄 한규의 책가방과는 다른 가방이었다.

 둘 다 거칠게 생겼지만 이재관은 목이의 상대가 못되었다. 분명 힘으로는 이길 것 같은데 목이는 몇 마디 말로 이재관을 눌러버렸다. 한규는 그런 목이가 너무 좋았다. 그와 이야기 하다보면 가끔씩 운성이 생각났다. 어디서, 어떻게 살고 있는지 궁금했다. 뭐든지 잘할 수 있는 친구였는데 너무 아쉬웠다.

 재관은 운성이 이야기가 입에서 나오면 이를 갈았다.

"왔다 너, 가가 누군지 모르지만 만나면 갈아 마시것다. 나만치 불쌍한 놈인것 같은디 있는 놈이 좀 참고 해야제."

목이는 형처럼 재관을 통했다.

그렇게 알게 모르게 이심전심 마음을 나누면서 한규는 주말이면 외박증을 끊고 목이의 자취방으로 굴러들어와 이제는 눌러앉아버렸다. 그는 적성에 맞지 않는 학교는 포기할 수 없었지만 기숙사에는 다시 들어가고 싶지 않았다. 통제와 억압을 원초적으로 싫어하는 그였다.

거기, 오동녀가 있었다. 그녀의 충혈 된 두 눈은 늘 피로로 물들어 있었다. 쉬는 날이면 야무지게 묶은 긴 생머리가 풀리고 그 사이로 맑고 투명한 눈동자가 나타났다.

그녀가 스쳐 가면 기장 앞바다의 생미역발 같은 향기가 났다. 어쩌면 사상공단의 신발공장에서 배여든 생고무냄새거나 본드 냄새였는지도 모르지만 한규는 그것을 고향바다 향으로 느꼈다. 분명 하루에도 수백, 수천 장의 신발깔창을 붙이며 배어들었을 몹쓸 화학냄새가 아직은 그녀의 몸을 만든 강진만의 펄 냄새를 죄다 앗아가진 못했다.

"안 힘드나?"

안쓰러워 한규가 물으면 동녀는 고개를 작게 저었다.

"목이 오빠는 더 힘드는데 머,"

생기발랄한 열일곱 살 처녀는 늙은 아내처럼 대꾸했다.

한목이는 쉴 새 없이 일거리를 찾아 나섰기 때문에 도통 집에 붙어있을 시간이 없었다. 늘 미안한 표정으로

'느그들이 동녀하고 좀 놀아주더라고' 하고 최구와 한규에게 떠넘기듯 말하곤 했다.

한규는 그들 사이에 어정쩡하게 끼어들어있었지만 그 집은 늘 친구들

의 아지트처럼 되어버려서 특별히 불편할 이유도 없었다. 가끔씩 최구와 알게 모르게 동녀를 사이에 두고 실속 없는 경쟁을 벌였지만 목이 앞에서는 그도 저도 구겨져 버리곤 했다.

그녀가 월급을 받는 날은 서면에 가서 돈까스를 실컷 얻어먹거나 사복을 입고 성인 영화관에 잠입하면 음향에 놀란 그녀의 어깨가 뱃등처럼 부딪쳐오곤 했다. 그런 날이면 충만한 감정을 숨긴 채 비탈진 언덕에 위치한 그들의 집으로 돌아오는 내내 다시 한 번 신체접촉을 기대해보지만 어림없는 일이었다.

"우리 오빠 아직도 안 왔네."

그녀는 늘 실망스런 한숨을 내쉬었다. 그리곤 풀이 죽어 나무사다리를 타고 다락으로 스며들었다. 고단한 새가 깃들 듯 다락문이 탁, 하고 닫히면 그녀가 타고 올라갔던 나무 의자만 잠시 흔들렸다 멈췄다. 눈을 감으면 찬물에 씻은 하얀 종아리가 사다리에 사이에서 어른거렸다.

그러던 2학년 여름 방학에 배인선이 나타났다.

처음 온 날 그애는 라면 한 그릇을 비우자마자 잠만 잤다. 한목이는 그녀의 전화를 받은 순간 여름방학 동안 아이스크림 장사를 하겠다고 계획했던 것을 깡그리 잊어버리듯 했다.

"같이 가자, 내 여친, 내 친구가 온다고 헌단 말이여."

동녀의 허가도 없이 다락방을 치우고 닦았다. 그녀의 짐이 범죄에 사용된 은닉물처럼 박스에 포장됐다. 그 전에 몰래 들여다 본 동녀의 다락방은 동화나라의 공주방처럼 정갈했는데 한순간에 그 모든 것이 없어져버렸다.

"야, 어쩌려고 남의 짐을."

"너가 멋을 안다고, 내가 동녀와 같이 지낸다고 입도 뻥긋 하지 마. 알

겄나?"

한규는 엉겁결에 조력자가 되고 벌써 몇 시간 전에 역전으로 배웅하러 따라 나갔다. 역 광장에 나타난 여자애는 볼품없는 말라깽이였다. 자신의 헐거운 청바지처럼 눈이 풀려있었고 여위고 앙상한 볼은 노인처럼 주름져 있었다. 목이를 보자 피난민처럼 터벅터벅 걸어와 손을 내밀었다. 목이는 부서질 것 같은 손을 맞잡고 그녀의 가방을 받아들었다.

그날 밤 동녀는 집으로 오지 못했다.

"야, 이라마 안 되는 거 아이가."

나란히 누워 뒤척거리던 한규가 묻자 목이는 푸, 하고 한숨만 쉰다.

"최구가 방이나 있나, 우글우글 모인 호텔보이들 방에."

"알아서 할 거여. 전에도 그렇게 했어."

"껄렁껄렁한 금마를 어떻게 믿노?"

"나는 동녀를 다 믿어. 인선이는 며칠만 지낸다고 하잖아."

"머라고 말했는데? '

"최구한티 고향에서 동생들이 왔다고 했은게 그대로 믿을 것이여."

"참 그라머 너한테 동녀는 뭔데?"

코웃음이 절러 나온다.

"나가 먼다고 불필요한 오해를 받고 싶것냐잉."

"어차피 같이 있잖아."

"나는 그냥 사는 것이여. 지가 여그 있은 게, 그냥 안 살면 안된게."

한목이는 이불을 뒤집어 써버린다.

"나는 낼 집으로 갈란다."

한목이는 빤히 쳐다본다. 그러더니 느닷없이 주먹을 불끈 쥔다.

"그려, 그라머 되것네. 낼 모두 느그 집 가보자. 인선이가 왜 왔는지 아냐. 해운대가 보고 싶어서 왔다고 했어야. 기장도 같은 동해바다 아니냐. 그리 가자. 최구하고 동팔이, 태성이, 그리고 동녀도 오라고 해서."

그 뒷날 그들이 해운대에서 동해남부선 기차를 타고 기장역 플랫폼에 내렸을 때는 바람도 상큼하게 부는 한여름이었다. 한규의 고향집 입구는 해변에 연결되어 있어서 마당을 나서면 바로 방파제였다. 물이 빠지면 싱싱한 해초가 들어나고 그 독특한 향기가 코를 자극했다.

한규의 부모는 아들이 오기도 전에 작고 초라한 초가를 쓸고 닦아서 아들 친구들을 위해 내주고 자신들은 가겟방에 딸린 누추한 방으로 거처를 옮겼다. 편하게 지내라는 배려했다.

그들의 눈빛에서 아들을 깊이 신뢰하고 기대하고 자랑스러워하는 마음이 역력했다. 한규는 그게 마음의 부담인 모양이었다. 그는 아직도 학교생활에 적응하지 못하고 갈팡질팡하고 있었다. 신입생 때의 최고 성적은 이미 바닥을 기었다.

그는 학교를 그만두고 인문계로 전학가고 싶어 했으나 기대하는 부모님께는 말할 엄두도 못 내고 억지로 학교에 묶여있었다. 어쩌면 그의 부모들은 아들이 기숙사를 튀어나온 줄도 모르고 있을 것이다. 한규는 목이의 검정고시 이력을 알고 틈만 나면 부모 몰래 학교를 그만두고 검정고시를 치르고 대학을 가면 어떻겠냐고 했다. 목이는 '알아서 해라' 하고 흘려 넘기다가 어느 날 작심하고 충고했다.

"아야, 니 대그박 좋은지 다 알어야. 여그 봐라. '조국근대화의 기수'"
목이는 어깨에 붙은 견장을 툭툭 쳤다.

"이 가난한 나라에서 머 한다고 우릴 뽑아서 공짜밥 믹이고 학교 보내주것냐. 밑거름이 되라고 그런 것이여. 근대화의 초석이 되라고. 여그

오고 싶어도 못 온 놈들 쌔부럿다. 너만 희생하고 산 것 같지야. 니 꿈만 있는 줄 아냐. 니 어깨에는 이미 니 부모 꿈도 얹혀 있는 것이여. 너나 나나 나무에서 떨어진 씨앗 멩크로 여그 떨어졌어야. 글면 여그서부터 뿌릴 내릴 생각을 해야제. 여그서도 못 버티면 다른 데서도 팽야 똑같어야. 나가 적성에 아조 딱 맞아서 이 학교 댕기는 줄 아냐. 나는 여그 말고는 학교 동기가 없어야. 고것이 얼마나 서럽고 짠한 것인지 니는 모를 것이다. 긍게 적성 어쩌고 저쩌고 하지 말아. 그냥 너에게 닥친 또 하나의 과정이라고 생각해라. 도망가지 않고 부딪치면 너한티는 최소한 고교동문이라는 또 한 개 울타리가 안 생기것냐. 긍게, 도망가지 마라. 니 친구 운성이 이야기 잘하데. 가는 여그도 못 오고 부두에서 일한다며. 그는 이미 많은 친구를 잃어버린 거여."

목이는 그들의 부모들을 뵙고 그의 충고가 옳았음을 느꼈다.

밤이 되어 모두들 해변으로 몰려갔다. 한규의 부모님이 멸치와 미역 갈치등과 해초류로 차림한 음식으로 배가 든든해진 그들이었지만 텐트를 치고 먹장어를 구워먹기 위해서 짚불을 붙였다. 뜨거워진 불길에 꼼지락거리며 익어가는 몬도가네 음식 같은 짚불장어는 검게 그을려 나오기가 무섭게 없어졌다. 모두들 입술이 시커멓게 변한 것은 잠깐이었다.

체력이 회복되고 유쾌해진 남자애들은 웃통을 벗어던지고 순식간에 바다로 뛰어들었다. 산청 산골 출신 태성이는 여자애들과 신발만 벗고 종아리만 물에 적실뿐 그 판타지에 뛰어들지 못했다.

그때 동녀가 갑자기 물에 뛰어들었다. 와, 하고 함성이 일었다. 목이가 달려가 동녀를 들어 물속으로 던졌다. 동녀는 그의 목을 잡고 빠져나왔다. 긴 머리가 해초처럼 찰랑인다. 배인선이 깔깔거리는 그들을 무심히 바라본다.

그 사이 한 무리의 아이들이 그들을 둘러쌌다. 재관이 소식을 듣고 지방 학교에 다니는 고향 동창들과 함께 왔다. 물속에서 나온 한규가 재관에게 물을 뿌리자 순간적으로 나뉜 두 패의 물 전쟁이 시작된다.

물속에서 나온 그들이 물에 젖은 생쥐처럼 불가로 몰려들었다. 서로 인사를 나누지만 지방학교에 다니는 친구들의 텃세가 엿보이는 만남이었다. 누군가 가져온 소주를 까자 다들 두려움 없이 술을 마시고 준비한 카세트테이프를 틀자 고고판이 벌어졌다. 그리고 모닥불을 중심으로 모여앉아 노래대항이 벌어진다. 한규의 옛 여자 친구 혜영이 선곡하자 질세라 다른 이들이 앞에 나선다.

"조용, 조용 지금부터 진짜 가수 노래 한번 들어보드라고"

한목이가 나섰다. 그는 성큼성큼 다가가 배인선을 일으켜 세운다. 얌전하고 조용한 애가 날빛에 나타난다. 잠깐 수줍은 미소를 짓더니 시든 꽃 같던 그녀가 물을 만난 듯 생기를 되찾는다.

타고난 가수, 확실히 노래가 달랐다. 억지스런 감정을 실거나 돼지 멱따는 고성을 내는 게 아니라 음정박자가 딱딱 맞는 노래솜씨였다. 모두들 열광했다. 환호가 쏟아진다. 진짜 가수 같다. 앵콜이 터지고 우루루 그녀 사이로 모여들어 춤을 춘다. 그녀는 팝송 한곡을 또 멋지게 불러댄다. 목이는 그런 그녀가 너무 자랑스러웠다. 미친 듯이 고고춤을 춘다.

동녀는 금방 물속에서 목이가 안아주었을 때 느꼈던 짜릿한 감정은 온 데 간 데 없고 기분은 후줄근해져 젖은 속곳처럼 되었다. 저렇게 좋을 수가 있을까. 동녀는 쳐지는 기분을 가라앉히기 위해 손뼉을 쳤지만 심한 모멸감 속으로 빠져들고 있었다. 한규는 치근대는 혜영을 따돌리고 구세주처럼 다가왔다.

"야, 배 태워줄까?"

"배?"

"어, 선창가에 우리 배가 있어."

한규가 일어서자 뒤이어 슬그머니 자리를 피해 따라온다.

"야, 진짜 바다 넓다. 우리 동네 바다는 산으로 갇혀있는데 여긴 끝이 없어."

동녀는 무리들과 멀어진 자체로 이미 유쾌해져 있었다.

"대마도까지도 갈 수 있어."

"진짜?"

"배타고 나가면 대마도가 바로 앞에 있다고."

"정말?"

두 눈을 반짝이며 동녀가 옆에 붙는다. 해안선를 따라 돌출된 바위에 파도가 부딪치면 거대한 포말이 일어났다 흩어졌다. 파도들을 이리저리 피하며 맨발에 느껴지는 모래알갱이들의 폭신한 애무는 차갑고도 부드러웠다.

손에 잡힐 듯 해안에 붙어있는 동네에서 모깃불이 피어오르면 도란도란 이야기소리가 파도소리에 섞여들었다. 몇 번이고 넘어지려는 동녀의 손을 잡은 것은 자연스러운 일이었지만 쿵쾅거린 심장을 들킬 것만 같았다. 기암괴석이 즐비한 곳을 지나자 좀 더 넓고 하얀 모래밭이 나타난다. 모래는 곱고 여물다.

낯선 발자국 소리에 놀라 갯강구들이 흩어진다. 일부로 손을 길게 잡고 힘을 뻐대 걷고 있을 때 누군가 어둠속에서 매어둔 어선 사이로 재빨리 몸을 감추는 게 보였다. 나쁜 짓을 하다 들킨 사람처럼 한규는 그게 자기 탓이 아니라는 듯 크게 소리쳤다.

"누고?"

대답 없이 정적이 흐르자 한규가 성큼성큼 그 쪽으로 움직이자 동녀가 팔을 끈다.

"가, 무서워."

한규는 오히려 그 말에 자극받아 더 기세를 부린다.

"나야."

뜻밖에도 거기 박운성이 어둠속에서 나타났다.

"우, 운성아 여기서 뭐해?"

"아, 그냥 밤일 나가지."

그의 어깨에는 어구가 잔뜩 얹혀 있었다. 그는 획 돌아서며 외면하고 가던 길을 재촉했다. 한규는 본능적으로 그를 막아섰다.

"잠깐만, 잠깐."

"오, 오랜만이네."

마지못해 그가 인사한다. 오동녀가 그를 바라본다.

"친구들이 다 모였는데. 가보자."

"내가 뭐 밤일 나가야 돼."

"가자, 오랜만에 다들 모였는데."

"같이 가."

동녀가 거든다.

"누가 왔노?"

"그, 이재관이도 왔고."

"아, 재관이 내가 미안해서 어떻게 보냐."

"니가 왜?"

몇 번을 망설이더니 그가 처벅처벅 따라온다. 한규는 가슴이 철렁 내려앉는다. 뭔가 모를 죄의식에 몸이 오그라진다. 하지만 또 한 번 그에게 죄를 짓는 결과가 되어버린 그날 밤이었다. 이재관은 사냥감을 만난 사자처럼 으르렁거렸다. 하지만 운성은 잔뜩 꼬리를 내리고 자리를 피하려고만 했다.

"정길아, 이 새끼 지금도 이 동네 사냐?"

"몰라 언제 기 들어왔는지 알게 머냐?"

"야, 너들 대장 아니었나?"

"대장은 지랄하네. 하기야 이 새끼 책가방 안 들고 다닌 놈 없었제."

"한번 업어줘라."

이재관이 도발했지만 운성은 아무 대꾸도 없이 피식 웃기만 한다.

"야, 박운성 고향에 다시 기 들어왔으면 행님들 한티 인사를 해야지. 그 거지꼴은 또 뭐냐? 너 뱃놈 됐냐?"

정길이 툭 친다.

"나, 갈란다."

더 이상 참지 못했는지 운성이 일어섰다.

"가긴 어딜 가, 우리 집도 놉 쓴다. 일 줄게. 오늘은 우리하고 놀자고."

운성은 뒤돌아선다. 재관이 앞을 막아선다.

"와 그러노?"

"한 번 붙어봐라, 니가 비겁하게 준비도 안 된 나에게 선빵 날린 거 다 알아. 솔직히 이젠 정길이도 안될 걸."

운성은 발길을 돌리려한다. 그만 하라고 한규가 말리지만 이미 술이 취한 상태였다.

"이리 와 임마, 행님 잔 비웠다."

정길은 거칠게 그를 끌어당긴다. 그가 오지 않자 갑자기 복부를 가격한다.

"이 새끼가 지금도 지가 대장인줄 아나."

운성이 공격도 못하고 도망가려 하자 다시 재관이 막아선다.

"야, 냅둬라. 간다는 사람을 왜 붙잡고 지랄이냐. 이 숭악한 놈들아."
목이가 나선 것은 그때였다.
"너는 머여? 어디서 깽깽이 새끼가."
정길이 목이를 향해 주먹을 날렸지만 어느새 팔목이 꺾여버린다. 하지만 정길이 넘어지자 흥분한 동네 애들이 우루루 목이를 둘러쌌다.
"워메, 씨발놈들. 한번 뜨자는 거여잉? '
최구가 인상을 있는 대로 쓰고 싸움판에 끼어든다. 순식간에 아수라장이 되어버린다. 누가 적인지 아군인지도 모르고 피터지게 고함치고 싸운다.
운성이 허겁지겁 도망치며 한마디 던졌다.
"다시는 안 올기다. 이 더러운 기장 앞바다. 다시는 안 온다."
경찰이 들이닥쳤을 땐 모두들 뿔뿔이 흩어져 밤바다의 게처럼 숨을 구멍을 찾아 들었다.
"같이 가!"
동녀가 한규의 손을 붙잡았다. 그녀의 손은 가늘게 떨고 있었다. 숨을 곳은 마땅치 않았다. 달빛은 너무 밝았고 도망치는 자들은 너무 많았다. 다행히 낡은 폐선을 목표삼아 뛰어가 그 곳 어딘가에 숨어 밖의 동정을 살폈다.
아주 오랫동안 경찰들은 호루라기를 불어대고 해변을 샅샅이 뒤졌다. 몇몇이 잡혀가고 주위의 소란이 잦아들자, 갑자기 무거운 침묵이 감돌며 어디선가 작은 숨결이 느껴졌다.
파도 소리가 싸하니 밀려와 그 숨결을 쓸어가곤 했다. 달빛이 희미하게 폐선의 밑바닥까지 흘러들어왔다. 문득 보니 동녀의 하얀 블라우스 밑으로 땀방울이 송글송글 맺혀져 가는 게 보였다. 그것은 꽃잎에 뒹구는 아침 이슬처럼 투명하고 영롱했다.

그녀와의 거리는 너무 가까웠고 반대로 아득히 멀어 어지러웠다. 가깝고 비좁아서 그 지독스런 밀도감에 질식할 것 같았으면서도 너무나 깊고 까마득한 낭떠러지에 서있는 느낌, 하지만 어디서 시작됐는지는 모르지만 희미하게 전해져와 모든 것을 압도해버릴 것 같은 그 충만한 세상에서 벗어나고 싶지 않았다.

조금이라도 몸을 움직인다면 조금이라도 숨을 크게 쉬거나 무슨 말을 하게 되면 지금의 숨 막히는 절박한 느낌, 그 알 수 없는 흥분과 환희의 세계가 깨질 것만 같았다. 조금만, 조금만 더 시간이 이대로 지체될 수만 있다면, 한규는 진공 상태와도 같은 순간이 어디론가 획 빠져나갈 것만 같아 시체처럼 굳어져 갔다.

"나가자. 조용해졌어."

그녀의 목소리가 멀리서 들리는 종소리와도 같았다. 그는 아무 말도 않고 가만히 있었다. 시선은 고장 난 듯 한 곳에 꽂혀버렸다.

"왜, 만지고 싶어?"

동녀가 툭, 건드렸다. 술 냄새가 이 사이에서 새어나왔다. 부끄럽고 수치스러운 물음에 머릿속이 하얘졌지만 몸은 아무런 감각이 없었다. 속으로는 동녀는 목이의 여자야, 하는 울림이 양심을 때렸다.

"만져봐, 아무것도 아닌걸."

동녀가 그냥 배시시 웃었다. 비웃는 것 같기도 했다.

"목이한테 우짜라고."

"알면서? 내가 모를 줄 알아. 인선 언니를 집에 들이기 위해 내 짐을 들어낸 걸."

"그, 그건."

"너도 하고 싶은 거 해. 왜 키스라도 하고 싶어?"

"진짜?"

무슨 용기로 그랬는지, 어디서 그런 용기가 나왔는지 모르지만 까놓은 귤알 같은 그녀의 입술에 침을 발라보고 싶었다. 욕망과는 거리가 멀다고 생각했지만 조그만 자극에도 주책없이 커지는 성기는 단단해져 부끄러웠다. 이건 아니다. 그냥 입술을 대고 싶을 뿐이다.

"그래, 하고 싶은 대로 해."

"한 번도 안 해봤는데."

"그냥 입술을 대봐."

"그냥?"

"응, 이렇게,"

 그녀의 입술은 의외로 차갑고 싸늘했다. 한 번 두 번, 입술이 데이면 축축했지만 곧 말라버리곤 했다. 뜨거운 솥뚜껑에 던져진 물방울 같이 가느다란 수증기가 되어 증발되어버렸, 갈증으로 애초부터 한 방울의 침도 없었는지도 모른다.

"날 원해?"

 한규는 무심코 고개를 끄덕였다. 그녀가 웃는 것 같았다. 무장 해제된 군인 같은 모습이었다. 날, 원하겠지 한규는 용기를 내어본다.

 정말 아무렇지도 않게 그 땀방울이 송글송글 맺힌 젖가슴을 풀어헤쳤다. 붉은 산수유 같은 유두가 하얀 젖가슴 속에서 피어나 있었다. 한규는 정신이 몽롱해지는 걸 느꼈다. 그리고 수많은 생각이 그의 작은 머릿속을 스쳐갔다.

 이애는 도대체 어떤 애지? 한 번도 감정의 교감이 없었다고 생각하는 자신에게 몸을 맡기고 아무렇지도 않게 태연한 그녀가 두렵기도 하고 반대로 자신에게 빠져들지 않았나 하는 자만에 벅차오르기도 했다. 목이가 떠오르고 그의 친구들이 떠오르고, 묘한 죄책감이 스며들었지만 이젠 포기할 순 없었다.

한규는 엄마의 젖꼭지를 뗀 후 처음으로 여자의 젖가슴을 깊게 빨아들었다. 짠내가 났다.

"천천히, 천천히 해!"

동녀가 머리를 쓰다듬으며 달래듯 말했다. 하지만 그 말에 자극을 받아 목마른 돼지새끼처럼 가슴을 치받았다. 시린 이빨 사이로 주체할 수 없는 침이 고였다. 그가 아무런 준비도 계획도 없이 치마말기를 걷어 올리자 손을 때렸다.

"그만 해!

그녀가 조용히 명령했지만 멈출 수 없었다. 거칠게 몰아붙이며 바지를 내리고 덤벼들자, 동녀는 한숨을 푹 쉬었다.

"오빠, 거긴 안 돼! 너무, 너무 아프단 말이요."

갑자기 그녀가 고함을 지르고 울어댔다. 순간 멈칫했다. 하지만 멈추면 바보가 될 것 같았다.

"때리지만 말란 게요. 내가, 내가 다 해줄게롸."

동녀의 초점 잃은 눈이 몽롱하게 흔들렸다, 다른 세계로 빠져들어 간 듯 넋 나간 표정이었다. 그녀는 익숙한 일처럼 손을 내밀고 성기를 붙잡았다. 그리고 잠깐 만에 그 욕망의 덩어리를 터뜨려버렸다. 정액이 그녀의 하얀 손바닥에 떨어졌다. 그의 손이 아닌 타인의 손에 이루어진 자위였다.

맥없고 황당하고 이상한 경험이었다. 황급히 바지를 입고 어쩔 줄 모르는 그에게 동녀의 눈은 검은 하늘 어딘가를 뚫어져라 응시한 채였다.

어둠 속에서 그가 서 있었다. 가슴이 덜컥 내려앉았다.

"니, 잽혀간 줄 알았구마는."

그걸 변명이라고 했다. 목이는 동녀에게 손을 내밀고 어둠 속으로 사라졌다.

 그렇게 세월이 삼십여 년이 훌쩍 지나갔다. 나쁜 놈, 한규는 한목이가
손을 내미는 순간 왠지 그의 손을 뿌리치고 싶었다. 지금은 연희, 동녀
라 불렸던 여인이 운영하는 '바우갈비' 식당에서 한목이와 마주쳤다.
 그 언덕배기 산동네를 한동안 얼마나 오르내렸던가. 동녀에 대해선
한마디도 묻지 못한 채 돌아섰던 날이 얼마나 많았던가. 놈은 그녀의
행방을 뻔히 알면서도 그의 속마음을 뻔히 알면서도 얼마나 비웃었을
까. 나하고 놀고 싶어서 왔다고? 아니지, 동녀의 그 손길을 받고 싶어
왔겠지. 말해보시지? 그 폐선에서 무슨 일이 일어났는지. 그는 조롱했
을 것이다.
 오늘은 한 번 물어볼까, 그때 그녀를 어디로 보냈냐고 그리고 피붙이
처럼 붙어있던 여자애를 보내고 인선이란 애에게 목매던 그 이후의 날
들을.
 "공구장사는 접었나?"
 한목이가 같이 온 손님들을 보내고 혼자 온 한규 자리로 합석했다. 그
가 정식으로 손을 내밀었다. 한규는 몇 번이고 그에게 영업을 갈까도
싶었지만 자존심이 허락하지 않았다. 그러다보니 한 도시에서 살면서
연락이 끊겨버렸다.
 "슆게 접어지나. 다시 한다."
 바우빌딩 내의 '바우갈비' 식당 안은 손님들로 초만원이었다.
 "그럼 공장에 한 번 와."
 "그래, 그럴게. 그나저나 오연희사장님 대단한 여자야. 결혼은 했지?"
 "지금 연애중이야."
 한목이가 심통 맞게 대꾸했다.

"연애?"

"봐라, 마치 하늘나라에라도 오르는 기분인 모양이야."

마침 나가는 손님들을 향해 생글거리며 인사하고 오수연이 다가온다.

'이 친구도 동녀를 보고 질투하나?'

기장에서 돌아온 얼마 후 동녀의 행방을 물었을 때, 그는 이죽거렸다.

"그 애는 그 애의 인생을 살고 있당게."

길게 늘어진 전라도 사투리, 수십 년 전 그 음색을 잊을 수 없다. 그녀가 어떻게 살거나 말거나 관심 없다는 투였다.

"아직도 동녀가 맘에 있냐?"

그가 농담조로 물었다.

"이 사람이."

동녀를 힐끗 쳐다보지만 그녀는 싱긋이 웃고만 있다.

"아서라. 목하 연애중이다. 우리 오수연님께서."

세월 속에서 모든 것이 잊혀지기도 하지만 꼭 기억되고 마는 것은 무쇠 속에 응고된 글씨처럼 뚜렷하다. 얼굴이 붉어졌다. 두 사람에 대해 많은 걸 묻고 싶지만 묻지 못한다. 그들의 생이니까. 중요한 것은 두 사람 사이에 묘한 갈등이 도사리고 있다는 게 느껴진다는 것이었다.

"최순여씨가 그리 좋아?"

동녀가 농담처럼 물었다.

'왜 하필이면 귀머거리와 정분이 났냐?'고 묻고 싶었을 지도 모른다. 그러면 뭐라고 답했을까. 한 번도 사랑받지 못해서라고 할까. 두 여자의 악다구니가 무서워 그 여자에게 도망가고 싶다고 할까.

"사람 좋아하면 약이 없어. 그치?"

한목이가 그녀를 쏘아보지만 그러거나 말거나 오수연은 벌써 다른 탁자에 가 있다.

두 사람이 이야기를 나누는 동안 귀머거리 여자는 말없이 앉아 고기를 굽는다. 귀가 안 들려 세상이 자신의 일을 아무도 모를 것이라고 생각하는가. 정분난 남자에게 연방 미소를 보낸다. 그래, 빌어먹을 다 버리고 다시 시작하자.

"느그 회사에 공구 좀 납품하자. 다시 시작하고 싶다."

한규는 단도직입적으로 말했다.

"다시 시작이라."

한목이는 연희를 바라보고 있다. 그 모습이 왠지 모르게 초조해 보인다.

10. 넝쿨식물

 양동석의 별명은 '담배 한카치만'이다. 그가 사람을 만나 나누는 첫 인사는 늘 그랬다. 유전적으로 탈모가 빨리 온 그는 이십대 다운 이십 대, 그러니까 청년기 없이 중년기를 맞이했었다. 대머리는 그를 주눅 들게 했고 의기소침하게 만들었을 뿐만 아니라 매우 소심한 인간형으로 굳어지게 했지만 한편으론 참을성과 조심성을 키우게 해서 얼마든지 일을 벌일 수 있는 집안 환경임에도 불구하고 자제할 수 있게 해주었다.
 애가 터지고 답답한 쪽은 그의 부친이었을 뿐, 그는 부친이 벌여놓은 가업도 잇지 못했다. 그런 그가 유일하게 세상을 향해 내미는 그 한마디는 '담배 한카치만!'이었다.
 이제 보니 그의 탈모는 멈춘 듯 했다. 오히려 밝고 깨끗한 피부가 나이보다 젊게 보이기까지 했다. 하지만 그는 습관처럼 머리를 길게 길러 늘어뜨리고 없는 머리숱을 감춰보려고 했지만 오히려 이마를 타고 내려온 가늘고 긴 머리칼은 그것을 도드라지게 할 뿐이었다.
 그와 한 번만 눈이 마주치면 대번에 그가 이렇게 말할 것이다.

"담배 한카치만."

그것은 담배 한 개비를 적선, 아니면 빌려주라는 뜻이었지만 후한 담배 인심인 만큼 전자의 성격이 강했다. 담배 한 개비를 빌려준 사람도 얻어 핀 사람도 빚이라 생각하지 않는 게 인심이기도 했지만 그는 분명 정도가 심했다. 뻔히 제 책상에 놓인 제 담배가 있음에도 불구하고 담배 피우는 사람만 보이면 손을 내밀었다. 예의 그 긴 머리카락을 떨구고 몸을 비틀면서 눈빛에 살살거리는 미소를 띠우며 벌써 목적을 완수하곤 했었다.

수 년 만에 만난 그는 여전히 그 버릇을 고치지 못한 듯 '담배 한카치만'이었다. 이재오는 이미 담배를 끊었다고 말했지만 의심스러운 눈으로 주머니를 훔쳐보더니 어쩔 수 없다는 듯 어느 구석에도 숨겨놓은지 모르는 제 담배를 꺼내 물고는 행인에게 불을 빌려 피웠다. 선뜻 라이터를 건네준 행인의 담배를 못 얻어 피운 아쉬움이 잠깐 그의 얼굴을 스쳐 지나가는 것 같았다.

"얼굴보기 힘드네. 사업은 잘돼요?"

그는 막창집에 들어설 때까지 길가에서 물었던 담배를 놓지 않고 있었다. 주인이 눈치를 해도 필터 끝까지 빨아들일 심산인 듯 짐짓 손등으로 담배를 감춰 보이며 의뭉스러운 미소로 채근을 피했다. 십여 평 되는 막창집은 손님들로 북적거렸다. 시끄럽고 소란스러워 아무래도 깊은 대화를 나눌 장소는 아닌 듯 했지만 한편으로 그 소란함이 침체된 이재오의 마음에 활기를 불어 넣어주는 것도 같았다.

이재오는 연거푸 술잔을 비워댔다. 누렇게 타들어가는 돼지 막창은 그 특이한 자극으로 위장을 자극했다. 양동석은 늘 그렇듯 술을 조심스럽게 베어 먹었지만 막창만큼은 양보 없이 씹어댔다. 어쩌자고 이 인간까지 만나나?

이재오는 자괴하면서도 어디서부터, 어떻게 이 비굴하고 얄팍한 인간에게 접근할 지 고민했다. 이재오는 자신이 거의 공황상태라는 걸 잘 알고 있었다. 천천히, 마시자. 다짐하지만 벌써 소주는 두 병째였다. 술도 자주 마시면 는다지만 그것도 체력 좋을 때 이야기였다.

"역시 대구는 막창이야. 이사장 한 이 인분 더 시킬까?"

놈의 성품으로 봐선 묻는 것은 니가 돈을 내라는 뜻이기도 했다. 이재오는 고개를 끄덕였다. 한 병이 더해진다. 도대체 어디까지 자존심이 상해야 하나, 놈은 이런저런 소리를 주절거리고 있다.

대부분 돈 떼인 이야기다. 놈도 눈치를 챈 모양이다. 원래 늙은 고양이처럼 약삭빠른 그가 갑자기 만나자고 한 상대방의 마음을 어느 정도는 읽고 있을 것이다. 단 그는 주판을 튕기는 것이다. 늘 겁 없이 덤비는 녀석에게 이자놀이를 해서 타산이 나오느냐는 것이다.

"아버님은 건강하시제?"

이재오는 반말을 해야 할지 말지 망설여졌다. 그보다 한 살 위로 기억되지만 그를 고용했던 기억이 먼저 앞선다. 이럴 때 경상도 사투리가 좋다. 반말인지, 친근하다는 뜻인지, 그 말투는 두루뭉술하게 넘어 갈 수가 있다.

"아버지, 돌아가셨잖아,"

양동석은 헛웃음을 짓는다. 조문 못해서 미안해 할 필요 없다는 뜻이었다. 왜, 연락 안하고, 이재오는 묻고 싶지만 입을 다물었다. 부고를 받았지만 무시했을 수도, 경제적으로 여유가 없어서 지나쳤을 수도 있다. 분명한 것은 그다지 인연을 엮어가고 싶지 않은 사람이었었다.

"진해서 이사한지 얼마 안돼제?"

양동석이 물었다.

그러고 보니 대구를 떠나 진해로 주물공장 차려 나간 뒤로 못 본 듯

했다. 철원에서 태어나 부산에서 공고를 나와 창원공단에 특례를 받던 중 노동조합 활동을 하다 실직해 이리저리 구르다가 다시 철원으로 원점 복귀 된 것은 군대였다. 남들은 최전방이었지만 그에겐 고향이었다. 폐망의 땅 같은 철원, 최소한 한 왕조를 이루려 했던 궁예의 유산들이 보존되기는커녕 그의 실패만큼 철저히 묻힌 것처럼 이재오는 실패를 자조하며 군 생활을 마치고 곧장 원양어선을 탔다.

거제도 출신 고등학교 동기의 꼬임으로 잠깐 경험삼아 발을 붙이고 삼여 년을 보냈다. 그리곤 좀처럼 올라오지 못할 것 같은 육지로 기어올라와 일자리를 찾아 헤매다가 놈과의 인연이 시작되었다. 대구 성서에서 주물 공장을 하던 양동석의 아버지가 막 기계사업에 손을 대기 시작한 시점이었고, 배 타고 온 것 밖에 경력이 없는 그를 명문 기계공고를 나왔다는 이유만으로 채용해주었다.

강원도래요, 흉내내는 놈들을 패대기 시작하면서 측정기 대신 연장을 들고 설쳤던 기억밖에 없는 놈에게는 눈물겨운 대우였다. 하지만 최신식 엔시선반을 몇 번 들이박고 나자 그의 아버지의 태도는 돌변했다.

"너는 삽을 들어라."

주물공장에서 일하라는 뜻이었고 그렇지 않으면 나가라는 뜻이기도 했다. 다행스러운 것은 그 삽질이 적성에 맞았다는 것이었다. 주형을 만들고 검은 모래를 치고 쇳물을 부어 대는 게 좋았고, 뻘건 쇳물이 녹아 하나의 형상으로 하나의 쓸모 있는 부품으로 만들어지는 게 신기했다.

"진해서는 꽤안았지요."

"빌어먹을 그 민원 때문에 더러워서 다산으로 안 왔나, 그렇잖으면 내가 어려울 게 뭐 있겠노?"

이재오는 비로소 물꼬를 텄다.

"굴러온 돌이 박힌 돌 빼는 형국이 마천 주물단지라, 뻔히 냄새나는 공장 알고 이사 온 놈들이 더 큰소리 쳐대니 공장을 해먹을 수 있나? 그래, 보따리 쌌지."

"다산 공장은 꽤 크던데,"

"와봤어요?"

"지나가다가 한두 번 들렀는데 없대."

"전화를 하지."

"나 같은 사람 만날 시간이나 있나."

겸손을 떤다. 고기는 먹을 만치 먹어서 막창이 새까맣게 타들어가는 걸 옆으로 치우기 바빴다. 불을 빼야 했지만 서로의 의중은 나누고 정리하고 싶었다.

"자네 아버님 만난 게 죄다. 그때 자네가 죽어도 못하겠다는 걸 내가 인수 안했나,"

이재오는 웃으면서 부러 뼈있는 농을 던졌다.

"그래서, 돈 번거 아이가?"

"돈 마이 벌어서 쓸데가 없다."

잠시 침묵이 흐른다. 지나간 추억들이 스쳐 지나갔다. 그의 아버지가 교통사고로 다리를 다친 뒤로 주물공장을 아들에게 넘겨주려했지만 결국 싫다는 놈을 시킬 순 없었고, 끝내 가공공장은 다른 사람에게 넘기고 주물공장은 이재오에게 넘겼던 것이다. 하지만 이재오가 받은 것은 아주 낙후된 로와 양동석을 덤터기로 인수받은 것에 불과했다.

"사업할 사람은 따로 있어. 울 아부지도 부동산만 지켰으면 떼부자가 됐을 건데 욕심을 부리다가 전답 다 안 날렸나."

"아들한테 번듯한 공장이라도 남겨주려고 그랬것제."

어당팔, 어리숙한 놈이 당수 팔 단이라고 놈이 어지간히 괴롭혔던 기억이 새록새록 했다.

주물공장을 인수할 때 양동석의 부친은 인수가의 절반을 외상으로 해주는 대신 놈을 채용해 줄 것을 조건으로 내걸었다. '뎃고 갈켜' 주라는 부탁은 결국은 죽도록 일해서 놈의 똥구녕을 닦아주는 형국이 될 수밖에 없었다. 나중에는 돈을 갚기는커녕 되레 빚을 져서 누가 사장인지도 모를 지경이었다.

이재오는 그를 부리면서 종업원인 그에게 돈을 빌려 쓴 시절이 떠올라 뒷꽁지가 가려웠다. 참 이상한 상황이었다. 초창기 우리나라 일부 기업들이 여공들의 돈을 빌려 다시 재투자했던 것처럼, 그래서 문제를 일으켰듯이 그도 세든 공장주 아들의 돈을 종종 빌려 쓰곤 하면서 갑을이 바뀌고 자존심을 많이도 구겼었다. 제 때 이자를 못주면 눈치를 보며 할 말도 못하고 쩔쩔매고 심지어는 공장에 들어올 염치도 없어 안절부절 했었다.

그리고 우여곡절 끝에 놈과 인연을 끊고 진해 마천주물단지로 이사갔을 때는 얼마나 행복했는가. 진흙탕 속에서 빠져나온 느낌이 꼭 그랬을 것이다.

"욕심이 화를 부르는 것 같아. 진해에서 누가 지랄하든 부비고 살았어야 했어. 먼 놈의 영광을 보겠다고 다시 여까지 와서."

"와, 여기선 문제가 있나, 돈 잘 번다고 소문 낫듬마. 우리 아부지 말이 늘 '이재오 반만, 반의 반만 따라가도 안심하고 눈 감것다' 하고 돌아가실 때까지 그 이야기였어."

말이 기울고 있다. 말이란 참 이상하다. 어떤 보이지 않은 질서고 규율이고 리듬 같다. 일기처럼 변덕을 부리고 변화하고 압력과 밀도를 가지고 있다. 중요한 것은 말이 가지고 있는 힘의 흐름이다. 존중이라든가. 하대라든가. 쌍소리는 그 힘의 흐름에 따라 변한다.

이재오는 어느새 양동석의 말 아래로 스며들어간다. 그가 주도권을 가지고 있다는 것을, 그래야만 오늘 만남의 결실이 맺어질 수 있다는 처지와 상황을 인지하며 말은 그 물길을 따라 아래로 흐른다.

"일 년 전에 받아놓은 물품대금 어음이 터졌는데, 그게 이제야 압박이 오네."

이재오는 근질거리고 안달 나 있던 말을 가능한 가볍게 던졌다.

"금액이 컸나?"

이재오는 잠시 망설여진다. 줄여 말해야 되나, 부풀려 말해야 되나, 어떤 게 이 자에게 위기감을 주면서도 안심도 시킬 적정 금액인가. 줄이면 그 정도도 스스로 해결 못하고 손을 내미냐 할지 모르고, 크면 머릴 저어버릴 것이다. 이미 은행에서 거절당한 자들이 사채를 쓴다는 것을 모르는 바보는 없을 것이다.

역시 그는 헛웃음 친다.

"와, 은행에서 사정해보지." 한다.

"무리하게 공장 지으면서 일 욕심을 좀 부렸어. 처음부터 일감을 몰아줘서 좀 미심쩍었지만 처음엔 대금도 잘 들어오고 수출업체라서 믿었던 게 화근이었지. 거기다가 그 쪽 비중을 너무 두는 바람에 일이 터지고 나서 다른 일로 쉽게 대처가 안 된 게 더 문제였지만. 그때는 하도 자동차 업체 놈들이 단가를 후려쳐서 오기를 부려 일을 끊은 게 실수였지 뭐. 죽으나 사나 하던 일은 반납하는 게 아니었는데. 한 번 밉보이고 나니 일을 주나, 그래서 어려워졌지만 이젠 다른 데서 어느 정도 물량은 확보되어 가는데 문제는 자금이네."

"내가 그래서 공장을 안 하잖아, 물량 걱정에 인원 부릴라, 자금 끌어모을라, 넌덜머리나는 일 아닌가. 우리 아부지 말 듣고 인수받아 공장 키우고 했으면 그나마 남지기 땅 다 팔아 묵었다. 그냥 가만히 있으면 되는데 왜 애 쓰냐고, 없는 놈들이나 애쓰는 거지.”

 이 바보 같은 인간에게 이런 지략이 있었던가. 아니면 뭉그적거리다 보니 땅값이 올라 거드름 피우는 것인가. 그의 벗겨진 이마가 번질거리는 게 좀 있어 보인다. 알 수 없는 낭패감에 힘이 빠진다. 아무것도 하지 않으면 부가 축적되는 사회구조라, 받아들일 수 없지만 현실이었다.

“돈 좀 여유 없나? 이번 참만 돌아가면 살 것 같은데.”

 뻔한 답, 돈이 내가 어딧노? 하지만 곧 최소한의 예의를 갖춘 듯 여운을 남긴다.

“내일 공장으로 가보지 뭐. 술좌석에서 할 얘기가 아닌 듯 하고.”

 그가 애써 피하려는 화제를 이재오는 끈질기게 붙잡고 설득하려 들지만 양동석은 귓등으로 흘리면서도 정보를 수집했다. 자리를 파하고 나오면서 그는 끝내 옆자리 손님에게 ‘담배 한카치’ 빌린다. 그 담배 한 개비를 끝까지 지켜 임대업자로 남게 된 걸까. 구두에 발을 구겨 넣으며 양동석은 말한다.

“요즘은 일 벌이는 놈들이 바보제. 지키고 가만히 있으면 정부가 다해 주는데. 투명사회, 쳇, 사회가 투명해져봐야 이미 가진 놈들은 까딱 없제. 사업체 벌이고 사람 쓰고 겁 없이 덤비는 놈들이 문제지. 비싼 이자 쓰고, 비싼 세금 내면서 머 할라꼬 사업해. 결국은 있는 놈들 뒤치닥거리나 하게 될 텐데. 이미 굳어진 사회야.”

 참, 바보 많이 컸구나. 이재오는 식비를 지불하고 또 그가 내지 않을 다음 술자리로 옮겼다. 그리고 횡설수설, 약점만 잔뜩 잡혔을 것이다.

 어지간히 취해 대리운전을 불렀지만 기사는 좀처럼 오지 않는다. 양동석을 택시비까지 줘 태워보냈다. 돈이 남아돌아서가 아니라 약자인 탓에 불필요한 돈을 지불한다. 지갑엔 다행히 이만 원 정도가 남아있다.

 휴대폰엔 시간은 새벽 세시 몇 분이 찍혀 있다. 문자 메시지는 통장 잔액이 마이너스 한도에 다다르고 있다는 것을 알리고 있다. 괜찮겠지. 통장잔고도, 음주운전도. 이재오는 차에 올랐다. 독일산 할부 차다. 그럴듯하지만 부담스럽다. 팔아치우고 싶어도 그럴 수 없다.

 이미 사람들 눈이 주시하고 있다는 것을 안다. 한 치라도 흐트러진 모습, 찌그러진 모습을 보이면 모든 우호적인 세력들이 돌아서서 칼을 꼽을 것이다. 신용카드로 현금서비스를 받아야할 지경이지만 그럴 수도 없다. 신용이 급격히 떨어지면 그나마 받았던 대출마저 회수될 수도 있다.

 몸에서 열이 났다. 술 때문은 아니었다. 창문을 열고 찬바람을 쏘이지만 달궈진 로처럼 식을 줄 모른다. 이것저것 떠오르는 생각의 파편들이 불쏘시개가 되어 몸은 더욱 달궈졌다. 머리가 멍해졌다. 성서에서 고령으로 건너가는 다리를 건너며 몇 번이고 흉한 생각이 드는 것을 참는다.

 죽는다고, 어디 그게 마음대로 할 수 있는 건가. 남겨진 사람들에게 떠넘길 그 많은 빚과 상처들은 어떻게 한단 말인가. 몇 번이고 알콜로 몸을 가누지 못해 일어날 뻔한 교통사고를, 마음을 다스리지 못해 일어나는 죽음의 충동을 가까스로 억누르고 아파트로 돌아온 순간 술이 확 깼다.

 무슨 생각을 한 것인가. 그렇게 자신이 나약했단 말인가. 누군가 자살했다는 소리를 들으면 욕을 해대며 정신 상태를 비웃었던 그였다. 패가망신할 음주 운전을 가장 악랄한 범죄행위라고 여기는 터였다.

 텅 빈 20평 임대 아파트는 그가 쉬는 한숨소리로 팽창해갔다. 가구라곤 단 하나도 없었고 거실바닥에 매트리스 한 장과 이불, 베개가 전부인 이 공간은 텅 빈 목관악기 같은 상태였다. 창문을 열면 검푸른 들판이 나타나고 멀리 대구시의 야경이 붉은 띠로 흘렀다. 원래는 회사 기숙사로, 외국인 노동자들로 꽉 차 있던 곳이었다. 인원을 감축하면서 진즉 내놓았지만 좀처럼 새로운 입주자가 나타나지 않아 어영부영 그의 차지가 되고 말았다.

회사 사무실 안쪽에 그의 방이 따로 있었지만 언젠가 부터는 여기가 편했다. 회사에 방까지 내고 자리 잡을 때까지 공장에서 살다시피 했지만 모든 게 어긋나고 있었다. 처음엔 잠시 일에 지칠 때면 회사를 피해 도망치듯 이곳으로 들어와 가끔씩 쉬어가곤 했지만 이젠 아예 거처가 되어버렸다.

아무것도 없는 이 공간이 너무 편했다. 막히지 않는 공기의 흐름이 느껴지고 그 공기의 흐름을 따라 자유롭게 흐르는 영혼이 있었다. 이곳에 있다 보면 사람들이 왜 그렇게 많은 것들을 사들이고, 생활하는데 그렇게 많은 비품들이 필요한지 의문이 일곤 했다.

베란다 창문을 열자 들고나는 공기의 흐름이 이마에서, 등 뒤에서 느껴졌다. 차가운 것과 따뜻한 것들이 교차하며 잠시 기분을 상쾌하게 해준다. 외로웠다. 누구 한사람에게라도 답답한 가슴을 속 시원하게 털어놓을 이가 없다. 모래는 재 대구 고등학교 동기 골프모임이 잡혀 있고 다음 주는 지역 상공인들과 모임이 있다.

그들과 만나면 웃고 떠들고 큰소리 칠 것이다. 나는 아무 일 없다. 너희들도 그럴 것이다. 그런 걸 확인하기 위해 만나는 것일까. 왜 그렇게 많은 모임, 만남들을 가질까. 왜 그렇게 혈연 지연 학연 등 인과관계를 만들어내고 엮어야 할까. 비비고 북적거리고 그렇게 끈끈하게 살면서도 왜 세상은 낯설고 외로운 걸까. 급히 채워진 맥주잔처럼 반쯤은 거품 속에 숨기고 속내는 밑바닥에 감춘 채 살아가는 인생들, 그 속에 그가 있었다.

　이제 더 이상 이 성채를 지킬 힘이 없는가. 십여 년을 밤잠 안자고 피와 땀으로 일궈온 그만의 성이었다. 그동안 숱한 어려움과 위기, 고난을 극복해 오며 일궈낸 공장이었다. 아무리 이해시키려 하고 설득해도 양동석은 머리를 흔들고 역시 '담배 한카치'만을 직원에게 얻어 피운 채 실실 빠져버렸다.

　이재오는 심한 굴욕감에 소리라도 지르고 싶었지만 참아내며 마당에까지 나가 그를 배웅하고 나자 다리에 힘이 쭉 빠졌다. 최소한 작은 이익에 쉽게 거절할 위인이 아니란 걸 알고 불러들였는데 이미지만 추락시키고만 꼴이었다.

　회사 구내식당 아주머니가 무슨 말을 하고 싶은지 다가왔지만 돌아선다. 그렇구나, 밥값도 연체였다. 모든 게 연체였지만 금융권에 내는 원금과 이자는 아직 피를 짜서라도 내고 있었다. 그나마 남은 신용도를 지켜내기 위해 다른 모든 것들은 고통을 감수해야 했다. 하지만 자존은 이미 무너지고 없었다.

　여기저기 알 만한 사람들에게 손을 벌리고 비싼 사채를 끌어 쓰고 있었다. 겉포장만 유지한 채 곪아가는 형국이었고 빚으로 빚을 막는 처지였다. 돈을 빌릴 수 있는 곳 모든 곳을 다 뒤져 근 일 년여를 억지로 버텨왔다.

　이제 더 이상 손 벌릴 곳도 없다. 연체하지 않기 위해 모든 것을 다했다. 하지만 상황은 더욱 악화되고 있다. 매출이 급격히 늘지 않는 이상 돌아오는 돈을 더 이상 막아낼 수 없다. 처음엔 은행 대출을 받았고, 다음엔 금고와 저축은행으로 다음엔 보유 장비들을 캐피탈사에 백리스 받아 운영자금을 충당했다. 그리고 가족을 괴롭혔고, 형제들을 닦달했고, 지인들을 끌어들였다.

잡혀죽거나, 투항하거나, 옥쇄하거나, 가족을 볼모로 잡히거나……

이재오는 회사 옥상에 올라가 물끄러미 공장을 내려다보며 함락직전의 성주의 운명을 떠올려 본다. 삼일 후면 막아내야 할 자금이 협공해 오는 적들처럼 머릿속에 떠오르자 제풀에 쓰러져 주저앉아버릴 것만 같다. 후다닥 뛰어내려와 차를 몰고 나간다. 이런저런 걱정들이 산더미처럼 떠오른다. 갑자기 너무 무서워 밟고 있던 엑셀레이터에 힘이 전달되지 못해 차가 서행한다. 뒤따르던 차들의 경적들이 귀청을 뚫는다.

잠시 한 쪽에 차를 세웠다. 여기가 어딘가. 어디로 갈려고 나왔단 말인가. 마땅히 갈 데도 없다. 하지만 가만히 공장에 있을 수 없었다. 누군가를 만나야 하고 누군가에게 도움을 받아야 했다. 그는 차에서 내려 심호흡을 몇 번하고 주위를 서성거렸다. 갑자기 말할 수 없는 슬픔이 밀려왔다. 그는 느닷없이 아내에게 전화를 걸었다.

"왜?"

"그, 그냥."

그는 미칠 것만 같았다. 모든 게 끝장났다. 아내에게라도 전화하면 살 것 같았다. 그러나 무슨 염치로, 무슨 말을 한단 말인가.

"전화 잘했네. 석준이 생활비 보내주라고 하던데, 어렵지요?"

"해줘야지."

"언제나 될까?"

"곧, 곧 되겠지."

황급히 전화를 끊고 나자 가슴속에서 싸한 바람이 한차례 불고 갔다. 처절한 답답함이 가슴을 채운다.

누구에게 말할 수 있을까?

진해에서 고령으로 공장을 분양받아 들어간다고 결정했을 때 아내는 무슨 영화를 누리려고 부부가 떨어져 살아야 되냐고, 극구 반대했었다. 아들은 흔쾌히 중국에 보내면서도 부부가 떨어져 사는 것은 극단적으로 싫어했던 사람이었다. 그런 아내를 고려해서 고령에 이사 와서도 처음엔 시간만 나면 두 시간 동안 차를 달려 부산의 아파트로 가곤 했었다.

창문을 열면 부산 앞바다가 담겨지는 집이었다. 베란다에 앉아 근처 수퍼에서 사온 막걸리가 해풍에 섞이면 잠깐 떨어진 탓인지 은근히 신혼의 냄새가 나곤 했었다. 하지만 아내도 차차 주말부부에 익숙해졌고 나중에는 남편이 오는 것도 은근히 귀찮아하는 경우도 있었다.

그런 낌새에 불쾌하기도 하고 야릇한 의심이 들기도 했지만 한편으론 은근히 해방감을 느낄 수 있어서 좋았다. 또한 여우같은 딸이 아내를 잘 지켜
주리라는 자만심도 한몫해서, 딴에는 다른 여자들과 맘 편하게 골프도 치게 됐고, 나중에는 만나는 여자도 생겼지만 잠깐이었다. 아내만한 여자도 없었고 곧 몰아쳐오는 일에 파묻혀버리곤 했다.

이 세상에 아내만한 좋은 향기를 가진 여자가 있었던가. 이재오는 다시 전화를 걸어 아내를 고령으로 불러들이고 싶었다. 아내 품속으로 숨어들어가 울고 싶었다. 기숙사로 쓰던 아파트가 안 나가자 다짜고짜 매트리스와 이불을 사오라고 했을 때만 해도 그렇게 큰 어려움을 느끼지 못했다. 인원을 정리하고 이것저것 비용을 줄이면 회생할 수 있다고 믿었고, 몇 달 전만해도 여기저기서 돈을 빌릴 수 있는 상황이었다.

아파트는 들녘 한가운데 우두커니 서 있었고 에어컨이 없어도 될만큼 시원한 꼭대기 층이었다. 회사숙소에서 한 번도 잔적이 없는 아내는 이 작은 아파트를, 텅 비어있는 공간들을 무척 좋아했다. 들녘에서 어

둠이 밀려오면 아내는 옷을 홀라당 벗고 베란다에 나가곤 했는데 그동안 풀죽어 있던 아랫도리가 거짓말처럼 힘차게 발기하곤 했다. 그때마다 마음껏 아내의 살 냄새, 설명하기 힘든 단 한사람만이 가진 향기를 실컷 맡을 수 있었다.

　그는 차를 몰고 양동석을 다시 찾아갔다. 그는 자신의 건물에 딸린 부동산 사무실을 운영하고 있었다. 공장 건물은 예나 지금이나 낡고 볼품없었지만 운 좋게도 4차선 대로가 나있었고, 적거나 큰 건물이 일곱 동이었다.
　다른 사람 같으면 개축하거나 신축해서 세를 놓아도 놓았을 터인데 이 위인은 건물이 한 쪽으로 기울어질 때까지 빼먹을 모양이었다. 화장실을 고쳐주라, 수돗가를 수리해달라고 해도 들은 척도 안했다. 나갈 테면 나가라는 식이었다.
　답답하고 힘든 줄다리기가 한동안 이어졌다.
　"이사장, 아예 공장을 넘겨라. 왜 골치 아프게 끌고 가?"
　이재오는 갑자기 멍해졌다. 이 자가 도대체 무슨 말을 하는 건가. 농인가.
　"빚 투성이 공장을 인수할 사람이 있나 뭐."
　싱겁게 답하면서 순간적으로 불쾌해진다. 그러면서도 그의 충고대로 이 무거운 짐을 벗을 수만 있다면 벗어버리고 싶다. 이미 이 자는 속속들이 공장 사정을 파악해뒀을 것이다. 그래서 던져보는 것이다. 때로는 인간에겐 돈보다 더 중요한 무엇이 있다는 것을 알고 있기 때문에 진지함을 빼버린 접근이었다.
　그래, 무슨 수를 쓰던 어떤 지경에 가든 얻고자 하는 것만 얻으면 되는 게 아닌가. 그가 물려고 덤빈다면 물려주는 게 지금으로선 최선이었다. 이재오는 입술을 깨물었다. 생각해보면 그와의 질긴 전쟁은 계속되고 있는 것이다.

"다른 사람한테 갈 거 있나요? 양사장님이 인수하소."

획 던져본다. 아주 오래전에 제 아비가 공장을 자신에게 넘겼던 것처럼.

"내가 공장을 해봤나?"

"다 가져가요. 대신 내 일자리만 하나 주고. 공장 접으면 어디 갈 데도 없고."

"참, 팔자에 없는 공장을 하게 생겼네. 흑자 안 나면 바로 시설 들내고 임대해도 되나?"

양동석은 여전히 농처럼 대꾸한다. 하지만 이재오는 피가 거꾸로 솟구치는 느낌이 들었다. 이런 자들은 다른 사람의 삶에 대해서 일말의 동정심이 없다. 누가 다치거나 죽거나 직장을 잃어도 오직 관심사는 자신의 이익에 부합되느냐를 따질 뿐이다.

"종업원이 삼십 여명입니다. 왜 공장을 없애요? 이왕 시작하려면 멋지게 하셔야지."

"이 사람아 돈 벌라고 공장하지 종업원 먹여 살릴라고 사업하나, 그러니까 자네는. 돈 벌려면 피도 눈물도 없어야 돼."

꼭 돈만 벌려고 사업했던가? 사업하는 사람들이 돈만 벌려고 사업한다면, 오직 그것이 추구해야할 최대의 목적이라면 얼마나 삭막한 일인가. 그래, 돈 좀 벌려고 사업했지. 끄덕이고 만다.

그의 핏속에 역시 부친의 피가 흐르고 있는 것일까. 돈에 대해서만은 무서울 정도로 집착이 강했다. 그의 판단은 돈이 되느냐 마느냐고, 확신할 순 없지만 자신은 종업원들을 먹여 살리느냐 마느냐 였다. 생각의 차이지만 그런 작은 관념 하나하나가 험악한 자본주의 세상에서 생존을 결정하는지도 모른다.

"우선 이번 달에 돌아오는 돈이 얼마라고 그랬지?"

양동석은 아까 사무실에서 하던 이야기를 연장해가며 점차 관심을 가지기 시작한다.

"수금할 게 있으니까. 한 삼사천만. 되는대로 좀 해줘. 뭐든지 하란대로 할 테니까."

다급했다. 작은 이 미끼로 그를 물게 해야 한다. 일단 그를 엮어두는 게 우선이었다. 여물을 먹게 하고 다음 수를 생각하는 수밖에 없었다. 시간이 필요했다. 제대로 된 수주처를 확보하면 고리대금업자를 끌어서라도 불과 몇 개월 후에는 공장을 정상화시킬 수 있었다. 몇 개의 업체들에게서 샘플을 의뢰받았고 계속해서 제품 견적의뢰는 들어오고 있었다.

무엇보다 그가 실수한 것은 작은 돈을 찔끔찔끔 빌려서 미봉책으로 삼은 게 화근이었다. 뒤늦게 깨달았지만 어려울 때는 할 수 있는 한 최대한 한꺼번에 돈을 끌어 모아 일거에 해결하지 못하면 결과는 아주 나빠지는 경우가 대부분이라는 것이다. 여기서 조금, 저기서 조금 얻어서 임시방편으로 메꾸다보면 돈은 돈대로 없어지고 신용은 신용대로 잃어서 끝내는 지금과 같은 결과가 되는 것이다.

빚이란 놈은 고약한 동물로 처음엔 주인이 던져주는 먹이로 감지덕지하지만 먹이를 주는 주인의 주머니가 비어있다고 생각하는 순간 아예 주인을 먹어버리려고 덤빈다. 그것이 빚이었다.

"다음 달에는 어쩔건대?"

"다음 달엔 해결 못하면 은행에서 들어오기 전에 넘기지요."

"나보고 제조업을 진짜 하라고?"

"제조업 하나는 가지고 있을 나이 아닌가요?"

"나는 못해. 이사장이 끌고 가면 모를까."

양동석은 또다시 그를 포로로 삼아 피를 빨아먹을 심산인 듯 엄살을 피웠다.

"당연히 제가 도와야죠."

그랬다. 양동석은 언제부턴가 믿을 만한 사람이 있다면 제조업체 하나라도 가지고 싶었다. 자식을 키우는 입장에서도 그렇고 대외적으로도 마찬가지였다. 머리 벗겨진 부동산업자라는 타이틀을 떼고 명함에 제조업자를 꼭 새겨 넣고 싶었지만 기회가 오지 않았었다.

양동석은 이재오의 실패가 무엇인지를 잘 알고 있었다. 그리고 그의 다급함을 읽고 있었다. 그의 곤궁과 불리함을 최대한 이용한다면 손해 볼 일도 아니었다. 그만한 기술도 성실함도 가진 사람이 드물었다. 그는 소고삐만 쥐고 있으면 되는 것이다. 그리고 죽지 않을 만큼만 먹이면 된다.

"난 전혀 공장에 관심 없어. 자네가 어렵다니까 도와주고 싶은 거야. 옛정을 생각해서. 단 이번 달 뿐이니 가서 다시 한 번 생각해보고 오소. 잘못하면 이사장은 모든 걸 잃게 돼. 나중에 날 원망하면 안 돼지. 잘 생각해."

이게 무슨 일인가. 이재오는 앞에 있는 양동석이 그의 부친 양수호로 잠깐 착각이 들었다. 믿을 수 없는 일이었다. 그의 부친 양수호는 얼마나 잘나고 야무진 사람이었는가. 그런 사람 밑에서 머리를 숙이고 지시받고 복종하는 것은 기꺼이 받아들일 수 있었다. 하지만 그의 아들이라니, 그것도 늘 자신보다 열등하고 한심스러운 부잣집 아들이라고만 여겨온 자에게 머리를 숙이다니 굴욕적이었다.

어디서부터 잘못된 걸까. 운명일까. 나이가 들면서 모든 게 운명론적으로 해석하는 경우가 많아진다. 양수호씨를 만날 때부터 그 집안의 손아귀에 놓이게 되는 운명이었던가. 여기저기 굴러다니다가 정착의 뿌리가 발아되는 시점에 만난 것부터가 수상했다.

그 양반 밑에서 제대로 그 성질과 기를 이겨내고 버틴 사람이 몇이나 있었던가. 아무리 의지가 강한 일꾼도 그의 밑에선 서너 달을 견디지 못하고 도망가곤 했다. 양수호의 동생은 그의 공장에서 급사했는데 모두들 형의 너무 강한 기 때문이라고도 했고 그의 외아들 동석이 구질구질 어리버리한 것도 모두 아버지의 기 때문이라고 했다.

그런 사람 밑에서 수년을 견디며 인정을 받은 이재오였다. 그땐 뚝심과 기개가 주인을 능가하고도 남을 힘과 욕망이 있었다. 그의 선거를 도왔고 패배의 독약을 마신 그가 아랫도리에 힘이 빠지고 위장이 병이 들고 풍치가 오고 당뇨가 찾아왔을 때에야 이재오는 겨우 그의 거죽 같은 주물 공장 하나를 인수 받았었다.

그때의 양수호는 선거에서 자신의 반대편에 섰던 사람들에 대한 치유할 수 없는 분노와 성에 차지 않는 아들에 대한 실망을 다스리지 못하고 병들어갔다.

이재오는 왜 양수호가 뜻하지 않는 사업을 시켰는지, 왜 끊임없이 견제했는지 이제 알 것도 같았다. 결국 그는 자신의 외아들이 느리지만 조금씩 성장해 자신이 인위적으로 심은 이재호라는 나무를 타오르는 넝쿨식물로 자라기를 기다렸는지도 모른다. 그는 아버지의 빛을 바로 받지는 못했지만 그것을 자양분으로 어둠속에서 힘을 기르며 스멀스멀 타오르고 있었던 것이다.

그 집을 떠날 때 그 기어오르는 넝쿨 식물을 자르고 나올 때 모든 게 끝난 줄 알았다. 또한 진해에서 성장해 이곳 대구의 언저리까지 올 때만 해도 그 넝쿨식물은 뿌리 채 뽑힌 줄 알았다. 그런데 이게 뭔가. 다시 그 사람들 밑으로, 애초부터 예정되었던 것처럼 빨려 들어가는 형국이 된 것이다.

　며칠을 고민하던 이재오는 빚을 못 갚으면 공장을 넘겨준다는 조건을 내걸고 양동석에게 돈을 끌어왔다. 두 달의 말미를 주었다. 양동석은 어딘가에 투자할 돈을 돌려서 마련했다고 엄살을 떨었다. 그러면서도 그 작은 돈에 공증을 서고 혹시 모를 일에 대비한다며 회계사까지 동원해 회사의 재무구조를 샅샅이 살폈다. 그 회계사는 재무재표 등을 살피며 일부러 심하게 머리를 흔들었다.
　양동석은 돈을 곧 지급할 것처럼 하고도 수십 번의 약속을 어겨가며 인내심에 한계를 시험했다. 하지만 이미 의탁해버린 와중에 생명줄을 뿌리칠 순 없었다. 금방이라도 죽어가는 공장에 생기를 불어넣을 것 같은 자금은 그 역시 빚일 뿐이고 거대한 넝쿨식물이었지만 지금은 기꺼이 포로가 되어야 했다. 하지만 그 두 달이라는 시간은 너무 짧았다.
　벌써 한 해를 마감하는 12월이 다가오고 있었고 기업들의 재고정리로 일감이 급격히 떨어졌다. 이유를 알 수 없었지만 주요 거래처 중 한 곳에서 갑자기 물량이 줄었다. 양동석은 하루가 멀다 하고 공장을 들렀다. 그는 이미 인수 준비를 하는 듯 했다. 그의 허접스러운 넓은 이마가 두렵게 느껴지기 시작했다.
　이재오는 이제 자포자기였다. 차라리 잘되었다고 생각했다. 더 이상 돈에 시달리지 않고 일만 하면 행복할 것 같았다. 단 양동석의 돈을 끌어오기 전에 단 한 번의 회생기회를 놓친 것은 안타까운 일이었다. 집을 팔고, 사람을 더 줄이고 장비를 몇 대 과감하게 정리했으면 버틸 수 있는 상황이었지만 그 체면 때문에 못했다.

죽으면 죽었지 고생한 아내에게 차마 처지를 터놓고 말할 수 없었다. 몇 번이고 아내에게 자신의 안타까운 처지를 신호로 보냈지만 아내는 감지하지 못했다. 아내 역시 감지했더라도 이미 자기에게 주어진 환경에서 조금도 물러설 용기가 없었을 것이다. 오랫동안 살아온 아파트에서 스스로 떨어져 나올 용기는 없어보였다.

이미 포기하고 체념해 있는 이재오에게 어느 날 양동석은 뜻밖의 제안을 했다. 그것은 아무리 생각해도 자신은 공장을 할 위인이 못된다면서 이미 공장을 인수 할 사람을 물색해 놓았다는 것이다.

"약속이 틀리잖아."

"약속이라는 것은. 상황이 말해주기도 하는 거 아니던가."

"그렇군. 부도를 내지."

이재오는 협박을 했다. 하지만 양동석은 헛웃음을 지으며 날카로운 칼을 피해갔다.

"그 사람을 만나는 게 좋을 거야. 자네 사정은 자네가 잘 알 테니까."

한목이, 거기 그가 있었다. 너무나 뜻밖의 만남이었다. 기계공고 다닐 때는 그저 멀리서 바라보는 정도였지만, 같은 회사에 취업 나가면서 자연스럽게 어울려 다녔고, 거기 한목이의 여자가 있었다. 그 여자에게서 잠깐 느꼈던 묘한 감정이 한목이에게 들켰을 것이고 어떻게 받아들였는지 모르겠지만 질투와 의심, 분노 같은 감정, 아니 그보다 훨씬 농도 짙은 적개심이었을지도 모르겠다.

"주물공장을 왜?"

이런저런 지나간 이야기를 나누다가 결국은 이재오가 먼저 물꼬를 텄다. 머릿속에서 배인선이란 여자의 영상이 스멀스멀 차오르는 것을 억지로 털어버려야 했다. 그가 기억하지 말아야 할 것이 있을 것만 같아

두려웠다.

"펌프를 만들고 있네. 주물소재가 젤 문제지. 같이 갈 업체를 찾고 있었네. 어쩌다가 자네와 연결될 줄 몰랐군."

분명 한목이는 난처하고 미안한 표정을 짓고 있다. 추운 날씨인데도 점퍼대신 블루그레이톤의 정장차림에 반코트를 걸쳐 입고 넥타이를 다구지게 맨 모습이 처진 외모를 살려냈다. 머리는 올백으로 빗어 넘겼고, 손톱은 깨끗하고 단정했다.

이재오는 오리털이 든 긴 점퍼를 입고 있었지만 어쩐지 춥게만 느껴지는 것은 자신이었다. 왜 하필 이런 자리에서 그를 만나야 하는 건가. 제대로 씻지 않은 몰골에 오늘따라 면도하지 않았다는 게 텁수룩해져 있을 머리와 손톱 밑에 낀 시커먼 때가 슬며시 부끄럽다.

"꼴이 이 모양이야. 겸손 떨 필요는 없어. 이야길 해보게. 신사장한테 대충 이야기는 들었을 것이고. 하지만 나는 아직 공장을 넘길 생각은 없네.

이재오는 단호하게 말하지만 마음은 착잡하고 복잡하다. 의지와는 상관없는 말들이 터져 나온다. 이것저것 가릴 때인가. 하지만 자포자기 심정이다. 자존심이란 놈은 굳건하게 인간본성을 지켜주기도 하지만 제멋대로 날뛰기도 하는 것이다. 한목이는 좀 멋적은 웃음을 지으며 상응하는 대답을 한다.

"나도 사실 가볍게 왔어. 워낙 약삭빠른 종이 소개를 해서."

"누가 연결고리가 됐든 중요한건 아니고, 진짜 주물공장을 인수하려고?"

묻자 고개를 끄덕인다.

"여기가지 연결될 줄 몰랐네. 난 오늘 널 안 만난 걸로 할 수도 있고,"

한목이가 말을 던지고 빤히 쳐다본다. 그의 눈에도 자신과 같은 슬픔이 잠겨있는가. 응시해본다.

"나는 방책이 없다."

이재오의 목소리는 떨렸다. 두 사람은 악수를 나누며 희미하게 웃는다.

그때가 스물한 살 때였다. 아직 열아홉 살인 이재오는 술이 들어가자 포악해졌고 집요해졌다. 고고장에서 데려온 여자애를 으슥한 공사장 곁에 있는 포장마차로 끌고 간 것은 순전히 그의 완력 때문이었다.

완강하게 반항하던 여자애는 술 때문이기도 했지만 그의 폭력에 차츰 저항을 포기했다. 그가 잭나이프를 꺼내 주인이 단도리 해놓은 포장마차의 방수포를 갈랐다. 그러자 지금껏 수수방관하던 치들이 여자애를 재빠르게 안으로 밀어 넣었다.

축 늘어져있던 여자애가 상황을 직감했는지 고함을 지르려는 찰나, 이재오는 침착하게 여자애의 입을 두꺼운 손으로 막아버렸다. 숨이 막혔는지, 겁에 질렸는지 여자애가 그의 팔을 순식간에 물어뜯었다. 팔을 뺀 그는 가차 없이 여자애의 허벅지를 두어 차례 가격했다.

여자애가 폭 고꾸라졌다. 누군가 포개놓은 의자를 한군데로 모아 실신 직전의 여자애를 눕혔다. 여자애는 큰 대자로 뻗었다가 안간힘을 쓰고 모로 누웠다. 헝클어진 머리카락 사이로 여자애의 눈이 맥없이 껌벅거렸다. 여자애는 상한 생선처럼 추레해보였다. 끌려오면서 생긴 생채기와 더럽혀지고 헤진 옷가지들이 잠시 그들의 끓어오르던 성욕에 제동을 건다.

젠장, 누군가 욕설을 내뱉었다. 뭔가 잘못된 게 아닌가 하는 자조 섞인 욕설이었다. 어떤 이는 뒷걸음치며 줄행랑을 칠 기세였다.

"이것들이. 못 잡아 묵을 거면 머 할라고 끌고 왔니,"

이재오는 성큼성큼 다가가 여자의 치마를 밀어올리고 팬티를 끌어내렸다. 숨어있던 속살이 포장마차의 붉은 방수포에 반사되어 탐스럽게 빛났다. 곧 측은지심은 사라지고 욕정의 공기가 실내를 팽팽하게 차올랐다. 이재오는 여자애의 다리를 들어올렸다. 그는 손을 뻗어 여자애의 검고 윤기 나는 음부를 매만졌다. 그의 손이 지나간 자리에 하얀 이슬방울 같은 게 맺혔다 사라졌다.

"누가 먼저 할래?"

망설이던 두 명의 친구가 앞 다투어 여자애를 차례로 강간했다. 황소처럼 나대던 놈들의 방사는 싱겁게 끝났다. 여자애는 육체적 고통보다는 수치 때문에 질끈 눈을 감고 짧게 신음소리를 냈다.

"한목이 니 차례다."

두 놈이 바지춤을 끌어올리고 낄낄거리고 있었다. 한목이의 표정이 묘하게 일그러졌다.

"난... 니 먼저 해라."

이재오가 두말없이 여자애의 가랑이 사이를 파고들었다. 두 놈이 강간하는 걸 지켜보며 극도로 흥분한 그는 더 이상 양보는 없었다. 그는 제법 성경험이 있어서인지 사정은 비교적 오래갔다. 여자애가 본능적으로 안겨 오리라고 생각했는지 몇 번이고 팔을 당겼지만 여자애는 축 늘어질 뿐이었다.

어디선가 인기척이 느껴지는 새벽녘이었다. 초가을 찬바람이 싸하니 밀려와 한기를 느끼게 했다. 이제 보니 여자애의 몸뚱어리는 퍼렇게 질려가고 있었다.

"니 차례다."

고개를 흔들자 친구들은 망을 보아준다며 밖으로 나간다. 다들 욕망을 채운 후 그들의 기세는 완전히 꺾여있었다. 두려움에 떨고 있거나 방금 전에 한 일에 대해서 한심해하거나 조금이라도 빨리 현장에서 도망가 버리고 싶을 것이다.

빨리 해라. 또 하나의 공범을 만들기 위해 누군가 재촉했다. 가능하면 모든 걸 뒤집어씌우고 달아나고 싶을 것이지만 그 놈의 체면과 비난이 두려워 기다리고 있을 것이고, 또한 기어코 공범이 되는 것을 확인하고 싶을 것이다.

한목이는 여자의 배 위로 올라갔다. 그 그림자가 밖으로 드리웠다. 할 수 있을까. 이건 아니잖은가. 첫 경험이 윤간이라니, 한심스러웠다. 멈추자, 동녀의 얼굴이 떠올랐다. 그 애가 이렇게 당했을 텐데. 그런 폭력 속에서 성에 대한 처참한 왜곡이 이루어졌을 텐데.

그의 남근이 쪼그려지려는 찰나 순간 인선이 떠올랐다. 그 냉정하고 차디찬 시선이 느껴졌다. 왜 그녀가 그토록 좋은지, 왜 그녀에게로 향한 마음은 꺾이지 않는지, 스무 살 한목이는 이해할 수 없었다. 그녀가 무시할수록, 하잘 것 없는 인간으로 대할수록 그녀의 대한 환상은 커져갔고 알 수 없는 사랑의 떨림, 그 파장은 커져갔다.

그녀는 특별한 여자였다. 여신인지도 모른다. 뜻밖에도 완벽하고 순수한 그녀를 떠올리자 몸은 반대로 욕망을 드러냈다. 짓이겨버리고 싶었다. 그녀가 아닌 그가 가진 그녀에 대한 집착과 그리움을. 그녀 앞에만 서면 가식적이 되는 자신을 망가뜨리고 짓이겨버리고 싶었다.

거칠게 여자애의 다리를 들어 올리고 어느새 팽팽해진 남근을 여자애의 음부에 갖다 댔다. 녀석들이 뿌려놓은 정액으로 미끌거리는 느낌이 더럽기는커녕 욕망을 들끓게 했다. 그 때 여자애가 몸을 움직이며 눈을 떴다.

"하지 마!"

동녀의 목소리였다. 그는 멈칫하며 떨어져 나왔다.

"사, 살려주라. 더 이상 못해. 너무 아프단 말이야."

또 한 명의 동녀, 한목이는 허겁지겁 여자애의 옷을 찾아 입혔다. 클럽에서 몇 번 만나 술도 마신 사이였다. 그런 여자의 방심을 틈타 이런 만행을 저지른 것이다. 그녀는 수출자유지역에 근무하는 공원이었고, 그들 역시 창원 공단에 근무하는 '공돌이'였다.

"가자, 아 배것다!"

바깥에서 녀석들이 키득거렸다.

"먼저 가라!"

"와 한 번 더할라고?"

"진짜 먼저 가도 되나?"

그들이 잠깐 웅성거리더니 이내 사라졌다. 여자애가 갑자기 행동이 빨라지며 바깥 동태를 살폈다. 그리고는 녀석들이 사라진 것을 확인한 뒤 조심스럽게 방수포를 열었다.

"괘, 괘안나?"

이미 먼동이 터오고 있었다. 여자애가 핸드백으로 그의 머리를 힘껏 쳤다.

"평생 저주하고 살 거다. 나쁜 새끼들! 지옥에나 떨어져라!"

여자애는 사라져버렸다.

한목이는 포장마차를 빠져나와 터벅터벅 걸었다. 이재오가 아직 기다리고 있었는지 불쑥 나타나 담배를 건넸다.

"임마, 살림 차렸나 했다."

"……"

"재밌었나?"

한목이는 정권으로 그의 복부를 가격했다. 덩치 큰 그가 갑작스러운 기습으로 도로에 나뒹굴었다.

"이 새끼가 미쳤나,"

이재오는 일어나 덤빌 태세였으나 그의 살벌한 기세에 짓눌려 푸푸, 한숨만 몰아쉬었다. 어디선가 한 떼의 사람들이 우루루 몰려왔다. 시위대였다.

"미친놈들, 그런다고 세상이 바뀌냐?

이재오가 가래침을 모았다 뱉었다.

"우리가 미친놈들이야."

"그, 그렇지. 헤헤. 우리가 미친놈들이지. 맞아. 저런 애국지사들은 밤 늦도록 나라를 위해 데모를 하는데, 우린 뭐냐. 가시나들 줄탕이나 놓으려고 밤이슬 맞고, 하지만 우리가 머 할거냐? 좆나게 일하고 줄탕이나 놓는 일밖에 더 있냐?"

"여자애가 우릴 알아."

한목이가 걱정스럽게 우려를 드러냈다.

"알아봤자지, 지가 고발이라도 한다더냐? 고발하면 누가 들어주기나 한데, 경찰놈들한테 가봐라. 공순이 말 누가 들어주는가. 그러게 여자가 아무렇게나 돌아다님 안 된다고 핀잔이나 받을걸."

"우릴 지옥에나 떨어지라고 저주했어,"

"그런 소리 한두 번 듣냐? 그라고 이미 우린 지옥에 있어. 이게 사는 거냐? 열두 시간 주야 교대근무에 툭하면 특근에. 차라리 군대나 가버렸음 좋겠어. 이건 무슨 볼모도 아니고. 오년 동안 어떻게 이 지긋지긋한 곳에서 버틸지 갑갑하다. 오년이 뭐냐, 영장 받은 날로 오년이면 칠팔년은 되겠네. 아예 우려먹겠다는 거지. 군면제 특례병, 말이 좋지. 씨발 좆같은 세상."

"다들 해. 다들."

"군대나 가든지 해야지. 답답해서."

"이런 짓이나 할라면 그기 낫겠지."

"그라면 무슨 재미로 살겨?"

한목이는 이재오의 얼굴에 분노와 슬픔이 번지는 걸 느꼈다. 그도 일 말의 양심이 있었는지, 포장마차를 자꾸만 뒤돌아본다.

"시빨, 머한다고 따라오긴 따라오니." 그리고는 그제야 깨달은 듯 묻는다.

"너 안했지?"

"고자 아이가. 나는."

인선, 그녀 때문이 아니었다. 사랑하고 있다고 생각하는 그녀 때문에 오히려 일을 저지를 뻔했다. 그의 욕망을 꺾은 것은 분명 동녀였다.

"써먹다보면 맛을 안다. 가자, 고자. 해장국이나 묵으러 가자. 또 하루 종일 개기려면 먹어둬야지. 내가 한잔 살게."

이재오는 빨간 지갑을 흔들었다. 그리곤 그 속에서 돈만 꺼내고 길옆으로 던져버렸다. 지갑에서 빠져나온 주민등록증이 길거리에 나뒹굴었다. 윤간당한 그 여자였다.

그날 이재오는 술하고 내기를 하는 사람처럼 줄기차게 마셔댔다.

그렇게 그 해, 겨울 졸업 때까지 그들은 같은 사원아파트에 있었다. 그리고 참 못난 짓으로 젊음을 탕진했다. 같은 회사의 실습생으로 들어온 그들은 묘한 동료 의식으로 뭉쳐져 어디로 튈지 모르는 불꽃같은 존재들이었다. 그 불꽃같은 존재들은 이제껏 경험해보지 못한 억압과 좌절에 대한 탈출구가 필요했다.

학교에서 생각해왔던 사회, 즉, 현장은 전혀 낯설고 참담한 곳이었다. '조국근대화의 기수'란 견장을 차고 훈련했던 학교의 실습장에서 생각했던 그런 곳이 아니었다. 참을 수 없는 것은 바로, 차별이었다. 그들은 특수학교를 나온 훈련생이 아닌 그저 회사가 필요로 하는 소모되는 현장인력, 그저 '공돌이'에 불과했다.

오랫동안 엘리트 의식으로 성장해오고 당연히 그에 맞는 합당한 대우가 기다릴 거라고 생각했던 것은 오산이었다. 그들은 그저 평범한 공과대학을 나온 기사의 지시를 받으며 라인에 투입돼 반복 작업을 하는 단순기능공에 불과했다. 성실, 근면, 인내 등의 이념으로 세뇌되고 모자와 작업복 안전화로 통일되어 일사불란하게 움직이는 기계부품이었다.

실습생에게 부여되기 힘든 엄청난 양의 작업량, 잔업, 특근, 야간근무, 철야 등 그 물리적 압박과 무게는 젊음과 탄탄한 훈련으로 얼마든지 극복할 수 있었지만 기름 묻은 작업복에는 이제껏 품어왔던 자긍심과 보람대신 좌절, 회의, 분노, 적개심 등으로 표현되는 절망이 배어갔다.

그것이 곧 천대와 멸시와 동등하다는 것을 깨닫는 데는 잠깐이었다. 그렇다고 부딪힌 현실에서 벗어날 수는 없었다. 막연하게 커다란 그물에 잡혀버린 물고기 신세거나 포대에 담겨버린 곡물 알갱이 같은 존재들이란 것을 느낄 수 있었기 때문이다.

자신들의 미래는 중학교를 졸업하고 기계공고에 진학한 그 '영광'의 순간에 모든 것이 결정되어 버렸는지도 모른다. 감히 진학할 꿈도 꾸지 못한 3%이하의 성적을 가진 학생이나, 원서를 내었으나 떨어져서 인문고교에 진학했던 그들은 이제 대학입시를 준비하고 몇 년이 흐르면 그들의 작업지시자로 나타날 것이다.

그게 현실이었다. 차출된 머리 좋은 촌놈들은 자신들이 꿈꾸던 역할, 그 미래가 너무나 불투명하고 암담하다는데 좌절했다. 그렇다고 현실을 박차고 나갈 용기도 그럴 만한 처지도 못되었다. 그들은 시골의 가난한 집안에서 태어나 가족들의 커다란 기대를 모으고 기계공고에 진학했고 취업한 순간 당장 어려운 고향집에 월급을 송금해 그들의 기대에 부응해야 했다. 또한 군 특례병이라는 얄팍한 미끼가 그들을 얽어 매놓고 그야말로 족쇄로 작용했다.

그 스무 살, 어제까지는 당찬 존재들, 그 존재들이 할 수 있는 것은 나이트클럽에 나가 여자들을 꼬드기거나, 할부로 장만한 낚시세트를 들고 가까운 바닷가로 나가 낚시를 하거나 가불해서 니나노집 가서 상다리가 부러지도록 두들겨 패거나 유행처럼 퍼진 일본제 미니 카세트를 사서 팝송을 듣는 일이었다.

2월의 졸업식 날 벌써 더벅머리를 한 친구들이 모여 한바탕 몰려다녔지만 결국은 좋은 회사에 취업한 친구들과 그렇지 못한 친구들과 한바탕 언짢은 입씨름으로 종결되고 각자의 일터로 떠났고, 형편이 좋거나 야욕이 있거나 허영심이 있는 몇몇은 대학에 진학하거나 재수를 선택했다. 이도저도 아닌 친구들은 그물코에 걸린 잔챙이 고기처럼 어디론가 생활전선으로 사라졌다.

이재오도 졸업식 때까지는 어떻게든 회사를 정리하거나 다른 회사에 원서를 내보려고 했지만 여기나 저기나 근무조건은 엇비슷했다. 그들 모두는 이미 깎인 돌처럼 회사의 소모품으로 굴러가야하는 존재들이었고 그만큼의 맞춤형 교육을 받았다는 것을 인정해야 했다. 한때 제법 자만했던 좋은 머리들은 이제 기능공으로 살아가는데 익숙해지고 길들여져야 했고 그 방면에 특화되어야만 살아남을 수 있다는 것이 현실이었다.

가장 중요한 청춘의 그 삼년이란 시간을 공부 대신 줄질과 용접, 기계실습에 보냈다는 것은 거의 선택의 여지가 없었다. 가는데 삼 년이면 오는데 그 배의 시간이 필요한 물리적인 그 절절한 시간을, 국가가 먹여주고 재워주고 배워준 그 시간을 돌이킬 수는 없었다.

인간은 어떤 환경에서도 견딘다. 그리고 그 환경에서 자신이 가진 좋은 유전자를 활용해 삶을 개척해나간다. 그러나 어떠한 상황에서도 그 개인이 가진 직업을 천시하거나 업신여기거나 배척한다면 그 직업은 발전할 수 없고 그 사회 또한 앞으로 나갈 수 없다.

어떤 일을 하든 어떤 위치에 있든 개인적 직업에 대한 존중만큼 사회적 알력을 줄이는 것은 없을 것이다. 노동자에 대한 천대가 뿌리 깊게 박힌 현실, 산업현장에 뿌리를 내릴 인재들, 그 동량들은 먼저 절망을 맛보며 끊임없이 미래를 저울질 할 수밖에 없었다.

몇몇은 회사를 그만두고 시내로 나가 삐끼를 했고, 누구누구는 야간학교에 진학한 것을 알고 회사에서 잘렸고, 또 몇몇은 낙향했고, 또 공무원 시험을 준비하겠다고 회사에 사표를 냈다. 같은 학교에서 온 실습생 스무 명 남짓은 봄이 오면서 거의 절반밖에 남아 있지 않았다. 같은 회사에 입사한 다른 학교 실습생들과 주도권다툼을 벌이던 일도 시시해졌고 이제 어느 학교 출신보다는 같은 입사생으로 친해지는 시기였다.

악착스럽게 남은 실습생들은 더 이상 선택의 여지가 없는 데 체념하거나 차츰 회사생활에 길들여지면서 은근히 잔업량을 가지고 경쟁하거나 좋은 부서로 이동하기 위해 눈을 돌렸다. 그 즈음 잔업 삼백 시간을 돌파하는 초인적 인간이 탄생하기도 했다. 회사에서 먹고 자는 거의 기계적인 생활이었다.

팔십 년대는 물량떼기의 시절이었고, 회사에 오랜 시간 머물러 있는 사람이 무조건 대접받는 시기였다. 그 삼백 시간의 주인공 한목이가 어느 날 작업복을 빨다가 샤워장에 들어온 이재오에게 느닷없이 말했다.

"회사 그만 둘란다."

"……미친놈, 느 아부지 니 돈 같고 논 샀다며?"

"울 아부지, 원둑 막고 한 떼기도 못 건진 땅 죄다 찾아줄라고 했는데, 여긴 아닌 것 같다."

한목이는 빨래비누로 작업복을 박박 문지르며 손톱 밑을 훑어봤다.

"야아, 손톱 밑에 낀 때는 손빨래가 최고야. 봐라 금방 지잖아. 저번에 광주 갔다가 여자 친구한테 쿠사리 안 들었나, 손톱 밑이 시커멓다고." 녀석은 딴전을 피운다. 이놈의 속은 알 수가 없다. 의뭉한지 강한지 약한지 종잡을 수가 없다. 흰 허리가 벌써 구부정하게 느껴지는 놈의 어린 시절은 눈물 없인 들어주지 못할 사연을 담고 있기도 했지만 어떨 때는 지나치게 낙관적이다. 그리고 지나치게 집착이 강하다.

기계 앞에 붙으면 좀처럼 떨어질 줄 모르는, 과제가 주어지면 끝장을 보는 놈이다. 지독한 일본 기술자, 그는 자전차포에서부터 일을 배운 일본 장인으로 우리는 그를 오까다상으로 불렀는데 그 오까다상이 두 손 두 발 든 자가 한목이었다.

오까다상은 월급은 한국 공원들의 스무 배였는데 그 월급을 잔업 수당으로 넘보려는 어리석은 자가 한목이었다.

"존데 있냐?"

"기술을 배워보려고."

그가 작업복을 쥐어짜고 행가대가 있는 베란다로 나갔다. 왠지 심란해서 담배를 물고 따라갔다. 그가 회사를 그만둔다. 이해가 되지 않았다. 가장 빠른 속도로 적응해 나가고 죽도록 일했던 그다. 은근히 그런 한목이를 야유하고 시기도 했지만 한편으론 그런 그가 있어 회사에 붙어있을 수 있는 힘이 되기도 했다.

"안 춥냐?"

런닝을 입은 이재오를 힐끗 보며 빨래를 턴다. 이재오는 담배를 깊게 빨아 당기며 붉게 타들어가는 담뱃불을 보여준다. 그 불꽃으로 견디고 있다는 뜻이었다.

"진짜, 가냐?"

"그래, 선배가 회사를 차렸는데 한번 해보자네."

"야, 넌 좀 심하다. 나는 너를······"

"미안하다. 말 할 시간이 없었다."

미안하다는 흔적과 고민의 흔적이 잠시 스쳐갔다. 그리고 흥분과 들뜬 목소리를 애써 참는다는 것도 느껴졌다.

"군대는?"

"뭐 어떻게 되겠지. 여기서 칠 년 썩느니 기술 좀 퍼뜩 배우고 군대 삼 년 갔다 오면 돼지."

"기술이 배워지냐. 시간이 흐르면서 익숙해지는 것이지. 반복이 능통을 낳는다, 모르냐?"

"대기업에선 한계가 있어. 잘 모르지만 난 완성품을 깎고 싶어. 처음부터 끝까지 모든 공정을 다해보고 싶다. 여기선 그냥 반복이 있을 뿐이야. 능통해지겠지만 답답해. 그리고 나만의 기계를 만들고 싶어."

"너 다른 이유 있지?"

"무슨······"

한목이는 경계심을 드러냈다.

"이제 방이라도 얻어주라고 하더냐?"

이죽거렸다.

한목이에게 틈만 나면 돈을 뜯어가는 여자가 있다는 것을 알고 있었다. 배인선, 이름까지 들먹일 수도 있었지만 거기서 멈춘다. 한목이는 웬만해서 감정을 드러내놓고 이야기 하는 스타일은 아니었지만 술을 과하게라도 마시면 누구도 못 말리는 다변가였다. 꽁꽁 다진 속내를 드러낼 때는 두 개의 인격이 머물고 있지나 않은지 의심스러울 정도였다.

거기 배인선이 있었고 동녀가 있었고 그의 어리석음이 있었다.

"······"

"그만큼 했으면 됐다."

그가 바싹 다가왔다. 그의 얼굴이 상기되어 있었다.

"너만 알고 있어라. 갈 곳이 없단다. 잠시 피할 곳이 필요하데."

인간의 감정은 참 묘하다. 사랑이란 것이 이렇게 독하고 무서운 것인가. 단 한 여자를 사랑하고 좋아하고 거기서 꿈을 꾸고 행복해 하는 것이 신기하다. 작년 년 초에, 이재오는 자다가 이상한 소리에 억지로 눈을 떴다. 방바닥에 알 수 없는 그림자가 어른거리는 것이 햇빛에 반사된 물결이 일렁이듯 했다. 야심한 밤이었고 한동안 포근했는데 갑자기 추워진 날씨로 잠들기 직전까지 창문이 덜컹거렸지만 누구 한사람 문을 고정하지 않았다. 귀찮도록 차가워진 날씨였다. 보일러의 온도를 최대한 높여서 방바닥은 따뜻했지만 낡은 아파트는 웃풍 때문에 선듯했다.

그 일렁이는 것을 따라 시선을 옮기다가 그는 깜짝 놀랐다. 베란다에 누군가 웅크리고 앉아 흐느끼고 있었다. 순간 왠지 오싹한 느낌이 들었다. 하지만 아무 내색을 할 수 없었다. 한참을 예의 주시 하며 누워 있으니 베란다의 사내가 거실로 돌아와 벽에 기대고 한참동안 앉아 또 흐느꼈다.

한목이었다. 그는 다시 일어나 벽 쪽에 놓인 어항을 향해 걸어갔다. 이재오는 그제야 그 일렁임이 고기들이 움직임에 따라 어항 옆에 있는 스탠드에 반사되어 나타난 그림자라는 것을 알 수 있었다.

"······ 밤새 그렇게 움직여야 살아가는 구나."

그는 한참 만에 그렇게 읊조리고 그대로 꺼꾸러져 잤다. 이재오는 살금살금 다가가 놈의 냄새를 맡았지만 역시 술 냄새는 없었다. 잔업하고 늦게 들어왔다고 했는데 그게 아닌 듯했다. 어디선가 밤새 싸돌아다니다가 돌아온 차가운 냉기가 풍겨져왔다. 그는 이불을 덮어주고서야 잠이 들었다.

그 후 며칠 사이에 놈의 눈은 마른 명태처럼 오쿰하게 파여 들어갔다. 상사병, 그때 그런 것이 있다는 것을 처음 알았다.

"잘 한다. 그라면 니 또 하나의 여자는 어떡하고."

이따금씩 풀빵 등을 사들고 나타나는 여자였다. 부산에서 신발공장에 다니는 오동녀였다.

"동녀는 그저 동생일 뿐이야."

"잘도 둘러댄다. 내가 보기엔 동녀가 니 여자야. 쳇"

그의 핀잔에는 대꾸도 없다.

"그리고 돈 좀 돌려주라. 방을 얻어야 돼서, 두 칸짜리는 돼야 하니까."

"공주님 침실이 따로 필요하시나?"

"빌려줄 거지?"

"있는 거 다 가져가라. 젠장……"

"지명수배중이야. 여기 수출 지역에서 노동운동 할 거란다."

"아이고, 가수 한다며 돈도 잘 빌려 가던마."

"그만뒀다. 내 탓이겠지. 내가 못 밀어줘서."

"니 탓? 니 돈을 그렇게 훑어가고선?"

그렇게 대화는 끝이었다. 더 이상 그를 긁어댈 자신도 없었고 그의 고집을 꺾을 수는 더더욱 없었다. 이재오는 있는 돈을 죄다 털어주었다. 물론 한목이는 일원도 안 떼먹고 갚았었다.

얼마 후 회사 분위기는 노동조합 결성 때문에 후끈 달아올랐다. 기존의 질서를 지키려는 자들과 새로운 세상을 꿈꾸는 사람들의 설전으로 혼란스러웠다. 위에서 아래로 수직으로 흐르던 물줄기를 어제의 '공돌이' 들이 노동자란 이름표를 새로 붙이고 둑처럼 막아섰다.

일시적으로 잘 흐르던 물이 막혀버린 듯 했다. 누군가는 나라가 망할 거라고 말했고, 어떤 이들은 없는 것들 먹여살려 주었더니 밥그릇을 깨고 든다고 개탄했다. 어찌됐든 현장에서는 '노동자넝쿨식물'이 자라났다.

이 식물이 자존감을 일깨웠다. 기존에 끊임없이 자행해왔던 자기부정이 긍정으로 바뀌기 시작했다. 당연히 받아들였던 통제나 교육으로부터 세뇌되길 거부한다. 인간으로서 합당한 대접을 받고 있는가, 자기 노동의 가치를 제대로 보상받고 있는가, 그리고 국가가 요구하는 희생이나 의무가 궁극적으로 국민에게 다시 돌아올 수 있는 시스템을 갖추고 있는가 의심한다.

현장에 취업하면 지급되는 작업복과 안전모, 안전화가 과연 작업자의 안전을 위해 존재할까, 생각해본다. 너희들은 족쇄에 묶여있다. 너희들은 소모품이다. 생각도 행동도 같아야 된다. 장시간 노동과 저임금, 그리고 부당한 대우와 차별을 불평 없이 받아들여야 한다.

너희들은 딱 거기까지만 훈련되어 있다. 효율적으로 움직이고 통제받아라. 그런 것들을 느닷없이 들이받은 것이다. 일 잘하고 순종적이던 누렁이소의 갑작스런 역습이었다. 주인도 누렁이소도 당황스런 사태였다.

한꺼번에 터진 봇물은 노도를 이루었다. 여기저기 '노동자넝쿨식물'이 발아하여 무더기로 뻗어나갔다. 막연히 주눅 들고 체념했던 모든 것들, 그것이 오직 자신의 잘못과 선택으로 생긴 탓으로 돌리고 당연히 굴복하고 비굴한 채 부끄러워하기까지 했던 것들에 의심하고 반기를 들었다.

서슬 퍼런 정권은 그 모든 것을 잡초라 생각하고 제거하기 시작했다. 몇 개의 우량품종을 길러내기 위해 잡초는 제거되어야 할 우선적인 적이었다. 잡초는 그냥 잡초면 되었다. 아무렇게나 밟히고 뽑혀도 제 분수를 알고 밑거름으로만 존재해야 했다. 감히 분수도 모르고 질서를 무시하고 권리와 의무를 쟁취하려들다니, 던져주는 주는 밥그릇을 깨고 들려는 어리석은 무리들이 노동자들이었다.

'내가 일해서 벌어 먹이는데 느가 왜?'

이재오는 그런 원초적이고 단편적인 의식에서 노동조합 활동에 개입되었다. 그리고 늘 기죽어 살던 처지에서 센 놈들하고 한번 맞장을 뜨고 나니 제법 맷집도 늘어났다.

세상이 확 변할지 아니면 저들의 주장대로 싸그리 망할지도 모르지만 제대로 한번 목소리 내보는 게 통쾌하고 신이 났다. 하지만 늘 두려움과 공포가 도사리는 것은 아직 서슬 퍼런 군사정권 시절이었다.

쥐새끼들처럼 닭집에 모여앉아 장황한 토론을 하고 유인물을 돌려보고 숨죽여 노동가를 부를 때면 초기 기독교인들처럼 비장한 마음이 들기도 했다. 하지만 늘 말술로 녹초가 되어 현실의 부조리를 안주거리로 씹어대거나 시위에 합류에 맘껏 구호를 외치는 게 전부였다.

그 사이에 한목이는 퇴사했고 그의 퇴사는 혼란을 피해 달아난 이기적인 결정처럼 느껴졌다.

'니미 씨부럴 일 할라고 생각은 안하고 맨날 데모냐?'

그는 투덜거리고 짐을 싸버렸다.

소모임은 주로 시내의 닭집 이층에서 이루어졌다. 좀 음산하긴 했지만 푹신한 스티로폼이 깔린 방은 조용하고 넓었다. 누가 맨 처음 이 집을 발견했는지는 모르지만 은밀한 공작(?)을 벌이기엔 안성맞춤인 곳이었다. 한 번에 보통 칠팔 명씩 모여들었지만 무슨 특별한 비밀모임이 아닌데도 불구하고 항상 계 조직처럼 위장해야했다.

거기, 그녀가 나타났다. 그녀의 이름은 여운영이었다. 그리고 같이 나타난 이는 주대라는 이름을 가진 자였다. 한참 나중에 알았지만 두 사람 모두 가명을 쓰고 있었고 둘 다 공단과 수출 자유지역에서 위장취업 해 활동하는 대학생들이었다.

그들은 과격했고 또한 순수하기도 했다. 주대는 막걸리를 엄청나게 마셔댔지만 결코 정신줄을 놓은 적이 없었고, 여운영은 줄담배를 피워댔다. 이재오는 모자를 깊게 눌러쓰고 안경까지 쓴 그녀가 왠지 처음부터 싫었다. 그녀의 기호에 대한 편견이 앞선 탓도 있지만 그녀에겐 진지함이 보이지 않았다.

그녀는 노동자들을 위한 당이니 사회건설이니 하며 떠들어댔지만 그 말 속에는 개인적인 성향의 분노와 적개심만이 활활 타오르고 있다는 것이 느껴졌다. 단 그녀의 맑고 투명한 목소리만은 너무나 매력적이었는데 운동가요를 부르기라도 하면 주변 사람들을 죄다 감동시킬만한 가창력을 가진 여자이기도 했다. 누군가가 가수가 되면 좋겠다고 했을 때 그녀는 '그런 부르조아 놈들의 세상에 왜나가?' 하고 인상을 쓰기도 했지만 싫지는 않은 느낌이었다.

모임은 늘 위장취업자, 사회운동가, 종교조직 사람들이 주도했지만 의식적으로 현장노동자들을 앞장 세워 우대하는 분위기였다. 말하게 하고 비분강개하고 고양시켰다.

이재오는 그런 그들의 헌신이 참으로 순수하고 대단해보였다. 얼마든지 출세하고 잘 살 수 있는 길을 버리고 험악한 현장에 숨어들어 거친 노동자들의 삶을 개선시키고 사회변화를 꾀하고자 하는 그들의 노력은 가상했다. 하지만 그들에게 느끼는 묘한 질투는 어쩔 수 없었다. 그들에게서 세상이 어떻게 움직이고 있고 어디로 흘러가야하며 어떤 계급이 대접받아야 하는지를 체득하면서도 왠지 언젠가는 다른 길 위에 있을 사람들이라고만 느껴지는 것이다.

그들은 많은 것을 알고 있었고, 많은 것들과 접했을 거라 생각됐고, 그 자신감은 정권과 동격으로 보였고, 목표가 뚜렷해보였다. 늘 흔들리고 주저하고 의심하고 좌절하는 현장 노동자들과는 다른 종족들, 그들 역시 정권만큼 두렵고 이질적인 존재라는 것을 느끼지 않을 수 없는 이유였다.

어쨌든 그런 갈등 속에서 조직원들은 공동의 적 때문이 아니라 젊음을 나누는 존재이기에 친해질 수밖에 없었다. 가끔씩 술을 마시고 농담을 나누면서 형님, 동생, 누나, 친구로 부르고 불리면서 사적 감정이 싹트기 시작했다. 또한 시위를 하면서 연대감은 강해졌고, 분명한 것은 그들이 노동조합 결성의 이론적인 토양을 제공하기도 했다.

아직 창원 공단은 젊었고 그 속을 채우는 노동자들은 패기만만했고 서툴고 여물지 않았지만 열정으로 가득 찬 이십대가 주축이었다. 자연스럽게 빠른 속도로 새로운 물결에 쏠려갔다.

이재오는 한바탕 데모라도 하고 오는 날에는 뜻밖에도 몸을 부대낀 여운영의 얼굴이, 잘 빠진 몸매가 생각나고 그의 거친 독설이 떠오르기도 했다. 그녀의 입술은 무슨 맛일까, 바지 속으로 손을 넣으면 뜨겁고 단단한 것이 잡혔다. 내 것이 아닐 것 같은, 그러나 한 번 쯤은 내 것으로 만들고 싶은 여운영의 그 줄담배와 거친 입담을 생각하며 신경질적으로 손을 흔들었다.

여운영은 진압경찰이 쏜 최루탄을 피해 바닷가 쪽으로 도망갔다. 도망이라기보다는 독한 최루액을 한시바삐 씻어내기 위해 의식적으로 그 쪽을 택했을 것이다. 시위대의 맨 앞에 선 그녀 앞에 최루탄이 터지며 하얀 분말이 뿌려지는 순간 그녀의 다리가 꺾였다.

처음엔 정면으로 맞은 게 아닌가 싶을 정도로 화기와 가까운 거리였다. 전경들이 달려들어 닭장차로 끌고 가려는 순간 이재오가 재빨리 나꿔챘다. 워낙 기골이 장대하고 힘센 그의 팔이었기에 가능한 일이었다. 그리고는 달렸다. 두 사람은 너나 할 것 없이 마산만의 똥물 속으로 머리를 처박았다.

잠시 후 늘 모자 속에 감추어둔 그녀의 긴 생머리가 미역발처럼 뻣뻣하게 몸에 올라붙었다. 안경이 사라진 얼굴에 구정물이 흘러내렸다.

"꼴 좋다."

이재오가 웃자 여운영은 손가락으로 되받는다. 그가 최루탄과 썩은 개펄에 따끔거리는 눈을 손등으로 닦자 오히려 얼굴은 위장크림을 발라놓은 병사처럼 시커멓게 채색됐기 때문이다.

"볼만하냐?"

"나는 잘 보인다만 너는 안경이 없어서 어떡하냐?"

"필요 없어. 어차피 도수 없는 안경인데."

나름대로 신변을 숨기고 있었구나 하는 생각이 들며 그동안 쌓아온 그녀와의 이력은 어쩌면 가식이었을 거라는 생각이 든 순간 그녀가 서슴없이 팔짱을 끼었다.

"거의 난민 꼴이군, 어디 제대로 씻을 데가 없을까?"

"목욕탕이라도 찾아보자."

"저기, 저기 가서 좀 씻을까?"

"여관?"

"왜 무섭냐?"

그녀의 눈은 짓궂음과 호기심으로 빛났다. 녹슨 철로 너머로 여관 간판이 보였다. 누가 말릴 사이도 없이 막 걸음이 빨라졌다. 드디어 이 잘난 여자와 자보는구나, 공단 여자들과는 다른 어떤 비밀이 숨겨 있을까, 가슴이 주체할 수 없을 만큼 방망이질 쳐댔다.

철로를 건너자 담쟁이넝쿨로 덮인 여관 입구가 보였다. 그는 잠시 망설였다.

"돈이 없냐?"

"아니, 이런 곳이 처음이라서."

"따라와."

여운영이 앞장섰다.

이런저런 여자들과 섹스 경험이 있었지만 그것들은 거의 폭력적이고 야생적이었다. 후미진 뒷골목에서부터 친구의 자취방, 술집의 더러운 화장실이나 야외의 뚝방, 그리고 혼숙 중에 이루어진 이물질의 끼얹음이 전부였다. 그나마 고급스러웠던 섹스는 텐트 속에서였지만 기억에 남는 것은 여자의 반항과 눈물뿐이었다.

이재오는 여운영이 급하게 샤워를 하는 사이 침대에 누워 생각했다.

'너무 쉽잖아.' 하지만 그렇게 생각하자 불안해졌다. 그녀가 벗어둔 옷가지를 바라본다. 이제껏 이렇게 스스로 벗어던진 여자는 없었다. 악착스럽게 붙잡고 늘어졌고 단 한 번도 상의를 벗겨보지 못한 채 욕정을 채우곤 했었다.

이 여잔 어떻게 해야 할까? 난감했다. 함부로 덤볐다간 진짜 경찰서에 신고를 하고 말 여자였다. 수치심과는 거리가 먼 여자였고, 그 어떤 것에 앞서 인권과 권리를 주장할 여자다. 소문대로 운동권 애들은 섹스

자체도 자유로운 의사수단 같은 것일까?

"야, 뭐해 들어와 갑갑해?"

이재오는 물건이 오그라드는 느낌이었다. 옷을 벗고 들어가야 되나 입고 들어가야 되나 망설여졌다. 옷통을 벗어 던지고 안으로 들어섰다. 제법 넓은 욕조 속에 그녀가 잠겨 있었다. 그녀의 속옷은 행거에 가지런히 걸려 있었다. 그것은 이제껏 그가 억지로 벗긴 찢기고 비틀어진 옷가지가 아니었다. 단정한 꽃잎 몇 장이었다.

"한결 편해졌다. 빨리 씻어. 참 엥간히들 쏘아 대드라. 마치 마지막 발악을 하는 듯했어. 이제 전두환은 끝이야."

샤워를 해야 될지 머리에 물만 부어야 할지 아니면 욕탕 속으로 들어가 덮쳐야 할지 혼란스러워 허둥댔다.

"옷은 왜, 안 잡아 묵는다. 벗어."

그녀가 의기양양 말한다. 탕에서 김이 모락모락 피어올랐다. 이재오는 바지와 팬티를 벗어 바닥에 집어던졌다. 샤워기를 힘껏 틀자 옷가지 속에서 구정물이 빠져나갔다. 그래, 방식을 바꾸자. 끝까지 기다려보자. 상처 나지 않고 흠결 없는 상품을 취해보는 것이다.

이재오는 주책없는 발기를 염려했지만 신기하게도 놈은 얌전했다. 기가 죽었나 싶었지만 놈은 기회를 노리고 숨어든 것이다. 몸속까지 들어온 최루액이 그제야 한 번 더 맵게 느껴졌다. 그는 잠시 그것을 벗겨내기에 급급했다. 그 사이에 여운영이 그 뒤를 스쳐지나갔다.

거울에 그녀의 맨몸이 잠깐 들어왔다 사라졌다. 당당하고 자신감 넘치는 여체였다. 뒤돌아서서 그녀가 콜록거리며 당부했다. 커다란 안경 속에 숨은 여윈 여자의 몸매가 아니었다.

"탕에 들어가 완전히 머리를 박아 넣어."

이재오는 시키는 대로 탕으로 들어가 머리를 처박았다. 아까 갯가에서 느꼈던 퀴퀴한 냄새와는 다른 향긋함이, 그녀의 살 냄새가 흠씬 밴 물속에서 그는 그녀의 흔적을 더듬어 봤다. 이재오는 욕실 안에서 머리까지 탈탈 털고 안으로 들어갔다. 이미 발기된 그의 물건은 주체할 수 없을 만큼 흔들거렸다.

그녀가 화장대 앞에 앉아 드라이기로 머리를 말리고 있다. 아름다운 곡선을 이루는 등에는 브레지어 끈이 그 작은 등을 세 갈래로 나누고 있다. 그는 다가가 그녀를 와락 껴안았다. 그녀는 잠시 아무 반응이 없다. 그 무반응이 그를 멈추게 했다.

"날 좋아하냐?"

"조, 조아하지."

"난, 아직 아니야. 너한테 흥미가 없는 건 아니지만."

그녀가 돌아서서 말했다. 창피스럽기도 하고 은근한 투정이기도 할 것 같아 그녀를 당겼다. 도도함을 가장한 유혹이겠지.

"하지 마. 우린 이제 막 친해지고 있을 뿐이야."

여운영은 아름다웠다. 얼굴은 작고 아담했고 이목구비는 뚜렷했다. 그 묵직한 검은 안경을 벗고 머리를 풀어 놓으니 전혀 다른 사람인 것이다.

"너는 나하고 오래 만나고 싶은 거 아니야? 한번으로 끝내고 싶어?"

이재오는 어린아이처럼 손을 풀었다. 창피스럽고 당황스러웠다. 다시 시도해보고 싶었지만 사고를 칠 것 같아 꾹 참았다.

"가자, 마시러."

겨우 용기를 내어 말하자 그녀가 침대로 벌렁 누우며 선풍기를 켜라고 했다.

"좀 누웠다 가. 옷은 말려야지. 갑자기 너무 노곤해. 돈 값도 해야 되고,"

이재오는 엉겁결에 침대에 같이 누웠다. 뭔지 모르지만 편안해졌다.

"좀 안아줘 봐."

이재오는 파고드는 그녀를 서툴지만 진지하게 끌어안았다. 하얀 피부는 아직 풋과일처럼 단단하고 조금은 거칠었다. 숨소리가 자잘한 파도처럼 찰싹찰싹 가슴을 때렸다. 안정이 되자 그녀가 넋두리처럼 중얼거렸다.

"나는 참, 어디로 가고 있는지. 여운영, 내 이름으로 살고 싶은데."

그날 저녁 둘이서 밤새 술을 마시고 헤어졌지만 그 여운영이 한목이의 여신 배인선이라는 것은 까마득히 몰랐다. 연애감정, 그 사랑이라는 미묘한 감정, 한 번도 느껴보지 못한 그런 감정이 싹트는 시점에서야 비로소 이재오는 어정쩡한 위치에 있는 자신을 발견했다.

회사에서 전격적으로 연행된 곳은 연락선 사무소 쪽에 있었던 안기부 분소였다. 두 명의 직원이 집중 공략해 들어왔다. 한사람은 말수가 적은 뚱뚱보였고 한 사람은 작고 단단해 보이는 사십대였다.

"주대라는 놈 알지?"

질문의 요지는 그거였다. 주대의 은신처를 토해내라는 것이었다. 그들 말로 주대는—주사파의 대부, 빨갱이였다. 한 사람은 어르고 달래고 작은 놈은 협박하고 공갈친다.

"임마, 우리가 모르는 게 하나라도 있는 줄 알아? 느그들 조직 중에도 우리 편이 있어. 너 같은 공장 직공들이 뭘 아냐, 다 그놈들이 느그들 이용해 먹으려고 하는 짓거리들이야. 그놈들 젤 윗대가리 수괴가 누군 줄 알아? 김일성이야."

이미 학습된 이야기들이라 콧방귀를 뀐다. 하지만 집요하게 뭔가를 엮으려드는 이들의 협박에 두려움이 느껴진다.

"여운영이는 잘 알지? 너가 좋아하더마?"

이재오는 갑자기 가슴이 뛴다. 아니라고 대답을 못하고 우물쭈물하자, 작은 놈이 피식 웃으며 볼을 꼬집는다.

이재오는 심한 불쾌감을 표시하며 손을 뿌리치자 순식간에 정강이에 구둣발이 날아온다. 너무나 뜻밖의 인정사정없는 기습에 푹 고꾸라지며 그에게 머리카락을 잡힌다.

"너 같은 놈 하나는 마산 앞바다에 처넣어버려도 아무도 몰라. 우리가 시간이 남아돌아서 너 같은 피라미 놈 잡아다가 에너지 낭비하는 줄 알아? 니 꼴이 불쌍해서 그래. 주대가 니하고 같은 군번인줄 알아? 같이 어울려주고 놀아주니까 친구 같아? 니 백날 여운영이 좋아해봐라. 임마, 니 처지를 알고 댐벼도 댐벼 이."

도대체 얼마나, 뭘 알고 있다는 말인가. 여운영이란 여자를 쳐다보지도 말란 뜻은 무엇인가. 누구에게도 말한 적 없는 사적 감정까지 알고 있단 말인가.

"너 여운영이 어디 사는 줄은 알지?"

"모릅니다."

잡아뗐다. 어디서 살고 있다는 것을 대충은 알았지만 그것만은 혀를 빼도 밝힐 수 없었다.

"당연히 모르지. 너를 동지라고 생각안하니까."

"......"

"기회를 한번 준다. 여운영이가 살고 있는 곳을 알아내."

사원아파트로 돌아왔지만 도저히 가만있어서는 안 될 상황이었다. 주대와 여운영이가 간첩과 접촉하고 있다니 그게 말이나 되는가. 수사관의 설득에 고개를 끄덕이며 쁘락치가 될 것처럼 상기된 자신이 한심스러웠다. 배신자가 되다니, 줄줄이 아는 녀석들의 주소와 근무지를 적어준 대가로 풀려났지만 치욕스러움이 급격하게 몰려왔다. 그는 오토바이에 시동을 걸었다.

연락받은 주대는 급하게 도착했고 이어 여운영이 합세했다.

"고마워. 재오씨."

그렇게 주대는 말했지만 오히려 의심하는 쪽이 더 강했다.

"운영씨가 노출됐어. 집에 특별한 것들이 있나?"

"크게 뭐 있나, 그냥 그저 그런 거지."

"놈들한테는 그저 그런 것이 없지. 가봅시다."

여운영은 망설였지만 주대와 함께 오토바이에 올라탔다. 오토바이는 산동네 골목길을 무서운 굉음을 내며 타고 올랐다. 오토바이에서 내린 그녀는 쏜살같이 부엌문을 열고 들어섰다. 곧장 좁은 부엌을 통로로 하는 두 개의 방이 나타났다. 열쇠를 잃어버렸는지 여운영은 급한 마음에 손지갑을 탈탈 털어냈다. 열쇠는 없었다.

"정신이 없네. 어디 갔지?"

"놈들이 오기 전에 버릴 건 다 버려야 돼."

"친구한테 가봐야겠어."

"친구? 같이 사는 친구가 있었단 말이야? 그 자가 쁘락치 아나?"

"시끄러."

주대가 의심스러운 눈초리로 쳐다보자, 그녀는 불쾌한 표정을 숨기지 않고 톡 쏘았다.

"아무도 믿지 말라고 했잖아. 남자야?"

"그래."

"동거라도 하나?"

"뚫린 입이라고 아무렇게나 말하지 마."

두 사람은 잠시 옥신각신 했다. 이재오는 어쩐지 말다툼을 엿듣는 것 같아 곤혹스러웠다. 이미 쁘락치가 되버린 자신의 몸뚱아리가 오그라졌다. 두 사람 사이로 비집고 들어가기 힘든 공간이 존재한다는 것에 맥이 빠지는 순간이었다.

"좀 더 솔직해져봐. 내가 오롯이 노동운동하기 위해 학교 그만두고 여기 온 줄 알아?"

"너하곤 더 이상 말하고 싶지 않아. 그리고 내가 누구와 살든 상관할 바가 아니잖아."

"우린······"

"그만해. 나는 지금 내 친구의 안전이 더 중요해. 공연히 나 때문에 그를 곤혹스럽게 하고 싶지 않을 뿐이야. 그는 일 밖에 모르는 사람이야. 연루되면 오히려 못난 그가 다칠 거야."

여운영은 단호하게 말하고.

"재오씨. 잠깐 나 좀 태워줘."

이재오는 그 묵직하고 칙칙한 분위기에서 일단 벗어났다는 느낌에 우선 안도하며 그녀를 따라 허겁지겁 오토바이에 시동을 걸었다. 그녀가 찰싹 등 뒤로 감겨왔다. 간지러움 같은 것이 느껴지기도 했고 향긋한 풀섶에 누운 느낌이 들기도 했다.

주대도 이런 감정을 느꼈을까. 어디로 가노, 신포동. 거긴 왜, 친구가 거기 있어. 느그 집주인, 그래, 내 보호자. 누군데, 고향친구. 느그 회사에 다니다가 그만둔 걸로 아는데. 우리 회사, 그래. 왜 말 안했지, 그냥. 그리곤 경적소리와 바람 소리 때문에 제대로 대화를 나눌 수 없었다. 주대에 대해서 묻고 싶었지만 기분이 더러워질까봐 그만 두었다.

그렇게 오토바이를 타고 가면서 비로소 그녀가 바로 배인선, 한목이의 신이 그녀라는 것을 알고 말았다. 오토바이에서 내렸을 때, 그녀는 다리가 다 풀렸다고 했지만 정작 다리가 풀린 것은 이재오였다.

"여길 알아?"

"몇 번 왔지. 친군데."

"아는 사이였단 말야?"

"인선씨도 벌써 알고 있었어. 한목이가 말한 그 인선이 당신이었다는 것을 몰랐지만."

"세상 참 좁네"

한목이는 시커멓게 때가 낀 작업복을 입고 나타났다. 눈꺼풀은 선반 칩에 맞은 듯한 화상을 입고 있었다. 공구에 깎인 쇠 부스러기가 회전력에 의해 튀면 이상하게도 피부의 가장 연한 부분에 찰싹 달라붙는 경향이 있다. 하여튼 뜻밖에 나타난 두 사람 때문에 적잖이 놀란 표정은 잠시 후 검게 일그러졌다.

분노와 실망 질투 그리고 배신감 같은 게 배어나는 눈빛은 상처 난 눈가에서 물감처럼 흐물거렸다.

"난, 진짜 몰랐다."

이재오는 더듬거리며 변명했지만, 그것이 진정성이 있는 이야기인지 자신조차 알 수가 없었다. 참, 세상 좁네, 탄식처럼 씁쓸한 웃음을 지은 한목이 역시 많은 의심 속에서 속 시원한 확신을 하기엔 어려웠을 것이다. 그중 인선만이 상황을 죄다 알고 있으면서도 즐겼는지는 모르겠다. 하지만 그녀가 그렇게 교활하거나 무심했으리라는 것은 상상할 수 없다. 단지 그녀는 그녀 속 어딘가로 깊숙한 여행 중이었고, 이재오는 한목이와는 전혀 다른 길에서 그녀를 잠시 만났는지도 모른다.

안기부에서 집을 뒤지러왔을 때는 그녀는 이미 그 집을 떠난 후였다. 그 전에 이념 서적 등은 죄다 수거해가서 이재오 지인의 시골집 감나무 밭에 숨긴 후였다. 애꿎게도 한목이만이 잡혀가서 사나흘 동안 고초를 겪어야 했다.

그 일로 여운영과 주대, 모두 자취를 감췄다.

얼마 후 친구 한명과 함께 그의 자취방으로 갔을 때 한목이는 아무 일 없었다는 듯이 '술이나 사온나.' 했다. 뒤돌아 나오면서 그녀가 살았던 방을 힐끗 들여다본다. 그녀는 없다. 불 꺼진 방은 어둡고 컴컴하다. 연탄집과 붙어있는 구멍가게에서 라면과 소주를 사와 곤로에 물을 끓이는 동안 슬며시 묻는다.

'어디로 갔냐? 잡혀가진 않았것지?' 차마 주대하고 같이 간 거야? 하고 물을 수 없었다. 그녀가 사라진 이유가 자신 때문이었을지도 모른다고 생각했었고, 그런 생각은 그를 의기소침하게 했다. 친구의 여자를 넘본 파렴치한이란 생각과 그 생각의 이면에 전혀 뜻밖에 나타나는 그녀에 대한 그리움은 더욱 당혹스럽게 했다.

그는 대답하지 않았다. 대신 콜라 잔에 소주를 가득 붓고,

"한 번 죽어볼까?" 하고,

쭉 마셨다.

냄비에 라면을 넣자 냄새가 코를 자극해 식욕을 돋게 한다. 같이 간 친구 대성이 재빨리 냄비 뚜껑을 먼저 잡고 라면을 떠 담았다. 이게 대세여, 그가 냄비 뚜껑을 흔들었다. 학교 다닐 때 웅변을 했던 그는 그 큰 목소리의 톤을 도무지 줄일 줄 몰랐다.

어쨌든 거기서부터 술이 시작됐다. 처음엔 소주, 그 다음엔 맥주 다시 소주를 마셔댔던 기억, 그리고 많은 이야기들, 그러자 청춘의 바람소리 같은 언어들이 터졌고 서로의 의중을 탐색했다. 오줌통이 차는 순서대로 밖에 있는 화장실을 드나들면서 이재오는 방광을 비우고 돌아오면 자신도 모르게 인선의 방 앞에 잠깐씩 서 있었다.

한목이도, 이렇게 잠깐 우두커니 서서 저 불 꺼진 방을 들여다봤을까, 스스로 묻곤 했다. 어쩌면 더 오래 더 깊은 한숨을 쉬며 바라보았겠지.

"저 방 내가 살게!"

이재오는 그 말을 던지고야 말았다. 그 방에 들어서면 그녀의 냄새가 아직 베여 있을 것만 같았다.

"미친나? 좋은 공짜 아파트 놔두고."

대성이 목소리를 높였다.

"나는 그 놈의 회사 그만 둘 거야. 그리고 떳떳하게 군대도 갈 거야. 그리고 대학도 가고. 그리고 가시나들, 공순이 말고 멋지고 잘난 년들 하고 실컷 연애도 할 거야."

한목이는 가타부타 말이 없다. 그의 침묵이 싫었다. 기어코 던지고 만다.

"너는 그 여자 하나가 니 생의 전부제. 그래봐야 여자야. 그 애는."

하마터면 주대 이야기가 나올 뻔 했다.

"그만해! 전부는 아니지만 그 앤 나한테 처음으로 소망을 심어줬어. 내가 그녀에게 올인하는 것은 그녀를 차지하기 위한 것이 아니야. 다만 나는 그녀를 통해서 내 안의 그 무엇을 찾아가는 중이지. 그녀가 부담스러워할지 모르지만 이를테면 나의 작은 신앙이야. 신앙이 내 인생의 목표는 아니지만 나는 그녀가 있기 때문에 어떤 시련이 와도 내 꿈을 포기하지 않아. 현재의 그녀가 또는 미래의 그녀가 어떤 과오를 저지르고 실망을 줄지 모르겠지만 그런 건 의미가 없어. 이 세상에 완벽한 신앙은 없는 법이니까. 나는 그녀에게 실망을 주는 삶을 살지 않기 위해 살고 또한 그녀의 행복을 위해 살 뿐이야."

또 시작이다. 무섭다 해야 할까, 아니면 바보스럽다 해야 할까. 그는 누구에게도 당분간은 그 방을 줄 생각이 없다고 했다. 언제 다시 그녀가 돌아올 줄 모르고 설령 돌아오지 않더라도 그 방에 다른 사람이 들어온다는 것은 싫다고 했다. 하지만 이재오에게만은 그 방을 기꺼이 내주겠다고 했다. 이유를 묻자 그의 대답은 우스꽝스러웠다.

"너도 이미 그녀의 신도니까."

금세 몇 개월이 흘렀다. 그 사이에 그녀는 한 번도 연락이 없었고 한목이를 만나러 오지도 않았다. 한목이는 항상 늦게 퇴근했지만 허겁지겁 대문을 열고 무엇을 잃어버린 사람처럼 출입구를 살폈다. 그 표정은 알 수 없는 기대와 희망으로 부풀어 있었지만 이내 깊은 절망으로 바뀌곤 했다.

"너를 찾아올 애는 아니야."

답답해서 충고했지만 그의 상사는 깊어갔다. 잘 자지도 먹지도 말수도 줄어들었다.

"고등학교 이학년 겨울에 말이다. 걔가 내가 사는 자취방 앞에 쪼그리고 앉아 있는 거야. 단 한 번도 내 편지에 답장을 보내지 않던 그녀가 아무런 말도 없이. 얼마나 반가웠는지. 내가 없었으면 그 애가 어딜 갔을까? 아무데도 갈 데가 없었겠지. 내가 동녀를 기숙사에 들어가게 했던 단 하나의 이유는 그녀가 언젠가는 나를 찾을 것 같아서였지. 동녀가 있으면 불편할까봐. 내 살을 베어냈지."

술이 잔뜩 취해 주저앉은 그가 울먹였다.

"……"

"다시, 그 때처럼 오겠지?"

유령처럼 입을 달싹이며 쳐다봤다.

놀랍게도 그녀가 나타났다. 공교롭게도 한목이는 철야작업 중이었다. 그녀는 많이 변해 있었다. 깊어진 겨울 탓이었을까. 그녀는 좀 들떠 있었다. 긴 머리칼을 웨이브를 넣은 파마를 하고 있었고 옷차림은 야했다. 눈치를 챘는지 씩 웃으며 클럽에서 노래를 부르며 아르바이트를 한다고 했다.

"만나지마. 이미 주대와 당신 사이를 알아버렸어."

그는 추측을 확신처럼 말했다. 그의 병이 아물어가는 즈음이었다.

"나는 그냥. 잠깐 얼굴만 봤으면 해."

"다신 만나기 싫다고 했어."

그가 알면 당장이라도 달려올 줄 알면서, 그가 얼마나 애타게 행방을 찾고 있는 줄 알면서 이간질해버렸다. 또한 그녀에게 던지지 말아야 할 말까지 던져버렸다. 그녀는 주대와의 관계에 대해 변명하지 않았다. 그녀는 곧 울음을 터뜨릴 것 같았지만 입술을 깨물며 참아냈다.

'내가 왔단 말 하지 마,' 그녀의 마지막 당부였다.

이재오는 끝내 군 입대를 굳혔다. 힘든 기계공장 일을 버틸 수도 없었지만 한목이의 얼굴을 똑바로 쳐다보고 살 수 없었다. 왜 그런 어리석은 짓을 했는지, 그런 용렬함을 용서할 수 없었다.

한목이는 기계에 붙어 떨어지지 않았다. 용접, 선반, 밀링 레디알 등 범용장비를 못 다루는 게 없었다. 이른바 작업채비, '단돌이' 하는 방법, 일머리를 확실히 익혀 나갔다. 그는 뭔가 목표를 세운 느낌이 들었다.

지나가는 말로 그는 말했다.

'그깟 대학 안가면 어때, 대학 나온 놈들 부리면 돼지.'

나는 그가 허무맹랑한 꿈을 꾸고 있다고 생각했다. 그는 늘 일을 즐겼고, 사장의 요구를 넘어서 미리 준비돼 있었다. 잔소리가 필요 없는 일꾼 한목이, 그는 이미 사장 위에 있었다. 이재오는 신검을 받은 직후 그와 헤어졌다. 나중에 알았지만 한목이는 검지손가락을 프레스에 넣어버렸다고 했다. 신검 받기 직전의 일이었다. 그에게 청춘의 시간에 갈고 닦고 연마할 그 무엇이 간절히 필요했을 것으로 믿었지만 잔혹했다.

그는 알고 있을 것이다. 누가 말하고 일러줘서가 아니라 느낌으로 아는 것이 있다. 아주 어렸을 적 누군가가 던진 사소한 말 한마디도 기억에 또렷이 남는 게 있다. 한목이도 그 또렷한 기억, 나쁜 기억을 떠올렸을 것이다. 정신을 차렸을 땐 미처 명함도 주고받지 못한 상태라는 걸 알았다. 한목이를 배웅해주고 사무실로 돌아온 양동석은 목소리를 높이며 힐난했다.

"이사장, 사업하는 사람 맞나, 아는 사람이라며? 그러면 더 붙잡고 늘어져야지. 지금 똥오줌 가릴 처지가."

"이봐, 나는 당신 돈이 필요했던 거야. 온 동네 소문내서 투자자 끌어들였으면 진즉 내손으로 했어. 이젠 어떡할 거야. 소문 더럽게 나겠군."

"아니, 그건 아니고. 내가 얼마나 용의주도한 사람인데, 아무도 몰라. 딱 인수할 사람을 구해왔는데. 이젠 방법이 없네."

양동석은 이런저런 사설을 늘어놓다가 더 이상 대꾸가 없자 못이긴 듯 사라졌다. 녀석이 장난을 치고 있었구나, 저런 놈들도 저렇게 영악해지는데 무얼 고집하고 살아야 하는지 답답했다. 결국 너무 멀리 와버렸다. 조심하고 경계하고 왔어야 할 길을 주먹구구식으로 대충대충 걸어온 결과다.

이제 희망은 없다. 등불은 꺼져버렸고 출구는 보이지 않는다. 얼굴이 순간적으로 달아오른다. 이대로 쓰러지는가. 눈에는 붉은 핏발이 가시지를 않는다. 수면을 이룰 수 없다. 이렇게 나약했나, 수없이 자신을 꾸

짖고 용기를 북돋아보지만 금방 사그라지는 검불처럼 덧없이 꺼져버린다.

한숨을 깊이 내쉬고, 그 많았던 시련의 시간들을 되돌아본다. 잘 헤쳐왔듯이 이 시간도 지나갈까. 언젠가 돌아보고 웃을 수 있을까. 아니다. 더 이상 나아갈 수도 나아갈 힘도 용기도 없다. 모든 에너지는 고갈된 채 여기서 멈출 것만 같다.

갑자기 두렵고 무섭다. 처음 느끼는 감정이다. 누군가에게 깊이깊이 안기고 싶다. 술을 잔뜩 마시고 횡설수설하거나 포악을 떨고 난 다음은 더욱 그렇다. 사무실에 앉아 있는 것조차도 안절부절이다.

끝내면 무엇이 남을까. 한층 작고 초라해진 아내가 무거운 빚더미를 지고 지옥으로 가는 게 보인다. 그리고 아이들, 그들이 안고 가야 할 상처들이 벌겋게 드러나 보인다. 그 뿐이다.

돌아갈 수는 없을까. 최소한 생존할 수 있는 조건으로 돌아갈 수만 있다면 얼마나 행복할까. 어디서든 일거리를 찾아 저녁에 가족이 모두 모여 앉아 마음 편한 식사라도 할 수만 있다면 얼마나 좋을까. 아내에게 지금 와서 뭐라고 설명할까. 어쩌다보니 여기까지 와버렸다. 대출로 목까지 찬 집이라도 정리해서 몇 푼이라도 건져 방이라도 한 칸 얻을 수 있는 시간도 얼마 남지 않았다. 그러나 차마 어떻게 말할까. 잘난척 건방떨며 남의 돈 무서운 줄 모르고 사업 확장하는 것 까지는 좋았다. 아주 조그만 거 하나 얻었다고 과시했고, 건방져졌고 기초적인 회계조차 모른 채 돈을 써댔다. 어제도 좋았고 오늘도 좋으니 내일은 당연히 괜찮겠지, 하는 안이한 생각으로 망쳐진 것이다.

결국은 뭔가. 혼자서만 죽는 게 아니라 주변 사람들까지 몽땅 힘들게 하고 가는 것이다.

도무지 뾰족한 수가 떠오르지 않는다. 또 한 달이 지나면 적자는 누적

될 것이고 빚은 늘어날 것이다. 빚을 얻어 빚을 갚아야 할 시점 그 타이밍만 놓치지 않았다면 여기까지는 오지 않았을 것이다.

빚을 얻어 빚을 갚아야 할 시점이 사업전환의 중대고비라는 것을 인식하고 모든 것을 통째로 바꾸거나 주변을 의식하지 말고 팔 수 있는 것을 팔고 버릴 수 있는 것은 버리고 정리해야 할 대상은 정리해야만 살아남는 것이다. 갈 때까지 가보자는 식으로 이리저리 돈을 융통해 사업을 꾸려가는 것을 자랑하지 말아야 했다.

그날 저녁 술을 잔뜩 마시고 돌아온 이재오는 기둥에 목을 메어버릴까. 용해로에 몸을 던져버릴까, 차오르는 충동을 꾹꾹 눌러야 했다. 죽음보다 무섭고 끔찍한 압박이 가슴을 눌렀다. 겨우 정신을 차리게 해준 것은 야간작업자인 스리랑카인 마호메드였다.

시커먼 맨발에 발가락 슬리퍼를 신고 해맑은 웃음을 짓는다.

'안전화를 신으란 말야. 죽고 싶어?'

소리치려다가 목구멍이 막혔다. 아무런 안전장치 없이 방황하고 있는 이는 바로 자신이었다.

그때였다. 허리춤에서 휴대폰 진동음이 들린 것은. 이재오는 불안한 낯빛을 하고 전화기를 꺼내든다. 이 밤중에 무슨 전화인가. 불안하다. 요즘은 전화 받는 것이 겁이 났다. 물품대를 제 때 결재를 못해주면서 시달리다보니 생긴 노이로제다. 아들이었다.

"먼일 있나?"

"아니요."

"근데 왜?"

"아빠가 많이 힘들어 하신다고 엄마가 걱정해서."

"니가 신경 쓸 일 아니다. 공부나 부지런히 해."

"한국에 돌아가서 아빠 일 좀 돕고 싶어."

아들은 말소리가 갑자기 빨라졌다. 엄마하고 누나하고도 이야기가 다 됐으며, 가족끼리 뭉쳐서 회사를 살리자는 것이었다. 속에서 뜨거운 것이 치밀어 올랐다.

"아빠 포기하지 마요."

어린 아들은 떨리는 목소리로 그렇게 말하고 전화를 끊었다.

그래, 마지막엔 가족이 있었구나. 아들, 딸, 아내, 그리고 작업복만 입으면 일당백인 내가 있잖은가. 다시 하자. 밑바닥에서 다시 시작하는 것이다. 내일은 당당하게 한목이에게 전화하자. 일좀 주라고 떼를 쓰자. 일을 따오고 일하는 것만이 이 늪에서 빠져나오는 길이다.

아내, 아이들, 저 나약한 노동자들을 위해서라도 백 번이고 천 번이고 굴종하고 욕먹고서라도 우선은 살아남자.

11. 죽음과 삶 사이

그는 7미터 상공에서 간판과 함께 떨어졌다. 태풍이 지나간 바로 다음날 미끄러운 건물에 붙어 작업하던 중 그야말로 폭풍 맞은 낙과처럼 지상으로 떨어져나갔다. 씨벌, 욕이 한차례 터져 나왔고, 머리가 바닥을 향해 곤두박질 칠 찰나, 마치 파노라마처럼 지난 일들이 스쳐지나갔다.

정말 희한한 일이었다. 그렇게 짧은 순간에 그렇게 많은 기억들이 아주 생생하고 명료하게 떠오르다니, 과연 인생은 한차례 꿈, 일장춘몽일까. 오십도 안돼서 겨우 이십오만 원 짜리 간판 달다가 죽다니, 그것도 태풍에 찌그러진 간판 수리하러 오라는 사업주 성화에 목숨과 거래를 하다니. 건물이 비에 젖어 미끄러워 작업하기 어렵다고 왜 단호하게 거절을 못했단 말인가?

죽는 건 운명이라 하자. 그런데 제대로 사람답게 살아봤는가. 오입도 실컷 했고, 술도 뒤지게 묵었고, 노름도 악착스럽게 붙었는데, 그게 인생이라고 살았는디, 그게 멋이라고 여기고 살아 왔는디, 머시 영 찜찜했다.

도대체 사람답게 산 적이 없다. 누구 한 사람한테 진정 도움 한번 준 적이 있던가? 하다못해 살아 있는 생물에 손톱만큼 만한 애정이라도 보탠 적이 있는가? 무식하게 살았구나. 그냥 살기 위해 살았구나. 헛지랄하고 가는구나, 싶은 것이 억울했다.

니미랄, 죽어도 안주겠다는 년 강제로 덮쳐 내 사람 만들었다고 의기양양 결혼해놓고 행복은커녕 죽도록 고생만 시킨 마누라에게 찌그러진 간판에 피곤죽이 된 얼굴로 마지막 인사를 나눠야 한다니. 참, 한심했다.

그래도 내가 누군가. 고등학교 동기 놈들 산업체특례병으로 머무를 때 용감무쌍하게 특전사 지원한 내가 아닌가. 갈 때 가더라도 얼굴은 상할 수 없제. 명계승은 두 손으로 머리를 감쌌다. 순간 몸이 빙그르르 돌며 떨어진 간판 위에 체조 선수처럼 착지했다. 어디선가 기립박수가 나올 그런 자세였다.

그는 멀쩡하게 서 있는 자신을 살폈다.

"해, 행님! 괘, 괘안습니까?"

명계승은 고개를 들어 옥상에서 떨어진 밧줄을 붙잡고 돌처럼 굳어버린 조수 한철이를 올려다본다. 한철이 손을 흔들었지만 순간 건물이 기우뚱거린다는 느낌이 들며 건물 유리창에서 반사된 강한 햇살이 얼굴에 쏟아지는 걸 느낀다. 니미랄, 그는 그 자리에 풀썩 주저앉았다.

주변에 지나가던 사람들이 떨어진 간판에 오도카니 앉아있는 그의 주변으로 우루루 몰려들었다.

"천운이라, 천운!"

"행님……"

한철이 덜덜 떨리는 다리를 끌고 내려와 콧물까지 흘리며 명계승의 허리를 붙잡고 대성통곡한다.

"하, 한철아, 씨, 씨발놈아, 밧줄 단단히 땅겨메라 안했냐, 씨, 씨발 놈아!"

그는 한철이를 두들겨패기 시작한다. 그러나 사지에 맥이 풀린 매타작은 힘이 부쳤다. 그는 엉엉 울고 있었다.

"그란께 안전장비 갖추고 작업하라고 안합디여!"

"누, 누가 그거 모르냐. 장비차고 어뜨케 단가 맞춘다냐."

가게로 겨우 돌아온 명계승은 안면이 피딱지가 앉은 한철을 발견한다.

"너 왜 그라냐이?"

"행님!"

한철은 어이가 없는지 소리를 지른다.

"아야, 귀청 떨어지것다. 안다 알아, 살아있는 거 확인하려고 그랬다. 살아 있는 거, 그래서 니를 쳐댔는 갑다."

명계승은 철거해온 현수막을 툭툭 찼다. 믿어지지 않았다. 살아있다니, 다시 오입하고 다시 술 먹고 노름 할 수 있다니, 하나님, 부처님 그저 고맙습니다.

"형님, 병원 안가도 괜안컸습니꺼?"

"병원? 위메, 병원은 니가 가야 쓰겄구마."

그는 어느 틈엔가 그 느릿하고 능글능글한 본래의 그로 돌아와 오히려 한철의 볼을 툭툭 치며 위로했다.

"다음 어디여?"

"예?"

"출장할 디 어디냐고?"

"형님 시방 일하고 싶은 생각이 나요?"

"위메 써글놈, 오리지날 전라도 사투리 써부네."

"행님, 지금 시대가 어떤 시댄디, 사투리가 니것 내 것이 어데 이깐디요. 한국말도 절반이 영언디, 엥긴대로 갖다 쓰면 되고 알아들음 돼제, 안그요?"

"왔다, 그래 니가 바로 글로발, 인터내셔날한 청년이다."

그는 특유의 긍정적인 기질로 돌아와 있었다. 바로 몇 시간 전에 죽음과 맞닥뜨리고, 그 짧은 시간에 자신의 살아온 삶을 깊이깊이 반성하고 후회했던 그는 없었다.

"오늘은 쉽시다."

한철은 가방을 챙기고 있었다.

"너 어디 아프냐? 사장이 벌로 보이냔 말이여?"

한철은 짐꾸러미를 던지고 천천히 그에게 다가왔다.

"행님, 정신 있소? 나가 가슴이 벌렁거린단 말이요."

"임마, 메뚜기도 한 철이여, 태풍이 왜 왔것냐? 우리한티 일거리, 긍게, 돈을 벌라고 불어준 것이여. 너 어렸을 적에 촌에서 태풍불고 나면 감 주스러 안 가봤냐? 동네 아그들이 죄다 몰려 안 오디야, 놈들이 다 주서가 불고 가면 한발 늦어야. 이 도시에 간판집이 한 두 집이냐이?"

"죽다 살아나서는 그기."

"임마, 나가 죽다 살아났어. 니가 아니여. 장비 챙겨."

두 사람은 카고 크레인을 끌고 시내의 중심에 있는 학원으로 달려갔다. 한철은 부러 브레이크를 거칠게 밟곤 했지만 그는 개의치 않았다.

간판, 네온, 이미지월, 실내표찰, 현수막, LED, RGB채널, 싸인탑, 스카시, 잔넬 제작......

녀석, 너도 머릿속은 이런 내용으로 채워져 있을 것이다. 그게 현실이다. 사람이 좋아하는 일만을 하고 사는 사람이 얼마나 있겠냐. 대부분의 사람들은 그저 생존하기 위해 산다. 그리고 그것을 직업이라고 한다. 평생을 거기에 묶여 살지.

꿈, 꿈같은 게 어딨어, 그저 생존이지. 살다보면 꿈은 저 멀리 사라지고 그 직업이라는 놈과 부대끼고 싸우지. 그러다가 그 직업이란 놈하고 친해졌다고 생각할 쯤 이젠 그놈이 사정없이 패대기치겠지. 씹고, 또 씹고 달콤한 것들을 죄다 삼킨 후 어느 순간 쓸모없는 놈이라고 가차 없이 내팽개치는 거야. 그기 인생 종치는 날인기여. 그란디. 사람들은 악착같이 그 마지막 날까지 으쨌거나 살아 있기를 바라는 게 인생이여. 별것도 없는 뻔한 것이 인생인지 알면서 밀려오고 또 밀려오는 파도를 넘듯이 가는 것이여.

계승이 한철과 만난 것은 한 오륙년 전쯤이었다. 자동차부품 공장에 간판을 달러 갔을 때 그놈과 만났다. 간판을 올릴 때는 마침 휴식 시간이었고, 공원들이 제비 새끼들 마냥 공장의 처마 밑에 옹기종기 모여 앉아 시답잖은 잡담을 나눌 때쯤 간판이 올라가고 있었다.

그때까지도 계승은 변변한 조수 없이, 일이 버겁고 힘들 때면 일용직을 불러 썼을 뿐 웬만하면 혼자서 일했다. 물론 몇 번 직원을 써보았지만 며칠을 못하고 도망가 버렸다. 여러 가지 이유가 있었지만 대부분 고소공포증 때문이었다.

현대인들은 제 키의 배만 높아져도 두려움을 느낀다. 그렇게도 높은 건물에 살면서 정작 그 표면에 달라붙는 것은 끔찍이 두려워하는 것이다. 옥상에라도 올려놓으면 난간에 발을 내리기는커녕 부들부들 떨며 오줌을 지리고 만다.

그날 계승이 무거운 간판을 겨우겨우 들어 올려 벽면에 달려고 할 때 옥상에서 놈이 얼굴을 쑥 내밀고 쳐다보았다. 그 순간 잡고 있던 간판을 놓칠 뻔 했는데 놈이 어느새 간판 한 쪽을 아슬아슬한 자세로 붙잡고 있었다.

"떨어져 죽어!"

계승이 소리 지르자 한철이 씩 웃으며

"빨리 붙들어 매기나 하소." 하는 것이었다.

"스릴이 넘치는 구마."

"스릴 좋아하네."

"따분하지는 안할 거 아이오?"

"따분할 새가 어딧노. 불알 쳐다 볼 시간도 없구만."

"아저씨, 혹시 조수 안 필요합니꺼?"

"내 목구녁도 못 딱소. 이녁들 하는 일이나 잘하는 기 애국하는 길이여."

"농담 아입니더."

"당신 눈엔 요것이 쉬워 보이요?"

"시간은 잘 가것네 머."

"잘못하면 설익은 낙과처럼 바닥으로 추락사하는 기 이 직업이여. 죽은 송장에 누구 하나 관심없는 것이 시상 인심이고, 내 말은 못난 놈들이 하는 위험천만한 직업이란 소리여."

"아따, 우린들 기계에 끼어 죽으면 관심 가져 준다요. 산재처리하면 고것으로 끝이지, 이왕 죽을 거면 낑게 죽는 거보다 떨어져 죽는 게 고상할 거 아니요."

놈과 눈이 마주쳤고 어찌어찌해서 한철이, 그놈이 가게로 찾아왔다. 미술 대학을 졸업하고 그림을 그리다가 결국 먹고 살기가 힘들어 자동차 회사에 들어갔다고 했다. 아무것도 없는 게 애들은 줄줄이 세 명이었다.

"왔다, 예술 했다듬마는 많이도 낳았네. 그쪽 방면 사람들이 쎄다듬마는 맞는 말인갑지."

농을 던지자,

"그기 젤 쉬우면서도 완벽한 창조물 아닙니꺼."하고 놈이 대거리를
했다.

"주말에 일 좀 하입시더."

"일이 있어야제. 나혼자 묵을 것도 없는디."

"그냥 공짜로라도 좀 도와주께요. 좀 배우고 싶어서리."

"간판쟁이 혜서는 못 묵고 살 것인디."

처음엔 손사래를 치고 말렸다.

"그래도 기술을 배우면 독립은 쉽지 않겠습니꺼."

놈은 끈덕지게 밀고 들어왔다. 반복된 자동차 조립라인작업이 활달하
고 창의적인 그를 시들게 하던 참이었다. 처음엔 주말에 와서 간단한
일을 거들어주기 시작해서 어느새 일당을 챙겨갔다. 녀석은 날다람쥐
처럼 빠르고 간 덩어리가 얼마나 큰지 두려움을 몰랐다.

일은 한결 쉬워졌고 편해졌고 은근히 힘들고 어려운 일은 한철이가
오는 주말로 미루는 경우가 비일비재해졌다. 그러나 정식 고용한 것도
아니어서 놈이 안 오게 되면 일이 그렇게 벅차고 힘들 수가 없었다. 간
사스러운 게 인간이던가. 어느 순간 혼자 해내던 일을 놈이 없으면 못
하게 되었다.

"너, 후회 무지하게 돼지야? 너 뭐라고 그랬냐. 처음 나한티 와서, 도
시의 얼굴을 획기적으로 변화시켜 분다고 안 했냐, 미적 감각을 느낄
수 있는 도시로 맹근다고. 근디 되드나, 뒤지게 달고 달아도 시킨 놈이
안 변하면 안 되는 겨. 그 시킨 놈이 누구냐 잉, 바로 돈 있는 놈들이여.
그래서 일단은 좆 빠지게 벌고 난 다음 니 말대로 도시 미관을 어쩌고
저쩌고 하는 거여."

조롱 섞인 계승의 말에 농담을 보탤 기운도 없다. 어떻게 저런 인간이 있는가. 금방 죽을 고비를 넘긴 사람이 맞는가. 새삼스럽게 지난 날 그의 꼬드김이 생생하게 떠올랐다.

"자네는 되것네. 일단 고소공포증이 없어. 자네 같은 사람이 라인에 들어가서 양계장 닭들 마냥 알이나 까고 있음 되것어. 걷어 치고 오소, 보수는 작아도 보람이 있을 걸세. 우리 한번 키워보세. 내 몇 년 안에 기술 갈켜서 독립 시켜줌세. 근디 그때까정은 보수는 작다는 것을 알아야 쓰고."

한철은 미술대학에 진학하던 그 순간처럼 다시 심장이 요동치는 걸 느꼈었다.

"우리, 손잡고 이 도시를 한 번 바꿔봅시다."

맞장구를 쳤다. 하지만, 도시는 그들이 만든 간판으로 단장되기는커녕 그들이 싸놓은 똥처럼 도시를 난삽하게 하는데 일조했다. 또한 세월이 흘러도 삶은 나아질 기미가 없었다. 도시를 변화시키자고 포부를 밝혔던 꿈은 또 다른 생산라인에 묶이고 경쟁업체와의 과다한 경쟁으로 줄달음치는 삶이 이어졌다.

두 사람은 그런 현실을 애써 못 본 척 앞으로 직진 중이었다.

'한우물 보습학원'의 간판을 교체해주고 나자 가을 해는 벌써 떨어지고 사방이 어둑어둑했다.

"한철아, 힘들제?"

철거한 간판과 장비를 차에 실으며 계승이 노고를 달래듯 말했다. 한철은 대답도 없이 주변정리에 열중이다. 그때 원장이 밖으로 나와 간판을 이리저리 살피더니 한마디 했다.

"저거 다시 달아야 되겠네."

"어째서 그려."

계승은 주름투성이 이마에 굵은 주름이 몇 겹 더 접혔다. 웃음이 배어 있었지만 먼지 낀 머리카락이 피로에 찌든 얼굴로 흘러내리는 게 좀처럼 미소와 어울리지 않는다.

"삐딱하잖아."

"그라요? 한철아 우리 보기에는 똑바른디 뭐시 잘 안됐냐?"

한철은 힐끗 한 번 바라보고,

"마이크로미터로 재서 달지."

툭 던지고 차에 올라타 버린다.

"쬐금 거시기 하면 내일 와서 봐 주게, 김원장."

원장의 얼굴은 금세 불쾌한 기색이 역력했다. 사람 말 무시하고 차에 타버린 조수 녀석이 더 밉다. 간판쟁이 주제에 파마머리에, 멜빵바지? 쳇 지가 무슨 예술가라도 되남, 간판집 조수 주제에.

"내일은 무슨 내일, 잠깐 손보면 되것구마."

원장은 히스테리컬한 높은 목소리를 점잖게 억눌렀다.

조금만 무시당했다고 생각하면 기어코 그만큼을 되돌려주는 자신의 성격을 빤히 알면서도 불이 붙는다.

"왔다, 오늘 죽을 뻔한 고비 넘기고도 원장님 일이라 안 왔소."

"죽든가 살든가 그 쪽 사정이지 내 사정이간?"

계승은 잠깐 할 말을 잃고 헛웃음 쳤다. 그리고는 천천히 다가갔다.

"나가 말이요이, 오늘 이십오만 원짜리 간판과 함께 칠 미터 아래로 떨어져 부렀어라. 병원 안가고 뭣 땀시 여그까정 온 줄 아요? 돈 벌러 온 줄 아요? 아니어라. 내 자존심 때문에 왔지라. 간판쟁이 자존심, 나가 건 간판이 찌그러졌다고 해서 기온 것이요. 죽든가 살등가요? 아그들 가르치는 사람이 그래야 쓰것소."

"그게 아니라."

"한마디만 더 하면 올라가서 간판 박살내불 것이여!"

계승은 최대한 저음으로 그러나 가장 무겁게 뭉친 말로 원장을 향해 던지고 차에 올라타고 성질대로 문을 닫았다.

"고향으로 떠야 쓰것다. 니가 인수해라."

계승은 푸념처럼 말했으나 한철은 대꾸도 없다. 그도 그럴 것이 그가 넋두리처럼 하는 말을 귀담아 들을 필요는 없었다. 한두 번인가? 늘 '그만 두고, 니가 인수해라.' 하고, 다시 아침이면 모른 척 멀쩡하게 사다리차를 탔다.

한철은 수거해온 간판처리로 고철 장사와 흥정을 하고 있다. 몇 년 전만 해도 떼 온 간판처리로 골머리를 앓았는데 고철값이 오르면서 지금은 오히려 고철업자에게 돈을 받고 파는 형국이다.

계승은 보너스 줄 요량으로 간판 고철처리를 한철에게 일임했는데 지금껏 뱉은 약속 중에서 유일하게 침범하지 않은 사항이었다. 가게를 물려준다는 약속, 독립을 시켜준다는 꿈, 이젠 그런 것은 필요 없었다. 가게를 물려준다는 것은 재산의 문제였고, 독립을 시켜준다는 것은 또다른 경쟁자를 만드는 일이라는 걸 알고 있었다. 그런 것은 스스로 힘과 영역이 확보되었을 때 물거나 들이박는 것이었다.

계승은 고철업자가 화물차에 가득 실고 가는 고물을 보자 아까워 죽을 지경이다. 하지만 약속을 했으니 번복할 수도 없고, 녀석이 소주나 한 잔 사면 좋으련만 한국 사회에서 종업원이 술사는 경우는 아마도 거의 없다. 가끔씩 월급이 밀렸고 죄 지은 것처럼 마음이 오그라들자 면피용으로 구긴 체면 살려보자고 간판 폐기물 처리를 한철에게 맡겼는데 밑진 장사였다.

"그거 고철 장에 갖다 주면 하루 일당은 나올 거구마. 그거 좀 갖다 팔아 쓰드라고, 그라고 앞으로 간판집 문 닫을 때까정은 고것은 자네 수입으로 잡소.”

사실 그때는 고철값이 쌌다. 어떤 때는 폐기물업자에게 돈을 얹어주고 처리를 했다. 물론 좀 더 깐깐했더라면 고철값을 더 상세하게 알아보았겠지만 금액이 얼마 되지 않아 고물상이든 폐기물업자든 오는 대로 실어주곤 했다. 하지만 한철이에게 일임한 뒤로는 녀석은 그것을 잘 분리해서 어디론가 제대로 팔아넘기기 시작했다. 나중에 알았지만 상당한 금액을 녀석은 보너스로 가져간 턱이었다.

계승은 그걸 빌미로 월급을 인상하지 않았다. 아니 은근히 묻어가버렸다는 표현이 맞을 것이다. 주변 사람들에겐 한철이 고철을 처리해서 엄청나게 부수입을 챙겨간다고 허풍을 쳤다. 한철은 반대로 사장이 월급은 빈약하게 주면서 온갖 집안일을 다 시키고 간판 폐기물까지 분리시켜 월급을 채우게 한다고 떠들고 다녔다.

한번은 한철이 충분히 재사용할 수 있는 간판을 고철로 잡는 것을 본 적이 있었다. 머리꼭지가 확 돌았지만 그뿐이었다. 이젠 한철만한 기술자를 구하기도 힘들고 자신도 점점 일이 힘에 부쳐가는 중이었다. 어렸을 때 엿이 먹고 싶어 댓돌에 말려놓은 할머니 하얀 고무신을 억지로 훼손시켜 엿장수에게 갖다준 행실머리 같은 짓이었지만 참아야 했다.

언젠가는 이야기해야지. 하면서도 한철의 월급과 그동안 여러 가지로 했던 약속들 그런 것들을 종합해 볼 때 속이 끓기도 했지만 되로 주고 말로 받는 경우가 생길까봐 궁리에 그쳤다.

“야야, 대충 실어 보내고 작업 좀 하자.”

출근 시간 전에 한철이 폐기물 처리를 끝내곤 했지만 계승은 심통을 부려보며 사무실로 들어왔다. 이메일을 열어보자 주문 들어온 의뢰물들이 화면에 쫙 펼쳐졌다.

바우, 바우갈비라.

거래처가 아니었다. 전화를 걸어보았지만 아직 출근 전인 모양이었다. 시내에 있는 유명한 고기집이란 걸 알고 있었지만 한 번도 가본 적이 없었다.

"예이, 새벽부터 일했는데 노가나 품삯이나 나오것나?"

한철이 너스레를 떨며 들어왔다. 고철이 나갈 때면 으레 떠는 엄살이다. 그래, 자샤. 안주라 한다, 안주락 해. 계승은 속으로 통박을 준다.

"야, 너 바우집 알지?"

"바우빌딩 안에?"

"그게."

"모를 리가요. 모텔, 고기집이 다 한 빌딩에 다 있는데 그기 다 한 여자가 한다 카데요. 행님도 엉뚱한 거 쫓아 댕기지 말고 그런 여자 하나 나꿔채소."

녀석의 뼈있는 농담에 계승은 잔기침을 한다.

"돈 많은 기 내 같은 거 쳐다보기나 하것냐. 근디 누가 소개했지? 그냥 광고 보고 올리기는 만무하고,"

"대비 견적이나 받아보겠다고 보낸 거겠지요."

일은 늘 많거나 부족하다. 사람을 쓰는 것도 어렵고 안 쓰는 것도 무모하다. 돈이 벌릴 때가 있고 손가락 빨 때도 있다. 건물의 난간에 붙어 있다 보면 매미의 여름처럼 우울한 한숨이 절로 나온다. 찌르르, 짜르르. 벌이는 들쭉날쭉 불안하다.

고성능 인쇄기를 한 대 더 넣고 싶지만 쉽게 결정할 수 없다. 투자를 해야 일도 쉬워지고 물량도 쳐낼 수 있지만 빚 속에 허덕일 가능성이 더 많다. 아예 전업을 해버리고도 싶지만 마땅히 할 게 없다. 이런저런 잡다한 생각에 모니터가 뿌옇게 흐려온다. 눈이 무겁고 급격한 피로가 밀려온다.

이런 피로는 어디서 시작되었을까, 무지하고 거칠게 살아온 대가다. 오장육부 중 성한 게 제대로 있을까. 부모님이 거져 준 건강한 몸을 지키고 잘 보존해야 했는데 함부로 부리고 갉아먹고 방치해온 결과다. 오늘 새벽녘에 창공에 떠있는 회색달이 떠오른다. 문득 잠이 깨어 일어나 보니 아내는 아직도 텔레비전 앞에 앉아있었다. 깔깔거리고 있다.

두 시경이었다. 오줌을 누려고 꺼낸 남근은 잔뜩 오그라져 볼품이 없다. 소식이 없으면 억센 손가락으로 쥐어짜며

'오줌 눌 때나 쓰는 물건이가?' 묻는 아내, 오늘 그 오줌이나 누는 물건, 그래도 먹고 배설하여 가정을 꾸역꾸역 건사해온 물건이 냉동고에 들어가 동태처럼 굳어버릴 뻔 했던 줄도 모르고 참 태평하다. 오줌 줄기는 찔찔거리며 변기를 더럽힌다. 뒤늦게 살아보겠다고 복용한 이런저런 약물이 고단한 몸에 흡수되지 못하고 노리끼리한 채 토해져 나온다.

이런저런 이유로 위축되어 좁아진 통로를 쉽게 뚫고 나오지 못한 마지막 배설은 끝내 손을 더럽힌다. 아내의 넓은 등짝을 한바탕 때려주고 싶지만 추리닝으로 갈아입고 현관문을 민다. 그제야

"어디 가노?" 묻지만 어느새 골목을 나와 동네를 어슬렁거렸다. 싸아한 공기가 기분을 좋게 했다.

가능하다면 차를 끌고 밤 드라이브를 즐기고도 싶은 충동이 인다. 하지만 생각과 실행이 꺾인 나이고, 내일 때문에 오늘의 기분을 따라 달릴 수도 없다. 문득 올려다보니 거대한 창공이 펼쳐져 있다. 뭉게구름과 적색과 푸른색이 섞인 깊은 우주의 골짜기를 회색 보름달이 달리고

있다.

여긴, 어딜까? 갑자기 머릿속이 텅 비며 아찔한 현기증이 느껴졌다. 한 번도 느껴보지 못한 무서운 외로움, 존재에 대한 회의가 물밀듯이 밀려왔다. 왜 여기, 창원, 대한민국, 지구에 혼자 이렇게 무섭게 서있는 건가? 어디서 와서 대책 없이 머물다가 또 어디로 가는 건가. 근원적인 질문이 던져진 순간 몸서리쳐지는 두려움과 슬픔이 덮쳐왔다.

이제 보니 달은 깊고 깊은 낭떠러지와 까마득한 검은 장막 속으로 발을 헛딛지 않기 위해 쏜살같이 내빼는 형국이다. 거기서 주저앉으면, 달은 계곡의 어딘가로 추락해버리겠지. 여기서 주저앉으면 이 시끄러운 행성, 저 별들과 달들, 까마득한 우주, 그리고 감싸고 있던 언어들, 좋은 것들과 남루한 것들 그 모든 것들이 함께 사라져버리겠지. 아니면 이 모든 것을 그대로 둔 채 혼자만이 어둡고 습한 어딘가로 빨려가 버릴까.

지상에 존재했던 수많은 존재들, 명석한 자도 둔한 자도, 깨친 자도 어리석은 자도, 탈출구를 찾아 수없이 시도하고, 시도되고 있는 과학과, 주술과, 종교도 아직껏 한 번도 명확하게 길을 알려준 적이 없는 그 길, 어디로 가는 걸까?

무섭다. 한발 두발, 그 엄청난 공포의 무게에 밀려 쫓기듯 집으로 돌아왔다. 등짝 넓은 아내는 아직 튼실하게 앉아 있다. 아내에게 다가가 와락 안겨 울었다.

"씨발, 죽을 뻔 했당게!"

결코 뱉어내고 싶지 않은 말을 게워낼 수밖에 없었다.

'바우집'이란 업체를 소개해준 사람은 뜻밖에도 실랑이를 벌였던 그 원장이었다.

"나가 그래도 매력이 있긴 있는 갑다야."

바우집 사장과 전화를 끊고 명계승은 너털웃음을 지으며 우쭐해했다.

"잡어 묵을라고 덤빌 때는 언제고....."

"임마 여자들은 매력남을 보면 생떼도 쓰고 그런 것이여, 고것이 뚱뚱해도 은근이 매력은 있어야잉?"

"행님, 정신 좀 채리소. 행님 모습이 송장 모냥 그래서 측은지심이 생긴 거겠지예, 어제 행님 내가 봐도 무서밨어예. 죽은 좀비가 뛰다닌 줄 알았다니까네."

계승은 원장의 모습을 잠깐 떠올려 보았다. 눈도 크고 입도 크고 코도 컸다. 얼굴은 당연히 호박만 했다. 거칠기도 하고 집착이 강한 여자였으나 감성이 풍부했다. 그래서 아이들을 가르치는지도 모른다.

호방하게 생겼는데 속은 왜 그렇게 친친 감겨있을까. 잘못 건드렸다간 질긴 풀처럼 놓아줄 것 같지 않다. 그녀의 이름이 머드라, 김은희였다. 알고 보면 원장의 도움을 제법 받은 것도 같다.

틱틱거렸어도 여기저기 줄을 대곤 했다. 급료가 나가지 않는 영업사원 중 한 명이었다. 스스로 움직여주는 영업사원이야 말로 자영업의 가장 큰 밑천이 아닌가. 진즉에 그녀와 식사라도 했어야 했는데 왠지 얽힐 것만 같았다.

"아야, 한철아 한우물 그 머시냐, 아그들, 긍께 원생들은 많드냐?"

"지는 모르지예?"

"즈그 건물은 아니지야?"

"지 건물이면 머하고 아아들 많으면 뭐 합니꺼?"

"그건 그래야잉"

"그 이잉, 좀 하지 마소. 완전 촌티요."

"이놈아 오리지날을 건사하는 것이 요 시대에 얼마나 필요허고 어려운줄 아냐?"

"행님이 안 해도 기계가 다 녹음해 둡니다."

"그래도, 말은 써묵어야 맛이어야."

"세상이 표준화 되가는 세상인데 고리타분하시긴."

"임마, 니는 머 표준화 된 것 맹크로 말한다."

"내는 서울에 던져놓고 하루만 지나면 서울 놈이요."

"니는 그리 살어라이."

"요즘은 그래도 지역 차별이 없어서 그렇지 행님 같은 사람이 우찌 이 동네서 살아남았는지 몰겠어."

"그려, 내 고향 사투리가 옛날에는 영업에 걸림돌 이었는디 인자는 트레이드마크여, 구수하게 파고들어가 봐라. 요새말로 고객감동이다. 허긴 나가 이 길로 온 것도 그놈의 차별을 못 참어서 일터에서 몇 번 대가리 박고 싸운 까닭도 있었다만 다 지나간 일이여. 근디 죄다 동화될 수 있어도야 말은 못 섞겠드라. 살 섞고 싶지 않은 여자하고 잠자리하는 고런 느낌이여. 그래도 나가 요새, 아지매, 아지매 하잖냐. 아짐아짐 안 허구."

"행님은 그것도 탈입니다. 요즘 여자들 아줌마 소리 제일 듣기 싫어해여. 이모, 언니. 사모님 이런 거로 불러줘야 된다 말입니다."

"그려, 니나 많이 해라, 호칭으론 알 수 없는 어리둥절한 세상이다. 삼촌!"

그들은 진주 식물원으로 먼저 갔다. 때 아닌 아침잠을 자는 바람에 점심으로 짬뽕밥을 먹은 후였다.

날씨는 화창했고 내장객들은 많았다. 비탈에 흘러내린 토사와 간간이 꺾인 나뭇가지들이 태풍이 지난 간 흔적들을 드러내고 있었지만 젊은 부부들과 그들에게 딸려온 아이들의 함성에 묻혀버렸다. 연인들은 꽃

길에서 속삭였고, 노부부는 메타스퀘어가 들어선 가로수 길을 말없이 걷는다.

아이를 태운 유모차와 노인을 실은 휠체어가 교차하며 미소가 오간다. 아이들을 위한, 엄마들의 편의를 위한 용품들도 다양하다. 참 편한 세상이다. 질서정연하고 밝고 건강하고 공공질서를 잘 지킨다. 자연에 오면 자연을 닮아갈까. 식물원, 공원은 많을수록 좋을 것 같다.

"참 종류도 많네. 누가 이런 이름 다 지었을까. 참나무 종류만 해도 몇 종이요,"

"머릿속에 외워 넣어라."

"그기 될 일이요."

"그건 그려. 정치, 종교 토론하고 대가리 쳐들고 싸움질하는 거보고 덩달아 흥분할 게 아니라 그런 거 시청할 시간에 요런 식물 이름, 꽃 이름, 나무 이름 외우면 세상이 얼매나 밝아지것냐. 요새 밸의 별놈의 채널이 다 생겨서 남 말은 애초에 들을 생각도 못하는 놈들이 밤낮으로 씨부려대는 통에 송신하다 송신해."

"그러게요. 남 뒷담화 할 시간, 혈관 터지도록 핏대 세우고 지 말만 해 댈 시간 중, 십분의 일, 백분의 일만 노력해도 머릿속이 온통 녹색으로 채워질 텐데요."

얼마쯤 올라가자 관리동이 나왔다.

멀리서 관리소 직원인 명계승의 친구가 마중 나와 손을 흔들었다.

"머시 뿌려져 부렀냐?"

"간단한 것이여."

"왓다 여그는 간판쟁이도 없다냐?"

친구가 일부러 생각해서 불러준걸 알지만 일부러 계승은 엄살을 부려 본다.

"지역에서 불러 쓰는 게 맞는데 자네 얼굴 좀 볼라고 불렀제."

"고맙네. 자네밖에 없네."

두 사람은 동년배였지만 계승이 삼촌뻘로 보였다. 친구는 그야말로 신수가 좋았다. 이런데서 근무하면 뭐가 걱정이겠는가. 한철은 두 사람의 얼굴을 쳐다보며 마음이 짠했다. 왜 세상은 힘들고 거친 환경에서 일을 하면 할수록 보상이 작을까?

사람의 운명은 언제 결정될까. 운명의 순간이 결정되는 시기는 점점 빨라지는 것이 아닐까. 빨라져서 태어난 순간 모든 것이 결정되는 최악의 시대가 오지 않을까. 그런 사회가 과연 온전히 지탱할 수 있을까.

운명이라는 것이 적어도 최선을 다해 몇 십 년을 일하면 바뀌어야 되는 세상이 올바른 세상이 아닐까. 어느 시기 어느 한순간에 잠깐 게을렀거나, 머리가 안 좋았거나, 병이 들었거나 등등의 이유로 삶의 줄기를 잠깐 놓친 사람들이 언제고 다시 치열하게 살면 운명을 개척해나갈 수 있는 사회, 그야말로 운이나 타고난 재능, 선천적인 대물림을 받은 이들과 최소한 어깨를 나란히 할 수 있는 사회가 좋은 사회가 아닐까.

한철은 참 별의별 생각을 다한다고 하면서도 나무 화석 같은 계승의 얼굴과 펄펄 살아있는 생나무 같은 그의 친구 얼굴이 자꾸만 비교되는 것이다.

늦게야 계승은 바우집으로 차를 몰았다.

입구에 들어서자 입구 양쪽으로 각 한 그루씩 후박나무가 울창하게 서서 그 집의 수문장 역할을 했다.

"왔다, 여그도 생달나무가 있네이. 주인이 좀 독특한 나무를 심었구마이."

계승은 고향 땅에 우거져있을 그 나무에 애착이 갔다.

태풍에 손상된 간판은 건물 외벽에 걸린 대형 엘이디 형광간판이었다. 고급 승용차가 빼곡히 들어찬 주차장은 넓었고 그 외벽에 인공폭포가 흘러내리고 있었다. 늙은 주차 요원이 불쑥 들어선 못난 트럭에 신경질적으로 안내봉을 흔들며 끝도 없이 구석으로 내몰려했다. 그러거나 말거나 그는 천천히 마당 한가운데 차를 세운다.

"여그 사장님 좀 만나러 왔는디요,"

능청스럽게 용건을 말한다.

"사장님은 왜요?"

"쩌그 찌그러진 간판 땀새 불렀을 것이로구마."

"사무실로 가보세요."

"사무실도 있다요?"

"여기가 동네 식당인줄 아시오?"

비웃음은 곧장 다가온 고급 외제차 때문에 얼굴에 머물지 못했다. 안내원은 고개까지 연신 굽신거리며 차를 안내하고 달려와 거추장스러운 트럭을 말 안 듣는 소를 끌듯 한쪽 구석으로 몰아붙인다.

"완전히 기업이네 기업."

고기집은 손님들로 바글거렸다.

"냄새 좋다."

"여기가 아니예요. 엘리베이터 타고 삼층으로 가세요."

어느새 그 주차요원이 옷깃을 잡아끌었다. 지나내나, 꼴은 비슷하구마는. 간판이고 나발이고 고기나 팍 시켜 묵어버려, 은근히 골이 오른다.

사무실에는 남자 직원이, 들어선 그를 물끄러미 쳐다보며 무슨 일이냐고 묻고 있었다.

"이, 쩌그 간판 땀새 불렀는 갑는디요."

"아예, 앉으시죠."

남자직원은 멀뚱멀뚱 바라보던 첫 대면과는 달리 커피까지 권하며 만면에 친근한 미소까지 짓고 있었다. 자신의 업무와 관련된 사람과 없는 사람을 확실히 구별하고, 불필요한 에너지를 쓰지 않고 요긴한 사항에만 반응하는 그런 류의 사람 같았다.

아마도 이자는 여기서 행정과 회계 업무 등을 맡으며 건물관리 등의 간단한 잡무도 함께 처리해주고 있음에 분명했다. 이런 자에게는 처음부터 값싸게 나갈 필요가 없다. 비싸게 불러 실컷 깎아주고 그 오너에게 자신의 공적을 실컷 자랑하게 하면 된다.

"별로 세지도 않은 바람에 간판이 저 모양이 됐어요. 사장님이 아침에 와서 노발대발하시다가 제가 당장 시공업자를 부르려고 했지만 그 작자는 꼴도 보기 싫다고 했지요."

"간판이란 게 말입니다요. 아무리 튼튼하게 해도 늘 바람을 맞고 있는 형국이라, 이를테면 사람의 얼굴 같은 것인데 나처럼 안 가꾸면 요 모냥이 되지라 또 한 대 터지면 맥없이 조로코롬 된다 말입니다요."

계승은 시공업자를 보호한다는 차원보다는 자신에게도 닥칠지 모르는 그 재수 없는 상황을 변명해두려는 의도로 그렇게 대꾸했다.

세 사람은 간판이 보이는 곳으로 나왔다.

"저대로 똑같이 해주란 말입니까?"

"예, 튼튼하게만 해주시면,"

"제 생각에는 저 측면 간판 말고 요참에 입구에 있는 간판도 갈아버리지요. 제가 보기엔 너무 오래됐고."

"아이구, 제가 압니까. 우리 사장님이 고기 맛 외에 들어가는 돈은."

그때였다. 직원의 말을 가로막은 사람이 있었다.

"고기맛보다 더 맛있게 간판 갈아야겠어. 아니 요참에 건물 전체에 붙어있는 간판정리도 하고."

직원이 깜짝 놀라 갑자기 구십 도로 인사를 했다. 계승도 재빠르게 고개를 숙인다.

"사장님 되시는가 보네요이. 어째 그렇게 지 의견하고 똑같소이. 우리 직원, 그 머시냐, 미술을 전공한 우리 직원이 늘상 하는 말이지요. 간판. 그것이야말로 예술적으로 품위 있게 만들어야만 업소의 얼굴도 살고 도시 미관도 살아난다. 입에 달고 다닌단 말이요이."

나도 직원이 있다. 그리고 최소한 간판의 기능적인 측면만 알고 있는 단순한 쟁이는 아니다. 계승은 사투리를 최대한 줄이려했지만 느린 말투는 그저 우스꽝스러울 뿐이었다. 사장이 풋, 하고 웃었다.

"그 사람하곤 친구세요?"

"머시라?"

"김원장이 친구라고 하던데. 아니죠?"

오연희는 말을 해놓고 어떻게 수습해야 될지 몰라 딴전을 피웠지만 이미 계승은 겸연쩍게 웃는가 싶더니 붉은 한 점 볼에 찍혔고 그의 굵은 얼굴 주름을 타고 번졌다. 영락없는 영감의 얼굴이다.

"지가요, 젊어서 고상을 많이 해서 요로코롬 됐단 말이요."

물론 어폐가 있다. 그 고생이라는 것이 음주가무에, 노름과 색정에 제멋대로 몸을 부린 흔적이라는 고백을 먼저 해야 했다. 물론 고등학교 때부터 삼십대 얼굴을 가진 선천적 유전자를 가졌다고 하지만 그것 역시 부모님에게 책임을 미루는 것은 언감생심, 열세 살 여물기도 전에 뻘밭에 널린 짱뚱어 구멍만 봐도 가슴 벌렁거려 손질해대기 시작한 후 이미 중학교 때부터 창녀촌을 드나들면서 불알에 단백질이 생긴 족족 퍼내버린 탓이었다.

물론 살려고 발버둥치고 잘 되려고 노력했지만 삶의 목적 역시 맹목적이었다. 소모하는 인간. 욕정을 위해 사는, 그냥 먹고 배설하는 인간,

성공을 쾌감의 성취라고 믿고 살아온 세월이었다. 그 세월이 얼굴을 망쳤다고, 스스로 생각했다.

"사무실, 가보실까요?"

마당을 가로지르는 동안 바우집 사장은 드나드는 손님들에게 깍듯이 인사를 건넨다. 참 인지도가 있는 것도 힘들구나, 하는 생각을 한다. 어디 저래서 연애라도 해보겠나, 그 순간 그녀의 뒤태가 어디선가 본, 그 친근한 느낌, 다시 돌려세우면 거의 확신할 수 있는 누군가라는 걸 느꼈다.

누굴까? 아는 여자다. 잠깐 만난 얼굴이 아니고, 어느 시기에 분명 상당히 긴 기간 동안 만났던 여자라는 확신. 바우집의 사장이 내가 아는 사람이라고, 계승은 거칠고 억센 흰 머리카락을 쓸어 올렸다.

그녀의 얼굴 형태와 고유한 몸의 윤곽에서는 못 찾더라도 그녀의 말투를 듣다보면 어딘가에 흔적이 남아 있을 것이다. 세상풍파에 씻겨내려 가든지 성형수술을 했던지 간에 지울 수 없는 고유한 인체의 실루엣을 추측하며 기억 한 쪽으로 밀려 딱딱하게 굳어있는 언어를 풀무질하면 오롯이 그녀가 누구라는 것이 떠오를 것이다. 하지만 공교롭게도 그쪽에서 먼저 알아버린다면, 그래서 그 시절이 아주 나빴다면, 일은 뺏길 것이다. 아니 일이 문제가 아니라 망신을 당하거나 모욕을 당할지도 모른다.

워낙 험하게 살아온 세월이었다. 조심스럽게, 되도록 눈을 마주치지 말고, 주름을 잔뜩 드리운 채 대하자. 그러면 자신을 위장한 채 그녀의 말속을 더듬으면 손바닥 위의 손금처럼 긴 실금을 그리며 기억의 한 모퉁이가 나타나겠지. 하지만 그녀와의 대화는 거기까지였다.

그녀는 전화를 받고 돌아섰다. 견적, 디자인, 위치, 크기 등을 시뮬레이션해서 견적 받으라고, 그의 직원에게 간단하게 지시한 후였다. 두어 걸음 떼던 그녀가 돌아선 것은 그 때였다. 그 순간 그녀의 눈과 마주쳤다. 그녀의 눈동자는 잠깐 동안 흔들렸다. 검고 깊은 슬픔과 비애가 담긴 눈동자였다.

'날 본 적이 있죠?' 하고 묻는 듯했다.

집으로 돌아가려다가 궁금증을 참을 수 없었다. 누굴까? 누구였지?

전화를 걸었다. 걸고 싶지 않은 전화다.

"언제 마치요?"

"우리야, 항상 늦지요."

"좀 나와요."

"아이구 비싼 양반이……"

"영업 해줬은게 인사는 혀야 안 되것소. 거기 학원 앞에 술집 잡아서 기다리고 있을 텐게 마치면 연락 주시오."

나도 참, 계승은 한숨을 푹 쉬었다. 되도록이면 얽히고 싶지 않은 여자였다. 하지만 바우집 사장에 대한 궁금증을 떨쳐버릴 수 없었다.

그는 김원장의 학원 앞으로 갔으나 마땅히 마실 만한 곳이 없어서 다시 되돌아와 바우집 옆에 있는 동태집으로 들어갔다. 배도 출출했고, 만나기 전에 요기와 함께 반주를 곁들여야만 그 왕방울눈 아줌마를 만날 수 있을 것 같았다.

간판을 달아주면서 학원 이곳저곳 잔손질을 해주었더니 요즘은 자기 남편마냥 부르곤 했다. 처음엔 돈을 받았지만 요즘은 거의 봉사수준이었다. 그러면서도 티격태격하는 사이였다. 술을 사주겠다고도 했지만 바쁘다고 피했고, 또 바빴다. 중요한건 자기 타입이 아니었다.

늦자지근하게 더운 국물에 술을 담근 뒤에나 올 줄 알았던 김원장이 첫 숟갈도 뜨기 전에 전화를 걸어 왔다. 빌어묵을, 진짜 신랑이 없나,

계승은 후루룩 후루룩 동태국을 마셨다.

밖으로 나가니 그녀가 제법 그럴싸한 옷맵시를 부리며 서 있었다. 작은 솔더백을 어깨에 걸고 호주머니 깊숙이 손을 찌른 채 몸을 작게 까닥거린다. 명계승은 머리칼을 쓰다듬고 작업복을 탈탈 털고 그녀에게 다가갔다.

그들은 사람들이 바글거리는 커피숍 앞을 지나 이층에 있는 소주방으로 들어갔다.

"분위기는 저기가 나은데."

"바우집?"

"건물 3층 '바우네 카페'"

"그 여자가, 술집도 하는가?"

"쉬는 공간처럼 쓰지."

"사장 만나봤어요?"

"잠깐 얼굴만 봤어."

"예쁘지예,"

"어디서 본 사람 같아서이."

"동향일 텐데. 마이 컷제. 시장에서 채소 떼다 판 여자였다는데. 출세하고 볼일이야."

술잔을 나누며 이런저런 질문을 던졌지만 도무지 그 여자의 정체는 오리무중이었다. 이야기는 점점 더 그와 김원장, 특히나 김원장의 넋두리와 그의 실없는 음담패설로 이어졌다.

술이 과해지면서 김원장이 역시 혼자라는 것과 그녀가 자신의 그 큰 덩치에 상관없이 엔조이에 대해 진한 관심을 가지고 있으면서도 쉽게 갈증을 해소 못하는 이유는 얄팍한 도덕적 정결에 관한한 단단한 프레임에 갇혀있다는 것이었다. 그리고 그 프레임은 외부의 힘이 아니면 결코 깨뜨릴 수 없다는 것이었고, 그녀는 그런 사랑을 갈구하고 있었다.

사랑이 없는 섹스는 죄악이고 무의미하다면서도 왠지 그런 속박 받지 않는 섹스를 간절히 원하고 있다는 것을 은근히 내비쳤다. 사십대 후반의, 아직 아이를 키우고 사는 이혼녀의 마음은 다소 복잡하고 히스테리칼했다. 그녀는 아마도 만만한 남자, 크게 뒤탈이 없는 남자로 그를 선택하고 있었을까, 어쩌면 그런 남자와의 섹스 경험을, 깨뜨리고 닫아버린 경험을 이미 가지고 있는지도 모른다. 어쨌든 그녀는 술잔에 흐드러져 흔들렸다.

그때 목탁 소리가 들렸다.

놈은 식탁 앞으로 고개를 숙였다. 머리가 조명에 번쩍거렸다. 탁발승은 좀처럼 고개를 들지 않았다. 염불이 제법 청아했다. 원래는 염불대신 클럽에서 노래를 부르던 놈이었는지도 모른다. 영악한 놈이었다. 작업복 입은 주름살 투성이의 남자가 멀쩡하게 잘 차려입은 여자와 밤늦게 주절거리고 있다. 황송해서라도 작업복 입은 놈은 파란 지폐를 꺼낼 것이다.

없는 놈의 자격지심을 노린 술수였다. 하지만 술 취한 계승은 스님의 맨들맨들한 머리를 두 손으로 만지다가 움켜잡았다. 스님이 고개를 획 들었다. 놀란 문어모양이다.

"워메, 워메, 나는 먼 술바가지가 얌전하게 엎어져 있는 줄 알았는디, 언제 거그 있었다요? 사람 간 떨어질 뻔 했소."

계승은 넉살을 부렸다.

"보살님 큰 목탁 실컷 만졌으니 시주를 좀 해주셔야지요. 늙은 과부들은 잘못 허면 요것을 손잡이 있는 물건으로 알고 덤비기도 한답니다요."

놈이 한술 더 떴다.

"왓따, 고 때 걸리면 스님 시줏돈 두둑해지것네요."

결국은 보다 못한 김원장이 지폐를 내밀었다. 스님을 고개를 더욱 낮게 숙이고 바가지를 내밀었다.

"참 좋은 인연이요. 오늘 저녁에 좋은 일 있을 겁니다."

스님은 사라졌다.

"워메, 씨벌, 나보다 더한 놈이 있네이. 스님도 존일 보드라고."

그는 합장하고 사라진 스님의 뒤통수에 지껄였다.

동녀는 목욕탕 바닥에 누워있다. 그녀의 주변에는 청소도구가 널려있을 뿐 아무도 없다. 아, 하고 소리를 질러본다. 텅 빈 공간은 그보다 몇 배 큰 소리로 대답한다. 물기 먹은 천장에 그녀의 나신이 희미하게 드러나보였다.

동녀는 그녀의 젖가슴에 가만히 손을 대본다. 충분히 여물었다. 하복부 아래는 어떤 씨알도 품을 수 있을 만큼 검은 숲이 자리 잡고 있다. 결혼이라, 그녀는 머리를 흔든다. 아직 스물 둘, 생각해본 적도 없다.

남자를 만나 구역질나는 욕정을 밤마다 채워준다고 생각하면 끔찍하다. 냄새나는 이빨에 물리고, 제멋대로 몸을 타올라 짓이기며, 송곳 같은 물건으로 유린하는 그런 짓을 지속적으로 당해야 하는 것이 결혼이 아닌가. 그런 대가로 얻는 것은 무엇일까. 경제적 안정, 이리저리 생존을 위해 헤매고 다니지 않아도 되는 그런 것일까.

한목이가 눈앞에 떠오른다. 밉다. 아니 아무리 미워하려고 해도 미워지지 않는다. 벌써 몇 년인가. 그가 창원공단에 취직해 있다는 것을 알고 몇 번이고 그의 숙소를 가곤 했지만 그때마다 돌아온 건 배신과 분노였다.

그는 이제 자신 같은 것은 안중에도 없었다. 없는 배인선이 이야기만 하루 종일 지껄이는 게 역겨웠다. 또한 그런 걸 뻔히 알면서도 찾아가는 자신이 너무나 한심스럽고 바보 같았다.

 '나 같은 신발공장 공순이가 가당치도 않지.' 그녀는 그에게서 스스로 멀어져 갔다.

 "나는 뭐야?"

 그 겨울 동녀는 마지막으로 물었다. 배인선이 다시 들이닥친 것은 한목이가 실습생으로 들어간 회사에서의 첫 겨울이었다. 그때까지만 해도 그의 숙소에선 동녀 자신이 그의 애인으로 기정사실화 되어있었다. 처음으로 울먹이며 따졌지만 그는 일말의 죄의식도 없이 대꾸했다.

 "당분간 여기 있을 거야."

 "왜지?"

 "인선이 갈 곳이 없다."

 그 당시 배인선은 대학 시험에 실패한 후 한목이를 찾아 왔었다.

 "그 여자 보호자라도 돼?"

 "……"

 "나는 뭐지?"

 "너는 아무데 가서나 잘 살 수 있어. 인선이는……"

 나는 아무데나 뒹굴어도 좋다고? 한번 제대로 덤벼보고 싶었지만 말문이 막혀버렸다. 그렇게 굴욕적인 대우를 받고 그날 밤을 지냈지만 새벽 일찍 그 집을 떠나야 했다.

 직장으로 돌아가기도 싫었다. 그가 찾아오기라도 하면 너무 비참할 것 같았다. 거리를 배회하다가 간 곳은 기장에서 놀다가 온 후 직장까지 그만두고 배회하다 우연히 깃들었던 그 목욕탕 집이었다. 갑자기 온몸이 근질거렸고 목욕하고 싶다는 생각이 들면서 허겁지겁 그 집을 찾아들어 갔었다.

새벽에 문을 열자마자 나타난 뜻밖의 손님에 여주인은 놀란 표정이었다,

"니가 웬 일이고?"

"목욕부터 하고 싶어요. 다 씻어버리고 싶으니까요."

동녀는 탕 속으로 머리까지 밀고 깊숙이 잠겨 들어갔다. 그리고 어떻게 해서 간이 침대 위에서 잠들었는데 소란스러움이 아득하게 느껴져 왔을 때 눈을 떴다.

"어디서 살았노?"

"다시 신발 공장 갔지요. 배운 게 그거라서."

"내 원망 마이 했제."

"......"

"오해 말그래이. 나는 그냥 니가 아직 어려서 조심하라고 한 소리였다."

왜 이렇게 싹싹해졌을까, 오해라고? 자기 아들과 행여라도 엮어질까봐 전전긍긍했던 사람이었는데 어떤 일이 있어서 이렇게 변했을까. 마지막 월급도 안 받고 나온 것을 기억이나 할까.

"니가, 준영이한티 뭔 말을 했노? 언제 내가 너를 모질게 일 시키드노."

노인네는 억지를 부리곤 했다.

"나는 그냥 따뜻한 물이 좀 그리워서."

"아이고 잘 왔다. 다시 같이 살자."

"아니요. 나는 갈 겁니다."

목욕탕이 딸린 집에서 사는 노부부에겐 대학생 아들이 한 명 있었지만 아들의 얼굴은 좀처럼 볼 기회가 없었다. 어쩌다가 볼 기회가 생기

면

"어이, 꼬맹이 노인네들과 살만하나?"하고 묻곤 했는데 늘 술 냄새를 풍기곤 했었다.

노친네의 권유로 삼층으로 올라간 집안에 준영이 있었다.

"어이, 이게 누구야. 씩씩이. 살아 있었네."

뜻밖에 나타난 동녀를 한동안 어이없는 표정으로 바라보더니, 그렇게 손을 내밀었다. 동녀는 다가오는 그가 목발을 짚고 있다는 데 놀랐지만 왠지 편한 느낌마저 들었다. 마치 같은 상처를 받은 동지를 만난 느낌이었다. 또한 특별히 관심을 가져주지 않았던, 어쩌면 관심 밖이었을 나이 많은 대학생 오빠가 '씩씩이'라고 부르며 반겨주는 게 고맙고 신기했다.

"왜 제가 씩씩이죠? 절 기억이나 하세요?"

"기억하다마다. 내가 우리 부모님에게 어린 너를 학대한다고 따지고 들다가 싸운 적도 있었는데 너는 아랑곳 않고 늘 쾌활하고 명랑했으니까. 내 기억 속에 아주 씩씩한 여자였지. 그래서 불쑥 그렇게 나온 거야. 이름이 뭐였더라?"

"내 이름요? 내 이름 같은 건 없어요. 차라리 그 씩씩이가 낫겠네요."

"내가 다시 지어줄까?"

그냥 한 말이었는데 그는 얼굴을 뚫어지게 쳐다보더니 마침내 입을 떼었다.

"수연이라 해라. 물위에 핀 연꽃."

그렇게 오수연, 오연희로 불리게 되었다.

'오빠 때문에 떠났는데 오빠 때문에 다시 붙들리게 되네'

그렇게 거기에 다시 머무르게 되었다.

목욕탕 천장에 맺힌 물방울이 얼굴에 뚝 떨어졌다. 천장에 맺힌 그녀의 나신이 흩어지며, 동녀는 회상에서 깨어났다. 우여곡절 끝에 이 집에 들어 온지 일 년 쯤 되던 날, 여주인은 다짜고짜 자기 아들과 결혼해달라고 했다. 마치 명령처럼, 수혜를 베푸는 듯 느닷없는 강요였다.

목욕탕 때밀이로 들어온 것은 당장 먹고 잘 곳이 없었고 취직할 곳도 마땅치 않아서였지 영혼을 팔기 위해서는 아니었다. 당연히 거절이었다. 쉬운 상대, 감지덕지할 거라고 믿었던 상대의 반격에 여주인은 당황스러워했지만 그런 거절이 자존심에 불을 질렀는지 집착이 강해졌다.

"왜 너도 우리 아들이 불구라서 그러냐?"

마침내 노친네는 속엣 말을 쏟아냈다.

"저는 아직 어려요. 그리고 결혼이라는 것이 자신 없어요."

그 짓이 무섭고 흉포하게 느껴져서 몸이 못 배길 것 같아서였다. 어린 시절 아직 여물지도 못했을 때 이 동네 저 동네 남자들에게 얼마나 유린당했는가. 그리고 그 더러운 배다른 오빠라는 놈에게, 그리고 그 후로 남자라는 것들 모두가 똑 같았다. 단 한 남자만 빼고.

그때 문득, 알 것도 같았다. 왜 그에게서 떠나야 했는지를. 자신을 그에게서 몰아냈던 그 밀도 깊고 높은 압력의 원인이 파악되는 것이다. 그리고 자신의 몸뚱어리를 얼마나 부끄러워하고 수치스러워했는지를. 그런 자신을 목이는 얼마나 두려워하고 힘들어 했을까.

'그 여자 때문이 아니었어.' 이 세상의 모든 남자들처럼 목이가 인선을 안고 잔 것처럼 그 손길이 두려워 도망친 것이다. 새벽녘, 눈을 뜨자 열린 방문 틈으로 한목이의 가슴에 안겨있는 인선은 토기처럼 따뜻해 보였었다.

지난 기억들은 박박 문질러서 지워버리고 싶다. 하지만 지워지는 기억은 아무것도 없다. 지우고 싶지 않은 기억들만 망연히 지워져버리는 게 기억이다.

'나는 목이 오빠가 찾기 전에 내 몸을 누군가에게 의탁해버려야 그를 타락시키지 않게 될 거야.' 그녀는 생각했다.

주인아줌마는 작전을 바꿨다. 준비되지 않은 처녀에게 결혼을 강요했던 것이 염치없는 짓이라고 여겼는지 아니면 목욕탕을 떠날 것 같은 예감이 들었는지 뜻밖의 제안을 했다. 결혼이 싫다면 수양딸이 되어달라는 것이다. 부모가 뭔지, 부모를 모시고 사는 게 뭔지 모르는 그녀에겐 당혹스런 제의였다.

수양딸이 되는 것은 쉬운 일이 아니었다. 물론 주인은 며느리로 들어앉힐 계획을 가지고 진행한 프로그램이었지만, 먼저 그녀의 수치스런 학력을 조정할 필요가 있었다.

준영은 서울로 떠났지만 주인내외의 집착은 특별했다. 수양딸에게 검정고시를 준비시키고 거기에 아낌없이 돈을 썼다. 준영과는 특별한 애정이 싹트지도 않았지만 만나는 빈도가 적어 기회마저 없는 상황에도 불구하고 확신에 찬 노인들은 친딸처럼 대해주기 시작했다. 그렇게 자연스럽게 친해지는 시간들과 부부의 정성에 매번 감동하며 그들의 목적에 부합해가려는 자신을 발견하곤 놀라곤 했다.

가끔씩 준영이 집으로 오면 일부러 주인 내외는 그들 둘이만 있게 만들어 놓고 어디론가 여행을 갔다 오곤 했지만 아무 일도 없었다는 것에 지극히 실망하는 눈빛을, 책망에 가까운 질책을 하곤 했다.

"너는, 남자냐? 여자냐?"

노인네의 역정에 얼굴이 붉어지는 그를 왠지 돕지 않으면 안 될 것 같은 감정이, 그가 질질 끌고 가는 다리를 보듬어주고 싶다는 애처로움

에 동녀는 몸을 떨었다. 아아, 이 남자도 성기를 꺼내들고 덤빌까, 두려
웠다.

그리고 삼 년여의 세월이 흘렀다.

며칠 후면 결혼을 한다. 오빠라고 부르던 그 아홉 살 차이가 나는 남
자와. 어느 틈에 그 남자와 그 남자의 어머니의 입맛에 맞게 만들어진
후 포장되어 팔려가는 것이다.

그동안 동녀는 대학생이 되었다. 이름도 바꿨다. 더 이상 똥녀는 아니
었다. 이제 오동녀가 아니라 오수연으로 호적을 변경했다. 오수연은
자신의 몸을 매만져본다. 매끄럽고 탄력이 있다. 옷을 입고 나가면 기
품이 있어 보인다. 말투도 바뀌었다. 부드럽고 천천히 경박스럽지 않
게, 상대방의 말을 끊지 않고 끝까지 경청하고 지레짐작하고 성급하게
나서지 않는다.

"그와 살게요."

무겁디무거운 짐을 내려놓듯 무장해제하자 막상 기다리던 답변을 얻
고 월남한 부부는 반갑기도 했겠지만 또 얼마나 허전했을까. 그들의
외아들, 생각해보면 그분들에겐 얼마나 소중하고 애지중지한 외아들
인가. 사고만 아니었다면 어디에 내놔도 손색없는 아들이었다. 그 아
들을 이 천하고 근본도 없는 여자에게 갖다 붙이기까지는 얼마나 괴로
웠을까.

아들의 혼사를 그럴 듯한 규수하고 수없이 이뤄보려고 했겠지만 대한
민국이 어떤 나란가. 단일 민족을 교과서에 기록해 과시하는 나라에서
장애인은, 대통령은 사회의 잡스런 것들을 죄다 잡아다 넣는다는 취지
로 삼청교육대를 만들었고, 각종 복지재단은 그 피를 빨아먹기 위해
돈 없고 부자유한 사람들을 죄다 빨아가는 세상이 아닌가.

하지만 부부는 그런 아들을 어떤 누구와도 나눌 수 없는 이유 하나와 아들의 신체적 부자유로 입게 될 미래의 상처까지 안고 가려면 민며느리 그러니까 누구도 치근덕거리지 않는 완벽한, 누구에게도 속박되지 않는 가족 구성원이 필요했을 것이다. 민들레처럼 떨어져 나온 그들은 새로운 터에 전혀 새로운 씨줄을 연결하고 싶었는지도 모른다.

그 부부의 외아들 준영은 지리학을 공부했다. 활달한 성격의 그에게 맞는 학과였다. 세계 도처를 훑고 다니며 에너지를 쏟아 붓고 꿈을 이루고 싶었을 것이다. 그는 이제 전공을 포기하고 대학원에서 부동산학을 배운다.

그와는 성관계가 없었다. 그는 다행히 다른 방식으로 욕구를 해소하는 방법이 있는 듯했다. 언젠가 생각 없이 문을 열고 들어간 그는 이상한 자세로 벌거벗은 채 자신에게 몰두해 있었다. 그의 욕망의 분출구는 의외였다. 그와 살게 되면 착취당하지 않으리라는 확신도 함께 선 날이었다.

그래, 결혼하자, 그의 부모와 하는 결혼이 되겠지만. 결심이 선 날이었다.

오수연은 일어서서 물을 끼얹었다.

계승은 보일러공으로 그 목욕탕에 취직했다. 고압가스자격증이 필요했지만 자격증이 없는 대신 몸으로 때운 경력을 인정받아 지인의 소개로 들어간 것이다.

거기 그녀가 있었다. 처음엔 그 집의 딸이거니 생각했는데 며느리였다. 그 며느리는 대학생이기도 했다. 주인은 목욕탕에서 번 돈, 이미 사우나로 이름을 바꾸었지만, 그, 떼돈으로 부동산을 집중적으로 사들였다. 병적이라 할 수 있을 만큼 부부는 땅에 집착했다.

"야, 이놈아, 너처럼 그렇게 함부로 돈을 쓰다간 평생 남의 집 종살이나 하고 죽어. 내가 피란 올 때 고향산천에 있는 땅 죄다 뺏기고 맹세하고 맹세했어. 어차피 고향 떠나면 따돌림 당하고 질시 받고 욕먹을 것이다. 그러면 어떻게 허냐.

돈만 생각하자. 이왕 욕먹는 것 실컷 욕먹고 살자. 아니, 욕먹어 주자. 욕먹어주면 상대방이 얼마나 시원하겠냐. 그래서 다시 고향에 있는 땅만큼 여기다 땅을 사자. 내가 니놈을 왜 채용해준 줄 아냐? 그 빌어먹을 함경도 사투리에 괄시 당하고 산 내 지난날들이 떠올라서 단박에 쓴 것이야. 근데 너는 뭐냐, 월급 받으면 하루나 가냐? 돈 모으는 거는 쉬운 거여. 안 쓰고 안 먹으면 돼. 아끼고 아끼다 보면 그 놈이 모여서 종자가 되고 싹을 틔우고 대지에 뿌리를 내리는 거여."

계승은 부부의 한결같은 잔소리가 싫었다. 속으로는

'그래서 그렇게 거지처럼 사냐? 지입에 들어가는 것도 아까워서 벌벌 떨고, 평생 그렇게 사시지.' 비웃곤 했다.

부부는 잔소리도 많고 시키는 일도 가지가지였지만 월급만은 단 하루도 밀리지 않았다. 잔소리가 듣기 싫어 월급날까지만 일하고 그만 둬야지 하면서도 다시 보일러실로 기어들어 가곤 했던 것은, 적어도 일해주고 대가를 못 받는 일만큼은 일어나지 않을 거라는 확신과 전라도 놈이라고 차별 당하지 않아서였다. 그리고 또 하나는 그 집의 며느리, 연희를 훔쳐 볼 수 있었기 때문이었다. 노인네들은 며느리를 '연희야, 연희.' 하고 불렀다.

연희는 하녀처럼 일했다. 그녀가 탕 속을 벅벅 닦고 있을 때면 그녀의 허연 속살이 드러나곤 했다. 그녀는 몰래 훔쳐보는 자가 있는 것도 모르고 일에 열중하곤 했다. 누가 시키지도 않은 듯한데 그렇게 열심일 수가 없었다.

연희의 남편은 뭘 하는 놈일까. 도대체 본 적이 없다. 그녀는 어쩌다 마주치면 가볍게 목례만 하고 사라졌다. 학교와 싸우나 그녀의 삶, 전부인 듯했다. 집주인은 그런 며느리를 대견한 듯 바라보곤 했다. 늘 성난 표정의 노인은 며느리를 대하는 순간 벙그러졌다.

"거그 아저씨는 어딧다요?"

어쩌다가 말할 기회에 느닷없이 터져 나온 질문에 스스로 어색했다.

"아저씨?"

"거그 신랑 말이요."

"........"

말이 없다. 나한테 남편이 있었나? 하는 표정이다. 그리곤 아주 오랜만에 깨달은 표정으로 빙그레 웃었다.

"항상 없네. 그러고 보니......"

알듯 모를 듯한 표정을 짓고 사라진다. 스쳐지나갔지만 그녀의 향이 강하게 느껴진다. 항상 없다. 이렇게 아름답고 조신한 아내를 방치한 자는 어떤 작잘까. 가끔씩 주제넘은 걱정을 하곤 했다.

'항상 없다.' 명계승은 가끔씩 잠을 못 이뤘다. 또한 일찍 잠들었다가도 새벽에 잠이 깨어 멍하니 앉아 있곤 했다. 먹고 배설하고 누우면 잠들었다가 푹 자고 일어난 일상은 이상하게 망가졌다.

가끔씩 보일러실 옆에 있는 방을 나와 그녀가 벅벅 문지르고 간 욕실로 올라갔다. 그녀가 엉덩이를, 그 실팍한 뒤태를 흔들며 걸레질하던 곳을 멍하니 바라보다가 자신도 모르게 그곳으로 손을 뻗었다. 그녀의 온기와 체취가 남아 있을까? 발정 난 수캐처럼 혓바닥을 대본다. 손바닥 가득, 온기가 쌓이듯 입속 가득 침이 고인다.

이 기분은 뭔가. 그는 참지 못하고 훌러덩 옷을 벗어던진다. 바닥에 납작 엎드려 거추장스러워질 정도로 발기한 성기를 바닥에, 그녀의 손길과 엉덩이가 지나간 그곳, 틀림없이 그녀가 벌거벗은 나체로 누운 그 곳에 깊게 밀어 넣어 본다. 텅 빈 목욕탕은, 우주처럼 깊은 한숨을 웅, 하고 내뱉는다.

여름, 그녀의 남편이 집으로 왔다. 새벽녘, 새물을 받아 놓으면 놈이 그 속에 축 처진 불알을 담그고 누워있다. 잠도 없는 걸까. 뜨끈뜨끈한 각시하고 보듬고 잘 시간에 탕에 몸을 담그고 책을 본다. 무슨 책일까. 공부 잘 하는 척이라도 하는 걸까. 애시당초 자신과는 다른 종족 같다.

관심을 갖고 종합해본 결과 놈은 지금 미국에 있다. 그 좋다는 미국, '돈 도로 줄게 뺄래.' 할 정도로 물건을 큰 걸 달고 다닌다는 미국에서 저 처진 다리를 끌고 다니며 산다는 게 믿어지지 않는다.

"너는 뭐하는 놈이냐?"

어느 날 그가 물었다. 뭐하는 놈? 느그 각시 어트케 한 번 해 볼라고 호시탐탐 노리는 놈이다. 맞대가릴 놓고 싶었지만, 그냥 웅얼거렸다.

"쩌그 보일러실 이라고라, 근디 미국이 그렇코롬 머요?"

"니가 미국을 아냐?"

빤히 쳐다본다. 양놈 나라에서 산 놈이라 그런지 눈빛이 파래 보인다. 아마도 눈빛이 강렬해 보인 까닭이었을 것이다.

"왔다. 미국 모른 사람도 있다요."

"그래, 그렇겠지 놈들 세상인데. 멀지, 아주 멀지."

"각시가 허기사, 그렇게 먼데 있는 나란디......."

"너도 한 번 가볼래? 이런 데서 보일러 불이나 지피고 있어서야 청춘이 안 아깝냐?"

"나 같은 사람이 갈 수 있것어요?"

"임마, 비행기 타고 배 타면 아무나 가는 곳이야."

"묵고 살 것 이 있으까라? 배운 것이 없는 디. 말도 못할 것이고"

"묵고 살 것?"

그는 픽 웃었다. 그리곤 머리를 툭, 쳤다.

"임마, 모든 것은 용기가 결정하는 거야."

그가 타월을 두르고 나가는 걸 끝내 묻고 말았다

"근디 각시 띠 놓고 보고 싶어서 어뜨케 산다요?"

그가 머리를 털고 있던 손을 멈추더니 절룩거리며 다가왔다. 이제 보니 기형적으로 큰 남근을 가진 사내였다.

"너 우리 각시한테 맘 있냐? 그래, 니 또래 쯤 되겠네. 같이 잘 노냐?"

모욕도 비웃음도 아니었다. 그냥 장난끼 있는 얼굴이었다.

"아니여라, 나는 긍께......"

"이놈 당황하네. 내 와이프 흠모 하냐? 그럼 너 해. 너 정도면 맞을 거야. 미국엔 말이다. 흰둥이 검둥이, 노란 닌 삘긴 넌 다 있단다 마누라한테 힘 뺄 에너지 없어."

이번에는 볼을 꼬집고 간다.

결국 녀석은 허풍을 친 것과는 달리 연희에게 임신을 시키고 사라졌다. 임신 사실을 안 그날까지 명계승은 돈키호테처럼 그녀에게 집착했다. 재산 때문에 병신과 결혼했냐? 병신이라면 마음씨라도 좋아야지. 결혼을 했으면 각시를 데리고 살등가, 그런 사내하고 살 바에야 도망가라.

속으로 수도 없는 충고를 했다. 나중에 자신에게 특별한 감정을 가지고 있는 것을 눈치챈 보일러공에게 연희는 임신 사실을 조용히 알려주었다. 그것은 경고였다.

그녀와의 인연은 그것으로 끝인 줄 알았다. 하지만 그녀는 뜻밖의 장소에서 다시 해후했다. 부끄럽고 창피스럽던 집착을, 자가당착적인 해석을, 부질없는 공분을 죄다 메우지 못한 그 짧은 시간, 군대를 제대하고 마땅히 일자리가 없어서 서울 가락동 청과물시장으로 굴러들어가게 되었는데, 그녀가 물건을 떼러 온 것이다.

그녀는 동네시장 한 귀퉁이에서 야채전을 하고 있었다. 앞치마를 불끈 두르고 배추를 다듬는 그녀는 그가 알고 있는 연희가 아니었다. 어쩌면 원래의 동녀로 돌아간 것인지도 모르지만 그녀는 궁색한 처지와는 달리 활기차고 싱싱해 보였다. 그녀는 뭔가 삶의 의미를 얻은 듯 눈빛이 반짝거렸고 그 삶을 꾸려나가기 위해 혼신의 힘을 다해 일하는 것 같았다.

그녀는 눈앞에 나타난 보일러공, 그녀를 집요하게 귀찮게 굴었던 보일러공 계승의 현실적인 존재보다는 과거의 나쁜 그림자가 떨어지지 않고 드리워져 왔다는 듯 불편함을 드러냈다.

"그 집에선 나왔다요?"

불편함이 가실 즈음, 계승은 그렇게 물었다. 그냥 그 남자와 헤어졌냐고 물었으면 좋았을 걸 했지만 그녀도 그 말뜻을 잘 알고 있다는 듯, 과거를 한 번 되돌아보는 듯 입술을 들어올렸다.

"내 집이 아니었죠. 거기는……"

"아이는?"

그는 주문한 알타리무와 봄배추 등을 내리고 간이 의자에 잠깐 앉아 땀을 닦고 있었다. 괜한 질문을 한 걸까, 그녀의 눈시울이 붉어졌다.

"빼앗겼지요."

한 번쯤은 누군가에게 이야기를, 자신의 비밀을, 그 비밀에 대해 조금은 알고 조금은 공감해줄 상대를 만나면 가슴속의 응어리 같은 걸 토해내고 싶은 게 인간일까? 그녀의 손은 야채를 다듬고 있었지만 은근히 그에게 무거움을 덜어내려는 듯 입술을 달싹거렸다. 그 닫힌 문을 시간을 가지고 조심스럽게 두드리며 그녀의 토막 이야기를 퍼즐 맞추듯 끼워나가며 유추해냈다.

 오연희가 아이를 낳은 해에 남편은 미국에서 돌아왔다.

 그가 처음 만나 건네는 인사는 집을 나가주라는, 다짜고짜 집을 나가라는 말이었다. 이혼 절차를 말하는 게 아니었다. 거두어준 짐승을 수가 틀려 다시 내쫓듯 나가라고 했다.

 남편의 부모는 처음엔 말렸지만 몇 번 서울을 오가더니 태도가 달라졌다. 그에겐 그럴듯한 규수, 그 집안의 품격, 그의 품위에 맞는 여자가 생긴 모양이었다.

 바보처럼 빌어보고 더 공부하고 교양을 쌓아보겠다고 애걸했다.

 "잘 봐라, 나는 원천적으로 다리병신이고 니는 원천적으로 무식해! 둘이 살아야 되겠냐?"

 남편의 한 마디에 연희는 어느 날 저녁 견디지 못하고 도망치듯 그 집을 나왔다. 주머니에는 동전 몇 개뿐이었다.

 "애는 그 집서 키우고요?"

 "참 신기한 게 그 집 노인네나 그 작자나 아이만큼은 보물처럼 애지중지 했지요. 그 아이 엄마가 자기들이 천대하고 구박하는 여자가 낳은 아이란 걸 모르는 것 같았어요. 아이와 떨어지고 싶지 않은 감정 때문이 아니라 그들의 기쁨을 빼앗아버리기 위해서라도 아일 달고 나오고 싶었는데 도저히 자신이 없었어요."

 오연희는 역 광장에서 한참동안 갈피를 잡지 못하고 헤매었다. 그러다가 미친 듯이 한목이의 거처를 알아내기 위해 공중전화에 매달렸다. 몇 군데 수소문을 해보았지만 애꿎은 동전만 잡아먹었다.

'세상에 동전한 푼 없는 거지라니.'

그녀는 심호흡을 하고 이럴 때를 대비해서 적어둔 한목이의 동생에게 전화를 걸었다. 그에게 바로 연결되지 않았지만 그는 어떤 교회에 있고 두 시간 후면 돌아온다고 했다. 그리고 급하면 교회로 전화해보라고 했다. 몇 번을 망설인 끝에 동전을 넣고 다이얼을 돌렸다.

그는 그 교회의 전도사였다. 오랜만에 고향 누나 소식을 들은 그는 수화기를 내려놓을 생각이 없어보였다. 그와 이야기가 조금만 더 길어진다면 이제 동전도 구걸할 판이었다. 다행히 그는 알아서 먼저 한목이의 전화번호를 댔다. 그녀는 심호흡 한 번 하고 곧바로 다이얼을 돌렸다.

"지금 없는데요."

"오면 말하세요. 제가 지금 바로 택시를 타고 그 아파트로 간다고요."

그가 나와서 기다리지 않으면 죽어버리려고 했다. 하지만 반드시 그가 기다리고 있을 거라 확신했다. 그는 울산의 한 조선소에 있었다. 회사 작업복을 입은 채로 달려온 그의 가슴을 몇 번이고 치고 끝내 울고 말았다.

"내가 오길 잘했지?"

순간 배인선이 생각났다. 그녀도 그렇게 갈 곳이 없어서 온 것이 아니란 걸 알았다. 편안한 안식처 같은 곳 그곳이 목이가 가슴에 파놓은 우물이었다. 그 우물 속에는 홍수로 떠난 꼭 돌아와야 할 물고기들의 쉼터가 있었다.

그는 많이 여위었고 힘들어 보였다. 그 힘든 상황에 자신을 보탠 게 미안했다. 회사 아파트로 데려간 그는 기거하는 방을 비워주고 자신은 앞서 인사시켜 준 동료 직원 방으로 들어갔다. 처음엔 그런 그가 야속했고, 또 혼자서는 잠들 수 없을 것 같았는데 어느새 죽음과도 같은 잠에 빠져들었다.

눈을 뜨니 한낮이었고 겨울 햇살이 창가로 따스하게 내리쬐고 있었다. 그녀는 천천히 방을 둘러보았다. 벽에 걸린 액자 속의 사진들과 옷장으로 들어가기 귀찮아하는 옷가지들이 차지한 책상이 눈에 들어왔다. 머리맡에는 앞 페이지만 열리고만 전문 서적들, 박노해의 시집과 구겨진 성경, 그리고 잡지와 무협지 등이 그들의 꿈과 갈등과 현실을 이야기 하듯 널려 있었다.

그리고 여자 목각인형이 하나 보였다. 이런 곳에서 둘이 시작한다면, 그녀는 행복한 상상을 해본다. 연희는 아무렇게나 구겨 넣은 옷가지들을 꺼내 다림질을 하고 아파트 전체를 청소하기 시작했다. 그리고 다시 누웠는데 퇴근해서 돌아온 그가 깨워서야 일어날 수 있었다.

"밥은?"

"어, 그냥 잤어."

목이는 두꺼운 작업복을 어깨에 걸쳐주고 상가로 데려갔다. 그제야 허기가 몰려왔다. 뭘 먹을 거냐고 했고, 좀처럼 떠오르지 않은 이름처럼 아무거나, 아무거나, 하다가 그가 권하는 대로 낙지전문점을 찾았다. 하지만 배고픔과는 반대로 음식은 목구멍에 걸려 잘 넘어가지 않았다.

목이는 아무것도 묻지 않는다. 묻지 않으니 답할 수도 없다. 연방 술잔을 비우는 그가 큼큼, 마른기침을 해댔다.

왜 그렇게 말랐냐고 묻자, 그는 싱긋이 웃으며

'여기서도 잔업과 특근의 왕이지.'라고 했다. 그렇게 말하는 얼굴엔 자랑스러움보다는 슬픔이 배어나왔다. 그리고는 생각난 듯 말했다.

"사실은 돈을 쫓아 여까지 왔구마."

연희는 멍청히 그를 한 번 훑어보고 그제야 밀린 숙제하듯 숟가락을 바삐 움직였다. 그리곤 음식을 구겨 넣었다.

"인선이는 만나?"

바보처럼 묻고 말았다. 말이 없다. 그녀는 체념하듯 고개를 혼자서 끄덕였다. '유부녀가 뭘......'

밤에 그의 동료들과 술이 과한 걸까. 아니면 동료들이 떠밀었을까, 그가 옆에 있었다.

이불은 얇았지만 다행히 방은 따뜻했다. 이불 밑에서 무의식중에 그의 따뜻한 발과 맞닿아 있다는 게 행복했다. 작은 땀방울들이 서로의 체온을 넘나드는 느낌이 들었다. 와자지껄 지난밤의 소란이 귓가에 엥엥거렸다.

일차, 이차, 삼차...... 달뜬 그의 동료들은 갑자기 찾아든 여자에게 호기심과 욕망의 교차점에서 쓴 술을 잘도 부어댔다. 젊고, 아직 호기를 부릴 만큼 구겨지지 않았고, 전적으로 부양할 가족이 없는 그들의 소득은 비록 그 규모로는 보잘 것 없지만 방탕을 흉내 내기에도 충분했다.

어느 순간 가슴에 놓인 그의 손을, 엄마를 그리워하는 아이처럼 젖무덤을 찾고 있는 그의 손을 연희는 꾹꾹 눌렀다. 그 손은 짧고 투박해 오랫동안 혹독하게 써 마모된 연장처럼 느껴졌다. 거칠고 윤기가 없었고, 손톱 밑엔 오래된 이끼처럼 묵은 때가 배어있었다.

옛날이 그리웠다. 보리가스락 속에서 개울가에서 매만지고 부딪쳤던 시절들이 떠올랐다. 왜 나는 안 돼? 연희는, 그 동녀는 그의 품속으로 파고들었다. 그의 냄새는 어떤 냄새였던가. 기억이 가물가물했다.

토요일, 손님이 온다는 목이의 낯빛은 창백했다. 떠나라는 뜻이겠지, 하면서도 그 손님이 누군지 묻고 싶지 않았다. 부모님은 아닌 듯했다.

눈치가 보여 이틀 정도 쉬고 떠나겠다는 것을 그의 기숙사 아파트 동료들이 말려서 주말까지 쉬어가기로 했고, 시를 좋아하는 동료 한사람은 호기를 부리며 '태평양의 발톱'을 보여주겠다고 봉고차까지 빌린 터였다.

주말에 나타난 손님은 예상했지만 배인선이었다. 인사를 나누면서도 별다른 감정은 없었다.

'나는 유부녀인 걸. 내 차지가 아니지.'

봉고차에는 다른 친구들 중 두 명의 여자가 더 탔다.

태평양의 발톱 얘기를 꺼낸 친구가 동녀에게 속삭였다.

"저 여자 또 돈 떨어진 모양이다. 지가 가수는 무슨, 클럽에서 땜빵이나 하는 주제에."

"자주 오나요?"

"돈 떨어지면 오겠지 뭐."

십대와 이십대를 거치는 그 짧은 시간 동안에 여자들에겐 많은 변화가 일어난다. 어떤 이는 그대로고 어떤 이는 전혀 뜻밖의 사람으로 변해있다. 인선은 후자였다. 그녀에겐 어떤 일이 있었을까. 결혼을 하고 아이까지 낳고 쫓겨 온 여자만큼의 큰 폭풍우를 겪었을까.

연희는 그런 시간들을 보내면서도 자신은 늘 그대로라고만 생각했는데 그녀의 모습에서 또 다른 자신을 보는 것 같아 섬뜩했다.

'나는 이미 세상 알 것 다 알아버린 애 엄마라고.'

그 남자의 표현대로 동해의 거친 파도는 거대한 발톱을 내밀고 끝없이 육지를 할퀴어댔다가 포말을 이루며 사라지기를 반복했다. 해변에 풀어진 열 명 쯤의 청춘들은 말 그대로 자유였다. 잔업과 특근, 그 길고 혹독한 노동에서 잠시 해방된 그들의 얼굴에 생기가 돌았다. 암놈 수놈, 그 이상도 그 이하도 아닌 젊은 피가 밀려오는 파도처럼 솟구치는 듯했다.

그날 남자와 여자의 비율이 맞았는지 그건 기억에 없다. 같이 어울려 주고 같이 마셔댔고, 기꺼이 노래했지만 오수연은 이미 자신의 청춘 시절은 가버렸다고 생각했다. 그들 중 오직 자신만이 그 무리에서 겉돌고 있다는 느낌이 들었다. 이제 자신의 삶은 전혀 다른 형태로 다가오리라는 예감이 들었다.

계승은 다시 한 번 그녀에게 집중했지만 그녀는 그런 그를 조심스럽게 포기시켰다.

"우리 집에 남자가 있어요."

"그 남자라면? 애 아빠?"

"아니요. 내 사람......"

"왜, 무슨 일이 있었나요?"

"회사에서 일하다가 피를 토하고 쓰러졌어요. 원래 선천적으로 폐가 안 좋았는데, 용접 매연과 과로로 쓰러졌지요."

잘못 본 걸까. 그녀의 눈에 잠깐 행복이 비치는 것을.

얼마 후 그녀는 시장에 보이지 않았다. 그도 더 이상 그녀에 대한 정나미가 떨어진 직후여서 잠시 손에 익은 물건 하나 잃어버린 것처럼 허둥댔지만 기억 속에서 사라져버렸다.

김원장과의 그날 밤 섹스는 어떤 물리적인 충돌 같은 것이었다. 좀처럼 열릴 것 같지 않은 그녀의 문, 경계심 많고 위축되고 모질게 박아놓은 대못을 빼고 들어가자 작은 시내나 개천이 나타나기도 전에 폭우처럼 쏟아지는 물컹한 무게에 주눅이 든 것도 잠깐 거대한 강으로 바로 이어져버렸다.

그 강이 잔잔하게 흐르며 사공의 삿대질을 노략질 삼아 가만히 숨죽여주었으면 싶었는데 그만 강은 사공이 들어가기도 전에 범람해버렸다. 배를 어디에 띄우고 낚시 포인트를 잡기도 전에 어흥, 어흥 김원장은 울부짖었다.

도무지 힘에 부쳐 이르지 못할 사정의 순간 그녀가 떠올랐다. 바우집의 여자는 연희, 그 여자였다. "연희! 오연희!" 소리를 지르며 순식간에 그 넓고 푸른 강을 죄다 적실만큼의 방사를 해버렸다.

12. 연희의 선택

2010년. 여름. 대로에서 쓰러진 박정용은 기를 쓰고 택시를 잡아보려 했지만 택시는 그를 못 본 척 피해갔다. 그의 발버둥은 계속 됐지만 누구 하나 도움을 주지 않았다. 그는 영락없이 만취한 술주정뱅이로 비쳐지기에 충분했다. 처제 아이의 돌잔치에서 딱 두 잔의 술을 받아 마시고 집으로 돌아가는 길이었다.

동서가 건네주는 그 첫 잔이 이상하게도 목에 막혔다. 그리고 가슴이 답답해졌다. 받아들이기를 거부하는 몸속으로 두 잔을 억지로 털어 넣었지만 더 이상 술잔을 들 수 없었다. 얼굴이 붉어졌고 어지럼증이 일었다. 모두들 돌잡이로 아이가 잡은 실타래를 보고 자신들의 생명줄이 길어진 것처럼 기뻐하는 사람들을 뒤로 하고 도망치듯 자리를 떴다.

간절하게 쉬고 싶었다. 계단을 내려와 도로에 나섰을 때만 해도 차가운 공기를 마시면 좋아질 것 같았다. 심호흡을 하며 좀 걷다가 택시를 탈 생각이었다. 그때까지만 해도 아직 차를 탈 의사가 없는 그를 향해 가볍게 크락션을 올리거나 천천히 서행하며 눈치를 보는 택시 운전자들이었다.

발작은 순간적으로 왔다. 감히 통제할 수 없는 고통이 가슴을 때렸다. 그는 길바닥에 그대로 꺼꾸러졌고 이불바닥이라도 되는 듯 보도에 얼굴을 비벼댔다. 그 순간 돌잡이 아이가 잡았던 실타래 같은 것이 목을 친친 감아왔다. 그는 무의식적으로 손을 뻗었다.

택시들은 지나갔고 사람들은 두려운 듯 피해버렸다. '이건 꿈일 거야.' 하면서도 죽음이 임박했다는 느낌은 그의 마지막 남은 판단력에 힘을 실었다. 덜덜 떨리는 손가락으로 핸드폰을 꺼내 119를 눌렀다.

그는 불행하게도 작은 개인 병원으로 이송되었다. 담당 의사가 진땀을 빼며 이 긴급한 환자를 도와주고 싶었지만 결국은 역부족이라는 판단을 내렸을 때는 이미 생명의 불꽃이 꺼져가는 상황이었다.

큰 병원으로 옮겨 그의 심장으로 가는 막힌 혈관을 보는 순간 그는 기절했다. 의사는 그에게 한 시간만 늦었으면 이미 이 세상 사람이 아니라고 했다. 의사란 작자들이 즐겨 써먹는 말이라고 하기 전에 고통 때문에 죽었을 것 같다는 생각이 들었다.

이렇게도 약하고도 강한 게 심장일까. 피가 돌자 너무나도 깊은 평안이 찾아왔다. 혈관의 노폐물은 아주 작은 피딱지에서 시작되어 어느덧 더러운 하수구가 되어있었고 악취를 풍기다가 더 이상 흐를 곳이 없어서 터져버렸다. 거긴 담배의 니코틴과 알콜, 분노와 탐욕의 배설물이 섞여들었을 것이다.

몸은 분명 수없이 신호를 보냈었지만 태만과 두려움 때문에 무시하고 외면한 결과였다. 더더욱 나쁜 결과는 스텐스를 넣은 심장이 아니었다. 며칠 동안 부수적으로 이루어진 종합 검사 결과는 뜻밖이었다. 머릿속에서 종양이 발견됐다. 그것은 딸기 모양의 혹이었다.

뜻밖의 심근경색으로 병원에 실려 오지 않았으면 어떻게 됐을까. 우선 종양이 신경을 누르면서 말이 어눌해진다. 약간의 과로 정도로만 생각하거나 주위 사람들은 무리하지 말라는 충고 정도를 던진다.

그의 말투는 그렇잖아도 느리고 어눌했으니까. 어쩌면 서서히 커가던 종양이 포화상태가 되어 모든 신경과 혈류를 막아 갑자기 머리를 쥐어짜고 병원으로 실려가면 의사는 그의 하얘진 머리사진을 보고 고개를 젓는다. 그는 아직 양성인지 악성인지도 모르는 종양을 뒤통수에 달고 허망하게 생을 마감했을 것이다. 그는 늘 무던 사람이었으니까.

다행이다. 죽을 고비를 넘긴 사람이 또 다른 죽을 고비 앞에서 다행이어야 할까. 목소리 크고 못생긴 아내가 제 세상을 만난 듯 병원을 설치고 다녔다. 아무에게나 말 걸고 상하를 막론하고 격의가 없어도 너무 없다. 화장도 안한 얼굴은 거무튀튀하고 주름은 잔뜩 져있고, 거죽 같은 피부에 기미가 가득하다. 옷은 아무렇게나 입었고 머리는 언제 손질했는지도 모를 만큼 헝클어져 있다.

미장원에라도 가라하면, '돈이 썩어서 거기다 내뻴끼가?' 하고 덤벼들 것이다. 도대체 어디서 저런 물건이 와서 아직도 곁에 버티고 있는지, 용하고 무던한 성격의 자신이 아니었다면 벌써 아내와는 끝이 났을 것이다. 성격을 파악하기도 전에 딸을 둘씩이나 낳아버렸고, 그 딸들이 대단히 총명한 머리를 가졌다는 게 신기했다. 결국 그녀는, 마누라는 제쳐두고 제멋대로 살다가 길바닥에 엎어져 병원으로 실려 온 꼴 같지 않은 작자의 마지막을 보기 위해 남았는지도 모른다.

'니는 행님이 건사해준 덕분에 사는 기여.' 돌아가신 형님의 제사마저 잊어먹는다며 타박할 때는 큰 누나 같기도 하다. 갑자기 형님 얼굴이 떠오른다. 그의 형 정섭은 월남전 참전 용사이기도 했다. 가족들이 모이면 '혼바산 전투' 등의 이야기를 하도 해대서 모두들 춘향전의 줄거리처럼 외울 수 있었다. 배가 고프면 수류탄을 까서 강에 던지면 고기들이 허연 배를 드러내고 물에 떠오르고 그걸 가져다가 매운탕을 해먹는 전경이 머릿속에 그려져, 늘 무슨 양념을 넣었는지, 한국에서처럼 그 감칠맛은 났는지 궁금해지기도 했다.

그 형님은 어처구니없는 고집 때문에 사망했다. 사고도 아니고 자살도 아니었다. 그렇다고 고엽제 때문도 아니었다. 그는 친구들과 천렵을 나갔다가 혈압으로 쓰러져 오는 길에 생을 마감했다. 혈압이 백 팔십을 오르락내리락하는 그는 혈압강하제를 거부했다.

그의 말을 빌리자면 '좆대가리 꺼꾸러질 일 있나?'였다. 형의 그 물건은 꺼꾸러지지 않았을지도 모르지만 그놈을 과신한 나머지 몸뚱아리가 꺼꾸러졌다. 형의 시신에서는 비린내가 났다. 밧데리로 지져 잡은 고기들이 봉고차 바닥으로 엎어졌고, 형 친구들은 형을 살리기 위해 죽을 둥 살 둥 차를 몰았겠지만 그의 몸뚱아리는 죽은 고기들과 비벼졌다.

형의 장례식에는 그렇잖아도 작은 몸집의 형수가 통곡으로 한층 더 쪼그라져 있었지만 옛 전우들은 군복을 입은 채 보무도 당당하게 관을 맸다. 둥그런 묘를 만들고 그들은 여전히 쿨쩍거리는 형수 앞에서 그 묘 둥만큼의 술을 마시고 쓰러졌다. 그들의 배에서 월남의 물고기들이 살아나올 것만 같았다.

그가 세운 삼성테크는 세 명의 제 동생들을 회사에 데리고 있었지만 얼마안가 쫓겨나거나 도망갔다. 막내인 박정용은 두 형보다 패기도 없었고, 능력도 자질도 한참 떨어졌지만 끝까지 붙어있었던 덕분에 엉겁결에 형의 사업을 어영부영 이어받았다. 형의 뜻하지 않은 죽음 때문이었다.

"제가 회살 잘 키워서 조카들이 크면 물려드리겠습니다."

형수에 대한 그의 진심 어린 말은 아내의 한마디에 댕강 잘라져버렸다.

"뭘 물려줘. 시숙 사업에 보증이란 보증은 죄다 우리가 서있는데 우리거 끄고 성님이 하시든가요. 아니면 깨끗하게 얼마 드리고, 형편대로 조카들 보살펴주면 되지."

그렇게 무식하고 목소리 크고 저돌적인 아내의 입장 정리로 별 무리없이 업을 이어받았었다. 형수는 형의 기에 죽어 살다가 이젠 동서의 목소리에 주눅 들어 살 것을 예감했는지 도장을 찍고 그저 눈물만 흘렸다.

이렇게 죽는다면 형은 뭐라고 할까?

한심스러웠다. 형이 세상을 뜬지 벌써 십 년이 넘는다. 그 형은 어떤 수단과 방법을 썼는지 대기업에 거래를 트고 협력업체로 등록시켜 놓고 일감도 안정적으로 확보해두고 큰 빚 없이 세상을 떠났다. 형이 운영할 때만 해도 종업원 수는 삼사십 여 명을 웃돌았다. 매출도 지금보다 더 많았고 수익성도 훨씬 좋았다. 언제든 하청업체에서 독자적인 부품생산업체로 발돋움하려고 연구실을 따로 두고 있었다.

그는 특수척 개발에 온 힘을 쏟고 있었다. 아마 만약에 형이 살았다면 이미 중견기업이 되었거나 어쩌면 독자적으로 생산할 수 있는 제조품 몇 개쯤은 가지고 있을 것이다. 아니면 형님은 무리하게 투자했다가 전 가족을 힘들게 했을지도 모른다. 인생은 가정이란 없다.

'모지리 새끼!' 정용은 입술을 깨문다.

'잘 뒈지라는 거겠지.' 그는 자책하며 모로 눕는다. 이대로 죽고 없어져도 저 여자의 목소리는 그대로 일까. 갑자기 풀이 죽어 기어들어가는 목소리로 세상을 산다면......

알 수 없는 슬픔이 밀려왔다. 못생긴 데다 예의도 없고 낄 자리 안 낄 자리 기어들고 옷 하나 제대로 못 사 입고 구박받는다면. 아아, 얼마나 그동안 아내를 무시하고 구박했는가. 그 아내 때문에 그나마 살아온 지도 모르고. 그는 촉촉이 적셔드는 눈물이 콧등으로 흘러내리는 것을 숨기기 위해 시트에 얼굴을 박았다.

"와여, 와? 와 우는데? 안 죽는다. 걱정마라. 내가 당신 죽게 안 만든다. 겁 묵지 마라. 겁 묵지 마."

성주 참외밭에서 참외만 따다가 시집온 아내는 병실 사람들이 다 들릴 만큼 큰소리로 다독인다.

"조용해라. 쪽 팔린다."

"그래, 와 쪽 팔릴 짓을 하는데!"

박정용은 웃고 만다. 자신이 죽어도 목소리는 여전할 것 같다.

며칠 후 일단 심장이 안정되자 회사로 나갔다. 형이 심어놓은 사무실 동의 나무들이 잡목처럼 우거져 있다. 저걸 왜 저렇게 놔뒀지, 그는 당장이라도 작업복을 입고 전지작업을 하고 싶었다. 그러고 보니 대문을 포함해 공장 건물 전체가 우중충하다.

주변에 새로 지은 공장들 탓도 있었지만 관리하지 않은 표가 확실히 난다. 거의 방치해버렸는지도 모른다. 그렇게 형이 허망하게 죽은 걸 봤는데 돈에 욕심을 낸들 무엇 하랴 싶었고 또 하나는 형에 대한 알 수 없는 채무감이 그를 나태하게 만들었다.

내 것이 아니라는, 형 것을 가지고 이렇게 저렇게 하고 싶지 않았다. 공장을 키울 야망도, 영업을 할 욕심도 없었고 사람이 나가면 충원할 의욕도 없었다.

연구실은 휴게실로 변했고 그가 개발한 척들은 전시용품으로 전락했다. 다행히 아무것도 벌이지 않은 덕에 그저 명맥은 유지됐고 그 때 등록한 방산업체의 협력업체로 근근히 지탱해왔다. 그나마 거래처에서 귀찮은 일 떠맡기면 군말 없이 해주는 덕분에, 그런 회사가 하나쯤은 필요한 모체 직원들 때문에 생존해 있었다.

그는 형의 것을 울궈먹고 훑어먹고 찜쪄먹고 우려먹고 비벼먹고 살아왔다.

'뭘 했지? 그 동안……'

그는 의자에 풀썩 주저앉으며, 다시 물었다.

뭘 하지?

아내만큼이나 못생긴, 아내보다는 배나 뚱뚱한 경리가 차를 내왔다.

"사장님 생각보다 좋아보이시네요."

"왜 송장처럼 됐을까봐?"

그는 습관처럼 퉁명스럽게 대꾸했다. 아내의 작품이지만 일만큼은 잘했다. 그렇다고 친절해줄 수는 없었다.

"경미야. 올해는 시집가야지."

"와 시집가는데예?"

사적인 대화의 전부다. 살 좀 빼라고 말하고 싶고 그녀는 너 같은 것 만날까봐 시집 안 간다는 뜻일 거다. 서울 여자애였다. 전화 목소리에 반해 은근슬쩍 들러본 거래처 직원들의 번지수를 한참이나 혼란스럽게 하는 목소리는 여전히 명랑 쾌활하다.

대체로 뚱뚱한 여자들이 그렇듯이 넘치는 에너지로 주변을 활기 넘치게 하고 생기를 불어넣는다. 말라깽이가 대세인 시류에도 전혀 주눅이 들지 않고 커다란 엉덩이를 씰룩거리며 사무실과 현장을 누빈다. 좀처럼 자신의 처지에 대해 고민도 좌절도 없는 여자였다. 어쩌면 몸뚱아리 틀리지만 아내와 똑 같은 부류였다.

'니 몸을 생각해라, 그래야 애인도 생기지.' 하고, 말하려다 참은 것은 이전의 경리와 놀아나다가 그 경리의 남편에게 걸려 칼 맞을 뻔한 사건이 떠올라 입을 닫아버렸다. 다행히 성관계를 하기도 전이어서 모처럼 사건의 내막을 알아들은 아내에게 제법 큰소리 친 사건이었다.

술 취해 난입한 사무실에 그 자는 칼을 들고 설치며 협박했다. 당장 들어와서 해명을 하지 않으면 지 마누라 죽이고 불을 질러버리겠다고 했다. 마침 아내는 그 전화를 엿들었고 어쨌든 피해보려는 박정용을 끌고 분연히 사무실로 들이닥쳤다.

그의 칼끝과 술기운의 분노가 한꺼번에 덮쳐왔다.

"몇 번 붙어 묵었노?"

"아무 일도 없었다니까요."

잡혀있던 경리가 대신 대답하자 놈은 사정없이 뺨을 갈겼다.

"이 자슥이 무슨 폭력배가, 무신 남의 사무실에서 이 난리고? 니 하는 꼬라지를 보니 느그 마누라 바람나게 생겼네 뭐."

목소리를 높인 건 아내였다. 갑자기 칼끝으로 덤벼든 아내가 그의 팔을 획 치우며 쏟아댔다. 천하를 휘어잡을 듯한 놈의 기세는 순식간에 꺾이더니 살벌한 분위기는 아내와 말싸움으로 변질되고 있었다.

"아줌마가 사장부인, 그카고 댕기니께 사장이 지 종업원이나 건드리지."

"지랄하고 자빠졌네. 지 마누라도 건사 못하는 주제에 남 입성 들먹이나, 그리고 건들기는 누가 건들려? 니 마누라가 니가 하두 뚜드려패서 하소연 좀 들어줬다 카드라. 그리고 설령 마누라가 바람이 났으면 창피한 줄 알고 댐벼야. 온 동네 소문내러 왔나? 그리고 누가 우리 서방이 니 마누라하고 붙어먹었다던고, 대봐라. 어디서 해묵드노?"

이미 오면서 불륜의 의심을 풀어버린 아내는 오히려 놈을 몰아붙였다. 설령 불륜했던들 지 서방을 건드는 놈을 용서 못할 여자였다.

"했나 안했나?"

놈은 지쳤는지 지 마누라를 다그쳤다.

"미친놈 지랄하네. 했으면 했다고 할까. 못 믿겄으면 집구석에 들어앉히고 아예 일을 안보내면 되지. 능력도 못되는 것이 의심만 호박덩어리 만해 같고 쯔쯔."

제풀에 지친 놈은 지 아내를 몇 차례 두들겨패고 컹컹거리다 도망치는 똥개처럼 자리를 피해버렸다.

소란이 끝난 후 아내는 한마디 던졌다.

"비 묶을 것을 비 묶어라. 지 집구석에 물건 깨묵는 것들 끝이 조찮다이."

그랬다. 끝이 안 좋은 것이다. 분명 그 경리와는 문제가 없었지만 그 이전의 경리와는 제법 오랫동안 관계를 가지고 끝내는 떼어내는데 엄청난 에너지를 소비해야 했다.

빌어먹을, 그는 처벅처벅 공장으로 들어섰다.

"사장님, 건강하시네."

베트남 출신 리얀두한이었다. 긍정의 신 같은 존재였다. 보통 기술자들이 일을 하다보면 막히는 것이 생기고 결국은 짜증을 내지만 두한은 달랐다. 그는 끝까지 그 막히는 것까지 즐기는 녀석이었다. 그가 만약 외국인 불법 노동자가 아니라면 최고의 기술자 대우를 받았을 것이고 이미 제 사업체를 차려도 차릴 인물이었다. 공장에서 그나마 유일하게 기쁨을 주는 종업원이기도 했다. 그런 그를 다른 직원들이 은근히 질투하기도 했지만 두한은 그런 직원들의 비위까지 잘 맞춰 별 탈이 없었다. 그는 자신이 결국은 약자, 언제든 본국으로 송환될 수밖에 없는 처지라는 것을 잘 알고 처신했다. 그는 결코 기술을 과신하거나 자신의 실력을 자랑하지 않았다. 사석에서는 그와 의형제를 맺은 친구였다.

네가 한국인이라면 얼마나 좋을까? 갑자기 그런 생각이 들었다. 이 친구한테는 모든 걸 맡길 수 있을 것 같았다.

"사장님 일람하고 그 동생 가버렸어요."

"와?"

"공장장님 욕하고 난리 났어요. 일 못 한다고."

"그 새끼는......"

외국인 노동자를 요청한지 겨우 몇 달 만에 배정받아 온 차였는데 그들은 처음의 패기와는 달리 한 달을 못 버티고 도망 가버린 것이다. 작업 사이클 타임이 삼십 초 정도 되는 제품을 기계 세 대씩 배정해주고 하루 열 시간 기준으로 천여 개의 작업량을 채우라고 했던 게 아무래도 무리였을까.

비행기를 타고 한국 땅에 내렸을 때는 충분히 그만한 각오가 되어있었을 텐데, 처음 본 순간 앳된 모습이 아직 여물지 못해 보여 은근히 걱정은 했었지만 늘 그렇듯이 허탈했다. 허기사 이런 일을 해내려면 한국의 노동 현장에서 이삼년 잔뼈가 굳어져야 버틸 수 있고, 쓸 만큼 되려면 이미 본국으로 돌아갈 시기에 육박해있거나 불법 근로자가 되어있을 것이다.

공장장 조석래가 건성으로 인사했다. 녀석은 늘 그런 식이다. 하긴 한때는 술 친구였고 한 패였었다. 그렇다고 지 할 일을 못하는 자는 아니다. 이십 여 년을 부대껴 오며 서로의 얕은 수를 너무나 뻔히 알고 있는 처지였다. 충성스럽고 일 잘하는 직원들은 수없이 머물다 갔지만 마지막까지 남은 놈은 교활하고 인정머리 없는 공장장뿐이었다.

그래, 언젠가는 속 시원하게 잘라내 버리고 말리라, 그런 마음을 먹는 순간 어쩐지 아쉬운 게 많은 놈이었다. 그 미움과 반목의 세월동안 결국은 의지하고 기대게 된 고약한 관계였다.

그런 그가 갑자기 두렵다. 이제까지는 가지지 못한 특별한 감정이었다. 그가 다루기 힘들고 까탈스러운 종사자에 불과하다는 느낌 정도였지 경쟁자로 여겨진 것은 처음이었다. 매몰차고 끈질긴 그의 등살에 얼마나 많은 직원들이 그만 두었는가. 그리고 자신의 입지를 찾은 다음엔 어떻게 했던가. 몇 번씩 직원들을 규합해 생뚱맞은 행동을 벌이거나 태업을 일으켰고 회사를 궁지에 몰아넣으며 압박했지만 대수롭지 않게 생각해왔다.

자신이 기계가공에 문외한이고 성격이 무른 것을 이용해 얼마나 많은 행패를 부렸는가. 그런 자에게 회사를 맡겨두고 밖으로 돌았으니 결국 회사는 쭈그렁망태기처럼 되버렸다. 너무나 많은 것을 놈에게 맡겨버렸다. 놈은 언젠가 이런 날을 기다리며 뒤통수를 칠 기회를 호시탐탐 노리고 있었던 거다.

'그를 놓치지 말아야 했어.'

박정용의 머릿속에 한 사람이 떠올랐다. 오랫동안 잊혀졌던 사람이었다. 형님이 유난히 챙기고 아낀 위인이었다. 나이가 엇비슷해서 느낀 질투심이었을까, 그때는 그가 그렇게 미웠다. 형님에게 욕먹는 이유가 모두 그 자 때문이라고 여겨지기도 했었다. 형님이 죽고 그런 그를 제일 먼저 내보냈다. 조석래 저 놈의 힘을 빌려서였다.

"인도네시아 애들, 안돼요."

멍하니 생각에 잠긴 그에게 두한이 말을 건다.

"임마, 아무나 일 잘하면 돼지."

"아무나가 됩니까?"

인간은 오래 묵으면 누구나 제 영역을 확보하려 한다. 두한도 가능하면 자기 나라 사람을 쓰고 싶을 것이다. 물론 업무의 효율을 넓힌다는 의미도 있지만 사장의 직원을 구하는 태도를 야유하며 짚고 넘어가고 싶은 것이다.

박정용은 미소를 지으며 두한의 머리를 툭 쳤지만 뭔가 여운은 좋지 않았다. 산다는 것은 관계되는 사람들과의 무한한 투쟁일까. 좋은 시간들은 영원한 것이 아니다. 내 사람은 끝내는 없다. 결국은 이해타산의 팽팽한 관계 속에서 마주보고 서있는 사람을 발견하는 것이다. 놀랄 일도 아니고 또 황당해 할 필요도 없고, 배신감에 사로잡히거나 분노에 떨 필요가 없다.

완벽한 관계라고 믿었던 것들은 허상도 아니고 실체도 아닌 단지 이해타산의 톱니바퀴가 돌고 돌다보면 헐거워지고 고장 나는 것처럼 언젠가는 받아들여야 할 물리적 시간의 잔여물, 인간의 숨겨진 본능이 아닐까.

"베트남 공화국을 만들래? 공장장 공화국처럼?"

박정용은 말해놓고 자기도 모르게 어처구니가 없어 웃었다. 그는 계단을 통해 옥상으로 올라갔다. 직원들이 많을 땐 족구를 하고 깡통 맞추기 간이 축구도 할 만큼 넓은 공간은 각종 폐품들과 잡자재 등으로 엉망이었다.

도대체 뭘 했단 말인가? 후회가 밀려온다. 대충대충 살면 되겠지. 골프나 치고 여자들 희롱이나 하고 포커판이나 기웃거리고, 그런데 그런 거조차 제대로 한 적이 있는가. 그저 시끄러운 마누라 피해 다니기에 급급했던 못난 남자였다. 진즉에 경영권을 능력 있는 다른 사람에게 줬어야 했다. 그도 저도 아니면 아내한테라도 줬다면 이 정도는 아니었을 것이다. 한편으론 건강만 회복된다면 제대로 해보고 싶었다. 다시 한 번 재기할 만큼의 건강을 준다면……

돌아보면 너무 후회스러운 인생이었고 부끄러웠다.

'놈은 덜컥 이 잔을 마실 거야. 나는 이제 틀렸지만 가족들은 건사해야지.' 그는 퇴원하면 한목이를 만나겠다고 생각했다.

죽고 나면 뭐가 남을까.
두렵다. 두려웠다. 그는 서울에 있는 한 대학병원에 입원했다. 회사에선 아무도 모른다. 어쩌면 이미 알고 있는 내용을 공연히 쉬쉬하는지 모른다. 살아 나와도 알고 죽어 나와도 알게 될 일을 왜 비밀로 했을까? 그는 수술실로 들어가며 후회했다. 차라리 모든 걸 정리하고 올걸. 미처 생각이 정리되기도 전에 그의 의식은 마취로 혼미해졌다.
차라리 그에게 회사를 맡겼더라면...... 한목이가 머릿속에 떠오르며 뒤늦은 후회가 농밀한 안개처럼 번져왔다.

한목이의 기침은 좀처럼 멈추지 않았다. 가벼운 감기라고 생각했던 기침은 좀처럼 나아질 기미가 보이지 않는다. 동네 병원에선 과로하지 말고 푹 쉬라고 권했고 동료들은 젊은 사람이 감기 하나 못 떼고 달고 다닌다고 핀잔을 주었다.
가끔씩 미열이 나고 등에서 식은땀이 흐른다. 좀 쉬고 싶다는 생각이 들고 잔업이 두려워지고 야간작업이 고통스럽다. 깊이 마신 담배연기처럼 용접 가스는 독하다. 허리에 찬 용접봉을 엎지를 만큼 허리가 접히도록 격렬하게 쏟아지는 기침은 무섭다. 기어이 아침 퇴근길에 멈추지 않는 기침 끝에 뭔가 찜찜한 것이 목구멍을 타고 나왔다.
시원한 경험이었다. 그러나 손바닥에 쏟아진 핏덩어리를 보는 순간 곧 공포로 바뀌었다. 이렇게 억울하게 죽는단 말인가? 이십 대 초중반을 산업 현장에서 불철주야로 일했던 결과물이 이건가. 부끄럽기도 하다.
독하게 살아왔다. 남들은 잘도 살쪄가고 야무져 가는데 인간 독종 한목이, 이게 뭔가. 고향의 식구들에게 미안했다. 잘 살게 해주고 싶었다. 원둑의 논도 찾아주고 인선이가 어떻게든 가수가 되는 것을 도와주고 싶었다.

회사에는 다시 출근할 수 없었다. 폐결핵에 대한 선입견은 아직 보수적이었다. 폐병, 그것은 망할 놈의 전염병이었다. 그가 지나가면 결핵균이 떠다닌다는 듯 사람들은 피한다. 묘했다. 차라리 다리가 부러졌더라면 덜 억울하고 덜 의기소침해졌을 것이다.

한목이는 거의 도망치듯 회사를 나왔다. 갈 데가 없었다. 돈도 없었고 아는 사람들과 어울리는 게 두려웠다. 폐병쟁이를 반겨줄 곳은 이 세상 어디에도 없었다. 회사 동료들은 어땠는가. 같은 방을 쓰던 동료들은 폐결핵에 걸린 그의 방을 피해 어디로 갔는가. 죽어라고 일 시킨 회사는 어떤 태도를 보였나, 위로금조차 지급을 거부하며 얼마나 매몰차게 내쳤는가.

차라리 용접불꽃처럼 확 타올라 공장 한 귀퉁이에 녹아버렸다면, 산재라도 인정되어 보상금 받아 아버지가 빼앗겼다고 생각했던 땅을 찾아줬거나, 인선에게 능력 있는 매니저를 붙여줘 하루빨리 가수의 꿈을 이루게 했을 텐데, 억울했다.

얼마동안 여관을 전전하다가 거의 진이 빠져 도착한 곳은 고향이었다. 설마 병들어 돌아오리라고는 꿈에도 생각 못했던 막막한 낙향이었다. 조부모들이 작고하고 동생들도 객지로 뿔뿔이 흩어진 고향집은 이미 폐가가 됐고 새끼제비들이 떠난 제비집처럼 우중충한 동굴 같은 곳이었다.

그 폐가 옆에 새 집이 지어져 아버지와 막내가 살고 있었다. 그는 새 집으로 들어가지 않고 폐가의 바위가 들어있는 그 방을 치우고 안식을 취했다.

그는 처음으로 죽음에 대해 생각했다. 피를 토하고 쓰러져 구덩이 속으로 들어가는 자신의 모습을, 그 구덩이 위로 세상의 문이 닫히고 암흑 속으로 사라지는 모습을 연상하면 몸이 오그라들었다. 마지막 숨이 끊어지는 순간 얼마나 고통스러울 것이며, 기억의 끈을 놓아버린 시체 위로 구더기가 이는 상상은 끔찍했다.

주야 교대근무, 끝없는 연장근무, 과도한 노동 강도를 견디기 위해 딱딱하게 굳어진 몸뚱어리와 예민해진 정신 줄이 풀리며 온몸이 아파왔다. 조금만 움직여도 등짝이 쑤셔댔고 콜록거리기라도 하면 몸이 찢어져라 아팠다. 이렇게 죽는구나! 병원에라도 데려다주라고 말하고 싶었지만 두려웠다.

입원한 순간 죽음을 판정해 버릴까봐 겁이 났다. 하지만 일주일쯤 지나자 몸은 회복되기 시작했다. 마치 적군의 공세를 당해 몰락 직전의 상황에서 어디선가 우군이 나타나 무찔러버린 느낌 같은 것이었다. 하지만 쇠약해진 신경은 한층 예민해졌다.

어느 날 토방에 태만하게 앉아 있다가 천지를 찢어놓을 듯한 굉음에 거의 정신을 잃을 뻔 했다. 제트 기류를 탄 비행기가 기압차로 내는 굉음이었다. 펑크 파열음 정도였지만 그것은 곧 공포로 바뀌었다. 그전에는 전혀 의식하지 못했던 소리에 거의 강박적으로 반응했다. 하루에 한두 번 울리는 그 파열음 자체가 문제가 아니라 그 폭발음으로 심장이 터져버릴지도 모른다는 그래서 죽게 될지도 모른다는 공포는 그의 일상을 파괴시켜버렸다.

술을 마시거나 구석으로 숨어들어가 솜으로 귓구멍을 막거나 미친 듯이 소리를 질러 맞서봤지만 점점 더 신경은 날카로워지고 공포는 더해갔다. 한번 시작된 강박증은 풀리지 않았다. 차디 차고 조용한 세상에서 무작위로 내뿜는 굉음, 대부분 무심코 지나치는 소리에 혼자서만 민감해 하는 자신을 이해할 수 없었다. 그는 참다못해 꽹과리와 징을 사서 방안에서 두들겼다.

언제 터질지 모르는 파열음의 공포에 맞서기 위해서였지만 해결될 수 없었다. 아버지는 그를 당골래에게 데려가려 했다. 신이 들렸다고 판단한 듯 했다. 처음으로 아버지가 하라는 대로 내버려두었지만 오히려 온 동네에 흉흉한 소문만 돌게 했다.

그녀와 마주친 것은 동산 바로 옆에 있는 원둑의 배수구 아지트에서였다. 언제부턴가 밤마다 동산과 원둑을 그리고 오동녀의 후박나무숲을 배회하는 일과가 계속되었다. 바닷물이 빠지면 원둑 안 완충지인 갈대밭에 고여 있던 물이 한꺼번에 빠지면서 커다란 물웅덩이가 만들어졌고 이제는 저 멀리까지 새로운 바다고랑이 생겨났다. 고기들이 그 고랑을 타고 수로를 넘나들며 웅덩이에는 제법 많은 수종들이 모여들었다.

처음엔 그것들을 상대로 밤낚시를 해보았지만 시들해졌고 원둑 밑에 있는 커다란 너럭바위에 불을 지피고 지칠 때까지 앉아있는 게 좋았다. 그리고 거기에 작은 오두막이 하나 생겼다. 동산의 작은 나무를 베어다가 동산 언덕에 기대고 너럭바위에 갈대를 꺾어 푹신한 자리를 만들었다. 언제든 기어들어와 비바람을 피할 정도의 작은 오두막이었다. 아무도 방해하지 않는 혼자만의 공간이었다.

비가 오는 가을밤이었다. 날씨는 싸락했지만 바람은 없었다. 한동안 관두었던 낚싯대를 웅덩이에 넣고 오두막에 앉아 있는데 귀신처럼 그 여자가 서 있었다.

"들어가도 돼요? 오빠."

비옷을 입은 여자가 놀랄 틈도 없이 말을 붙여왔다. 달은 구름에 가려 있었지만 얼굴 형태는 짐작할 수 있는 밤이었다.

"누구지?"

"나, 당골래 딸."

"아아, 그래. 니 이름이 뭐였드라?"

"정애……"

그녀가 비옷을 벗고 쑥 들어왔다. 제법 덩치가 크다고 생각했는데 가슴이 큰 탓이었다. 정애, 그래 누나와 비슷한 이름이지.

"그 때 오빠 봤어. 오빠 굿 할 때."

"보기 좋든?"

"외로워 보였어."

"나는 곧 나을 거야."

"그렇겠지."

"그런데 너는 아직도 고향에 있냐?"

"나도 내려온 지 얼마 안 돼."

"왜?"

"병들었겠지."

'병들었겠지?' 한목이는 그녀의 말뜻을 곱씹어보았다.

그들은 잠깐 동안 아무 말 없이 우두커니 있었다. 어색했는지 그녀가 우비를 들었을 때 한목이가 그 손을 잡았다. 가슴이 두방망이질했다. 그녀는 시체처럼 무너졌다. 아무런 저항도 없었다. 아주 짧은 시간에 사정이 이루어졌다. 그녀가 놀란 듯 옷가지를 챙겨 입었다.

그가 다시 입술을 대자

"병이 옮겨질 거야."

'내 병이?' 하고 물을 틈도 없이 그녀가 말했다.

"내 신병이 옮겨갈 거야."

그 뒷날 그녀가 오기를 기다렸지만 오지 않았다. 다음 날에도 마찬가지였다. 다시 만나면 제대로 한 번 몸을 섞고 싶었다. 키스도 나누고 병도 나누고. 아마도 그 때 그녀와의 섹스가 그의 욕망의 물꼬를 튼 계기가 됐을 것이다. 늘 집착하지만 채워지지 않는 결핍 같은 애욕이었다.

 며칠 후 한목이는 서울로 향했다. 도시의 소란스러움에 합류하자 비로소 평정심, 가짜인지는 모르지만 고요함이 찾아왔다. 극도의 불안은 도시가 내뿜는 불안전한 소음 속으로 묻혀버린 것이다. 하지만 그는 이미 극도로 쇠약해져 있었다.
 목에서는 쇳소리가 났고 등에서는 식은땀이 흘렀고 기분 나쁜 미열이 일었다. 여관방을 전전하며 밤새워 작사를 해서 인선에게 찾아가보려고 했지만 정작 그녀를 만났을 땐 어떤 작사 원고도 없었다. 인선은 그에게 아무런 도움을 줄 처지가 못 되었다. 직업을 잃었다는 것에 안타까워 할 뿐 그의 건강 따위에는 별 관심이 없어보였다.
 늘 그렇듯 그녀는 자신의 세계에 빠져 허우적거렸고, 헤어질 무렵엔 오히려 도움을 받고 싶은 표정이었다. 그는 몇 군데 부업 자리를 찾아 나섰지만 마땅한 일자리를 구하기는 쉽지 않았다. 지치고 힘들면 그는 그의 여신이 노래하는 클럽에 몸을 숨기고 그녀의 노래를 탐닉하거나 몸짓과 교태를 훔쳐보며 위로로 삼았다.
 가끔씩 무대에서 내려와 손님들의 술자리에 동석해 웃음을 팔거나 매니저인 듯한 사내에게 끌려 황급히 사라지는 그녀를 보며 자신의 보잘 것 없는 초라함과 누추함에 몸서리쳤다. 언젠가 꼭 성공해서 나타나고 싶었고 그녀 또한 진짜 가수로 만들어줘 마음껏 노래 부르게 하고 싶었다.

"몸을 배래뿌럿다."

"결국, 괜찮아. 내가 있잖아. 이제 쉬엄쉬엄하자."

동녀의 얼굴에 어머니 같은 슬픈 표정이 스쳐 지나갔다. 어머니인지도 모른다. 한목이는 자기도 모르게 입술을 깨물었다.

"내 방을 써. 나는 부엌에서 자면 되니까. 불편하면 방은 알아볼게."

"니 무릎 좀 줘봐."

그렇게 말했고, 스무 시간 정도를 시체처럼 잤다.

참 염치없는 놈이었다. 동녀는 날마다 개고기를 끓여댔고, 몸에 좋다는 별의별 약을 구해와 먹인다. 방을 따뜻하게 해두었고 행여나 불편할까봐 재빠르게 밥을 해주고 밤늦게까지 일을 하고 들어와 조용히 다락으로 스며들었다. 다락은 틀림없이 습하고 추웠을 것을 한 번도 내색한 적이 없다.

그녀에겐 늘 다락이 전부인가. 그런 그녀를 위로해 주기는커녕 폭주를 하는 날이면 억지소리를 해댔고, 그것도 모자라면 동녀를 끌고 인선이 잠깐씩 노래를 부르는 극장식 클럽으로 끌고 가 부아를 돋우었다.

"내가 언젠가는 말이다. 저 애하고 살 끼다."

빌어먹을, 그렇게 허세를 부렸다. 술이 깨면 바로 집을 나와 도망가고 싶었지만 동녀는 빈틈이 없었다. 동녀는 해장국을 끓여댔고, 농담처럼 말하곤 했다.

"내가 돈 많이 벌어서 그 잘난 년하고 살게 해줄게."

그런 그녀의 지극 정성스러운 보살핌 덕분에 몸은 많이 회복되었다. 몸이 나아지자 지금까지는 느껴보지 못했던 천박한 욕망들이 끓어오르기 시작했다. 창녀촌을 드나든 것은 그때였다. 묘한 욕구불만이 가장 불안정한 곳으로 흐른다는 예감에 괴롭기도 했지만 일정 시간이 지나면 창녀를 찾곤 했다. 그리고 절망 같은 방사를 했다.

"우린 뭐지?"

한 번은 농담처럼 동녀가 물었다.

"우리는 그냥 우리지."

"그래, 그냥 우리지."

한목이는 그때까지만 해도 동녀가 한 아이의 어머니라는 걸 몰랐다. 우연히 장지갑 속에 든 아이의 사진을 보았을 때, 누구냐고 묻자 동녀는 주저 없이 말했다.

"내 아기."

"너가 이 아이의 엄마라고?"

"그래,"

"너 미쳤어?"

한목이는 그녀의 옷깃을 잡아당겼다. 블라우스 단추가 투두둑, 바닥에 떨어졌다. 그녀의 젖가슴이 송두리째 드러났다.

"너가 어떻게 남자하고……"

"결혼도 했었지."

빨갛고 검은 젖꼭지가 꿈틀거렸다. 그 한쪽 가슴에 붉은 모반이 돋아오른 게 보였다. 아직 흉하지 않았지만 서서히 가슴에 번지는 모반이었다. 동녀는 천천히 블라우스를 집어 들고 가슴을 가렸다.

"이제 이거 때문에 남자들이 안 덤벼들겠지."

체념도 아닌 그렇다고 비탄도 아닌 자기비하였다.

"미안하다. 다 내 탓이지."

"모반이 쑥쑥 자랐으면 좋겠어."

동녀는 돌아서서 훌쩍였다. 한목이는 그녀를 감싸 안았다. 아무 말도 할 수 없었다. 그녀 앞에서만 서면 성적불구가 되는 자신이 밉고 원망스러웠다. 그녀와 성적관계를 가지는 것이 그녀에게 시퍼런 칼을 들이

대는 느낌이 드는 것을 어떻게 할 수가 없었다.

그녀가 광팽이에게 당하면서 질러대던 그 절규를 잊을 수 없었다.

'미안하다. 나는 그래서 가상의 또 다른 한 여자가 필요한지도 모른다.'

며칠 후 배인선에게서 연락이 왔다. 예상은 했지만 급하게 돈이 필요하다는 것이었다. 한목이는 거절할 수 없어 해주겠다고 했지만 방법이 없었다. 끙끙 앓고 있는 그에게 동녀가 고민거리가 뭐냐고 걱정스럽게 물었다.

"동생 등록금과 집 얻을 돈이......"

"내가 줄게. 그 정도는 있으니 걱정 말고."

"한 달 정도만 돌려주면 돼."

아마도 동녀는 그의 흔들리는 눈빛을 보고 이미 모든 것을 직감하고 있었는지도 모른다. 일말의 양심이 느껴졌지만 곧 갚아주면 된다고 생각하고 그 날로 인선에게 갖다 줬다. 인선은 거의 감동해서 그를 꼭 껴안았다.

"딱, 한 달만 쓰고 갚을게."

늘 지켜지지 않는 약속이었지만 이번에는 믿고 싶었다.

"내가 이번에 꼭 방송에 나올 거야. 그러면 이깟 돈은 돈도 아니지."

그녀는 큰소리쳤지만 한 달 후엔 그녀는 클럽에도 나오지 않았다. 어떤 남자와 주변 사람들 돈 떼먹고 도망갔다는 좋지 않은 소식만 들어야 했다.

한목이는 동녀에게 도저히 얼굴을 들 수 없어 어느 날 집을 나왔다.

─미안하다. 나는 너를 영원히 떠나려고 한다. 나는 더 이상 통제할 수 없는 나를 안다. 나는 너에게 더 이상 나쁜 남자가 될 수 없다.─

한목이는 메모를 남기고 그 집을 나왔다.

한목이는 그렇게 다시 창원으로 내려왔다.

구십년 대 아직 '마치코바' 수준에 머물러있던 많은 중소기계가공업계에 엄청난 변화가 일어나는 시기이기도 했다. 이제까지 범용 위주의 공작기계가 CNC화되기 시작한 것이다. 그것은 임가공 현장의 엄청난 변화였다. 주로 일본의 전자 시스템을 장착한 공작기계는 빠르게 현장에 보급되었고 기능공의 손감각과 고도의 테크닉에 유지하던 정밀 공차는 그야말로 수치제어에 의해 통제되었다.

엔시 기술은 직선 가공 위주의 공작물에 원호가공을 자유자재로 해주었기 때문에 각진 공작물들은 부드럽게 변해갔다. 딱딱한 세상이 부드럽고 자유로운 세계로 나아가는 시대의 흐름처럼 쇠를 깎는 가공 파트에서도 예외 없이 나타나는 것이다.

한목이는 경력을 인정받아 바로 공장의 최첨단 기계인 엔시 선반, 머시닝 센터 쪽에 배치되었다. 이력서를 본 사장은 군 미필문제를 꺼냈지만 이미 이력서를 몇 번 들이댄 경험으로 어렵지 않게 피해갔다. 군면제가 아니라 산업체특례병으로 제대했다고 말했고, 나중에 드러나면 그땐 다시 대처하기로 할 만큼 이력서를 들고 다닌 후의 입사였다.

호쾌한 성격의 사장이 그런 걸 따질 위인이 아니란 걸 나중에 알았지만 어두운 면을 보여 나쁜 선입견을 줄 필요는 없었다. 차라리 열심히 일한 모습을 보여줘 인상을 확실히 심어주면 결격 사유는 희석되기 마련이다. 인간은 어리석고 변덕스럽기 그지없는 피조물이 아니던가.

거기 박정용이 있었다. 그는 처음부터 텃세를 부렸다. 나이도 한 살이나 작았지만 형 소리는커녕 어느새 사장 동생이라는 위세를 믿고 막먹으려 들었다. 같은 부서에서 일하다보면 싸우기도 하고 친해질 수도 있었지만 좀처럼 마음을 터놓을 만한 계기를 마련하지 못한 채 티격태격 사소한 일로 부딪쳤다.

업무로 인한 공정 방법이라든가 공구선정 때문이 아니라 현장에서 제품의 공급 배열, 측정기의 놓는 위치, 기계의 보정 방법 등 그저 무시하거나 인정해주면 될 일을 가지고 옥신각신 했다. 하물며 작업대를 놓는 위치 가지고도 신경전을 벌였다.

정용은 있는 그대로가 좋았고 목이는 변화와 효율을 원했다. 그렇다고 다툴만한 가치가 있는 것도 아니어서 예민해진 채 차곡차곡 가슴속에 쌓여 언제든 폭발의 소지를 안고 있었다. 그것은 마치 고부간에 겪는 아주 사소한 이견 차이처럼 소통 없이 원망과 미움이 쌓여가는 것과 같은 이치였다. 반찬통의 위치, 설거지의 방식 같은, 지적도 외면도 못한 채 단지 서로의 눈치와 답답함을 내재한 채 생활해야 하는 불편함이었다.

박정용은 목포에서 생뚱맞게도 해양 대학을 나왔고, 마도로스가 꿈이었고, 그 꿈은 아직 꺼지지 않았다. 그는 처음엔 영업직으로 들어왔다. 말이 영업직이지 물건을 실어 나르는 납품직이었다. 그는 그 일에 만족했다. 한 군데 틀어박혀 일하는 성격이 아니었고 기계에 대한 두려움이 있었다. 하지만 회사에 엔시 선반과 머시닝 센터가 들어오면서 그는 곧장 현장에 발탁되었다. 좋은 기술을 동생에게 습득하게 해서 안정적으로 기술인원을 확보하겠다는 사장의 미래에 대한 포석이었다.

한목이가 입사한지 팔 개월 쯤 되었을 때 실무 책임자인 오퍼레이터가 급료 문제로 갑자기 회사를 그만두게 되었다. 자신이 없으면 회사의 모든 수치제어 기계가 선다는 자만은 사장과 격하게 부딪쳤다. 우선 아쉬운 측은 회사여서 당연히 사장이 그의 요구에 굴복할 것으로 여겼지만 예상은 빗나갔다. 사장은 회사를 접고 말지 뒤통수 치고 약점을 잡고 늘어지는 놈하고는 상종도 하기 싫다고 단번에 해고시켜버렸다.

"저런 것들은 바로 총살감이야. 누비던 월남이 아니라서 다행이지."

그는 물고 덤비는 놈을 통쾌하게 잘라버렸지만 당장 일은 엉망이 되어버렸다. 급하게 사람을 구했지만 마땅한 기술자는 없었다. 일부 외주처리를 하고 지인들을 불러 기계를 돌렸지만 곧 생산 차질이 왔다. 화살은 애꿎은 박정용에게 화가 돌아갔다.

"너는 일 년이 넘도록 뭐했냐? 물건 넣고 빼라고 기계 맡긴 줄 아냐. 공구 세팅이라도 해야 될 거 아니냐?"

"안과장이 기술을 안 가르쳐주는데 어떻게 합니까?"

"임마, 나간 놈은 왜 탓해? 기술을 지 스스로 배우는 거지 누가 가르쳐주나, 익히는 거야. 기술은!"

그러고는 제품 하나를 툭 내던지며, 관련 프로그램을 찾아 세팅하라고 했다.

박정용이 편집을 해서 프로그램을 찾아내자,

"세팅해봐."

"보기만 했지, 안 해봐서."

"임마 기계 몇 번 처박더라도 해봐. 그래가지고 뭘 해먹겠냐? 안과장이 새끼 골탕을 먹일라고 작정했군. 작정했어."

사장은 해고당한 안과장을 씹어댔다. 한목이는 가만히 듣고 있다가 나섰다.

"제가 해 놓을게요."

"니가 머 할 줄 아는데, 비싼 기계 처박아놓을 일 있나."

박정용이 성질을 확 부렸다. 가만히 듣고 있던 사장이 고개를 끄덕였다.

"그래, 너 명문 기계공고 출신이지, 자신 있나?"

"실은 밤에 야간 하다가 수없이 해보았습니다. 몰래요. 죄송합니다."

"프로그램도 되나?"

"이해하고 있습니다."

"니가 뭘 알아, 인자 보니 몇 번씩 밤에 기계박아 놓은 이유가 있었네."

박정용이 끼어들었다. 하지만 사장이 버럭 소리를 지르는 바람에 더 이상 시비를 걸 입장이 못 되었다.

"해봐라. 조심해서. 곧 사람을 구할 테니."

한목이는 더 이상 고급 기술자를 구할 필요가 없다고 말하고 싶었다. 그는 기계에 들어있는 모든 프로그램, 그에 따른 도면 공구배치 등을 죄다 기록해 그것을 가상으로나마 수없이 되풀이해서 제품을 깎아보곤 했다.

그날 처음으로, 아니, 한밤중이나 휴일에 불량품으로 몰래 해보던 기계조작을 공식적으로 해냈다. 세팅은 공식대로 하면 너무 쉽게 끝냈고, 기계를 기동하면서 한 블록 한 블록을 진행하면서 제품이 깎여지는 것을 볼 때의 느낌은 면허증이 나와 처음으로 도로에 나선 그 느낌이었다.

박정용은 역시 그 면허증을 가지고 있었지만 막상 도로에 나서지 못했고 한목이는 주저함 없이 배운 것을 써먹기 위해 나선 것뿐이다.

제품은 신기하게도 프로그램을 따라 칩을 떨어뜨리며 깎여져 나왔다. 직선과 곡선이 만나는 지점 또한 잘 계산이 되어 깨끗했다. 척에서 제품을 꺼내든 한목이는 감격했다. 희열이었다. 그는 조심스럽게 마이크로미터를 갖다 댔다. 백분의 일단위로 재는 측정기는 원하는 지점에 자리를 잡았다. 하면 되는구나, 한목이는 속으로 외쳤다.

그후 사장은 한목이를 연구소 쪽으로 발령을 냈다. 연구소에서는 주문받은 특수척을 생산하기 위한 도면들이 쏟아졌다. 그는 과제를 주면 군말 없이 해냈다. 아무리 어려운 제품도 여기저기 자문을 구하거나 책을 보거나 그도 저도 안되면 수없이 시도하여 원하는 품질의 제품을 만들어냈다. 얼마 지나지 않아 잘못된 설계를 지적하고 조립에도 참여하고 있었다.

늘 밤늦도록 일하는 한목이를 발견한 박정섭이 어깨를 두드리곤 했다.

"안 피곤나?"

"늘 새로운 일인 걸요. 피곤할 새가 어딨어요."

"그래. 우리는 이제 우리 아이템을 가지고 세상으로 나가는 거야."

그는 흥분해서 말했다.

아직도 모르겠다. 박정용이 왜 자신을 내쳤는지.

박정용은 대표이사가 되자 본보기로 몇 사람을 날렸다. 또 몇 사람은 스스로 그만두었다. 한목이는 신임사장의 타겟이었지만 제법 목숨이 길었다. 박정용은 어디서 배웠는지 누구의 말을 듣고 움직이는지는 모르지만 회사에서 형의 색깔을 지우려고 애썼다. 우수한 직원들이 회사를 자의반 타의반으로 떴다. 어느 날 박정용이 사무실로 불렀다.

"우리 회사 규모로 독자 아이템을 가지고 살아날 수 있다고 생각해요?"

그가 다짜고짜 질문했다.

"아직 특수척 쪽에서 흑자는 내고 있지 않지만 장기적으로는……"

"아니요. 그렇지 않아요. 우린 며칠 전 어떤 업체와 주문자 제작방식으로 그 회사에 납품하기로 결정했어요."

"기술을 넘기겠다는 건가요?"

"협력하는 거지요. 우린 더 이상 개발 안합니다. 쓸데없는 돈이 너무 많이 들어가요. 그리고 우리가 메이저 업체들과 경쟁해서 살아남을 것 같아요?"

"해봐야지요."

"우린 결정했어요."

"나가라는 소리인가요?"

"연구소는 해체됩니다."

한목이는 돌아서서 가려다가 다시 와서 놈의 면상에 퍼부었다.

"니 맘대로 하세요. 하지만 언젠가는 내가 꼭 이 회사를 인수하고 말 거야. 기억해둬라. 니 형이 살아계셨다면 너 같은 머저리에게 회사를 맡기진 않았을 거다."

그곳을 떠나 회사를 여러 곳 옮기면서 기술자로서 적잖은 대우를 보장받았지만 좀처럼 적응하기 힘들었다. 박정섭 사장 같은 진취적인 사장을 만나기는 힘들었다. 그래도 돈을 벌기 위해 시키는 대로 일을 했다. 시간이 더디게 흘러갔다.

'기어코 니놈의 회사를 인수하고 말거야.' 다짐하며 악착스럽게 일했지만 좀처럼 원한 만큼의 돈이 모아지진 않았다. 차츰 무기력해져 갔다. 시골 원둑 땅도, 삼성테크도 멀어져갔다. 가끔씩 배인선이 생각났고 오동녀가 떠올랐지만 자신만이 다른 세계로 멀어져가는 느낌이었다.

가끔씩 결혼 이야기도 나오고 선도 몇 번 보고 여자를 소개도 받아보았지만 몇 번 만남이 반복되면 덜컥 겁이 났다. 결혼은 '두 여자와의 모든 것을 포기해야 하는 상태'를 말하는 것이다.

능력이 모자라면 차라리 혼자 살자. 끓는 청춘은 술집에서 낯선 여자와 만나 성욕을 풀거나 자위를 하는데 만족해야 했다. 잠깐 아는 여자도 생겼다. 아마도 나이가 한참 많은 여자로 역시 옆집에 세들어 사는 과부였다. 잠깐씩 마주치며 눈인사를 나눈 정도였으나 어느 날 무슨 연유인지 기억할 순 없지만 함께 술을 마셨고 잠자리를 했다. 그녀와의 잠자리는 매우 편하고 안정감을 주었다.

성적인 대가도 지불해야 할 화대도 필요 없었다. 하지만 지나친 그녀의 갈구에 곧 지쳐갔다. 그녀는 그를 소유물처럼 대했다. 에너지가 넘쳐 섹스에 집착한다기보다는 일종의 애정결핍증에 안고 있었다. 그녀의 집착은 차츰 부담스러워졌고 자신을 피한다는 사실을 알고 나서는 더욱 안달을 냈다. 그는 몰래 주공아파트로 이사를 했고 회사도 옮겨야 했다.

다시 삶은 이어졌다. 일하고 또 일하고 먹고 싸고 잤다. 대부분 주위 사람들은 누구나가 그렇게 살았다. 휴무도 거의 없는 중소기업의 노동자들은 일하고 또 일하고 먹고 똥 싸고 잔다. 그리고 답답해지면 잠자는 시간을 아껴서 술을 부어대고 여자를 찾는다. 그리고 낄낄거린다. 돈이 떨어지면 가불해서 쓰고 술이 취하면 당장 그만둘 것처럼 떠들던 말들을 쏙 집어넣어야 한다. 작업복과 장갑 안전화가 신겨지면 기계 앞에 붙어 쇳덩이와 씨름을 해야 했다.

인선은 가끔씩 전화를 걸어와 돈을 빌려갔다. 부담스럽고 한심하기도 한 그녀와의 거래는 어쩌면 유일한 삶의 낙이기도 했다. 하지만 그녀와의 심리적 거리는 멀어져 갔다. 그녀는 이미 티브이에도 나오는 신인 가수인 반면 자신은 점점 더 초라해졌다. 동녀는 더 찌그러져있을 것이라고 생각하면 한숨이 나왔다.

얼마 후에는 불안한 예측대로 배인선의 소식이 끊겼다. 동녀도 소식을 끊은 자신을 원망하며 똑같은 감정을 느꼈을 것이다. 배인선은 매니저와 결혼했다는 소식이 들려왔다. 얼마간 배신감에 분노로 몸을 떨었고 삶의 목적을 완전히 잃어버린 듯한 공황상태가 이어졌다. 혼자 좋아하고, 혼자 그리워하고, 혼자 꿈꾸던 그녀에 대한 환상은 물거품이 되어버렸다.

그렇게 청춘의 세월은 흘러갔다.

무너져서 스스로 녹아내려버릴 것 같은 시간들을 잡아 준 사건이 일어났다. 동생이 교통사고를 당한 것이다. 가족 중 유일하게 대학까지 간 둘째 동생이 취직한지 불과 몇 달 만에 벌어진 사고였다. 한달음에 달려가면서도 서울엔 인선이 여전히 살고 있다는 한가하고 이기적인 생각을 왜 하는지, 스스로가 미웠다. 하지만 동녀를 먼저 찾아갔지만 이미 그녀는 없었다.

두 다리를 죄다 잃은 동생은 형을 보자 대성통곡했다. 동생은 삶의 의미를 이미 잃어버린 사람처럼 체념했다. 처음부터 목회 쪽에 관심을 가진 동생은 자신의 사고를 하나님의 심판이라고 했다. 기가 막혀 말이 안 나왔지만 더 이상 동생을 다그치진 않았다.

생뚱맞게 신학대학에 가겠다는 동생의 뜻을 억지로 꺾은 그였다. 어쨌든 그는 동생의 보호자로 일을 처리하면서 자신을 잊어버릴 수 있었다. 가해자인 버스회사를 상대로 지루한 협상이 이어졌다. 동생은 횡단보도를 건너다가 버스의 명백한 과실로 사고가 났지만 놈들은 만만한 상대를 만났다고 생각했는지 성의 없는 태도로 일관했고 어떻게든 보상금액을 깎아보려고 술수를 부렸다.

"형님 그냥 합의해 주시지요."

동생은 늘 그렇게 애원했다.

"그래, 나도 그러고 싶다. 하지만 꼭 쓸 데가 있을 거다."

한목이는 불구의 몸으로 살아갈 동생을 위해 어떻게든 보상금을 더 받아내야 했다. 자신의 일이었다면 진즉에 합의해주고 말았을 것이지만 결국은 가해자인 버스회사를 상대로 소송을 불사했다. 동생을 위해 이리 뛰고 저리 뛰면서 많은 사람을 만나고 의견을 나누면서 여물어져가는 자신을 발견했다. 우물 안 개구리처럼 살아왔던 삶에서 다양한 인격이 존재하는 세상의 문을 열고 그 안을 들여다보는 계기이기도 했다.

그러던 중 잊혀져갔던 인선의 소식은 뜻밖이었다. 그것은 동생 병문안 온 인선의 동생 만식이 둘째와 동기였다. 그들이 동향이라는 끈 이외에 어떤 인연으로 관계를 맺고 있는지는 모르지만 그에겐 뜻밖의 만남이었다. 그는 더듬거리며 그녀의 근황을 여과 없이 들려주었다.

"그, 그 씨발. 노, 놈이……"

인선은 결혼했던 남자에게 학대 당해왔고, 또한 착취 당해왔다는 사실과 이미 헤어져서 혼자가 됐다는 사실이었다. 한편으론 시원했고 한편으론 안쓰러웠다. 몇 번이고 전화하고 싶었지만 끝내는 통화하지 못했다. 그러던 중 뜻밖에도 그녀에게서 전화가 왔다. 지금까지 그녀를 알아오면서 단 한 번도 그녀가 간절하게 먼저 만나자고 한 적이 없었지만 이번에는 달랐다.

'그래, 목숨이라도 주지.'

"동생이 많이 다쳤다면서?"

한목이는 용건이나 말하라고 소리치고 싶었다. 인선은 많이 수척해보였다. 애초부터 밥이 들어갈 자리가 아니라는 걸 서로 알았는지 병원 근처의 닭발집이었다. 닭발이 누릿하게 읽을 때까지 어떤 말을 주고받을지 몰라 애꿎은 소주잔을 훑았다. 틀림없이 폭주를 할 것 같았지만 술은 목구멍에서 맴돌았다.

폭염이 기승을 부린 후 태풍의 영향을 받아 비가 내리는 밤이었다. 아직 태풍의 영향권은 제주도라고 했지만 먼저 쏟아진 비였다. 그전까지 이어진 장마전선 영향 때문이었지만 어쩐지 태풍과 연관이 지어졌다.

"새로 출발하고 싶은데, 뭐가 있어야지……"

그녀가 생긋 웃고 있었다. 그 순간 분노가 솟구쳐 올랐지만 입술을 깨물었다. 이 여자는 대체 뭘까, 나는 이 여자에게 그저 한없이 복종하는 신하 같은 존재일까. 헛웃음이 나왔다.

'나는 너를 내 아내로 만들어 너희 아버지에게 보이고 싶을 뿐이야.'

속에서 터져 나오려는 말에 스스로 놀랐다.

비는 제법 세차지고 손님은 꽉 찼다. 무슨 얘길 하기에 적당한 장소가 아니었다. 옆자리엔 대학생들이 시끄럽게 수다를 떨었다.

"여기 몇 번 온 적이 있어. 그래서 금방 찾았지."

그녀가 닭발을 오도독 씹었다. 명랑을 가장하는 걸까. 아니면 신하 앞에서 여왕의 품위를 떨어뜨리지 않기 위해 애쓰는 걸까.

"근처에 밀집된 상가가 여기밖에 없거든. 마산에서 먹던 닭발도 생각나고…… 저기 카페에서 노래도 불렀는데……"

그녀가 말을 이어갔지만 이상하게 말대꾸하기가 싫어졌다. 그녀의 모습은 상한 고기처럼 추레해보였다. 그녀를 보면 항상 경외스러워 보이는 느낌은 온 데 간 데 없었다.

아주 무미건조한 대화가 몇 마디 오갔다.

닭발이 떨어지자 이번에는 이 집의 주 메뉴인 꼼장어를 시켰다. 양념으로 할 것인지 소금구이로 할 것인지 서빙 하는 아줌마와 장시간 실랑이를 이어가더니 결국은 그냥 아줌마가 소금구이가 좋겠다고 했고, 어때, 하고 물었을 때 한목이는 고개를 끄덕였다.

술은 세 병까지가 끝이었고 끝내 두 사람은 서로에 대해 아무것도 묻지 못한 채 헤어졌다. 참 이상한 술자리였고, 참 썰렁한 두 사람의 만남이었다. 목이에겐 그녀가 어떤 머리 모양을 하고 왔는지 무슨 옷을 입었는지 전혀 기억이 나지 않은 만남이었고 인선 역시 무슨 대화가 오갔는지 기억하지 못할 것이다. 그가 의식적으로 그녀가 하고자 하는 이야기의 요점을 막아서곤 했기 때문이다.

마지막으로 그녀가 동생의 소송 건에 대해 알은 체 하자 부아가 차서 했던 말은 기억났다.

"느그 아부지가 뺏어간 땅 내 동생 다리 값으로 사서 울 아부지 맘껏 그 땅 밟고 댕기게 할 거다. 그래야 그 돈이 가치가 있는 거지."

그의 야유를 알아들었는지 모른다. 하지만 그녀의 집요함은 상대의 허점이 노출되기만을 기다렸을 것이다. 그가 아무리 그녀 아버지까지 들먹이며 모욕을 준들 그녀에겐 아무런 영향을 주지 못했던 것처럼.

"왜 그 아까운 돈을 쓸모없는 땅에 처박아."

그녀는 그런 여자였다. 자포자기처럼 노래나 듣고 싶다고 했으면 근처의 노래방에서 물먹은 화초처럼 생기발랄해져 있을 그녀였다.

동생 사건은 거의 팔 개월을 끌었고 병원 근처에 일 년을 계약하고 얻은 방도 비워줘야 할 시간이 다 되어갔다. 이제는 동생이 형을 걱정할 때쯤 그는 짐을 쌌다.

"형, 돈 필요하면 갖다 써. 형이 보관해줬음 더 좋고."

동생은 진지하게 말했다.

"생각해둔 게 있다. 나도 제법 돈을 모아놨으니 합의금 받으면 아부지 땅 사드리자."

그녀를 왜 또 만나게 됐는지, 막상 창원에 내려왔지만 한목이는 공황

상태였다. 공장생활도 정나미가 떨어졌고 다른 일을 찾았지만 오래가지 못했다. 밤새워 자신의 어리석은 선택을 후회했지만 이미 지나간 일이었다.

"너는 확실히 통이 커."
배인선이 감동해서 말했다.
"동생 거야. 꼭 돌려줘."
"당연히. 나는 확실히 뜰 거니까.
그것은 허영심이었다. 그녀 앞에만 서면 잘 보이고 싶었다. 그녀를 위해선 무엇이든 해서 으스대고 싶었다. 어쩌면 제발 그녀가 무시하지 않기만을 간절히 바랐는지도 모른다. 한목이는 동생의 보상비중 절반을 그녀에게 건네주고 아주 잠시 행복했다. 하지만 그 돈은 그녀의 아버지가 빼앗아간 간척지로 들어가야 했던 돈이란 걸 곧 깨달아야 했다.
그 어리석은 결정은 눈이 먼 사내가 아니면 할 수 없는 황당한 사건이었지만 그는 마치 마음의 빚을 값은 것처럼 홀가분해졌고, 조금은 그녀와 동등한 관계를 맺는 느낌이었다.
"만날 놈이 없어서 일꾼 놈이냐?" 그렇게 무시했던 배면장에게 일격을 가한 느낌이었다.
'당신 딸은 내 돈으로 출세 할 거야.'
그것이 어떤 돈이라는 걸 뻔히 알면서도 한목이는 그렇게 해야만 살 것 같았다.

"그가 시내를 허적허적 걷고 있을 때, 누군가 어깨를 툭 쳤다.
최구를 그야말로 길바닥 한 중앙에서 만났다.

"야, 너 살아 있었냐?"

목이는 왜 그렇게 물었는지 모른다. 그가 손을 내밀고 흔들었을 때 불쾌한 기분이 전해져왔지만 표시내진 않았다. 그 불쾌한 기분이 어디에 숨어있었는지 모르지만 불온한 느낌임에는 분명했다. "

"워메, 이것이 누구여. 너 살아 있었냐? 예끼 무정한 놈. 그란다고 전화번호도 바꿔 불고 사냐."

최구는 상대방의 감정에 불쾌감이 도사리고 있다는 것을 헤아리지 못하고 오히려 도망갈까 봐 두 손으로 잡아끌었다.

"몸은 괜찮지야? 동녀한테 니 소식을 물어도 아예 대답을 안한께. 계속 묻기도 거시기 하대."

"동녀가 여그 살어?"

한목이는 깜짝 놀랐다. 그녀를 찾았을 땐 이미 그 자리에 없었다. 찾으려고 수소문 했으면 알 일이었지만 스스로를 속여 가면서까지 그녀에게 갈 돈이 배인선에게 투자됐다.

"앗따, 지가 어딜 가. 즈그 딸이 여그 사는디. 그냥저냥 살것지야. 채소장사 과일장사해서."

"그래, 그렇구나."

"아따, 니하고는 대단했는디, 그라고 끊고 사냐? 그라고 너 사업 한 번 해라."

동녀에 대한 회상을 할 시간도 없이 뜬금없는 사업 제안을 했다. 그는 여전히 단순무식했다. 몇 년 동안 연락하지 못한 사이라는 걸 전혀 인식하지 못하는 듯 단 십분도 안 돼 사업을 해보라는 그의 권유는 해프닝으로 끝날 것이라 생각했는데 이번에는 집요했다.

"내가 돈이 어딨어서."

"아무것도 필요 없어야, 내가 아는 분이 공장을 내놨는디 시기가 요로

코롬 맞을 수가 있냐. 그냥 몸만 가서 공장 맡아서 일만 허면 된당께. 그 양반이 경남에선 최고의 기술잔디, 아니지, 대한민국 최고지. 근디 고마 암에 걸렸다. 그 양반은 욕심 없다. 죽기 전에 자기 기술을 물려주고 싶을 뿐이란게. 그분이 자동화 쪽에선 최고거든. 그 양반 돈만 있으면 우주선도 만들 사람이단 말이다. 너한테는 기회다."

그가 두서없이 한 사람의 인생을 평판했다.

"임마 사업을 아무나 하냐."

한목이는 손사래를 쳤지만 무기력했던 정신이 확 깨어나는 순간이었다.

"지금부터 그 양반 펌프질 할 텐께 기다렸다가 바로 허면 돼. 나가 기계장사가 몇 년인디, 나가 다 알아서 해주께. 니는 다 한다. 왜 못 허것냐? 인간 독종이."

그렇게 자동화사업에 눈을 뜬 순간이었다. 6개월 정도 그 집에서 일했고 그의 동생이 맡긴 돈과 최구가 소개한 캐피탈사에서 마련한 기계로 근 일 년 만에 완전히 인수했고 그 해 인수자는 사망했고 회사 이름도 만들었다.

−칸 피스−

그렇게 일 년이 흐르는 동안 오동녀와는 전혀 소통이 없었다. 최구가 입을 다물어주었다고 생각했지만 제 딴에는 꿍꿍이속이 있었다.

최구는 어느 날 자랑스럽게 말했다.

"임마, 모르긴 해도 동녀가 니 형수 될 거여."

"동녀가 니...... 너하고?"

"동녀가 좀 튕겨 싸도 밀어붙이는데 어쩔 것이여. 옛정이 있는디. 그라고 채소장사라고 무시했는데 알고 보니 돈도 겁나 벌었는 모양이여.

그 많은 돈 단 놈 줄 순 없제. 우리가 누군디."

최구는 뻐기고 있었지만 목이는 속으로 코웃음쳤다. 동녀가 그와 결혼할리는 만무했다. 못미더운 표정을 읽었는지 양복 호주머니에서 봉투를 내밀었다.

청첩장이었다. 거기에 ‒ 최구, 오수연. 결혼. 등이 쓰여 있었다.

"오수연이 누구지?"

"아, 동녀의 새 이름이여."

"너하고 진짜 결혼한다고?"

"앗다, 나가 댓고 살아야제 누가 댓고 살 것냐. 아 있는 미혼모를 안그냐?"

한목이는 침을 뱉을 뻔 했다.

"내가 여기 온 걸 알았냐?"

"나가 좀 입이 싸서. 어차피 결혼식 때 볼 건디, 흐흐."

"너는 아니잖아!"

한목이는 고함을 지르고 말았다.

"염병, 나가 어때서. 그라면 널까? 참다가 참다가 니가 여그 산다고 허니까 그 뒷날부터 나한티 엥겨왔다. 염병할!"

13. 나

눈과 코, 그리고 입, 얼굴에 드러난 구멍이란 구멍은 죄다 닫아야만 그
놈의 주물가루를 막을 수 있었지만 귀는 열어두어야 했다. 눈을 열어
두면 밤새 머들거렸고, 콧구멍을 벌려두면 굴뚝처럼 새까만 분진이 눌
어붙었다. 함부로 입을 열다간 금세 목구멍에 가래침이 고여 들었다.
하지만 귓구멍만은 예외였다. 그것이 얼굴의 측면에 자리 잡고 있고
구멍의 깊이가 깊고 직접 공기를 내쉬는 구멍이 아니어서 분진을 피할
수가 있어서가 아니라 기계의 가공음을 들어야했다.

귀는 기계가공의 민감하고 예리한 기능을 담당한다. 잘못 들어 공구
의 교환 시기를 놓치면 홀다의 파손을 피할 수 없다. 문제는 홀다 파손
이 아니었다. 홀다 파손으로 인한 기계고장과 놈의 잔소리였다.

"귓구멍은 머 할라고 닫아 놓는겨"

이제 막 대하고 있다. 말을 함부로 하는 것은 예사고 끝내는 갈켜놓겠
다는 듯 다짐을 시켰다.

"기계가공은 귀로하는 겁니더. 귀로요."

한유필은 그럴 때마다 우선 저지러놓은 실수로 절절 매면서도 속으로

비꼬았다.

'그래서, 잘난 너는 교도소까지 갔다 왔냐?'

놈은 생각 같아서는 자신의 완전무장 상태를 죄다 뜯어버리고 싶을 것이다. 작업모와 머리띠, 방진마스크와 보안경, 손목 아대, 두 겹의 장갑, 그 사이의 비닐장갑, 안전화로 무장한 그 더딘 모습이 몹시도 거슬릴 것이다.

하긴 놈은 모자는커녕 장갑조차도 잘 끼지 않고 분주히 뛰어다니며 제품을 잘도 빼낸다. 보호구로 친친 감긴 자신을 보며, 늘 하고 싶은 말이 있을 것이다.

'도저히 당신하곤 동등한 동업관계를 유지할 수 없소.'

놈은 그 말을 꾹꾹 참으며 자신의 인내심을 시험하고 있을 것이다.

"영판 미이라네. 피라미드에서 막 튀어나온 듯 허요."

놈은 비웃곤 했다.

오후가 되어 햇살이 창문으로 길게 다리를 뻗고 드러난 주물가루가 어둠속에서 드러나면, 유필은 놈에게

'봐라, 니 몸속으로 쇳가루가 쌓이고 있다. 잘난 척 하다가는 언젠가는 골로 가지.'

"완전 아오지 탄광이다. 아오지 탄광!"

상황을 인식시켜보려고 가보지도 않은 곳을 들이대보지만 놈은 쇳가루를 못 먹어서 환장한 놈처럼 아랑곳하지 않는다. 놈은 진폐증이란 무시무시한 병도 못 들어봤을까.

공장 안의 대형 선풍기 바람이 주물가루를 싣고 몸에 부딪혀오면 시원함이 느껴지기는커녕 사막의 모래바람 같은 느낌이 들고 다닥다닥 붙은 기계에서 쉼 없이 뿜어져 나오는 열기가 합세하면 훅, 숨이 막혀버릴 때가 있다. 여기서 대체 뭘 하고 있는 거지?

내 나이 사십 줄, 서글픔과 분노, 회환과 좌절이 몰려온다. 도대체 어떻게 했기에 이 지경에 온 거야. 새삼 놈이 미워진다. 물론 놈 때문에 모든 게 잘못된 건 아니다. 일조한 것에 불과하지만 붙어 지내다 보니 놈에게 넘어가버렸다.

"한형!"

똑같은 한씨지만, 녀석은 한끝 발 낮은 한씨로 여겨진다. 족보로 보나 뭐로 보나. 하지만 그 한씨란 성씨조차도 인연이랍시고 손을 맞잡고 흔들었던 기억도 있다. 어쨌든 기계가공 쪽으로는 놈이 사수지만 이 소사장 계약자는 자신이 아니던가. 일을 하면서 조금씩 갑을이 바뀌는 형국이지만 기세에선 질 수 없었다. 천성적으로 고음인 목청이 심술보처럼 터지는 것은 어쩔 수 없다.

"사람을 구하는기 안 맞나?"

컨테이너박스 안, 필요 없이 목소리가 높아진다. 면역이 되었는지 놈은 대꾸도 없다. 안에는 옷장이 있고, 책상도 하나 있고 소파도 있다. 하지만 너저분한 임시 피란처 같은 느낌이 든다. 엊그제 렌탈로 들인 정수기만이 하얗고 깨끗하다.

커피를 디밀자 놈은 그제야 장갑을 벗지만 표정은 적대적이다. 누군가의 지시나 잔소리를 듣지 않고 살아온 자들의 습성이다. 그의 치켜 뜬 눈은 '뭔 평계거리를 댈려고,' 묻고 있다. 고된 노동과 궁핍으로 왜소해져버린 체격은 헐렁한 가죽만 남은 초원의 수사자를 연상시킨다.

눈가의 잔주름에 쇳가루 분진이 눈곱처럼 붙어있다. 틀림없이 먹고 살만하면 없어질 잔주름이다. 아쉬우면 쪼그라져 동정을 구하고 취하고 나면 가차 없이 숨긴 발톱을 내밀고 몸을 부풀려 행사를 부릴 것이다. 사회로 복귀한지 불과 일 년여 만에 놈은 찌그러져 발길에 채인 양은냄비같은 형상을 하고 있다. 오히려 교도소에서 막 나올 때만 해도 탱탱하고 건장했는데, 많이 치였을 것이다. 많이 상처 받아 풍파에 깎인 돌처럼 그 내면은 단단해져있거나 멍울져 있을 것이다.

"얼매나 번다고 사람을 써요?"

뜨거운 커피를 숭늉처럼 후루룩 마시고 한참을 생각하더니, 택도 없다는 듯 나가려고 한다. 가서 일하자는 것이다. 쓸데없는 헛소리 말고.

"이것 봐, 일만 하려고 사업하는 거 아니잖아?"

"이제 겨우 일 년도 안 지냈어요. 종업원들 월급 주고 나면 뭐가 남나요?"

"혼자 다 묵을라다 체한다."

"그라믄? 우리가 돈이 있어요. 영업력이 있어요, 몸뚱이 하나 뿐입니더. 폼 잡을 생각 말자고요."

놈은 핀잔을 주며 반격한다. 마지 선두를 예고한 듯 삭심하고 내뱉은 말 같다. 같은 일을 하면서도 반도 못한 주제에 무슨 할 말이 있느냐는 표정이다.

"폼은 무슨 폼, 일이 이렇게 힘들 줄 알았으면 애초에 달라 들지도 않았다." "그라머, 어떻게 할 건지 말해보소."

구겨진 지폐의 초상 같은 인상이다.

유필은 소파에 주저앉아 한숨만 연이어 내쉴 뿐이다. 욕심은 뻔하지만 몸은 따르지 않는다.

"애초에 동업하고 머하고 할 것이 없는 일이여. 내가 발을 담글 일도 아니었고."

때늦은 후회였다. 놈에게 약한 모습 안보이려고 여기까지 왔지만 제 명에 못살 것 같다. 놈의 입가에 희미한 미소가 번지는 것을 잘못 본 것은 아니었을 것이다. 놈은 놓치지 않고 물고 늘어졌다. 부러 맥 빠진 목소리다.

"인자 와서 우짜라고요?"

이제 와서? 유필은 억장이 무너졌다. 아무것도 없는 빈털터리 녀석에게 덥석 전을 펴준 자체가 잘못이었다. 그렇다고 이제 와서 모든 것을 회수해 갈 수도 없는 처지였다. 그래도 이왕 이렇게 된 거 얻어낼 것은 얻어내야 했다.

"내 몫으로 사람을 구해 주게."

"형님 몫으로요? 그기 동업 조건은 아니지요. 그라고 자기 일처럼 해 주는 종업원은 없습니다."

자기 일? 일 못한다고 은근히 타박하고 핀잔 준 놈이 누군데, 그때마다 얼마나 참았는데 새삼 무슨 소린가. 당연히 일 못하는 자신이 빠지고 제 맘대로 일을 해나가라고 하면 얼씨구나 할 줄 알았는데, 무슨 꿍꿍이 속인가.

"어쨌든 내 몫이야."

"그렇게는 못하지요."

"그라면, 하고 싶지 않은 일 하다가 탄광촌 진폐증 환자처럼 죽으라는 말인가?"

"주물가루 몇 주먹 먹는다고 안 주그요."

"내 돈을 내주든가!"

유필은 벼르고 별렀던 말을 뱉고야 만다. 검은 피부는 벌게지고 눈은 동그랗게 벌어졌다. 당장 기계를 사고 일을 하면 돈이 저절로 굴러들어 올 줄 알고 시작한 일은 아니었지만 아직 기본적인 급료도 못가지고 가는 형편이었다.

"몇 년 동안 자리 잡을 때까지 둘이서 가자고 했잖아요, 형님은 돈을 대고 나는 기술을 대서 인자 겨우 숙련이 되어 생산성이 올라가고 품질도 안정이 되어 가는데 형님만 쏙 빠져나가면 나만 죽으라는 소리요. 차라리……"

한목이는 천천히 고개를 쳐든다. 먹이를 노리는 굶주린 사자처럼 집
요함이 시선에 잔뜩 배어있다.

"차라리 뭐?"

"내게 다 맡기시죠. 이 일은 형님과 안 맞으니."

"그러니까, 돈만 내주라고."

"돈요, 알다시피 지금은 없지만 벌어서 꼭 갚지요."

할퀴어 온다. 억지를, 몽니를 부리는 건가, 그래, 애초부터 시작하지
말았어야 할 일이었다. 하지만 아쉽고 찜찜하다. 이건 또 하나의 전쟁
인가. 유필은 마누라 얼굴이 잠깐 떠올랐다 사라졌다. 차라리, 아내에
게 굴복할 것을, 때늦은 후회가 밀려온다.

굵은 주먹세례라도 받을까봐 성경을 가슴에 꼭 안고 자신만의 세계로
숨어들며 멀어져가는 여인의 잔상, 설득과 권위가 통하지 않았다면,
차라리 그 못난 어깃장과 고집이라도 내려놓았더라면 아내는 떠나지
않았을 것이다.

"협박하나?"

"그만 두자며요,"

"그라면 빚은 낸테 고대로 놔두고 자네가 차고 나가겠다고? 내가 빙
신인 줄 아나?"

"일 년이면 끝나요. 기본 생활비를 내가 책임질게요."

놈은 갑자기 읍소한다.

"무슨 소리, 삼년짜리 캐피탈인데."

"일 년만 기다려주면 내 앞으로 돌릴게요."

"씰 데 없는 소리 말고, 내 미친개한테 물린 냥 하고 손해보고 내다팔
고 정리하세."

유필은 결론을 내렸으나 자신이 없었다. 어떤 게 손해를 피할 수 있는 것인지 당장 가늠할 형편이 아니어서 오기를 부린 것에 불과했다. 자존심 때문에 손해를 보고 던질 나이도 아니었고 형편도 좋지 않았다. 기계값 말고도 각종 지그니 치구니 만들면서 들어간 돈은 어디서 찾는단 말인가. 성질대로 움직일 일이 아니었다.

녀석은 일을 시작할 때 그 '믿어주소'를 연발했다.

이젠 신빙성이 떨어지는 말이었다. 예전의 거래관계에서 그에 대한 인상은 근면 성실함으로 똘똘 뭉쳐 있었다. 늘 돈에 치여 사는 게 느껴져 여윈 식물처럼 왠지 물 한 바가지라도 뿌려줘 도움을 주고 싶은 충동을 일으키는 그런 류의 사람이었다. 하지만 한솥밥을 먹으면서 느끼는 감정은 전혀 달랐다. 놈은 그저 욕심 많고 이기적이고 자신의 영역에 대한 지나친 집착을 가진 자에 불과했다.

"……서로 망치자는 건가요,"

"나 참, 일을 이상하게 몰고 간 건 자네야. 나는 내 대신 일 잘하는 외국인으로 대체해주고 이익금을 나눠갖고 싶다고, 말귀를 못 알아듣겠나."

다시 이야기가 원점으로 돌아갔다.

"동업 계약서엔 그렇게 안 쓰여 있어요."

"계약서? 나는 보지도 않은. 대충 쓴……"

아차, 싶었다. 너무 허술하게 일을 시작했다.

"우린 같이 일하고 같이 나눠가진다고 돼있어요. 누군가 현장에서 나가는 순간 동업관계는 끝나고 책임은 나간 사람이 지고 투자한 금액에 대해선 삼년간 회수할 수 없다고 썼고."

"너, 이 사람이! 처음부터 내가 이 일을 못해 묵을 줄 알고. 그래, 끝까지 가보자. 누가 먼저 떨어지나 보자고!"

유필은 소리를 버럭버럭 질렀지만 점점 맥이 빠져들어 가는 것을 느꼈다. 이놈은 변해있었다. 예전의 그 놈이 아니었다. 아니, 원래 천성을 파악하지 못하고 물린 것이다. 갑자기 주물가루 한 움큼이 폐 속으로 차 들어오는 느낌이 들며 호흡이 가빠졌다.

마누라와의 피 터지는 전쟁만 아니었어도 놈과 일을 벌이지 않았을 것이다. 왜 하필이면 놈은 인생의 가장 어두운 터널에 있을 때 불쑥 나타났을까.

한목이가 사무실로 불쑥 찾아온 것은 지난겨울이었다. 헐렁한 점퍼를 걸쳐 입은 그가 싱긋이 웃으며 안부를 물었을 때 하마터면 몰라볼 뻔 했던 것은 몰라보게 야윈 얼굴과 헝클어진 머리모양 때문이었다.

그를 다시 본 것은 거의 삼 년만이었다. 캐피탈 물린 기계를 팔아먹고 갚지 못해 피해 다니다가 기소정지 됐고 곧 체포되어 교도소에 갔다는 게 그에 대한 소문이었다. 하지만 다른 곳에 전 재산을 투자해 망했다는 소문과 사기 당했다는 소문도 있었다.

한유필은 녀석을 보자마자 떼먹힌 기름값이 생각났지만 차마 입에 떨어지지 않은 것은 그때까지도 그의 진정성을 믿고 싶었기 때문이었다. 그는 최선을 다해 일했고 운이 좋지 않아 사업을 접었다는 게 그에 대한 평판이었다.

유필은 그 때 아내와 종교 전쟁 중이었다. 같은 사무실에서 근무하며 하루에도 수십 번씩 언쟁을 벌이는 게 다반사였다.

"그 미친년이 말이다. 새벽에 벌떡 일어나 울면서 중얼거리더니 '사탄아, 물러가라!' 하면서 소리를 지르고 달려드는데 돌아버리겠더라. 그 앞날 저녁에 제사 문제로 심하게 싸우고 술 취해서 잠들었는데 칼이라도 있으면 꽂을 태세드라고."

한목이는 수시로 가게를 들락거리면서 하소연 상대가 되고 있었다. 놈은 입으로 마누라를 짓밟고 뭉갤 때마다 그저 씩 웃으며 고개를 끄덕거렸을 뿐 가타부타 동조나 호응은 없었다. 하지만 시시껄렁한 가정사를 끝까지 들어주는 인내심을 보여주었다.

"나보고 새벽 기도회 한 달만 댕기면 예수님을 만날 수 있다대. 그래서 내가 그랬다. 만약 한 달 동안 다니고도 예수 안보이면 교회 때려치우라고. 서로 약속을 했제."

유필은 아내의 말대로 한 달 동안 새벽기도회를 따라다녔다. 술이 떡이 되어도 교회는 기어들어갔으나 예수는 없었다.

"봐라, 그 미친년이 머란 줄 아나, 나보고 신심이 부족해서 그러단다. 지 입으로 무조건 한 달만 댕기면 예수가 보인다 캐놓고. 내가 오늘 지 보는데서 성경책을 죄다 찢어뿌릿다."

아내와의 전쟁, 그 고집스런 양심의 전쟁은 불과 몇 달도 안 돼 완전히 심신을 녹초로 만들어버렸고 영혼을 썩고 고름 들게 했다. 이제는 징그러운 벌레처럼 서로를 능멸하며 공격했다. 마침내 이혼하기로 합의했다. 문제는 재산분할이 문제였다. 재산을 나눠주면 죄다 교회에 갖다 바칠 것이 뻔한 여자에게 집을 줄 수는 없었다. 또 아이들보다 교회가 더 좋은 여자에게 아이들을 맡길 수 없었다.

"지는 주님 모시고 훨훨 날아가고 싶단다. 다행히 지 새끼 들어 있는 집을 팔자는 소리는 안하데. 일말의 양심이 있었는지 모르지만. 내가 아이들을 맡겠다고 했으니 지도 양심이 있겠지. 하지만 가계를 팔자는군."

놈에게 결국 이혼 얘기를 해버렸고, 그때부터 놈은 마누라 대신 사무실에 차고 들어앉아 그 지루한 부부 싸움 이야기에 깊숙이 개입해 들어왔다. 그는 가끔씩 배달도 도와주면서 비위를 맞췄다. 그가 하는 일이 무엇인지, 누구하고 사는지 전혀 관심이 없었다는 게 나중에 생각해보니 신기했다. 오직 자신의 이혼전쟁에만 몰두해 누가 뭘 먹고 어떻게 살고 무슨 계획을 꾸미는지 관심 둘 여유도 기력도 없었다.

유필은 아내와의 고통스런 전쟁을 빨리 끝내고 싶었다. 하지만 참 어려웠던 것은 그 여자와의 정 때문이거나 사랑 때문이 아니었다. 그 가게를 처분한다는 게 너무너무 마음 무거웠다.

그 가게가 어떤 가게였던가. 자신의 청춘을 묻고 지금껏 몸 담아온 곳이었다. 그런 삶의 터전을 버린다는 게 쉽사리 용납되지 않았다. 그 가게를 통해서 만났던 사람들과의 인연들, 그리고 내일 어딘가로 일하러간다는 그곳이 없어진다고 생각하는 것은 끔찍했다.

안절부절 괴로워하며 결단을 못 내리고 있을 때 한목이가 드디어 속내를 드러냈다. 어쩌면 수없이 어떤 암시를 주었는지도 모르지만 그건 타인의 속셈일 뿐이었다.

"왜 절삭유 장사 아니면 못 먹고 산다고 생각하는지 모르겠네요. 여긴 창원이요. 쇳덩이를 깎는 공단이 논바닥마냥 널려있는 곳이라고요."

"나보고 쇠를 깎으란 말인가?"

"그래요. 장사해서 밥벌이야 되겠지만 언제 큰 돈 한번 벌 겁니까? 그라고 저렇게 괴롭히는데."

"그래도 여긴......"

"이미 기운이 쇠했어요."

"철학해? 허긴, 저 미친 여자가 내 일, 내 가게는 안중에도 없고 위자료만 내놓으라고 발광하는데 여기서 더 머 할 것인가 마는, 그럴수록 아쉽네. 근데 배운 게 도둑질이라고 내가 뭘 다시 할 수 있을 지 참."

"내가 있잖소. 나하고 뭐라도 해봅시다."

그가 혹, 들어왔다.

"그래, 평생 이 짓거리해서 저 잘난 마누라 믹여살린 거 밖에 더 있나."

마지막 붙잡고 있던 밧줄을 놓아버렸다. 이혼에 대한 죄책감과 실직에 대한 두려움을 던져버렸다.

'그래, 너는 미국 가서 신학을 하든 잡학을 하든 내 앞에서만 보이지 마라.' 가게, 아내, 그와 관련된 것들로부터, 그 지긋지긋한 전쟁에서 벗어나고 싶었다.

막상 가게를 내놓고 나자 말할 수 없는 허전함과 낭패감이 몰려왔다. 쉬면서 생각해보니 세상은 또 달랐다. 전혀 다른 막막함과 두려움이 몰려왔다. 죄책감이 수없이 일어났다. 한 번도 인정하지 않으려고 했던 아내와 불화의 시작점이 또렷해졌다.

유필은 선천적으로 몸이 약했다. 뚜렷하게 큰 병은 걸리지 않았지만 약봉지를 달고 살았다. 조금만 심하게 운동해도 앓아 누웠고, 인플루엔자가 돌면 제일 먼저 감염됐고 새로운 음식을 먹거나 조금 과식해도 탈이 났다. 그야말로 조심조심해서 살지 않으면 언제 죽을지 모른다는 강박관념 속에서 성장했다.

그에게 결혼생활은 두려움이었다. 아내와의 성생활은 그야말로 애 둘 만드는 게 전부였다. 여자와의 교접, 그 힘든 과정이 너무 싫었다. 성생활은 불필요한 에너지 낭비로 여겨졌다. 그것은 지저분하고 냄새를 풍기는 고약한 행위였다.

그를 키워준 할머니는

'유필아, 여자들은 니 불알 뜯어먹고 덤비는 것들이여. 니 몸에 좋은 것을 쏙쏙 빼가지.'

귀에 못이 박히도록 세뇌했다. 그는 건강관리에 관한 모든 텔레비전

프로그램을 시청하고 또 복사해 둔다. 머리부터 발끝까지 인체의 정보를 담아두고, 무엇이 어떻게 좋고 어떻게 작용하는지 알아두지만 정작 몸뚱어리에 병이란 병은 다 담고있는 사람이었다.

'내가 원하는 것은 당신이 싫어하는 그 짓이 아니야.'

언젠가 밤일을 못해서 미친년처럼 아침저녁으로 목사와 붙어다니냐고 묻자 그렇게 대답했다.

한번이라도 만져주고 안아주었던가. 아니, 살갑게 대화 한 번 제대로 했던가. 그저 윽박지르고 대놓고 트집 잡고 무시하고 경멸했다. 그렇게 하지 않으면 자신의 너무 못난 성적 콤플렉스가 드러날 것만 같았다. 아내는 더 이상 이 세상에서 행복 찾기를 포기한 채 다른 세상으로 깊숙이 들어갔다. 아내는 자신의 동굴 속으로 도망 가버린 것이다.

세숫대야에 벗어놓는 때 묻은 작업복 위로 세제를 한 움큼 뿌리고 그 위에 두 손을 담갔다. 손목엔 장갑자국이 아직 남아있고 손톱 밑은 새까맣게 때가 끼어있다. 아직 새벽 두 시, 한목이는 몸을 웅크리고 얼마 동안 앉아있다. 물에 녹아드는 세제가 화학작용을 일으키며 녹아들자 손끝으로 화기가 느껴진다.

아직 여름의 끝은 남아 있어서 몸의 끈적거림은 쉽게 가시진 않았으나 찬물을 끼얹었기엔 선뜻 결심이 서지 않는다. 작업복을 먼저 빠는 이유도 몸에 열기를 돋우기 위함이고 또 한 가지 손톱 밑에 밴 때를 함께 씻겨내기에는 거친 빨래만큼 제격인 것이 없다.

세면장 위로는 이층으로 올라가는 계단이 있다. 그 경사면에 쪼그리고 앉아있는 그의 등은 그보다 더 휘어 보인다. 대나무 뿌리 마디 같은 등뼈가 곧 등살을 뚫고 나올 것 같다.

이 시간이면 이층에 사는 여자도 퇴근할 시간인데 오늘은 조용하다.

좋은 일이라도 생긴 것일까? 한번은 만취한 그녀가 계단에서 그만 오줌을 갈겨버린 적이 있었다. 이사 온지 얼마 안 된 때였다. 비도 오는 여름이어서 퍽 태만했던 모양이었다.

막 옷을 벗고 샤워를 할 참이었는데, 분명 빗소리와는 다른 인체의 내부에서 압력을 받고 쏟아지는 소리가 들렸다. 기분이 더러워 밀대 봉으로 쿵쿵 쳤지만 막무가내로 쏟아 붙는 게 꽤 오래갔다. 그렇잖아도 누수가 되는 계단참에서 빗물과 함께 오줌줄기가 머리 위로 떨어지는 느낌은 유쾌할 리 없었다.

'이것이 현재의 내 인생이다.' 그 때 그렇게 수그러들었다.

샤워를 끝내고 잠을 이루려고 했으나 배가 고파 도저히 잠을 잘 수가 없다. 끝내는 라면을 끓이고 밥 한 덩이를 찾아 넣고 김치를 말고서야 눈꺼풀이 무거워져오는 게 느껴진다. 안전화 속에서 문드러진 발가락 사이로 무좀약을 바르고 손가락에 생긴 습진을 잠재우기 위해 연고를 바르고 또, 발바닥 어딘가에 박혀 하루 종일 괴롭히던 쇳가루를 찾아내고서야 이부자리를 편다.

단절의 아쉬움일까, 텔레비전의 채널을 괴롭히지만 아무것도 충족시켜주지 못한다. 공연한 짜증을 내며 리모컨을 집어던진다. 벗겨져 자유로운 몸은 편안하고 안온하게 늘어져있지만 잠시 옆으로 뒤척이더니 끝내는 웅숭그리고 베개 하나를 가랑이 사이에 끼워넣는다.

'죽겠네.' 토해낸다.

출옥하던 날, 그는 단절이란 단어를 떠올렸다. 세상은 어디에 있든 연대되어 있고 연결되어 있고 흐르고 있다는 믿음은 산산이 깨져버렸다. 집으로 돌아온 그날부터 이미 세상은 그를 저만큼 내팽개치고 거부했다. 그렇게 기대했던 아내와의 섹스는 단 몇 분 만에 맥없이 끝나버렸고 다시 시도도 해보기 전에 위축된 남근은 가랑이 밑으로 숨어들어갔다.

이제, 뭘 할 수 있겠어. 그냥 좀 쉬면서 생각해. 아내는 덤덤하게 말하고 돌아서 누웠다. 일을 이야기하는 건지 섹스를 빗댄 건지, 아니면 둘 다인지, 분명한건 예전의 그녀가 아니었다.

어떻게든 욕심을 채우고야마는 성미는 어디로 간 것일까. 억지로 잡아당겨 습관을 기억시켜주려고 했지만 아랫도리는 꼼짝도 하지 않았다. 긴장해서 그럴 거야, 아내는 그렇게 말했어야 했으나 픽 웃었다. 비웃는 웃음은 아니었지만 맥 빠진 기분이 들었다.

그 순간 부부관계가 섹스로 회복되는 것은 아니라는 생각이, 아내를 제자리로 돌려놓을 때까지는 많은 시간과 노력이 필요할 거라는 예감에 좌절해야했다. 낯설음, 내 것이었던 것이 내 것이 아니라는 생각, 그것은 아내의 배신이나 외도를 의심하는 것과는 분명히 차원이 다른 묘한 감정이었다.

끈끈하게 이어져 왔던 것과의 이탈이랄까, 배척당한 느낌, 지배력을 잃어버린 허탈함 따위의 감정이었다.

젊은 너를 너무 오래 혼자 둔 탓이겠지. 다시 뭘 시작한다는 것이 얼마나 어려운지, 패배자를 바라보는 시선이 어떤지, 금융기관이나 세무서, 보증기관은 패배자에게 얼마나 냉정하고 야박한지, 그리고 살아나온 자의 피를 뜯기 위해 얼마나 많은 쉬파리들이 달려드는지, 알아야 했다.

우호적일 거라고 생각했던 모든 것들은 모두 적이거나 방관자거나 이용해먹을 대상으로 생각했다. 기존의 삶과 관계에서 조금이라도 도움을 받는다고 생각하는 것은 어리석은 일이었다.

망해서 한 푼 없는 거렁뱅이 신세라면 과감하게 전혀 다른 세계로 이동해야 했다. 그렇지 않으면 예전의 위신은 비웃음으로, 예전의 도전 정신은 무모함으로 손가락질 받을 것이고 씨앗을 뿌리기도 전에 누군가에 의해 뽑혀버릴 것이다. 하지만 한목이는 물러서지 않고 거의 죽을 듯이 창원 땅을 헤집고 다녔다. 결국 다시 시작한 가공업은 지인들에게 이용당하고 조급함에 못 이겨 자충수를 두거나 해서 곧 일거리가 끊겼다.

그 끊김, 단절은 현실적으로 다가왔다. 전세는 월세로 바뀌었고, 맨 먼저 휴대폰이 끊기고, 전화가 끊기고, 전기와 수도가 끊겼다. 자동차의 번호판이 영치되고 그리고 각종 압류통보들이 들이닥쳤다. 작은 것부터 큰 것까지 총체적으로 압박해 들어왔다. 그것은 '너는 끝났다.' 였다.

"원래 내가 아니었잖아. 잘됐지 뭐. 당신은 이제 당신대로 살아. 나는 나대로 알아서 살 테니까. 대신 생활비는 되는대로 챙겨줘야 돼. 나한테 뭐라고 하지 마. 헛짓 안하고 살았어. 하지만 이젠 아닐지도 몰라. 당신 나올 때까지 기다렸고, 재기를 믿었고, 아름이 보고 살았어. 이젠 아니야. 당신은 늘 급해. 납작 엎드려서 살자고 했잖아. 그런데 급하기만 해. 이젠 틀렸어. 나는 나대로 살길을 찾아야 해. 그리고 당신은 늘 내가 아닌 딴 곳을 보고 달려."

아내는 끝내 언니가 있는 대구로 가버렸다. 딸애라도 먹이고 입히려면 그 수밖에 없다고 했다. 증오와 복수심 같은 감정은 없지만 허망하고 초라했다.

처음 만났을 때처럼 헤어질 때도 아무런 약속도 할 수 없었다. 마지막으로 남은 좋은 감정마저 잃어버리지 말자고 했다. 막연히 고개를 끄덕였지만 자신이 없었다. 그는 이제 진짜 납작 엎드려 뭔가를 해야 했다.

결혼이라고, 나는 그 말을 듣는 순간 하나의 세계가 깨져버린 느낌이었다. 그것도 상대가 최구라니, 나는 그날 동녀를 만나지 않을 수 없었다. 그냥 두기에는 무책임한 처사였다. 그녀의 결혼과 두 번 다시 그녀가 누구와 결혼한다는 것은 있을 수 없는 일이었다. 더군다나 최구이라니, 그와의 앞날은 뻔했다.

무책임하고 생활력이라고는 없는 그저 폼이나 잡고 가오나 세우는 자에게 어떻게 그녀를 맡긴단 말인가. 친구로서는 그렇게 순박하고 의리 있는 친구도 없다. 하지만 내가 그를 잘 안다. 몇 달도 안 돼 그는 그녀를 떠나버릴 것이다. 그는 천성적으로 얽매이고 사는 걸 싫어한다. 또한 가득한 허영심은 그녀의 경제를 파탄 내 버리고 말 것이다.

결국 결혼식을 앞둔 며칠 전 동녀를 만났다.

"인선이 하고 사는 줄 알았네."

비아냥거렸다.

허긴, 창원으로 오기 전 그녀가 모아 둔 돈을 몽땅 인선에게 빌려주고 무책임하게 사라졌으니, 무슨 할 말이 있을까. 하지만 동녀는 제 살처럼 편했다.

"다른 이야기 할 거 없어, 최구가 하는 말 사실이야?"

"사실이라면?"

"그만 둬."

"흥, 그라머 오빠한테 갈까?"

약간은 화려한 스타일의 벨벳 보라 투피스의 옷깃을 잡아당기며 비웃었다. 그녀에게 어울리지 않는 옷이라고 생각되었다. 그녀의 결혼처럼.

"금마는 안 돼."

"내가 왜 오빠 말 들어야 돼?"

"걔를 내가 알아. 그 새긴 니 돈이 필요할 뿐이야. 공작기계대리점 낸 다고 벌써부터 떠들고 다니더라. 그리고 또 하나의 이유가 있어."

"오빠, 그 사람은 오빠처럼 양다리는 안 걸쳐."

나는 그 순간 모든 것이 무너지는 느낌이 들었다. 그녀가 그렇게 모질 게 말하는 이유도 알았다.

차라리 '당신은 나를 받아들일 수 없어.'라고 말했다면 좋았을 것이 다. 아니면 배인선이 한테나 가버리라고 말했다면 한결 마음 편했을 것이다. 어떻든 내 삶은 그녀들 둘 사이를 걸치고 어정쩡하게 올라타 있었다. 하지만 그것은 분명 두 개의 다른 감정이었다.

배인선은 내가 꼭 차지해야 할 목표 같은 여자였고 그런 여자였기 때문에 항상 나는 그녀 앞에 그럴듯한 존재로 남아 있어야 했다. 하지만 동녀는 그녀를 죽을 때까지 지켜줘야 할 의무 같은 것이 느껴지는 여자였다.

그녀에게 연애감정을 느낀다는 것은 죄악이었다. 그녀에게 다가서면 어린 시절 악몽이 떠올랐다. 나는 차마 그런 짓을 그녀에게 할 수 없었다. 하지만 그녀는 내가 지킬 내 여자여야 했다.

나는 내 솔직한 심정을 어떻게 이해시켜줘야 할 지 몰랐다. 그리고 갑자기 그녀를 향한 모든 것이 어설픈 소유욕이라는 것이 아닐까 생각해 보았다. 그녀와 같은 집에 살면서 함께 자고 뒹굴면서 뜨거운 청춘이 선을 넘지 못한 게 아쉽고 부끄럽기도 했다.

남근이 여물기도 전에 그녀와는 보듬고 치대는 사이였다. 다가서면 그녀가 거부했고 그녀가 다가오면 내가 외면했다. 그 누구도 우리의 관계를 이해하지 못할 것이다. 우리는 아직 서로의 상처 속으로 손을 내밀지 못했고 어쩌면 영원히 그 트라우마에서 빠져나오기가 힘들지도 모른다.

그때 왜 내 눈에서 눈물이 그렁거렸는지 모른다. 나는 그녀가 억지를 쓰는 것도 알고 있었다. 그러면서도 내가 얼마나 이기적인 사람인지를 느끼는 시간이었다. 내게 또 하나의 별인 인선에 매달린 이유를 찾을 것도 같은 순간이었다.

나는 동녀와 함께 해야만 온전한 개체로 존재하는 그런 인간인지도 모른다. 그녀를 수탈하든 이용하든 괴롭히든 그녀가 있어야만 존재하는 불완전한 반쪽이었다.

"나는 네가 가버리면 망칠 것 같다."

"아니, 오빠에겐 인선이 있어. 그런 여자는 망가지면 또 다시 오빠에게 올 테니까. 그때만 기다리면 되잖아."

그렇게 하나의 별이 져버렸다.

최구과 오연희가 결혼식을 하는 날, 그게 현실적으로 이루어진다는 게 믿어지지 않았다. 꿈과 같았다. 결코 악몽은 아니었다. 마치 코미디 프로를 보는 듯 했다.

동녀도 최구도 그저 희극배우처럼 느껴졌고 나는 그들에게 아무런 적개심도 거부감도 없었다. 그저 우스웠고 현실감이 느껴지지 않았고 소꿉놀이처럼 느껴졌다. 내 동녀가 지금 최구의 각시가 되는 바방놀이의 한복판에 주인공이 돼있다는 게 그것만이 조금 나를 권태스럽게 만들었다. 난 그 지루하고 재미없는 게임이 끝나기만을 기다리고 있었다.

나는 얼마 후 고향으로 향했다. 최구에게 몇 번 전화가 왔지만 나는 받지 않았다. 나는 잊지 못한다. 그날 얼이 빠져 서있는 내 팔에 날카로운 손톱을 들이밀고 현실을 일깨운 그 순간을.

나는 커다란 살구나무를 베고 자리한 새집으로 들어가지 않았다. 나는 눈을 감고 새 집 터에 있었던 살구나무를 생각했다. 지금껏 있었다면 하늘도 덮었을 것 같다는 상상을 해본다. 이쪽 하늘에서 저 바다 쪽까지 가지를 뻗고 거기서 뛰어놀던 나와 동녀를 보살펴줬을지도 모른다는 생각이었다.

 그때의 살구나무 밑은 장독대가 있었고 시원한 바람이 지나는 통로가 있었고 작고 야트막한 오두막과 아이들의 웃음소리 위로 살구꽃이 함박눈처럼 쏟아지곤 했다. 나는 바보처럼 미소 짓다가 입에 신맛이 도는 것을 느꼈다. 아버지가 큰 발로 나무를 걷어차면 살구가 바닥으로 구르기도 전에 느꼈던 그 신맛이었다.

 살구나무는 없어졌지만 다행스럽게도 옛 오두막집은 그대로였다. 새 집과는 토라진 부부처럼 등을 지고 여전히 건물로 존재했다. 나는 새삼스럽게 진기한 보물이라도 발견한 듯 그곳으로 천천히 걸어 들어갔다. 야생초들이 작은 마당을 채우고 있었고 돌담에는 키 큰 접시꽃이 한창이었다. 가끔씩 고향집에 왔지만 나는 새집으로 들어가지 않았다. 병이 들어 왔을 때처럼 마치 나의 가죽처럼 그 속으로 들어갔다.

 마루가 있는 안방 쪽은 온갖 어구들로 어수선했다. 내가 정작 보고 싶은 곳은 따로 있었다. 부엌은 예나 지금이나 문이 따로 없었다. 부엌바닥은 의외로 정갈했다. 맨들맨들한 흙바닥은 뭐라고 말할 수 없는 친근한 감정이 느껴졌다. 이미 폐허가 되거나 퀴퀴하고 온갖 잡동사니로 가득 차있을 거리고 생각했던 장소였다.

 기억 속에서만 존재했던 그곳이었다. 심지어 아궁이 하나는 군불을 땔 흔적마저 있었다. 댓살로 엮은 문을 열자 거대한 바위가 방을 반쯤 차지한 채 그대로 들어앉아 있었다. 아, 나는 거의 감탄할 뻔 했다. 뱀이나 쥐가 자리 잡고 있을 거라고 생각했던 공간은 아직 사람의 흔적이 그것들을 허락하지 않고 있었다. 의자 하나와 타자기가 놓인 쪽으로 바다로 향하는 쪽문이 열린 채여서 누군가 가끔씩 이 방을 사용한다는 뜻이기도 했다.

바위는 차갑고 매끄러웠다.

탁자에는 성경책이 한권 놓여 있었고 거기 동생 국이가 남긴 낙서장들이 보였다.

'하나님을 보길 희망한다. 내 다리를 가져가신 그 분의 뜻이 무엇인지 알고 싶다.' 국이에게 죽도록 미안했다. 국이가 여기 머문 까닭을 잠시 생각해본다. 어쩌면 동생은 더 큰 삶의 고뇌에 부딪쳐있을지도 모른다.

나는 바위에 기대고 우두커니 앉았다. 물결이 밀려오는 소리가 들렸다. 햇볕에 몸을 말린 해초들 사이로 바닷새들이 울고 지나가면 검은 갯펄은 집으로 찾아들어가는 발 빠른 게들로 빠끔거릴 것이다.

나는 내 고향을 떠올리면 오직 이 방에 놓인 바위만 생각났다. 그리고 그 바위에 기대기만 해도 모든 것을 용서받을 것만 같았고 새로운 힘이 돋아날 것만 같았다. 나는 생이 불안해지면 그저 이 방에 들어 찬 바위의 존재만 확인하고 싶었다.

'아버지, 이 집은 절대 허물지 말고 놔 둬요.'

아버지에게 부탁했던 것 같다. 나는 옛 기억을 떠올리려 했지만 아무것도 떠오르지 않았다. 다만 광펭이의 아버지가 살아있을 때 어린 동녀를 데리고 이 방에 들어왔던 기억이 났다.

"목이야. 우리 동녀하고 잘 놀고 있어라이."

나는 그 때 아무 이유 없이 행복했다.

나는 지금 울고 있다. 동녀에게 무슨 짓을 저지른 건가. 나는 지금부터 동녀와 놀아주지 못한다. 두려워지기 시작했다.

아주 오래전 일이었다, 한밤중에 몸이 무거워 억지로 눈을 떴다. 꿈속에서 어젯밤 늦게까지 본 포르노에 나온 여자와 교접을 벌이려고 했지만 번번이 누군가가 나타나 사정을 못하고 있었다. 어제 술이 취해 온 친구가 포르노잡지를 두 권이나 가져와 돌려보고 잤는데 자위라도 했으면 편했을 텐데 그냥 무거운 놈을 놔둔 채 잠이 들고 말았다.

친구는 간혹 호텔 손님방에서 그것들을 수집해 왔다. 아무도 없을 때는 포르노 잡지를 누렇게 만들 정도로 정액을 쏟아내곤 했는데 친구는 이상하게도 남근에 관심이 더 많았다. 발딱 선 내 남근을 움켜쥐거나 허락도 없이 흔들었다.

"손빨래는 남이 해주면 좋지."

은근히 유혹하면 당혹스러웠지만 그다지 나쁜 기분은 아니었다. 그저 장난기로 생각했으니까. 내 엉덩이를 건드렸다간 콩나물이 나올 거라는 농담을 주고받던 사이였으니까. 놈은 그 날 저녁 게이잡지를 가져와서 유난스럽게 손을 뻗어왔지만 피곤해서 버럭 짜증을 냈었다.

"니도 양놈 닮아 가냐, 남자들하고도 똥구멍에 하것다. 동물들도 그렇게는 안 해."

나는 그들의 괴상한 성적취향을 비하했다.

마침 동녀가 위에서 자고 있어서 손장난도 못하고 잠이 들었던 것인데, 어느 결에 친구가 나의 남근을 만지고 있었다. 잠버릇인줄 알고 손을 떼고 싶었지만 비몽사몽간이어서 은근히 태만해졌다. 침을 꿀꺽 삼키자 그가 더 세게 엉켜왔다. 그리고 보니 바지가 내려간 상태였다.

어젯밤 날씨가 추워 옷을 껴입고 잤는데 누군가 바지를 벗겨버린 상태였다. 그의 뜨거운 성기가 배꼽에 닿았다. 그러더니 밑으로 내려가 불알을 타고 항문 쪽에 닿았다.

뜨거운 불에 데인 듯 놀라 소리 지르려고 하자 그가 입술로 막았다.

야릇하고 흥분된 감정의 선을 차마 외면하기 힘들다고 생각한 순간 최구가 나의 성기를 빨았다. 놀라서 떠밀었지만 어떻게 된 일인지 나는 그의 배위에 올라 남근을 그의 가랑이 사이에 넣고 몇 번 흔들었다. 나는 그제서야 불현듯 놀라 그를 밀어냈다. 아무 말도 못했다. 이건 뭔가. 내 속에 잠재된 욕망에 대해 욕설을 퍼붓고 싶었지만 조용히 물었다.

"언제부터 이 짓 했냐?"

"이게 어때서 냄새나는 여자들보다 낫지."

"이건 아니잖아."

"창녀촌에서 아무에게나 벌리고 다닌 여자들의 그 냄새를 잊을 수 없어. 여자들은 더러워."

"그래서 남자냐?"

"깨끗하고 좋아. 너도 좋아하드마."

"내 앞에 다시 나타나지 마라."

나는 그날 밤 최구를 쫓아버렸다. 한참동안 그 감정, 자신마저 배신하고 덤벼든 그 이해할 수 없는 감정 때문에 치욕적인 모멸감을 떨칠 수 없었다.

"오빠 최구하고 싸웠어?"

아침에 동녀가 최구가 없어진 줄 알고 물었다.

"개새끼, 다신 안 올 것이여."

동녀는 없을 때는 그를 오빠라고도 부르지 않았다.

이런 경우에 대비해서 그녀를 만났을까. 나는 굳이 변명하고 싶지 않았다. 동녀와 인선을 놔두고 또 다른 여자를 만나고 있었다는 것을. 그리고 그녀와 잠자리를 하고 가끔씩 미래에 대한 계획도 세웠다는 것을.

나는 아무 대책도 없이 동거생활에 들어갔다. 그것은 결혼을 전제로 한 동거였다. 아내는 이 동거에 대단히 만족스러운 모양이었다. 나는 지금까지 모아둔 돈을 전부 공장에 쏟아부었기 때문에 딱히 결혼식을 올릴 돈도 없었지만 아내도 그런 형식에 얽매이지 않았다.

우리는 시내에 있는 13평짜리 아파트로 신혼집을 얻고 신혼여행으로 제주도로 가서 멋진 관광을 하고 좋은 음식에 돈을 아끼지 않고 이것 저것 선물도 샀다. 물론 신혼의 달콤함도 맛보았다

그날 내 아파트란 곳이 가까워지자 갑자기 숨이 막히기 시작했다. 나는 이제 현실의 세계에 확실히 뛰어든 것이다. 결혼한 여자가 있고, 사업체가 있었다. 나는 여기 뿌리를 내리고 이제 치열하게 한 가정을 위해 살아야 했다. 하지만 곧 함정에 빠져버린 것을 알았다.

최구만 믿고 했던 모든 것들이 사기였다. 나는 죽어라고 그곳을 빠져나오기 위해 일했다. 어떻든 얻은 것도 많았다. 설계기술, 치공구 선정, 기계 조립과 시운전...... 거기까지면 됐다. 세상에 공짜는 없으니까.

배인선이 다시 나타나 죽음을 예고한 듯한 말을 안했다면 그럭저럭 공장을 이끌어갔을 것이다. 나는 꺼져가는 공장보다 배인선을 위해 뭘 해줄 수 있을까 고민했다. 결국 나는 또 다시 동녀를 울리고 말았다. 하지만 언젠가 나는 그녀를 위해 그 모든 부채를 청산할 수 있을 거라 생각하고 내 결정에 따르기로 했다.

새벽 다섯 시에 요란스런 알람이 울린다. 이미 깨어 있었지만 일어나지 못했다. 리모컨을 들고 텔레비전을 켜고 소란스러움 조성한다. 텔레비전 안의 사람들처럼 사람들은 죄다 깨어있다. 그러니 게으름 피우지 말고 일어나라는 것이다.

작업복은 늘 머리맡에 놔둔다. 작업복을 못 꺼내 입으면 핑계거리를

만들 수 있다. 조금만 방심하면 새벽녘의 귀한 시간은 순식간에 날아가 버린다. 세면장에 가서 머리를 감고 정신을 차린 뒤 집을 나선다.

공장 마당은 텅 비어있다. 그 텅 빈 공장에 맨 처음 들어서는 기분은 상당히 매력적이다. 어둠이 물러가고 서서히 날이 밝아오는 여명의 순간 활짝 공장 문을 밀치면 어제의 열기가 남아있는 공장의 덥고 무거운 공기가 덮쳐온다. 오늘 또 하루가 시작되는 것이다. 뒤돌아보면 아직 남아있는 달이 공장 안을 기웃거린다.

콤프레샤를 켜고, 기계의 전원을 공급하고 비상 스위치를 돌리면 웅, 하고 기계의 유압이 들어가며 죽었던 생명이 살아난다. 인체에 에너지가 공급되고 피가 도는 것과 마찬가지 원리다. 지그를 얹히고 공구를 교환하고 스타트 버튼을 누르면 기계는 정해진 길을 따라 진행한다. 용도에 맞는 옷을 입고 신발을 신고 집을 나서는 사람과 같은 것이다.

삶을 영위하기 위해 집을 나서면 얼마나 많은 위험과 넘어야 할 난관이 도사리고 있는가. 특히나 잘 모르는 길을 갈 때는 누구도 예측 못할 상황이 발생하듯이, 기계조작 역시 새로운 제품과 만났을 때는 갖가지 변수와 문제가 기다리고 있기 마련이다.

그는 열흘 전에 들어온 새로운 기계 앞에 서있다. 그는 기계가 들어온 그날부터 거의 하루 스무 시간 가량을 기계 앞에 붙어있었다. 일은 급했고 중고 기계는 애를 먹었다. 그래도 그 기계와 친해지기 위해 다시 손을 내민다.

결국 유필이 일손을 놓자, 그 대타로 외국인 두 명을 들였다. 기존 생산은 그들에게 맡기고 한목이는 최근에 들어온 새로운 기계에 매달렸다. 기존 생산라인에 투입된 두 사람은 이틀 정도 집중적으로 가르치자 곧 익숙해졌다. 인도네시아인 미꼬와 루리였다.

그들은 한국 온 지 6년차였고, 불법노동자로 전락한지는 1년여였다. 미꼬는 느렸으나 침착했고 불량이 거의 없었다. 일의 속도는 손에 익으면 곧 붙겠지 했지만 좀처럼 생산성은 향상되지 않아 답답했다. 그러거나 말거나 미꼬는 아침 시작부터 오전 열시. 점심시간, 저녁 다섯 시, 퇴근 전 일곱 시 전후 손과 발을 씻고 특별한 방향을 잡고 무슬림 의식을 행했다.

루리는 미꼬처럼 무슬림이었지만 슬쩍슬쩍 돼지고기도 먹었고, 기도 대신 휴식을 원했다. 미꼬처럼 메모하고 배우는 자는 아니었지만 손은 빨랐다. 그는 이 나라에서 가져갈 것은 기술이 아니라 요령이란 걸 일찌감치 알고 있는 듯 했다. 어쨌든 중요한 것은 생산량이었다.

기계에 필요 이상의 관심이나 기술에 대한 욕심은 생산량을 저하시킬 뿐이다. 간혹 외국인 노동자중 거의 천재적인 재능을 가진 이들이 있어서 한국인 기술자들보다 더 기능이 뛰어난 이들도 있지만 대개는 시키는 일만 하는 편이었다.

어줍지 않게 기술을 배우려들면 기계를 손대거나 프로그램을 변형시켜 기계를 파손시키는 경우가 많았다. 가능하면 외국인 노동자들은 정해진 범위 내에서 규칙적으로 생산만 하면 최고였다. 사료는 주인이 먹이지 닭이 알아서 먹었다간 제대로 알을 낳지 못하는 것이다. 불필요한 호기심보다는 더 빨리, 더 많이 생산하면 그만이었다.

외국인 노동자들의 임금이 경력 상관없이 거의 일률적인 것은 그런 이유 때문이기도 했고, 또한 일정 기간이 지나 기능이 습득될 쯤엔 본국으로 가지 않으면 불법 노동자로 불안전한 삶을 살아야 하기 때문이기도 했다.

미꼬는 처음에 네 대의 기계를 돌리는 데 부담스러워했지만 하루 생산량보다 더 빼내면 얼마간의 인센티브를 적용시키겠다고 하자 그의 절박한 기도 시간도 짧아졌다. 자연스럽게 공장 구석에 궁둥이를 쭉 빼고 시간을 죽이는 놈의 엉덩이를 차버리고 싶은 생각도 차차 없어졌다.

 그들에겐 공장 옆 산비탈에 컨테이너박스를 개조한 숙사가 주어졌고, 아침 식사를 제외한 모든 식사를 회사에서 제공했다. 야간엔 따로 야간수당을 지급했고 식사 대신 두 끼 값의 현금이 지급되었다. 굶든 말든 그들 몫이었으나 생산량 차질은 용납되지 않았다.보너스는 없었고, 연봉제 형태로 계약했으나 일 년이 지나면 약속은 지켜지지 않을 것이다. 나중에 그들은 어떤 식으로든 퇴직금을 요구할 것이다. 그들의 무기는

'몰라요!' 그렇게 말하면 그만이었다.

 어설픈 인권에 목메고 있는 노동관련 단체들이 퇴직금을 안주면 벌떼처럼 달려들고 고발할 것이다. 결국은 퇴직금을 계산해 챙겨두든가 아니면 일 년이 되기 전에 내보내고 재계약하는 수밖에 도리가 없다. 서로의 잔꾀를 잘 알고 있기 때문에 답답한 놈이 지는 전쟁이었다.

14. 너

주인은 모자를 꾹 눌러쓰고 자외선 차단마스크를 쓰고 있다. 그것은 이미 그녀의 몸 일부가 되어 버린 듯 불편함이 없어 보인다. 야생화에 대해, 야생화를 키우게 된 것에 대해, 그리고 판매를 하기 시작한 계기에 대해 떠들면서도 손발은 부지런히 움직이고 있다.

"겨우내 죽어 있던 것들이 소삭소삭 솟아오르며 어느새 제 얼굴을 내밀 때면 그야말로 전율이 느껴지지요. 잊었던 그 이름들을 다시 찾아 부를 때 그 기분, 아무도 모를걸요."

잊었던 그 이름, 허준영의 모친이 아침에 느닷없이 전화를 걸어왔다. 아무래도 그 집에 대한 정보원으로 이용했던 목욕탕 집 이웃 언니가 이번에는 반대의 경우가 된 모양이었다.

하긴 인간이 그리 한쪽으로 치우쳐 누구를 보호해주거나 한편이 되는 경우는 극히 드문 게 아닌가? 어쩌면 자신의 동태 역시 그녀가 빼낸 소식만큼 속속들이 그 집에 알려지고 있었을 지도 모른다. 어떻든 잊어버리자, 머리를 흔든다.

"진짜 재미는 뭔줄 알아요?"

주인이 질문하듯이 물었다.

"진짜 재미요?"

"이거 보세요. 이게 망초에요. 이게 개망초구요."

한 개의 화분에 같이 들어간 꽃무리였다.

"구분하기 힘드네요."

"억지로 구분할 필요는 없어요. 이 망초는 개망초보다 꽃이 작고 늦게 피지요. 이놈은 우리나라에 맨 처음 철도가 들어올 때 철도 침목에 묻혀 미국에서 왔다는 이야기가 있지요. 철도가 놓인 곳을 따라 이놈들이 피니까 일본이 조선을 망하게 하려고 이 꽃의 씨를 뿌렸다고 의심해 망국초라 불렀다네요. 이 망초보다 더 예쁜 꽃이 나타났는데, 망초보다 더 나쁜 꽃이라 해서 개망초라 했다네요. 제가 하고자 하는 이야기의 요점은......"

주인이 허리를 한 번 쭉 펴고 눈을 마주쳤다. 눈 밑에 주근깨가 야생초의 씨앗인양 가득 뿌려져 있다. 그녀가 뜸을 들인 사이 어색하지 않게 추렴을 넣는다.

"꽃들은 하나같이 이야기를 담고 있네요."

먼저 아는 체를 하자, 주인은 고개를 약간 저으며 미소를 보낸다.

"야생초 키우는 묘미는요. 망초를 따라 개망초가 나타났듯이 원래의 야생화에 몰래 따라왔거나 얹혀왔던 것들이 어느 순간 발아해서 화분이 온통 잔치를 벌이는 경우와 맞닥뜨릴 때죠. 하나를 키우면 어느새 그 주위에 덧붙어서 살아가는 생명들, 경이로운 일 아닌가요?"

"아...... 네, 잔치겠군요."

"만약에 제가 농부였다면 잡초처럼 생각하고 그것들을 뿌리 채 뽑아버리겠지요. 하지만 저는 농부가 아니죠. 후후."

그녀는 다시 바쁘게 손을 움직인다.

"농부 입장에선 수확이 목표니까요."

시비는 아니었지만 평범함을 탓하는 듯해서 대꾸한다.

"아 그렇지요. 농부는 곁가지도 용서하지 않지요. 좋은 알곡을 위해선요."

"곁가지요?"

"농사를 잘 짓는 방법은 곁가지를 과감하게 잘라내야 하는 과정이 아닐까요? 사람살이도 매 한가지지만요. 식물이나 사람이나 한 번 쯤 주변을 과감하게 정리해야만 튼실하게 살아남죠."

"야생화는 다르단 얘긴가요?"

자연의 이치가 다 그런 게 아닌가, 수연은 조급하게 따진다.

"다를 게 뭐 있겠어요. 사는 방법이 다르다는 거죠. 이것들은 보다시피 서로 어우러져 있어야 좋아요. 보세요. 심지어 낯선 버섯까지도 들어와 피어 있잖아요. 훨씬 품위 있고 안정적이잖아요. 밀치고 해치지 않고 옹기종기 모여 사는 거예요. 이제 태어난 이 버섯이 수줍음을 타며 주변과 조화를 이루어가는 것을요. 아직 이름도 없지만 차차 이 부족한 한 귀퉁이를 채우겠죠. 그게, 아름다움이죠. 아니, 목적이지요."

"아. 그러고 보니 혼자 앉아있는 야생화는 없네요."

비로소 한 단지에서 쏘삭소싹 피어올라 서로 잘 어울려 풍족해진 야생화가 눈에 보이기 시작했다.

"그래, 이제 고르셨어요?"

그러고 보니 수연은 꽤 오랫동안 여기에 머문 것 같다. 자동차를 타고 가다가 하필이면 줄지어 서있는 꽃집 앞에서 차가 정체되었다.

그 순간 '나를 위해서 꽃 한 송이 살까?' 하는 생각이 들었고 무턱대고 차를 세웠다. 그런데 참 낯설었다. 그 꽃가게라는 것이. 채소만 파는 직업 때문만은 아니었을 것이다. 그것은 삶의 여유와도 직결될 것이다.

막상 그 많은 꽃들 중에 어떤 꽃을 사야할지 모르는 와중에 호객하는 판매상들에 쫓기듯 밀려온 곳이 이곳 야생화 집이었다.

다행히 이곳 주인은 손님을 반기기는커녕 제 할 일에만 열중이어서 준비 안 된 수험생처럼 도망갈 마음만 있는 그녀를 편하게 놀게 해줬다. 주인은 보고 즐겨주면 좋다는 뜻인지 아니면 장사가 안 돼 나태해졌는지 모르지만 되도록 들어온 손님과 눈이 마주치기를 원하지 않은 듯 했다.

호미를 잡은 손끝에 야무지게 힘을 주고 흩어지고 부족한 곳에 꾹꾹 흙을 채우며 삼매경에 빠진 듯 한참동안 왔다리 갔다리 해도 불편함이 없었다.

이런 것도 팔아먹나? 어릴 때 지천으로 피고 지던 것들을. 마음이 편해지자 오히려 낯가림한 주인 여자 얼굴이나 한번 보고 싶어 빙빙 도는데 그녀가 손톱보다 작은 꽃 하나를 화분에 정성스럽게 옮기는 게 보였다. 그녀와 눈이 마주치자 이유 없이 서로 웃었다. 너도 나도 한심스럽다는 듯이.

"나는 사실 생달나무라는 것을 사고 싶은데? 그런 것은 없겠지요?"

"생달나무요?"

"예, 제 고향에서는 그렇게 불렀거든요. 동백잎처럼 생겼지만 좀 길쭉하고 나뭇결은 견고하지요. 가지가 여러 갈래로 뻗어나가고 잎들은 빽빽해서 하늘을 가리지요. 그 속으로 들어가면 아무도 쉽게 찾아낼 수 없어요. 정말 아무도 못 찾지요. 오뉴월 경에 황록색의 꽃이 무리져 피고 열매는 흑자색이지요. 한약제로도 쓰이고요."

"추억이 많은 나무였나 봐요?"

"아니요. 아주 무서웠지요. 그곳은 시커먼 곳이었으니까요."

"차 한 잔 드려요? 내가 이래요. 장사를 하려고 해야 되는데 장사할 생각이 없이 이놈들에게 빠져있어요. 심지어는 손님이 사가겠다는 야생화를 팔지 않고 버티곤 할 때도 있답니다. 그걸 가져갈 사람이 아니라고 판단되면 더욱 그렇지요. 애지중지 키운 꽃들이 어디선가 말라 죽어가고 있다고 생각해봐요. 젖을 떼지 못한 아이를 내보내는 느낌이지요."

"아 예, 한 잔 얻어 마셔도 될까요?"

수연의 가슴은 쿵쾅거렸다. 어디선가 말라 죽어간다. 그녀는 입술을 깨물었다. '네 아이 문제다.' 노인은 결코 인정하고 싶지 않은 말을 뱉어냈다.

"제가 한 번 알아볼까요? 그 나무?"

주인은 허브차를 내밀며 안쓰러운 표정을 짓는다. 수연의 얼굴은 수심이 가득했다. 그것은 젊은 여자의 얼굴이 아니었다. 주인이 본 그녀의 상태는 자리를 잡지 못해 어디론가 옮겨 다니는 생기 잃은 야생화였다.

"예, 그래주시면 너무 고맙죠."

"자주 오세요. 차도 마시고. 여긴 제 놀이터예요. 빌려드릴게요. 후후."

주인이 자신의 껍질 같은 모자와 가리개를 벗었다. 사십대 초반의 단정한 여자였다. 평범한 아줌마였지만 뭔가 의지가 엿보이는 인상이다. 두 사람은 말없이 차를 마셨다. 천천히 살피며 시선을 익히고 표정을 살피며 몸짓을 엿본다. 그러다가 편하게 서로의 눈동자에 상대방을 담는다.

수연은 전화번호를 남기고 꽃집을 나왔다. 끝내 꽃은 사지 못했다. 시내로 들어가면서 자신이 왜 생달나무를 구해달라고 했는지 그 느닷없는 부탁을 했다는 게 우습기도 했다.

그 나무는 한없이 커갈 텐데 아파트에서 어떻게 키운단 말인가. 설령 키운들 나무가 크면 그걸 어디로 옮겨야 한단 말인가. 쑥쑥 커서 위층으로 올라가면 그걸 타고 올라가 쿵쾅거리는 위층 사람들을 나무랄 수 있을라나? 풋, 하고 맥없이 웃어본다.

그 순간, 수연은 '아파트에 안 살면 돼지.' 하고 중얼거렸다.

'그래, 내 나무를 심을 땅을 구하면 되는 게 아닌가?'

갑자기 한 번도 느껴보지 못한 의욕이 끓어오르는 걸 느끼며 발걸음을 재촉했다. 하루 종일 갈피를 잡지 못한 혼돈의 세계가 걷히고 있었다.

그의 나이는 이제 서른 후반이다. 사람이 이렇게 작아질 수 있을까? 그는 아직 살아 있었다. 세수를 하고 양치질을 하고 똥을 쌌다. 그가 팔 년 만에 보여주는 모습이다.

그의 모친은 부끄러움도 없이 아들을 안고 화장실에서 나온다. 노인의 얼굴은 시간에 용해되어 처지고 주름지고 울퉁불퉁해져 있다. 목소리는 쉬어있고 머리카락은 윤기가 없었다. 불과 십여 년 사이에 저렇게 사람이 변할 수 있다는 게 믿어지지 않는다.

자신을 길바닥에 내팽개친 그 포악하고 잔인한 여인은 어디로 갔단 말인가? 노인은 아들을 씻겨 앉히고 한마디 없이 자리를 떴다. 어쩌면 너무 빨리 이 집에 도착했는지 모른다. 가겠다고 전화하고 곧장 이곳으로 달려왔으니 그들이 손님을 맞을 시간적인 여유가 없었을 것이다.

수연이 문을 밀고 들어오자 방에는 아무도 없었고. 빤히 열린 화장실에 모자의 모습이 적나라하게 드러났다.

"왔나?"

희미하게 작은 목소리로 그가 알은 체를 했다. 하지만 수연은 그 목소리가 어디서 흘러나오는지 잠시 감을 못 잡았다. 오래된 축음기에서 나는 소리 같았다. 이제 막 노인은 변기에 앉아있는 작은 남자를 들어 올려 욕실 한가운데로 데려오는 중이었다.

"잠깐만 있어라."

노인은 문을 닫으려 했지만 상황은 그럴 조건이 못되었다. 노인은 그 작은 물체조차 제 맘대로 못 다룰 만큼 기력이 없어 보였다.

"이게 뭐죠?"

왜 그렇게 말했을까, 수연은 비명처럼 그렇게 뱉어놓고도 자신이 꺼낸 말의 의도를 몰랐다. 정확히 어쩌다가 이런 몰골로 변했냐고 묻고 싶었을 것이다.

하지만 차마 그렇게 물을 수도 없는 반면에 책망을 섞지 않을 수도 없었다, 어쨌든 그냥 느낌대로 흘러나온 말이었고 찰나의 순간에 그녀가 조절하고 통제하여 정리한 말이었다.

"그렇게 됐다."

그가 정확하게 상대의 질문에 대한 의사 표시를 했다. 마치 부도내고 가족 앞에 선 면목 없는 가장의 종언같았다.

노인은 체념하듯 아들을 의자에 앉히고 머리를 감기고 세수를 시켰다. 그가 뭐라고 했지만 들리지도 않았고 그 물체가 내뱉는 말이라고 생각할 수도 없었다. 작은 아기 같았고 하얀 가죽을 둘러쓴 이름 모를 생명체와도 같았다. 수연은 그가 머리가 감기고 양치질을 시키는 일련의 과정을 꼿꼿이 서서 감상할 수밖에 없었다. 영상처럼 장면이 흘러 갔다.

"미안하다."

소파에 앉아 숨을 헐떡이는 작은 물체에서 소리가 나왔다. 수연은 정신이 번쩍 들었다.

"나에게요?"

"그래도 뭔가 정리해야 될 것 같아서. 미안하다."

이 사람하고 성교를 했고 아이를 낳았다. 수연은 믿어지지 않았다. 그가 이름까지 수연이라 개명해준 허준영, 이혼한 남편이라니.

"내가 보이긴 해요?"

그것은 이제 와서 자신을 기억하냐는 뜻이기도 했다. 그리고 현실적으로 물체에 초점을 못 맞추고 있는 그의 시력에 대한 의문이었다.

그가 얼굴을 들었다. 창백했다. 얼굴은 너무 작아 주먹만 했다. 거기에 아직도 눈과 코, 입이 들어가 있다는 게 믿어지지 않는다. 다들 제멋대로 삐져나와 분해되어버릴 것 같다.

"희미하게. 안 보이지만 당신을 알 수 있어."

그가 듣는 게, 말 하는 게 신기했다. 작은 마네킹 같기도 했고 어설픈 로봇 같기도 했지만 차라리 작은 침팬지 새끼 같았다.

"나는...... 당신을 몰라요."

감정 없이 대꾸가 나왔다. 단지 그 물체와 의사소통할 수 있는지 궁금했다.

"미안해. 다 내 잘못이야."

"나는 진짜 당신을 몰라요. 지금 앞에 있는 사람도 모르고요."

"좋아, 좋아요. 나는 단지 딸 때문에...... "

"혜지는 할머니가 잘 키우고 있다는 걸 알아요. 당신이 왜 이렇게 됐는지 궁금하지도 않고요." "혜지를 보긴 봤어?"

"내가 왜 창원에 있는데요. 하지만 걱정 말아요. 딸 앞에 나타나 '내가 니 집에서 쫓겨난 엄마다.' 라고 말한 적도 말할 일도 없을 테니까."

준영은 고개를 끄덕였다. 아니 흔들렸다는 표현이 맞겠다.

"나한테 할 얘기가 뭐죠?"

수연은 한시라도 빨리 자리를 뜨고 싶었다.

"나는 어떻든 곧 죽을 거야. 그래서......."

"장사라도 치러드릴까요?

허준영은 대답하지 않고 떨리는 손으로 물 컵을 가리켰다. 내키지 않았지만 물 컵을 들어 입에 부어주자 그가 엄마젖을 빠는 아이처럼 조금씩 빨아마셨다.

그의 손이 갑자기 다가왔다. 차갑고 가죽 같은 손이 다가와 부딪쳤다고 해야겠다. 수연은 들고 있는 물 컵을 떨어뜨렸다. 물은 엎질러졌지만 다행히 컵은 소파로 떨어져 무사했다.

"혜지를 위해서 부탁 하나 하자."

"말했잖아요. 나는 혜지의 그림자로 있을 뿐, 안 나선다고."

"이해해. 하지만 들어줘."

그가 몇 번 쿨럭이더니 고개를 소파에 기대고 조용해졌다.

"왜 이래요?"

기척을 알았는지 노인이 달려와 아들을 부축한다.

"가봐야겠어요."

수연이 일어서려 하자 노인이 손을 잡고 앉혔다. 노인의 손은 의외로 뜨거웠다. 차가운 송장 같던 그의 손을 만지고 난 후라서였을까? 어떻든 뿌리치고 싶었지만 안온한 느낌을 내버려둔다. 노인이 겸연쩍은 듯 손을 옮겨 아들의 몸을 매만지면서 상황을 설명한다.

조근조근, 조심스럽게 다가온다. 뭘 해줘야 할 지, 어떤 이득이 있을지, 구체성을 가지고 이야기하기에는 위험하기도 하고 속내를 죄다 들춰내 낭패를 당할 수도 있다는 것을 알고 상대를 엿본다. 아침에 했던 이야기와 맥락이 같다. 그래서 여기로 뛰어온 걸까? 굴욕감이 밀려온다.

"나보고 다시 재결합해달라고요? 이 남자하고."

"그래, 내 아들하고."

노인은 망설임도 없이 단호하게 대답했다.

"아주머니, 도대체 나에게 뭘 주시려고......."

비꼰 목소리가 전달됐을 것이다. 아들이 정신을 차리자 자리를 뜬다. 던졌으니 맘껏 생각하고 정리할 시간을 가지라는 뜻일 것이다.

"이해 못하겠지만 그렇게 해라. 그래야 내가 눈을 감는다."

정신을 잃었다고 생각했지만 그는 다 듣고 있었던 모양이다.

허준영은 아직 정신이 맑다. 눈이 안보여서 그렇지 지금 앞에서 벌어지는 상황을 잘 알고 있다. 옛 아내의 냄새가 기억에 남아있다. 그녀의 원피스 옷자락이 스쳐 지나가면 성욕이라도 일어날 것 같다.

'내가, 왜 이 가엾은 여자를 쫓아냈는가?' 죄책감이 밀려온다.

"어차피 나는 그 여자와는 오래 전에 끝났어."

"나처럼 버렸나요?" "내가 버림받았지."

"당신이 왜요?"

"내가 나를 극복하지 못했지. 내 장애와의 싸움에서 진 거야. 나는 내 장애를 숨기고 무시하려고 더 통 큰 척 더 아무렇지 않은 척 대담하고 쿨하게 살려고 했지. 하지만 나는 늘 두려웠어. 내 뒤에서 비웃고 조롱하는 것들이 있다는 것을, 내가 절룩거리고 갈 때 모든 놈들이 나를 언제든 모욕하려고 덤빌 거라는 것을, 나는 두려워했지. 분노가 차곡차곡 쌓이고 이미 갇힌 그 세계를 파괴라도 할 듯이 나보다 약한 자에게 덤벼들었어."

"그래서 나를 그날 저녁 쫓아냈나요? 백 원짜리 하나 쥐어주지 않고 아주 조용히 점잖게 떠나라고 했나요?"

"나는 그때 당신이 나한테 강하게 대들길 바랐어. 내가 정상인이었다면 당신이 그냥 떠났겠어?"

갑자기 그가 사람처럼 느껴졌다. 분노하고 질투하고 후회하는 인간.

"흥, 내가 그렇게 하지 못해서 어린 나를 그렇게 한밤중에 아이와 떼어 놓았나요? 내가 그렇게 저주스런 모욕을 당하고 당신에게 강하게 따지고 덤벼들기를 바랐나요?"

그는 대꾸가 없다. 평범한 사람처럼 물고 뜯고 따지길 바랐고 지배해 주길 바랐을지도 모르겠다. 다 지난 일이다. 다만 그에게만 주어졌을 거라 믿는 차별의 세계가 누구에게나 온통 상처투성이로 뒤범벅되어 있다는 걸 죽을 때까지도 모를 수도 있다는 것이다. 어떻든 본의든 본의가 아니든 인간은 전부 다른 상대방에게 인정받을 수 없는 미숙한 존재라는 것이다.

"도와줄 거지?"

"왜 아직 정리를 못한 거지요?"

"그 여잔 내가 이 상태라는 것도 몰라. 당뇨가 시작됐을 때 나는 미국으로 가버렸으니까. 치료도 하고 그놈의 공부도 좀 해보려고."

"내가 그 여자를 만나서 뭘 해주길 바라죠?"

"내 자존심을 지켜줘."

"자존심요?"

"그래. 가서 그 여잘 만나 당신이 혜지의 엄마고……"

"그리고요?"

"당신이 나를 사랑한다고만 말해줘."

수연은 웃어야 할지 울어야 할지 몰랐다. 하지만 준영은 너무 진지했다.

"설마 내가 그런 제안을 들어주길 바라지도 않겠지요."

"어머니도 사실 몸이 안 좋아. 아마도 이 집에는 아무도 안 남을 거야.

혜지 빼고는."

"혜지는 아직 미국에 있나요?"

"나하고 같이 나간 후론 쭉 거기 있지. 작은 아버지와 같이 생활해. 새엄마와는 힘들 것 같아서. 그 애도 이제 데려와야 돼. 그러려면 당신이 필요해."

오수연은 파르르 떨었다. 분노가 솟구쳐 올라오는 것을 가까스로 참고 말했다.

"나는 당신 부탁을 들어줄 수 없네요. 그리고 당신 장례식 때도 못 올 것 같고요." 수연은 자리를 박차고 일어났다.

"이봐……. 어머니는 당신에게 서울에 있는 그 여자 아파트를 준다고 약속했어. 나하고 재결합하면. 그리고 이 집도 당신 것이 될 거야."

수연은 그 차가운 물체 앞으로 다가갔다.

"이봐요. 나는 나 혼자 살아왔어요. 앞으로도 그럴 거구요. 그리고 혜지는 언제든 나한테 와요. 그때 혜지가 당신 무덤에 침을 뱉게 해줄게."

그녀는 천천히 일어섰다.

"나에게는 당신이 내 유일한 위로였소."

돌아보니 허준영이 소파에 고개를 처박고 울었다. 눈물이라도 나올까 싶은데 체구가 꺾이며 작은 강아지 모양으로 허리가 오그라졌다. 저렇게 살 수 있다는 게 신기했다. 또한 그런 육체로 인간의 말을 알아듣고 이해하는 게 기이했다. 그녀는 천천히 집을 빠져나갔다.

채소가게는 시장의 모서리 부분에 위치해 있다. 천막을 걷어내자 신선한 채소가 가득 들어있다. 그것들은 '안녕?' 하고 인사를 건네는 것 같다. 다듬고 만지고 포장해서 친해진 것들, 오수연의 유일한 기쁨이다.

"안녕하세요? 어제는 문을 닫으셨던데 무슨 일이 있었나요?"

억지스런 표준어를 쓰는 표구집 사장이었다. 자기가 무슨 예술가라도 되는 양 으스대고 잘난 척 하는 사십대 중반의 남자로 멜빵바지를 입고 있다. 치켜 올라간 바지가 엉덩이에 끼어 불편할 텐데 자신을 장식하는 상징처럼 고집스레 그 차림이다.

"예, 일이 좀 있어서요."

그에게 말을 섞어봐야 득이 될 게 없는 작자라고 믿어 얼른 가게 문을 연다. 다섯 평 되는 가게는 반찬들로 가득하다. 덧붙여서 반찬가게를 한지도 꽤 오래다. 채소도 제일 좋은 것만 사서 팔았고 반찬도 좋은 재료로 만들었다. 상호는 '바우네'였다. 동녀 가게라고 하고 싶었지만 그 이름을 물어올까 봐 망설인 끝에 상호를 그렇게 지었다.

"저기요,"

표구집 주인이 따라 들어왔다.

"아니, 왜요?"

수연은 경계심을 보이며 물었다, 화장도 할 줄 모르고 청바지에 면티나 입는 여자에게 호기심을 느끼는 이유는 아무래도 혼자 살 것같은 여자라고 느꼈기 때문일 것이다. 아니면 시장에서 굴러먹는 여자라고 지레 헤프게 보고 접근하곤 했다.

"주인이 뭐라 안하던가요?"

"주인이요? 우리 주인?"

"아직 말 안한 모양이네. 하긴, 그 엉큼한 영감이 소문은 내놓고 재고 있는 모양이구면."

"대체 뭘요?"

"가게를 판다고 하던데요. 즈 아들이 울산에서 공장을 한다고 거기 돈을 만들어줘야 된다네."

"정말요?"

항상 노심초사 조마조마한 일이었다. 그래서 더욱 악착스럽게 돈을 모으고 조심했는데 주인이 욕심이 생긴 모양이었다.

"아들은 핑계구요. 아무래도 지가 채소가게 할 건가 봐요."

"계약기간이 있는데 어쩌겠어요?"

아무렇지 않게 이야기하지만 2년의 계약은 바로 코앞에 있었다.

"무식한 영감이 그런 거 씨도 안 먹히지. 떡볶이나 팔다가 놀고 있는 이 가게를 살려놓으니까 사람들이 왜 그리 약삭빠른지 그죠?"

항상 약삭빠르고 시류에 영합하는 인물이 그런 소리를 하니 좀 이상했다.

"저기, 그 영감이 가게 세를 엄청 올려주라고 할 겁니다. 지도 명분은 있어야 하니까요. 근데 언니 말고 누가 이런 가게를 세 들어와 살겠어요. 지금이야 생기 있게 만들어 놓았으니 망정이지. 그 전에 이 가게 누가 쳐다나 봤간디요."

"그냥 가게 주인이니 그런 소리 해본 걸 겁니다."

"사실은 우리 가게에 비하면 여긴 가게도 아니지요."

"......"

"만약에 영감이 가게를 비워주라고 하면 저하고 이야기 좀 해요. 터무니없이 세를 요구하면 방법이 있어요."

며칠 후 결국, 영감이라고 부르기에는 아직 혈기왕성한 오십대 후반의 가게주인이 불쑥 나타나서 유리가게 주인이 했던 말을 그대로 했다.

"뭘 원하세요?"

코딱지만한 가게에서 돈 좀 벌어들이니 가게 세를 올려주라는 소린지 아니면 나가라는 소린지 듣고 싶었다.

"뫘 좋은 가게를 팔 수 밖에 없는 기 답답치만 어쩔 수 있나, 자슥 일 인데, 자네가 굳이 더 쓰고 싶다면 답답한 내 마음을 좀 헤아려주든 가."

"그러니까 계약도 안 끝난 세를 더 올려주란 말입니까?"

"어데 돈 나올 때가 있어야지. 그저 사정 좀 봐주라는 거지."

"안된다면요?"

"그야, 팔든가 해야지 뭐."

가게 주인이 돌아간 뒤 기다렸다는 듯 표구집 주인이 나타났다.

"참 딱하게 됐네. 영감이 욕심이 목구멍까지 차서리."

그가 의자를 바싹 끌어당겼다. 겨드랑이에서 암내가 확 풍겨왔다.

"사실은 제 가게를 내놨는데 요참에 아예 제 가겔 쓰세요."

이 작자가 대체 뭘 하자는 건지, 하지만 고민 중에 그의 제안은 뜻밖 이었다.

"그야 금액만 맞으면......"

"아이고 솔직히 이기 가겝니꺼? 원래 동네 아들 코 묻은 돈이나 버는 떡볶이집하다가 그것도 얼매나 비어 있었는데요."

다급하게 사투리가 터져 나온다. 좀 의아한 생각이 들었지만 그의 제 안을 들어본다. 나쁜 조건도 아니었다.

"돈이 되면 이참에 아예 사시든가요."

다음날 가게주인이 또 한 번 와서 푸닥거리를 하자 장사할 마음이 나 지 않는다. 그때마다 표구점 주인이 면밀히 동태를 살피는 것 같았다.

그날 밤 다시 허준영에게 전화가 걸려 와서 애걸해왔다.

"혜지한테 넘어갈 돈, 그 여자가 다 가져간다. 그러면 우리 혜지는 우 짜노? 그러고 말 못할 사연도 있으니 연극이라도 좀 해주라."

결국 오수연은 서울행 고속버스를 탔다. 버스를 타고 서울로 가면서 왜 배인선이 생각났는지, 어쩌면 지금 만나려고 하는 여자가 배인선이 아닐까 하는 엉뚱한 생각까지 들었다. 실제로 애초의 목적은 잊어버리고 배인선이란 여자를 만나 한목이 행방을 알고 싶었다. 애초부터 그들이 같이 함께 할 거라는 생각은 하지 않았다.

"아이의 존재를 알고 불신이 생기기 시작했지. 특별히 나쁜 여자는 아니었는데 결국 파국이 왔어. 그 사이 당뇨가 심해졌고 미국으로 공부도 하고 치료도 할 요량으로 건너갔는데 그 순간 부부 사이는 끝났다고 봐야지."

"이해가 안돼요. 왜 아직껏 헤어지지 못했는지. 또, 그 여자 인생은 뭔지."

"그 여자는 나한테 특혜를 줬다고 생각하는 여자야. 병신하고 결혼해줘서 우월감에 빠져 늘 우쭐댔으니까. 그 여자는 나와의 사별을 생각하고 있어. 자기 이력에 치명적인 약점을 잡히고 싶지 않은 거지. 미안한 말이지만 혜지는 그냥 단순 사고를 쳐서 맡겨진 아이로 알고 있어."

"내가 가서 내 자리를 내놓으라고 하면 된다고요?"

"가서 그 여자 정부의 존재를 폭로해버린다고 하면 바로 손을 들 거야."

"당신은 그걸 알고 있었단 말인가요?"

"내 잘못이라 참고 있었을 뿐이야. 그녀는 내 상태를 잘 몰라. 자기의 귀책 사유로 이혼 당한다는 건 모욕이라 생각할거야. 그렇다고 내가 곧 죽게 생겼다고는 생각지 않을 테니까."

나는 그렇게 그녀를 만났다. 생면부지의 여자를 만나 흥신소에서 꼼꼼하게 찍은 불륜증거를 들이밀고 조용히 물러나 줄 것을 요구했다.

이상하게도 나는 그 일을 척척 잘 진행했다. 한없이 어리숙하고 못난 내가 어떻게 그 여자의 학교를 찾아가고 그 여자의 약점을 들춰내고 마침내 남편의 아파트에서 나가지 않으면 모든 사실을 남편에게 말하겠다고 으름장을 놓았는지 모르겠다.

버티던 그녀는 수연이 혜지의 생모라고 밝히자 기다렸다는 듯이 말했다.

"나는 그 치사스런 병신새끼에게 진즉에 헤어지자고 하고 싶었지만 인간이 불쌍해서 참았는데, 그 꼴에 혼외정사라니 당장 끝장을 내줄게요."

그녀는 자신에게 귀책사유가 없어진 데에 만족해했다. 다행히 그 여자는 명예를 중요시 하는 여자였다. 아무런 조건 없이 아파트를 내줬고 다만 각서 한 장만을 요구했다. 그녀가 만나는 같은 직장의 유부남 교수와의 관계에 대해 함구해주라는 조건이었다.

그 사람에게 상처 주는 일은 곧 죽음이라고 했다. 당연히 그러겠다고 했다. 어차피 그 여자를 다시 볼 일이 없을 것이니까. 그 여자가 사는 집, 그곳은 강남이라는 곳이었다. 그것은 그냥 꿈같은 이야기였지만 현실이었다. 나는 내가 그렇게 교활하고 엉큼하고 집요한 성격이었는지 몰랐다.

나는 허준영의 어머니가 내민 각서를 보지도 않고 찍어주었다. 그것은 혜지에게 돌아갈 유산에 관한 것이었지만 어차피 모르는 혜지가 엄마의 존재를 알 필요도 없고 부유하게 잘 자라주었으면 하는 바람뿐이었다. 아마도 노인은 생각보다 더 많은 부동산을 가지고 있었던 모양이었지만 결국은 준영의 작은 아버지를 자산관리인으로 둔 모양이었다.

그것은 나에게 아무런 의미도 없었다. 애초부터 나는 나에게 들어온

이 아파트 하나만으로도 언젠가는 혜지 엄마 노릇을 할 수 있을 것 같았기 때문이다. 나는 창원으로 돌아왔지만 가게는 비워주고 표구점가게로 옮기지도 않았다. 그것이 표구점 주인이 만든 간계라는 것도 밝혀졌지만 나는 그들을 미워할 순 없었다. 나는 이미 작은 부자가 되어 있었다. 가만히 누워 생각해보면 허준영의 어머니가 애처롭고 가엾어지기도 했다.

시간은 결국 내 편일 것이다.

나는 허준영의 재결합 요구를 무시하고 다른 남자에게 시집가기로 했다. 그는 딸에 대한 마지막 체면을 내세우고 싶었겠지만 오히려 실컷 구겨놓고 싶었다.

그 잡놈하고 결혼은 전격적이었다. 그에게서 목이 오빠 소식을 듣게 될 줄은 몰랐다. 나는 복수하고 싶었다. 최구는 내 제안에 눈을 동그랗게 뜨고 손을 휘저었다.

"나는 거시기 여자하고 살 놈이 아니여."

그는 완강하게 거절했다. 하지만 나는 그의 허영심을 이용했다. 내가 채소 장사를 해서 돈을 꽤 벌었다고 했지만 처음엔 못 믿어했다. 내가 통장 잔고를 보여주자, 그는 대뜸

"내 사업자금 좀 빌려주라. 두 배로 늘려줄게."

그는 내 유혹에 넘어갔다. 그가 내 재산을 두 배로 늘려줄리 없었다. 어쩌면 결혼이란 미끼로 야금야금 돈을 빼내갈 것이다. 하지만 나는 그를 안다. 그의 심성은 한없이 여리고 계산이 없는 사람이라는 것을.

내가 결혼한다고 하자 목이 오빠가 만나자고 연락 왔다. 그는 뭔가 잃어버린 사람처럼 흐물거렸다. 나는 따지지 않았다. 왜 그렇게 말없이 사라졌는지, 인선이와는 어떻게 됐는지 묻지 않았다. 또한 한 번도 연락 안했냐고 묻지 않았다. 어차피 나도 그랬으니까.

"구와 결혼는 기분이 어때?"

그는 그만두라고 했지만 나는 오기가 생겨 퍼부었다. 나를 위해서 무얼 할 수 있냐고 물었다. 그렇게 좋은 여자가 있으면서 왜 이래라 저래라 냐고 따졌다.

나는 아직도 그의 눈빛이 어디를 쫓고 있는지 알 수 있었다. 그는 여전히 배인선을 못 잊어하고 그녀에게서 헤어나지 못하고 있었다. 그것은 분노를 동반한 기묘한 집착이었다.

결혼식을 앞두고 문득 가고 싶은 곳이 생겼다. 바로 그 숲이었다. 생달나무로 우거진 집 뒤 산기슭을 확인하고 싶었다. 나는 약간 허둥대고 있음에 분명했다. 왜냐면 진짜 결혼식을 하는지 믿어지지도 않았고 또한 바보 같은 생각이었는지도 모르지만 목이가 그 함정에서 자신을 구해내 줄 것만 같았다. 허지만 그런 일은 일어나지 않았다. 목이를 다시는 만날 수 없었고 시간은 앞으로 나아갔다.

생달나무 숲은 그대로였다. 그 옆으로 미역가공공장이 산비탈에 걸쳐 있었지만 숲은 파괴되지 않은 채였다. 비탈면에는 아직도 도자기 파편들이 군데군데 박혀 있었다. 몇 개를 들어내 닦아내자 오롯이 문양이 나왔다. 국화무늬와 학이었다. 여기가 바방놀이 공간이었지.

"왜 왔냐고? 당신들을 초대하려고, 내 결혼식에 하객으로. 거기 목이 오빠도 있을 거니까."

나는 숲으로 뛰어 들어갔다. 어린소녀처럼. 고향을 떠올리면 늘 캄캄한 하늘과 개펄이 떠올랐고 그것은 숭고한 자연의 안온함을 주는 대신 가위눌림처럼 느껴졌다. 다만 이 숲만큼은 생명처럼 호흡을 도와주고 기억 한 쪽에서 기쁜 손짓을 했다.

나는 나무둥지에 기대어 정오의 윤슬을 바라보았다. 눈부시게 빛나던 그곳에서 한 소년이 뛰어왔다. 나는 숲으로 숨어들어 나뭇잎처럼 조용히 팔랑거렸다. 반바지만 입은 소년이 부르는 소리가 들린다.

"나다, 나!"

나무를 타고 올라오면 나는 재빨리 다른 나무로 도망가고 긴 술래잡기가 이어졌다. 우리가 마지막으로 머무른 숲은 좀 더 산등성이쪽에 자리 잡은 가지가 수십 갈래로 뻗어있는 커다란 생달나무였다.

우리는 진즉에 가지 사이에 아무도 모르게 해먹을 달아놓고 있었다. 사실 그것은 새둥지 같은 곳이었다. 우리는 그 짐승 같은 오광팽이를 피해 몸을 지탱할 수 있는 잔가지가 펼쳐진 나무 끝까지 올라가 교묘하게 둥지를 틀었다. 하늘과 초록의 잎들 사이로 바람이 불면 둥지는 돛단배처럼 흔들렸다. 눈을 감으면 윤슬의 바다 속으로 미끄러지며 그 은빛 조각들 사이로 묻혀가곤 했다.

나는 그 나무로 올라가 보았다. 큰 가지가 교차하는 곳에는 나뭇잎만 잔뜩 쌓여있었다. 어른이 앉아있기에도 충분한 곳이었다. 나는 옆으로 뻗어나간 가지에 다리를 걸치고 반대편 가지에 앉았다. 그리고 무거워진 몸이 더 이상 올라갈 수 없는 내 둥지를 상상했다. 그것은 난파선처럼 작고 연약한 잎사귀에서 흔들렸다. 귀를 대보니 뭔가 작은 울림이 느껴졌다. 아주 오래전에 내가 말했던 소리였다.

"여긴 내 집이야. 내 집에는 오빠만 올 수 있어."

목이의 몸에서 아직 짠내가 났다. 해초향기가 났고 살갗에 아직 윤슬이 알알이 돋아있는 게 보였다. 땀방울이었을까? 나는 그 때 먼 수평선으로 내달리는 그의 시선을 따라갔다.

나는 결혼했고 얼마 후에 헤어졌다. 나는 최구에게 기계대리점을 할 수 있게 얼마간의 돈을 주었다. 허지만 그 돈을 받는 순간 노름으로 모두 날렸을 것이다. 내가 그 무모한 의식을 치른 것은 오직 딱 하나 나에게서 한목이를 완전히 밀어내기 위해서였다. 내 힘으로 할 수 없는 것을 인위적으로라도 해서 선을 긋고 싶었다.

나는 생달나무 위에 앉아 의식처럼 블라우스를 벗고 브레지어를 풀었다. 나는 눈을 감고 가슴을 열었다. 그리고 생달나무를 안았다. 껍질은 거칠고 단단했다. 마치 내 유두주변을 점령한 모반과 같이 이질적인 느낌이었다.

나는 떨어지지 않으려고 꼭 껴안았다. 차차 이질감이 사라지고 내 유두와 모반들은 나무결을 따라 생달나무 속으로 들어가고 있었다. 나는 그 때 이 나무처럼 살기로 했다. 동백나무처럼 화려하지 않지만 늘 푸르름을 유지하는 나무였다. 그 누가 떠나도 그 자리에 남아 푸르기로 했다.

한목이는 그녀가 주는 통장을 받았다. 아무 주저함이 없었다. 그 돈이 어떤 돈이냐고 묻지도 않았다. 오수연은 그가 성공하기만을 바랐기 때문에 어떻게 갚을 거냐고 묻지도 않았다. 다만 최구의 다급하고 간절한 전화를 받고 최구가 저지른 일에 대한 책임과 목이에 대한 신뢰로 서울의 아파트를 팔았다. 그것은 원래 자신의 것이 아니었기 때문에 미련이 없었다. 다만, 그가 그 부채의 올가미에서 벗어나 잘 살기만을 바랐을 뿐이다.

15. 그리고 그녀

"이런 개새끼들!"

영길은 고함을 치며 텃밭을 망쳐놓은 개들을 쫓아냈다. 개들은 울타리를 넘어 그 여자의 영역으로 재빨리 숨어 들어간다. 그 여자는 이제 막 잠자리에 들었을 것이다. 새벽녘 눈을 뜨면 그녀의 발자국 소리가 들린다.

처음에는 집으로 들어오는 골목길에서부터였지만 차츰 그 소리는 저 멀리 도로에서 들렸고 마침내는 택시가 서는 느티나무께서부터 들리기 시작했다. 개들이 제일 먼저 컹컹거렸고 희미하게 들리는 발자국 소리가 아침잠을 깨웠다.

그가 먼저 일어났는지, 아니면 그녀의 발자국 소리가 먼저인지, 개들이 짖는 소리가 앞섰는지 모르지만 영길은 눈꼽만 떼면 텃밭으로 달려갔다. 밤새 텃밭에서 목을 길게 빼며 커가는 채소들에게 '안녕!' 다정한 인사를 나누고 묵은 가지를 쳐주고 순을 솎고 물을 뿌렸다. 그것들은 이제 삶의 의미고 행복이었다.

영길은 참지 못하고 문을 두드렸다. 도대체 낑낑대고 짖어대고 똥싸대는 개를 왜 키우는지 묻고 싶었다.

'지 묵을 것도 변변찮은 게 뭐한다고 개새끼들을 키우는지 원,'

그는 중얼거리며 또 한 번 세차게 문을 두드렸다. 겨울 내의에 붙은 서케처럼 똥개들이 늘어붙는 그 빌어먹을 여자의 상판데기나 보고 싶었다. 마당의 경계는 분명했지만 월담은 늘 그 여자의 개들이었다. 하긴 가지나 고추가 경계를 넘어갈 순 없겠지만. 영길은 고추 순이 잘린 것을 생각하면 자신의 손가락이 잘린 것처럼 아팠다.

마침내 여자가 문을 밀고 나왔다. 영길은 주춤하며 뒤로 물러섰다. 유령처럼 서있는 여자의 눈은 초점이 없어보였다. 외출복을 그대로 입은 채 잠이 들었는지 블라우스가 구깃구깃했다. 헝클어진 머리를 쓸어 올리자 여자의 얼굴이 반쯤 드러났다.

"미안해요, 우리 애들이 떠들었죠?"

입술을 작게 달싹거리며 머리를 연신 숙였다.

"나는, 도대체 왜……"

그 많은 개를 키우냐고 따지고 싶었다. 하지만 자신도 왜 그렇게 쓸데없이 많은 채소를 키우는지 모른다.

"우리 애들의 목이 다 꺾였어요. 이제 막 순을 뻗어 가는데."

그 사이 그녀의 바짓가랑이 사이로 강아지들이 우루루 몰려들어 불친절한 이웃을 향해 으르렁거렸다.

"조용히 해! 모두들 죽어야 정신 차리겠어? 차라리 다 죽을까?" 여자가 작지만 신경질적으로 개들을 다그쳤다. 복잡한 절망이 배인 지친 목소리였다. 영길은 달궈진 놋쇠에 손을 댄 것처럼 주춤거리며 물러났다.

"제, 제가, 그깟 채소에 정을 붙인 게 잘못이지요."

개들을 진정시키기 위해 앉았던 여자가 고개를 젖혀 시선을 마주친다. 고혹적이다. 이런 여자가 옆방에서 숨 쉬고 있었다니 믿어지지 않았다. 영길은 다급하게 덧붙인다.

"미안해요. 별일도 아닌 걸 가지고, 늦게 이사와 비집고 들어 온 놈인데……"

그녀가 한참 만에 입을 연다.

"채소도 정이 느껴지나요?"

"그러게요. 그렇게 됐네요."

그녀의 얼굴에 희미한 미소가 잠깐 번졌다. 그 미소는 훈련으로 만들어진 듯했지만 자기 것이 된 채 달콤한 유혹을 담고 있었다.

"미안해요. 진즉 인사를 드려야 되는데 결국은 이런 일로 마주치게 돼서."

"도시 사람들은 다들 모른 척 하고 살지요."

"여긴……"

영길은 주위를 둘러본다. 집 앞에는 개울이 흐르고 뒷산은 밤나무 숲으로 우거져있고 마을은 아직도 전통적인 가옥과 판잣집이 논바닥 사이에 있다. 차츰 풍광이 좋은 산비탈 쪽으로 새로운 가옥들이 들어서며 그 집들의 앞마당을 채운 파란 잔디들이 이질적이다. 서울의 한 귀퉁이에 아직도 이런 곳이 존재하는 게 그저 신기할 따름이지만 이제 곧 몸집 좋고 씨알 좋은 놈들이 틀고 앉을 것이다.

"울타리를 튼튼하게 치세요. 제가 돈은 드릴게요. 우리 애들 짖어대는 것은 어쩔 수 없지만 제가 이 집을 통째로 빌릴 수도 없고, 불편하면 산 쪽으로 이사를 가야겠지요."

"개를 묶으면 될 텐데."

"살아있는 생명들을 묶는다고요?"

여자의 눈에 분노가 스쳤다

"아니, 저는 그게 편할 것 같아서. 제가 아니라 그 쪽이." "편하다고 그 짓을 할 수는 없지요."

말은 곱게 하지만 금방이라도 손톱을 들이밀 자세였다. "미안해요, 울 타리만 튼튼하게 치면 될 것을. 사실은 개들이 좀 시끄러워서 밤에 작업하는데 신경이 쓰이곤 했는데 오늘 폭발해버렸네요."

"밤에도 많이 시끄럽게 구나요?"

그녀가 잠깐 만에 풀이 죽어 물었다.

"아니, 제가 좀 예민해서......"

"밤에 집에서 일을 하시나요?"

"예, 그냥 저냥 작곡 작업을 합니다."

"그래요?"

갑자기 여자의 눈이 커졌다.

"아, 쉬는 날 그 피아노 소리가 그 집에서 나는 소리였나요?"

"예, 꼴 같지 않게 이런 집에 피아노를 갖다났네요. 다행히 그 쪽에서 밤에 안 계셔서 마음껏 두드렸다는 것도 잊어먹었네요. 개들이 얼마나 시끄러웠겠어요."

야유나 비아냥이 아닌 농담이 그대로 전달됐는지 두 번째로 그 여자가 웃었다. 약간은 호기심과 관심이 깃듯 웃음이었다.

출근하는 내내 그 여자의 잔상이 머리에 남았지만 회사에 도착하자마자 잊혀져버렸다. 추레라 차량이 기계를 실고 들어와 이제 막 하차를 하기 위해 대형 지게차가 바닥을 긁어대며 회전과 직진을 반복했다.

동생 영구가 이리저리 지시를 하고 있었고 형과 눈이 마주쳤지만 무시해버렸다.

"이건 뭐냐?"

"새로 산 기계, 벤딩기, 샤링기."

"내가 몰라서 묻냐? 나하고 한마디 상의도 없이."

"형님하고 상의해봐야 뭐합니까? 형은 그냥 음악이나 하세요. 이제."

"명색이 내가 이 회사 대표야." "솔직히 형님이......."

말을 아낀다.

"내 땀으로 일군 회사야."

진영길은 확인시킨다.

하지만 그 소리는 지게차 소리에 묻혀버렸는지 동생은 일을 핑계 삼아 자리를 피한다. 그래, 너도 나에게 미안하겠지. 느그 마누라가 죄다 벌이는 일인데. 영길은 공장으로 들어갔지만 종업원들은 일을 핑계 삼아 목례조차 하지 않는다. 그는 맥없이 이층의 사무실로 들어와 앉는다.

진짜 손을 뗄 때가 온 것일까. 비참한 생각이 들어 견딜 수 없지만 현실이었다. 이제 이 공장은 동생 것이었다.

'어떻게 만든 공장인데'

생각해보면 허망했다.

영길은 제주도에서 태어나 귤의 바다를 건너 서울에 입성했다. 열여섯 살 겨울 중학교를 마치고 비행기를 처음타고 오른 창공에서 제주도가 귤같이 생겼다고 확신했다. 온 천지가 귤밖에 없는 땅을 건너 성수동에 있는 공단에 정착하기까지는 애로가 많았지만 그 귤의 모양처럼 둥글둥글 적응해나가기 시작했다.

처음에는 인쇄소에, 다음에는 봉제 공장에서 그리고 부엌가구를 만드는 공장에 취직했다. 그렇게 육칠년이 훌쩍 흘러갔다. 악착스럽게 돈도 모았다. 빤한 임금에 빤한 시간들이었지만 세월은 그를 단련시켜 기술자로 만들어 놨다. 군 입대 영장을 받고 고향에 오자 부모님은 그 동안 번 돈을 잘도 모아서 땅을 불려놨고 동생 대학도 보내주고 있었다.

　대학생이 된 동생을 본 그 때도 지금과 같은 감정의 격랑이 일었던가. 생각해보면 잘난 동생이 자랑스러우면서도 강한 질투가 느껴졌었다. 그는 잘못된 출발로 보이는 삶의 질에 대해 고민했다. 동생은 좋은 회사에 들어가거나 공무원이 되겠지만 자신은 빤한 월급에 장시간 노동과 열악한 작업장이 있는 곳으로 돌아갈 것이다. 하지만 그는 청춘을 묻어버린 그곳으로 다시 돌아가고 싶지 않았다.
　그는 이를 악물고 방위병 시절에 무작정 검정고시 공부에 매달렸고 제대 후 곧장 검정고시에 합격했다. 대학에 진학하고 싶었지만 동생 졸업 때까지는 미루고 어쩔 수 없이 그나마 시급 대우해주는 옛 직장에 복귀했다. 하지만 옛날처럼 직장 생활이 쉽지 않았다.
　어려서는 아무것도 모르고 시키는 대로 해서 싫든 좋든 견뎌왔지만 갑자기 무의미한 벌레 같은 삶이라 여겨졌다. 하루 종일 쇠를 구부리고 펴고 자르는 작업에 이골이 났지만 평생 이렇게 살 수는 없었다.
　아침 일찍 출근해서 늦게까지 일하고, 툭하면 철야에 일요일도 없는 생활이 개돼지만도 못하게 느껴졌다. 그렇게 회의가 밀려오면 월급날만 기다렸다가 시내로 나가 있는 대로 술을 마시고 회포를 풀었다. 그것의 갈증은 극에 달해 어쩔 수 없이 삼킨 바닷물 같은 것이었지만 반복되고 있었다.
"왜 우리 기술로 만들고 사장만 배부르지?"
　동료가 술자리에서 말했고 그것이 활화산이 되었다.
"우리가 회사 만들자."
　그렇게 무모하게 세 명이서 '창진산업'이라는 주방용품 회사를 만들었다. 그들은 속없이 이 계획을 사장에게 말했고 지금 다니는 회사에서 일감을 얻기를 원했지만 정말로 어리석은 일이었다. 그 자리에서 배신자들이라는 오명을 쓰고 바로 쫓겨났다.

세 명중 한 명은 다시 그 회사로 복귀했고 한명은 낙향했지만 영길은 부모님을 찾아가 땅을 팔자고 졸라대어 사업자금을 만들었다.

50평짜리 공장을 얻고 중고기계를 들이고 은행에서 대출 내어 새 기계도 들였다. 일이 많았던 시절이었고 기술이 좋아 불과 몇 년 사이에 공장이 자리를 잡아갔다. 불필요한 잔업 시간을 줄인 대신 개인당 기계운영 대수를 늘려 생산성을 높였다. 그로 인한 잉여금을 종업원들의 처우를 개선하는데 사용하자 우수한 인재들이 몰려왔다.

무엇보다도 부실한 기업들의 일은 아예 하지도 않았고 일단 일을 맡으면 최선을 다해 납기와 품질을 맞췄다. 나머지 모자라는 시간은 차라리 자신이 메꾸었다. 때마침 주방용품에 대한 수요가 많아서 이미 시장에 진입한 업체들 속으로 비집고 들어갈 수 있었다.

고무된 그는 그 무렵 동생이 공과대학을 마쳐 대기업에 들어갔지만 억지로 빼와 같이 일을 시작했다. 일개 부품하청생산에서 단번에 브랜드를 가진 제조사로 발전했으니 동생의 인생을 망치진 않겠다고 생각했었다. 믿을만한 수족이 필요했다. 결과적으로 그것이 패착이었다. 준비 안 된 욕심이 부른 화였다고 했지만 기업인이라면 꼭 시도해보고 싶은 일이었다.

동생이 사무실로 걸어 들어왔다.
대표이사 사인이 필요한 서류였다.
그는 말없이 사인했다.

"형님, 꼭 이래야 되겠습니까?"

"내가 왜?"

"이미 이 공장은 계숙이 겁니다. 가 지분이 사십 프로예요."

니 꺼는, 하고 묻고 싶었지만 참는다.

"그냥 넘겨주세요. 형님하고 저하고 의리를 생각해서." "의리? 느그 마누라와의 의리겠지."

"그게 싫으면 마누라 돈 빼주면 될 거 아닙니까? 솔직히 이 코딱지 만한 회사에 뭐가 미련이 있어서 처갓집 재산 전부를 넣었겠어요."

'그게 얼마나 된다고', 소리치고 싶었지만 참는다.

"나는 이해가 안 된다. 왜 적자인지."

"형님이 뭘 알아요? 그놈의 음악인가 뭔가 한다고 몇 년을 방치했습니까? 솔직히 이 회사 나하고 우리 마누라가 죄다 만들었어요."

영길은 손을 저어버린다.

그래, 그놈의 음악이 문제였다. 동생에게 사업체를 죄다 맡기고 미친 놈처럼 음악에 빠져들었던 게 잘못이었다. 어렸을 때 교회 나가 풍금 친 것도 잘못이고 죽어라고 주일이면 교회 피아노 앞에 앉은 것도 문제였고 느닷없이 실용음악 학원에 들락거린 것도 잘못이었다.

'나는, 니가 나를 끝까지 밀어줄 줄 알았다. 내가 니 대학을 보냈듯이 너도 내가 좋아하는 거 맘껏 해보라고.' 그는 차마 입 밖에 내지 못했다.

슬픔이 밀려왔다. 가수될 만한 재능도 없으면서 까불었고 작곡도 형편없어 뜨는 가수 한 명 못 만들어서 한심했다. 그래, 회사 돈도 많이 빼간 것도 확실하지만 그 모든 것은 대표이사 월급이었다.

문제는 언제부턴가 월급은 낮춰져 있었고 대표이사가 수시로 판공비로 빼내간 것처럼 장부가 만들어졌다. 그것을 영리한 제수가 월급은 작게 책정해놓고 가지급금 명목으로 사적으로 인출한 걸로 만들었다. 개인회사를 구태여 주식회사로 만들자고 할 때부터 이상했다. 세금감면에 각종 혜택과 기업 이미지를 생각해서 그렇게 하자고 했던 것은 결국은 회사를 가로채기 위한 술책이었다.

대표이사를 내려놓고 모든 걸 동생에게 줘버리면 끝나지만 너무 억울했다. 그렇다고 주식을 사버릴 만큼의 마련하기란 쉽지 않았다. 어정쩡하게 있다가는 횡령으로 잡혀갈 판이었지만 동생의 말을 빌자면 제수 덕분에 무사하다고 했다. 그나마 작년에는 유일하게 가지고 있는 강남 아파트를 팔아 재능 있는 가수와 앨범작업을 했지만 쪽박을 찾고 그 아파트는 어머어마하게 올라 속을 뒤집어놓았다.

하루아침에 갈 데도 갈 곳도 없는 신세였다.

저녁에 들어가니 여자가 마당에 앉아있다. 말끔하게 씻고 긴 머리칼을 늘어뜨리고 간이 의자에 앉아있는 모습이 퍽이나 아름다웠다.

'쳇, 그래봐야 몸이나 파는 여자겠지.'

그 생각을 들켰을까, 여자가 다가왔다.

"저는 배인선이라고 해요."

"배인선, 어디서 들어 본 이름인데……"

"저도 곰곰이 생각해봤어요. 그 쪽 이름이?"

"김영길입니다만."

"당신을 알아요. 작곡가시죠?"

"작곡가는 무슨. 이렇게 쳐박혀 있는 신세인데. 근데 어디 소속이었죠?"

"기억 안 나세요? 한 번 공연도 같이 했는데."

"아, 그러고 보니 생각나네. 같이 일하던 그 친구 참, 소식 없죠?"

"어디선가 잘 살고 있겠죠."

두 사람은 잠시 말이 없다. 캐내지 말아야 할 부분이었고 더 이상 이야기하기엔 껄끄러웠다. 한참 후에 멋쩍은 듯 영길이 말길을 텄다.

"어떤 놈이 와서 이벤트사를 하나 만들자고 합디다마는, 사실 저는 성수동에서 공장을 합니다. 음악이 부업이었죠."

김영길은 허세를 부렸다. 그때 번개처럼 떠오르는 생각이 있었다. 그래, 동생하고 타협할 것이 생겼다.

"공장을요? 너무 안 어울려요."

개들이 우르르 몰려와 울타리를 넘을 태세다. 그녀는 개들을 진정시켰다.

"이쪽으로 건너와 보세요. 여긴 삼팔선이 아니니."

"그래도, 될까요?"

그녀가 개 한 마리를 수호견인 양 안아들고 울타리를 조심스럽게 넘어왔다. 다른 개들도 따라오려고 했지만 넘기에는 벅찼는지 질투심에 낑낑거리고 맴돌았다.

"제법 곡이 히트도 치셨잖아요?"

"그게 뭐 오래 가나요. 요즘은 어디서 일하시는지."

"술집에서 노래를 부르지요. 니나노, 니나노 하면서요."

그녀가 내준 자리에 앉으며 키득거렸다. 잠시 그녀를 망치고 가버린 그녀의 남편이 생각났지만 머리를 털었다. 그 역시 많은 가수들을 진창에 빠뜨렸는지도 모른다.

"이제 밑창으로 떨어져 부나비처럼 살아요. 그나마 저놈들이 있어서 버티고 살지요."

품에 안긴 놈이 그녀의 가슴으로 파고 들어갔다. 쇄골 밑으로 작고 단단한 젖무덤이 살짝 꿈틀댔다. 놈이 훔쳐보는 걸 아는지 눈을 흘긴다.

"오늘은 쉬나요?"

"쉴 수가 있나요. 불러주는 데가 없지요. 후후."

불길하고 암담한 여운이 말에 담겨 있다. 배인선은 제법 밝아 보였지만 그 밝음은 불안을 감추고 있다는 게 느껴진다. 그녀의 전남편 그 불한당 놈이 또다시 머릿속을 스쳐 지나간다. 그 작자는 가수되려고 덤비는 여자들 후려쳐먹는 데는 일가견이 있었다. 그럴만한 재능이 있었지만 재능에 앞서서 탐욕이 더 강했다. 그 작자와 잠깐이나마 함께 일했던 이력이 그녀의 매력 앞에 주춤거리는 마음을 오그라뜨린다.

"노래 잘 하셨잖아요?"

화려한 화장에 요란한 옷차림으로 무대에 섰던 그녀가 생각났다.

"그냥 좋아했죠." "지금은 아닌가요?"

"미니스커트에 디스코 의상을 입고 젊은이들과 뒤섞여 밤 시간을 보내지는 않으니까요. 그래도 노래를 부르는 순간만큼은 가장 충만한 희열을 느끼죠. 다만 이제 트로트를 부르고 손님이 권한 술을 마셔야 해서 좀 그래요."

인선은 팁을 주고 잠자리를 원하는 남자들을 생각하며 그들의 어리석음과 위선을 생각한다. 다루기 쉽지만 귀찮은 존재들이었다.

"그래, 대행사를 하실 건가요?"

인사치레로 묻는다.

"밥벌이는 해야 되잖아요."

"공장을 한다면서요?"

그의 얼굴이 붉어진다. 거짓말을 숨기기에는 너무 솔직한 남자거나 그저 가벼운 남자라고 생각된다.

"사연이 좀 있어요."

그의 얼굴이 어두워진다. 더 이상 화제가 앞서나가는 것을 원하지 않은 것 같다. 그녀의 하얀 허벅지가 울타리를 건너기 위해 드러난다. 인선은 그가 보고 있다는 것이 느껴진다. 자신은 천성적으로 음탕하고 관능적인 여자는 아니었지만 무대매너에 배인 습관이 그녀를 조정한다.

　나는 그 즈음 죽음 외에는 생각할 게 없었다. 아무런 의미도 없는 시간들이 지나갔다. 나는 스스로 삼류인생으로 내 삶을 정의한지 오래였다. 돌아보면 모골이 송연해질 만큼 부끄러운 청춘의 시절이었다.
　나는 결론을 내리고 이 쓸모없고 비루한 여자의 죽음을 어떻게 마무리할까 고민했다. 그런데도 나는 다른 세계로 가는 마지막 걸음을 내딛지 못했다. 양치를 하다가도 문득 거울에 비친 살아있는 내 모습을 혐오했다. 나는 작은 재능을 믿고 가수가 되기를 꿈꿨지만 사실은 그저 얼굴을 알리고 싶어 안달이 난 천한 여자에 불과했다. 나는 하루 빨리 유명해지고 싶었고 대중의 사랑을 받고자 환장해 있었다.
　나는 여기저기서 돈을 끌어 모아 내가 가수로 뜰 수 있는 모든 것에 투자했다. 유명해지기만 하면 내 모든 과오는 덮어지고 희석되리라 믿었다. 그런 기회가 왔다고 생각한 순간 모든 것이 물거품이 되어버렸다. 다시 재기를 꿈꿨지만 나는 늘 제자리였다. 나는 나의 한계를 느꼈지만 오히려 주변 환경을 탓했다.
　내 실패가 나로 인해 기인한 거라고 인정하고 싶지 않았다. 모두 다 나를 둘러 싼 환경 탓이라 생각됐다. 그러자 내 삶은 갑자기 무기력해졌다. 나는 차츰 시들어져갔다. 그 즈음 죽음에 대해서 생각하기 시작했고 이제는 죽음 자체가 하루를 지배했다. 그러면서도 죽지 못했다. 어쩌면 죽지 못하는 확실한 이유가 내 머릿속에서 떠오를까봐 두려워하고 있었는지도 모른다.

나는 그런 사실을 떠올리는 순간 그 많은 부채를 견딜 수 없을 것 같았다. 그러면 다시 살려고 발버둥 칠 것이다. 나는 여전히 밤이 되면 화장을 짙게 하고 옷을 걸치고 전철을 갈아타거나 택시를 타고 일터로 나갔다. 나는 이제 노래가 즐겁지 않다. 먹고 살기 위한 직업인으로서 느끼는 노래는 삶을 갉아 먹었다.

나는 거의 먹지 못했다. 우유를 마시면 배탈이 났고 밥이나 면을 먹으면 거북했다. 허기를 느끼면 오이를 안주삼아 위스키를 마셨고 컨디션이 좋으면 카레를 끓였다. 깊은 수면을 이룰 수 없었고 잠이 너무 오지 않아 책이라도 보면 오히려 책속의 인물들까지 현실로 뛰어 들어와 수면을 방해했다.

온종일 쓸고 닦고 체력을 다 소진시켜 몸을 혹사시켜도 소용이 없었다. 가끔씩 클럽에서 유혹해오는 손님들과 짐승처럼 거친 섹스로 숙면을 보상받을 수 있을까도 싶었지만 몸을 내맡기기에는 늘 두려움이 앞섰다. 다행히 전철의 난간에 기대어 졸거나 클럽의 대기실에서 고개를 처박고 수면을 보충했다. 눈을 뜨면 낯선 곳에 혼자 있다는 두려움에 허둥대곤 했다. 삶의 질은 점점 더 나빠졌다.

나는 어느 날 도회지를 벗어나 이 골짜기로 스며들었다. 슬라브 단층집인 이 집은 곧 헐릴 거라고 주인이 미리 말했지만 나는 주저 없이 이 집을 계약하고 살 때까지 살겠다고 하고 계약서에 서명했다. 몰래 집을 지은 딱새처럼 불편한 둥지에서 외로웠지만 조용히 죽어가기에는 좋은 장소였다. 그러던 어느 날 강아지 두 마리와 마당에서 마주쳤다. 아직 뒤뚱거리는 것이 젖을 떼기 전인 듯 하룻강아지였다.

나는 손을 휘저어 번지수를 잘못 찾았다고 신호를 보냈지만 놈이 치마 끝에서 배를 드러냈다. 나는 개를 좋아하지도 해본 적도 없다. 어릴 적 아버지가 키우던 개는 늘 식용이어서 그것들이 흔들어대는 간절한 신호를 어린 마음에 피할 수 있는 방법은 피하고 무시해야만 했다.

나는 강아지를 조심스럽게 만져보았다. 그러자 다른 한 마리도 머리를 디밀었다. 따뜻하고 보드라운 살결이었다.

"뭘 좀 줄까?"

내가 먼저 입을 열었다. 말을 걸 힘마저 없었는데 무단침입한 강아지들을 향해 속삭인 것이다. 방으로 들어가 먹다 남은 비스킷과 물을 좀 담아다 주자 놈들이 거칠게 팔위로 뛰어 올랐다.

"이제 가." 빈손을 내밀자 하얀 송곳니로 가볍게 깨물었다. 친해지자는 애무였다. 내가 그들을 몰아내려고 마당으로 걸어가자 놈들이 어미처럼 따라붙어 좀처럼 놓아줄 기미가 안보였다.

모른 척 집안으로 들어오자 놈들은 한동안 문밖에서 낑낑대더니 사라졌다. 다음날 늦게 눈을 뜨고 햇살아래 멍청히 앉아있는데 어제의 그 애들이 똑같이 생긴 녀석들을 세 마리나 더 달고 들어와 마당으로 몰려왔다. 아마도 어제의 그 두 애는 척후병이었는지도 모른다. 다행히 햄과 참치가 좀 있어서 퍼주자 우루루 몰려들어 순식간에 거덜 냈다.

"엄마는 어디 갔어?"

놈들은 멀뚱멀뚱 쳐다보며 먹을 것을 찾았지만 이제 줄 게 없었다. 한참 후에 한 놈이 마당을 빠져나가자 질세라 다른 놈들도 따라 나갔다. 하릴없이 천천히 뒤를 따르자 애들이 또랑을 재빠르게 건너고 있었다.

"안 돼!"

소리 질렀지만 그 순간 개들이 야생견이라는 생각이 들었다. 산비탈에는 도시 농부들의 텃밭과 움막이 부지기수였다. 손바닥만한 땅에 울타리가 더 많았지만 갖가지 작물이 태연하게 이웃의 경계를 넘나들었다. 미로처럼 이어진 길을 강아지들을 따라 텃밭 벨트를 벗어나자 아카시아와 밤나무 숲으로 헝클어진 숲이 나타났다. 멀리서 그림처럼 보았던 그 숲이었다. 그 애들은 가지치기 해놓은 덤불속으로 사라졌다.

'여기구나.'

조심스럽게 다가갔지만 어미는 보이지 않았다. 강아지들이 일제히 끙끙댔다. 무슨 소동인가 싶었는데 한 마리가 이미 죽어 있었다. 어떻게 할 방법이 없었다. 조심스럽게 꺼내 밖으로 들고 가 나뭇잎으로 덮어 주고 둥지와 조금 떨어져서 한참동안 어미가 나타나길 기다렸다. 하지만 그날 어미는 나타나지 않았다.

다음날 먹을 것을 잔뜩 사왔지만 그 미로를 찾을 수 없어서 포기하고 돌아왔는데 얼마 후에 개들이 나타났다. 너무 반가워 소리를 지를 뻔했지만 곧 그 어미가 걱정되었다. 그들이 돌아갈 때 같이 따라가는데 상추를 솎는 아줌마가 갑자기 허리를 펴고 나무랐다.

"개새끼들을 데리고 다니면 똥은 치워야잖아요."

"아, 예 저는......"

나는 개 주인이 아니라고 말하고 싶었지만 미안하다고 하고 개들을 따라 비탈을 올랐다. 개들이 둥지에서 빙글빙글 돌거나 컹컹 짖어댔다. 누군가를 애타게 기다리는 느낌이었다. 어미는 그날도 오지 않았다. 보신탕을 먹는 놈들이 잡아갔을지도 모른다고 생각하자 구역질이 나왔다. 다음 날도 그 다음 날도 어미 개는 보이지 않았고 결국 나는 그애들의 어미가 되었다.

그렇게 녀석들과 인연이 시작되었고 어느 순간 죽음에 대한 집착이 옅어졌다. 정확히 말하자면 생명을 키우면서 희석되는 중이었다. 그러다가 길거리에서 두 마리, 아는 동생이 준 한 마리가 식구로 불어났다.

불행하게도 어느 날 낯선 남자가 나타났다. 쓰지 않는 이 집의 반쪽

현관 쪽으로 이사 들어왔다. 나도 거실이 있는 그곳을 쓰고 싶었지만 한쪽으로 얌전하게 따로 입구가 있는 작은 방 하나와 부엌과 그리고 마당으로 만족해야 했지만 후회스러웠다.

생활이 좀 쪼들렸어도 집을 통째로 빌렸어야 했다. 나는 주인에게 전화를 걸고 싶었지만 언젠가 그가 마당에서 뛰어노는 개들을 보고 한마디 했던 기억이 났다.

'집구석이 언제 똥개들 천지가 됐지?'

나는 그 차별적인 말에 한마디 대꾸도 못했고 역시 집을 나에게 죄다 세주라는 말도 할 수 없었다.

처음에는 전혀 문제없었다. 이사 온 사람은 잔뜩 풀이 죽은 삼십대 중반의 남자로 이 집에 진정 깃들어 있는지 없는지 조차 분간 안 되는 사람이었다. 그러던 어느 날 마당을 일구는 남자의 모습이 보이기 시작했다. 불안한 마음은 현실로 되어 나타났다.

내 강아지들의 세상에 남자가 심어놓은 뭔가가 새싹을 피우기 시작했다. 그것들은 순식간에 커갔고 점차 형태를 갖추어갔다. 고추, 오이, 토마토 상치 등이 위풍당당 엄마의 젖처럼 태양 밖에 드러났다. 문제는 하루 종일 모습을 안보이던 그가 툭하면 마당에 쭈그리고 앉아 있다는 것이었다. 그는 쉼 없이 중얼거렸다.

"내 새끼들 물이 먹고 싶었지?"

늦은 날은

"보고 싶었지?"하고 중얼거렸다.

미친 새끼, 그는 어느 날 마당 한가운데 울타리를 쳐놨다. 분노가 거의 폭발지경이었지만 이미 점령당한 마당의 반쪽을 내놓으라고 할 순 없었다. 하루 종일 그 작은 텃밭에 엉덩이를 붙이고 있는 그 남자의 엉덩이를 걷어차고 싶었고 그 놈의 작물들이 죄다 말라죽기를 바랐지만 그런 일은 일어나지 않았다.

점잖게 다가가 마당에서 생산되는 채소 값을 줄 테니 개들의 영역에서 물러나주라고 말하고 싶었다. 그도 무슨 이야긴가 하고 싶었는지 먼발치에서 머뭇거리는 게 느껴졌지만 아마도 그도 나도 누군가와 싸울 기력을 잃어버린 패잔병 같은 존재였다.

그런 그가 미친 사람처럼 문을 두드렸고, 서로를 바라본 순간 뭔가 더 이상 상처를 견딜만한 존재들이 아니라고 느꼈던 것 같다.

"눈만 뜨면 곧장 마당으로 나오지요. 밤새 새순이 얼마나 나왔는지, 오이는 얼마나 컸는지, 새로 심은 무는 발아했는지, 미치도록 궁금하거든요. 내 새끼 같아요. 무럭무럭 커가는 내 새끼들."

"우리 개들 혼내주고 싶었겠네."

"죽이고 싶었죠. 도대체 그런 똥개들을 제멋대로 풀어놓고 텃밭의 생명들을 위협하는 사람이 누군가 싶기도 했고."

"나는 당신이 키운 채소들을 두더지들이 다 파먹었으면 싶었지요."

우리는 제법 친해지면서 전쟁 직전에 멈췄지만 딱 거기까지였고 오랫동안 속내를 드러내지 않았다. 나도 그도 뭔가 이야길 꺼내면 터질 것 같아 서로의 언저리에서 맴돌곤 했다.

"제 곡을 드려볼까요?"

"이젠 목소리도 안 나와요."

그렇게 쿡쿡 찔러보곤 했지만 서로 너무 지쳐있었다. 그의 처지도 참 딱했다. 공장을 동생에게 운영하게 하고 음악을 했지만 음악도 공장도 그를 버리고 있었다. 가끔씩 동생을 질러대곤 하지만 그 속에는 미안한 마음도 가득해 보였다.

동생이 열심히 애쓰는 동안 자신은 그 이루지도 못할 꿈을 향해 돈을 써댔으니까. 이제 그는 기로에 서있는 듯 했다. 싸워 공장에 묻히느냐, 아니면 타협하고 끝까지 하고 싶은 일을 하고 사느냐.

"연예 대행사나 차려볼까? 무대 장치 등은 공장에서 지원 받을 수 있고 해서."

은근히 새로운 길을 모색하지만 공장에서 발을 뺀다는 것이 그렇게도 어렵고 아쉬운 모양이다.

"나도 좀 써줘요. 신나게 흔들어줄 테니."

키득키득 웃고 말지만 서로를 엿보며 진로를 모색하는 것은 틀림없었다. 나는 돈을 벌어야 했고 개도 키워야 해서 트로트로 전향 중이었다. 해보니 성대구조에 맞는 것도 같았다. 은근히 그의 결단이 서는 것을 보고 싶었지만 여전히 텃밭에 빠져있고 가끔씩 숨 죽인 듯 피아노 건반을 두들기거나 시원한 바람 있는 날은 현관에 앉아 기타를 치곤했다. 그와 눈이 마주치면 금방 텃밭으로 내려가 오이를 따들고 와 디밀곤 했다.

"보세요, 세상에 이렇게 맛있는 오이는 처음이예요."

"우리 강아지 정말 토실토실 잘 크죠?"

나는 생뚱맞게 대답했지만 오이는 맛있게 먹었다. 그도 나도 뭔가 포기하고 꿈을 잃어버린 채 목적도 방향도 없는 노를 저어가는 사람들이었다. 어쩌면 개들과 채소가 없었다면 둘 다 이 계절을 견디지 못하고 사라졌지도 모른다. 여전히 그도 출근했고 나도 나가서 목이 쩨져라 노래했지만 우리는 이미 우리가 갈 길이 어딘지도 모른다는 것을 알고 있었다.

"내가 없으면 우리 개들은 어떡하죠?"

"그러게요, 내 채소들도 하루라도 물을 주지 않으면 시들고 말텐데"

그도 나도 말은 안했지만 이 산기슭으로 스며든 것은 죽기위해서 라는 걸 잘 알고 있었다. 우리는 서로 이야기하면서도 희망이라는 것이 발견될까봐 겁먹고 있었다. 그걸 다시 알게 되면 또 다시 일을 벌이고 이루지 못할 꿈을 향해 에너지를 쏟고 다른 사람들을 기만할지도 모른다는 두려움이었다.

이틀 만에 집에 돌아온 날 거의 굶어죽었을 거라고 여겼던 개들이 마당에서 그와 잘 놀고 있었다. 그는 진짜 농부처럼 밀짚모자를 쓰고 뿌옇게 물을 뿌려대고 있었다.

"개들을 버리고 떠난 줄 알았네요."

"고마워요. 일이 좀 있었어요."

"점심 먹으려고 했는데 같이 드실래요? 반찬은 여기서 딴 고추와 가지나물이지만. 아, 정구지 무침도 있고요."

나는 그냥 고개를 끄덕였다. 그래야 그에 대한 인사 같았다. 집안에는 식탁에 이미 말했던 것들이 잘 차려져 있었다. 압력밥솥에서 김빠지는 소리가 났다.

"조금만 기다려요. 돼지고길 굽는 시간만 기다렸다 김을 뺍시다."

"잘 해먹네요. 고기까지 사두고."

"이거요? 사실은 인선씨 개들 주려고 산건데 우리가 먹게 생겼네요."

우리라, 그날 우리는 같이 식사했다. 갑자기 많은 이야기를 나눴다. 살아왔던 날들과 살아갈 날들에 대해서, 서로를 탐색하고 공통점을 찾아갔다. 그래서, 우리가 할 일에 대해서 합의를 이루었고 곧장 섹스로 서로의 의심과 낯설음을 완전히 날려버렸다.

우리는 그날 오랫동안 강아지처럼 서로를 핥았다.

나는 역시 나쁜 여자였다. 왜냐하면 다시 한 번 그를 찾아가기로 결심

했기 때문이다. 창원으로 가는 길은 멀게만 느껴졌다. 가면서도 그것
이 옳은 판단인가 싶었다. 하지만 이번에는 성공할 것 같았다.

영길의 곡은 마음에 쏙 들었고 또한 그가 제시하는 사업도 비전이 있
어보였다. 무엇보다도 그의 회사는 우려와는 달리 잘 돌아가는 중견회
사였다. 그에게 속을 일은 없어보였다. 시골에 내려가 부모님을 설득
해 보았지만 이제 늙은 그들은 철없는 딸의 걱정보다는 자신들의 안위
를 걱정하기에 바빴다.

대놓고 내 몫을 먼저 좀 주라고 할 수 없었다. 아무런 성과 없이 돌아
오는 길에 원둑 앞에 차를 세웠다. 방파제 안에는 벼들이 파랗게 자라
고 있었다. 그것들은 해풍을 맞아 이리저리 쏠리며 잠시 기억을 흔들
었다. 한목이가 저 끝에서 돌망태를 짊어지고 오는 게 보였다. 그래, 그
에게 가보자. 그가 아직 이 땅을 돌려받기 원하는지 알아보자.

왜 또? 그렇게 묻고 있는 듯 했다. 자신의 인생에 더 이상 끼어들지
말라는 표정 같았다. 하지만 나는 처음으로 자신감으로 충만했다. 그
를 보자 한동안 죽으려고 했어도 죽지 못했던 이유도 알았다. 그리고
다시 살아야 할 이유도 함께였다. 그는 몹시 말라있었다. 피곤해보였
고 지쳐있었다. 그렇지만 늘 그렇듯이 그가 말했다.

"잘 왔다."

나는 그 말을 듣는 순간 안심했다. 나는 그를 늘 하찮게 생각했다. 아
무렇게나 쓰고 버릴 물건처럼 함부로 대했다. 하지만 내가 죽음을 떠
올리고 그것을 실행하려고 했을 때 그에게 미안했다. 한번이라도 제대
로 된 사과를 하고 싶었다. 한번이라도 성공하는 모습을 보이고 싶었
다. 그 성공이 내 것이라도 그는 그것으로 나를 용서하고 위로해줄 거
라고 생각되었다.

그의 공장은 작고 초라했다. 그의 몸은 그 공장만큼 남루한 작업복을 입고 서있었다. 사무실에 앉아 잠깐 차를 마시고 그는 트럭의 시동을 켰다.

"어디를 갈까?"

그가 물었지만 나는

"아무데나"하고 말했다. 나는 그의 시커먼 손을 주저 없이 만져본다.

"힘들었지? 나 때문에."

"다 지난 일들이야. 근데 얼굴이 왜 이 모양이야?"

"내가......"

나는 갑자기 졸렸다. 그리고 괜히 눈물이 나와 울었다. 진정이 되지 않은 울음이었다. 그는 아무 말 없이 차를 몰았다.

"밥 먹어야지."

"아니, 생각 없어. 그냥 바닷가에 가고 싶어." 연육교까지 갔다. 철 구조물로 만들어진 다리 난간에는 수많은 열쇠들이 채워져 있다. 수많은 연인들이 기념으로 채우고 간 것들이었다. 아름다운 해안선이 시야에 들어오고 띄엄띄엄 어선들이 지나갔다. 그가 다리 중간 쯤에 왔을 때 잠시 난간에 기대어 저 멀리 펼쳐진 해안선을 바라보았다.

무슨 이야기라도 하라는 뜻일까. 나는 실없이

"열쇠라도 하나 가져올걸."하고 말했지만 그는 피식 웃으며 말했다.

"난 임자가 있어."

"결혼이라도 했단 말이야?"

"같이 사니까."

"그렇구나."

나는 맥이 풀렸다. 금세 그런 일이 있었구나, 하고 체념하면서도 서운함이 밀려왔다.

"그래도 우리 뭐 하나 적자. 열쇠는 없지만"

나는 매니큐어를 꺼내 난간 기둥에 누구나 볼 수 있게 크게 영어로 'Endless Love'라고 적었다. 그리고 이름도 적어 넣었다. '목이와 선.' 그도 나도 계면쩍어 웃었다.

"사업은 잘돼?"

"만만치 않아. 왜 알지? 그 최구라고 고등학교 친구. 그 친구 소개로 인수받아 시작했는데 어렵지만 잃은 것보다 얻은 게 더 많아. 이걸 판 사장님에게 많은 것을 배웠거든. 이를테면 배를 만드는 부속이 아니라 배를 만들 수 있는 기술을 얻었어. 그분이 워낙 딱하게 돼서 약속했던 것보다 더 많은 짐을 얹어놓고 갔지만. 해낼 것 같아." 잠시 긴 침묵이 이어졌다.

"그래 너는 어때?"

"그럭저럭."

우리가 다리 끝까지 걸어갔을 때 딱 한 대의 차가 지나가 재빠르게 몸을 피했다. 그리고 다시 돌아와 걸었다. 나는 그를 돌려 세우고 말했다.

"이번에는 될 거 같아. 너에게 빚을 갚고 싶어. 그래서 죽지 못했어. 나는 진짜 성공하고 싶었다고. 이제 너를 위해서 꿈을 이루고 싶어. 그러니 한 번만 더 도와줘."

한목이는 희미하게 웃었다.

시간들이 재빠르게 지나갔다. 영길은 공장 문제로 그의 동생네와 점입가경 상태로 들어갔고 인선은 두 마리의 유기견을 더 채웠다. 영길은 이젠 마당에 고구마와 배추를 심고 초조함을 달랬다.

그들은 수시로 만나 미래를 계획했지만 별 뾰족한 수가 떠오르지 않았고 그럴 때마다 격렬한 섹스로 현실을 망각해보려고 기를 썼다. 마침내 주인이 집을 비워주라는 통보를 해왔을 때 한 통의 전화가 왔다.

"너에게 돈을 좀 보내줄게. 이게 너에게 보내는 마지막 돈이다. 누군가 나를 위해 줬는데 니 차지다. 꼭 성공해라."

인선은 아무 소리도 못했다. 그가 듣고 있냐고 반복해서 물었지만 끅끅, 이상한 소리만 나왔다. 도대체 내가 뭐라고, 나는 동정이 아니라 사업자금이 필요하다고 말하고 싶었으나 한 푼이라도 주기로 결정한 그의 마음이 흔들릴까봐 두려워했다.

다음날 통장에 찍힌 돈의 액수는 그녀의 상상을 초월했다. 그녀는 그날 곧바로 한목이를 찾아 내려갔지만 그의 공장도 행적도 사라지고 없었다. 도대체 파산 직전의 그가 어떻게 그렇게 큰돈을 마련했는지 모르지만 인선은 그를 위해 꼭 성공하고 싶었다.

16. 취하고 버려야할 것들

주식회사 대동 안에는 열 개도 넘는 소기업이 들어와 있다. 각 생산라인은 조각조각 나눠져 있었고 그들끼리 치열한 생산경쟁을 유도하게끔 종류가 같거나 비슷한 품목은 꼭 두 개로 나누었다.

처음에는 회사에서 각 라인의 생산 장비를 구매해주고 기계감가상각비를 계산해서 생산단가를 상정해왔지만 언제부턴가 소사장에게 장비를 떠넘겨버리고 매월 기계값을 차감하거나 아예 인수해가게 유도했다.

대동의 대표이사 우순석은 대기업에서 외주담당을 하다가 사내 물건을 물고 나와 처음으로 자가공장을 시작했지만 일 년도 안 돼 전관에 대한 전폭적 지원이 오히려 방해와 견제로 바뀌면서 고전을 면치 못했다.

그도 외주 담당하면서 이래저래 괴롭혔던 업체에 가했던 것만큼의 갈취와 시달림을 똑같이 받고서야 몇 년도 안 돼 손을 털었다. 그가 외주 담당을 하면서 협력업체를 울궈내어 사들인 대형평수의 아파트를 그걸 샀던 속도보다 더 빠르게 내놓고 빚을 청산하려 했지만 빚은 이미 그의 능력 밖이었다. 그는 아내 이름으로 그나마 남은 재산을 넘기고 개인 파산을 신청했다. 그리고 남은 2.5톤 트럭을 몰고서 배달 일을 하며 근 4년여를 버텨내며 새로운 외주처를 찾아다녔다. 그러던 중 후배의 도움을 받아 펌프회사에 (주)대동이라는 상호로 협력사 등록을 하고 도면을 받아 가방장사를 시작하면서 물품을 조달했다.

매출이 늘자 몇 년 안 되어 공장을 얻고 다시 기계를 사들여 재기에 성공했다. 소재는 대부분 사급 받았고 일부 도급으로 납품했지만 거의 모든 제품은 임가공 형태였다. 어느 정도 자리를 잡자 그는 재빠르게 제조방법을 전환시켰다. 자작 비율을 줄이고 외주가공과 소사장으로 대치하면서 급격하게 변하는 시장상황에 적응해나갔다.

급하면 풀고 느슨해지면 거둬들이면서 마침내 직접 고용 인원은 핵심적인 인원 몇 명만 남는 회사가 되었다. 인원은 줄었지만 매출은 그대로 유지됐고 내실은 튼튼해졌다.

하지만 그런 세월 동안 우순석에 대한 평판은 최악으로 치닫고 있었다. 수시로 외주업체를 갈아치우고 소사장들을 궁지에 몰아 바꿔가며 이윤을 극대화하면서 부작용이 나타났다. 분쟁이 잦아지면서 납기지연이나 품질불량이 나타났다. 하지만 그럴수록 단가를 후려치고 어음기일을 늘리거나 수시로 업체를 교체했다. 심지어는 결제대금으로 장기 어음을 끊어주고 뒤에서는 지인을 시켜 암암리에 본인회사 어음을 고리로 할인해주고 수익을 올렸다. 이제 생산공장에서 벌어들인 수익보다 번외수입이 많아졌다.

그는 더 이상 바보처럼 설비투자나 연구개발에 돈을 쓸 필요를 느끼지 않았다. 회사에서 운영하는 연구소는 그저 정부기술자금을 빼내기 위한 수단에 불과했다. 그에게 제조업이란 명함이었고 자금조달방법의 한 방편으로서 필요했다. 일찌감치 제조업은 한계에 도달할 것으로 믿고 있어서 언제든 손을 털 수 있게 몸집을 최대한 가볍게 하고 부동산에 올인했다.

남들이 인원을 늘리고 장비를 확충할 때 그는 부동산투자로 공장을 늘리고 그만큼의 소사장들을 끌어들이거나 세를 내주었다. 납품 외의 모든 기계가공, 검사, 포장까지 소사장에게 미뤄버렸다. 협업구조, 상생구조, 합리화 등의 용어로 포장하고 그들을 이용했다. 그가 하는 일은 모체의 담당자들을 구워삶고 비위를 맞추고 새로운 소사장들을 물색하는 일이 전부였다.

같은 공간에서 소사장과 직원들이 잔업하고 철야하든 그는 다섯 시면 퇴근했다. 일찍 퇴근해서 가족들과 저녁을 먹고 개들을 데리고 근처에 산책을 나가고 제주도에 골프여행을 가거나 봉사활동 모임에 가입해 지체장애자들과 사진을 찍고 성금을 전달하기도 했다.

하지만 좋은 시절도 가고 있었다. 이제는 대놓고 부당함을 강조라는 소사장들이 나타났다. 소재불량처리라든가, 전기세, 공장세 문제 등을 가지고 따지고 들었지만 결국은 최종단가 문제였다.

'더 이상 버티기 힘들다.'

그들은 울부짖었지만 그건 그들의 문제였다. 소사장으로 들어올 사람은 언제든 널려있었다. 일부 소사장들이 야합하려 했지만 그들의 조급함과 이기심으로 번번이 무너졌다.

가끔씩 느닷없는 반격을 해온 경우가 있었다. 갑자기 라인을 멈춰버리고 막가파식 떼를 쓰는 자들이었다. 조금만 참아라. 익숙해지면 속도는 빨라지고 불량률은 줄어든다. 그게 양산 가공이다. 그렇게 다독인 다음 일단 라인을 정상화했다. 그리고는 보란 듯이 물건을 외주로 돌려버리거나 소사장을 교체해버렸다. 그리곤 공정 차질에 따른 손해

보상 금액을 통보했다.

　그는 이제 이 짓도 지긋지긋했다. 그에게 제조업의 미래는 없었다.
'공장 세만 받아먹고도 편하게 산다' 머릿속은 쉼없이 돌아갔다.

　김채진은 기능공이 없거나 갑작스런 기능공의 이직으로 공백이 생긴 공장을 방문하여 기계 프로그램 등 샘플 작업을 해주며 살고 있었다.
　이른바 틈새시장 공략이었다. 하지만 찾는 고객은 많았지만 모든 일이 그렇듯이 생각했던 것처럼 순탄하지 않았다. 어떤 때는 수치 하나를 잘못 찍어 그가 책임지지 않아도 될 부분을 책임져야 했고 고객은 그가 해낼 수 없는 부분까지 요구해오기도 했다. 무엇보다 기술료에 대한 일반적 기준이 모호했고 그나마 수금이 제 때 이루어지지 않았다. 일이 아닌 번외의 시시비비로 지칠 때면 회의감마저 들곤 했다.
　그날도 노트북 하나를 들고 업체에서 프로그램 중인 그를 누군가 일은 체 했다. 빌어먹을, 우순석이었다. 돈 좀 버는지 개기름이 가득한 얼굴이었다.
　"사장님, 여기저기 다니시니까 그러는데, 우리 소사장 하나가 문제가 생겼는데 맡아서 일할 사람이 없을 란가요?"
　그다지 친근할 것도 없는 사이인데도 살갑게 말을 걸어온다.
　"알아보지요." 그의 야비하고 이중적인 성격을 익히 파악하고 있어서 데면데면 대꾸했지만 놈은 그런 것에 아랑곳하지 않는다. 말투는 늘 그런 식이었다. 떠보고 빙빙 돌리고, 여기저기 쑤셔대고 얼러대며 순박하고 겸손한척 하다가 어느 틈에 뒤통수를 치고 빠져나가는 자였다.
　그런 자가 제법 성공하여 날뛰는 꼬라지라니, 김채진은 하고 있던 프로그램 작업에 몰두했다.
　"이거 우리 제품입니더."

그가 다시 다가와 물고 늘어졌다.

"예, 맞아요?"

김채진은 마침 옆에 서있는 의뢰받은 사장의 얼굴을 한번 바라보았다.

'왜 이런 놈 일을 받아 합니까? 곧 끊길 건데요.' 하고 말하고 싶었지만 참는다. 놈이 부앙을 떨기 시작했다. 머리통은 거기에 맞게 크고, 눈은 작고 피부는 탱탱하고, 인상은 최대한 미소를 잃지 않으려고 노력한다.

무엇보다 달콤한 립서비스로 상대를 현혹시키려 들고, 자신의 솔직함과 균형감각, 돈거래관계의 투명함을 애써 강조한다. 외주관리로 밴습관 같은 것이고, 가방장사하면서 늘어난 생존방식이다. 투자와 일은 타인을 이용하고 자신은 사무실 하나만 사용하면서 공장 입간판은 온통 '(주)대동' 하나만 달고 큰 소리 치는 작자의 임기응변은 계속된다.

"소사장 할 사람은 이 바닥에 깔렸어요. 옳은 사람이 없어서 그렇지."

그가 재차 사람을 소개해주라고 염치없이 군다.

채진은

'오죽하면 괜뒀겠나? 너 같은 거머리 같은 종자에게 누굴 소개시켜.' 하고 비웃었다.

"당장 라인이 끊길 지경입니다. 물론 이 업체처럼 급하게 외주 칠 때가 있지만 그건 임시 방편이구요. 개자석이 이렇게 갑작스럽게 우리 일을 끊을 줄 누가 알았겠습니까? 오징어가 뛰니 꼴뚜기도 뛴다고 이번에는 떼로 달라드네. 확 사업 접고 굶겨놔야 정신들 차릴란가 원."

그가 속내를 드러냈다. 평판이 모든 것을 망친다는 것을 그는 모르는 것 같다.

'엥간히 헤쳐묵지.' 김채진은 한대거리 해주고 싶지만 꾹 참는다.

"솔직히 내가 단가를 제대로 안 쳐주나, 소재를 제 때 공급 안 해줬나, 결재도 칼이고 내참, 그런데도 지들 맘대로 라인 끊어먹고 불량난 거 쬐끔 공제하면 그걸 갖고 난리고……"

"그러게, 최소한 한 두 달 정도 시간을 주고 일을 끊어야지. 기본이 안 됐구만."

일을 의뢰받은 사장이 미심쩍지만 편을 든다.

"아예 요참에 죄다 다 들내고 싶어요. 첨에는 애가 달아서 달라붙어 일 좀 해먹자고 했던 작자들이 이젠 대놓고 덤벼든다니까요. 솔직히 나는 공짜로 영업합니까. 수시로 업체 담당자 물 쳐먹여야 되고 수입 검사 눈치 봐야 되고 참내, 그리고 요즘 일거리 따기가 좀 쉽습니까."

우순석은 또 몇 사람의 봉들이 들어와서 몇 년 벌어주고 탈탈거리고 떠나기를 바랄 것이다. 그에게 일 받은 업체 사장이 대화에 끼어들어 들었다,

"이거 보다시피 긴급으로 가공하는 것이니 결재 바로 해줘야 됩니다."

그도 우순석의 질긴 결제방식을 알고 있는 듯했다. "아이고, 우리는 내 못 묵어도 결재는 칼입니다. 걱정 마이소."

침도 안 바른 거짓말이 잇새에서 잘도 흘러나온다.

뜻밖에도 며칠 후 김채진은 우순석을 찾아왔다. 그리고 문제를 일으키고 있는 소사장 라인을 죄다 맡겠다고 제안했다.

"한 팀 한 팀 교체 합시다"

우순석은 기다렸다는 듯이 대답했다.

'니가 내 마지막 제물이 되겠군.' 우순석은 생각했다.

"단, 가공단가는 낮춰줘야 되는데 되겠어요?"

신뢰를 가장하기 위한 흥정을 걸어본다.

"당연하지요."

너무 쉽게 받아들인다. 그들은 일사분란하게 합의했다. 사내 소사장들에게는 일언반구의 의논도 없었다.

"배가 터진 놈들! 쫓겨나봐야 정신을 차리지." 그는 중얼거렸다.

채진은 평소 알고 지내던 만만한 중고 기계상을 골라 기계를 구매했다. 기계 값은 원하는 대로 지급했고 기계도 바로 쓸 수 있는 연식으로 선택했다. 일단 문제가 된 라인에 바로 투입되어 문제없이 물량을 맞춰주자 우순석은 마치 자기가 그 모든 일을 해낸 듯 으스댔다.

'봐라, 느그들 안 해도 다 한다. 어느 놈부터 조져줄까?' 그는 외치고 싶었다.

채진은 한 수도 계산 없는 사람처럼 묵묵히 움직였다. 그 다음 라인에 설치할 기계는 외상으로 들어왔다. 그리고 가격은 원하는 대로 줄 것이니 외상거래로 하자고 했다. 단, 외상으로 기계를 공급했다고 소문내지 말 것을 다짐시키고 후한 값을 쳐주었다.

기계는 첫 번째 들인 것보다는 연식이 오래됐고 매매가 잘 안 되는 것이었다. 그는 모든 기술을 동원해 기계를 오버홀하고 페인팅했다. 그리고 레테르의 연식을 바꿨다.

생산라인이 완성된 날 김채진은 자판기에서 커피를 한잔 마시고 가을 하늘을 한 번 바라봤다. 비취색은 짙은 청록으로 깊어져가고 있었다. 여름의 끝에서 시작한 일이었으니, 색도 변했으리라. 그는 가을을 잡을 듯 손을 뻗었다. 오랜만의 해방감이었다.

'사람이 이렇게도 기사회생할 수 있구나.'

그는 통장에 들어있을 현금을 생각하자 가슴이 뿌듯했다.

그렇게 채진은 (주)대동의 소사장이 운영하는 생산라인을 하나씩 사들였다. 유독 펌프관련 소사장 업체만 집중적으로 사들였는데 억지스러움은 하나도 없었다. 생활고에 시달려 팔고나가는 그들 중에는 오히려 그의 무모함을 걱정했다.

"우순석이한테 붙어갔고 안 거덜 난 사람 없어요."

그들의 말은 다 맞았다. 하지만 그것은 자신이 걱정할 일이 아니었다. 일이 안정되자 우순석은 수시로 결제를 미루거나 연체해가거나 어음을 연장했다. 그걸 즐기는 듯 했다. 자신감인지도 모른다. 김채진은 돈을 받으려고 애쓰지 않았다. 그렇다고 일을 소홀히 하는 것도 아니었다. 거래처 담당자들이 오면 극진히 대접했고 문제가 생기면 바로 해결했다.

"결재는 잘 해주나요?"하고 넌지시 물으면

"일한 건데 안 주었어요?"하고 한껏 여유를 부리면 거래처 직원들이 더 걱정스런 표정으로 변하곤 했다.

"김채진이는 여섯 달 동안 결제 안 받고도 일하는 데 그깟 한두 달 밀렸다고 난리야?"

사무실에서 우순석은 결재 때문에 몰려드는 사람들을 쉬파리 취급하며 팔을 흔들었다.

몇 달 전 한목이를 다시 만난 것은 퍽 행운인 것도 같았지만 적잖은 당혹스러움이었다. 그 뜻밖의 만남, 물론 뜻밖에 만난 사람이 있을까마는 한목이를 다시 만나리라고는 상상도 못했다. 그는 다짜고짜 핀잔과 책망을 보냈다. 저돌적인 언사는 여전했다.

"행님, 이러고 돌아 댕길라면 나하고 일합시다."

김채진은 불쾌했지만 씩 웃으며 의자를 내밀었다. 그의 깨끗한 니트가 더러워질 것 같은 걱정이 일었지만 그는 털썩 주저앉았다. 거기서 우연찮게 (주)대동관련 이야기가 나왔다.

한목이는 의자를 바싹 끌어당겼다. 그는 늘 새로운 사업에 목마른 인물이었다.

그의 회사 설계실에는 삼십여 명의 설계기술자들이 새로운 유형의 제품들을 그려냈고 백여 명의 기계기능공들이 최신식 기계로 그것들을 제작했다. 그리고 손끝이 야문 조립공들이 수많은 테스트를 걸쳐 상품으로 만들어 놓으면 영업사원들이 국내는 물론 해외로 공급했다. 자연스럽게 수십 개의 특허와 인증서가 쌓여갔고 축적되었다. 하지만 늘 아쉬운 것은 그가 만든 제품으로는 매출규모를 올릴 수 있는 한계가 있었다.

주식시장에 상장시키기에는 회사의 볼륨이 조금씩 부족했다. 그래서 이것저것 새로운 아이템을 개발해보았지만 양산단계에서 좌절하곤 했다. 그는 최근에 밸브류 등을 개발 생산하면서 유사 상품인 펌프시장에 눈독을 들이고 있었다. 펌프는 기후변화나 환경변화에 따라 꾸준히 수요가 예상되고 대기업에서 손대기에는 시장규모가 작았다.

그러던 중 우순석과 선이 닿았고 우순석의 사업체를 사들일 의향이 있었다. 지금은 둘이서 공동으로 시 외곽에 공장 용지 개발을 하고 있었다. 그에게는 신설 공장이 필요했고 우순석에게는 임대사업용 공장이 필요하던 차였다. 한목이는 우순석을 이미 믿을 수 없는 자라고 확신하고 있었다.

"그곳으로 일단 들어가이소."

"가서······"

"내가 시키는 대로만 하이소."

한목이와의 술자리는 길지 않았다. 엄청나게 마셔대던 그의 주량은 한 병을 채우지 못했다. 생각이 많고 피로에 누적이 된 자신만이 두엄 속으로 들어간 똥물처럼 끝없이 스며들어가 끝내는 무거워져 비틀거렸다. 하지만 그가 담고자 하는 세상에 그가 존재해주길 바란다는 것을 그것이 인생의 마지막 기회라는 것도 알고 있었다.

'나도 내 계산을 하면 되지.'

그는 중얼거렸다.

1996년, 김채진은 이제 서른다섯이 되었다. 그는 아직 미혼이었고 동네 상가에서 남성복장사 하는 어떤 여자에게 꽂혀 있었다. 업무는 항상 바빴고 그가 없으면 안 되는 일이 부지기수였지만 오후 여덟 시면 옷가게에 나타났다. 가게를 이리저리 맴돌며 그녀가 다가와 말이라도 걸어주길 기다렸다. 벌써 몇 달 동안 사간 옷도 여러 벌이지만 오늘도 여전히 옷을 고르고 있었다.

"채진씨는 키가 크고 마른 체형이라서 아무거나 잘 어울려요. 봐요, 옷걸이가 좋으니 무슨 옷을 걸쳐도 돋보이잖아요."

단골 때까지는 그런 멘트였지만 이제는 뭔가 부담스러워하는 게 느껴진다. 일부러 부리는 종업원을 에스코트하게 만들고 피하기까지 했다. 채진이 무슨 마음을 먹고 있든 간에 그는 그 수많은 손님 중 한사람에 불과했다.

그녀는 다른 손님과 깔깔거리고 웃고 있다. 다리는 매끈하게 뻗어있고 엉덩이는 치마 속에서 이리저리 꿈틀거린다. 발목은 잘록하고 발가락은 하이힐 속에서 꼼지락거릴 것이다. 결국은 애꿎은 양복 한 벌을 사서 관심을 끌고 그녀에게 사이즈를 재줄 것을 요구했다.

"수연씨가 기장 싸이즈는 정확하게 재드라고."

그녀의 손길이 허리를 빙 돌고 손끝이 허리춤에서 발목으로 이어질 때 그녀의 향기가 코끝을 자극하고 악세사리들이 그녀의 하얀 살결 위에서 찰랑이면 심장은 터질듯 요동친다.

"이제 그만 사세요."

그녀가 걱정스럽게 말하자 그는 하마터면 '당신을 사버리고 싶다.'고 말하고 싶었다.

"맨날 일만 하세요?"

"물 들어올 때 배 띄워야지요. 언제까지 장사가 잘 되는 건 아닐 테니까요."

"그래도....... 좀 쉬면서 하시지."

"그쪽이나 푹 쉬면서 하세요."

채진은 오늘도 아무 말 못하고 가게를 나온다.

'이게 뭐하는 짓인지 원. 허긴 나 같은 놈이 무슨 주제로 데이트를 신청하겠어.'

체념하고 포기하려 하지만 그녀에 대한 집착은 더 강해진다.

채진은 공작기계 분야와 감속기 등에서 두각을 나타내고 있는 중견기업의 생산과장이었다. 그는 공업학교를 졸업하고 기간산업체에서 군특례를 받았고 얼마 후에는 지금 근무하는 〈신안테크〉란 회사로 옮겨와 근 칠팔 년 째 근무하고 있었다.

잘 다려 입은 작업복 안에 항상 넥타이를 매고 다녀 기술자라기보다는 관리자로 보였지만 그는 현장의 베테랑 기능공출신이었고, 지금도 현장에서 그의 기능을 능가하는 사람은 없었다. 그는 항상 청결한 현장, 깨끗하고 단정한 옷차림을 강조했다.

모든 계측기는 관리, 정돈되어 있어야 하며 주변은 깔끔하게 정리되어 있어야 작업을 진행시켰다. 불필요한 정리정돈으로 시간을 빼앗기는 그를 못마땅하게 여기는 분위기는 곧 사라졌다. 안전과 청결, 주변 관리, 깨끗한 작업자의 몸가짐이 생산성을 향상시키고 불량률을 최소화시킨다는 것이 지론이었다. 그는 회사에서 인정받는 사원이었지만 여자들은 그에게 좀처럼 접근하지 않았다.

키만 멀대 같이 크고 왜소한 체격의 그가 인기를 끌 리 없었지만 그 또한 여자들에게 관심을 두지 않았다. 그런데 우연히 옷가게에서 만난 오수연이라는 여자는 특별했다. 보자마자 한눈에 반해버렸는데 도대체 그 이유를 알 수 없었다. 그것은 한 번도 느껴보지 못한 특별한 감정이었다. 어느 순간 그녀의 말투, 몸짓, 웃음소리 그 모든 것이 그를 지배하고 있었다.

어느 날 김채진은 일감을 얻기 위해 명함을 들고 찾아온 한 사내와 맞닥뜨렸다. 누군가의 소개를 받고 온 모양인데 그는 주 업무가 생산관리였다. 그래도 그의 영향력을 알고 파고들어오는 사람들이 있어서 응대해주곤 했는데 이번에도 그런 경우였다. 결국 몇 마디 주고받나가 돌려보내려고 했는데 어디선가 들어본 말투였다.

채진은 잠시 동안 명함을 들고 만지작거렸다.

"우리 어디선가 만난 적이 있었던가요?"

"긍게요, 나도 어쩐지 낯설지 않아서……" 그것은 분명 영업멘트였는데 그 순간 누군가가 떠올랐다.

"사장님하고 똑같은 말투를 쓰는 분이 있어!"

그는 소리를 지를 뻔했다.

"전라도 말투가 넘 티 나지요?"

"아니, 아니요. 그게 아니라 또, 똑같은 뉘앙스를 풍겨요. 그 사람처럼."

채진은 가슴이 두근거렸다.

그는 잠시 동안 명함을 만지작거렸다. '칸-피스, 한목이-자동차부품, 기계부품가공, 자동화부품.'

늘 비슷한 명함이었지만 상호는 거창했다. 그는 그 명함 속에 들어있는 무슨 비밀의 열쇠라도 찾아보겠다는 듯 여기저기 살피며 의미심장하게 고개까지 주억거렸다. 그리고 일반적인 대화, 그러니까 공장은 어디에 있느냐, 종업원은 몇 명이고 기계는 뭐가 있으며, 지금은 어디 일을 하고 있느냐, 등등의, 질문과 응답 중에서도 명함은 손아귀에 그대로였다.

"혹시 말입니다만,"

그는 조심스럽게 얼굴을 내밀었다.

"당신과 똑같은 말투를 쓰는 사람을 같이 만나줄 수 있을란가요?"

뜻밖의 제의에 한목이는 의아하게 쳐다본다.

"남자인가요?"

"아니, 여자요."

그렇게 한목이와의 인연이 시작됐다.

무엇이 어떻게 됐는지 모르지만 놀랍게도 그들은 한 마을 출신이었다. 채진은 백만 우군을 얻은 심정이었다. 그렇게 해서 채진은 그들 사이로 끼어들었다. 한목이에게 애초에 명함을 건네준 사람은 오동녀였다.

"한사장, 널려 있는 게 일이요. 내가 하고 싶은 대로 다 밀어줄게."

그것은 오수연이와의 연애에 대한 딜이었다.

김채진은 곧 능력을 발휘했다. 주 업무가 생산관련업무를 맡고 있어서 외주처 관리엔 그다지 직접적인 관련이나 영향력을 행사할 수 없다는 선입견은 곧 사라졌다.

　그는 신안테크 창업 초부터 회사에 특채됐고 회사의 거의 모든 업무를 좌지우지하는 실력자였다. 그는 오리지날 엔지니어였고 수백 평 공장에 깔린 CNC화된 공작기계를 거의 혼자서 도맡아 컨트롤하는 실력자였다. 그 앞에서 외주 관리자는 허수아비였다. 거의 십여 년 만에 사장하고 단 둘이서 시작한 사업체였다. 최신식 공작기계가 웅웅거리며 기를 죽였다.

　'나도 이렇게 할 수 있을까?'

　한목이는 위축되는 자신을 추슬렀다.

　"한사장, 도면하고 샘플용 소재 몇 개 보낼까요? 단가도 괘안코 연간 수량도 제법 돼요. 헌데 보기보다 제품이 좀 까다롭더라고요. 문제는 당신 기계로는 좀 힘들까도 싶고."

　"제가 물고 뜯더라도 만들어 놓을게요."

　그동안 몇 번의 접촉을 가졌고, 임대 공장이지만 공장실사도 했으나 일은 쉽게 성사되지 않았다. 김채진은 신경을 쓰는 것도 같았지만 한편으론 의례적인 인사만 나누는 것 같이 느껴지기도 했다. 결국 한목이는 오동녀를 다그쳤다.

　다음날 오후, 김채진은 직접 공장까지 찾아와 도면을 내밀었다. 이어 자기 차를 가리키며 트렁크에 실린 소재와 샘플을 꺼내오라고 했고 채진은 재깍 종업원을 시켜 십여 킬로그램 정도의 단조 제품을 내리게 했다. 그는 뭔가에 애달아 있었다. 바로 동녀였다.

　"할 수 있겠어요?"하고 확인한다. 그 말은 '꼭 해야 됩니다.'하고 말하는 듯 했다.

　"해보겠습니다. 보기보다 우리 기계가 정밀도는 잘 나옵니다."

"그래요, 기계가 중요한 게 아니라 열정이 아니겠어예."

"그렇지요. 사람이 하는 일인데요 뭐."

한목이가 맞장구치자 김채진은 그를 빤히 쳐다본다.

"근데 말입니더, 나는 이상하게 이제 우리 회사에 대해 열정이 없어진단 말입니다. 방전이 되어 버린 밧데리처럼 시들시들 힘이 없어요."

"왜요? 그렇게 키워놓고."

"그라면 머합니까. 사장 혼자 다 해놓은 줄 아는데. 안 보셨습니까? 제 윗사람들, 좆도 모르면서 설쳐대는 거. 요새는 내 밑으로 들어오는 사람보다 내 위로 들어오는 사람이 더 많다니까. 기업을 키우려면 우수한 인재가 필요하다 뭐다 하면서 명문대학 출신들, 대기업 출신 인사들까지 끌어 들여와요. 내가 보기엔 그 허접들 앞에서 으스대겠다는 거지요. 안 그러겠어요? 지나 내나 공돌이에서 시작했는데 폼 잡고 싶겠지요. 쌔빠지게 일한 놈은 늘 제자리고...... 하여튼 싫어졌어."

몇 번 안면을 튼 사이라고 생각했는지 아니면 가벼움의 표출인지 속내를 드러낸다. 어느새 예의는 던져버리고 격의 없이 반말조로 푸념하고 있다.

"그러게요. 원래 멍석 까는 놈 따로 그 위에서 노는 놈 따로 있는 게 아니겠습니까?"

맞장구를 쳐주었고, 뭔가 예민한 촉수가 발동한 것도 그 순간이었다. 이 자의 구겨진 자존심과 약점을 이용해 이득을 얻어내야 하는 것, 그가 무엇을 원하는지 재빨리 간파해야 했다.

"나도 한사장처럼 사업이나 해볼까?"

그냥 떠보는 소리다. 사업체를 떠맡겨도 못할 위인 같았다. 사장의 신임을 업고 있고, 또한 자리에 대한 미련이 남아있고, 경계를 벗어날 용기도 절박함도 없다. 그는 오직 회사에서 그가 차지하는 위치나 권력이 오동녀에게 전달되길 바랄 뿐이었다.

"사업장이 뭐가 필요 합니까? 여길 김과장님 사업장이라 생각하셔야지요."

"내 발로 외주처에 나온 것은 처음이야. 내 맘 알제?"

한목이는 그가 속내를 드러낼까봐 오글거린다.

"제가 끝까지 잘 모실게요."

그렇게 말하고 나자, 왠지 스스로도 그 말에 맹세를 하고 싶을 만큼 김과장을 모신다는 것은 천군만마를 얻은 느낌 같은 것이었다.

"일단 물건을 제대로 만들어 봐요. 샘플이 일단 합격을 해야 하니까."

하지만 첫 번째 샘플은 보기 좋게 불량처리 되었다. 신경을 썼지만 각도가 조금 틀렸고, 코너알 부분이 문제가 되었다. 그리고 중요한 것은 동심도도 기준치에서 벗어났다. 변명의 여지가 없었다. 김채진이 직접 검사 담당자와 공장으로 찾아와 검사를 했다. 무안하고 미안했지만 그는 특별히 불만이 없었다.

"사내 자작했어도 힘든 제품입니다. 다시 해봅시다."

오히려 검사자에게 업체방문에 대해 입단속을 시켰다. 두 번째 소재가 곧 반출되었다. 이번에는 외주 담당자가 소재를 정식으로 내주었다. 일이 까다로울 거라고 알고 첫 번째 제품은 그냥 시험용으로 내줬던 게 분명했다. 두 번째 제품은 순조롭게 깎을 수 있다고 생각했다.

몇 곳의 프로그램만 변경하면 치수가 잘나올 거라고 생각했는데 보기 좋은 외관조도와는 달리 불량이었다. 알고 보니 기계적인 문제가 있었다.

"소재는 몇 개 남았지요?"

"예……"

사실 소재는 없었다. 일이 안 되려고 하니 소재의 무게 때문에 척킹 상태에서 불량이 절반이 나버린 상태였고, 교정해서 낸 제품은 이미 불량이었다. 그걸 납품할 수는 없었다.

김채진에게서 샘플이 언제쯤 되는지 독촉 전화가 왔다. 적당히 얼버무리고 말았지만 방법이 없었다. 공장에 돌아와 멍하니 앉아 있으니 자신이 한심스러웠다. 불량 난 단조 소재를 다시 재생 할 방법은 없었다.

환봉소재를 사서 밀어댈 만한 생각도 떠오르지 않았다. 오직 똑같은 소재를 가져오는 방법 밖에 없었다. 두 명의 직원과 고민 고민했지만 별 뾰족한 수가 없었다. 포기할 상황이거나 다시 한 번 김채진에게 부탁해야 할 상황이었다.

"사장님, 그거 안하면 망합니까?"

공장이라고는 처음으로 들어온 놈이 물었다. 그는 그릇 가게를 하다가 기술이라도 배워보겠다고 소개를 받아 입사한 놈이었다. 나이도 자신과 비슷해서 친구 같은 존재였으나 위계질서가 깨질까봐 서로 말을 놓을 처지가 아니었다.

"망하진 않겠지만 맨날 이 신세겠지요."

"그러면 도둑질이라도 해옵시다."

"도둑질?"

그들은 〈신안테크〉를 털기로 작정했다.

밤이 오기를 기다렸다. 오랜만에 작업을 일찍 마치고 식당에 앉아 돼지고기 주물럭을 시켜놓고 저녁식사를 두둑히 했다. 사건을 주도하는 용구는 태연했다. 아무런 두려움이 없었다. 당연히 그를 따르는 스물한 살의 민성이와 얼마 전에 들어온 스물세 살의 영완이 긴장을 하고 있을 이유는 없었다. 더군다나 그 둘은 시내에서 제법 굴러먹은 애들이었고 오토바이에 여자애들을 수시로 바꿔 실고 폭주를 일삼곤 했다. 용구는 아직 미혼으로 자신의 전과 전적을 자랑스럽게 까발리고 은근히 그들의 보스노릇을 했다.

밤 열시쯤 소주 두병을 나눠 마시고 트럭을 타고 식당을 나섰다. 마치 보물찾기 하러 가는듯한 표정들이었다. 단 한 사람 한목이만은 가슴이 조였다. 공장에서 같이 일하는 아내는 속없이 같이 가면 안 되냐고 묻는다. 마치 수박서리라도 가는 줄 아는 모양이었다. 그녀는 집 나간 지 일 년도 안 되어 집으로 돌아왔다.

"안주거리나 장만해 놓으시오."

용구는 노가다 십장처럼 말했다.

공장은 밤 열시면 주간조가 퇴근하고 야간조가 들어와 작업에 막 속도를 내는 시간이다. 보통 주야 열 두 시간 맞교대 근무는 근무시간은 같으나 그렇다고 밤새워 근무하는 직원은 없었다. 야간 관리자가 있으나 대부분 기계 속도를 올려 물량만 맞추면 어느 구석이고 찾아들어가 박스를 깔고 서너 시간은 수면을 취하곤 했다. 그렇게 하려면 초반에 작업량을 최대한 훔쳐내야 가능했다.

공단로는 어둡고 컴컴했다. 띄엄띄엄 가로등이 세워져있지만 제대로 불이 들어오는 곳은 거의 없었다. 그들은 큰 길을 피해 공장의 측면 쪽으로 트럭을 세웠다. 낮에 보아두었던 곳이었지만 밤에 보는 지형지물은 전혀 다른 느낌이었다. 도로와 공장 사이에는 작은 개울이 흘렀고 오물로 더럽혀진 곳은 얕아서 얼마든지 건널 수 있었지만 다행히 직원들이 임의로 만들어놓은 철제다리가 놓여 있었다.

공장 측면에 소재가 가득 쌓여 있었고 그곳은 쉬는 시간이 되면 직원들이 몰려나와 담배를 피우거나 잡담을 하고 햇볕을 즐기는 장소였다.

공장의 유리창 너머로 불빛이 새어나왔다. 기계 앞에 붙어 있는 공원들의 모습도 눈에 들어왔다. 여기서 멈춰야 되나, 하는 생각이 잠깐 들었으나 절박함은 그런 한가함을 허용하지 않았다. 특수절도를 벌이는 사람들치고는 너무나 태연하고 정정당당했다. 왜냐고 묻는다면 단지 무지했고 무모했고 아무런 죄의식이 없었다.

한목이는 트럭 옆에 서서 세 사람을 출발시켰다. 차마 같이 들어가 도둑질 하기에는 책임자로서 마음이 허락하지 않았다.

용구는 두 사람을 이끌고 적진에 침투하는 특공대처럼 몸을 낮추고 철재다리를 건넜다. 다리는 출렁거렸다. 세 사람의 몸무게를 견뎌내기엔 턱없이 부족한 구조였다. 그들은 재빨리 공장의 측면으로 몸을 붙였다. 비로소 긴장이 된다. 용구는 덜컥 겁이 났다. 이제야 자신이 하고 있는 짓이 무엇인지 알아버린 것이다.

식당에서 다시 한 번 자신의 무용담, 사실은 객기부리다가 어영부영 폭력혐의로 엮여져 한차례 교도소에 갔다 온 이야기를 해댔던 까닭도 이미 두려움이 시작된 증거였으리라. 하지만 내부에 그들을 지원하는 사람이 있다고 생각되었고, 또 이런 일은 그저 선의에 의해 저지른 일이고 회사를 위해 헌신이라고 합리화 했다.

'이건 게임이야. 범죄가 아니라고.' 그는 스스로를 다독였다.

담배 생각이 간절했다. 두 놈은 벌써 입구에 소풍이라도 온 줄 알고 키득거렸다. 손으로 쉿, 하고 입을 막으려고 했지만 어둠 속에서 보았는지는 모르겠다. 용구는 그런 녀석들을 놔두고 줄행랑을 치고 꼬리를 뺄 수는 없었다. 은근히 사장보다는 자신을 따르는 애들이 아닌가. 오늘 저녁 일을 끝내면 그들의 여자 친구들을 불러 자취방에서 소주를 먹기로 약속까지 했다.

공장으로 들어가면서는 더욱 낮은 포복을 해야 했다. 작업자들은 바

로 눈 앞에서 기계를 돌리고 있다. 낮에 보아두었던 소재는 공교롭게
도 작업자들이 깎고 있는 그 자리 옆에 바로 옮겨져 있었다. 그는 손짓
을 해서 공원이 깎는 칩이 날아올 정도의 거리까지 애들을 접근시켰
다. 그들은 검게 번질거리는 단조제품을 향해 낮은 포복으로 접근했
다.

"뭐야, 이건 수박서리 같잖아." 누군가 농담을 던졌다.

용구가 조심스럽게 다가가 물건을 하나 집어 들었다. 너무 긴장했는
지 허리가 삐끗했다. 각자 하나씩 들고 문으로 빠져 나갔다. 다시 돌아
왔을 때 그만 누군가 소재를 놓쳐버렸다. 쿵, 하는 소리에 작업자가 기
계의 브레이크를 밟았다.

그는 자신의 기계에 이상이 생긴 것으로 의심하고 두리번거렸다. 그
리고는 이상한 기운을 감지했는지 서서히 그들에게 다가왔다. 뒤로 몸
을 옮길 수도 없는 처지였다. 등에서 식은땀이 났다. 어떻게 해야 하
나? 세 사람은 납작하게 엎드렸다.

야간작업이 없는 곳은 소등이 되어 있었기 때문에 어두웠다. 작업자
는 누워있는 세 사람을 힐끗 쳐다보더니 그대로 지나쳐 그냥 문 쪽으
로 걸어 나갔다. 그는 개천을 향해 바지를 내리고 참았던 오줌을 갈기
고 돌아왔다. 그리고는 어둠 속의 그들을 향해 불만을 터트렸다.

"벌써부터 쳐 자빠져 자네, 잘 하는 꼬라지들이다!"

다행히 그들을 농땡이 피우는 동료로 오인한 것이다. 작업자가 다시
기계를 켜자 그들은 재빠르게 물건을 밖으로 날랐다. 마음이 급해진
그들은 철재 다리를 건너지도 않고 곧장 하천에 다리를 담갔다. 시큼
하고 불쾌한 시궁창의 썩은 냄새를 느낄 틈도 없었다.

공장으로 되돌아온 그들 중 그 누구도 쉽게 입을 떼지 못했다. 온몸에

오물을 뒤집어 쓴 생쥐꼴 이었지만 그제야 자신들이 저지른 짓이 얼마나 무모하고 위험천만한 짓인지 알아버린 것이다. 얼마 후 더러워진 몸에 찬물을 쏟아 부으며 알지 못할 괴성을 밤하늘에 질러댔다.

그날 저녁 용구는 술을 진탕 마시고 길거리에 세워져있던 애꿎은 자동차들의 백미러를 닥치는 대로 발로 차댔다. 두 놈도 따라서 깨부수다가 행인이 말리자 그놈을 쫓다가 그제야 정신을 차리고 민성의 자취방에서 기다리고 있던 스물한두 살 집나온 여자애들과 엉켜 잤다.

다음은 기계가 문제였다. 얼마동안 고민한 끝에 그는 또다시 동녀에게 손을 내밀었다. 제품 도둑질도 했는데 무엇을 못하랴 싶었다. 만나자고는 했지만 아무 말도 못하고 돌아서자 오동녀가 먼저 제안했다.
"나에게 갚을 게 많을 텐데, 빚 갚을 기회를 잡아야지. 김채진 과장이 오빠 공장 기계는 늙은 소라고 그랬어."
"늙은 소......? 나도 제대로 하고 싶다고!"
소리를 꽥 질렀다.

급하게 기계가 들어오고 한목이는 밤새워 제품을 깎고 새벽에 검사를 하고 포장을 마쳤다. 공식적으로 받은 불량난 소재가 눈에 거슬려 범죄의 흔적을 지우듯이 트럭에 실고 마산 앞마다에 갖다버리고 나자 먼동이 텄다. 바닷물에 소재가 떨어질 때 마치 시체를 유기하는 느낌 같은, 분명히 그런 감정이 들었다.

그렇게 무모하고 어리석은 짓 끝에 제출한 제품은 합격했다. 그 자체만으로 행복하고 뿌듯했다.
"형님, 형님이 거기에 버티고 계셔야 제가 살지요."
그 일 년 동안 줄기차게 그 단조제품을 깎아 댔다. 그 동안 단독 공장으로 이사했고 기계도 늘었고 주머니도 제법 두둑해졌다. 김채진은 술만 취하면 회사를 그만두겠다는 푸념이 입에 달려 있었다. 그 날도 별 대수롭지 않게 생각하고 늘 똑같은 멘트로 달래며 고기집에서, 곧장 룸으로 들어가 술의 바다로 들어갔다.

그저 취하고 흥청대기 위한 술, 시간을 죽치기 위해 마시는 술이었다. 그와의 대작은 처음엔 고마워서, 다음엔 일이 잘되어서, 다음엔 보답하고 싶어서, 그 다음엔 술에 가속도가 붙어서였다. 하지만 이젠 그 무엇도 아니었다. 그저 술을 마시기 위해 술을 마셨다.

그는 할 말이 참 많았다. 마치 자기가 세상의 모든 공장을 다 만든 것처럼 위세를 떨었다. 말의 물줄기가 터지고 그것을 받쳐 줄 그릇이 생겼다고 생각했던지 끝없이 쏟아 부었다. 늘 레파토리는 비슷했다. 그 말에 맞장구를 치지만 댓구에는 영혼이 담겨있지 않았다. 알고 보면 본인의 콤플렉스였다.

자신의 한계를 직감하면 체념을 하든 더 노력을 해서 극복해야 할 텐데 주변의 속도에 지나치게 민감해 했다. 그는 자신의 희생과 노력으로 그의 회사가 얼마나 크게 성장했는지 과시했고 반면에 월급쟁이 신세의 현실을 한탄했다.

초등학교 때 공부 좀 했다고 사회에 나와서 우려먹곤 하는 얼간이 같은 정신세계에 갇힌 사람의 행보였다. 막연히 자신이 그 회사를 지탱하는 한 축이라고 생각하는 모양이지만 그는 이제 한 뛰어난 구성원에 불과했다. 그가 내일 당장 그만둔다고 해도 회사는 아무렇지 않게 돌아 갈 것이다. 다만, 한목이, 그의 공장이 문제가 될 것이다. 한목이는 그것이 문제였고, 채진의 근무가 회사의 생사를 가를 만큼 중요했다.

"한 삼 년만 있어주시오. 제가 그 동안 형님 우리 회사로 모실만큼 키워 놀게요."

"숨이 막힌다, 숨이. 회사 놈들이 뭐란 줄 아냐. 내가 니 뒤 봐주고 뒷돈이나 받아먹은 줄 안다. 맞냐, 내가 니 돈 받어 묵은 거? 그래, 물론 술은 얻어 마셨다. 하지만 나는 안 샀냐?"

"원래 높은 자리에 있음 별의별 소리를 다 듣습니다. 암요. 그런 거 저런 거 신경 쓰고 어떻게 삽니까. 어렵더라도 기반 확실히 잡을 때까지만 밀어주시오."

"전라도 깽깽이를 어떻게 믿냐? 우리 사장도 날 무시하는데, 뭐, 창업 공신? 그 창업 공신이 맨날 현장에서 기냐?"

"형님 기술이 워낙 뛰어나서……"

"시끄러 임마, 술이나 따르고, 그나저나 수연이는 왜 그러냐? 왜 나를 개무시하냐고 니가 좀 어떻게 해봐라."

오수연이 이야기가 나올 때쯤 됐다. 곧 여종업원들을 쫓아내고 그녀가 사는 동네로 끌고 갈 것이다. 맹목적이고, 반복적인 행태였으나 언제부터 한목이도 그녀를 보지 못하면 허전했다.

그들은 비틀거리며 오수연에게로 간다. 반송시장에 있는 동네의 포장마차다. 오동녀는 싸구려 주공아파트에 살았다. 단지는 10평에서 17평 사이의 서민 아파트였다. 그녀는 13평에 살았고 불편함은 없었다. 일터가 가까웠고 근처에 공설운동장이 있었다. 새벽이면 추리닝을 입고 운동장의 트랙을 몇 바퀴 돌고나면 새로운 하루가 기대되곤 했다.

"돈 잘 벌잖아요. 큰 아파트로 이사하지 그래요?"

누군가 물으면 오수연은 머리를 저었다.

"나는 여기가 좋아요. 나를 먹여 살려주는 곳이 이곳 반송시장이잖아요."

라고 대답했고 가능하다면 이곳에 아파트를 더 사고 싶었다. 남들은 모두들 떠나고 싶은 아파트였다.

전화를 하면 오수연은 마치 오랫동안 기다리고 있었다는 듯 추리닝 바람으로 달려온다. 빗질을 하지 않은 머리칼을 대충 묶고 건네주는 술을 따박따박 잘도 받아 마셨다.

"수연씨, 제가 이번에 아주 사고를 쳤습니다. 우리 사장한테 가서 뭐라고 말한줄 압니까,"

그 말에 긴장한 사람은 한목이었다. 수연은 재빠르게 그의 말을 막아섰다.

"오라버니들, 오늘도 찾아주셔서 감사할 따름입니다. 차라리 진즉에 술집을 차렸으면 실컷 오라버니들 덕을 보았을 것을 왜 그걸 몰랐는지……"

"수연씨, 그럴 거 뭐 있습니까. 저하고 백년가약을 맺으면 끝이지요,"

"당연 저야 좋지요. 그런 좋은 회사에서 최고 기술을 가지신 분인데 굶기기야 하겠어요."

"헤헤, 그치요? 근데 수연씨는 내가 좋아요, 이 유부남 한목이가 좋아요?"

"저는 사업하는 사람 싫어해요."

"왜요? 돈도 펑펑 쓰고 다들 지 맘대로 하는데."

"빚 좋은 개살구들이지요. 저는 그냥 기술 가진 직장인이 좋아요."

"그치요? 대신 내가 한사장은 확실히 키울게요. 우리 사장보다 더 키울 거야."

그는 탁자에 얼굴을 묻고 만다.

오수연은 한목이를 바라본다.

"오빠, 이제 이 사람을 버려. 내가 그랬지, 제일 조심할 사람은 지금 도와주는 사람이라고. 너무 친해져도 안 되고 너무 멀어져도 안 된다고. 잘못하면 의심하고 너무 잘하면 넘어서려 할 것이라고. 이 사람은 얼마 못가."

"무슨 소리야. 이 행님이 없으면 그 회사 멈춘다고."

"오빠 회사가 멈추겠지."

동녀가 싸늘한 표정을 짓고 일어섰다. 한목이는 시체처럼 널브러진 그를 일으키며 하천가로 나와 토악질을 돕는다.

'이 자식을 저 하천으로 밀어버리라고?'

그는 난간의 차가운 쇳덩이를 힘껏 잡는다.

우리가 그때 나쁜 사이였을까. 김채진은 한목이와의 과거에 대한 기억이 아련하다. 그때 왜 신안테크를 그만두었는지 기억이 없다. 다만 회사를 그만둔 이후로 인생은 뒤틀리고 꼬였다는 것이다.

사업을 아무나 하는 것은 아니었다. 운도 있어야 하고 끈기도 필요하고 용기와 비전, 그리고 자신에 대한 끝없는 확신이 필요했다. 그냥 남이 하니까 그보다야 더 잘 안하겠나 하는 생각으론 어림없는 게 사업이었다. 그때 믿고 의지했던 오너에겐 갈수록 서운하고 심술이 났었고, 자신이 밀어줘서 급성장하는 한목이에겐 질투를 느꼈고, 오수연에겐 뭔가 해내어 사랑받고 싶었다.

분명 이성적인 판단보다는 감정이 앞섰던 게 분명했다. 신안테크 사장에겐 보란 듯이 반발해 보이고 싶었고, 은근히 비교 대상이 되어버렸던 한목이에게서 자극을 받았던 게 분명했다. 탄탄대로에 들어선 전직 사장과 커가는 한목이를 보면서 왜소해져 가는 자신을 견딜 수 없었다.

최소한 한목이만큼은 되어야 된다고 생각하고 사업을 시작했다. 하지만 회사를 나오자 어떻게 됐는가. 우선 당연히 옛 직장에 찾아가 자기

집처럼 아무 물건이나 빼올 수 있다는 그 허황된 생각이 얼마나 잘못됐는가를 뼈저리게 느껴야 했다.

창업공신 아니라 그보다 더한 관계를 가진 사람도 회사를 나가면 이미 남이거나 적이었다. 오히려 회사를 너무 빤히 들여다보는 그 자체가 거래관계를 어렵게 했다. 처음엔 기다렸고 다음엔 옛 동료인 부서장들의 말을 액면 그대로 받아들였다. 곧 오다가 떨어질 것이다. 사장님이 그냥 있겠느냐, 따위로 진을 뺐다. 나중엔 직접 사장을 찾아간 뒤에야 현실을 직시했다.

그는 떠난 자에게 위로를 해주기는커녕 분노와 배신을 느끼고 있었다. 왜 떠났는지, 왜 서운했는지, 그리고 어떻게 사는지 물어줄지 알았지만 그는 자신을 떠난 자의 처참한 패배를 기다리고 있을 뿐이었다. 그때 그가 진짜 사업가 정신이 있었다면 무릎 꿇고 사정하고 매달리고 용서를 빌고 수없이 찾아가 괴롭히고 외부에서 어떻게 회사에 이익을 줄 것인지 설명하고 설득했어야 했다. 하지만 그런 판단을 하기엔 너무 경험이 부족했고 쓸데없이 자존심은 강했고, 그리고 쓸데없이 혈기왕성했다.

문제는 〈신안테크〉에서 〈칸 피스〉로 가는 물량이 급격히 줄었다는 것이었다. 마침내 그가 그토록 연모했던 여인이 한목이의 여인이라고 느꼈을 때는 이미 모든 것에 대해 자포자기 상태였다.

그런 그와 다시 만나, 불현듯 맨 먼저 묻고 싶은 안부는 오수연, 그러니까 한목이가 동녀라 부르는 그 여인이었다. 하지만 그것은 먼 옛날의 쓰라린 짝사랑에 대한 향수에 불과했고 그것을 다시 끄집어내기에는 쑥스러운 일이었다. 김채진은 이제 한목이가 시키는 대로 살 것이고 다시는 오너에게 덤벼들지도 않을 것이다. 그에게 그 옛 사랑의 기억은 영원히 박제되어야 했고 상처 난 가슴속에서 함께 아물어 사라졌어야 했다. 그것이 졸이 사는 생존 방식이었다.

김채진은 (주)대동의 소사장들을 완전히 규합했다. 6개월도 넘는 결제대금이 들어오면 자신이 막아줘서 연장시키기도 했다. 우순석이 주도면밀한 사람이었다면 그의 배려가 담고 있는 속뜻을 한 번 쯤은 의심했어야 했다.

우순석은 자신의 어음이 다른 사람의 손에 쌓여 간다는 것을 간과했다. 그는 새로운 공장 부지를 조성하고 있었고 거기에 자금을 쏟아 붓고 있었다. 그는 자금이 달리자 유통어음을 발행하기 시작했다. 그의 생각엔 지금 공장을 팔면 얼마든지 막아낼 수 있는 금액이라 생각되었다. 그리고 그 공장과 사업아이템을 덤터기를 씌워 팔 위인도 확보된 상태였다. 그리고 그는 새로운 공장부지에 값싼 공장을 지어 세를 놓고 좋아하는 낚시나 즐기며 사는 것이다.

그의 머릿속에는 낚시에 걸린 청새치가 끄는 팽팽한 낚싯줄이 떠올랐다.

'그놈에게 나머지 공장 부지를 내줄 필요가 없지.'

그의 신경줄은 팽팽히 부풀었다.

어느 날 김채진은 밀린 결제대금을 며칠 내로 해주라는 서류를 공식적으로 보냈다. 우순석은 코웃음 쳤다. 경리에게 일부 죽지 않을 만큼 입금시켜주라고 했다. 이제 곧 공장을 다른 사람에게 넘길 것이다. 그가 죽든 말든 알바가 아니었다. 그런데 그가 사무실로 찾아올라왔다.

"수금 해주라고 했는데 입금이 안됐네요."

"아이고 저도 지금 힘들어 죽겠어. 잘 버텼잖아요."

"이젠 못 버텨요."

그가 내려갔다. 그 뒷날 출근하자 공장의 모든 기계가 꺼져 있었다. 김채진을 찾았지만 행적이 묘연했다. 일부 남아있는 소사장들도 뒷짐을 진 채 허둥대는 그 꼴을 지켜볼 따름이었다.

그 다음날도 그가 나타나지 않았다. 주거래 업체에서 난리가 났고 관계자들이 몰려왔다. 그제서야 김채진이 나타났다.

"돈 주면 돌리지요."

"그래, 주지. 주고 말고."

그는 망설였던 공장매각을 당장 진행해버릴 참이었다.

'그까짓 거 조금 양보해도 손해 볼 건 없지.' 그는 여전히 여유로워 보였다.

한목이 사장이 그의 사무실로 들어온 것은 오후 늦게였다.

"한사장님 계약합시다."

우순석은 다급하게 결론을 내렸다. 벌써 일 년여 전부터 이 어리숙한 작자를 노리고 있었는데 호혜를 베풀듯 서류를 내밀었다.

"아니요. 나는 좀 생각이 많아졌어요."

"아니, 갑자기 왜요? 언제든 결심만 서면 인수한다고 했잖아요."

"당신 같으면 돌아가지도 않는 공장을 사겠어요. 더군다나 이 불경기에."

한목이는 무슨 말도 듣지 않았다. 진땀이 흘렀다. 당장 공장부지조성에 들어가는 잔금이 걱정되었다. 김채진이 올라왔다.

"왜 기계를 안돌려? 고발할거야!"

악을 썼지만 그는 빙긋이 웃었다.

"5일 후 어음 만기란 거 알고 있지요? 더 이상 내 돈으로는 못 막겠네요."

"연장, 연장 해줘야지."

우순석은 허우적거린다. 허망하게 무너지는 그의 세계를 보고 있을 것이다.

17. 음모와 배신

"이쪽으로 앉으시죠. 사장님은 안 계신데......"

고종수는 난방용 전기히터를 손님에게 내밀고 힐끗 쳐다본다. 겨울 날씨치고는 그리 춥지도 않았지만 몸은 잔뜩 웅숭그려져 있다. 늘 곁불을 쬐온 인생이었지만 이번만은 좋은 결과가 있으리라 기대했다.

"고종수 사장님이신가요?"

"그야, 지가...... 예, 사장. 대표이사죠."

빌어먹을 관공서에서 온 작자는 아닌데. 일부러 목소리를 낮게 깔고 상대의 동태를 살폈다. 와이셔츠에 넥타이를 매고 깨끗한 작업복을 걸친 품이 뭔가 모르게 분위기를 압도했다. 고종수는 은근히 밀리지 않을 심산으로 담배를 꺼내 물고 힘껏 연기를 내뿜는다. 여긴 내 구역이야. 그는 수캐처럼 오줌이라도 갈겨서 영역을 표시하고 싶었다.

"인사드릴게요. 성현태입니다."

성현태가 명함을 내밀자 고종수도 주섬주섬 지갑 속에서 명함을 찾았다. 이제까지 콧구멍을 쑤시던 손가락에 명함이 잡혔다. 가짜명함은 찜찜하게 구겨져있다.

내가 사장이지. 그럼. 허영심이 발동했다. 그는 고향 가는 길에 자신을 추월하는 차를 따라잡으려고 정작 나가야 할 인터체인지도 포기하고 레이스를 펼치며 오기를 부린 적도 있었다.

"공장을 보러 오셨나요?"

"공장보다는 안에 있는 금형들을 좀 보러왔습니다만."

"아, 예. 굉장하지요."

그는 불필요하게 크게 웃고 나서는 체면 없이 얼굴을 들이민다.

"그런데 어떻게 아시고?" 속삭였다.

"우리 회사에서 필요한 것인지나 일단 보고 싶습니다만."

"다들 납품 단계에서 안 나간 물건들이지요."

"공장도 내놓았던데요?"

"안에 있는 기계와 금형들 땜새 뭉개고 있는 거지. 아, 껍데기만 날릴 것 같았으면 진즉 해치웠지유. 암요, 제가 명색이 부동산업잔데"

아니면 딴 데 가보라는 투로 말하는 고종수의 짙은 눈썹이 씰룩거린다. 하지만 상대방은 그제야 느긋하게 담배를 꺼내 물고, 불안정하고 공격적인 애완견의 성격이 누그러지기를 기다리는 조련사처럼 단호하게 버티고 있다. 도무지 속을 알 수 없는 검은 눈동자에서 반짝거리는 눈빛은 고종수를 심란하게 했다.

"공장 내부를 좀 볼 수 없나요?

"그야...... 하지만 사진은 못 찍어요."

벌써 몇 놈이 왔다갔다. 공장 안에는 이름 모를 기계들과 금형들이 잔뜩 깔려 있다. 아내가 그 빌어먹을 것들이 수억의 가치가 있다고 말하지만 않았다면 고종수는 여기 이렇게 초조하게 앉아있을 필요가 없었다.

부동산중개인인 그가 난데없이 남의 영역으로 불쑥 들어온 것이 패착이었다. 결국 과도한 욕심 때문이었다. 이 공장의 실소유주는 서정표다. 그가 수 년 전 이 공장을 자신을 통해 사들였고 그 인연으로 알고지내다가 최근에 느닷없이 공장을 급히 매각해주라는 주문을 해왔다. 하지만 공장은 쉽게 매각이 되지 않았다. 그러면서 들락거리게 된 게발목이 잡혀버렸다. 그렇다고 크게 손해보고 앉아있을 자신이 아니었다.

공장이 매각되면 갚는다는 조건으로 돈을 빌려주면서 고리이자를 떼먹는 재미는 쏠쏠했다. 하지만 아내가 그 공장을 통째로 잡으면 돈이된다고 하는 바람에 일이 꼬이기 시작했다. 아내는 고급정보인 양 공장의 지그와 금형값이 대단하다고 일러왔다. 공장 안에는 모체의 갑작스런 도산으로 금형 등 지그가 가득 쌓여있었다. 그는 그것들을 한낱고철덩어리로 보았다. 아내가 이 공장에 근무한 경력이 있어서 무시하기 힘든 정보였다.

"아직 멀쩡하네."

공장 안을 둘러본 성현태가 방수포를 벗기며 말했다.

"돈이 좀 되겠어요?"

속없이 묻고 만다.

"수억은 되겠네. 얼마나 싸게 줄지는 몰라도."

"그래요?"

엉겁결에 맞장구쳤지만 곧 정색하고 말했다.

"우리도 헐값에는 안 팔지요. 바로 현장에서 필요한 물건인데."

"서정표 사장은요? 어디 가셨나요?"

갑자기 서정표를 찾자 기분이 싸해졌다. 어쨌거나 명함까지 파주고모든 일을 맡고 있는 그였다.

"서정표는 일 보러 갔지요."

일부러 호칭을 생략했지만 씨도 안 먹혔는지 대꾸도 없다. 놈은 이곳 사정을 훤히 들여다보고 있다는 표정이었다.

고종수는 날카로운 상대방의 눈빛을 슬그머니 피했다. 뭐라고 해야 놈이 나를 업신여기지 않겠는가. 대표이사를 놔두고 서정표를 찾다니. 고향 서산에 부모에게 곧 물려받을 땅이 몇 천 평 있다고 구라를 떨까, 덧붙여서 그 곳이 공단으로 지정되었다고 부앙을 떨어서 놈의 기를 죽여 놔야 할까. 놈이 감히 자신의 너저분한 삶을 들여다 볼 수도 없을 테고 설령 나중에 들통이 난다고 해도 볼일이 얼마나 더 있겠는가.

인간이란 얼마나 간사스러운가. 돈이라도 있는 척 하거나 사회적 위치에 있는 사람들과 관계를 맺고 있는 냄새만 풍겨도 대하는 태도가 급변하잖은가.

"그럼 나중에 올까요?"

"아니요. 제가 다 결정합니다."

고종수는 담배 진으로 튀어나온 입술을 물고 뜯는다.

이런 개뻑따구 같은 게, 이미 제 별명이 되어버린 지도 모르고 그 '개뻑따구'가 튀어나왔다.

"그래도 그분이......"

"서정표는 이미 끝났어요. 제가 결정해요. 내 돈이 얼마나 굴러간 줄 알아요? 세금, 각종 공과금 내가 다 내요."

고종수는 큰 소치지만 그는 듣고 있지 않은 듯 했다.

"미팅 날짜 기다릴게요."

성현태는 일어섰다. 묘한 웃음 뒤엔 다부진 옹니가 드러났다. 고종수의 이마에 굵은 주름이 잡혔다. 그는 곧 코틸을 뽑아내고 긴장을 풀며 수를 계산했다.

고종수는 이리저리 돈을 굴리고 있었다. 은행에서 저리로 빌려와 사사로 고리의 이자를 챙겼다. 처음부터 고리대금업을 하자고 덤빈 것은 아니었다. 또한 그럴만한 여유 돈도 없었다. 천 원이 있으면 백만 원이 있다고 자랑했고 백만 원이 있으면 수십억이 있는 것처럼 행세를 하자 희한하게도 쉬파리들이 몰려들었다.

고종수는 처음으로 어떤 사람들은 진짜 몇 십만 원도 빌릴 데가 없다는 걸 알았다. 그 많은 사채업자들이 왜 설쳐대고 그 비싼 이자를 쓰는 수요자가 왜 그렇게 많은지 알았다. 처음엔 남한테 백 원짜리 하나도 빌려 줄 수 없는 성정의 그가 재미를 붙인 것은 단돈 이십만 원이 몇 달새에 오십만 원이 되는 것을 경험한 후였다.

그는 이제 월 10부 이하의 금전거래는 하지 않는다.

'타인의 피를 빨려면 확실히 빨아라.'

그가 할 수 있는 변제불이행에 대한 최소한의 원칙이었다. 이자가 원금이 넘는 시점만 버텨주라, 그는 늘 기도했다.

서정표와의 거래는 특별한 케이스였다. 놈하고 엮이게 된 것은 그의 언변도 처세술도 아니었다. 퍽 다정하지도 않은 아내가 기가 막힌 정보를 제공해왔다. 아내를 미덥지 않은 서정표의 회사에 넣은 게 늘 찜찜했지만 마지막에 요긴하게 써먹게 된 셈이었다.

고종수는 이 기회를 잡아 환골탈태를 꿈꿨다. 평생 남의 복덕방 한 쪽에 얹혀 잔챙이들 이자나 뜯어먹고 살 수는 없었다. 명절이면 어쩔 수 없이 고향 아산에서 부딪히는 친구들과 친척들에게 그럴듯한 명함도 뿌리고 싶었고 좋은 차를 타고 과시도 하고 싶었다.

'놈을 먹어 버리자.'

돈거래는 삽시간에 커졌다. 배수구가 열린 욕조의 물처럼 그에게 돈이 흘러갔다. 바닥이 보일 때쯤에야 약간의 불안이 밀려왔다. 이제 그의 알몸뚱이가 드러나기 전에 마지막 활시위를 당겼다.

서정표가 정확히 사정권에 들어왔다.

"한 번만 더 도와주면 안 되나?"

"공장도 안 팔리고 둘 다 죽게 생겼시유."

"그라머, 내 말 안했는데 공장 안에 있는 금형들 담보로 할텐게 마지막으로 크게 좀 도와주라.

"그깐게 먼 돈이 된다고유?"

고종수는 시치미를 떼었다.

"돈요? 그기 수억 어치요. 내 피와 꿈같은 것이고."

"내가 언제 담보 보고 돈 빌려 줬어유? 공장 팔리면 재기하라고 빌려줬지. 좋아유. 사장님 망하면 고철이라도 팔아. 쌀은 사야 되니 그걸 형식적으로 잡지 뭐."

그는 아무것도 모르는 척 각종 금형들을 담보로 설정하고 계약금을 던졌다. 거기까지가 서정표와 아내에 대한 신뢰였고 담보할 수 있는 마지노선이었다.

그런데 입질이 왔다. 바로 물건들을 사겠다는 놈이 나타난 것이다. 그는 곧바로 휴대폰을 들었다.

성현태가 서정표에게 선이 닿기 전에 잔금을 입금시켜야 했다. 그동안 미심쩍어 망설였던 부분과 아내를 못 미더워한 게 후회됐다. 하지만 서정표는 연락두절이었다.

'자슥이, 빚 내놓으라고 한 것도 아닌데.' 그는 하도 애가 타서 아내 엄지예에게 전화를 했지만 받지 않는다.

서정표는 차를 몰고 가포를 지나 저도 연육교로 향했다. 시내를 벗어나자 마음이 한결 편해졌다. 살고 있는 공간을 벗어나는 것 자체도 해방감을 주었지만 왠지 찜찜한 만남에 대한 부담을 털어버릴 수 있는 곳으로는 제격이었다.

그는 옆 좌석 여자의 머리칼을 손으로 매만져본다. 이 빌어먹을 여자와도 오늘이 마지막일 거라고 생각한다. 하지만 다시 못 만난다고 생각하자 뭔지 모르게 아쉬움이 일었고 그것은 성적 흥분으로 발전되었다. 이런 년을 데리고 이렇게 좋은 곳에서 아까운 시간을 보낸다는 게 한심스럽기도 했지만 이제 마지막 목표의 종지부를 찍어야 했다.

손가락이 그녀의 가슴 속으로 들어가자 구복 앞바다의 봉긋봉긋 돋아 있는 섬들이 나른하게 펼쳐진다. 바다는 호수처럼 잔잔하고 물결은 섬들을 감싸며 흐른다. 여자는 행복에 겨워 어깨에 얼굴을 묻고 질세라 바지춤에 손을 집어넣는다. 처음부터 이 여자와 이런 관계까지 갈 줄은 몰랐다.

빌어먹을 우순석이 파산만 안했어도 공장을 내놓을 필요도, 고종수의 아내 엄지예도 만날 이유가 없었다. 여자가 고종수의 아내라는 것, 띠동갑이나 된다는 것 등으로 죄의식을 느끼는 것은 아니었다. 그에게 성적 터부는 없었다. 친구 마누라건, 마누라 친구건, 부모 형제지간 빼고 여자라는 것들은 오직 성적 도락을 함께 할 수만 있다면 그만이었다.

"전화 계속 오네. 받아"

"무음처리 해놓을게."

"종수 보면 기절하것제?"

"어어응,"

엄지예가 애인의 야유에 양심에 가책을 느꼈는지 아니면 애인의 비꼬는 말투가 그래도 거슬렸는지 바지에서 손을 뺀다. 눈을 흘기고 허벅지를 꼬집는다.

세상 모든 것을 가진 듯 큰소리 쳐대는 고종수가 이런 관경을 본다면, 생각만 해도 고소했다. 뭐한다고 이 여자를 건드렸는지 늘 후회스러웠지만 이젠 요긴한 보물처럼 느껴졌다.

언젠가 온갖 자격증이 있으면서 직업 없이 논다는 고종수의 마누라를 회사에 채용했는데 나름 일처리를 잘했다. 단단한 허벅지가 일품이었던 엄지예와 한 번 엎어졌지만 그것으로 끝이었고 불편했는지 곧 퇴사해버렸다. 그런 그녀와 다시 만나 살을 부벼대고 간지러운 대화를 나누게 될 줄은 꿈에도 몰랐다.

거래처 폭망으로 공장까지 내놓게 된 서정표를 고종수는 고소해했다. 특별한 이유 없이 마누라를 내보낸 구원 때문이 아니라 천성적으로 남이 잘되는 꼴을 못 보는 위인이었다. 자존심이 상해 다른 부동산에 공장을 내놓았는데 귀신같이 정보를 얻어듣고 들이닥쳤다.

"나를 놔두고 다른 놈들과 거래하면 되는가요. 최대한 빨리, 최대한 비싼 가격으로 살 봉을 물어다 드릴게유. 믿어주세유."

눈곱만한 이익이라도 있으면 엉켜 붙고 필요 없으면 가차 없이 짓밟고 모른 척하는 위인이 두 손을 비비고 들어왔다. 녀석과는 애초부터 거래하고 싶은 생각이 없었으나 이자 받는 재미에 선선이 푼돈이라도 빌려주는 놈에게 의지하면서 이상한 관계로 접어들었다.

돈 몇 푼 빌려주고 고리 이자 받아 챙기면서 온갖 생색내는 놈이 늘상 불쾌해 하루라도 빨리 공장을 정상화시키고 싶었지만 모든 게 여의치 않았다. 점점 더 놈에게 돈을 차용해가면서 나중에는 정말로 공장을 팔지 않으면 안 되는 상황에 이르고야 말았다. 하지만 아직은 포기할 수 없었다. 조금만 버티면 새로운 일거리가 들어올 것이다.

고종수에게 공장매매를 일임하며 얻어 쓴 돈의 크기가 커지자 서정표는 비장의 카드를 꺼냈다.

"대표이사를 드릴게요."

느닷없는 제의에 그는 눈을 끔뻑거리고 의미를 곱씹었다. 그리고 다음날 나름 정리를 해왔는지

"남의 집 몰살시킬 일 있어요?"

그리고는 익월말까지 빚을 안 갚으면 임의처리 해버리겠다고 협박했다. 처음부터 계산이 된 놈의 치밀한 계획에 말려든 것이다.

"그건 아니잖아."

"형님, 보세요. 형님이 싸인했어요. 돈 빌려갈 때 안 갚으면 맘대로 하라고. 사람이 왜 똥누러갈 때하고 나올 때 틀려요?"

서정표는 사실 공장을 내놓았지만 바로 팔 의도는 없었다. 답답해서 빚이나 갚을 수 있을지 가늠해볼 요량이었고 여차하면 정리하고 세를 살면서 후일을 도모하려 했다.

노골적으로 덤벼드는 고종수와 한바탕 실랑이를 하던 중 다시 그가 자극했다.

"솔직히 우리 마누라 필요할 땐 군말 없이 데려가 써놓고 아무런 예고도 없이 잘라버린 사람을 어떻게 믿어유?"

"느그 마누라는"

자기가 스스로 그만두었다고 말하려다가 거기에 키가 있다고 번뜩 머리에 떠올랐다.

'그래, 느그 마누라를 조져놓지.'

그렇게 결심했고 그날 밤 그녀를 불러냈다. 그리고 고종수는 허울 좋은 대표이사가 되어 끊임없이 돈을 대주고 있었다.

"지가 뭘 해준 게 있다고요. 다른 이야기해요. 그 사람한테 천금이 있

어보아요. 내게 돌아오는 게 있을까 봐요?."

"우리 대표이사한티 그라면 되는가?"

조금 미안하기도 하다. 여자 배는 타도 등은 안타고 살았는데 엮어지다 보니 어쩔 수 없었다. 성현태가 거드름을 잘 피웠는지 고종수는 발발이 전화질이다.

'조금만 더 기다리자. 놈이 완벽하게 물때까지.'

서정표는 조급함을 눌렀다.

'한데 성현태 한테는 얼마나 떼 주지?'

그리고 보니 놈에게는 두루뭉술 이야기했지만 놈은 계산이 있을 것이다.

'근데 도대체 그놈의 직업이 뭐였지?'

새삼 오래전에 알고 지냈지만 놈에 대해 전혀 모른다는 것을 알았다. 은행을 나와 기업컨설팅을 한다는 놈, '도대체 그기 뭐지? 컨설팅!' 어떻든 그 지긋지긋한 공장 모두 이년 남편에게 몽땅 잡수게 하고 가버리면 그만이었다.

"우리 남편이 얼마나 욕심 많고 이기적인데. 조심해요."

"나는 차라리 당신 남편이 사장이 됐음 좋겠어. 나는 당신하고 놀러나 다니고. 헤헤헷!"

엄지예는 눈을 흘긴다. 작고 치켜 올라간 눈은 강한 맹수를 연상시키기도 해 섬뜩하기도 하지만 그녀가 가진 엄청난 에너지를 생각하면 차고 넘치는 거센 물결처럼 호흡을 가쁘게 했다.

그녀는 손끝만 대도 이내 오그라지고 팽창해져 끓어오르는 뜨거운 솥이었다. 하지만 늘 욕망의 밑바닥에는 그녀에 대한 혐오와 불신이 가득 차 있었다. 버릴 카드, 허구 많은 여자 중에 이 여자와 바람의 종착지에 도달하고픈 생각은 애초에 없었다. 언젠가는 혐오할 대상에 불과

할 것이다. 이 세상에 얼마나 많은 여자들이 치마를 걷어 올리고 싶어 환장하는가.

"진짜 신랑 여깄네!"

엄지예는 콧소리를 내며 안겨든다. 드센 여자가 이렇게도 변하는가. 쾌활하고 명랑하다고 해야지. 다시 만나 처음 잠자리를 했을 때는 여전히 키스도 형편없었고 몸은 나무처럼 굳어 있었고 애무는 젬병이었다. 하지만 포기하지 않고 계속해서 불을 지피자 비로소 불붙은 생나무가 타듯이 강렬하게 타고 올랐다.

자지러지는 신음소리를 시작으로 그녀의 내면에 오래도록 고체화된 에너지가 밖으로 터져 나왔다.

'꼭 한 번만 제대로 해보고 싶었단 말이야. 제대로 못해서 너무 창피했다고.'

그녀가 등을 손톱으로 찍어왔다. 그녀는 예상을 깨고 그의 물건을 단단하게 했다. 발기부전치료약까지 먹고 덤빈 첫 성관계는 이제 그녀 자체가 발기부전치료약이었다. 그녀는 이제 뜨거운 솥으로 변해 있었다.

처음 만났을 때 안면 가득 숨겨진 어두움은 이젠 어느새 사라지고 없다. 아내도 다른 남자를 만나면 이리 될까. 설마 그 나무토막 같은 그 여자가…… 부딪쳐오는 여자의 접촉에 기분이 좋아진다. 이 여자에게 완벽하게 포획되어간다는 것이 성가심보다는 행복감에 가까워졌다.

탐욕과 질투, 욕망과 의심으로 시작되었지만 끝없는 자극에 의해서 깊은 내상속의 접붙임을 이루며, 고단한 삶의 도피처로 자리해갔다. 결국엔 분란과 갈등, 원망과 불화의 씨앗으로 자라겠지만 지금은 그 불온한 잉태의 두근거림도 설렘이었다.

"우리 멀리 도망가 버릴까?"

연육교 앞 주차장에 차를 세우고 점퍼를 입혀주고 서정표는 농담처럼 묻는다. 그녀가 연신 고개를 끄덕인다. 눈이 뒤집힌 여자라고 느끼는 순간 오히려 자신이 그런 상황이 아닌가 두렵다.

두 사람은 '콰이강의 다리'라 불리는 철제다리를 건너며 사진을 몇 장 찍었다. 곧 휴대폰에서 지워질 영상이지만 맘껏 포즈를 취해본다. 우리는 행복하고 다정한 연인이다. 그리고 그 행복은 영원할 것이다.

서정표는 다리 난간에 수없이 걸어 둔 사랑에 맹세를 담은 자물통들을 바라본다. 다들 확신이 없는 거지. 그 사랑이라는 것이. 거기 난간 한가운데 영어로 된 맹세도 보인다. '끝없는 사랑!' 그녀가 알은 채 한다.

－－－－－목이 그리고 선－－－－－

날짜는 지워지고 없었다.

"다음에 우리도 열쇠 사서 걸어놓자 응?"

엄지예는 얽혀 채워 둔 열쇠뭉치들을 만져보고 새겨진 글씨도 소리 내어 읽어본다.

'이 바닷물이 다 마를 때까지 사랑하자.'

'무조건 사랑하는 걸 어떡해.'

'아무것도 따지지 말고 사랑하자.'

'연육교 다리가 녹는 속도로 우리 사랑 같이 가자'

많이도 쓰여 있다.

멀리서 어선 한 척이 빠른 속도로 물결을 헤치며 다리 쪽으로 다가온다. 엄지예는 손을 흔들어 본다. 하늘은 맑고 공기는 차지만 바람은 없다. 갈매기 떼들이 바다에서 떠올라 푸른 솔숲으로 사라진다.

아내와 함께 왔더라면 어땠을까 하는 생각을 해본다. 끔찍했을까, 아니면 이 여자의 거리만큼 가까워질까. 부질없는 생각에 씁쓸해진다.

아내는 춥다고 차에서 내리지도 않고 이 좋은 공기와 풍광을, 아직 존재해야 할 흥분과 애로를 느껴볼 기회조차 주지 않았을 것이다.

울적해졌지만 엄지예의 허벅지를 만지고 저도의 '비취로드'를 걸으며 사람들 눈을 피해 즐기는 접촉이 곧 기분을 끌어올린다. 물이 빠진 해안선을 따라 조개를 캐는 현지인들과 행락객들이 갯가로 쏟아지는 바람에 둘레길에서 마주치는 사람은 거의 없다. 그들은 누가 먼저랄 것도 없이 길을 벗어나 비탈을 타고 내려와 해변의 바위틈으로 숨어들었다.

"하자."

서정표가 급하게 뒤로 다가왔다. 허리띠가 풀어진 것은 잠시였다. 이미 엄지예의 계곡은 축축해져 있다. 커다란 손이 허리 안쪽으로 들어와 탱탱해진 젖가슴을 파고들면서 단단하고 뜨거운 그의 일부가 엉덩이에 닿는다.

엄지예는 눈을 감는다. 도무지 거부할 수 없는 욕망의 불길이 파고 들어왔다. 처음엔 무섭고 두렵고 수치스러웠던 그것은 이젠 자랑스러움이고 생의 덕지덕지한 권태를 깨뜨려주는 생명수 같은 존재다. 심장은 아프게 뛰기 시작했고, 혈관은 팽창해 달릴 수 있는 피를 최대한 빨리 돌게 했다.

그녀는 거칠고 쥐어뜯을 것 같은 애무에 몸을 꼬면서도 낭떠러지 같은 희열의 경사에서 떨어지지 않기 위해 손을 뻗어 그의 힘차게 일어난 굵고 단단한 남근을 움켜쥐고 세차게 움직였다. 엉덩이를 금방이라도 차고 들어올 것 같은 그의 물건이 숨바꼭질하듯 사라졌는가 싶었는데 뜨거운 혀로 돌아와 유방 사이로 들어와 있었다.

그녀는 억지로 신음을 참아내며 졸도해버릴 것 같은 쾌락의 난간에서 방황하다가 마침내 주체하지 못하고 스스로 엉덩이를 길게 뺐다. 타이밍을 놓치지 않고 눈치 빠른 그의 물건이 항구로 접안하는 군함처럼 주저 없이 들어왔다.

아, 짧게 터진 신음은 그의 이가 등짝에 찍힐 때쯤에는 참을 수 없는 포효로 변해버렸다. 수치와 죄의식이 능선에서 무너지며 신음소리는 바위틈으로 새어나가 바다로, 숲으로 밀려갔다. 푸드득 새들이 몸을 떨고 창공으로 솟구쳤다고 생각하는 순간 그의 절정이 축축한 숲을 강으로 만들어버렸다. 부드러운 그의 손이 사공처럼 노를 저으며 편안한 접안을 허락했다.

이 남자를 위해서 나는 무엇을 해야 하나, 엄지예는 울음이 터질 것 같다. 하지만 그것도 잠깐, 엄지예는 격정이 지나간 장소를 깨닫고 나서야 서둘러 바지를 올린다.

한바탕 감탕질에 정신이 몽롱하다. 그녀는 연신 '미쳤어.'를 연발했다. 다 고백할까, 그 사이 어설픈 육정이 들었을까, 서정표는 다시 한 번 여자를 탐하고 만다. 이 여자하고 진짜 도망갈까, 충동이 인다.

돈이 들어오면 사기꾼놈 같은 성현태에게 몇 푼 떼 주느니 철없이 구는 이 여자를 맡겨 놓자고 생각하자 흐뭇해진다.

코트가 다섯 개인 테니스장에는 단 한 팀만이 혼합복식으로 운동을 하고 있었다. 퇴직한 교육 공무원들로 부부는 아니었지만 친밀도는 높아보였다. 오랫동안 해온 운동이라서 그런지 과격한 운동이었지만 편안하게 게임을 즐겼다.

가끔씩 가져온 음식으로 체력을 보충하고 우의를 다지는 모습이 열띤 연애라도 하는 듯 쾌활한 웃음이 공기를 갈랐다. 반면에 한목이와 그의 파트너는 으르렁거리는 맹수처럼 온 힘을 다해 라켓을 휘둘러댔다. 가끔씩 어이없는 실수나 놀라운 리시브에 박장대소하지만 최대한 게

임에만 집중했다.

한목이의 머릿속도 복잡했지만 코치도 상대의 기분을 맞춰줄 여력이 없어보였다. 허혜지는 서른셋이다. 오동녀가 22살에 낳은 아이는 벌써 아름답고 건강한 여자로 늘씬한 하체를 뽐내고 있다. 청소년 시절 연식선수로 뛰었던 경험이 있는 그녀는 한목이의 서비스를 가볍게 받아 넘기며 이리저리 공을 넘기며 애를 먹였다.

그녀는 화장기 없는 민낯인 경우가 대부분이었으며 수다스럽고 쾌활했다. 어린 나이에 외국에 나가 고생한 흔적도 부모의 그늘도 없어보였다. 한목이는 허혜지만 보면 모든 시름이 다 가셨다. 회사일도 척척 잘해내지만 그냥 옆에 있는 것만으로도 행복했다. 그런 그녀가 일 년 전부터 테니스레슨을 시켜준다고 할 때는 한사코 사양했지만 지금 생각하면 너무나 잘한 결정이었다.

부도난 이상혁이와 테니스를 친 이후 처음이었다. 처음엔 호흡도 제대로 안되고 폐가 터지도록 아팠지만 이젠 혜지를 이겨보려고 덤벼들었다. 하지만 그 패기는 기술 앞에선 늘 무력했다. 어떨 때는 매치포인트까지 가는 경우도 생겼지만 아무래도 봐주는 느낌이 역력했다.

그녀는 '아빠, 이쪽! 아빠, 저쪽!' 하며 소리를 쳤다. 회사에서는 사장님 대접을 감쪽같이 잘해내면서 사석에선 친아빠처럼 불러댔다.

"힘드시죠? 아빠."

거친 호흡 때문에 허혜지의 붉은 혓바닥이 드러났다. 건강한 혀였다.

"여기요 아빠!"

거칠게 숨을 몰아쉬는 그에게 타월을 내민다. 뽀송뽀송한 타월이다. 그녀도 송글송글 맺힌 이마를 타월로 훔치고 있다. 제 엄마를 닮은 코와 눈이 유독 예쁘다. 가슴은 터질듯이 부풀어 올라있다.

그녀의 엄마 오동녀는 그 나이에 인생의 가장 힘든 터널을 지나고 있었을 나이다. 그녀처럼 가슴 한 번 제대로 드러내지 못한 채 오동녀는 젊음을 외면했을 것이다.

"먼저 갈께요. 아빠는 좀 더 연습하고 오세요. 그런 실력으로는 어림 없어요. 평생 저를 못 이긴다고요."

"한 판 더 붙자."

"안돼요, 아찌. 회사일은 누가 하고요?"

그녀가 손을 흔들고 사라진다. 한목이는 오랫동안 그녀의 뒷모습을 지켜본다. 머릿속에 그녀의 생모인 오동녀가 겹친다.

어떤 경로로 왔는지 모르지만 서정표가 그의 사무실을 찾아왔다. 몇 십 년 전 뒤지게 싸운 뒤로 안면 까고 살아온 작자다. 그도 이제 귀밑에 흰머리가 보일만큼 나이 들어있다. 벌써 사십구 세라며 그 사십구 세를 못 넘기고 운영하던 회사가 엉망이 되어버렸다고 너스레를 떤다. 허긴 그런 특별한 사연이 없으면 찾을 위인이 아니었다. 큰 키는 살이 조금 더 붙어 훨씬 더 커보였지만 경솔함은 예나 지금이나 비슷해 보였다.

"아이고 지는 마 요즘 좆도 안 스고. 사장님은 대기업 만드셨네요."

호들갑을 떨어온다.

"그래, 무슨 일로?"

한목이는 용건만 말하라고 다그쳤다. 막 베트남 하이퐁 주물공장을 방문하고 아침 비행기로 들어와 씻지도 못한 상태였다. 너저분한 상태에서 너저분한 놈을 만난다는 것이 유쾌하진 않았다.

"사장님께서 사업 확장한다는 소식을 듣고 혹시 제가 도움 줄 수 있는 일이 없을까 해서요?"

"도움요?"

"제가 펌프관련업에 종사하고 있어요. 내가 그쪽 금형은 다 파내죠."

녀석이 냄새라도 맡았다 말인가.

"나는 펌프 펌자도 모르는데."

"예이, 사장님 제 귀가."

그는 긴 귀를 늘어뜨렸다.

"그기 당신하고 무슨 관련이 있나?"

"아이고 사장님, 제가 대한민국의 거짓말 조금 부치면 밸브 펌프 형태는 죄다 내 손에서 거쳐 가요."

그래, 그러고 보니 그와 처음 만날 때도 금형기술자였고 그때는 사출 금형을 하고 있었다. 한목이는 그제야 직원을 부른다. 그 직원은 그의 방 너머에 있는 허혜지다. 그녀는 흙밭의 테니스장을 뛰며 소리 지르는 그녀와는 전혀 다른 모습으로 나타난다.

머리를 단정하게 뒤로 넘기고 옅은 화장을 하고 입술에 립스틱을 한 숙녀였다. 그녀가 같은 사무실에 어여쁘게 피어있는 게 믿어지지 않았다. 그녀가 차를 갖다 주고 제 자리로 갔다. 그녀의 실루엣이 유리창 너머로 어른거린다. 그녀가 가까이 있다는 것은 그 옛날의 오동녀가 옆에 있다는 것이다.

"얼마 전 부도난 대동, 사장님이 인수한다면서요?"

"내가?"

"부도나기 얼마 전에 제가 눈치 채고 그 찔긴 놈이 물품대를 하도 안 주길래 대신 금마가 보유한 금형을 주물공장에서 죄다 빼왔지요. 다 제가 제작한 거지요. 억울하게도 그놈이 주문한 새 금형인데 우리 공장에 고대로 있어요. 걱정 마세요."

"뭘 걱정 말라는 건지."

한목이의 머리는 재빠르게 돌아갔다. 놈은 금형을 쥐고 있으면 대동을 인수한 그 누군가가 당연히 찾아올 것으로 믿고 있었던 것 같다. 아니면 발주처에서 안달이 나서 회수해갈 거라 믿었던 것 같다. 그러나 초조해진 것은 본인이었을 것이다.

"금형이야 새로 파면 되지. 발주처에서 일을 그대로 받느냐가 문제겠지."

"아이고 무슨 말입니까, 소재산업도 그렇지만 금형이 단번에 만들어지는 줄 압니까? 수많은 시행착오를 겪으면서 비로소 완성된 주물 틀이 나오는 거지요. 조금 씩 조금 씩 잘못을 변경하고 수정하고 기록해서 그 축척물이 나오는 거지 감나무에서 감 따듯 되는 줄 압니까?"

한목이는 한참동안 그가 떠들도록 나둬 버렸다. 그의 약점이 그러날 때까지 살펴볼 시간이 필요했다. 요는 그 금형을 대동을 인수한 사람에게 넘기겠다는 뜻이었다. 한목이는 시치미를 떼기로 했다.

"이상한 소문이 난 모양인데 나는 그런 허접한 공장을 그렇게 비싼 가격에 살만한 바보는 아니야. 다만 우순석이하고 같이 진행했던 공장용지 때문에 그런 소문이 돈 거겠지. 그가 그렇게 허술한 사람인줄 몰랐지만 덕분에 그 공장부지까지 내가 덤태기 썼구만."

'개소리하고 있군.' 서정표는 쏘아주고 싶었다.

"아마도 나하고 친한 형이 대동에서 소사장 하는 형이 있어요. 그게 와전된 모양인데 어쨌든 그 김채진씨를 만나 보세요."

"왜 안 만나 봤겠어요."

"그를 만났다고요?"

"아 당연하죠. 금형이 있어야 소재가 찍히고 소재가 있어야 가공 하고 조립하죠. 다들 분업화 되어 있는 게 산업생태계예요. 누구 하나 땡고 집 피우면 여러 사람 피곤해요. 그 양반이 직접 양산가공 공장 하고 싶어 하드마요."

한목이는 누구를 얼마나 믿어야 할지 가늠해본다. 김채진은 분명히 금형을 훑어간 사람을 찾고만 있다고 보고했다. 그날 오후 뜻밖에도 김채진이 회사로 급히 들어왔다. 그가 금형을 쥐고 있는 사람을 알아냈다고 자랑스럽게 보고했다.

한목이는 하마터면 중고기계는 현금을 다 주고 샀느냐고 다그칠 뻔했다. 그리고 이제 자신을 넘어 펌프 공장을 하고 싶냐고 묻고 싶었다.

'참을 줄 알고 기다릴 줄 알아야 된다. 모든 것이 아가리에 들어올 때까지 표정 하나 변하지 말고 기다려야 한다.'

그는 근질거리는 목소리를 참았다.

"그걸 흥정해 보세요."

"그러지요. 제가 최대한 싸게 사볼게요."

이제 놈은 그 금형이란 것을 지렛대로 한 번 더 우려먹을 심산인 모양이다. 한목이는 나가려는 그를 세웠다. 그리고 예쁜 허혜지를 불렀다.

"혜지씨, 이분한테 전번에 기계대금에 대한 계약서 안 썼던 거 있던데 서로 내용 조율해서 올려 보내고 직인 찍고 공증하세요. 사장님, 요즘은 왜 이렇게 건망증이 심한지 원."

김채진의 얼굴 색깔이 하얘졌지만 애써 태연하게 그러겠다고 대답한다.

2004년 겨울이었다.

"한사장 이거 한 번 해보소. 내가 금형 개발한긴데 휴대폰에 들어가는 커버다. 이기 미는 휴대폰에 들어가는데 엄청나게 팔릴 거라듬마."

마흔 살 한목이는 문형렬과의 동업전쟁으로 깊은 내상에 빠져있을 때 삼십 대 중반의 서정표가 불쑥 찾아왔다. 그가 내민 것은 가로세로 5센티미터 정도 되는 알루미늄 소재였다. 그즈음 서정표는 남의 공장

한 쪽을 세 얻고 머시닝 센터 한 대를 사들여 금형가공을 하고 있었다.

그는 스스로 최고의 기술력을 가졌다고 떠벌리고 다녔고 일견 사실이기도 했다. 대기업에 기능직 사원으로 들어가 십년 이상 근무하고 구제금융위기로 그 대기업마저 무너지자 회사를 박차고 나와 중소기업의 기술직에 종사했다. 그는 단순히 기계가공 프로그램이나 기계 관리에 머무르지 않고 일본의 기계 컨트롤러 시스템을 이해해나갔다.

그 시스템을 이해하게 되자 왜 우리나라에는 이런 컨트롤러를 만들지 않은지 불만스러웠다. 하긴 단순 계측기 하나도 못 만들어내는 나라라고 생각하지만 시스템이 고장 나면 일본 화낙에 들고 가 엄청나게 비싼 수리비를 내고 고쳐야만 하는지 이해할 수 없었다.

어떤 공작기계업체에서 시스템 국산화를 하여 시장에 내놓았지만 시장의 반응은 싸늘했다. 우선 비쌌고 오작동이 간간이 일어났다. 곧 개선되었지만 시장은 용납하지 않았다. 누구 한 사람 써보려고 노력하지 않았고 누구 한 사람 그걸 심각하게 생각하는 공무원도 없었다.

'식민지 종자들!'

서정표는 고약스럽게 비판했다. 정밀기계산업은 평생 일본에 끌려 다닐 거라 생각됐다.

'보소 이 빌어묵을 놈들이 딱 여기까지만 해먹으라고 파라메타로 막아버렸어요.'

그는 뭔가 새로운 것이 시스템에서 발견되면 누군가에게 흥분하며 말했다.

그는 돈 되는 일보다는 어렵고 난해한 부품만을 가공하길 선호했다. 남들이 못하는 갖가지 방법으로 가공했고 불량나면 스스로 손해를 보곤 했다. 그에게는 별의별 도면이나 제품들이 들어왔지만 그가 개발해주고 가공 방법까지 가르쳐주면 그 뒤로 일은 끝이었다.

그런 그가 휴대폰 제품을 내밀었을 때 한목이는 반신반의 했다. 그는 그저 개발의 왕이지 실속이 없었다. 늘 작업복 한 벌을 걸쳐 입고 큰 키를 하고 경중거리며 다녔지만 주머니는 늘 비어 있었다.

하지만 이번에는 다른 듯 했다. 그가 가진 대형 기계로 억지로 그 조그만 샘플을 개발했는데 단번에 합격했다. 곧 십만 개의 발주물량이 떨어졌다. 하지만 그걸 쳐낼만한 공장도 기계도 없었다. 우선 소형 탭핑 센터가 열 대도 넘게 필요했다. 그는 거의 안달이 나있었다.

"내가 투자할게."

한목이는 거래처와 담당자를 그와 같이 만나본 후 그렇게 약속했다.

'그건 전용기로 만들면 제작 속도는 배로 몇 배로 늘고 투자비는 최소화 할 수 있지.'

그는 벌써 머릿속에 번득이는 아이디어가 떠올랐지만 발설하지 않았다.

"그 많은 걸 무슨 수로 해내?"

"그야, 시간만 좀 주면 가능해. 어떻게든지 그 제품을 가공만 해주면 되는 거 아냐?"

"그야 그렇지."

한목이는 기계를 만들 자금 때문에 고민하다가 배인선을 떠올렸다. 그녀에겐 한 번 정도는 도움을 받을 자격이 있다고 생각되었다. 그에게서 뜯어간 돈만 해도 얼마인가. 그녀는 단 한 번도 빌려간 돈에 대한 언급이 없었다. 조금 서운했고 밉기도 했지만 그걸 생각하는 자신이 역겨웠다. 어떻든 그녀는 지금 조금 알려진 가수였다.

늘 아쉬울 때마다 돈을 내주는 동녀가 편할 수 있었지만 이젠 정확한 투자가 아니면 그녀를 끌어들이기엔 염치가 없었다. 배인선이를 떠올리게 한 것도 그녀였다.

얼마 전에 동녀가 텔레비전에서 나왔다면서 연락해왔다. 그녀는 자신의 일인 양 조금 들떠있었다.

"이젠 돈 좀 벌었겠네. 유명해졌으니."

동녀는 그를 긁어댔다.

어떻든 유선 상으로만 만나던 그녀를 한 번 만나보기로 했다. 그녀는 마침 경주에 있었다. 특별히 히트곡이 없는 그녀는 여전히 행사에 매달리는 듯했다.

"낮 시간은 비어 있어. 우리 골프나 칠까?"

그녀가 물었을 때 그는 다행스럽게도 이제 막 골프를 배우고 있었다. 친구와 함께 가겠다고 하자 자기도 동료 한 명을 데려오겠다고 했다. 그렇게 간간이 연락만 하던 그녀와 난데없는 곳에서 해후하게 될 줄은 몰랐지만 그녀가 골프 할 정도면 나름 안정적인 생활을 하고 있다고 여겨지자 마음은 더욱 편해졌다.

약속된 금요일 공구상을 하는 친구를 태우고 새벽 일찍 출발했다. 차량에 담고 다니는 그녀의 CD를 틀자 그녀가 바로 눈앞에 있는 듯 노래가 흘러나왔다.

"그런 노래도 있냐?"

"임마, 니가 노래를 몰라서 그렇지 얼마나 좋은 노랜데."

"좀 유치한데 들을 만하네."

"트로트가 다 그렇지 얼마나 진지할까?"

"야 근데 오늘 공치는 여자들 진짜 가수 맞냐?"

"가짜 가수도 있냐?"

"쇠쟁이인 니가 그런 사람들을 안다는 게 신기해서."

"임마, 우리나라 사람들 중에 연예인 한 사람 모르는 사람 있더냐?"
"여깄네."
그들은 아침부터 상쾌한 마음으로 골프장으로 들어섰다.

티샷하는 순간 한목이는 목이 메는 듯했다. 이런 순간도 오다니, 믿어지지 않았다. 강진 촌에서 살길을 찾아 떠났던 구질구질한 것들이 이렇게 큰 마당에서 하얀 공놀이를 하게 될 줄 누가 알았겠는가. 클럽하우스에서 만났을 때, 그녀는 두 손을 번쩍 들고 달려와 주저하지 않고 포옹했다. 그 잠깐 동안의 포옹에는 그녀의 무한한 신뢰가 담겨있었다. 울 반바지와 칼라블록 니트에 담긴 그녀의 머리카락이 어깨를 타고 넘어와 목에 닿아 찰랑거렸다.

"잘 있었지?"

그녀는 감정 없는 악센트로 물었다. 뭔가 모르는 주저함이 엿보였지만 이제껏 보아온 중 가장 안정적인 모습이었다.

"살다보니 이런 날도 생기네."

인선이 카트에 타서 손을 잡았다 놓는다.

"조금만, 조금만 더 잘 되서 보여주려고 하다 보니."

그렇게 말하고 나자 진짜 자신의 인생은 오직 배인선이라는 여자에게 성공한 모습을 보이려고 살아온 듯 했다. 그녀를 처음 본 순간 반해버린 원둑 공사장에서부터 어느 겨울날 저녁 그녀 집으로 가는 길에 늘어선 동백나무숲을 지나며 설렘을 느끼며 시작된 맹세였다. 그 동백꽃은 그의 뜨거운 심장처럼 얼마나 붉게 피어 있었던가.

그것을 딱히 사랑이라 정의할 수는 없었다. 그녀를 미친 듯이 좋아했지만 그녀에게 자신의 사랑을 전할 만한 자신은 언제나 없었다. 분명한 것은 그녀가 그리워 상사병까지 앓았고 그녀를 위해서는 모든 걸

다 해주고 싶었고, 그렇게 노력했었다. 이미 그런 행위들이 신기루라고 느껴진 어느 순간에도 그녀 앞에 성공한 모습으로 나타나고 싶었다.

원색의 골프웨어와 모자를 쓴 그녀가 토끼처럼 필드를 누볐다. 한목이는 절대로 그녀에게 돈 문제를 이야기하지 않기로 다짐했다. 인선은 이번 경주 행사를 끝으로 연예활동을 접겠다고만 간단히 말했다.

"너무 아깝지 않냐?"고 하자 그녀는 고개를 저었다.

"이 세계가 지긋지긋해."

"여긴 얼마나 더 있냐?"

"오늘 공연으로 여기 행사는 끝이야. 저녁에 내려갈 거야?"

잘 맞던 공이 이리저리 튕겼다. 같이 온 친구는 무엇이 그리 좋은지 계속해서 쫑알댔다. 한편이 된 인선의 친구도 그가 싫지는 않은 모양이다. 하긴 날씨는 너무 좋았고 배경은 만산홍엽의 아름다움 자체였다.

한목이는 몇 홀 동안 줄곧 방을 잡아야 할지 말지 고민되었다. 시간이 촉박했다. 그녀들의 공연은 7시부터였다. 식사하고 나면 편안하게 대화할 여유는 없어보였다. 일단 호텔 룸을 두 개 잡았다. 인선이 어느 호텔인지를 확인하고 '갈 수 있을란가 모르겠네.' 하고 힘없이 말했다. 친구는 마누라 등쌀에 혼자서 내려간다고 했지만 아무래도 동반자에게 빠져 그냥 갈순 없을 듯 했다.

그렇게 18홀을 돌고 그들은 인터넷을 뒤져 북군동에 있는 고기집으로 갔지만 도착해선 홍어삼합을 파는 집에 있었다. 못다 한 이야기가 많이 있었으나 막걸리에 취하고 코를 뚫는 홍어 맛에 얼얼해진 채 엉뚱한 화제로 시간이 후딱 지나갔다.

그들은 함께 공연장으로 갔지만 인선은 노래를 못할 만큼 취했는지 아예 무대에 나오지도 않았다. 같이 공쳤던 동료만이 흥겨운 트로트로 관객들의 분위기를 끌어올린 뒤 한목이에게 급히 다가와 호텔에 가있으라고 했다.

"노래 기가 막히네. 이따 같이 오세요. 맥주 마시고 기다릴 테니까."

친구가 엄지 척을 했다. 호텔 바에서 필리핀 가수들이 부르는 노래를 들으며 자정이 넘도록 기다렸지만 그녀들은 나타나지 않았다.

한목이는 침대에 그대로 큰 대자로 누웠다. 혼자 자기에 아까운 푹신한 침대가 안온하게 느껴졌다. 기절하듯 잠깐 잠이 들었다. 눈을 떠서 시간을 보니 한 시간도 채 지나지 않았다. 인선에게 그 어떤 메시지도 없었다. 무슨 일이 일어난 건가. 농락당한 느낌도 들었지만 술 취한 그녈 놔두고 그냥 와버린 게 너무 후회되었다.

그렇게 새벽까지 기다림이 시작되었다. 세 시가 넘어 카톡을 보냈지만 응답이 없었다. 심사숙고 끝에 전화를 해도 받지 않는다. 참지 못해 친구의 방을 두드려 같이 공친 여자의 전화번호를 따서 통화를 시도했다. 두 번 전화 끝에 잠결인 듯 귀찮은 목소리가 들렸다.

"누구요? 아, 아, 죄송해요. 우리 단원들이 한 잔 했거든요."

"배인선씨는요?"

"아. 예, 그 언니요. 그 언니 신랑이 왔어요. 그래서 아마도……"

한목이는 휴대폰을 끄지도 못한 채 떨어뜨려버렸다.

"예이 씨팔, 헛물만 켰네."

친구가 투덜대는 것을 무시하고 한목이는 문을 쾅 닫고 나와 호수로 내달렸다. 시월의 차가운 공기가 싸하게 느껴졌다. 심장이 터질 듯했다. 새벽 네 시의 시간은 자신의 숨소리가 얼마나 큰지를 느끼게 해주는 먹먹한 공기가 점유하고 있었다.

그는 얼마간 뛰다가 지쳐서 한 곳에 나무를 붙잡고 섰다. 땀이 비 오
듯이 쏟아졌다. 그는 숨을 고르고 뜨거워진 몸을 그대로 물속에 담아
버렸다.

'미친 놈, 쪼다, 병신, 머저리!' 스스로를 저주했다.

터벅터벅 호텔로 돌아오니 문 앞에 인선이 서있었다.

'이건 잘못 본 것이야.' 그는 귀신에게 말하듯 물었다.

"어떻게 왔나?"

"미안해서, 너무 미안해서 안 오고는 안 될 것 같았어."

인선이 젖은 셔츠 위로 쓰러져온다. 술 냄새가 확 풍겨왔다.

침대에 눕히려 했지만 손을 젓는다.

"그게 무슨 꼴이야? 물에 빠진 생쥐 꼴이네."

그녀가 상황에 어울리지도 않게 한 번 미친 듯이 깔깔거리고 웃었다.
그리고는 창문을 열고 베란다로 나가 난간에 기대어 섰다. 푸, 푸, 한
숨이 들려왔다. 한목이는 잠깐 씻겠다고 말하고 나서 욕실에서 급하게
샤워를 끝냈다.

그녀는 그대로였다. 한목이가 그녀를 끌고 안으로 들어오자 그녀가
장난스럽게 침대로 밀친다. 어색하게 그녀가 안겨왔다.

"우리 한 번 할까?"

그녀가 팔을 뻗었다.

"남편이, 왜 말 안했지?"

"그 사람은 아직 아냐. 내가 얼마나 많은 남자를 걸쳐왔는지 아냐? 그
영감이 갑자기 하고 싶었나 보지, 영감이."

그녀가 다시 웃었다.

"돌아가라."

"나 기다렸잖아. 어젯밤 내내. 그리고 수 십 년간 날 기다렸잖아."

그랬다. 그녀를 기다렸다. 그녀를 왜 기다렸는지 모른다. 그냥 기다리고 기다렸다. 오매불망 기다렸지만 그 기다림의 이유도 정체도 모른다. 그녀가 같은 세계에 있어서 좋았고 같은 세기에 존재해서 좋았다. 그녀가 있음으로 해서 열심히 일했고 그녀에게 잘 보이기 위해 성공하고 싶었다.

"가라."

설명할 수도 없다. 그걸 어떻게 설명하고 이해시킨단 말인가. 자신조차 그녀에 대한 맹목적인 사랑을 이해 못하는데. 아니, 그게 사랑이란 것인지 조차 모르는데. 한목이는 그녀를 밀어냈다.

"그런 게 어딨어. 바보야? 아니면 내가 육체적으로 매력이 없어? 벗어 볼까?"

배인선은 침대로 누웠다. 괜히 웃음이 나온다. 지금까지 살아온 모든 것이 꿈만 같다. 그가 자신의 육체를 맘껏 탐해버렸다면 아니, 탐했다면 빚진 마음은 줄어들었을 것이다.

'나는, 걸레 같은 년이야, 내 몸에 얼마나 많은 놈들이 올라 탔는 줄 알아? 남자들이 원해서였다고? 아니야. 내가 더 많이 남자들을 원했어. 나는 사랑받고 싶었고, 위로받고 싶었고, 내 존재를 확인받고 싶었으니까. 그러니 너도 해봐. 하고 나면 네가 품었던 그 모든 것들이 어리석은 환상이었다는 것을 알 테니까.'

"나는 이런 니가 너무 싫어. 단 한 번이라도 나를 붙잡아준 적 있어? 단 한번이라도 들이댄 적 있냐고? 내가 특별한 존재 같아? 나는 그저 창녀 같은 년이야."

한목이는 다가가 그녀의 고개를 들고 베개에 누였다.

"나는 다짐한 적이 있어. 그 옛날 느네 집 고샅. 유난히 많은 동백꽃이 핀 졸업시즌이었지. 기억 날란가 모르겠다. 새벽까지 놀다가 너를 데려다주는 행운을 내가 얻었는데 대문 앞에 니 아부지가 서계셨지. 그리고 말했어.

"어디서 이런 놈하고 돌아댕기냐?"고.

나는 그때 내가 너하고는 결코 이루어질 수 없는 사람이라고 체념했지. 단 그 체념이 병이 되었고 쉴 새 없이 나를 담금질하는 구실이 되었어. 나는 너를 가질 순 없겠지만 꼭 성공해서 네 앞에 나타날 거라고 맹세했지. 지금도 그 말은 진행형이야."

"누가 성공 안하면 안된데? 대체 성공이 뭔데?"

"나중에 알았지만 우리 아부지가 당신 아들까지 희생해가면서 막은 원둑의 땅을 결국 니 아버지가 다 가져갔어. 나는 언젠가 아버지의 땅을 되찾아주는 날이 성공의 날이라고 생각했어. 하지만 그 땅이 이제 무슨 가치가 있어? 세월은 흘러버렸고 너나 나나 나이 들었고 이제 너를 차지하라고?"

"꼬였어 너는, 칡넝쿨처럼. 내가 모를 줄 알아? 너는 동녀한테도 이런 식일거야."

"그만해. 니가 뭘 안다고."

언성이 높아졌다.

"내가 왜 맨날 이 지경인 줄 알아? 다 너 때문이야. 니가 다 해줘서. 목마를 때마다 마른 풀잎 같은 존재에게 실컷 물을 줬으니까. 아낌없이 다해 줬으니까."

한목이는 아무런 대답도 못했다. 그녀가 그를 밀치고 핸드백을 챙긴다. 그가 따라 나가 문을 열어준다.

"나....... 이제 이 일 접었어. 완전히. 어쩌면 전혀 다른 데서 만날 것 같아. 그때 실망하거나 비웃지마."

"택시 잡아줄까?"

"아니, 밑에 누가 기다리고 있어. 네가 있는 창원에서 사업하는 사람이야."

그녀는 떠났다. 이제 다시 그녀를 만나면 어느 길에 있을지, 가늠이 안 간다.

오수연은 한참동안 그의 설명을 들었다. 그동안 한목이는 여러 가지 우여곡절을 겪으며 사업을 이어오고 있었다. 김채진의 도움으로 안정적인 일감을 얻어 사업이 번창하는가 싶었는데 국가구제금융을 받던 시기에 문형렬과 동업 전쟁을 벌이면서 사업방향을 틀어버렸다.

'이제 발주처 구매담당자들만 쳐다봐도 구역질이 나.'

그는 임가공업체로서의 한계에 절망하고 있었다.

"사실은 문형렬이와 붙은 게 이유가 따로 있었지. 그놈은 내가 처음 인수받은 사업체사장과 어딘가 닮은 데가 있었어. 둘 다 감히 이해도 못한 기계들을 만들어내고 부품을 개발했으니까."

"그 영감은 생각만 해도 진저리가 난다고 했잖아."

"허긴 그 영감의 몸에 붙은 암세포보다 질기게 나를 우려먹었으니까. 하지만 지나놓고 보니 그때 내가 너무 어리석었어. 한 번은 그의 집을 가게 됐는데 집안이 온통 설계도면으로 쌓여있는 거야. 세상에, 그 분이 벽에 걸린 어마어마한 설계도를 가리키며 확신에 차서 말했지. 그 양반이 그때 담낭암 4기로 거의 생명의 불꽃이 다 사그라드는 시기였는데 그 도면을 설명하는 내내 청년같이 포효했지."

"무슨 기계였어?"

"무동력 기계."

"그게 무슨 말이야?"

"동력 없이 자연의 힘으로 돌아가는 기계라는 거야."

"그게 말이나 돼?"

"'내가, 귀신들을 모터로 사용하시나보죠?' 하고 놀려주고 싶었는데 그 눈빛이 너무 형형하고 자신에 차 있는 거야. 그리고는 아주 선심 쓰듯 말했어. 당신에게 덤으로 그 기계에 대한 모든 권리를 주겠다고"

오수연은 피식 웃었다.

"가치가 있었던 거야?"

"전혀. 그가 말했어. 자신은 가치 있는 삶을 살았다. 그런데 가족들에게 마지막 성공하는 모습을 못 보이고 멀리 가게 생겼다. 그러니 자신의 가족을 위해 조금만 돈을 더 내놓으라고 했지."

"늙은 협잡꾼 같으니라고. 그래서 오빠가 빈털터리가 되어 교도소로 가게 됐구먼. 물론 배인선의 주구 노릇이 결정적이었지만."

"어떻든 그렇게 됐는데. 감방에 앉아 내내 그 생각을 했지."

"무동력으로 돌아가는 기계?"

"아니, 그 방, 설계도로 가득 찬 그 방. 교도소 나와서 가봤는데 흔적도 없이 사라졌어. 그 분도, 그의 가족들도, 그의 피와 땀으로 만들어진 방도."

"그게 문형렬과 무슨 관계야?"

"문형렬이 자동화 사업 쪽에서는 일인자거든. 나는 그 영감의 기술을 이어받지 못했다는 아쉬움이 있었거든. 진짜 내 기계를 만들거나 내 아이템으로 세계 시장으로 나가고 싶었던 거야."

이런저런 이야기가 오갔다. 요즘 오수연은 자신에 차 있었다. 가게는 잘 되었고 무엇보다 열일곱 살인 그의 딸을 국내로 데리고 들어온 것이 너무나 행복해 했다.

"오빠, 그래서 그런 기계라도 만들겠다는 거야?"

영리한 그녀가 가려운 데를 긁어왔다.

"아니, 반대야. 다시 양산업체로 방향 전환 하려고. 이번에 만드는 기계를 기반으로 보란 듯이 한 번 보여주고."

"양산도 하고 기계도 만들면 되지. 꼭 한 가지만 해야 돼?"

확실히 뇌가 말랑말랑했다.

"지금은 좀 지쳤어. 또 앞으로 전망도 밝지 않고."

"미래사업이라며?"

"이 나라에서는 힘들어. 다들 검증된 외산 기계들만 선호해. 아무도 기초적인 기술에 관심이 없지. 수십 년 후 기술 후진국이 되면 후회하겠지만."

"골치 아픈 이야기 그만하고, 얼마나 필요해?"

"이번에는 그냥 빌려가는 게 아냐. 투자를 부탁하는 거야."

"좋도록 해. 다만 오빠 와이프한테 오해 사지 말고. 그나저나 요즘은 어때?"

"그 병이 뭐 그렇지. 매번 도지곤 하니까."

"내 탓이기도 하니까."

"그만해. 내 업보야."

얼마 후 장비 제작에 들어갔다. 오수연에게 빌려 온 돈은 기계가 만들어지면 보증기금에서 자금 신청해서 우선적으로 돌려막을 생각이었다. 국제 학교에 다니는 그녀의 딸에게 꽤 많은 돈이 올라가는 것을 알고 있었다. 두 명의 설계자들이 몇 달을 고생하여 만든 설계대로 가공하고 용접하고 볼팅하고 시스템을 사다 붙이고 조립했다. 그리고 전기를 넣고 스위치를 켜자 이제까지 쇳덩어리에 불과했던 기계가 응응, 소리를 내고 돌아갔다.

공급장치는 원활했고 인덱스는 유연하게 돌아갔고 각 축들은 스무스하게 움직였다. 내장된 배관을 타고 사람의 피처럼 윤활이 되었고 오줌발처럼 절삭유는 세차게 나왔다. 측정장치가 자동 측정을 하고 모니터에 데이터를 기록했다. 마지막으로 슬라이더 장치를 미끄러져 나온 가공품들이 고무상자에 쌓였다.

그동안 서정표는 안달이 나서 쫓아오곤 했다. 돈만 주면 천지가 기곈데 왜 쓸데없는 짓이냐고 닦달을 했다. 그에게 만들어진 제품을 들이밀자 곧 입을 닫아버렸다. 물량은 폭발적으로 쏟아졌다.

그 후 기계를 두 대 더 제작했고 처음 기계보다 더 보완되어 품질은 좋아졌고 생산성은 높아졌다. 서정표가 제작한 기계를 보자고 했지만 공장문은 굳게 닫혀 있었다. 입구에는 '외부인 출입금지'라고 형식적으로 쓰여 있었지만 보안은 그보다 더 강했다. 한두 번 당한 일인가. 새로운 기계를 만들어내는 것은 어려워도 모방은 얼마나 쉬운 일인가.

순식간에 통장에 돈이 쌓여갔다. 제조업을 해서 돈이 쌓이는 게 신기했다. 하지만 그게 사단이었다. 거래처는 조용했는데 실제 납품업체와 계약되어 있는 서정표가 뒤통수를 쳤다.

'딱 한 번만 기계를 봅시다.' 애걸할 때 수상하게 봤어야 했다.

결정적인 실수는 한목이가 했다. 기계를 한 대 더 만든 것을 끝으로 자동화사업팀을 해체하고 과감하게 설계자들과 엔지니어들을 내보냈다. 후한 보너스와 함께였다.

'이제 자동화 사업은 죽어도 안 해!' 그는 관련 파일첩을 모두 소각했다 물론 이번에 만든 자동화기계에 대한 파일은 사장실로 옮긴 후였다.

8개월 후, 일이 줄더니 나중에는 단 한 개의 부품도 오더가 없었다. 얼마 후 서정표의 공장을 찾아가자 보안이라고 문을 열지 않았다. 화장실 가는 놈 중에 그가 데리고 있던 직원하고 딱 마주쳤다. 그는 이 번 기계를 만든 직원 중 한 명이었다. 그가 상대의 진중에 있었던 것이다.

한목이는 사무실에 앉아서 옛일을 떠올리고 있었다.
'서정표, 나도 당신에게 배운 게 있지.'
속으로 중얼거렸다. 매수해 둔 성현태에게 전화했다.
'제가 맡은 컨설팅은 실수가 없습니다.' 그가 대답했다.

서정표는 다음날 공장에 아무 일이 없다는 듯이 나타났다. 반색을 하고 반길 것 같은 고종수는 코털만 뜯고 있더니 느닷없이 내질렀다.
"금형 안 사요. 당신이 평생 보듬고 있으시고, 공장은 임의 매각할 겁니다."
서정표는 멍하니 서 있었다. 오늘 엄지예와 마지막 정사를 나눌 계획도 사라져버린 순간이었다. 급하게 성현태에게 전화했지만 그의 전화는 수신차단 상태였다.
서정표는 다시 한목이를 찾아왔지만 만나주지 않았다. 한 달도 안 되서 서정표의 공장은 날라갔고 김채진은 고종수를 구슬려 금형을 고철값에 사들였다.
김채진은 한목이에게 전화했다.
"금형을 적정 가격에 매입했습니다."
한목이는 그 순간 은행에 잡혀있는 우순석의 경매물건인 대동을 사들였다.
"계산서를 끊어오세요."
한목이는 김채진을 완전히 통제할 목줄을 언제 던질지 궁리했다.

18. 게임의 여왕

어려움이 닥치면 사람들의 성향이 나타난다. 가짜와 진짜가 드러나고 떠날 자와 남는 자가 가려지고 능력 있는 자와 없는 자의 갈 길이 정해진다. 그리고 리더는 그 중에서 쓸모 있는 몇 사람만을 추려내어 농부가 다시 모판에서 떼내듯이 새롭게 모종하듯 해야 한다.

몇 개월째 일감이 반 토막으로 줄어들었다. 잔업이 없어졌고 빈번하게 휴가가 결정되었다. 은행계좌에 찍힌 법인예금 잔액은 마침내 마이너스가 되었다. 당장 다음 달 임금과 운영자금이 걱정되는 상황이었다. 외국인들은 잔업이 없어진 임금을 받고 흔들렸고 관리자들은 맥이 빠진 상태였다.

박희섭 사장은 결단을 내려야했다. 직원은 모두 열다섯 명 정도였고 관리기술직은 무려 일곱 명이었다. 그중 세 사람은 같은 회사에서 근무했었던 사람이었고 두 명은 젊은 시절부터 알고 지내다 특채됐고 두 사람은 최근에 공고를 내어 입사한 정식사원이었다.

생산 현장에는 한국인 두 명과 외국인 대여섯 명이 부품가공과 조립을 했다. 모두들 열심히 일해 왔고 회사에 기여한 바도 컸다. 그런데도 불구하고 이제 그들 중에서 누군가를 집으로 보내야할 시점에 와 있었다.

'새로운 틀이 필요하다.'

누구를 보내고 누구를 붙잡아두어야 하나, 손 아프지 않은 사람은 한 사람도 없다. 다들 개개인의 사정들이 있고 개인적인 친밀도 또한 그 누구도 무시할 수 없는 사람들이었다. 하나의 목표를 가진 의협집단의 형태로 지금까지 버텨왔다. 임금을 줄이고 노동 시간에 구애 없이 일했고 주인처럼 뭉쳐서 공장을 만들었다. 어느 정도 자리를 잡았지만 이제 한계가 나타났다.

"형님, 이거 안됩니다."

"동생 이거는 아니잖아."

박희섭은 넌더리가 났다. 대표이사로 의전을 받을 생각은 없었다. 다만 그 고쳐지지 않는 말투 속에서 위계질서도 없고 조직관리도 없는 주먹구구식 회사로 영원히 머무를 것 같은 예감이 기분을 잡치게 했다.

"마누라가 아파서 일찍 가야돼."

"애들 졸업식이라서 못 나와."

일이 줄자 오히려 개인사들은 많아진 모양이다. 제멋대로 돼가고 있었다. 외국인들 빼고 그 누구도 출퇴근 타임카드도 찍지 않았다. 이참에 그들 스스로 창업공신임을 사장에게 각인시키고 그만한 대접을 받으려 드는 듯 했다.

박희섭은 그들에게 큰 죄를 짓고 있는 듯했다. 잘못 되면 그들 모두를 망칠 수도 있는 것이다. 자신을 믿고 따라온 사람들이다. 내보내기도, 데리고 가기도 힘든 처지였다.

"한 치 앞도 못 내다보고 사람을 구하다니"

"능력도 없는 놈들만 어디서 모아서 누굴 내쫓겠다는 건지."

불만의 화살은 새로운 경력 사원들을 걸고 넘어졌다. 결코 누구를 드러내고 누구 위에 올려놓기 위해 사람을 채용한 것은 아니었다. 새로운 인재가 필요했을 뿐이다.

'회사가 잘못되면 그들에게 무엇을 해줄 수 있단 말인가.'

고민해보지만 박희섭은 그들이 기여한 만큼의 어떤 대가도 지불할 능력도 없다는 것을 깨달았다. 그들은 단지 종업원이고 앞으로도 종업원이어야 했다. 그들이 회사로 들어온 이유는 그를 돕기 위해서가 아니라 그들 스스로를 돕기 위해 왔을 뿐이었다.

나라를 만들든 조그만 구멍가게를 만들든 그 과정에는 수많은 조력자들, 공신이 존재한다. 성공하려면 어떻게 해야 되는가. 역사 속에선 어떻게 했는가? 성공한 사람들은 잔인하고 무자비하게 그리고 순식간에 그들의 흔적을 지워버렸다. 그렇게 한 자들만 역사 속에서 살아남았다. 하지만 누구는 아내가 암이 걸렸고 누구는 아파트 부금이 문제였고 누구는 기술력이 아까웠다.

'짝퉁이 진품 되것나?' 비아냥이 터져나왔다.

박희섭은 결심했다.

'그래, 종업원들은 나가면 고용보험이라도 있지. 나는 회사의 끝이 그걸로 끝이지.'

박희섭은 펌프와 밸브 쪽에서만 삼십 년 넘게 종사했다. 마지막으로 짐을 싼 회사는 칠 년 정도를 근무했다. 오줌을 쌀 때도 펌프의 용량을 생각했다. 소라구멍 같은 펌프바디 내부구조가 머릿속에 그려져 있었고 인펠라의 가공면만 봐도 수압의 세기를 가늠할 수 있었다. 물이 들어오고 나가는 것은 먹고 싸며 생존하는 동물들의 기관들처럼 완벽해야 했다. 그는 그 기관들을 이루는 수십 개의 부품들을 주무르고 다듬었다. 그게 천직이라 여겼다.

그는 잠깐 밸브관련 업종에서 일하다가 회사가 부도나는 바람에 다시 펌프업계로 넘어왔다. 하는 일은 비슷했지만 입사한지 얼마 안 되어 회사가 외국계 회사에 팔리면서 느닷없이 구매 쪽으로 배치되었다. 현장에서는 대양의 물고기처럼 활달했는데 사무실 업무 앞에서는 잡아놓은 물고기처럼 움츠러들었다.

'나가라는 소리겠지.' 이직을 고려했지만 어느 사이에 업무에 익숙해져갔다. 항상 만들고 사용하고 매만지던 부품들을 이제 책상에 앉아 서류로 관리하고 파일로 채워갔다. 그것은 한결 쉬웠고 고결하기까지 했다. 더 이상 작업복에 기름을 묻히거나 손톱 밑이 새까매지는 일은 없었다. 가만히 있어도 부수입이 생겼다.

'새빠지게 일만한 내가 빙신이었지.' 그는 되뇌곤 했다.

몇 년 후 그는 자진해서 해외파트로 지원해 중국으로 나갔다. 중국 곳곳을 누비며 값싸고 질좋은 소재 가공업체를 찾아 나섰다. 하지만 값싸고 질 좋은 곳은 어디에도 없었다.

시설은 열악했고 기술은 뒤쳐져 있고 생각은 저급했다. 그렇다고 포기할 수는 없었다. 무작정 도면을 들고 업체를 찾아들어가 만들고 폐기하고, 포기하면 새로운 업체를 찾아 다시 시도했다.

마침내 두 곳의 업체를 집중 공략하여 수없이 샘플을 뽑고 시험테스트를 걸쳐 본격적인 양산체제에 들어가는 데는 무려 2년 6개월, 그 동안 서해를 건너지 못해 폐기된 부품들이 수십 톤에 달했다.

도입품이 안정되자 생산원가는 절감됐고 그는 진급됐고 한가해졌다. 그리고 부수적으로 자유로워졌다. 유창해진 중국어는 신세계를 만나게 해주었고 전리품처럼 뒤따른 유착된 에이전트와의 사이에서 떡고

물이 생겼다.

그러나 일 년도 지나지 않아 놀고먹는 것 같은 자신이 한심해졌을 때쯤 새로운 과제가 주어졌다.

"이번에는 동남아 쪽에서 능력을 발휘해 보시죠?"

'뜨거워서 대가리 벗겨질 나라에서 뭘 하죠?'

묻고 싶었지만 아무 불평 없이 하노이로 향했다.

'미래의 먹거리? 니미랄! 꽁가이들 하고나 실컷 즐기고 오지.'

4월의 노이바이 공항은 뜨끈뜨끈했다.

'이번에는 봉이 되진 말아야지.' 그는 맹세했다.

중국에서 미친놈처럼 일한 이유가 회사만을 위한 것은 아니었다. 로칼업체와 맺었던 이면구두계약은 달콤했다.

'우리는 양산금액의 1%를 지정된 통장에 매월 말일에 입금할게요.'

그가 본국 송환을 통보받은 순간 보장된 미래의 계좌잔고가 날아가 버렸다.

혹하니 밀려오는 더운 공기는 그를 더 지치게 했다.

'그래, 이번에는 그냥 하는 시늉만 하자. 그냥 즐기는 거지.'

주변을 바쁘게 걸어가는 여자들의 가슴은 풍만했고 개미허리처럼 날씬했다. 바지춤이 불끈불끈 일어나며 삶의 생기가 넘쳐났다.

'키가 좀 작으면 어때, 봐, 엉덩이는 죽이는 걸.'

그의 눈은 쉴 새 없이 움직였다. '물건을 받쳐주기에는 충분해!' 그는 벌써부터 침을 삼켰다. 택시를 타고 본사에서 내준 아파트로 향했다. 운전수가 뭐라고 했지만 아무 소리도 들리지 않았다.

"카먼!" 그는 몇 달 동안 공부했던 단어를 내뱉었다.

운전수가 돈을 받고

"감사합니다. 오빠." 했다.

'빌어먹을, 벌써 한국놈들이 휩쓸고 갔군.'

그의 숙소는 미딩의 한국인 거리에 있었는데 어떻게 그 싸고 냄새나는 아파트를 구해냈는지 관계자들이 존경스러웠다. 틀림없이 벽장 구석구석에 바퀴벌레들이 숨어있을 듯한 방 한쪽에 짐을 풀고 한인거리에서 진탕하게 술을 마시고 아파트로 왔을 때 아파트의 입구는 철문으로 굳게 닫혀있는 상태였다.

아무리 철문을 두드려도 아무도 나타나지 않아 발로 몇 번 차대고 근처의 모텔로 기어들어갔다. 나중에 알고 보니 12시 이후에 전체 가옥이 통제되는 군인 아파트였다. 그렇게 시작된 베트남에서의 생활은 하노이와 하이퐁을 줄기차게 오가는 일과의 연속이었다.

회사에서 배정해준 베트남 통역은 보름도 안 돼 집으로 돌려보냈다. 그것은 하이퐁에서 만난 지엔이라는 친구 때문이었다. 지엔은 마흔 다섯으로 그보다 두 살이 작았다. 그는 한국에서 15년을 불법체류하였고 그 형제들 중 두 명이 아직 한국에서 일을 하고 있었다. 지엔의 한국어는 유창했다. 농담할 정도의 실력을 갖추었고 기계관련 용어도 잘 알았다. 그의 아내는 한국인 인삼장사와 바람이 나서 도망 가버렸고 그나마 그가 보내준 돈으로 대학 나와 은행에 근무하는 잘난 아들과 살고 있었다.

그는 하이퐁으로 들어가는 공단 입구에서 잡화점을 운영하고 있었는데 공단에는 한국업체가 떡 버티고 있었다.

"한국하고 인연을 뗄래야 뗄 수가 없어."

그가 말했다. 그의 잡화점에는 별의별 물건들이 다 있었다. 큰 대로변에 있는 그의 가게는 인도를 죄다 점령했고 물건들을 맘껏 펴놓았다. 마침 공안들이 들이닥쳐 시비했는데 그는 물건들을 치우기는커녕 시능만 크게 하고 자기 늙은 고모가 파는 쥬스를 내밀고 바지춤을 뒤졌다. '시발놈들, 틈만 나면 쳐오네.' 그가 한국식 욕을 퍼부었다.

그와 이야기가 길어지자 통역이 불편해했지만 펌프이야기가 나오자 대뜸 그를 구석으로 끌고 갔다.

"여기 있네. 차장님 회사 물건."

그가 가리킨 곳에 그의 회사의 칼라가 돋보인 배수용 펌프가 진열장에서 인사를 했다. 거기에는 일본, 대만제도 구비되어 있었고 원산지가 불분명한 회색 펌프도 있었다.

"어떤 제품이 젤 나가?"

"당연히......"

그는 회색 펌프를 가리켰다.

"외산은 비싸서 짝퉁이 많이 나가."

투박하게 만든 펌프였지만 메이커와 별반 다를 게 없었다. 그날 그는 자기 일을 접고 하이퐁의 주물공장까지 직접 안내했고 밤에는 하이퐁 술집에서 한 잔하는 사이가 됐다. 그 뒷날 통역은 없었다.

지엔을 통해 하이퐁에 있는 주물공장을 몇 군데 소개 받았지만 어느 한 군데도 만족스러운 업체는 없었다. 군집해 있는 주물단지들은 다들 친족들이거나 연대해 있는 업체들이어서 이곳저곳 건드릴 상황도 아니었다.

맨발로 공장을 걸어 다니고 맨손으로 주물사를 만지작거리는 그들과 일할 의욕은 급격히 떨어졌다. 하지만 멈출 수는 없었다. 그럭저럭 지엔이 소개해준 업체를 들락거렸고 하노이에서 공장하는 지엔 동생에게 샘플가공을 맡겼다. 지엔은 이번 기회에 동생과 함께 한국업체를 하나 잡아 가공업을 하겠다는 포석이었지만 박희섭은 하루 빨리 본사에서 이메일이 오길 기다렸다.

'베트남 사업 포기'로 시작된 공문이었다. 그 사이 그는 하이퐁 베트남요리 전문집에서 만난 쩸이라는 여자에게 푹 빠져 있었다. 그녀는 23살이었고 나중에 알았지만 5살 아이를 둔 미혼모였다. 하지만 그녀는 소녀처럼 수줍어했고 그의 부모 집에서 아직 독립도 못한 처지였다. 그녀와 잔 날 밤 그녀의 부모로부터 전화가 백 통은 더 들어왔다.

지엔의 동생 덴트는 뛰어난 가공 기술자였다. 삼성전자의 밴드업체에서 물건을 따와 금형지그가공을 하고 있었다. 그 역시 한국에서 기술을 배워왔고 지금은 열 명 정도의 직원을 두고 대만제 공작기계로 휴대폰 지그제작을 했다. 그가 깎고 있는 형상물은 거의 예술적이었다.

"우리 제품하고는 안 맞지요?"

"뽀대만 좋으면 머합니꺼? 돈이 돼야지. 그라고 돈 벌라면 양산해야지요."

덴트의 사투리로 보아 대구 쪽에서 일했냐고 묻자 고개를 끄덕였다.

"일하는 애들이 공과대학 출신인가요?"

가공품을 매만지며 묻자 덴트는 손으로 엑스표시를 했다.

"공과대학 나오면 뭐해요? 멍청이들인걸. 투지(2-G) 도면도 못 보는데."

"아, 형상가공은 이렇게 잘하는데 신기하네."

"우리나라는 제도부터 배우지 않고 바로 쓰리디로 가니까요."

베트남은 80년대와 현재가 혼재된 사회라는 것이 여기서도 보인다.

미딩 거리에서 얼굴이 팔릴 시기가 됐고 술집이 시시해지고 꽁까이들에게도 손을 저을 즈음 일은 신기하게도 조금씩 진척되고 있었다. 두 도시를 들락거리면서 샘플 가공수보다 술집에서 만난 여자들 수가 많앗지만 그럭저럭 수십 종의 펌프부품이 개발되었다. 본국에선 번번이 불량판정을 한 메일이 날라와 못쓰게 된 부품들을 지엔이 들고 갔는데 어느 날 그가 뜬금없이 제안했다.

"우리가 펌프 만들어 팝시다."

"우리가?"

지엔의 당돌한 제안에 깜짝 놀라 되물었다.

"물만 나오면 되는 거 아닌가요? 펌프가."

".......그야, 물만 나오면 되지만."

그가 바지춤을 가리키며 웃었다.

"그라머 만듭시다. 베트남 사람들 비싼 메이커 안삽니다."

지엔의 총명한 눈이 반짝거렸다.

"그럴까?"

그렇게 해서 그 무모한 도전이 시작되었다. 사표를 내고 한국에 공장을 얻고 기술자들을 끌어들였다. 소재와 부품을 베트남에서 구해 와서 조립해냈다. 처음에는 가장 잘 팔리는 제품 몇 가지를 골라 그대로 모방해서 알게 모르게 한국산으로 베트남 시장에 내놓았다. 호응은 좋았다. 곧 한국시장에도 내놓았다.

의외로 국내 시장에서도 호응이 좋았다. 하지만 곧 한계가 왔다. 모방했던 업체에서 고발조치가 있을 거라는 엄포도 있었고 에이에스 문제도 생겼다. 작은 업체가 양산하기도 어려운 반면 에이에스를 구축한다는 것도 쉬운 일이 아니었다.

결국 초점을 바꿨다. 주문제작방식으로 중대형 펌프를 만들어 입찰에 참여했다. 회사는 조금씩 성장해나갔다. 베트남에서 주물을 받아온 덕에 제조원가는 내려갔지만 늘 한계에 부딪히곤 했다. 자본과 기술이 없인 극복하기 힘든 게 제조였다.

불볕더위가 기승을 부렸다. 올해는 늦더위가 이어질 모양이다. 입추가 어제였으니 곧 가을이 오겠지, 박희섭은 휴가도 없이 매일 사무실에 출근했다. 긴 휴가에 들어 간 텅 빈 공장은 그 옛날 타작마당의 뒤끝처럼 고요하기까지 했다. 7월말 부로 모두 4명의 직원들을 권고 사직시켰다. 별 다른 반발은 없었다. 한달치의 봉급을 더 주고 퇴직금은 다음 달 말일까지 정리하기로 했지만 금액이 만만치 않았다.

'퇴직금 때문에 사람 못쳐!' 누군가 했던 말이 생각났다. 하지만 능력이 없는 지인을 과하게 봉급을 줘가며 더 이상 고용하기 힘들었고 사장 머리 꼭대기에서 노는 옛 동료들을 더 이상 놔둘 수는 없었다.

3명 정도 생각했던 권고사직은 뜻밖에도 가장 헌신적이고 능력 있는 직원인 박종철의 사표로 한 명이 불어났다. 퇴직금이 문제가 아니라 그를 잃으면 운영에 문제가 생길 수 있었다. 그는 기술력도 뛰어났지만 공장의 모든 사소한 문제부터 오늘의 한유펌프를 만든 공로자였다. 펌프에 대해서만은 그 누구보다도 기술적으로 잘 알고 있는 박희섭이었지만 경영에 신경 쓰면서 자연적으로 현장은 그가 거의 이끌고 있었다.

"이유가 뭐냐?"

묻자, 그는 다른 일을 하고 싶단다.

그리고 입을 다물어버렸다.

'진짜 너만은 끝까지 갈 줄 알았는데'

그렇게 심정을 내비치지 않는 게 다행이었다.

'해고당한 저 사람들도 당신과 끝까지 가길 바라지 않았겠어요?'

그렇게 대꾸했더라면 부끄러웠을 것이다. 모두 쳐내어 믿었던 한 사람에게 힘을 실어주고 신규 고용된 사람들을 직속으로 두어 일사분란하게 일을 해나가리라는 계획은 산산이 무너졌다.

몇 번 더 그를 설득해보려 했지만 씨도 안 먹혔다.

"도대체 뭘 하겠다는 거지?"

그렇게 중얼거리다가 문득 깨달았다. 다른 일을 하러 가지 않는다는 결론이었다.

'어디서 그 돈을 벌어?' 그는 다른 직장에 갔거나 경쟁자가 되어 나타날 것이다. 9월이 되어 퇴직금을 정리해주고 마지막으로 부탁을 했지만 그의 태도는 싸늘했다. 녹음은 이미 지고 없었다. 산이 노랗게 물들기도 전에 법원에서 뭔가가 날라 왔다. 그것은 메이커업체에서 날아온 손해보상청구서 등이 담긴 문서였다.

"이, 개자식이!"

그를 찾는 데는 그리 오래 걸리지 않았다.

2006년 늦은 봄 한 통의 전화가 걸려왔다. 한목이는 투자하고 있는 철재상의 사무실에 앉아 있다가 전화를 받았다. 전화를 끊고 그는 잠시 멍하니 서 있었다.

'그래, 이 건 내 돈이 아니야. 어떻게든 받아야지.'

그는 재빠르게 차를 몰고 달려가다가 서행했고 어느 지점에서 멈추었다. 다리가 달달 떨렸다. '오수연에게 뭐라고 변명하나.'

머리가 하애졌다. 놈에게 돈을 빌려주면서도 변변한 서류도 한 장 없었다. 처음 거래에는 공증까지 섰지만 거래가 빈번해지면서 무시해버렸다. 고철은 그의 비자금으로 현금거래였다.

'멍청한 놈! 병신 새끼!' 자책하면서도 어떻게든 형사적으로 그를 엮을 방법이 없나 이곳저곳 전화를 해보지만 누가 남의 일에 관심을 가지면 얼마나 가질 것인가. 통쾌해하지 않으면 다행이지. 오직 최구만

이 진심으로 흥분해서 말한다.

'걱정 마러야, 나가 그 새끼 아그들 풀어 잡아 주게.' 허풍을 떨었다.

한목이는 작년 휴대폰 일이 끊기면서 사업을 잠시 접었다. 한목이는 배신한 서정표가 짓이겨버리고 싶을 정도로 미웠다. 그 뻔뻔하고 가증스러운 놈에게 당했다고 생각하면 분노를 억누를 길이 없었다.

"아직 기회가 있어."

오수연이 치를 떠는 그의 손을 붙잡고 달랬다.

"기회는 무슨, 이제 겨우 기계값 했는데. 전용기는 각 제품에 맞게 설계되어서 다른 데는 아무짝에도 쓸모없는 고철덩어리라고."

소리를 질렀다.

"그래, 그래서 기회가 있는 거야. 서정표는 지금 욕심이 목에 차있어. 그래서 오빠를 배신하고 자기가 직접 기계를 모방해서 만든 거야."

"그래서 끝났다고."

"그래서 그에게 기계를 팔라고. 알아? 내말."

한목이는 오수연의 손을 꼭 붙잡았다. 그는 서정표를 찾아가 납작 엎드렸다.

"살려주라. 다 포기할 테니 기계값만 쳐주라."

"내가 그걸 왜 사요? 우리가 천천히 만들면 되는데."

큰소리 치고 나왔지만 그는 납기를 못 맞추고 쩔쩔매는 지경이었다. 오수연이 마지막에 당부했던 말이 떠올랐다.

'흥정에서 이기려면 다 가지던가 다 버리던가 해야 해요.'

한목이는 한숨을 푹 쉬고 조용히 말했다.

"내일 저녁 은행 마감까지 돈을 보내요. 액수는 문자로 보내지요. 내가 딱 들어간 기계원가만 받지. 그렇지 않으면 당신 경쟁업체에서 가져가겠지. 이도 저도 아니면 내일 밤 산소용접기로 불어버릴 거니까."

그 뒷날 오전부터 휴대폰이 불이 났지만 전화를 받지 않았다. 결국 은행 마감 시간에 돈이 들어왔다. 우선 두 대만 가져가겠다고 했다. 물론 그 두 대의 가격에는 다섯 대의 원가가 다 들어가 있었다. 그는 처음으로 기술료를 적용시켜 문자를 다시 보냈다. 3일 후 서정표는 전액을 지불하고 기계를 떠갔다.

서정표는 한동안 신이 났을 것이다. 누구도 그 정도의 설비금액으로 그 많은 일을 해낼 수 있는 기계는 없었으니까. 하지만 휴대폰이라는 것은 늘 새로운 제품이 나오기를 목마르게 기다리는 소비자가 있었다. 제품은 곧 단종되었고 서정표가 사간 기계들은 고철이 될 처지였다.

한목이는 잠깐 만에 벌어들인 전용기 값을 들고 마음의 빚을 정리할 수 있는 마지막 기회라 생각하며 오수연을 찾아갔다.

"나에게 빚졌다고 생각해?"

그녀의 눈은 슬픔으로 채워졌다. 그리고 한참을 생각하더니 제안했다.

"좋아 받지. 단, 이걸 다시 너에게 투자할게. 내 돈을 불려봐."

"뭘 할까?"

"요즘 고철이 돈 된다는데……"

공장을 접고 그렇게 벌인 일이었다.

그 돈이 다시 날아가게 생겼다. 전화를 건 사람은 서른일곱의 박희섭 차장이었다. 공장 분위기가 이상하다는 다급함이 배어있어서 설명조차 힘들어했다.

'느그 공장이야, 늘 안그랬나?' 하고 한목이는 전화를 끊었지만 한참 동안 목소리가 이어졌다.

"고, 공장 출입구를 봉쇄하네요. 토, 토낄 모양이네."

박희섭 차장은 한목이의 후배로 동창회에서 우연히 만나 알고 지내다가 일 년 여 전에 그를 통해 그의 오너인 이상원을 소개 받았었다. 그의 공장은 창녕에 있었고 공단과는 조금 떨어져 있는 단독 공장이었다.

몇 년 전 부산에서 이사 온 신축공장이었고 거래처로 웬만한 조선소는 죄 끼고 있는 업체였다. 부실의 조짐이라고는 전혀 없는 회사였다. 이상원은 고등학교 때 탁구를 했고 테니스도 일품이었다. 한목이는 그를 따라 테니스장에 간 적이 있는데 공이 그렇게 빠르게 움직일 수 있다는 게 신기했다.

그에게 라켓을 한번 쥐어줘 봤지만 괭이나 삽을 휘둘러 본 적밖에 없는 그에게 라켓은 다른 세상의 신기한 물건일 뿐이었다. 이상원은 쩔쩔매는 그를 붙잡고 기본 동작을 가르쳐주고 힘껏 쳐보라고 했다. 그가 시킨 대로 공을 바운드하고 채를 힘껏 내지르자 공이 엄청난 속도로 네트를 넘어갔다.

'천재네, 천재적 재능을 가졌어!' 이상원이 치켜세웠지만 더 이상 공은 맞지 않았다.

"중고 철재를 하신다고요?"

"그냥 할 게 없어서 지인 명함 좀 쓰고 있습니다. 저도 제조업에 잔뼈가 굵은 사람이지요. 기회가 있다면 다시 하고 싶지요."

한목이는 진심으로 말했다.

"대기업들 똥구멍이나 닦아주는 일을 왜 해요? 손톱깎이라도 지 상품이 없으면 제조도 아니지. 금마들 물품 창고나 할 바에야 애시당초 손 뗐을 때 그만둬요."

붉은 얼굴을 가진 그가 훌쩍거리며 퉁을 놓는다. 마침내 코를 한 번 힘껏 풀고 나더니 본론으로 바로 들어왔다.

"박차장 이야기 들었어요. 우리 신주동 가격은 뻔합니다. 킬로그램 당……"

"원하는 대로 사드리지요."

"나는……"

"선수금으로 이익을 드리고 매달 결산하겠습니다."

그와의 거래는 시원하게 이루어졌다. 몇 달 후 한목이가 순진했던지 그가 노련했던지 두 사람은 거래를 떠나 곧 술친구가 되어버렸다.

한 시 쯤에 공장에 도착하자 직원들이 대문을 막고 차량을 통제시켰고 공장문은 이미 굳게 닫혀있었다. 이상원 사장에게 몇 번 연락을 취해보고 싶었지만 끝까지 참았다. 그에게 수없이 전화가 날아갈 것이고 틀림없이 근처 어딘가에서 걸려온 전화와 문자를 면밀히 분석하고 있을 것이다.

납품한 물건을 빼내겠다는 거래처들과 막는 직원들 간에 실랑이가 벌어지면서 경찰들이 몇 번이고 출동했지만 별 뾰족한 대안 없이 엄포만 놓고 사라졌다. 한차례 소나기가 쏟아졌지만 누구 한사람 우산을 펼칠 여유는 없어보였다. 그들은 우중충하게 서서 각자의 계산을 하고 온갖 두려움으로 머릿속은 뜨거워져 있었다.

곧 공장은 그들 채권자들에게 점령당할 것이고 내일 아침이면 공장에는 못대가리 하나 남아있지 않을 것이다. 한목이는 수연에게 전화를 걸었다.

"어떻게 하지?"

"지금 오빠한테 돈이 얼마나 있어?"

"글쎄 한 삼천……"

"좋아, 내가 오빠 통장에 돈을 삼천만 원 더 넣을 테니까 그걸 이상원이한테 보내."

"미쳤어, 너?"

"내가 하라는 대로 해. 그리고 문자로 몇 마디 적어 보내."

한목이는 전화를 끊고 그녀가 시키는 대로 돈을 송금했다.

'오늘 어음 막는 날인 거 알고 있다. 미안해서 돈 얘기를 못한 모양인데 있는 돈 탈탈 털어 부친다. 너의 친구 한목이.'

그녀가 시키는 대로 그렇게 문자를 보냈다.

정확히 십분 후에 이상원에게서 전화가 왔다. 기적처럼 그는 근처의 식당에 자기 대학 동창과 이미 끝난 공장에 대해 기약 없는 대책을 세운다고 앉아 있었다.

"미안하다. 정말 너한테는 이야기 하려고 했는데."

"나는 설마, 좋아, 어떻게 할 건데?"

"나는 법적으로 문제될 게 하나도 없다."

그가 자신만만하게 말했다. 교도소 갈 일만 피하면 다 된다는 투였다.

한목이는 '나는?' 하고 소리 지르고 싶었지만 참았다.

"어디로 갈려고?"

"중국으로 아들이 있으니까."

"돈이나 있나?"

"알다시피. 하지만 오늘 니가 부친 돈은 바로 빼서 줄게."

"그게 중요한 게 아니고, 어차피 부도야. 낼 아침이면 공장에 있는 물건 다 날라 가. 내가 몇 번이나 봤어. 경찰은 못 지켜. 직원들도 마찬가지고. 결국 니 책임으로 돌아와."

"그러면 어떡하지, 리스 기계도 들고 가버리면."

"친구야, 나를 믿고 나에게 맡겨줘, 공장 안에 있는 모든 기계를 나한테 넘겨준다는 위임장을 써줘."

"그러면 바로 교도소 갈 텐데."

"니 물건이야. 내가 빼서 은행 물건, 리스 물건 그리고 니 것까지 정리해서 팔아줄게. 이렇게라도 하지 않으면 낼이면 다 끝이야, 너도 나도."

그가 멍하니 있는 사이 위임장을 내밀었다. 그가 사인을 해주는 순간 수연에게 달려가 키스라도 하고 싶었다.

인간에게 과연 신의란 무엇일까, 어디까지가 신의고 배신일까. 나의 이익과 너의 이익이 맞아떨어지면 신의가 발생하고 그렇지 않으면 신의는 물거품처럼 사라지는 것일까.

최구에게서 소개받은 사람들은 일단 험악하게 생겨서 좋았다. 덩치가 크고 얼굴은 제멋대로 생겼고 팔뚝에는 몸으로 이어질 것 같은 문신이 가득했다.

'어디서 저런 사람들이 존재하지?'

처음으로 최구에게 감사했다. 깡패 세 명과 철재상에서 일하는 인부 3명, 그리고 추레라 차량 두 대와 화물차 열 대 정도를 공장 앞으로 대기시키고 20톤 지게차 두 대를 불러들였다.

밤 7시에 한목이는 하얀 와이셔츠에 양복을 입고 넥타이까지 메고 두 사람의 비슷한 복장을 한 젊은 사람과 공장에 나타났다. 그의 손에는 타이핑된 위임장과 기계목록이 들려있었다.

"우리 기계를 빼가라는 사장님의 위임장입니다. 지금부터 기계를 빼내겠습니다. 사장님이 지시한 우리 물건만 빼갑니다."

강경하던 공장 직원들이 우물쭈물하던 사이 박희섭이 공장장을 설득해 문을 열었다. 웅성거리던 직원들 앞으로 건달들이 성큼성큼 다가가자 모두들 자리를 비켰다. 그리고 목록에 있는 기계들을 골라 딱지를 붙였다. 그냥 종이 딱지에 불과한 것이었다.

 문이 열리자 사람들이 걷잡을 수 없이 밀어닥쳤다. 순식간에 아수라장이 되어버렸다. 각자 자기들이 납품한 물건들만 꺼내려고 혈안이 되어있을 뿐 정작 한목이가 붙여놓은 하얀 종이스티커가 붙은 기계들은 손끝 하나 대지 않았다.

 한목이는 가슴을 쓸어내렸다.

 '부도 난 판에 니것 내것이 어딨어?' 그는 두려움도 망설임도 없이 지게차를 들이댔다.

 작업은 새벽까지 이어졌다. 유일한 방해꾼은 술이 잔뜩 취한 거래처 사장이었다. 그는 나가는 기계 앞에 배를 깔고 누웠지만 건달들이 전혀 폭력을 쓰지 않고 구석으로 던져버리곤 했다. 또 한 가지 난처해진 것은 일을 부리기 위해 데려간 고철쟁이들이 시키는 일은 않고 공장 곳곳에 방치된 비철류를 훔쳐내기 바빠 일이 더뎌진 것이었다.

 새벽 6시 쯤 공장에 다시 왔을 때는 이제 굴러다니는 쇳덩이 하나라도 가져가려는 사람들로 마치 이삭 줍는 사람들 같았다.

 기계는 모처에 옮겨져 잠잠해지길 기다렸다. 시간이 흐르자 윤곽이 잡히기 시작했다. 은행에 저당 잡힌 기계와 캐피탈 기계를 분류하자 급하게 매물로 내놓아 팔 수 있는 금액은 삼억 오천 가량이었다. 이상원에게 빌려준 돈은 이억 오천 정도였고 고철로 이미 회수된 금액은 일억 정도였다.

 그날 밤의 경비로 건달 개인당 백만 원이 나갔고 인부들은 삼십만 원이 지급될 예정이었으나 이십만 원만 지급되었다. 그들이 몰래 주위

모은 신주고철이 그날의 일당보다 많았다는 것을 본인들이 더 잘 알고 있었다. 그리고 지게차비와 화물비등이 천만 원 정도 나갔다. 평상시에 쓸 수 있는 비용의 두 배였다.

화물차는 모처에 한 번 기계를 옮기고 다른 화물차가 들어와 최종 집하장으로 옮겼다. 그렇다고 찾고자 하는 사람이 못 찾을 리 없겠지만 부글부글 끓는 냄비 속의 물을 뒤집어 쓸 필요는 없었다. 한목이는 이상원과 아무런 협의를 하지 않았다. 그에게 지킬 약속만 지키면 그것으로 끝이었다.

맨 처음 기계를 구매하러 온 사람은 부산의 밸브공장 사장이었다. 그가 원하는 기계는 특수척이 달려 있는 CNC선반이었다. 유감스럽게도 기계는 모 캐피탈 자산이었다. 하지만 모른 척 하고 최대한의 금액을 받고 팔아버렸다. 그리고 바로 잔존 가격을 캐피탈사에 송금하고 채권 관계를 정리했다.

다음은 은행담보가 걸린 기계였다. 임자가 나타나자 그것 역시 임의로 팔고 은행에 들어가 남은 금액을 정리하고 차액을 챙겼다. 그리고 몇 대의 기계가 나갔다. 그리고 몇 대의 기계를 더 정리하고 나자 백오십 평 공장에 꽉 찼던 공장이 헐렁해졌다.

몇 달 후 한목이는 남은 기계로 다시 가공업에 재기하기로 하고 공장장으로 박희섭을 앉혔다. 이상원에게는 일억 정도를 맞춰주려고 했으나 오천만원을 쥐고 있다가 결국은 삼천 밖에 못 건너갔다. 한목이는 중국으로 밤 봇짐을 싸서 도망간 그에게 남은 빚이 많다는 것을 알았지만 거기서 끝이었다. 마지막으로 남은 돈을 고스란히 들고 오수연을 만났다.

한목이는 그녀에게 돈을 건네주고 나자 그렇게 마음이 홀가분할 수가 없었다. 하지만 오수연은 술잔이 거듭될수록 침울해져갔다.

"나는 오빠를 어느 순간 신뢰하지 않게 됐어. 그때가 언제인지는 알거야. 나는 그 때 마음속으로 안녕을 고했지. 서울 쪽방에서 어느 날 사라져버린 날도 나는 원망 하나 하지 않았지. 당신 동생 보상금을 그 여자에게 몽땅 갖다 줬다고 들었을 때 배인선이 부러웠을 뿐이야. 또한 어떻게 해서 내게 떨어진 아파트를 팔아 건네준 돈도 공장에 들어 간 게 아니라 그 여자에게 갔다는 것을 알았지만 오빠를 파렴치한 인간으로 여기지 않았어. 오빠를 거부한 것은 늘 나였으니까. 하지만 참을 수 없었던 것은 내가 최구와 결혼한다고 했을 때 아무런 제지를 하지 않은 오빠를 보고 나는 '안녕.' 이러고 속으로 외쳤지."

한목이는 말을 막아서고 싶었다.

'아니야, 나는 최구라면 차라리 나하고 같이 하는 게 나을 거야.' 라고 말하고 싶었지.

"그런데 왜 오빠를 다시 만나러 왔냐고? 왜 언제든 부르면 만사 제쳐두고 오빠에게 달려오느냐고? 나는 어느 순간 오빠와 전쟁을 벌이기로 했어. 전쟁 당사자와 떨어져 있으면 안 되니까. 오빠를 속속들이 알아내서, 그래서, 그 전쟁에서 오빠를 이기고 싶으니까. 오늘 오빠가 몇 배로 불려준 돈이 어떻게 될 거 같아? 오빠와의 전쟁에 쓰일 군자금이 되겠지. 아마도."

오수연은 술이 취했지만 또박또박 처음으로 자신의 심정을 이야기했다. 한목이는 그저 그녀의 취언이라 생각했다. 어떻든 수연에게 마음의 빚을 일부라도 갚은 게 그렇게 편할 수 없었다.

"그런데 그 돈으로 뭘 할 거야?"

"그러게, 뭐 아파트나 사지. 내가 뭘 하겠어?"

그녀는 방심하듯 말했지만 눈빛은 이미 강렬한 의지가 담겨 있었다.

박희섭은 오랜만에 한목이를 만나고 있다.
그의 새 공장은 아직도 신축 중이었다. 자회사동 건물은 모두 세 동이
었고 본관은 이미 완성되어 집기들이 들어오기 시작했다. 그리고 나머
지 부지들은 협력사들에게 분양되어 공장들이 지어지고 있었다. 한목
이는 본관의 임시 책상 앞에 앉아있었다. 얼마 전까지만 해도 자신의
직원이었던 박종철이 그와 뭔가 이야기를 나누고 있었다.
 박희섭은 숨을 고르고 천천히 다가갔다. 그들의 시선이 동시에 느껴
졌다. '이건 뭔가, 너무나 뻔뻔하지 않은가.'
 그렇게 생각하는 순간 옆방에서 멋진 여직원이 차를 들고 나오고 있
었다. 마치 그들의 험악한 파티를 중재하겠다고 나서는 천사 같은 표
정의 미소를 짓고 있었다.
"야, 박사장 오랜만이네."
한목이가 일어나 악수를 청했다. 비뚤어진 코는 여전했다.
'돈을 좀 벌었으면 수술이나 하지.' 속으로 조롱했다.
박종철이 약간 얼굴을 붉혔다.
"저는 가보겠습니다."
"아니, 아니요. 어차피 같이 일할 식구들인데. 허허허."
"이게 뭡니까?"
박희섭은 씹고 있던 껌을 그대로 바닥에 뱉어내버렸다. 탁자에 음료
잔을 내려놓은 허혜지가 조금도 당황하는 기색 없이 휴지를 빼내 껌을
주워 휴지통에 버렸다. 그녀의 미끈한 다리가 허리를 구부리면서 그대
로 드러났다.
 '붙어먹고 다닌다는 년인가?' 질투심이 일어났다. 불과 십여 년 만에

드러난 능력 차이였다.

"사장님 나는."

박종철이 뭔가 변명하려 했다.

"당신 사장이 아니야. 당신 사장이었다면 그런 고발을 부추길 리 없지."

박종철의 말을 잘랐다.

"대체 무슨 말을 하는지 저는."

"왜 이래? 짝퉁 물건 팔아먹었다고 꼬질러 났대, 그리고 여기 와서 빌붙어 묵어? 부끄럽지도 않나?"

"이봐요, 나는 그런 일 한 적 없어요."

박종철이 화를 벌컥 내고 달려들었다.

"아아, 이러지 말고 자리에 앉지. 무슨 오해가......"

"선배님 왜 이러세요? 먹고 살만하니까 뵈는 게 없어요?"

박희섭은 씩씩거렸다.

"뭔가 오해가 있었겠지."

"그래서 이 사람이 여기 있나요? 설마 설마 했는데."

"이 사람은 진즉부터 나하고 알고 있는 사이고 단지, 그 회사에서 그만 두어 영입한 케이스에 불과하네. 뭔가 오해가 있군 그래."

한목이는 허혜지를 쳐다보고 다정하게 말했다.

"혜지야, 너는 나중에 좀 보자."

"짝퉁이나 팔아먹으니 우습게 보여요?"

"그러면 짝퉁을 안 팔면 되잖아."

"그게 말이......."

그때 한목이의 손이 쓱 들어와 그를 앉혔다.

"희섭아, 우리가 그 짝퉁을 진짜로 만들면 안되것나?"

"참내, 그게 쉬워요 선배님?"

"그래서 너를 만나려던 참이었는데 니가 찾아온 거야."

"나는 당신과 다시는 일 할 생각이 없어요."

한목이는 담배를 꺼내 무는 그를 가만히 보고 있다가 진지하게 말했다.

"우린 같이 가야 산다. 봐라. 이 건물에 모두 다 모이자. 없는 것들 죄다 모아서 우리 브랜드 한번 만들어보자. 대기업들 똥구멍이나 닦지 말고."

한목이의 눈이 이글거렸다. 그를 다시 만난 지 십여 년도 넘게 세월이 흘러갔다. 오래전에 이상원의 회사가 날라 갔고 그 부스러기들을 모아 일 년여 만에 그대로 재현해놓은 한목이였다. 그 회사에서 근무하던 대부분의 사람들 중 알짜배기 직원들만 추려 내와 그대로 답습해 영업과 생산시설을 구축하고 자리를 잡자 그를 포함해 제일 먼저 데려왔던 사람들을 잘라버린 그였다.

"당신을 믿으라고?"

"믿어야지."

"안 믿으면?"

"그야, 자네 회사 한유펌프는...... 날라가겠지."

박희섭은 두 다리에 힘이 쭉 빠졌다.

19. 새로운 남자

열 두 시간의 비행 끝에 도착한 김해 공항은 차갑고 날카롭기까지 한 바람이 불어댔다. 어제는 비행기도 이착륙하지 못할 정도로 기상상태가 불안정했다고 하니 어쩌면 무사히 지면에 내려앉은 것만 해도 감사해야 했다.

'그동안 아버지는, 무사하시겠지.'

강지훈은 애써 마음을 가다듬고 곧장 그의 아버지가 입원해 있는 대학병원으로 향했다. 도시의 풍경은 변한 게 없어보였으나 병원은 더 크게 확장해 가며 자리를 틀고 앉아 있었다. 점점 살쪄가고 있다는 표현이 맞을 듯싶다. 그동안 병원은 더 많은 환자들을 끌어들였을 것이고 더 많은 검진을 요구하고 들어눕혀 그들의 주머니를 서슴없이 털어댔을 것이다.

'지훈아, 나는 쇠쟁이로 한평생 기름 묻히고 살아왔지만 니는 이런 병원의 의사가 되어야 한다.'

아버지는 그가 몸이 조금만 안 좋으면 동네 병원 대신 큰 병원을 일부러 찾아 데려와 진찰받게 하면서 주문처럼 내뱉은 말이었다. 그 아버지의 말이 씨가 되었는지 그는 의과대학에 진학했다. 그것도 미국까지 가서 제법 전도유망하게 아버지의 주문을 성실히 이행하고 있었다. 그런데 갑자기 아버지는 얼마 전부터 그 의사라는 것도 걷어치우고 국내로 들어올 것을 강요했다.

이제 제법 그 하기 싫은 일에 익숙해지고 있었고 운명으로 받아들일 즈음이었다. 이 세상에 적성에 맞고 흥미를 일으키는 일이, 그런 직업이 과연 얼마나 있으며 또 그런 기회를 가질 수 있는 사람이 얼마나 되겠는가. 그저 살기 위해, 살아남기 위해 직업을 가지고 아침부터 밤까지 얽매여 움직이는 게 대다수의 인생이 아닌가.

다행히 의사라는 직업이 사회적 존경과 적절한 보수를 받는 직업이고 우월적 직업군에 있다는 것 외에 다를 건 아무것도 없었다. 어쨌든 아버지의 그 공장에서 일하지 않은 것만 해도 고마운 일이라고 생각하며 살던 차였다.

"아버지 저는 제조업 같은 거 할 생각 없어요."

그는 처음에는 단호하게 말했다.

"일단 한 번 넘어와서 이야기 해보자."

"아니요. 저는 여기 그냥 있을랍니다."

그는 마침 멕시코 출신 이민 여성과 연애 중이었다. 처음엔 같은 모국 출신 유학생들과 외로움을 나누는 연애가 전부였지만 점점 그 연애의 범위를 넓혀가고 있었다. 그녀는 약간의 검은 피부 외에는 흠잡을 데 없는 매력을 발산하는 여자였다. 처음의 섹스는 두렵고 의심스럽게 진행됐지만 곧 두려움은 호기심으로 의심은 섹스의 새로운 스펙트럼을 안겨주었다.

더 이상 어느 대학, 어떤 집안 출신인지를 질문 받을 필요는 없었다. 다만 아쉬운 것은 늘 한계가 있었다. 과연 마음을 털어놓을 상대인지,

얼마나 그 내면에 들어가 있는지, 그 정서의 강에 다다라 있는지 자신이 없었다.

'동생, 동생이 있잖은가.'

비행기 속에서 내내 그 생각을 했다. 아버지도 늘 그렇게 말하지 않았는가. 자신은 공부해서 의사가 되고 동생은 가업을 물려받기로 한 게 아닌가.

"그 머저리 같은 놈에게 공장을 맡긴다고? 차라리 그 득달같은 직원들한테 넘겨주거나 하청업자에게 넘겨주고 말지."

'그럼, 그렇게 하세요. 그 돈을 어디서 벌었는데요.'

차마 그렇게는 말할 수 없었다. 차일피일 미루다보면 포기하겠지 했는데 갑자기 아버지가 쓰러졌다는 소식이 전해져 왔다. 아버지는 당뇨를 심하게 앓고 있었고 거기에 따른 여러 가지 합병증으로 고생하고 있었다. 아버지는 그가 무슨 대단한 의사가 된 것처럼 의학적 조언을 요구하거나 약을 구해주길 바라곤 했다.

병원 입구에 동생과 고모가 나와 있었다. 계모가 보이지 않은 게 천만다행이라 생각하며 긴 복도를 따라 병실로 들어섰다. 어제까지 중환자실에서 누워있었다는 아버지는 겉으론 제법 멀쩡해보였다. 자신을 국내로 들어오게 하기 위한 아버지의 술책이 아니었나 싶을 정도였다. 하지만 손을 잡았을 때의 차갑고 습한 그 불유쾌한 느낌은 생명의 온기가 얼마 남지 않았다는 걸 예감하기에 충분했다.

아버지의 힘을 잃은 눈빛이 흔들렸다. 두려워하고 있었다. 단 한 번도 자식 앞에서 약한 모습을 보인 적이 없던 분이셨다. 갑작스러운 어머니의 죽음에서조차 '자초한 죽음이야.'라고, 못을 박아버린 분이셨다. 감히 아버지에게 대항할 수 없는 나이에 어머니와의 이별을 야속하게 정리했었다.

아버지는 동생과 고모를 내보낸 후, 천천히 말했다.

"내 일이 보잘 것 없어 보일 때가 많았다. 아니 그렇게 생각하며 살았다. 더럽고 냄새나는 일이었으니까. 그래서 악착같이 돈을 벌었는지도 모른다. 돈을 벌어 빨리 그곳에서 떠나고 싶었으니까. 늘 환경은 열악했고 닭처럼 빨리 일어나 개처럼 늦게까지 일해야 했다. 일감 때문에 전전긍긍해야 했고 수금 때문에 애를 태우기도 했지. 그런데 어찌하다보니 여기까지 왔다. 내 아들 의사 될 때까지, 그때까지만 일하고 싶었다."

노인은 잠깐 물을 마시고 목을 축였다. 강지훈은 그 순간을 놓치지 않고 조용하고 단호하게 말했다.

"아버지, 저에게 뭘 바라진 마세요. 아버지 때문에 의사가 됐고, 이제 만족해가고 있어요. 그러니 가업을 이으라는 등, 그런 말은 하지 마세요. 동생도 있고 고모도 있고 고모부도 계시잖아요. 또 그들이 하기 싫다면 전문 경영인에게 맡기면 되고, 정 싫다면 회사를 접으세요."

"너는! 매사에 욕심이 너무 없어. 내가 피땀 흘려 만든 회사를 그 하찮은 인간들 때문에 그만두라고?"

"아버지, 저는 그냥, 이제 쉴 때가……"

"그래, 느 아버지, 쉬고 싶다. 하지만 억울해. 그리고 아무도 못 믿겠어. 아무도."

다시 목을 축이고 말을 이었지만 쇳소리가 났다.

"나는 지키고 싶다. 내 공장을. 지금 공장 가봐라. 온 공장에 붉은 띠가 둘러져 있다. 먹여주고 살려준 대가가 이런 것이냐? 다 저 머저리들, 느그 동생과 느그 고모부 탓이다. 내가 질 것 같냐? 노조 없었더니 소사장들이 뭉쳐서 저지랄 하는 거 처음 봤다. 나는 안 진다."

고집스럽게 말을 마치고 노인은 숨을 가쁘게 몰아쉬었다.

'생에 무슨 미련이 남았을까.' 강지훈은 이미 자기 손을 떠나고 있는 세상에 지배력을 잃지 않으려는 노인이 안쓰러웠다. 하지만 그 노인의 수발을 들어줄 수는 없었다.

"아버지, 이제 와서 저에게 어쩌라고요. 제가 경영을 압니까, 그렇다고 아버지처럼 밑바닥 인생을 압니까, 기술이 있습니까."

"너는 다 해낼 수 있어. 공장 문을 닫을지언정 데리고 있던 놈들한테 지면 안 돼. 덩달아서 직영 놈들이 노조를 다시 만들고 덤벼? 여긴 내 피와 땀이 배인 곳이야. 그 무엇과도 바꿀 수 없는...... 그깟 의사 집어치워라."

강지훈은 아버지 강호보의 입에서 '그깟 의사'란 말이 튀어나올 줄은 몰랐다. 에고가 강하고 집착이 대단하고 이기적이기까지 하다는 걸 알고 있었지만 당황스러웠다. 전문의가 되기 위한 그 지난한 과정을 아버지는 알까. 아버지의 손톱 밑에 긴 새까만 기름때를 씻어주기 위해 자신은 피고름을 손톱 밑에 게웠다.

강지훈은 아버지의 그 오기에 찬 발언에 대해 더 이상 대꾸를 하지 않고 얼마 동안 이야기를 들어주다가 병실을 나왔다. 고모를 남겨두고 동생과 복도에서 이런저런 이야기를 나누고 있는데 어떤 남자가 다가왔다. 오십은 족히 넘어 보이는 나이의 사내였다.

"강박사, 나 모르겠는가?"

분명 안면은 있는 얼굴이었으나 기억은 떠오르지 않았다. 턱수염도 제대로 깎지 않은 상태였고 때 긴 작업복을 걸쳐 입었고 구두는 먼지가 잔뜩 끼어 있었다. 그는 자신의 외모에 전혀 신경을 쓸 만큼 여유가 없어보였다. 그때 동생이 끼어들었다.

"사장님 여기까지 오시면."

"안 오면, 안 오면 죽게 생겼는데, 강박사 나야. 오방구 선반하던 사람

기억 안나나, 내가 만지던 대형 선반을 보고 집채만한 굴렁쇠가 잘도 돌아간다고 했잖은가."

"아, 예. 기억이 나요. 그런데 왜."

그 의문은 무슨 일이냐고 묻는 게 아니라 왜 얼굴이 그렇게 형편없이 변했냐고 묻고 싶은 것이었다.

'왜 그렇게 쪼그라졌어요?' 하고 물을 순 없었다. 십여 년 전에 그가 미국대학에 합격하고 잠깐 쉬는 동안 공장에서 아르바이트하던 시절에 보았던 건강한 남자는 그 사이 중늙은이로 변해있었다.

오십이 조금 넘었을 거라고 추정되는 그의 모습은 그보다는 한참 더 들어보였다. 그 큰 대형기계를 능수능란하게 조작하던 그 남자의 활달한 모습은 이제 없었다.

"내한테는 자네 아버지가 그러면 안되지. 자네 아버지 만나서 노조과 괴하려고 할 때도 앞장섰고 소사장이라고 해서 했고 온갖 비난 다 받으면서도 다른 소사장들과 회사 중간에서 군소리 한번 안하고 타협하고 협치한 죄밖에 없네."

"아저씨, 저는......."

"내 집 팔아서 기계인수 받아 일했네. 그러면 살길이 열린다고 해서. 헌디 이게 무슨 꼴인가, 하루 아침에 공장을 폐쇄해버리시면 우린들 앉아서 죽을 수 없잖은가. 자네 아버지가 그러겠는가. 죄다 그 젊은 여우가 사장님 속이고 제 맘대로 회사를 이 꼴로 만든 거지."

강지훈은 젊은 여우라는 말에 연상되는 여자를 떠올리자 혈압이 올라갔다.

"그 여자가 왜, 이제 공장에도 나타나나?"

그는 동생을 쳐다보았다.

"새어머니가 다 운영 안합니까, 아버지는 몰라요."

동생은 더듬거리며 말했다. 순간적으로 욕설이 나올 정도로 어리버리한 대답이었다. 하지만 동생이 무슨 죄인가 싶었다. 태어난 게 그리 태어났는데.

"아저씨, 저하고 같이 회사로 가지요. 이야기 좀 듣고 싶고."

안상규는 강사장의 아들 지훈을 이런 곳에서 만난 걸 행운으로 생각했다. 용케도 그가 알아봐 준 게 고맙고, 지저분한 고물차에 덥석 타준 것만도 황송했다. 안상규는 고자질하는 아이처럼 쉴 새 없이 떠들었다. 어떻게든 이 젊고 현명한 왕자님이 이야기를 경청해서 공장을 정상화만 해주면 목숨이 보존될 듯 싶었다.

회사는 온통 난리법석이었다. 울타리 사이로 각종 현수막이 붙었고 조합원들과 소사장들이 공장 바닥에 자리를 깔고 틀어 앉아 있었다. 아버지 강호보의 이름 석 자가 선거벽보처럼 나뒹굴었다.

요약하자면 '개자식 강호보는 공장 폐쇄를 중단하고 무릎을 꿇고 사죄하고 위장 폐업을 중단하라.'는 내용이었다. 아버지의 말을 빌자면 먹이고 길러준 것들의 반란이었다.

"언제부터 이랬어요?"

약간의 원초적인 혈육에서 오는 모욕감을 느끼며 물었다.

"몰랐습니까? 벌써 수 개월 째지요."

"뭣 때문이지요?"

"아버지 성질 잘 아시잖아요."

아버지의 성질, '당신의 회사라고만 생각하는 게 잘못이지.'

"사장님은 누구든 고분고분 안하면 끝이니까. 그냥 굽신거리고 대충 비위 맞추면 우쭐해져서 금방 풀어지고 오히려 요구하는 것보다 덤으로 더 주시는 양반인데. 서로 잘못 건드린 거지 뭐. 허긴 자네 아버지가 뭔 죄가 있겠나, 다 자네 새어머니가 회사를 다 조져놨지."

"그 여자 얘기는 그만하지요."

과묵한 젊은이도 더 이상 듣기 싫은 모양이었다. 하지만 안상규는 그의 일그러진 신경을 더욱 긁어놔야 했다.

"그 여자가 회사 돈을 죄다 긁어간다는 소문이 있어. 그래서 깡통이 되고 있고 자네 고모부가 어눌해서 그 여자에게 아양을 떨고 있지. 자네 아버지에겐 자네 고모부는 고양이 앞에 쥐니까."

사무실로 들어가기도 전에 강지훈의 고모부 김기태가 나타났다. 작달막한 키가 지훈이 한 계단 아래 있어도 머리가 같아보였다. 안상규가 같이 들어서는 것이 의외라는 듯이 머리를 두리번거리며 큰 눈을 굴렸다. 평생 남의 눈치나 보며 사는 모습의 전형이었다.

"왜 단 한 번도 이야길 안하셨지요? 회사가 이 모양이 됐다고."

강지훈은 아랫사람 다루듯이 다그쳤다.

"어르신이 하지 말라는 걸 어떻게 하나, 자네 신경 쓴다고."

"그래, 공장을 하시긴 할 건가요?"

"내가 알 수 있나."

"상무님은 도대체 뭐하는 사람입니까? 아버지가 고모부를 고용한 것은 못난 내 동생에게 공장을 순조롭게 넘기려고 한 거 아닙니까?"

"공장이 요새 맘대로 되는 게 있나."

"맘대로 안 되서 이렇게 놔둘 건가요?"

강지훈은 마치 당장이라도 공장을 경영할 것처럼 따지다가 자제하며 물었다.

"직원들과 소사장들이 뭘 요구합니까?"

"그놈들은," 말하려다가 안상규의 눈치를 한 번 살피고는 이어갔다.

"그놈들은 끝이 없어요."

"이보소. 김상무. 우린 최소한의 결제일을 지켜주라고 했고 노조는 기본임금인상안을 제시했을 뿐이오."

옥신각신 실랑이가 붙는 걸 강지훈은 모른 척 듣고 있다가 끼어들었다.

"내가 진짜 이 공장을 맡을까요?"

김기태의 코끝이 벌게졌다. 그는 두 손을 흔들었다.

"강박사, 그게 말이 되는가. 갑자기 장인어른이 노망이 나셨지. 자네가 무슨 이런 허접한 공장을 인수한단 말인가. 병든 아버지 욕심이지."

"허접해요? 이 공장이, 보세요. 모터에 관한 특허만 해도 몇 개인가. 그리고 병든 아버지요? 아니지요. 아버진 이제 와서야 나를 의사로 만든 걸 후회하고 있어요, 이 회사는 그만한 가치가 있는 겁니다. 예전에 아버지는 그걸 몰랐을 뿐이구요."

강지훈은 쏘아붙이고 나가버렸다.

"진짜로 운영하실 건가?"

안상규가 따라와서 물었지만 대답할 가치가 없었다.

아버지가 회사를 왜 갑자기 자신에게 물려주려고 하는지 이해할 수 있을 것도 같았다. 하지만 이런 자와 손을 잡고 공장이 그 여자에게 넘어가지 않기 위해 에너지를 쏟아야 된단 말인가? 강지훈은 고개를 흔들었다.

"공장이 다른 사람 손에 넘어가면 아저씨는 어떻게 되죠?"

"그야, 내 헌 기계와 함께 버려지겠지요."

"당신은 내가 운영하면 살아남을까요?"

맥없이 물었다.

"그야······"

그 때 안상규의 머릿속에 번개처럼 떠오르는 생각이 있었다.

'그렇지. 나를 안고 갈 사람을 찾아야지. 전혀 모르는 낯선 놈이 이 공

장을 인수하면 누가 내 저 구닥다리 기계와 늙은 나를 인정해주겠는
가.'

"파실 거지요? 어떻게 만든 의사 자린데."

"이봐요. 내가 아니라 그 여자에게 물어야 될 겁니다. 아버진 이
미……"

강지훈의 비상한 머리는 새어머니가 자신이 돌아온다는 걸 알면서도
코빼기도 안 보이는 이유를 알고 있었다. 아버지는 그 여자에게 재산
을 일부 넘겼을 것이다. 그것이 서류상이더라도 그 여자는 쉽게 양보
하지 않을 것이다.

그 뒷날 안상규는 (주)칸 −피스 공장 앞에 서 있었다. 경비에게 찾아
온 용건을 말하자 본관의 출입구가 열렸다. 문득 한목이 사장이 자신
을 기억해줄지 의문이 들었다. 그때도 지금처럼 범용장비 두 대를 운
영하며 '꼽사리 낀' 인생을 살고 있었다. 하지만 그때만 해도 수많은
방산 부품이 그의 손에 의해 깎여 나갔다. 대부분 수치제어로 공작기
계가 넘어갔지만 아직 대형물은 아니었다.

한목이의 사무실로 들어설 때 마침 대여섯 명의 직원들이 이제 막 회
의를 마치고 나오는 중이었다. '불사조야, 불사조.' 안상규는 중얼거렸
다. 완전히 털어먹고 십여 년 만에 재기에 성공한 그에게 경의를 표하
고 싶었다.

2008년 금융위기 때 한목이는 파산에 내몰린 상태였다. 그런 그가 지
금 번지르르한 회사의 사장이 되어있고 새로운 공장을 짓고 있다는 소
문이 그의 귀에도 들렸다.

손을 세차게 잡고 흔드는 그는 그때보다도 젊어보였다.

"이야, 안사장, 살아 있었나?"

"죄송합니다. 진즉에 한 번 찾아왔어야 되는데 목구멍이 포도청이라. 사업은 잘 되시죠?"

"뭐, 요즘 일만 잔뜩 벌여놓고 난리도 아닙니다. 내 브랜드 하나 만들기가 쉽지 않네요."

"대기업들이 단가를 워낙 후려치니 다들 자기 상품 가지고 싶지만 그게 쉽나요? 요새는 외국에 직접 부품도 수출한다던데 그게 더 안 나은가요?"

안상규는 허물없이 대해주는 그에게 알은 체를 했다.

"글쎄요, 한 번 부딪혀보는 거지. 그런데 안사장 얼굴이 왜 그 모양이야? 어디 아프나?"

"아프긴요 마음이 좀 아프지요."

두 사람은 잠깐 껄껄거리고 웃었다. 허혜지가 잠시 고개를 들어보고 웃고 있다. 한목이는 그걸 눈치 채고 말을 붙였다.

"혜지야. 옛날에 말이다. 우리 아부지가 내 친구 아버지에게 하대를 당하는 걸 본 적이 있었어. 그때 우리 아부지 얼굴이 그 사람보다 열 살도 넘게 보였는데 기분 더럽더라고. 알제, 내가 느 엄마하고 양다리 걸쳐 좋아했다는 여자의 아버지, 근데 사실은 지금 이분처럼 우리 아부지가 나이가 작았어. 우리 아부지가 너무 고생해서 그리 보인 거야."

"아이구 참 사장님은, 저도 면도 하고 씻고 하면 본 나이 나옵니다."

"이 사람아 내가 열다섯에 이미 스물로 보인 적도 있었네."

두 사람은 껄껄 웃어넘기고 그리고 몇 마디 잡담을 섞었지만 교묘하게도 옛날이야기를 피해갔다.

"그래, 나를 급히 찾은 이유는?"

"사실은 제가 일하고 있는 회사가 문제가 좀 있어요."

그는 뜸을 들인 후 말을 이었다.

"좀 아까워서요. 우리 사장님이 평생 동안 일군 회사고 모터 쪽에서는 알아주는 회사였는데 하루아침에 날라 갈 판이거든요."

"모터......? 모터요?"

심드렁하게 듣고 있던 한목이가 두 눈을 크게 떴다.

"예, 우리 공장이 모터 공장 아닙니까?"

"그래요?"

그리고 잠시 침묵이 이어졌다.

"문제라는 게 뭐지?

"사장님이 곧 죽게 생겼어요. 뭐, 아들 시켜서 해볼라고, 하지만 그 아들이, 미국 의사가 미쳤다고 그 짓을 하겠어요?"

안상규는 스스로 그렇게 말하고 마음속 갈등의 고리를 끊었다. 두 사람과 흥정을 붙이자. 다만 강지훈과 배인선 중에서 누구를 연결할지는 고민해보자.

허혜지가 흥미로운 듯 고개를 돌렸다.

"의사요?"

"사연이 많아요. 공장은 아무나 하는 게 아니지요. 또한 새파란 놈이 뭘 하겠어요. 그라고 실세는 따로 있구요."

"그게 누구지?"

"사장님 이거요. 그분이 다 하죠."

안상규는 새끼손가락을 치켜올렸다.

"선을 대주게."

"연결되면 저는......"

"물론 자네 일을 계속 하게 해줄게."

뜻밖의 원군이었다. 지난주에도 중국에 출장 간 것도 모타 때문이었다. 펌프에서 모타는 핵심이었다. 새로운 공장단지에 들어올 마지막

업체는 모타 공장이었다. 그렇게 되면 완벽한 협업 하에 단일 공장단지에서 펌프를 생산해낼 수 있는 모든 체계가 갖추어진다. 지금 바로 직전까지만 해도 모타는 중국업체에서 수입하는 걸로 굳혀가는 상황이었다.

한목이는 심장이 쿵쾅거리는 걸 느꼈다.

"요는 사모님을 공략해야 해요. 후처지만 그분이 모든 걸 쥐고 있어요."

그가 나가자마자 한목이는 외투를 챙겨 입었다. 허혜지가 일어나서 배웅하며 묻는다.

"좋은 일인가요."

"글쎄. 가보아야겠어."

"사장님, 오늘 운동 약속 있는 거 알죠?"

"아, 그렇지……"

"봐요, 나하고 약속은 맨날 뒷전이죠?"

"무슨 소리, 우리 혜지하고 약속이 최고 우선이지."

"칫…… 아빠, 그리고 저녁에는 엄마하고 그분하고 저녁 약속이 있어요. 운동하고 곧장 헤어져야 할 거예요."

"느 엄마는 그 남자하고 살 건가봐."

"싫어요?"

"아니, 나야 항상 네 엄마가 행복해지길 바라지."

한목이는 찬찬히 허혜지를 바라보았다. 긴 생머리가 허리까지 찰랑였다. 운동할 때는 그것을 단단히 묶어둬 말총처럼 흔들리기도 했다.

'이제, 너만 내 옆에 있으면 돼. 아무도 기쁨을 주지는 않아.'

한목이는 천천히 사무실을 나서다가 돌아섰다.

"너도 같이 가보자."

한목이와 김기태상무와의 몇 차례 비밀스런 만남이 진행되었고 마침 내 '대현기전' 회사의 실소유주나 마찬가지인 전무이사와의 만남은 설을 쇠고서야 약속이 잡혔다. 그 사이 강호보는 의식을 잃고 중환자 실에서 집중치료를 받고 있었지만 실제는 생명연장 장치에 의존한 삶 이 이어졌다.

김기태를 만나 회사를 둘러보던 중 우연히 회사원 같지 않은 멋진 양 복을 입은 젊은 남자와 마주칠 뻔 했는데 안상규는 모른 척 하라고 했 다.

"사장님, 저 남자가 그 의사인가 봐요?"

허혜지가 사무실 계단을 내려오는 남자를 바라보며 속삭였다.

"사장님, 모른 척 하세요. 모타 때문에 온 업체 관계자라고 했으니까 요."

안상규가 동선을 조정해 피해버렸다. 그때 한목이는 그 남자의 시선 이 허혜지를 따라오는 것을 느꼈다.

며칠 후 안상규가 뜻밖의 손님을 모시고 새 공장에 나타났다. 텅 빈 마당에 허름한 안상규의 트럭이 섰고 황송한 듯 그가 옆문을 열자 키 가 크고 멀쑥하게 생긴 남자가 머리카락을 쓰다듬으며 나타났다. 그는 아랑곳하지 않는 듯 공장을 휘 둘러봤다.

'작은 성이군.' 그는 생각했다.

그는 긴 다리로 성큼성큼 사무실로 다가왔다. 누군가 직원이 제지하 려했지만 안상규가 재빠르게 설명하며 사무실로 들어왔다.

허혜지가 자신도 모르게 일어섰다.

"안녕하세요."

그는 예의바르게 인사했고 허혜지와 잠깐 눈이 마주쳤다. 허혜지는 들고 있던 핸드폰을 떨어뜨릴 뻔했다. 멀리서 당황해하는 허혜지의 모습을 한목이는 놓치지 않았다. 뭔가 불길한 조짐이 느껴지는 순간이었다.

'아빠, 나는 남자에겐 일도 관심이 없어요. 어쩌죠? 아빠만 평생 괴롭힐 것 같은데' 천진하게 웃곤 하던 그녀였다. 한목이는 그때마다 그녀를 위해서 무엇을 해줄까 생각했고 다시는 그에게 다가온 행운을 놓치고 싶지 않았다. 그것이 무엇이라 불리는 감정인지 전혀 모르지만 누구에게도 뺏길 수는 없었다.

"저는 공장을 제 동생이 했으면 싶어요. 그런데 아버진 반대죠."

난처하게 됐다는 제스처인지 두 손을 들어올렸다.

얼마동안 실무적인 이야기가 오갔다. 한목이는 그에게 협업이나 매각 의사를 물었고 강지훈은 그럴만한 능력 있는 회사인지를 알아내려고 했다.

"정말로 우리 모타에 관심이 있어요?"

회사 업무에 대해선 아무것도 모를 것으로만 짐작했던 강지훈은 반대였다. 허혜지도 실무자로 앉아 있다가 그의 맑은 눈과 마주쳤다.

그 말은 '혜지씨 저에게 관심 있어요? 저는 첫눈에 반했어요.'라고 말하는 것 같았다.

"우린, 같이 일하고 싶습니다만."

"뭐가 문제죠?"

"직장 폐쇄돼도 상관없어요. 핵심기술만 있다면야 우리 단지에 들어와서 다시 시작하면 되니까요."

"나는 그들을 설득할 겁니다. 그들을 버릴 순 없지요. 제가 그들에게 받은 혜택이 얼마인데요."

"하지만 부친께서 그렇게 완고하시다니."

한목이는 조심스럽게 상대방의 눈치를 살폈다.

"아버지는 곧 돌아가십니다."

그는 냉정하게 말했다. 그때 안상규가 끼어들었다.

"그러면 더 큰 일이지요. 모르시겠지만 최근에는 사모님께서 실제 운영해 오셨으니까요."

강지훈은 눈빛 한 번으로 그를 제압했다.

"아니지요. 우리 아버지는 그렇게 허투루 일을 처리하진 않죠. 당연히 그 분 지분은 있지만 제가 결정권이 있어요. 제가 결정하면 다 끝납니다. 저는 능력 있는 분께 회사를 넘기거나 운영하게 하고 싶어요."

"우리가 인수하지 않고 협업했을 때는요?"

"당연히 동생에게 맡겨야지요. 저는 제 갈 길이 있으니."

"하지만." 그때 허혜지가 끼어들었다. 모두들 그를 쳐다보았다.

"동생은 안돼요. 나는 이 회사의 최대주주예요. 나는 당신이 아니면 인수도 협업도 없어요."

허혜지는 단호하게 말하고 강지훈에게 대답을 기다렸다. 혜지가 자신의 지분에 대해 공개적으로 이야기한 것은 처음이었다. 그리고 그 말은 사실이었다.

"내가요? 내가 할 수 있을까요?"

"예. 당신이 해야만 그 회사는 돌아가요."

"하지만 나는 곧."

"안 가시면 되잖아요. 설마 거기 누가 있는 건 아니죠?"

강지훈은 그녀를 빤히 바라보았다.

"물론 있지. 문제는 당신보다 못하다는 거지."

가끔씩 들려오는 그녀의 소식은 무관심으로 잊혀져버렸다. 그녀가 제법 부자 사업가와 만났고 그 사람의 공장이 창원에 있다는 것도 그중 하나였다. 그런데 그 배인선을 '대현기전' 사무실에서 만나게 될 줄은 몰랐다.

"세상에 이런 데서 만나다니."

그녀는 말을 잇지 못했다. 온몸에 귀금속을 달고 있는 그녀는 고대 피라미드에서 나온 황녀처럼 화려한 의상을 입고 있었다.

'이런 여자를 그토록 사모했던가?'

그는 입술을 깨물었다. 그녀는 자신의 복장을 의식했는지 머리에 쓴 모자를 벗고 외투도 슬쩍 의자에 걸쳐놓았다.

"창원이란 곳이 다들 동종 일로 연결되니까."

"설마 우리 아저씨와 연관되는 일을 하는 줄 누가 알았겠어." 그녀는 조금 들떠있었다.

'이 친구는 모든 걸 다 들어줬지.' 생각하자 자연스레 입 꼬리가 올라갔다.

"공장을 왜 이 모양으로 만들어 놨지?"

"아, 그거. 안 그러면 그 우리 남자가 끝까지 공장을 끌고 갈 거니까. 나는 좀 벌었을 때 접고 싶었거든. 인건비는 올라가지, 일하는 사람들은 애를 먹이지, 왜 그 짓을 계속해? 그 돈으로 손쉽게 돈 벌 곳이 얼마나 많은데."

배인선의 말은 간단명료했다.

"거기서 얼마나 많은 사람들이 먹고 사는데."

"그건 알바가 아니지."

그랬구나. 한목이는 온몸에 힘이 쭉 빠졌다. 이런 여자였나. 이런 여자 앞에 성공한 모습을 보여주기 위해 몸부림쳤나, 그는 중국 쪽 거래선을 잡기로 결정했다. 이 여자와 더 이상 이야길 나누다가는 자신이 살아온 인생의 전부를 부정해야만 할 것 같은 두려움이 일었다.

이제 아무 말도 귀에 들어오지 않았다. 안상규가 거들고 나섰지만 오히려 역겨움만 더해졌다.

"인수해줄 거지? 나는 자유롭게 살고 싶단 말이냐."

"자유?"

한목이는 싱긋이 웃었다.

'그래, 이제 나도 자유다. 너를 벗어날 수 있으니. 우상을 산산이 깨뜨리고 자유를 얻은 거야.'

그는 주머니 속에서 준비해간 목각인형을 건네주었다. 그것으로 그녀에 대한 환상은 깨지고 신비로운 마법의 힘은 사라질 것이다. 목각인형을 받아든 배인선은 영문을 모른 채 그를 멀뚱히 쳐다볼 뿐이었다.

2012년.

옥상에 오르면 바다가 보인다. 검고 짙푸른 구름이 나타나면 바다가 열리고 택시들이 청새치처럼 재빠르게 움직이며 도시의 바다가 열린다. 거대한 산호 숲처럼 건물들이 들어나고 그 건물이 붉은 입을 열고 낮 동안 방생했던 사람들을 품안으로 들이면 도시의 바다는 시작된다.

바다는 고요하나 숨을 멈추는 일은 없다. 끊임없이 웅웅거리며 고요히 물결을 만들고 있다. 그 바다에서 사람들이 산다. 떼 지어 도시의 바다를 부유하지만 들여다보면 각자의 모습으로 살아간다. 잘 사는 사람과 못 사는 사람들이 존재하고 행복한 사람들과 그렇지 못한 사람들이 공존하고 삶이 있고 죽음이 있다. 그러거나 말거나 바다는 늘 물결치고 흘러가고 포효하고 고요하기도 한다.

고영수는 회사 옥상에 앉아 한층 고요해진 하늘을 둘러보며 펼쳐진 도시를 물끄러미 바라보며 상념에 빠져 있다. 오르락내리락 사무실에 있으면 답답했고 옥상에 오르면 온 도시가 바다처럼 출렁거렸다.

'뛰어내려버릴까?' 몇 번이고 입술을 깨물어보지만 자신이 없다.

'어쩌다가 여기까지 왔단 말인가.' 후회를 하지만 소용이 없다. 은행에서는 이미 더 이상 대출도 만기연장도 없었다. 끊어놓은 어음이란 놈이 거대한 파도처럼 몰려오고 있었다. 몇 년 전에 있었던 금융위기도 넘겼는데 일이 없어서가 아니라 일시적인 자금경색으로 무너지려 하고 있다니 믿어지지 않았다.

"그 빌어먹을 수출이 문제였어."

후회했지만 소용없었다. 욕심내어 해외부품 사업에 뛰어든 게 잘못이었다. 단가를 후려치고 기계장치를 문제 삼아 물량을 줄인 국내업체에 발끈해 시작한 일이었다. 하지만 해외 수출의 문제점은 서서히 드러났다. 원자재 구매 등의 재고 부담, 납기 그리고 클레임이 문제였다.

태평양을 건너가면서 주물부품이 녹이 슬면 직원들을 파견하여 미국으로 날아가 녹을 닦아야 했다. 불량이 터지면 바로 상계처리로 돌아와 꼼짝없이 감수해야 했다. 그리고 점점 배는 기울어져 갔다.

'내 아이템이 없어서 망한 거야.'

고영수는 생각했다. 사무실로 내려오자 밤늦게 손님이 와 있었다. 외주처 사장 한목이였다. 그는 자동차라인을 자동화하면서 가까워졌고 그에게 결제해줄 미수금도 만만찮았다.

"자네도 수금 때문인가?"

고영수는 신경질적으로 물었다.

"아니요. 드릴 말씀이 있어서요."

한목이는 혈기왕성한 목소리로 말했다.

"뭘......" "다들 알고 있어요. 회사가 곧 문을 닫을 거라고."

"이 사람이!"

"사장님, 이럴 때는 회사를 찢어버리세요. 갈가리." 고영수가 손을 들고 내려치는 것을 한목이가 붙잡았다.

"오래 끌다간 다 죽어요. 아시잖아요."

요즘 회사에는 별의별 사람들이 들이닥쳤다. 소문은 빠르게 퍼졌다. 몇 달간 1차 부도만 벌써 몇 번째였다. 겨우겨우 막아갔지만 더 이상 희망이 없었다. 그러자 모사꾼들이 모여들었다. 저번 달에는 사채업자 돈을 썼다. 그것도 직원이 소개시켜준 건달의 돈을 기계를 담보로 빌려왔다. 그 기계가 은행에 잡혀있건 캐피탈사 것이든 그들은 신경 쓰지 않았다.

고향 동생이 찾아와 저축은행 이사를 소개시켜주기도 했고 파산 변화사의 외제차가 공장에 들어왔다. 종업원들이 태업을 벌이기 시작했다.

"어떻게 하자는 거지?

"회사를 셋으로 나누는 겁니다. 그래야 삽니다." "왜지?"

"보세요. 제가 공장 부도나는 거 많이 봤는데 우물쭈물하다가 다 뺏겨요. 솔직히 지금 사장님 건 아무것도 없잖아요."

"그야......" 고영수는 쓰라린 한방을 맞은 듯 했다. 이런 자들에게까지 조언을 들어야 하다니 한심했지만 그는 말기암 환자 같은 심정이었다.

"일단 수출 쪽은 그대로 내려 앉히고 방산 쪽은 살리세요."

"무슨 돈으로?"

"자동차부품 라인을 파세요."

"그걸 누가 사나? 전부 잡혀있는 기계를."

"제가 살게요."

"자네가 무슨 돈이 있다고?"

한목이는 듣지 않고 자신의 계획을 말했다.

"그 돈으로 방산공장을 옮기고 새로 시작하세요."

"거기까지만 제가 하는 충고로 할게요."

고영수는 끙, 하고 한숨을 내쉬었다.

"자넨 저걸 얼마에 사겠다는 거지?"

"사장님이 원하는 대로요."

"저건 빚 덩어리일 뿐이야."

"그 빚을 제가 살게요. 덤으로 제 결제는 끝난 걸로 하고 사장님께 이익을 드릴게요."

"자네가 얻는 것은 뭐지?"

"나는 거래처와 빚이지요."

오수연의 '바우집'은 늘 손님들로 북적댔다. 허름한 1층 건물이었지만 꽤나 넓은 부지였다. 음식은 정갈하고 깔끔했고 종업원들은 친절했다. 고기는 목장에서 직접 계약해서 가져왔다. 그녀는 끝가지 붙들고 있던 주공아파트 네 채를 팔아 이 집을 샀다. 이제 돈을 더 벌어 이 헌 집을 허물고 건물을 짓는 게 그녀의 꿈이었다. 그 건물명은 '바우'였다.

그녀의 손님들에게 친절해서 가끔씩 사적인 대화도 나누게 됐고 고민도 같이 하는 고객도 많았다. 며칠 전 그녀는 한사람의 고객에게서 엄청난 정보를 얻어냈다.

그것은 곧장 한목이에게 전달되었다.

"빌어먹을 새끼들 내가 느그들 전부 목을 쳐버릴 거야."

손님이 밑도 끝도 없이 꺼낸 말은 한목이의 거래처와 관련이 있었다. 그 거래처는 곧 부도가 날것이라고 믿고 있었고 손님은 그 업체가 하고 있는 자동차부품라인을 탐내고 있었다.

"다들 어렵다는데 그걸 왜 사려고요? '

오수연은 촉수를 들이밀었다.

"이 사람아, 사람이 꼭 돈을 벌려고 일을 벌이나. 내가 그걸 살려고 하는 이유는 따로 있지, 암."

오수연은 그날 밤 한목이에게 연락한 뒤 은행잔고를 들여다보았다. 거의 바닥이었다. 다음날 그녀는 은행으로 달려가 식당 건물을 담보로 대출을 받아 놨다. 건물에는 단 십 원도 대출이 없는 상태였다.

출입국관리사무소 직원들이 들이닥친 것은 점심 식사 전이었다. 못보던 봉고차가 회사 출입문에 들어와 한참동안 서 있었다. 이윽고 25인승 호송차가 도착하자 봉고차에서 열 명 남짓의 건장한 사내들이 건물을 봉쇄했다.

공장은 두 동이었지만 정확하게 한 곳을 특정해서 에워싸고 대여섯 사람이 공장 문으로 밀고 들어와 일하는 외국인들의 바지춤을 끌고나왔다. 도망가려고 했지만 순식간에 벌어진 일이었다. 그나마 눈치 빠른 두 명이 창문으로 뛰어내렸지만 그 중 한 명이 다리만 부러졌을 뿐이었다.

마치 남의 사육장에서 가축을 끌어내듯이 아무런 죄의식이 없었다.

"두 명 더 있는데 어디 갔지?"

직원이 서류를 뒤적거리며 실적에 아쉬움을 표했다. 잠시 후 고영수가 내려갔지만 이미 불법외국인 노동자들은 호송차에 실려 있었다.

"사람 아니요, 밧줄은 풀어주세요."

"아니요. 범법자입니다."

"일한 죄 밖에 없잖아!"

고영수의 눈에 핏발이 돌자 책임자가 턱짓을 했다. 옥신각신할 틈도 없었다. 지켜주지 못해서 미안할 따름이었다.

"언제부터 일했죠?"

서류 취조가 시작됐다.

"십 년씩 했을 거요."

"사장님, 그렇게 말씀하시면 벌금이 엄청 나요."

"이미 다 끝났소. 그러니 맘대로 쓰고 빨리 사라져주세요."

고영수는 시류의 맨 끝에 싸인 해주고 공장으로 들어오는데 숨어있던 두 놈이 컨트롤박스 안에서 한 명 기계 트렁크 안에서 한 명이 나왔다.

"임마들아! 그러다 죽어!"

그는 소리쳤다.

참을 수 없는 분노와 서글픔이 밀려왔다.

'도대체 이 마당에 누가 코를 발랐지?'

생각해 봤지만 원수를 질만한 사람은 없었다. 그는 평소에 정부의 외국인노동자 대책에 불만이 가득했다. 그는 외국인 노동자들에 대한 기업의 애로를 풀 수 있는 열쇠는 간단하다고 생각했다.

첫째는 현재 불법노동자들을 일시적으로 합법화시켜 세금을 정상 징수하고, 둘째는 외국인들 임금에 대한 최저임금법을 차별화해서 내국인 최저임금 70%를 상회하지 말도록 입법화하고, 청년들이 중소기업에 취직하면 대기업의 임금 90%를 상회하는 국가보조금을 주면 교육, 노동, 일자리 등의 문제가 일시적으로 해결될 수 있다고 믿었다.

차별이란 단어는 역겨운 것이지만 그렇게 해야만 내국인 기능공들이 자긍심을 가지고 일하게 되고 불법노동자 문제가 해결 되고 중소기업의 부담은 현저히 줄어들어 더 많은 고용을 하게 되고 투자를 할 것이다. 혁명, 전쟁, 국가전복, 전염병 등 같은 최악의 경우를 거치지 않고도 해결할 수 있는 유일한 길이지만 집단이기주의, 인권 등의 이유로 모두들 죽음의 길로 가고 있는 것이다.

오전에 간부직원이 면담을 요구했고 그가 했던 뜻밖의 제안에 대해 고민 중이었다. 그 직원은 이미 회사에 사직서를 내놓은 상태였다.

"자동차부품 생산라인을 살리려고 하는 분이 계십니다."

고종수는 벌써 두 번째로 듣는 그 제안에 대해 어안이 벙벙했다.

'혹시. 한목이가 그러던가?'라고 말할 뻔 했지만 용케 참았다.

"이봐, 조현국씨. 저걸 가져가서 뭘 하려고? 혹시......"

"죄송합니다. 제가 그 쪽으로 가게 됐는데 그 회장님께서 한 번 이야 길 해보라고 하셔서요."

"도대체 왜지?"

"제가 가는 쪽도 우리 회사와 같은 거래처에 납품합니다."

"아아......"

"배신감으로 들끓었지만 꾹 참으며 말했다.

"도대체 얼마에 가져가실란가? 사실 기계의 절반은 무상 대여해 온 걸 알잖아요."

"기계가 누구 것이든 그건 중요하진 않고요. 흥정해봐야겠지만 사장 님도 임대아파트 정도를 마련해야 사모님하고......"

"내 일은 내가 알아서 해. 얼마를 줄 건지만 알아봐주게."

"솔직히 제가 다 말씀드렸어요. 은행에 잡혀있고 또 불법으로 캐피탈 에......어떻든 그걸 죄다 안고 가고 오천만 원 정도 현금을......"

"내가 그걸 들고 어디로 도망가지."

그는 실소를 했다.

"제가 한 번 더 알아볼까요?"

고영수는 고개를 끄덕였다. '개 같은 놈.' 터져 나오는 분노를 가까스 로 참았다.

이틀 동안 기다렸지만 직원은 별다른 답이 없었다. 할 수 없이 사무실로 그 직원을 끌어올려 애걸했다.

"연락이 없는가?"

"사실은 외국인들이 끌려갔다는 것을 알아버렸어요. 회장님은 기계값만 정리해주겠답니다. 그리고 인정상……"

"그만둬!" 그는 소리치고 말았다.

직원은 속으로 비웃었다. '말만 잘하면 나에게 올 돈인 걸 내가 왜?'

그는 늘 못살게 굴던 사장의 뒷꼭지를 한 대 갈기고 싶었다.

만기 어음이 돌아올 때까지는 이틀 밖에 남지 않았다. 그는 어떻게든 어음을 막아보려고 사채업자를 불러 기계를 잡혀보려고 했지만 그마져도 허사였다.

결국 그 날 밤 열시 한목이에게 기계를 넘겼고 지게차로 뜨기 시작했다. 그는 한목이의 설득을 끝내 거부했다. 방산장비를 옮기고 새로 하라는 충고를 들을 순 없었다. 이젠 그 모든 것은 종사자들과 빚쟁이들 것이다.

그로부터 10여일 후 한목이는 조현국이를 상대로 흥정을 벌이고 있었다. 회장은 절대로 전면에 나서지 않았다.

"우린 그거 안사도 되요."

조현국이 한가한 척 말했다. 이미 앞서서 한차례 흥정에 실패한 놈이란 걸 한목이는 알고 있었다.

"이봐요. 나도 거래처에 이미 업체등록 다 마쳤어요. 당신들에게 넘길 하등의 이유가 없어요. 그리고 나는 내일부터는 당신과 더 이상 만날 여유도 없구요. 당신과 만나는 걸 거래처에서 알고 있다면 벌써 거래처는 딴 짓을 하려고 들 거니까."

"그들이 쉽게 만들 수 있는 라인이 아니잖아요."

그가 이실직고를 한 셈이었다.

"도대체 얼마를 원하지요?"

그가 속이 타는지 무릎을 당겨왔다.

"오늘 은행 마감까지 내가 사온 금액의 열 배요."

"그건 말도 안 되는......"

"그럼 그만두세요. 당신들이 이 라인을 왜 가져가려고 하는지 아시잖아요?

그의 얼굴이 벌게졌다.

"성공하면 당신에게 오천을 드리겠소. 부도난 옛 사장 고영수한테 당신이 빌려준 단돈 일 원도 못 받았을 테니까."

"그걸 어떻게......"

"내가 당신들보다 앞서서 그 라인을 가져온 이유를 아실 텐데."

"약속해주시겠소? 내 돈?"

한목이는 미소를 지었다.

"그야 물론이지. 그깟 돈."

그날 밤 은행에서 기표하고 통장을 들고 오수연에게 달려갔다. 둘이서 은행 CD기로 다가가 새로운 통장에서 조심스럽게 오십만 원을 빼보았다. 잔액의 공자리가 아주 길게 나왔다. 두 사람은 한동안 말없이 바라보았다.

좁은 박스에서 나오자 도시의 불빛이 찬란하게 그들 앞으로 쏟아졌다.

"오빠, 근데 그 회장이 대기업을 상대로 싸워서 이길까?"

"걱정도 팔자다."

"그 회장은 우리 생산라인을 볼모로 자신이 납품하던 부품이 이원화

된 것을 원래대로 돌려놓을 거라던데. 그분이 거기서 엄청난 돈을 벌었는가봐."

"잘하면 그마저도 다 뺏길 거야. 덤빌 적을 알고 덤벼야지."

그는 실컷 비웃었다.

"오빠는 앞으로 뭘 할 거야?"

"나는 옛날에 꼭 인수하고 싶은 회사가 있었어. 나를 쫓아냈던 회사. 그걸 살 거야. 너는?"

"나는 당연히 건물을 올려야지. 지금 터에."

"건물?

"응, '바우빌딩!'"

두 사람은 사람들로 붐비는 거리에서 힘껏 포옹했다. '우리가 해냈어.' 속으로 외치는 순간 곧 휴대폰이 울렸다.

"아빠, 엄마가 이상해!" 한목이는 천천히 그녀와 떨어졌다.

20. 두 개의 달

새 회사의 사무동 맨 꼭대기 층에 '자유의 공간'이란 방을 만들었다. 그 방에서는 공장단지 내의 모든 건물이 시야에 들어왔다. 칸피스가 사용하는 세 동의 건물은 규모가 컸고 나머지 협력사들이 입주하기 시작한 다섯 동은 각 이백 평으로 일률적으로 지어졌다. 주변은 모두 산으로 둘러싸여 있어서 아무도 침범할 수 없는 작은 성처럼 보였으나 아직도 절개지는 황토흙이 그대로 드러나 보이는 곳도 있었다.

한목이는 절개지부터 빨리 보수하라고 업자에게 다그치곤 했다.

'여긴, 내 아버지의 원둑이야.'

절개지를 볼 때마다 바닷물에 쓸려가는 방조제가 생각나곤 해서 공연히 초조했다. 그의 아버지는 온 가족을 희생시켜가며 바다를 막아 간척지를 만들고도 단 한포기의 벼도 수확을 못했다.

'이제 다시는 그런 일은 없다' 그는 다짐했다.

협력사의 가공공장들은 이미 입주해서 생산을 시작했고 사출공장도 이사 중이었다. 모타 공장은 아직 협상 중이었고 도장 공장은 시험가동상태였다. 주물공장은 환경문제 등의 이유로 그대로 두기로 했고 이재오에게 그대로 경영권까지 주었지만 우선 생산계획은 늘 칸피스 중심이었다.

근 삼년 여의 작업 끝에 만들어진 조합이었다. 땅을 사고 허가를 얻고 칸-피스에 맞는 공장을 섭외하거나 사들이고 협력사를 선택했다. 이젠 대기업의 생산계획에 따라서 좌면우고하거나 그들의 창고가 아닌 독자적인 제품을 만들어 시장에 내보낼 계획이었다.

공장동은 특수척과 지그, 전용기를 만드는 공장이 한 동을 차지했고, 밸브공장이 따로 움직였다. 그리고 새로 시작한 펌프공장이 나머지 한 동에 입주했다.

어느 순간 그와 인연이 있었거나 관계된 사람들이 하나 둘 모여 들었다. 구동팔은 고철을 가져가기로 했고 이종옥과 배만식은 협력업체로 입주했고 심재곤은 출퇴근 차량으로 버스를 지입 해 넣었다. 하업동은 소사장으로 들어왔고 김태성은 협력업체로 등록됐다. 윤한규는 공구를 납품하기로 했고 이재오는 주물을 공급하며 기사회생했다. 김채진은 꼼짝없이 공장장이 되었고 박희섭은 영업당당이사가 되었다. 모두들 칸피스의 원둑 안으로, 그가 개척해온 땅으로 모여들었다.

본관 사무동 1층에는 입구의 전시실을 중앙으로, 오른쪽에는 일반 사무동이 자리 잡았고 왼쪽에는 직원들 휴게실과 체력단련실 등으로 배치됐다. 2층은 설계실과 연구실 그리고 접견실이 있었고 그 한 귀퉁이에 작은 평수의 대표이사실이 있었다. 그리고 3층, '자유의 공간'은 외국바이어들을 접대하기 위한 공간이었지만 사실은 단 두 사람만 자유롭게 드나들 수 있는 통제구역이었다.

한목이는 건물 설계자에게 특별히 부탁해서 이 공간을 만들었다. 목적은 외국바이어들에게 깊은 인상을 심어주겠다는 의도였지만 손님들은 대부분 1층에서 접견이 이루어지곤 했다.

이 '자유의 공간'에는 단 두 명만이 상주했다. 허혜지 이사와 그리고 한목이 자신이었다.

한목이는 이제 아무것도 부럽지 않다. 자신의 인생에 두 명의 특별한 여자들이 있었고 병든 아내가 있었다. 이제 그 두 명의 여자들, 그의 인생을 송두리째 잡아놓고 흔들곤 했던 여자들은 가슴속에서 연기처럼 빠져나갔다. 하지만 만약에 자신의 인생 어느 순간에 누군가가 억지로 가슴 속에서 그녀들을 빼버렸다면 그는 이미 이 세상 사람이 아니었을 것이다. 마치 두 개의 달처럼 하늘에 떠서 이족 저쪽에서 그의 험난한 인생길을 비춰주는 역할을 했었다.

그 시기, 그녀들의 존재는 늘 특별함을 넘어서 많은 영감과 삶의 의지를 돋아주기에 충분했다. 언젠가 그 두 여자를 합해놨다고 해도 모자람이 없는 사람이 마치 기적처럼 들어왔다. 그녀에게 느끼는 감정은 특별할 것도 특별해서도 안 되었지만 그냥 그녀가 옆에 존재한다는 것 자체가 보람이고 기쁨이었다. 마치 아름답고 향기 나는 꽃 한 송이를 가까이 두고 혼자서만 행복해하는 충만함이었다.

허혜지는 조금 들떠있었다. 요즘은 틈만 나면 업무와는 상관없는 이야기를 했다. 감이 잡힐듯하기도 하고 전혀 낯선 이야기이기도 했다. 멍하니 앉아 있기도 했고 슬픈 표정을 짓다가도 금세 환하게 밝아졌다. 그렇게 좋아하던 운동도 거르고 어떨 때는 갑자기 만사를 제쳐두고 퇴근을 서두르기도 했다.

"점심은 먹었니?"

한목이가 올라왔어도 모른 채 그녀는 창가에서 서성거렸다. 그녀는 대답하기 위해 입술을 달싹였지만 상대방에게는 전달되지 못했다. 멍하니 서 있던 그녀가 뚜걱뚜걱 하이힐 소리를 내며 다가왔다.

"여긴 좀 답답해요."

"여기가 왜?"

"그냥, 그래요."

한목이는 고개를 끄덕였지만 무슨 말을 해야 할지 난감했다.

'자유의 공간'은 사무실 공간이라기보다는 작은 카페 같은 곳으로 설계되었다. 홀 중앙에 작은 주방을 만들어 커피머신을 들여 놓았고 주방진열장에는 세계 곳곳에서 가지고 온 커피원두를 진열해두었다. 그 주방의 오른쪽에는 푹신한 의자들과 고급탁자를 들여 놓았고 빈 공간에는 각종 장식물들이 균형 있게 배치되었다.

바닥에는 최고급 대리석이 깔렸고 벽과 천장은 깔끔하게 단장되어 손님들이 편안하게 대화할 수 있는 분위기를 연출했다. 주방의 왼쪽에는 장식용 그랜드피아노가 놓여있었고 주변에 편하게 앉아 쉴 수 있는 의자들과 둥그런 탁자들이 비치되어 있었다.

커다란 모형 개 두 마리가 버티고 있는 입구 쪽 창가에 그녀의 사무실이 있었고 나머지 창가에는 화단이 만들어져 있었다. 한목이의 쉼터는 벽 쪽이었지만 그가 머무는 시간은 하루에 한 번 점심시간 정도였고 그 시간만 기다린 사람처럼 허혜지가 만든 원두커피를 두 잔 정도를 느슨하게 즐겼다.

"혜지야. 오늘 저녁은 엄마 집에서 고기라도 먹을까?"

"아니요, 저는 좀 누굴 만나야 해요. 나중에 하죠."

그는 뭔지 모르는 묵직한 슬픔을 예감하며 고개를 끄덕였다. 이제 그녀는 이 회사의 2대 주주다. 그녀 어머니가 가진 모든 권한을 그녀에게 넘긴 상태였다. 한목이는 그녀에게 백 프로의 지분이 있어도 아무런 상관이 없다고 생각했다.

고깃집은 늘 인산인해다. 3층으로 가려다가 놈과 마주쳤다.

"아이고 사장님 어서 오세요."

김유철이 이젠 주인 행세를 하고 있다. 그러거나 말거나 이젠 오수연이의 행복을 빌 뿐이다.

'바보처럼 질투 낼 일이 아니지. 혜지만 곁에 있으면 되지.'

그는 스스로 위로했다.

'바우카페'는 조용했다. 사람들은 이제 이곳이 있는지도 모를 것이다. 종업원 숙소였던 한쪽 방은 개조되어 그녀의 쉼터로 꾸며져 있었다.

'여기가 우리 공간이야.'

그 방을 개조하고 수연은 그렇게 말했었다. 하지만 거긴 이제 다른 사람이 드나들었다. 입구에는 '오두막집 모임터'라는 간판이 붙어 있었다.

'제기랄, 도심에서 웬 오두막.' 그는 비웃었다.

그는 얼마 전에 죽은 최구와 밤새 술을 마시곤 했던 창가로 가서 맥주를 땄다. 최구는 뇌출혈로 숨졌다. 그를 문상 온 사람은 거의 없었다. 오수연이와 끝가지 빈소를 지켰던 기억이 난다. 지배인은 알아서 마시는 맥주를 갖다 준다. 얼마 후 오수연이 나타났다. 다행히 그 남자는 따라 오지 않았다.

"밥은 먹었어?"

"나중에 먹지."

그가 희미하게 웃었다,

꽤 오랫동안 잡다한 이야기가 오갔다.

"혜지한테 무슨 일 있나?"

어렵게 물었다.

"왜?"

"그냥 요즘 하는 행동이 이상해서."

"풋, 연애 중인 거 몰랐어?"

"연애?"

다리가 풀렸다.

"왜 그리 놀래? 젊은 애가 연애하는 거 당연하지."

"아니, 아니, 혜지는......." 한목이는 상대가 누구냐고 묻지 못했다. 불안한 예감을 확인하고 싶지 않았다.

"공장이전은 잘 되어가지?"

"그럼, 다 니 덕분이지. 돈이 딸려 이사도 못하고 날라갈 뻔 했으니까. 다행히 쓰던 공장도 제 때에 팔렸구."

"그럼 이제 뭐가 걱정이야. 다 잘되 가고 있으니."

"그렇지 잘 돼가고 있지."

'혜지만 문제없다면.' 그렇게 생각하는 자신을 이해할 수 없었다. 그는 그 때서야 묻고 싶었던 말이 떠올랐다.

"그 모타 회사 말이야."

한목이는 어렵게 말을 꺼냈다. 오수연이 먼저 물었다.

"대현기전?"

"알고 있지? 그게 배인선이하고 관계있다는 것도?"

"원수는 외나무다리에서 만난다더니. 나는 그 여자 것이라면 다 뺏어올 거야."

오수연은 속내를 참지 못했다.

"세상이란 게 참 좁아서, 하필이면......"

"혹시 아냐, 그 남편이 창원에서 공장한다고 해서 일부러 접근했는지."

오수연은 그녀를 생각할 때면 거머리 같다는 생각이 들었다.

"어떻든 거기에 네가 끼어든 거냐?"

"혜지의 상대가 그 젊은 의사라는 걸?"

"그 의사라면……"

"맞아, 대현기전 장남. 그러니 가만 있을 수 없지."

"동녀야, 이건 아니야!"

한목이는 설마설마 했던 사실을 알고 나자 망연자실했다.

"그 여자에게 처리하도록 놔둘 순 없지."

"너하고는 관계없는 일이야."

"내 일이 될 수도 있지."

두 사람은 한동안 말이 없었다.

"그 친구가 자기 아버지 공장을 이어받기라도 한 거야?"

"공장이 좋아서가 아니라 혜지한테 빠진 거지."

한목이의 가슴이 철렁 내려앉았다. 그 순간 모든 것이 무너져 내린 느낌이었다. 무엇을 향해 달려왔는데, 이제야 그 방향이 어디인지 갈피를 잡을 것만 같았는데. 오수연은 그를 가엾게 쳐다보았다.

"왜, 보내기 싫은 거야?"

"아니, 내가 왜……"

그는 차마 그녀를 쳐다보지 못하는 자신을 발견했다. 그가 모르는 사이에 많은 일이 뒤에서 벌어지고 있었다. 허혜지와 강지훈 그리고 오수연까지 끼어들어 있다는 것이 놀라웠다. 그 후 수없이 오수연을 만나 그들의 관계가 잘못될 거라고 설득했지만 이미 돌이킬 수 없었다.

2012년, 아내가 발병했다. 원래부터 심한 조울증이 있었지만 그것이 지금의 조현병으로 확대되었는지는 알 수가 없다. 오수연이와 만들어낸 갑자기 생긴 거금으로 무엇을 할지 고민할 사이도 없이 아내의 발병은 시작됐다.

평소 그의 아내 정현자는 오수연이와의 관계에 유달리 의심을 해왔다. 정현자는 말이 없고 무던한 사람이었지만 어떤 날은 밤새 잠을 못 자고 서성거리거나 이유 없이 울어제치곤 했다. 하지만 대놓고 남편에게 따지거나 드러내놓고 오수연이를 못 만나게 하지도 않았다.

일 때문에 '바우'에서 지내는 시간이 많아지고 그들이 함께 있는 모습들이 빈번하게 포착되면서 마침내 폭발했다.

'왜 나하고 사는데, 왜 껍데기처럼 살아야 되는데!'

밤새워 소리를 질러대더니 마침내 오수연이를 찾아가겠다고 나섰다.

한목이는 설마 했는데 그날 오후에 오수연의 가게로 들이닥친 모양이었다. 소식을 듣고 단숨에 달려갔더니 상황은 생각보다 심각했다. 오수연은 봉두난발이 된 상태였고 식당 안은 난장판이었다.

"도저히 말릴 수가 없었어, 미안해."

"니가 왜?"

"어서 모셔가. 잘 됐어. 건물증축공사로 문 단을 참이었는데 때마침 잘됐지 뭐. 시원하게 푸닥거리 한 번 했으니까."

그 와중에도 오수연은 여유를 부리며 정현자의 옷가지 등을 주워들었다.

"미안하다."

"미안하다할 게 아니고 빨리 병원 가봐. 아무래도……"

"아무래도?"

한목이는 식당 한가운데 퍼질러 앉아 대성통곡하는 아내에게 천천히 다가갔다. 이미 목소리는 쉬어서 더 이상 나오지 않았지만 뭔가 끊임없이 주절대고 있었다.

"일나라, 가자."

"내가 모를 줄 알아? 느그들 사이를......"

목소리가 너무 가라앉아 속삭이는 듯 했다. 생각 같아선 손찌검이라도 해주고 싶은 마음이 굴뚝같았지만 꾹 참고 차에 밀어 넣었다.

"그렇게 조트나, 그년이!"

그리고 시작이었다. 틈만 나면 물고 늘어졌다. 어느 날은 더럽다고 속옷을 가위로 갈가리 찢어놨다. 결국은 사단이 났다. 늘 그렇듯이 허물없이 오수연과 통화를 하고 있는데 갑자기 달려들어 얼굴을 할퀴었다. 그 모습은 마치 짐승 같았다. 그는 자신도 모르게 주먹질을 했고 아내는 쓰러졌다. 그 작은 체구는 힘없이 바닥에 거꾸러졌다.

그녀에겐 엄청난 충격이었을 것이다. 그녀는 말을 잃어버렸다. 처음에는 일부러 입을 닫은 줄만 알았는데 눈의 초점마저 흐려졌다. 병원을 찾았지만 차도가 없었다. 그녀는 세상과 문을 닫아버린 사람처럼 보였다.

한목이는 그 사이 삼성테크를 인수했다. 마침 박정용은 뇌종양 수술 직후로 모든 것에 의욕을 잃은 상태였다. 그는 모든 은행 빚을 모두 안아준다는 조건과 5년 동안 그 자신을 이사로 고용해해주면 다 내려놓고 싶다고 했다. 거기까지였으면 아주 좋을 뻔 했지만 막무가내인 그의 아내를 설득하는데 애를 먹었다.

"사모님 아시잖아요. 이대로 두면 몇 개월도 못가서 공장은 부도가 난다는 걸. 아니면 조석래가 종업원들을 규합해 거저 먹으려고 덤비겠지요."

"어떻든 못해요. 아시겠지만 거래처등록이 거저 되는가요?"

"그래서 사장님을 오 년간 최고의 연봉으로 모시기로 되어있잖아요."

"그건 못 믿어요. 내일이라도 어떻게 될지 모르는 게 세상일 아닌가요?"

그녀는 회사의 내일을 이야기 하는 건 아니었다. 그는 남편의 생사에 대한 앞날을 걱정하고 있었다. 결국 흥정을 하다가 그녀의 요구대로 '구멍가게라도 하나 차릴 비용'을 더 내놓는 조건으로 서류에 도장을 찍었다. 문제는 그 구멍가게 차릴 비용이 터무니없이 컸다는 것이었다. 아마도 집안이 편한 상태였으면 결코 무리하게 인수하지는 않았을 것이다.

막상 회사를 인수하고 보니 그것은 늙고 병든 소에 불과했다. 차라리 오수연이처럼 건물이라도 올렸다면 하는 후회가 들기도 했다. 하지만 그는 늘 관심을 가졌던 분야의 일거리와 기술자들을 확보했다는데 만족했다.

다행히 인수 직전까지 특수척과 전용기를 만드는 파트는 아직 건재해 그 악착스런 여자의 통장에 거금을 송금하고도 설레기도 했다. 아마도 지금까지 박정용의 형이 이루려던 꿈을 그나마 그가 이어 온 것은 소재들이 다양해지면서 수요자들이 늘었고 일반척을 사용해서 가공하기 힘든 부품에 적용될 특수한 척이 시장에서 끊임없이 요구됐기 때문이었다.

'복잡하게 꼬여가는 세상처럼 척이란 놈도 단순히 한쪽에서만 붙잡고 물고 늘어져선 못 살아남지. 어떠한 경우에도 물체를 안정적으로 고정시키는 하이테크한 부품으로 발전시킬 거야. 이제 제대로 하는 거야.' 한목이는 결심했다.

오수연은 헌 건물을 허물고 건물을 지어 올렸다. '바우빌딩'은 시내 한복판에 우뚝 섰다. 학대받고 천대받던 오동녀가 창원시내에 건물을

올린 특별한 날이었다. 그날 대학을 막 졸업한 그녀의 딸이 함께 살기로 한 날이기도 했다

개업식날 김유철이 처음 나타났다. 키는 작달막했고 몸집도 작았다. 웨이브진 파마 머리카락이 어깨까지 찰랑거렸고 거창한 구레나룻을 길렀다. 그가 인사하기 위해 모자를 벗자 휑한 머리숱이 드러났지만 전혀 개의치 않고 턱하니 중절모를 식탁에 내려놓았다.

"놀랍습니다. 이렇게 훌륭한 내외분이신 줄 몰랐네요."

그는 한목이의 동생 한석이 목사와 동행한 남자였다.

"죄송합니다. 여긴 부부가 아니라 그 뭐냐."

한석이 목사가 얼버무리자, 그가 손뼉을 딱 치며 애써 실수를 바로잡았다.

"우리 신선님들은 그저 신선이군요. 하하핫!"

그리고 한석이 목사가 그를 소개했다. 그는 시인이고 수렵인이며 동지라고 했다. 도무지 어울리지 않는 동생의 벗이었다.

한목이는 그날 그의 존재를 잊어버렸다. 말이 많았고 늦게까지 함께했고 침소까지 잡아줬지만 그것은 동생에 대한 배려 때문이었다. 아마도 그날 오수연에게도 그의 특별함이란 것은 도사처럼 행동하는 튀는 모습 외에는 없었을 것이다.

중요한 것은 한목이가 처음으로 오수연의 딸을 대면한 잊을 수 없는 날이었기 때문에 사소한 것은 기억될 수 없었다. 허혜지는 손님들 누구에게나 친절했고 싹싹해서 누구의 눈에도 도드라지게 튀었다.

그녀는 엄마를 닮았지만 엄마와는 전혀 다른 이미지를 풍겼다. 키는 크고 늘씬한 몸매는 모든 사람들의 눈길을 끌었다. 풍만한 가슴은 터질듯 했고 운동으로 단련된 허벅지는 미끈했고 히프는 단거리 육상선수처럼 탄탄해보였다. 그 건강한 엉덩이는 움직일 때마다 근육으로 씰

룩거렸다.

"어머, 이 분이 바로 한목이 아저씨?"

그녀는 자신의 어머니가 소개도 하기 전에 그를 알아보았다.

"놀랍구나. 사진보다 훨씬 예쁘고 좋아 보여."

"하도 엄마에게 말씀 많이 들어서 오랫동안 만난 분 같아요. 그냥 아저씨라고 부르기엔 좀 그래요. 포옹해도 되요?"

"날 아니?"

일부러 농을 던졌다.

"아니요. 모르죠."

그녀는 따뜻한 한 마리 새처럼 가슴으로 들어와 안겼다.

아주 짧지만 긴 시간처럼 느껴졌다. 그녀 엄마에게서만 듣거나 간접적으로 보아왔던 그녀가 실제로 현실에 존재한다는 게 너무 신기했다.

"너를 보게 되다니 실감이 안나."

"저도 그래요."

두 사람은 보란 듯이 다시 한 번 포옹했다.

"부녀가 상봉한 것 같네."

오수연이 끼어들었다.

"아빠? 지금부터는 아빠라고 부를까요? 늘 아빠 같아서."

한목이는 그렇게 사람과 빨리 친해지질 수 있다는 게 놀라왔다. 그녀는 회계사 시험을 준비한다고 했다. 생각 같아서는 테니스 코치나 하고 싶어 했지만 직업으로 삼기에는 녹록치 않다고 했다.

"나하고 일할까?"

"아빠하고요? 싫어요. 잔소리 할 것 같아서"

모두들 껄껄 웃었다.

그날 손님들이 모두 가고 한목이와 오수연, 김유철 시인, 그리고 한석이 목사, 그리고 그날의 퀸 허혜지와 밤늦게까지 가게에서 함께 어울렸다. 마치 가족처럼.

그날 그 가족에 끼지 못한 한 사람이 닫았던 입을 떼기 시작했다. 조금씩 말을 시작했고 말이 정상으로 돌아왔다고 생각한 순간 말은 터진 수도꼭지에서 나오는 물처럼 쏟아졌다. 그리고 그 말의 무게를 못 이긴 듯 몸이 가만있질 못했다.
"엄마가 이상해요."
아들이 다급하게 연락해왔다.

3년 후에 허혜지는 칸피스에 입사했다. 회계사 시험에 합격하지 못했지만 그쪽 방면에 취직해 이미 경력이 쌓여있었다. 그 동안 회사는 중견기업으로 성장해가고 있었다. 그의 상품은 고유한 브랜드를 가지고 국내는 물론 해외로 뻗어나갔다.
계절이 바뀌면서 아내의 병이 도졌다. 봄과 가을 두 차례 마치 새싹이 솟아오르거나 낙엽이 지듯이 멀쩡하게 지내던 아내가 발병을 했다. 말이 많아지고 이곳저곳 전화를 해대고 마침내는 제멋대로 돌아다니며 웃거나 떠들었다. 와병 중에 운적은 단 한 번도 없었다. 그녀가 울 수 있을 때는 멀쩡할 때였다.
"여보, 이렇게 사느니 죽는 게 낫겠지?"
하지만 발병이 시작되면 난리가 났다. 재빠르게 대응해 병원에 입원시키면 됐지만 여의치 않을 때는 집안에 묶어둬야 했다. 그렇지 못하면 그녀는 어디로 튈지 모르는 용수철이었다.
허혜지까지 그녀의 존재를 알게 되는 시간은 오래 걸리지 않았다. 그 전에 몇 번 회사에 들이닥쳐 난리를 피웠지만 혜지에게만은 그녀를 보이고 싶지 않아 조심하던 터였는데 일 년도 안 되어 일이 벌어졌다.

그녀는 병이 도지길 기다렸다는 듯이 회사로 들이닥쳤다.

"아이구 회사 많이 컸네. 이렇게 예쁜 처녀도 들어오고."

정현자는 멀쩡하게 말했다. 머리를 쪽지고 옷도 제법 단정했다.

"근데 어떻게 여길……"

허혜지는 보안 시설이 되어있는 사무실에 어떻게 이 여자가 들어왔는지 의아해했다.

"내가 누구냐고? 헤헤헷! 허긴 나를 마누라라고 생각이나 하나?"

갑자기 웃음을 그치고 가까이 다가왔다. 멀리서 계단을 황급히 오르는 발자국 소리가 들렸다.

"근데 넌 누구야?"

"저요?"

"누구냐고!"

소리를 꽥 질렀다.

"저는……. 왜 이러시죠? 누구 없어요?!"

헐레벌떡 사무실로 달려온 한목이가 혜지에게 달려드는 정현자를 붙잡았다.

"미안해. 혜지야 놀랐지. 자, 너는 조금 나가 있어도 돼."

"누구신데 이러지요?"

"와이프."

그때 정현자가 그의 머리를 잡아끌었다. 그의 목이 확 꺾였다.

"왜 잡아매는 거야 왜! 내가 오수연이하고 붙어 묵고 다닌 거 모를 줄 알아?"

"시끄러워."

한목이는 그녀를 제압해 손수건으로 재갈을 물렸다.

"아빠! 무슨 짓이예요? 제발 풀어주세요. 제발!"

"미안, 미안하다. 이렇게 하지 않으면 제압할 수 없다.

정현자가 켁켁거렸다.

"제발 풀라고요!"

허혜지가 그녀의 입에서 손수건을 풀어 바닥에 내동댕이쳤다.

정현자가 숨을 몰아쉬면서도 끝없이 지껄였다.

"아, 아빠? 딸년까지 생겼냐? 헤, 헤헤!"

웃음소리가 복도를 따라 내려갔다.

'바우빌딩'에 가면 가끔씩 그 남자가 있었다. 허혜지가 한목이의 칸 피스에 들어오고 나서부터 그 남자의 출현이 빈번해졌던 같다. 눈에 띈 것은 식당에서 몇 번, 카페에서 몇 번이 전부지만 그때마다 제집인 양 오래도록 자리를 잡고 앉아 있곤 했다. 대부분 같은 패거리들을 몰 고 와 고기 몇 점 시켜놓고 떠들거나 카페에서 너저분하게 죽치고 앉 아 공론으로 핏대를 세우곤 했다.

어느 순간 오수연이 그들 속으로 스며들어 귀를 세우고 가끔씩 맞장 구를 치곤하는 게 보였다. 김유철은 한목이에게 반갑게 손을 내밀곤 했지만 그때마다 인사치레만 하고 외면해버렸다.

그러던 어느 날 오수연이 행선지를 알리지도 않고 그를 태우고 어디 론가 향했다. 시내를 벗어나 해안선을 따라 들어선 곳은 어느 산등성 이였다. 숲에 가려진 주차장에는 승용차들이 수 십대 주차해 있었다.

"이런 곳도 있었냐?"

신세계를 발견한 듯한 표정으로 한목이가 물었다. 그녀는 싱긋이 웃 으며 차를 댔다.

입구에는 '오두막집 사람들'이라는 입간판이 붙어 있었다. 문지기가 손을 내밀었다. 그녀는 휴대폰을 반납했다. 다행히 그에게는 요구하지 않았다. 그들은 오솔길로 들어섰다. 편백나무 숲이 울창하게 들어선 곳이었다.

"신발 벗어. 양말도 벗고. 지금부터 자연을 느끼는 시간이야."

"뭐야? 사이비 종교집단에라도 들어간 거야?"

한목이는 어쩔 수 없이 신발을 벗고 잘 다듬어진 오솔길을 따라 정상을 향해 올라갔다. 흙을 만난 발바닥이 간지러웠다.

"세상에 사이비란 없어. 편견이 존재할 뿐이지."

그녀가 깨달음을 얻은 사람처럼 대꾸했다.

"맨날 바쁘다면서 이런 시간은 있어?"

"늘 바쁜 건 오빠였지."

그러고 보니 요즘은 따로 만나는 시간이 거의 없었다. 식사라도 하기 위해 '바우'에 들르면 그녀는 불평을 털어놓았다.

"나야, 일하고 조금 시간나면 혜지하고 공치는 거 밖에 더 있어?"

"늘...... 혜지, 혜지군."

"딸한테 질투라도 하냐? 그리고 너는 그 김시인과 더 어울리느라 정신이 없더구먼."

"오빠, 김시인이 문제가 아니라 오빠가 문제야. 요즘 우리가 혜지를 통하지 않고 정보를 교환한적 있어?"

"일이 바쁘니 그렇지. 대신 혜지한테 잘 할게."

"오빠. 나는 혜지가 아니야."

오수연은 말을 해놓고 좀 머쓱했다.

"오늘은 할 얘기가 좀 있어, 공장용지개발 건도 그렇고 개인적으로 할 말도 좀 있고 또, 같이 좀 있고 싶었고."

그녀는 앞서 걸어 나갔다.

"저건 뭐야? 새 집 같은 거."

"저게 바로 우리 김유철 선생님이 추구하는 원두막 세상이야. 마치 새 집 같지? 나무에 매달린."

"특별하군."

수십 개도 넘는 두 세 평 크기의 원두막이 편백 숲 속에 깃들어 있었다. 정상에 오르기 전에 시야가 확 트이는 넓은 공지가 나타났고 거기가 이곳 원두막 촌의 센터였다. 센터래야 데크 마루 위로 게르 같은 원형텐트 한 동이 쳐져 있었고 빈 데크 마루 위에는 사람들이 질서 없이 놓여있는 의자에 앉아 자유롭게 담소를 나누고 있었다.

원형 텐트 안에서 그 텐트에 걸맞을 듯한 인상을 가진 김유철이 나타나 손을 내밀었다.

"신선님 드디어 오셨군요."

"신선요?"

그가 코웃음 치자 오수연이 사람들에게 그를 데리고 가 인사를 시켰다. 그들은 격의 없이 손을 흔들거나 목례를 했다.

"도대체 여기서 뭐하는 거지?"

"그냥 새처럼 바람처럼 휴식을 취하는 곳이야."

"팔자 좋은 사람들이군."

"그렇지 않아요. 신선님. 여기 모이신 분들은 다들 삶에 지친 분들입니다. 쉬고 싶은 사람들이 모인 곳이지요. 굳이 지리산 같은 곳으로도 들어갈 필요도 없고요."

"저에게 신선이라 부르지 마세요."

"다들 신선의 마음들이 내재되어 있으니까요."

그는 사람들 속으로 사라져버렸다.

"자식이 무슨 예수님처럼 말하는군, 짚시 같은 주제에."

"오빠, 그만해. 내 집 가볼까?"

"니 집?"

그들은 세 사람이면 비좁을 것 같은 원두막으로 들어갔다. 작지만 철저하게 다른 원두막과 분리된 공간이었다. 방이 따뜻했다.

"좋네. 전기는 어디서 끌어와?"

"반대편 산등성이에 태양열 발전소가 있어. 여기 있는 동안 우린 각자 최소한의 에너지만 사용하지. 그리고 이렇게 근심 없이 쉬는 거야. 아무 것도 추구하지 않고 아무런 계율도 없어. 멍 때리는 시간을 향유하지. 우리는 몇 년 전부터 이런 세상을 만들어보자고 해서 처음으로 시작해 본거야. 잠시, 아주 잠시 도시 생활에서 벗어나 보는 생활."

등을 기대자 작은 창으로 그림 같은 쪽빛 바다 한 조각이 들어왔다. 오수연이 그의 무릎에 머리를 얹고 누웠다. 잠시 고요하고 편안한 기분이 들었다. 이런 시간들이 단 한 번이라도 있었던가. 한목이는 오수연이 안쓰러웠다. 또한 자신의 인생조차 서글퍼졌다.

'너하고 그냥 살았더라면 이런 휴식을 갈구할 필요가 있었을까?' 후회가 밀려왔다.

"오빠, 사실 나 오빠한테 할 말 있다고 했잖아?"

"그래, 해. 언제는 뭘 감췄냐. 우리 사이에."

"해도 돼?"

"공장용지 건에 대해선 이미 결정했어. 도움이 필요할 거고."

"그놈의 공장, 공장."

"그게 아니면 니가 먼?"

"내가 사람을 사랑하게 됐어."

"……"

"듣고 있어?"

한목이는 눈을 감아버렸다.

"남자를 받아들인 거라고, 처음으로."

"……"

"그가 나를 전부 받아줬어. 내 마음도 몸도. 내 가슴의 모반까지 사랑해주는 사람이야."

"어떻게 그런 놈을."

"그렇게 말하지 마."

"몇 번 만나자 마자 너를 강제로 추행했던 놈이야. 나한테 교도소에 처넣을 놈이라고 네가 말했어."

"하여튼 나는 그 사람과 몸을 섞었어."

'결국 그 잡놈과 몸을 섞었군. 사기꾼에 협잡꾼하고.'

한목이는 소리쳐주고 싶었지만 조롱 밖에 뱉을 수 없었다.

"둘이서 꼴좋겠다. 사냥이나 하고 시 나부랭이나 읊고 다니며 이런데서."

"뭐라 해도 좋아. 그냥 말하고 싶었어. 말하지 않으면 오빠한테 죄짓는 거 같아서."

그녀의 고백에 한목이는 한숨을 푹 쉬었다.

'내가 말해야 할 것이 있는 건 아닌가?' 그는 그녀에게 고백해야 할 그 어떤 형상도 유추할 수가 없었다. 감히 입 밖으로 꺼낸 순간 모든 것이 파멸에 이를 것 같은 느낌이었다.

몇 년 전 그날, 오수연이 고백을 털어놓았을 때도 이런 심정이었을까. 아니었다. 지금 생각하면 심통이 나긴 했어도 그때 오수연의 고백은 아무런 감흥이 없었다. 답답할 정도로 침묵이 오래가 쪽빛바다가 검게 일그러진 줄도 모르고 있었다는 것 밖에 그녀와의 사이에 중대한 변화가 일어났다고는 느끼지 못했다.

하지만 허혜지가 누군가와 사랑에 빠졌다는 것을 확인한 순간 그 원두막에서 그녀에게 고백하지 못한 실체와 마주하고 있다는 것을 알았다.

'설마, 내가 왜?' 가슴 속에서 격렬한 감정의 소용돌이가 일었다.

'왜, 보내기 싫은 거야?' 몇 천 번이고 머릿속에서 오수연이 물어댔다.

"당연히, 당연히 보내야지. 이건 내 감정이 아니야."

그는 중얼거리며 거리를 헤매고 있었다.

'나는 그녀를 보낼 수 없어!' 그는 다짐했다. 절대로 허혜지를 그 누구한테도 보내지 않을 거라고.

미용실은 늦게까지 운영된다. 장금채에게는 특별한 손님들이 몇 있었다. 그런 손님들은 예고 없이 들이닥치곤 했다. 그들을 실망시킬 수는 없었다. 하지만 그 특별한 손님들도 없다고 생각한 순간 이미 관계가 정리된 줄 알았던 손님 한 사람을 맞이했다.

그는 술이 잔뜩 취해 있었다. 그와는 몇 달 전에 거래관계를 끊었었다. 시끄러워질 것 같다며 다시 만나지 말자고 했고 화대에 위로금까지 주었다. 아마도 아직 관계가 정리 안 된 남편 때문일 거라고 짐작했지만 그렇다고 남편에게 따질 이유는 없었다. 그나마 그도 이런저런 수작으로 살아가고 있을 테니 그의 작은 전쟁에 관여하기는 싫었다. 손님은 너저분한 남자는 아니었는데 남편 취미 생활에 걸려든 것 같아 아쉬웠었다.

그는 미용실에서 섹스를 하는 몇 안 되는 남자 중의 한사람이었다. 그도 역시 손님으로 만난 남자 중 한사람이었고 대개가 그렇듯이 특별한 취향을 가진 남자였다.

그녀에겐 남성편력은 없었다. 스스로 손님을 유혹할 이유는 없었다. 남편과는 이미 끝난 사이였지만 대놓고 남의 남자와 섹스를 할 처지는 아니었다. 그녀에게 남자가 생기기 시작한 계기는 그놈의 가위질 때문이었다.

가끔씩 특별한 느낌을 주는 손님이 있었다. 머리카락만 만져도 오금이 저리는 남자 손님, 그런 손님을 만나면 가위질은 형편없이 되었다. 그럴 때마다 그녀의 마음을 아랑곳하지 않고 손님들은 불평을 늘어놓곤 했다.

'좆같이 해놨네.'

어느 날 그녀는 그 좆같이 가위질이 될 것 같은 남자의 남근이 궁금했다. 그녀는 일부러 그의 남근 밑으로 가위를 떨어뜨리고 엎드렸다. 단 몇 초 안에 남자의 손이 허벅지로 왔고 그 좆같은 것은 벌떡 일어났다. 그리고 하나씩 낚다보니 주 고객이 되어버렸다. 그리고 그 손님들의 취향은 다들 독특했다. 다만 하나같이 자신이 앉았던 의자를 고집했다.

모르긴 해도 그들은 그 의자에서 특별한 대접을 받았다고 생각했고 그 의자에 앉아서 그녀를 지배하길 원했다.

한목이가 의자에 앉았다.

"커트할 건가요?"

"그렇게 하지." 금채는 입간판을 끄고 커튼을 쳤다.

"아직도 살이 닿으면 안 되겠지요" 그는 고개를 끄덕였다.

"가위를 가져와." 금채는 의자 앞에 섰다. 그리고 유리벽을 잡고 엉덩이를 내밀었다.

"오늘 치마 값이 비싸요."

그가 가위로 치마의 엉덩이 부분을 사각으로 잘랐다. 익숙한 솜씨였다. 그가 바지를 내리는 게 거울에 보였다. 몸은 비틀거렸지만 남근은 단단하게 팽창되어 있었다. 무척 화나고 골이 난 모습으로 울퉁불퉁한 게 사고를 칠 듯 했다. 벌써 오르가슴이 느껴져 왔다.

그는 가위로 잘린 부위에 손을 넣어 팬티를 벗기고 그 빌어먹을 놈만 깊숙이 밀어넣었다. 하지만 항상 느끼는 그 불쾌함은 없었다. 오늘은 아무래도 특별한 날이 될 듯했다.

유압유는 뜨끈뜨끈했다. 탱크 속에 들어간 지 하루 밖에 되지 않았지만 과열된 상태였다. 연결된 냉각팬은 정상적으로 돌아가고 있었고 모터도 이상이 없었다. 기계는 늙은이처럼 천천히 움직였다. 그러더니 마침내 멈춰 섰다.

'아직 아니야. 갈 길이 아직 멀었어.'

그는 기계를 붙들고 말했다. 사람은 피로 움직이고 기계는 유압으로 움직인다.

'피나 유압이나 점도가 떨어지고 불순물이 섞이면 끝장이지.'

그는 중얼거린다.

"빌어먹을!"

한목이는 아직도 분노가 풀리지 않는다. 무슨 짓을 했는지 기억도 없다. 어디선가 나타난 아내가 소파에 곯아떨어져 자는 그를 흔들어 깨웠다. 그리고 오물을 쏟아 붓듯 욕설을 퍼부었다. 오수연이를 물고 늘어질 뻔한 레파토리를 예상했는데 이번에는 아니었다.

발병이 날 계절이 아닌데 이상하다고 생각했는데 아내는 정상이었다. 그 정상적인 아내가 퍼부어댔다. 다 봤다고 했다. 수면제를 먹이고 침대로 여자를 끌고 가는 것을. 무슨 말을 하는지 감이 안 잡혔다.

"이젠 그년 딸과 놀아 묵냐?"

그 뒤로 무슨 일이 벌어졌는지 모른다. 어느 순간 보니 양 손에 검붉은 피가 묻어있었고 그 피는 달궈진 유압유처럼 찐득찐득하고 뜨거웠다. 소란함에 아들들이 나왔을 때는 아내가 쓰러져 있었고 그들은 그를 밀쳐내고 119를 불렀다.

그는 천천히 집에서 걸어 나왔다. 아무데도 갈 곳이 없었다. 그 때 아침회의 석상에서 나온 이야기가 떠올랐다.

"인자 버립시더. 그 오래된 고물 기계."

누군가 그렇게 제안했지만 그는 묵살했었다.

그는 공장으로 차를 몰았다.

'어디서 누수가 된다고 했는데.'

그는 공장으로 들어가 그가 맨 처음 샀던 기계를 살펴보았다. 회로를 점검하고 외부와 연결된 밸브를 살폈다. 그리고는 원인을 찾아냈다. 그 놈의 냉각팬에서 물이 떨어져 기름으로 흘러들어간 모양이었다.

'바보들 같으니라고. 이러니 이 기계는 나 밖에 못 고치지 암.'

오랫동안 썼던 그 기계를 보며 스스로를 자랑스러워했다. 그 누가 뭐라 해도 그 기계는 폐기될 수 없었다.

"오동녀, 너는 알잖아. 세상 사람들이 다 이해 못해도 너는 알잖아.!"

빈 공장이 웅웅거렸다.

누유로 오염된 기름이 바닥에 허옇게 번졌다. 아내의 머리칼 속에서 흘러내린 피딱지 같았다.

'내가 무슨 짓을 한 거지?'

그는 쭈그려 앉아 주변을 살폈다. 밤 열 한 시가 넘은 시간이었다.

공장 마당 쪽에서 강한 헤드라이트 불빛이 나타났다. 이윽고 어둠 속에서 경찰 두 사람이 다가왔다.

"한목이씨죠?"

"......"

"당신을 성폭행미수 및 주거지 침입 죄로 체포합니다."

경찰이 수갑을 채웠다.

"더러운 세상이야. 딸 같은 직원을 건들려고 드니."

다른 경관이 맞받았다.

"딸이라던데 의붓딸."

한목이는 공장바닥에 주저앉았다. 오줌을 지렸는지 바닥이 뜨끈거렸다. 멀리서 파도소리가 들렸다. 아버지가 외줄을 타고 달려오며 외쳤다.

'원둑이 무너진다. 원둑이......' 어디서 본 듯한 남사당패 무리들이 덮쳤다.

청자골 중턱에 '쌀바위'란 곳이 있었다. 쌀바위에서는 커다란 구멍이 하나 있었는데 하루에 딱 한 톨의 쌀이 그 구멍에서 나왔다. 이상하게도 쌀 한 톨은 추수 후부터 모내기철까지만 나왔는데 그 주변에 거처를 마련한 모든 남사당패들을 먹일 만큼이었다.

양반들은 천하디 천한 것들이라고 패륜집단으로 몰아붙이면서도 특별한 욕심 없이 쌀바위에 붙어사는 것들이라 위험하지 않아 방치했고 밤새워 신명나게 벌이는 그들의 연회를 엿보는 재미 또한 쏠쏠해서 은근히 그들의 거처를 인정하면서 동네는 사당리로 명명되었다.

집시처럼 떠도는 유랑집단이 처음으로 거처를 만들고 꼭두쇠를 우두머리로 곰뱅이쇠, 뜬쇠, 가열, 삐리 등의 서열을 두고 수동모와 암동모의 남색조직 만들어 규율을 엄격히 했다. 모심을 때부터 추수까지 각 마을을 돌며 풍물. 버나. 살판. 어름. 덧뵈기. 덜미 등의 재주를 부리며 사랑받았다.

한무동은 곰뱅이였다. 그는 마을에서 놀이를 할 수 있는지 여부를 타진하거나 먹을 것을 책임졌으며 돈을 관리했다. 물론 여자 구경 못한 천민들에게 비역질거리를 매개하기도 했다. 그런 그가 여염집 처녀와 그만 눈이 맞아버렸다.

쌀 몇 가마니만 있으면 같이 살 수 있는 가난한 집 처녀였다. 하지만 그에게는 단원들을 먹여 살릴 만큼의 수입 밖에 없었다. 그렇게 추수가 끝나고 단원들은 만합산 쌀바위 밑으로 모여들어 다음 해를 위한 기량을 키우고 있었지만 그의 마음은 온통 처녀에게 맘을 빼앗겨버려 아무것도 할 수 없었다. 그러던 중 번개처럼 떠오른 생각에 무릎을 쳤다.

'호적도 부역도 없는 것들하고 평생 살 순 없지.'

그는 커다란 정을 구해 쌀바위로 올라갔다. 그 쌀바위의 구멍을 넓히면 쌀이 몇 십 석은 한꺼번에 쏟아지리라고 생각했다. 망치로 정을 쳐댔다. 한참 후에 구멍이 커졌고 잠시 후 거짓말처럼 엄청난 뜨물이 쏟아졌다. 그리고 더 이상 쌀은 나오지 않았다. 바위에는 쌀뜨물이 뻗어 내려 허옇게 자국이 생겼다.

"느그 할아버지 이야기여. 내가 무슨 해우발 막자고 강진 사당리에 들어온 줄 알았냐? 아부지 살던 곳이 어떤 곳인지, 그 쌀바우가 있는지 알고 싶어서 왔제."

"그래서 찾았소?"

"세상에 그런 바우가 어딧것냐. 만합산 중턱에 쌀뜨물 자국이 있는 쌀바우는 있드라마는 다 느그 할애비가 지어낸 이야기였제. 허지만 인생 살다보면 누구나 각자의 '쌀바우'를 만나는 것이여. 나도 그런 바우

하나 품었다만 다 바다로 쓸려가부렀다고 말해야 속이 편하것지야? 돌아보면 후회스럽고 못났다 싶어도 그런 거 하나쯤 있어서 전설처럼 우려묵고 사는겨. 그것이 인생이더구마."

정신이 돌아온 아버지는 처음으로 집안 내력을 얘기했다.

오수연은 법정에 출두했다. 딸 허혜지에 대한 증인 심문이었다. 몇 차례 합의 시도가 왔지만 서류는 곧 쓰레기통 속에 쳐박아버렸다.

그녀는 심호흡을 하고 그를 어떻게 마주볼 수 있을까 고민했다. 그에게 불리하게 증언할 또 다른 증인의 도움을 받을 수 있었지만 그런 문제는 아니었다. 아주 오래전부터 피붙이처럼 한 남자와 눈을 마주치고 그의 파렴치한 행위에 대해 가감 없이 증언하는 것이었다.

다행히 법정의 소란은 없었다. 한동안 인터넷을 뜨겁게 달군 사건임에도 불구하고 의외로 조용했다. 사람들의 기억과 관심이라는 것은 그렇게 무의미한 것일까. 남의 흠은 사흘을 못 간다고 했던가.

'같이 근무하던 의붓딸을 성추행한 중소기업인'

한동안 신문기사 한 토막에 세상은 후끈 달아올랐었다.

법원의 석조건물이 그렇게 음산하고 우중충해 보인 것은 날씨 탓만도 아니었다. 그녀는 법정에 들어가기 전에 전자검색기에 수색을 받아야 했다.

법정에는 기자들과 호기심 많은 방청객들이 숨을 죽이고 구경꾼으로 참여해 있었다.

피고석에 한목이가 앉아 있었다. 그는 창백한 얼굴빛을 하고 있었으며 마치 그의 시선은 다른 세계를 바라보는 듯했다.

검찰 측 논고가 있자 방청석이 잠시 술렁였다. 피고인은 아무런 감정 없이 그것을 듣고 있었다. 모든 걸 체념한 듯한 표정이었다. 오수연은 그런 그에게 과연 어떤 증언이 더 필요할 것인가에 회의감이 들었지만 마음을 다잡았다.

'그에게 저항할 수 없는 일격을 가해야 돼.'

그녀는 스스로 가혹한 자신을 진정시키기 위해 입술을 당겨 심호흡을 했다.

"혼자 사는 아파트에 무단 침입하였고 약물을 투여해 강간하려한 이 사건은 우리 사회의 도덕적 불감증을 그대로 드러난 사건으로 피고인은 피해자가 자신의 직원이자 의붓딸 같은 특별한 관계임에도 불구하고 자신의 욕구대상으로 삼고자 저지른 범행으로……"

그것으로 한목이의 모든 것은 끝나고 있었다. 그가 이루려고 했던 모든 것은 이제 물거품이 되고 있었다. 검찰 측 증인으로 장금채가 나와 그의 변태적 성행위에 대해 증언했고 또 다른 몇몇 여자들이 그를 매도에 가깝게 몰아붙였다.

'돈을 썼지만 입은 더러워질 필요는 없겠어.'

그녀는 증언대에 서서 사건을 본대로만 증언했다.

변호인의 변론은 들어보나마나였다.

"……이상한 일은 피고인이 아파트에서 나오자마자 피고인의 부인과 허혜지의 어머니가 함께 현장에 나타난 정황입니다. 마치 범죄가 일어날 거라고 예상한 사람들처럼 말입니다. 그리고 몇 분 후에 경찰에 신고를 합니다. 여기에 대한 보강 수사가 반드시 필요할 것입니다. 또한 피고인은 허혜지를 딸처럼 사랑하고 아껴준 사람으로……"

'쳇, 딸처럼이라구?' 오수연은 콧방귀를 뀌었다.

사건이 있던 날 여섯 시가 넘어서 한목이는 허혜지의 아파트에 도착했다. 그는 주변을 한 번 살피고 초인종을 눌렀다. 이제 더 이상 그녀를 설득할 방법은 없었다. 그녀를 설득하는 것보다는 강지훈을 그녀에게서 떨쳐낼 방법이 필요했다.

'왜 그런 기막힌 방법을 몰랐지?' 고민하는 그에게 안상규가 흉계를 꺼냈을 때는 그렇게 야비한 방법까지 써야 할지 망설여졌다.

"어디서 그런 발상이 떠오른 거야?"

못 들은 척 떠보자,

"그야, 사장님이 생각대로 대현기전을 그대로 주저앉히고 다음 방법을 만들어 내야 한다고 해서."

난처한 변명으로 우물거렸지만 그런 고도의 술책을 스스로 만들었으리라고는 믿기 어려운 데가 있었다.

'한 번만 추해지자. 그러면 다 끝난다.'

자신이 벌이려는 일은 오직 그녀를 구하기 위한 한 방편일 뿐 그 어떤 의도나 불순한 동기는 없다.

'그 빌어먹을 의사 놈이 뭐가 아쉬워 이런 곳에서 인생을 낭비하겠는가? 스스로 정나미가 떨어져서 줄행랑을 치게 만들 거야.

허혜지가 누군지 확인도 없이 반갑게 문 앞으로 뛰어왔다. 문 앞에 나타난 그를 보고 그녀는 활짝 문을 열었다.

"웬일이세요? 아빠."

그녀는 실망스러운 얼굴로 물었다.

"기다리는 사람이라도 있었니?"

"아니, 아니에요. 너무 뜻밖이라서.

"그냥 좀 이야기나 나누고 싶었다."

"들어오세요. 하지만 저는 곧 나가봐야 되는데."

한목이는 그녀의 말뜻을 잘 알고 있었다. 7시 이후에 강지훈이 처음으로 이 아파트에 올 것이다. 그는 더 이상 참을 수 없었다. 우연히 전화를 엿듣지만 않았더라도 이렇게 야비한 계획을 실행에 옮기진 않았을 것이다.

"아빠, 좋은 소식 하나가 있어요. 강지훈씨 어쩌면 미국에 안 갈 수 있어요. 엊그제 새어머니를 만나 담판을 했대요."

"그는 떠난다."

그는 단호하게 말했다.

한목이는 안상규를 시켜 노조와 소사장들에게 헛소문을 퍼뜨리게 했다.

'강지훈이 회사에 배인선의 지분을 가져온 순간 제 3자에게 넘기고 애인과 함께 미국으로 떠난다.' 는 소문이었다. 그리고 다시는 말을 섞고 싶지 않은 배인선에게 강지훈이 떠나면 그녀가 가지고 있는 회사 지분을 넘겨받겠다고 약조했다.

그녀는 지금까지 단 한 번도 그녀를 실망시키지 않은 한목이의 말을 곧이곧대로 받아들였다. 하지만 한목이는 중얼거렸다.

'니가 가져갈 건 한 푼도 없을 거야. 어차피 가만히 놔두면 공중분해 될 테니.'

한편으로는 마지막으로 강지훈에게 친동생에게 공장을 넘기라고 충고했다. 그렇게 되면 얼마 못 가 끝날 회사를 배인선을 구워삶아 헐값에 인수할 수 있다고 믿었다. 그러면 그는 직업을 찾아 혜지 곁을 떠날 것이다. 하지만 그는 호락호락한 인물이 아니었다. 이미 확고한 결심이 서 있다는 것이 느껴졌다.

식탁에 앉자 한목이는 포도주나 한잔 마시자고 했다.

"긴장을 푸는 데는 최고지."

"제가 긴장돼 보이는가요?"

"긴장만 되어 보일까봐."

"좋아요. 저는 곧 약속이 있어서 딱 한 잔 이예요."

"잔만 들고 와 내가 딸게."

한목이는 포도주의 코르크 마개를 재빠르게 따고 약국에서 사온 수면제를 부었다. 그녀는 얼음을 넣은 두 개의 글라스를 가져와 싱글거렸다.

"아빠, 사실은……"

그녀는 고백할 뻔 했지만 그가 입에 손을 대고 말렸다.

"건배할까? 허혜지의 숭고한 앞날을 위해?"

"웬 숭고?"

잔이 부딪쳤다.

강지훈은 정확히 7시쯤에 아파트 앞에 도착했다. 이상하게 문은 열려있고 사람은 보이지 않았다. 가슴이 뛰기 시작했다. 이 아름다운 여자의 장난기가 발동했다고 믿고 술래잡기라도 하듯이 집안을 천천히 뒤지기 시작했다.

수없이 많은 데이트 중에 오늘은 가장 설레는 날이었다. 드디어 그녀가 완고하게 그의 생각으로는 병적으로 버티던 성관계를 약속한 날이기도 했다.

그는 어느 방문을 열고나자 심장이 멎는 느낌을 받았다. 그는 석상처럼 서서 알몸으로 누워있는 두 남녀의 모습을 보고 말았다. 그들은 격정적인 섹스를 끝내고 잠들어 있는 모습 그 이상도 그 이하도 아니었다. 그 두 사람의 얼굴은 너무나 잘 아는 사람들이었다.

그는 천천히 뒤로 물러나와 아파트의 문을 닫았다. 한참동안 숨을 쉴수조차 없어 멍하니 서 있었다. '이건 아니잖아.' 그가 사라지는 발자국 소리가 들려오자 한목이는 재빠르게 일어나 허혜지의 상반신을 일으켜 세워 옷을 입혔다.

'아가야, 이제 다 끝났다. 아빠가 영원히 네 곁에서 지켜줄 거야.' 그는 그 길로 집으로 돌아왔다. 그는 냉장고를 열어 술을 몇 모금 마셨다. 하지만 갈증처럼 술이 들어갔다. 그가 빠져나가고 얼마 후 전혀 어울릴 것 같지 않은 두 여자가 급하게 아파트로 밀고 들어왔다. 그 두 여자 중 한 여자가 말했다.

"이래도 나를 정신병자 취급할거야?"

그렇게 다그치고 정현자는 사라졌다. 다른 여자인 오수연은 약에 취한 딸을 흔들어 깨웠다. 그녀는 회심의 미소를 지었다. 이제 모든 전쟁의 승리자는 그녀처럼 보였다. 그녀는 안상규에게 전화했다.

"진실을 알려주세요. 지훈이가 많이 놀랐을 테니. 그가 당신을 떨쳐버리기 위해꾸민 연극이라고."

안상규는 한목이의 아내에게 전화를 걸었지만 이미 그녀는 정신병원에 입원해 있었다.

'지랄, 어디서 돈을 받는담?'

그는 휴대폰을 바다 속으로 던져버렸다. 예감이 좋지 않았다.

며칠 후 문을 열고 강지훈이 '자유의 공간'에 들어섰다. 머리를 깨끗이 빗어 넘겼고 이목구비는 뚜렷했다. 그의 긴 다리가 처벅처벅 움직이며 허혜지에게 가는 게 보였다. 허혜지의 얼굴이 싱그럽게 벙글어졌다. 그가 뒤로 감추어진 두 손에서 꽃다발을 꺼내 그녀에게 안겼다.

하얀 안개꽃 속에 붉은 장미, 혜지의 얼굴이 꽃처럼 피어났다.

공장마당에서 차량들과 사람들이 분주하게 움직였다. 마치 원둑을 넘나드는 거센 파도 같기도 했다.

"엄마에게 감사하다고 전화할까?" 허혜지가 물었다.

"당신 어머니 대단해. 김시인과 결별하고 이제 그 원두막 모임도 사업화하려고 한다면서?"

"엄마에겐 공짜가 없지?"

그녀의 눈은 아주 먼 곳을 바라보고 있었다. 그곳은 오수연이 만들고 허혜지가 누릴 원둑 안이었다.

-끝-

발행일 : 2019년 12월 24일
지은이 : 남선희
펴낸이 : 이화엽
편집 : 이문희
디자인 : 곰단지 편집부
펴낸 곳 : 도서출판 곰단지
주소 : 경남 진주시 동부로 169번길 12 윙스타워 A동 1007호
TEL : 070-7677-1622
FAX : 070-7610-7107
가격 : 16,000원